DES PAS DANS LA NUIT

JUDITH LENNOX

DES PAS DANS LA NUIT

traduit de l'anglais
par Blandine Roques

l'Archipel

Ce livre a été publié sous le titre
A Step in the Dark
par Headline Review, Londres, 2006.

www.editionsarchipel.com

Si vous désirez recevoir notre catalogue
et être tenu au courant de nos publications,
envoyez vos nom et adresse, en citant ce
livre, aux Éditions de l'Archipel,
34, rue des Bourdonnais 75001 Paris.
Et, pour le Canada, à
Édipresse Inc., 945, avenue Beaumont,
Montréal, Québec, H3N 1W3.

ISBN 978-2-8098-0177-4

1

Le paquebot s'éloignait des côtes indiennes et Bess songeait à son fils.

À ses cheveux d'or blanc, au sourire édenté, aux petites mains potelées posant sur ses genoux la feuille ou la noix qu'il serrait entre ses doigts, à son rire en cascade quand elle le prenait dans ses bras pour le couvrir de baisers.

Le regard perdu sur le bleu profond de l'océan Indien, Bess eut soudain conscience que son mariage, né dans un éclat de rire, s'était achevé de même. *Je t'ai entendue rire et, à l'instant où j'ai tourné les yeux vers toi, j'ai su que tu serais ma femme,* lui avait dit Jack Ravenhart.

Le ciel était d'encre, le soir de leur rencontre. Il régnait une vive animation sur le Mail brillamment éclairé de Simla ; dans l'air flottait une odeur de bois brûlé et de senteurs d'épices. Le père de Bess était en voyage d'affaires et la jeune fille séjournait chez des amis. La bonne société de la ville paradait sur le Mail, on s'y donnait rendez-vous, on y cherchait querelle, on s'y réconciliait et il suffisait parfois d'un regard pour que naisse l'amour.

Bess se souviendrait jusqu'à son dernier souffle de l'instant où elle avait aperçu le grand, le beau Jack Ravenhart sur son fringant cheval noir, à l'autre bout du Mail. Elle revit tout d'abord l'éclat des éperons et des boutons de tunique, puis le regard insistant du militaire quand ils s'étaient croisés ; elle croyait encore entendre son propre rire, plus timide sous cet ardent regard. À cet instant précis, elle avait saisi sur le visage de l'officier cette expression bien particulière, joyeuse insouciance teintée de convoitise.

Trois mois plus tard, ils étaient mariés. Jack avait balayé toutes les objections de Bess, il la voulait, et ce qu'il voulait il l'obtenait.

À dix-huit ans, la jeune fille devint ainsi l'épouse de Jack, la belle-fille de Fenton et Cora Ravenhart. Servi par une douzaine de domestiques dans le bungalow qu'il occupait, le jeune couple possédait une écurie de chevaux de chasse et de poneys réservés au polo.

Un an plus tard naissait un fils, Frazer. Bess remise de l'accouchement, la vie reprit son cours. En apparence, rien n'avait changé, ils couraient de pique-niques en chasses et de chasses en bals costumés, assistaient aux courses tandis que l'*ayah* veillait sur l'enfant. Si elle ne disait rien, Bess était consciente d'une certaine évolution. Le soir, en s'habillant, elle volait quelques instants pour observer le bébé endormi dans son berceau et Jack, à sa recherche, la trouvait plongée dans la contemplation d'une joue rebondie ou de menottes potelées, telles deux petites étoiles. Son mari l'entraînait très vite, sans lui laisser le temps de boutonner ses gants ni de remonter ses cheveux qu'elle fixait en chemin.

La vie auprès de Jack Ravenhart était une aventure dont Bess savourait chaque seconde. Fasciné par le danger, toujours en quête d'excitation, son époux relevait tous les défis. Ces deux années de mariage coulèrent dans une joyeuse insouciance, ce n'était que rires et festivités. Bess avait reconnu chez Jack un appétit de vivre égal au sien ; ils vivaient dans l'instant et s'entraînaient mutuellement sans souci du lendemain. En un mot, ils étaient semblables.

Les rires s'éteignirent à l'aube, avec la mort de Jack. Ils chevauchaient tous deux dans les collines, au-dessus de Simla, quand le jeune officier mit son épouse au défi de le battre à la course. Au bord d'un chemin peu familier hérissé de cailloux, les pins étaient drapés d'écharpes de brume. Saisie d'une sorte de prémonition, Bess sentit monter l'angoisse et lança :

— Non, Jack !

Ce cri parut se déchirer tandis que son mari poussait son cheval au galop sur la piste étroite. Les derniers sons qui lui parvinrent avant que Jack ne soit désarçonné par sa monture furent le martèlement des sabots et son rire lointain.

Un escarpement abrupt, une branche en travers du chemin dissimulée par la brume, ce fut l'explication qu'on lui donna. Le choc avait été terrible, Jack s'était brisé la nuque dans la chute qui avait brutalement interrompu la longue fête des jours grisants de Simla.

Sans lui, l'existence n'avait plus de saveur. Le soir, seule dans son lit, Bess croyait encore entendre son rire.

Le lendemain des obsèques, Cora Ravenhart, la mère de son époux, se présenta au bungalow où vivaient les jeunes gens.

— Et maintenant, que comptez-vous faire ? demanda-t-elle à Bess.

Grande, imposante, Cora était pourvue d'une énorme poitrine qui dominait une taille étroitement corsetée. Sa toilette noire accentuait sa pâleur et ses traits étaient creusés de sillons douloureux.

— Je pensais…

Les mots vinrent s'échouer sur les lèvres de Bess qui, déjà, flairait le piège.

Sans même s'asseoir, Mrs Ravenhart arpentait la pièce, effleurant du bout des doigts un vase, un rideau, un paravent en bois sculpté.

— Je regrette, Elizabeth, vous ne pouvez rester dans cette maison. Il règne un tel désordre dans les affaires de Jack ! Il a laissé quantité de dettes, de factures… ses additions au mess.

Méprisants, les yeux bleus effleurèrent la jeune femme.

— L'existence que vous meniez… enfin, vous viviez au-dessus de vos moyens.

— Je ne me rendais pas compte, murmura Bess.

— Ah bon ? La solde d'un officier de cavalerie n'est guère importante. Sans notre aide, notre aide substantielle, vous n'auriez jamais pu mener si grand train. Ce bungalow…

— Le nôtre ?

— … est la propriété de Fenton, bien sûr.

Fenton Ravenhart, le père de Jack, était aussi froid et distant que son fils était généreux et chaleureux.

Cora s'interrompit, son regard s'était arrêté sur le portrait de Jack, trônant sur le piano. Alors, elle durcit le ton.

— Tout est à Fenton, ici, rien ne vous appartient. On ne peut tout de même nous demander d'entretenir deux ménages à Simla. Les frais…

À son corps défendant, Bess répliqua :

— Seriez-vous venue me proposer de m'installer chez vous avec Frazer ?

Cora égrena un rire en trille.

— Voyons, cela n'aurait aucune chance de marcher ! Vous en conviendrez ? Pour être franche, je doute que nous parvenions, vous et moi, à nous accommoder d'une telle situation.

Cora ne cachait plus une hostilité savamment dissimulée du vivant de Jack.

— J'ai pensé, reprit-elle doucement, que vous retourneriez auprès de votre père. Sans doute serait-il prêt à vous accueillir ?

— Oui... je ne sais pas...

Bess n'avait pas vu son père depuis bientôt deux ans. Incorrigible rêveur, toujours en quête d'un nouveau projet, censé lui apporter la fortune, Joe Cadogan avait rejoint la mère patrie peu après le mariage de sa fille.

— Il vit en Angleterre, à présent..., hasarda Bess.

Silhouette noire se détachant sur le fondu de bleu et de vert du jardin, sa belle-mère se tenait devant la fenêtre.

— Je vous en prie, Elizabeth, n'allez pas croire que je manque de générosité à votre égard. Nos différends sont oubliés, vous étiez l'épouse de Jack et je suis venue vous proposer mon aide. Je prendrai en charge votre voyage pour l'Angleterre et je veillerai sur Frazer jusqu'à ce que vous soyez en mesure de le faire venir.

Je veillerai sur Frazer.

Bess parvint à retenir une réplique cinglante et à garder son calme.

— Je vous remercie mais j'emmènerai mon fils avec moi.

Mrs Ravenhart finit par s'asseoir.

— Savez-vous où habite votre père ?

— Bien sûr.

Brusquement, Bess fut prise d'un doute. Elle était sans nouvelles de Joe depuis des mois, peut-être six, et le courrier qu'elle avait adressé à son hôtel pour l'informer du décès de Jack était resté sans réponse... Ni lettre ni télégramme.

— Êtes-vous certaine que son logement conviendrait à un enfant ? Non ? Je m'en doutais un peu.

Cora eut un petit sourire crispé.

— J'ai cru comprendre, en effet, que... de sombres nuées avaient plané sur son départ, dirons-nous. Il s'agissait, je crois, de dettes de jeu.

La voix de Mrs Ravenhart n'était plus qu'un murmure.

Bess planta ses ongles dans sa paume pour contenir la colère qu'elle sentait monter.

— Pour le fils de Jack, je ne veux que ce qu'il y a de mieux, poursuivit Cora Ravenhart. Vous aussi, j'en suis certaine, je vous propose donc de laisser Frazer à Simla quand vous partirez pour l'Angleterre afin de tout organiser. Nous avons, depuis quelque temps, le projet de nous rendre en Écosse chez le frère aîné de Fenton, Sheldon. Tout est réglé… nous devons embarquer au mois d'avril et nous comptons passer l'été auprès de mon beau-frère. Nous pourrons emmener Frazer. Cela devrait vous laisser le temps de vous installer sous un toit digne d'accueillir un enfant. D'ici là, je vous donnerai des nouvelles de Frazer, naturellement. Tout s'arrangera au mieux, je n'ai aucune inquiétude à ce sujet.

— Je ne peux tout de même pas laisser mon fils ! s'exclama Bess. Je n'ai plus que lui !

Inflexible, Mrs Ravenhart répliqua d'un ton glacial :

— Frazer est un enfant fragile. L'arracher à ce pays pour le faire vivre dans un logis froid et humide pourrait compromettre sa santé. D'ailleurs, la séparation ne serait que de quelques mois. Voyons, Elizabeth ! Vous ne devez pas penser à vous mais à votre fils, à ce qui serait le mieux pour cet enfant. Lui seul importe, maintenant.

Le regard rivé sur l'étroite bande côtière, qui s'estompait dans le lointain comme un train de fusain, Bess s'attarda sur le pont du paquebot de la P&O. Elle n'avait jamais quitté ce pays où elle avait vu le jour, un tableau s'imposa à son esprit : les courses d'Annandale. Le souffle des chevaux embuait l'atmosphère et les immenses silhouettes noires des pins et des déodars se profilaient sur un ciel de perle. Elle évoqua les soirées au bungalow… l'excitation d'une séance de spiritisme et les cris perçants quand ils jouaient au jeu de la vérité, sans oublier les parties de cartes jusqu'à l'aube, l'air bleu de fumée et la pyramide de billets froissés qui s'élevait au centre de la table recouverte d'un tapis vert. Elle voyait encore le jaune et le rose des robes de soie, l'orange et le violet des hibiscus et des bougainvillées et les sommets blancs de l'Himalaya, nimbés d'or au couchant. Elle pensait à Frazer, à l'instant où elle l'avait pris dans ses bras, où son regard s'était posé sur le tout petit minois chiffonné, aux yeux bleu sombre qui ne fixaient pas encore mais comprenaient déjà.

En la voyant seule et vêtue de noir, le couple Williamson l'avait prise sous son aile. Aimable, Mrs Williamson ne soignait guère sa mise et semblait toujours un peu ailleurs, elle exhalait dans un souffle des bribes de phrases sans suite, ponctuant ses propos d'un petit hochement de tête.

— Cette guerre… absolument affreux… ces pauvres garçons…

Bess se souvint, sans angoisse excessive, de la guerre qui venait d'éclater à l'autre bout de la planète. Tout le monde s'accordait à dire que ce serait terminé avant Noël.

Mrs Williamson lui parla de son fils qui se trouvait dans un camp d'entraînement militaire en Angleterre, et de ses filles, mariées toutes deux, l'une en Inde, l'autre vivant à Édimbourg dans une demeure leur appartenant. Elle montra les photographies de petits-enfants à la mine solennelle, fillettes apprêtées dans des robes de dentelle et garçons vêtus de costumes marins. Le soir, Bess jouait quelques pennies au whist ou au piquet, excepté le dimanche, bien sûr. Ce jour-là, les jeux de cartes étaient bannis. On ne dansait pas, on ne lisait pas, on ne souriait même pas ! se lamentait la jeune femme, au bord du désespoir, perdue dans l'immensité de l'océan Indien et la chaleur accablante de la mer Rouge. Le dimanche, les heures coulaient lentement, dans un fol ennui… Comment rompre la monotonie ?

Des soldats vinrent les rejoindre à Port-Saïd où le bateau fit escale pour remplir ses cales à charbon. Certains s'enhardirent jusqu'à adresser la parole à la jeune femme, installée sur le pont sous un auvent censé la protéger des ardeurs du soleil. Tant scintillaient les épaulettes et les boutons de tunique que Bess devait s'abriter les yeux. Tortillant leur moustache du bout des doigts, ces hommes se délectaient du spectacle offert comme d'une oasis en plein désert. Si elle l'avait voulu, Bess aurait trouvé un époux avant que le navire ne touche Southampton.

Le soir, dans sa cabine, elle étalait sur la couchette ses trésors les plus précieux : châles de cachemire aux somptueuses arabesques rouille, ocre et bleues, les enivrantes couleurs de l'Inde ; bijoux offerts par son mari pour un anniversaire ou pour marquer une occasion ; photographies de Jack et de Frazer ; une petite veste tri-cotée pour son bébé. Paupières closes, elle nichait sa joue contre le vêtement et en respirait l'odeur de talc encore captive.

Devant ces photographies longuement contemplées, force était d'admettre que sa belle-mère l'avait obligée à faire face à la réalité. Pour le bien de son enfant, elle devait accepter cette séparation temporaire. Dans huit jours, elle serait en Angleterre, se rendrait à l'hôtel où résidait son père et celui-ci l'aiderait à louer une maison. Ensuite, elle écrirait à Mrs Ravenhart de lui amener son fils sans plus attendre. Peut-être Joe paierait-il le billet de retour ? En ce cas, elle ne confierait à personne le soin de reprendre Frazer.

Cependant, dès l'instant où elle avait accepté l'offre de Cora Ravenhart, l'impression de malaise ne l'avait plus quittée. Elle se rappelait à quel point sa belle-mère chérissait son fils unique, la revoyait suivre des yeux tous les mouvements de Jack. Et cette façon de tapoter le sofa pour qu'il vienne s'asseoir auprès d'elle ! De quelle douceur elle était capable quand il se trouvait là ! Elle ne souriait que pour lui seul.

Le bateau accosta à Southampton. Les cheminées crachaient leur vapeur et les porteurs se précipitaient vers le train en poussant devant eux des monceaux de bagages. En ce mois de novembre, le ciel n'était qu'un bloc d'acier. Au moment de quitter le navire, Bess frissonna ; elle hésita avant de descendre la passerelle et de poser le pied sur la terre ferme. Un pas dans la nuit, se dit-elle, le premier dans un pays nouveau, dans une autre vie.

Elle quitta les Williamson à la gare de Waterloo ; embrassades, souhaits chaleureux lancés à la cantonade et promesses de s'écrire mirent un terme aux relations éphémères nouées le temps d'une traversée. Soucieuse de ne rien manquer du spectacle, Bess observait les rues de Londres derrière les vitres du taxi, le regard filant de droite à gauche. Toutes ces voitures ! Et ces tramways ! Quelle foule ! En plein après-midi, le ciel était déjà sombre. Dans un brouillard gris teinté d'orangé, on devinait des branches dénudées. L'atmosphère lourde, étouffante, était imprégnée d'une foule d'odeurs inconnues. Le taxi tourna au coin d'une rue, le brouillard se dissipa un court instant et Bess entrevit le ruban noir de la Tamise. Sur fond de vociférations des marchands ambulants, elle entendit mugir les cornes de brume. Comme il faisait froid ! Tellement plus froid qu'à Simla. L'humidité glacée transperçait la mince étoffe de son manteau et, sous les gants de coton, ses doigts étaient gelés. Envahie par une joyeuse fébrilité, elle pensa : « Me voilà à

Londres ! La capitale de l'Empire où règnent pouvoir, richesse et abondance. »

Au moment de régler la course, elle confondit les pièces de monnaie. Dans l'immense hall de réception dallé de marbre, des palmiers en pot s'inclinaient gracieusement vers un sol étincelant et les miroirs dorés reflétaient les lumières vacillantes des lustres. Des dames vêtues de robes perlées ornées de plumes d'autruche descendaient l'escalier. Dans un salon, Bess aperçut des messieurs installés dans des fauteuils de cuir qui claquaient des doigts pour appeler un serveur...

L'employé auquel elle avait demandé le numéro de chambre de son père consulta longuement son grand registre de cuir avant de lever les yeux.

— Je regrette, madame, mais nous n'avons personne de ce nom.

Devant l'insistance de Bess, le réceptionniste parcourut de l'index la liste des clients.

— Non, je ne vois pas de Mr Cadogan.

— Mais si, forcément !

— Non, madame. Je suis navré.

Le registre se referma d'un coup sec.

Près de ses bagages, Bess essayait de faire le point, quand une voix vint interrompre ses réflexions.

— Puis-je faire quelque chose pour vous, ma chère enfant ?

Grand, les cheveux blancs, l'homme avait le teint rubicond et à peu près l'âge de son père.

— Je m'appelle Harris, reprit l'inconnu en s'inclinant devant elle. Dempster Harris, je réside à l'hôtel. Madame ?

Bess se présenta.

— Mrs Ravenhart, répéta-t-il en savourant chaque syllabe.

Puis, baisant la main de Bess :

— *Enchanté* [1]. Vous voudrez bien pardonner mon impudence, chère madame, mais je vous ai entendue, bien involontairement, demander Joe Cadogan.

— Vous le connaissez ?

— Et comment ! Ce cher vieux Joe !

Mr Harris ajouta en souriant :

---

1. En français dans le texte. *(N.d.T.)*

— Quel homme agréable !

— Mon père, expliqua Bess.

Dempster Harris eut l'air surpris.

— Vous ne lui ressemblez pas.

— Je tiens, paraît-il, de ma mère. Je pensais que mon père était descendu dans cet établissement. Sauriez-vous où je pourrais le trouver, Mr Harris ?

— Je regrette mais nous nous sommes un peu perdus de vue, expliqua Mr Harris, l'air navré. Après l'accident, Joe a quitté l'hôtel.

— L'accident ?

— Le malheureux s'est fait renverser par un tramway. Cette ville est devenue infernale. De nos jours, on traverse une rue à ses risques et périls. Ce pauvre vieux Joe arrivait des tropiques... Il n'avait pas l'habitude !

Harris hocha la tête.

— Allons, allons, ne vous tourmentez pas. Il était blessé. Il est probablement parti vers le soleil. Rien de tel pour se rétablir, vous savez.

— Je dois impérativement le retrouver.

Son père l'aiderait à s'installer dans cette ville sombre et glacée. Pour Frazer, il lui fallait un foyer. À tout prix !

Mr Harris jeta un coup d'œil à ses bagages.

— Vous venez de loin, Mrs Ravenhart ?

— D'Inde.

Harris eut un sourire ravi.

— L'Inde ! Vous allez me raconter tout ça. Écoutez, nous allons dîner sur le pouce. Non, j'y tiens. En cherchant bien, j'arriverai sans doute à trouver où ce cher vieux Joe a pu aller. Rien de tel qu'un petit souper pour vous aider à réfléchir. Vous ne croyez pas ?

Grisée par le champagne et l'opulence de la salle à manger, Bess recouvra son optimisme naturel. La soie et le satin des robes, d'un superbe carmin, bleu saphir ou violet, offraient un vif contraste avec les uniformes kaki des officiers. Les femmes étaient d'un tel raffinement et d'une telle élégance qu'auprès d'elles les dames de Simla auraient eu l'air de provinciales démodées.

Mr Harris se cala sur son siège.

— Merci infiniment pour ce délicieux repas, lui glissa Beth en souriant.

— Tout le plaisir est pour moi.

Harris toussa légèrement puis, coulant un regard vers la robe noire de la jeune femme, demanda avec tact :

— Votre époux… ? Je crains qu'il n'ait quitté ce monde.

— Jack a succombé à une chute de cheval.

— C'est affreux…

Une lueur d'intérêt traversa le regard d'Harris.

— Pauvre enfant, seule et réduite à vous débrouiller par vous-même sans aucune protection.

Il s'empara de la main de Bess et lui étreignit les doigts.

— Que diriez-vous d'un tour de valse, maintenant ? Histoire de vous remonter le moral. Je connais un endroit du tonnerre.

Bess retira sa main et murmura qu'elle regrettait.

Avant de prendre congé, elle parvint à obtenir le nom de certains amis et relations d'affaires, ainsi que l'adresse des clubs fréquentés par son père. De retour dans la chambre qu'elle avait réservée, elle relut attentivement les quelques lettres reçues depuis son départ de Simla. Joe n'aimait guère écrire et elle ne trouva aucune indication sur l'endroit où il résidait.

Bess resta un long moment à la fenêtre, le regard noyé dans la sourde clarté des lampadaires, puis elle remarqua les bâtiments, si hauts et si nombreux à l'horizon. Que n'était-elle capable de s'élever dans le ciel comme un oiseau au-dessus de ces maisons, de ces boutiques, de ces bureaux… Alors, elle piquerait sur une rue, sur une autre, glisserait furtivement un œil derrière les fenêtres et les conduits de cheminée jusqu'à ce qu'elle l'ait trouvé.

Les jours suivants furent une longue chasse au trésor comme ils se plaisaient à en organiser avec Jack, une interminable traque qui l'entraîna de cafés en salons privés, jusque dans des restaurants où des serveurs en tablier blanc se précipitaient en tous sens. Elle frappa à la porte de veuves et de divorcées à la beauté fanée, qui évoquaient le souvenir de Joe Cadogan avec affection avant de hocher la tête. Elles ne savaient pas où il se trouvait mais, à l'occasion, Bess pouvait-elle gentiment lui rappeler les dix shillings qu'il leur avait empruntés ?

Elle s'aventura dans des pubs et des bureaux de paris où l'on ne concevait la présence d'une femme que derrière un comptoir. Aux hommes qui la déshabillaient du regard et l'apostrophaient, Bess répliquait vertement. Elle prit le bus, le métropolitain, monta dans des taxis et marcha, marcha. Elle avait beau superposer manteaux, bas et gants, elle avait toujours froid et l'impression de malaise allait croissant à mesure que les rues se faisaient plus étroites et moins reluisantes.

Elle finit par frapper à la porte d'une pension coincée entre un fourreur et un herboriste. L'espace d'un douloureux instant, les senteurs musquées de l'herboristerie parvinrent à masquer l'âcre puanteur et lui évoquèrent l'Inde.

Elle suivit la propriétaire jusqu'à une chambre située dans les étages. Auprès du feu, un vieil homme était assis dans un fauteuil. Elle ne reconnut pas immédiatement son sourire.

— Bess. Ma Bess ! Que diable fais-tu ici, ma chère petite ?

Son père lui expliqua que l'accident l'avait un peu secoué mais qu'il se portait maintenant comme un charme. Bess n'en crut pas un mot. Il avait le teint jaune, une séquelle du paludisme dont il souffrait depuis des années, et une quinte de toux sema sur son mouchoir de petites taches de sang. Il semblait diminué par les années passées en Angleterre, comme si le froid et le manque de soleil avaient eu raison de ses forces. Il était heureux de la voir. Les temps étaient durs, il avait vu mourir bon nombre d'amis et les autres l'avaient oublié. Les honoraires du médecin l'ayant laissé un peu à court, il demanda à Bess de lui prêter une ou deux guinées.

Il n'avait pas reçu la lettre lui annonçant le décès de Jack et fut atterré d'apprendre que sa fille était veuve.

— Pauvre garçon… si jeune… ma chérie.

En quittant la pension, Bess dut faire taire la panique qui s'était emparée d'elle quand elle avait vu son père, vieux et malade, dans cette petite pièce dépourvue de confort.

De retour à l'hôtel, elle sortit de son coffret à bijoux un pendentif de saphir en forme d'étoile et un bracelet en or avant d'aller trouver Dempster Harris dans le fumoir.

— Excusez-moi de vous déranger, Mr Harris, mais sauriez-vous par hasard où je pourrais vendre ceci ?

Elle lui montra les bijoux.

Harris sortit un portefeuille en cuir et Bess entendit crisser les billets.

— Inutile, chère Mrs Ravenhart. Aider une si jolie femme sera toujours un bonheur pour moi.

Il lui tendit l'argent, ses longues dents jaunes pointant sous les poils de sa moustache.

— Ne vous inquiétez pas, vous n'aurez pas à rembourser ce modeste emprunt. Vous me feriez très plaisir en acceptant...

Il chercha le terme exact.

— ... ma protection.

Bess songea à Frazer. Frazer dans ses bras qui tendait la main pour tirer les peignes fixant sa coiffure. Frazer dont les yeux émerveillés s'écarquillaient devant chaque oiseau, chaque fleur, dans le jardin du bungalow. Il suffirait d'accepter la proposition de cet homme et, dès le lendemain, elle ferait venir son fils.

Elle murmura néanmoins quelques mots de refus. Elle se débrouillerait, trouverait une solution sans passer par ce genre de transaction.

Dempster Harris soupira.

— Dommage. Nous aurions pu nous amuser !

Une douceur nouvelle dans le regard, il ajouta :

— Vous me rappelez une jeune fille que j'ai connue. Cheveux noirs, yeux bleus, tout à fait comme vous.

La somme qu'elle tira de ses bijoux permit à Bess de louer une petite maison à Ealing. Elle embaucha une bonne à tout faire pour l'entretien du linge et le ménage, puis passa commande chez l'épicier.

Ensuite elle écrivit à Cora Ravenhart et demanda des nouvelles de Frazer. Emmitouflée dans un édredon pour se protéger du froid, elle laissa vagabonder ses pensées vers son enfance dans les cantonnements de Madras du temps où son père était militaire, repensa aux années qui avaient suivi la mort de sa mère. Joe Cadogan s'étant mis en tête de faire fortune dans l'indigo, ils étaient partis pour les collines, mais son expérience de planteur s'était soldée par un échec et la famille était retournée vers la chaleur brûlante des plaines, où son père avait tenté sa chance dans le négoce du teck, de l'acajou, du coton et de la soie. À cette époque, une série de « tantines » étaient venues s'installer dans leurs différents bungalows. En devenant la maîtresse de Dempster Harris, elle aurait eu un sort identique, celui d'une femme de passage n'ayant d'autre valeur que sa beauté.

Bess n'avait jamais connu la stabilité d'un foyer, seulement la précarité d'une existence qui ressemblait à une éternelle fête. Son confort et son bien-être tenaient trop souvent à une carte ou à la rapidité d'un cheval. Elle disposait parfois d'une vaste garde-robe de toilettes de soie mais, souvent, elle tirait péniblement l'aiguille pour agrandir des robes trop justes. Elle bénéficiait néanmoins d'une liberté que beaucoup de jeunes Anglo-Indiennes de son âge auraient enviée. Qui lui aurait défendu de courir dans le bazar ou de se baigner dans les rivières vêtue de ses seules culotte et camisole avec les petits indigènes ? On ne lui avait jamais dit qu'on ne s'esclaffait pas devant les plaisanteries grivoises des amis de son père et elle ignorait qu'en société on restait mains jointes et chevilles croisées, sans dire un mot avant que l'on ne vous adresse la parole.

Quand elle avait rencontré Jack, elle séjournait chez des amis de son père. C'était d'ailleurs à Simla, petite capitale de montagne d'une Inde britannique très collet monté, qu'elle avait pris conscience de son pouvoir lors de ses débuts dans le monde. Au bal ou sur le Mail, qu'elle remontait à cheval, parée de belles toilettes prêtées, elle avait été sensible à l'insistance des regards masculins. Ce désir dont elle était l'objet s'était cristallisé dans l'ardent regard de Jack Ravenhart et elle avait épousé l'officier. Sinon, comment aurait-elle affronté l'existence ?

Avait-elle aimé Jack ? Bess n'en avait jamais été absolument certaine. Dieu qu'il lui plaisait ! Avant de le rencontrer, elle ne savait rien du désir. Désir et attirance, était-ce vraiment l'amour ? Elle ne savait pas. Ce dont elle était sûre aujourd'hui, c'est qu'elle aurait donné très cher pour avoir son mari à ses côtés, pour lire dans ses yeux la soif qu'il avait d'elle. Elle se rappelait comme il aimait effleurer son corps de la tête aux pieds, en suivre les contours du bout des doigts comme on dessine une carte. Quels délices savait faire naître sa main… comme cela lui manquait quand il était loin !

Bess chassa ses larmes d'un revers de main, pleurer ne servait à rien et regarder en arrière était une perte de temps. Elle vit l'enveloppe posée sur la commode. Dans sa lettre à Cora Ravenhart, elle avait évité certains sujets, comme la maladie de son père. Elle avait également omis de mentionner qu'elle était sans le sou, que l'Angleterre n'était pas ce qu'elle avait imaginé. Il y faisait froid, il y pleuvait trop et elle ne s'attendait pas à voir des petits va-nu-pieds ni des tas de haillons blottis sous les porches.

Sa lettre étant restée sans réponse, Bess en posta une autre. Sans doute le courrier s'était-il perdu, la route étant longue jusqu'en Inde. Sur le front Ouest, les forces en présence étaient bloquées dans une impasse meurtrière. Bess écrivit encore tout au long de l'hiver, sans recevoir le moindre courrier. Son cœur était aussi sombre que la nuit dans laquelle était plongé Londres, soumis au *black-out* par crainte des raids aériens. Pourquoi ne recevait-elle aucune nouvelle de Mrs Ravenhart ? Frazer avait-il hâte de la revoir ? Il avait treize mois quand elle avait quitté Simla. Comment aurait-il compris qu'elle était obligée de se séparer de lui ? Pire… s'il était malade ? Peut-être sa belle-mère n'écrivait-elle pas car il serait trop pénible d'annoncer de mauvaises nouvelles ? Bess avait l'impression qu'un ressort trop tendu s'était bloqué. L'absence la rongeait et lui laissait le cœur à vif.

Ses bagues et ses bracelets servirent à régler les honoraires du médecin de son père, le loyer et la nourriture. À chaque bijou était attaché un souvenir, pris dans une pierre de lune ou un diamant à l'éclat glacé. L'hiver semblait interminable, rythmé par les chapitres du livre qu'elle lisait à Joe et par les parties de cartes qu'ils disputaient tous deux. Pluie et brouillard cernaient la ville comme un mur infranchissable, tirant un trait définitif sur l'existence qu'elle avait connue. Au plus fort du froid, elle rêva des singes du sanctuaire d'Hanuman, sur la colline de Jakko, auxquels les enfants de Simla donnaient des biscuits. Dans les pins et le chèvrefeuille, on n'entendait que leurs jacassements et le crépitement de leurs pas. Elle courait avec eux et parvenait enfin à oublier le chagrin et le douloureux sentiment de frustration qui ne la quittaient jamais.

Elle rêvait de plus en plus souvent de Frazer. Par moments, son fils ne la reconnaissait pas et se détournait d'elle ; à d'autres, il avait curieusement changé et c'était elle qui ne le reconnaissait plus. Elle rêva qu'elle rentrait chez elle mais le bungalow était vide, puis, son regard s'évadant vers le Mail, elle apercevait un grand jeune homme aux cheveux d'or qui se retournait pour lui sourire et lui adresser un signe d'adieu avant de s'éloigner.

Dans ce pays glacial, les portes restaient closes et on ne sortait pas bavarder dans la rue après le coucher du soleil, comme en Inde. Aux sourires froids, crispés, elle perçut la réprobation des voisins qui ne l'invitaient jamais. Quand elle se sentait trop seule, elle parlait au balayeur, à la vendeuse de la confiserie ou bien bavardait dans le tramway avec des soldats convalescents au bras en attelle ou au crâne bandé.

Au printemps 1915, Bess finit par accepter l'idée que son père allait mourir. C'était la seconde bataille d'Ypres, les troupes allemandes faisaient usage du gaz moutarde pour la première fois. Tel un soldat gazé, Joe Cadogan luttait pour la moindre bouffée d'air. Assise à son chevet, sa fille lui tenait la main et voyait lentement, inexorablement, l'abandonner le courage et l'optimisme qui jamais ne lui avaient fait défaut. Il valait mieux ne pas survivre à une chute, comme Jack, car c'était une fin nette et propre.

Son père mourut le 1er mai. Les arbres étaient en fleur et, pour la première fois depuis que Bess avait posé le pied sur le sol anglais, il y avait dans l'air une vague tiédeur. Après l'enterrement, elle tria les affaires de Joe : un éléphant en teck, une lanterne de cuivre, une dague incrustée de pierreries, cadeau d'un prince indien selon lui.

Joe Cadogan ayant succombé à la tuberculose, vêtements et literie furent brûlés. Bess vendit sa maigre bibliothèque à un bouquiniste ; l'éléphant de teck ainsi que la dague finirent chez un antiquaire de Belgravia. Elle vendit également plusieurs robes légères et des toilettes plus habillées à une boutique de vêtements d'occasion. Que ferait-elle de cela, seule dans ce pays froid ? Le reste de son maigre avoir fut rangé dans une petite valise.

Avant de rendre les clés de la maison au propriétaire, Bess pensa à sa belle-mère tout en nettoyant la maison. *Nous avons, depuis quelque temps, le projet de nous rendre en Écosse chez le frère aîné de Fenton, Sheldon*, avait expliqué Cora. *Tout est arrangé... nous devons embarquer au mois d'avril et nous comptons passer l'été auprès de mon beau-frère.*

Bess revit la photographie de Ravenhart House sur le buffet de ses beaux-parents, une vaste demeure grise dans un sombre écrin de montagnes.

— C'est là que vit oncle Sheldon, lui avait dit Jack. C'est affreux, tu ne trouves pas ?

À la bibliothèque, Bess chercha Ravenhart sur une carte des îles Britanniques. Elle suivit de l'index le long voyage qui l'attendait d'un bout à l'autre de l'île, jusqu'au comté de Perth, en Écosse. Elle n'informerait pas Cora de ses projets. Au fil des mois, durant ce long hiver si froid, l'impression de malaise s'était muée en défiance. Une image s'imposa à elle : une main gantée de dentelle caressant les cheveux blonds de Jack. Cette fois, elle ne se laisserait pas évincer par sa belle-mère. Elle emmènerait son fils et, enfin réunis, ils ne se quitteraient plus.

Bess changea de train à Édimbourg et poursuivit son voyage vers le nord en direction de Perth. Comme un métrage d'étoffe que l'on fronce sous ses doigts, la campagne semblait plissée de monts et de vallées. Elle arriva à Pitlochry dans la soirée et passa la nuit dans une pension de famille. Après dîner, elle fit un tour dans la petite ville. Difficile de contenir son excitation à l'idée de revoir Frazer.

Au matin, elle loua une carriole attelée d'un poney. L'air était vif et le vent coupant. La route étroite serpentait à travers bois, à l'assaut des collines et des escarpements rocheux. Plus loin, surplombant la vallée, les montagnes barraient l'horizon ; un soleil capricieux jouait avec les nuages. Bess n'aurait jamais cru ressentir une émotion familière en approchant de Ravenhart House, pourtant elle avait l'impression de rentrer chez elle. Les pins et les haies entrelacées de lianes de chèvrefeuille lui rappelaient Simla.

Un pavillon de garde indiqua enfin l'embranchement du chemin qui traversait le domaine et franchissait un pont en dos d'âne avant de se faufiler dans la vallée. Au fond du val, les hauts sommets étendaient leur ombre noire de part et d'autre du chemin. Dans son lit de cailloux, une rivière peu profonde serpentait entre les bouleaux argentés qui frémissaient sous la brise. À perte de vue, ces terres appartenaient aux Ravenhart, lui indiqua le cocher... Fascinée par la majestueuse beauté du paysage, Bess oublia un bref instant ce qui l'amenait. Dans ces vastes étendues, elle eu enfin l'impression de respirer. En quelques mois, Londres avait eu raison d'elle, la ville avait détruit un élément vital. Ici, elle échappait à sa prison, ce qu'elle n'aurait pas cru possible.

Derrière les sapins plus clairsemés, Bess découvrit Ravenhart House. Jack se trompait... loin d'être affreuse, la demeure était superbe.

On apercevait des nids de pie sur les fenêtres à meneaux surmontées de frontons et des tourelles au toit pointu, dignes d'un conte de fées, étaient piquées à chaque angle de la bâtisse. La pierre était coiffée d'ardoises bleu-gris et le jardin clos de buissons de buis et de rhododendrons ; quant au manoir, il se détachait sur un écrin d'immenses pins sombres et impressionnants.

À peine l'attelage arrêté sur le gravier de la cour, Bess leva les yeux vers les fenêtres et chercha Frazer. Rien, pas l'ombre d'un reflet trahissant un mouvement, le manoir ne semblait peuplé que de fantômes. Bess descendit de la carriole et eut le sentiment que Ravenhart recélait de mystérieux secrets. Quelles ombres, quels spectres glissaient le long de ces sombres corridors et de ces grands escaliers sous le couvert des arbres et à l'abri des montagnes ?

Bess tira la chaîne de la cloche et attendit, en proie à une souffrance quasi physique au souvenir de la main potelée blottie dans la sienne, du petit corps tiède pesant sur ses bras. Brusquement, elle sentit monter l'exaltation. Peut-être que son fils serait derrière cette porte ? Et s'il courait vers elle en entendant son nom ? Certes, il aurait changé durant son absence, elle le savait. Il aurait grandi, et c'est un petit garçon marchant avec assurance et commençant à parler qu'elle retrouverait. Malgré tout, Frazer devait garder un souvenir flou de sa mère ; le son de sa voix et l'odeur de sa peau éveilleraient sûrement de vagues réminiscences.

Une domestique la fit entrer après lui avoir demandé son nom. Les murs du hall d'entrée étaient lambrissés de sombres boiseries et un feu de bûches brûlait dans la vaste cheminée sculptée. Bess ne tenait plus en place, elle se mit à arpenter la pièce, son regard filant sur les trophées de chasse suspendus aux murs et sur les meubles aussi sombres que les boiseries, si lourds et si massifs qu'ils semblaient conçus pour la demeure d'un géant. Un fin voile de poussière recouvrait la table et le buffet, tandis que les araignées avaient tissé leur toile entre les bois d'un cerf. Sur la cheminée et le buffet trônaient des photographies de jeunes filles en robe blanche coiffées de chapeau de paille et des clichés de femmes en crinoline, la mine sévère sous les capotes. Bess vit également le portrait d'un officier à l'air mélancolique.

Le cœur battant la chamade, elle se sentait fébrile et avait très chaud. Elle retira vivement ses gants et s'avança jusqu'à la fenêtre.

Et si son fils jouait dans le jardin? Tel un éclair blanc filant entre les rhododendrons, elle l'apercevrait peut-être.

Elle se retourna en entendant des pas.

— Mr Ravenhart?

Petit, râblé, de maigres cheveux gris en bataille et un gilet auquel il manquait un bouton, Sheldon Ravenhart était à l'image de la maison.

Il lui lança un rapide coup d'œil et déclara d'un air furieux:

— J'ai pourtant répondu à cette sotte qui venait m'annoncer la visite de Mrs Ravenhart que c'était impossible.

— Je suis la veuve de Jack, expliqua Bess. Pardonnez-moi de me présenter chez vous sans m'annoncer, monsieur, mais je dois voir Mrs Ravenhart.

Ce préambule fut salué par un éclat de rire tonitruant.

— En ce cas, je crains que vous n'arriviez cinq ans trop tard. Ma femme est morte en 1910.

Bess piqua un fard avant de s'excuser:

— En fait, je voudrais parler à Mrs Cora Ravenhart.

— Cora? Elle n'est pas ici. Elle se trouve en Inde.

Bess eut un coup au cœur.

— En Inde?

— Naturellement.

Le châtelain s'avança à la rencontre de Bess. Il sentait le tabac à pipe et dégageait des relents d'humidité et de moisissure qui rappelèrent à Bess les vieux meubles après la mousson.

Soupçonneux, il observa attentivement la jeune femme.

— Si vous étiez l'épouse de Jack, vous sauriez que Fenton et Cora vivent en Inde depuis des années.

Bess fut envahie par une immense déception.

— Il est encore trop tôt, ils doivent être en route...

— Je l'ignore, marmonna le vieux châtelain.

En pleine lumière, Bess remarqua les taches maculant son gilet et ses poignets élimés.

— Fenton n'a jamais été un grand épistolier.

Sheldon Ravenhart consulta sa montre.

— La bonne va vous servir un rafraîchissement. Je ne peux vous inviter à déjeuner, je regrette. Depuis que je suis seul, je vis très simplement.

Bess sentit monter l'angoisse.

— Enfin, Cora vous a sûrement écrit ?

Sheldon Ravenhart manifesta un peu d'agacement.

— Bien sûr. Cora m'a fait part du décès de son fils, votre époux.

— Les parents de Jack ont bien l'intention de se rendre chez vous cet été, Mr Ravenhart ?

— Je ne pense pas. Je vais vous demander de m'excuser maintenant.

Le cœur battant à se rompre, Bess retint le vieil homme par le bras.

— Les Ravenhart seront bien ici… dans un ou deux mois ?

Un sourire glacé trahit l'impatience du châtelain.

— De toute évidence, il y a méprise. Non, je n'aurai pas le plaisir de leur visite.

Il se trompait, il ne pouvait en être autrement ! Subitement, les sujets photographiés et les trophées de chasse suspendus aux murs eurent l'air de bêtes traquées.

Éperdue, Bess insista.

— Mais Cora m'a dit… elle m'a assuré que toutes les dispositions étaient prises.

— Il est possible qu'il ait été question d'une visite, je ne me souviens pas.

Sheldon Ravenhart s'éloigna vers la porte.

— Vous m'excuserez mais j'ai à faire.

Bess s'efforçait de se dominer mais sans parvenir à maîtriser le tremblement de sa voix.

— Ainsi, mon fils ne se trouve pas chez vous ? Ne doit-on l'y conduire ?

La main sur la poignée, Sheldon Ravenhart se retourna.

— Votre fils ?

— Frazer, mon enfant.

Le vieux châtelain regarda Bess comme si elle avait perdu la raison.

— Il n'y a aucun enfant dans cette maison, je peux vous l'affirmer. Navré, Mrs Ravenhart, je ne vous serai d'aucun secours.

Dans la carriole qui l'emmenait, Bess se retourna pour observer la façade grise, examinant chaque fenêtre comme s'il suffisait d'un peu d'attention pour faire apparaître son petit garçon. Mais le soleil se cacha derrière un nuage, l'ombre voila le manoir qui perdit soudain sa splendeur de château de conte de fées. Dans leur écrin de pierre grise, les sombres fenêtres au regard vide avaient l'air malveillant.

L'attelage prit un virage serré et le rideau vert des sapins se referma sur la maison. Bess avait froid, elle boutonna son manteau et observa les alentours. On était bien loin de Simla, elle s'était trompée, une fois de plus. Ce pays était différent et son enfant se trouvait à l'autre bout du monde !

Anéantie, incapable de réfléchir, elle prit sur elle pour rassembler ses idées, s'efforçant de comprendre les événements. Bouleversée par le décès de Jack, peut-être avait-elle mal interprété les propos de Cora. Les projets des Ravenhart auraient-ils été contrariés ? Qu'avait dit Sheldon, déjà ? *Il est possible qu'il ait été question d'une visite. Je ne me souviens pas.* Bess l'aurait volontiers pris par le col pour l'obliger à se rappeler.

À moins que la guerre n'ait contraint les Ravenhart à changer d'avis ? Auraient-ils renoncé à se rendre en Angleterre ? Ils avaient sans doute hésité à se lancer dans une longue traversée maritime. Oui, bien sûr. Bess fut un peu rassérénée. Les gros titres des journaux faisaient état de navires marchands torpillés au large des côtes britanniques. Au début du mois, un paquebot, le *Lusitania*, avait été coulé près des côtes irlandaises, faisant plus de mille disparus. Elle croyait que la guerre ne l'atteindrait pas, probablement s'était-elle trompée. Tandis qu'elle soignait son père et tardait à exiger qu'on lui rende son fils, le conflit avait gagné toute la planète comme une épidémie. Personne n'était épargné.

Il restait encore une hypothèse…

Bess frissonna. Si rien n'était venu contrarier les projets de Cora ? Si tout s'était déroulé selon ses plans ?

Sa belle-mère aurait-elle décidé de garder Frazer pour elle ? Était-ce possible ?

Et comment ! Bess le comprenait enfin. Cora ne l'avait jamais aimée, elle avait même cherché à dissuader Jack de l'épouser. Fille d'un petit négociant sans racines, Bess n'était pas vraiment l'épouse idéale pour le fils unique des Ravenhart. Élevé comme un petit prince, gâté par les domestiques et une mère qui l'adorait, Jack avait toutefois l'habitude de parvenir à ses fins, et ce dès le plus jeune âge. Il avait refusé de plier car il tenait de Cora une volonté de fer.

Séduisant, courageux, intrépide, il avait néanmoins ses faiblesses. Il entendait monopoliser l'attention et exigeait qu'on l'adore. Il ne pouvait supporter la plus légère contrariété ; ce qu'il voulait, il l'obtenait. En cas de refus, il boudait et se mettait en rage. Durant les deux années de leur union, ils s'étaient parfois querellés violemment. Les portes claquaient et les assiettes volaient au point de faire fuir les domestiques. Jack était capable d'une grande gentillesse mais il avait un côté plus sombre : quand il y voyait son avantage, il ne se préoccupait guère des sentiments d'autrui et ne tolérait aucune critique. Ces défauts, sa mère les lui avait inculqués, elle l'avait gâté sans imposer de limites, sans jamais le gronder.

Toute l'affection dont elle était capable, Cora Ravenhart l'avait généreusement dispensée à son fils. Bess ne l'avait jamais vue manifester de sentiments envers son mari. Alors l'amour… Comment survivre à la perte du seul être aimé ? Devait-on pleurer jusqu'à la fin de ses jours ? À moins que la douleur et la haine ne vous amènent à chercher un substitut ? À s'emparer du substitut le plus proche, sans s'inquiéter des éventuelles conséquences ou des ravages opérés ?

Le train à destination d'Édimbourg roulait dans un fracas d'essieux. Blottie contre la fenêtre, le regard perdu dans le vide, Bess ne voyait ni les bois ni les collines qui défilaient devant elle ; elle n'avait d'yeux que pour Frazer, pour ses cheveux d'or blanc et ses yeux bleus, Frazer agitant sa petite main quand elle s'était éloignée du bungalow des Ravenhart pour la dernière fois.

Éperdue, Bess décida de retourner en Inde pour aller chercher elle-même son enfant. Il ne serait pas à Cora, elle ne la laisserait pas s'emparer de Frazer. Seulement le voyage coûtait cher. Quand elle aurait exigé de reprendre son fils, elle devrait lui donner un foyer, comme le lui avait fait remarquer sa belle-mère. Bess vérifia discrètement le contenu de son porte-monnaie : cinq livres et douze shillings. On était très loin du compte. L'argent ! se dit-elle avec amertume, on finit toujours par en arriver là. Sans argent, que faire ?

Il fallait donc trouver du travail. Oui, mais de quoi serait-elle capable ? Son éducation comportait de sérieuses lacunes. Elle montait aussi bien que beaucoup d'hommes, savait jurer en trois langues, nageait et plongeait sans la moindre appréhension et, au jeu, elle avait la main heureuse. À quoi cela lui servirait-il dans ce pays ? Elle envisagea sans complaisance le genre de fonction à laquelle elle pourrait prétendre… employée de bureau si elle apprenait à taper, serveuse dans un pub ou un hôtel, vendeuse dans une boutique de mode ou, le Ciel l'en préserve, domestique. Une telle situation lui permettrait-elle de pourvoir à ses besoins, à ceux de son fils, et aux émoluments de la nounou qu'il faudrait engager ? Elle avait quelques doutes.

Saisie par le froid, transie jusqu'aux os, Bess n'était plus capable de raisonner. Elle avait si peur ! Peur que Cora Ravenhart n'ait décidé de garder son petit-fils pour combler la perte d'un fils unique et qu'elle ait menti en affichant l'intention de se rendre en Écosse afin de retenir Frazer. Peur d'avoir commis une terrible, une irréparable erreur en sautant à pieds joints dans le piège tendu par sa belle-mère.

À Édimbourg, Bess prit une chambre dans la première pension qu'elle trouva sur son chemin. Elle était trop exténuée pour aller plus loin. Où irait-elle, d'ailleurs ? Pourquoi retourner à Londres qu'elle n'aimait pas ? Personne ne l'y attendait.

Située au quatrième étage d'un immeuble de Old Town, sa petite chambre était humide et la fenêtre donnait sur un étroit passage, sans autre horizon que l'immeuble voisin. Blottie sous les couvertures rêches, Bess dormait mal et dépensait au compte-gouttes le peu qu'il lui restait, vivant de cafés à deux sous et de beignets de boulanger. Elle avait un farouche attachement, une vraie passion pour ses boucles d'oreilles, deux diamants bleus de Ceylan, que Jack lui avait offertes à l'occasion de leur premier anniversaire de mariage. Elle les cacha derrière une plinthe mal fixée.

Dominée par de grands pics rocheux, la ville bâtie sur plusieurs niveaux semblait parfois la rejeter au hasard. Par moments, Bess avait l'impression de se retrouver en équilibre instable au-dessus des toits. À d'autres, elle s'égarait dans un labyrinthe de sombres venelles. Elle était perdue, ne sachant que décider. Jamais elle n'avait éprouvé une telle impression de solitude, il y avait toujours eu quelqu'un sur qui compter, son père, Jack, ou les relations qui l'avaient hébergée à Simla… Jamais elle n'avait manqué d'amis ou de compagnie. Minée par la solitude, elle faisait durer les tasses de thé et fut même tentée, à une ou deux reprises, de sourire en retour à un homme qui avait attiré son attention. Elle entendait encore Dempster Harris lui offrir, selon ses propres termes, sa « protection », une proposition sans doute plus lucrative qu'un emploi de vendeuse. Bess était consciente du risque de glisser jusqu'au fond de l'abîme.

Un beau matin, elle émergea d'un profond sommeil sans rêve. Elle coiffait ses longs cheveux noirs quand une image lui vint à l'esprit : le paquebot de la P&O qui l'avait amenée de Bombay à Southampton. Elle se souvint alors des Williamson, de leur gentillesse à son égard et des soldats qui avaient courtisé une jeune femme assise sous un auvent. Un vague projet commença à prendre forme ; Bess chercha à en fixer les contours, à le faire éclore au grand jour. Elle revit également le couple de jeunes mariés croisé dans le train qui l'amenait à Édimbourg. *Il y a tout juste un mois que nous nous connaissons.* Bess observa alors son reflet dans le miroir.

Telles deux longues fentes de saphir sombre sous les paupières plissées, ses yeux étudiaient son visage sans complaisance. Le coût de la nourriture était si préoccupant que ses traits s'étaient affinés, accentuant ses pommettes hautes et son nez droit et fin. Ses lèvres pleines que Jack aimait tant embrasser avaient à présent un pli résolu. Mais elle possédait bien un atout, un talent très prisé même ! Tout ce que Cora Ravenhart méprisait en elle, il fallait en tirer profit. Sa belle-mère avait su la juger, sous le vernis d'éducation qui lui avait permis de se faire accepter par la bonne société de Simla : facile, coquette et sans moralité.

Elle devait récupérer Frazer, elle le devait ! Bess s'approcha de la fenêtre et l'ouvrit pour respirer l'air frais. Puis elle mit son chapeau, enfila ses gants et sortit. Gravissant la colline qui menait au château, elle mit au point un plan minutieux. Il lui fallait d'abord retrouver les Williamson et leur rappeler les liens amicaux noués pendant la traversée. Elle allait soigner sa toilette, retrouver ses manières les plus raffinées et passer sous silence la série de catastrophes qui l'avaient frappée. La veuve de Jack Ravenhart, neveu d'un propriétaire terrien possédant de vastes domaines en Écosse, serait accueillie à bras ouverts. Pour une exilée sans le sou logeant dans une pension de second ordre, ce serait sans doute une autre histoire.

Bess laissa errer son regard sur la ville, sur les toits des élégantes demeures de Newton qui miroitaient sous le soleil, puis sur la langue d'argent du Firth of Forth dans le lointain. Elle devait se servir des Williamson pour s'introduire dans la bonne société d'Édimbourg, user de son charme pour se faire inviter dans les soirées privées et les réceptions, puis s'engager dans une idylle de guerre, dénicher le parti le plus riche et le plus convoité d'Édimbourg et l'épouser.

2

Bess vendit un dernier bijou, une broche de perles, et ne garda que son alliance, sa bague de fiançailles et ses boucles d'oreilles en diamant. Elle s'installa ensuite dans un hôtel de Newton, modeste mais convenable. Sa garde-robe ayant fondu, ses maigres possessions brinquebalaient dans sa valise qui rendait un son creux. Combien de temps cet argent lui permettrait-il de tenir ? Un peu plus si elle ne mangeait pas trop… Elle avait toujours faim, redoutait sans cesse d'être trahie par ses gants reprisés ou des bas filés. Épuisée de devoir cacher sa pauvreté, contrainte d'offrir en permanence l'image respectable d'une veuve réservée, elle était à bout. Mais il y avait bien pire : la terreur de voir son plan échouer et de rester sans le sou l'étreignait aux premières heures du jour.

En décidant de se lancer dans la chasse au mari, elle ne s'attendait pas à une telle pénurie d'hommes jeunes et en était furieuse. Maudite guerre, il fallait toujours qu'elle contrarie ses projets ! Par l'entremise des Williamson, elle fit la connaissance de jeunes femmes, mariées ou non, qui lui montraient des photographies de frères, de fiancés ou de maris partis pour le front. Elle voyait également des femmes plus âgées qui essayaient d'oublier l'angoisse constante que leur inspirait le sort de leurs fils. Elle croisa des hommes mariés, avocats, médecins et industriels dans la quarantaine, voire un peu plus. Dès que leurs épouses n'étaient plus à portée d'oreille, ils lui glissaient un compliment. Bess rencontra également de vieux célibataires dont les poignets de chemise élimés signaient les longues années sans une épouse pour prendre soin d'eux. Enfin elle connut des adolescents boutonneux à la moustache rare, qui la contemplaient béatement avant de lui confier leur hâte de rejoindre les rangs de l'armée bien qu'ils n'en aient pas encore l'âge.

Bess commençait à désespérer de trouver un homme qui lui convienne, quand elle fut présentée à Ralph Fearnley. Célibataire, Ralph approchait la trentaine. S'il n'était pas vraiment riche, il était très à l'aise ; une discrète enquête auprès de Sara Williamson sut la rassurer. Associé principal au sein du cabinet d'expertise comptable fondé par son père, il vivait dans un petit village situé à quelques kilomètres au sud d'Édimbourg et attendait d'être appelé sous les drapeaux.

D'un blond tirant sur le roux, Ralph avait un visage lisse, des joues roses et rebondies et des yeux bleu-gris sous des cils très pâles. Convaincre Ralph Fearnley de l'épouser ne fut pas plus difficile que de remonter un poisson déjà ferré. Un poisson bien en chair, bien luisant, qui ne se débattait même pas en signe de protestation. Bess n'eut pas besoin de se mettre en chasse, il s'en chargea. Pour autant que ce terme pût qualifier la cour tenace et assidue dans laquelle il s'engagea. Bess laissait entendre qu'elle irait écouter un récital et Ralph l'attendait à la réception de l'hôtel. Il la regardait avec une admiration naïve descendre les marches, nimbée d'un nuage d'Heure bleue, les boucles de diamant scintillant à ses oreilles. À peine tournait-elle les yeux dans une direction qu'il était à ses côtés, prêt à aller lui chercher un rafraîchissement, lui ouvrir une porte ou l'aider à passer son manteau. Il lui rappelait un chien qu'elle avait eu en Inde, un labrador fidèle... C'était sinistre.

Au plus léger contact, si Bess lui prenait le bras sur le trottoir ou lui effleurait les doigts quand il lui tendait un verre de vin, il sursautait comme s'il avait touché un fils électrique sous tension. Perplexe, il avait souvent un regard de pure adoration ou semblait perdu, lâché en haute mer. Il parlait de son travail et de ses passe-temps favoris : les randonnées dans les collines, la pêche et l'histoire militaire. Il retrouvait un peu d'aisance lorsqu'il évoquait un sujet qui le passionnait, devenant alors intarissable ; du moins était-ce l'impression de la jeune femme. Il ne s'apercevait même pas qu'elle ne disait plus un mot... faute de pouvoir le faire. De Simla à l'Écosse, comme partout dans le monde, les hommes aimaient les doctes discours. Jusqu'à ce pauvre Jack qui parlait polo pendant des heures ! Bess étouffait parfois un bâillement. Il lui arrivait même de s'assoupir quand Ralph se mettait à disserter sur les tranchées ou les défilés, des sujets totalement dépourvus d'intérêt à ses yeux.

Les nuits d'insomnie se succédaient depuis quelque temps et Bess sentait mollir sa détermination, se posait des questions... Serait-elle capable d'épouser un homme qui lui était indifférent? Ralph Fearnley était apparemment quelqu'un de bien, un homme honnête. S'il était un brin pompeux et soucieux du détail jusqu'à la maniaquerie, ses défauts restaient sans gravité. Il ne méritait pas une union sans amour.

Que ferait-elle, mon Dieu, si elle ne l'épousait pas? Finirait-elle par s'habituer à l'existence solitaire qui était la sienne depuis la mort de son père? Bess n'avait aucun goût pour la solitude. Elle aimait les gens, avait besoin de compagnie, de rire, de bavarder, de partager les menus incidents de la journée. Surtout, elle avait besoin de Frazer. Sans ce mariage, peut-être ne reverrait-elle jamais l'Inde? Alors, Frazer l'oublierait, son enfant ne l'aimerait pas. En grandissant, il finirait peut-être par croire qu'elle l'avait abandonné. Élevé par Cora Ravenhart, que deviendrait ce fils unique et tant aimé? Elle redoutait ce que Cora serait capable de faire de cet enfant.

Bess avait écrit une dernière fois à sa belle-mère, lui demandant pourquoi elle avait annulé son voyage en Écosse et l'implorant de lui donner des nouvelles de Frazer. Secrètement convaincue que sa lettre resterait sans réponse, elle était désormais sans illusion. Après les événements de l'année passée, elle était devenue plus dure. Elle fit taire ses hésitations et poursuivit son objectif sans états d'âme, balayant les obstacles dressés sur son chemin, les doutes venant l'effleurer la nuit et, par moments, une conscience aiguë de ce qui l'attendait en épousant Ralph Fearnley, c'est-à-dire un ennui mortel.

Ralph présenta Bess à une amie, Pamela Crawford, une voisine qu'il connaissait depuis la petite enfance. Bess refusa de voir là une éventuelle menace. Robuste et solidement charpentée, miss Crawford portait ses tresses relevées et ses sourcils, noirs et fournis, disparaissaient sous une lourde frange. Elle ne choisissait pas ses vêtements, chauds et fonctionnels, pour séduire et ne se parfumait pas à l'Heure bleue mais au savon de Marseille. Si Pamela Crawford était amoureuse de Ralph, ce que soupçonnait Bess en réprimant aussitôt un sentiment de culpabilité, elle ne savait vraiment pas s'y prendre pour le conquérir.

Ralph comptait pour les petites choses, ce trait de caractère n'avait pas échappé à Bess. Il disposait d'une bonne aisance mais marchait pour économiser une course en taxi et rechignait à prendre les meilleures places au théâtre quand les deuxièmes catégories convenaient aussi bien. Au restaurant, il avait paru choqué de la voir choisir de la langouste à la carte au lieu de s'en tenir au menu dont il ne s'écartait jamais. Celle-ci veilla à ne pas renouveler cette erreur.

Un soir, au dîner, elle lui demanda des conseils financiers et fit allusion au manque de prévoyance de Jack, lequel n'avait rien laissé à sa femme en cas de décès. Évitant soigneusement toute allusion à une éventuelle gêne, Bess s'en tint aux choix sans gravité excessive auxquels une dame peut se trouver confrontée quand ses revenus baissent. Elle savait à quel point les gens redoutaient ce genre d'affection apparemment contagieuse.

Ralph coupait consciencieusement une tranche de bœuf. Le restaurant n'était pas de premier ordre et il avait pour principe de laisser son assiette parfaitement nette.

Il répliqua enfin :

— Trop d'hommes commettent l'erreur de ne pas laisser leurs affaires en ordre.

— Sans doute Jack se croyait-il éternel. Vous aussi, j'imagine ?

— Ah, vous croyez ? Moi, j'ai assuré l'avenir. Il faut savoir parer à toute éventualité.

Beth évoqua l'image de Jack qui s'était précipité vers la mort en riant, au bord d'un précipice noyé dans la brume. Puis elle fit observer avec tristesse :

— Jack ne pensait jamais à l'avenir. Il n'imaginait même pas qu'il puisse lui arriver le moindre mal.

Mâchant avec application, Ralph ne répondit pas tout de suite.

— Je suis chaque jour témoin de telles situations dans mon métier… cette année, surtout. Et hop, les voilà partis pour la France, les hommes mariés qui ont charge d'âme, et c'est la catastrophe. Les familles se retrouvent alors dans un effroyable pétrin.

Bess frissonna.

— Je vous en prie ! Ne dites pas des choses pareilles. J'ai peur.

— Peur ?

Bess lui décocha un regard à faire fondre un iceberg.

— Pour vous. Vous avez fait preuve d'une telle gentillesse. Je me sens si seule depuis la mort de Jack. Comment aurais-je fait si vous n'aviez pas été là ? Je me le demande.

Cramoisi, Ralph émit un chapelet de sons incohérents et finit par s'étrangler avec une bouchée de viande tendineuse, si bien que Bess dut lui taper dans le dos. Quand il se fut ressaisi, elle orienta la conversation vers des sujets plus légers. Il était en effet préférable de ne pas s'aventurer dans certains domaines. Il était encore trop tôt, par exemple, pour évoquer la délicate question de Frazer. Cela devrait au moins attendre jusqu'à la bague de fiançailles.

Dernièrement, Ralph avait, une ou deux fois, paru sur le point de se déclarer mais un incident insignifiant, un serveur venu enlever leurs assiettes ou un coup d'avertisseur, avait suffi à le déconcentrer. Bess se serait volontiers écriée : « Vas-tu te décider, pour l'amour du Ciel ! » Elle parvenait toutefois à maîtriser son impatience.

Ralph l'escorta à une soirée que donnaient les Corstophine, des proches des Williamson. Jane Corstophine et Mrs Williamson partageaient une passion pour la musique. Bess avait utilisé du jus de citron pour rincer son abondante chevelure noire, relevée sur la nuque en un chignon de boucles soyeuses. Une touche de rouge à lèvres, un voile de poudre et une bouffée d'Heure bleue. Elle portait une robe de soie noire et ses boucles de diamant étincelaient à ses oreilles, attirant le regard.

Ce soir-là, Bess avait particulièrement soigné son apparence car il était impératif que Ralph fasse sa demande sans délai. C'était bien simple, elle ne pouvait plus se permettre d'attendre. Ses finances étaient dans un tel état qu'elle n'avait pratiquement rien avalé de la journée, il lui fallait réduire au minimum les frais de nourriture. Elle bavardait, dansait avec Ralph, sans rien dans l'estomac et se serait volontiers ruée sur le buffet dressé dans la pièce voisine pour engloutir tout ce qu'elle aurait été capable d'avaler. Impensable ! Il fallait à tout prix préserver cette image de veuve fragile que Ralph trouvait si séduisante.

Depuis le début de la soirée, il se montrait très empressé, lui apportant à boire, lui ramenant de maigres prises qui ne risquaient pas de la rassasier. Bess était exaspérée, la faim sans doute... À une ou deux reprises, elle faillit d'ailleurs se montrer franchement désagréable en lui demandant de ne plus s'agiter et d'éviter de lui écraser les orteils. C'était insupportable ! Elle finirait par filer ses bas qu'elle ne pouvait s'offrir le luxe de remplacer. Affolée par sa réaction, Bess déploya tout son charme, sourit à Ralph, chercha son regard et repoussa d'une caresse une mèche de cheveux sur son front. Rouge comme un coq, Ralph resta muet. À les voir ainsi, on devait déjà les croire fiancés. « Eh bien, tant mieux ! » se dit Bess avec défi avant de prendre un autre verre pour calmer ses nerfs.

Ralph lui nomma quelques invités.

— Bien sûr, vous connaissez Jane et Stewart, qui bavardent avec les Murray et les Irvine. John Murray est avocat et Gilbert Irvine éditeur…

— Et cet homme au veston froissé qui parle avec Mr Kincardine ? Qui est-ce ?

— C'est le docteur Jago, un drôle d'individu à en croire la rumeur. Il semble toujours sans le sou et traînerait derrière lui des relents de scandale mais je ne sais plus très bien lesquels…

Bess fut exaspérée.

« Et voilà ! C'est la première remarque pertinente que j'entende ce soir et tu n'es pas fichu de te souvenir correctement. »

Ralph répondit à l'appel d'un vieil ami et Bess en profita pour s'éclipser. La salle à manger était presque vide et les domestiques avaient commencé à débarrasser. Elle jeta un coup d'œil furtif derrière elle, rafla ce qu'il restait de nourriture et traversa la demeure en quête d'un endroit où se réfugier.

Elle finit par se retrouver dans une serre, toute de verre et de métal, au milieu des hoyas et du plumbago. Son assiette sur les genoux, elle retira ses gants et se débarrassa de ses chaussures avec un soupir de soulagement. Avant d'attaquer le contenu de son assiette, elle ferma les yeux un bref instant et respira le parfum des fleurs. Le bruit de la réception s'estompait, elle pouvait enfin se détendre… Alors elle se mit à l'œuvre. Sandwiches, canapés, vol-au-vent, petits-fours, elle engouffrait tout sans distinction.

Un bruit lui fit lever les yeux, pour autant elle ne lâcha pas la part de gâteau qu'elle avait dans la main. Elle n'était plus seule, l'homme au veston froissé venait d'entrer dans la serre. Elle voulut dissimuler son assiette derrière un pot de fleurs mais l'inconnu s'avançait vers elle. Il trébucha sur une branche qui dépassait entre un palmier et un ficus, et lui lança :

— J'ai cru que vous me garderiez quelque chose, j'ai oublié de dîner et il ne reste plus rien.

Bess tendit vivement son assiette.

— Prenez, je vous en prie. Je n'ai pas très faim.

L'intrus s'assit auprès d'elle.

— Les conventions sociales exigeant, au nom d'un certain raffinement, que la gent féminine ait un appétit d'oiseau me paraissent absurdes. Les hommes aiment les femmes dotées d'un solide coup de fourchette, ils se sentent moins balourds.

Il tendit la main et ajouta :

— Martin Jago.

— Bess Ravenhart.

— Que diriez-vous de partager ? proposa-t-il.

L'air de rien, Bess en profita pour observer son voisin. De fins cheveux noirs, très courts, un teint pâle et des traits anguleux, il était assez grand et plutôt mince. Quel âge pouvait-il avoir ? Elle n'aurait su le dire… entre vingt-cinq et trente-cinq ans, difficile d'être plus précise. Des poignets de chemise tachés d'encre, un veston noir sans âge un peu verdâtre, il était affreusement fagoté. Bess lui trouva une drôle d'allure. Rien de bien séduisant, décidément. Seul trait remarquable chez cet homme, son regard perçant d'un bleu sombre tirant sur le gris.

Bess fit disparaître sa part de gâteau et entreprit de se lécher les doigts mais, soudain consciente de ce qu'elle faisait, elle s'exclama :

— Oh, mon Dieu ! Mon père disait toujours que j'avais des manières de poulbot.

Martin Jago sourit.

— Vous voulez que je m'en aille ? Ne cherchiez-vous pas à fuir ?

Bess effleura de l'index la corolle rose d'une fleur de bougainvillée, fine comme du papier de soie.

— J'aime cet endroit, il me rappelle la maison. C'est ce qui m'a attirée.

— La maison ?

— L'Inde, où j'ai été élevée. Ces fleurs me font penser à mon pays.

Cédant brusquement au mal du pays, Bess reprit :

— Je dis que je suis anglaise mais mon père était tout autant écossais qu'anglais et ma mère un brin écossaise, je crois. Je ne sais plus très bien, j'étais très jeune quand elle est morte et mon père n'a gardé aucun lien avec sa famille, pas même avec ses parents.

Toujours est-il que, depuis mon arrivée à Londres, j'ai l'impression d'être en exil.

— Vous êtes donc métisse, vous aussi. Depuis quand êtes-vous à Édimbourg, Mrs Ravenhart ?

— Tout juste six semaines.

— Comment trouvez-vous la ville ?

Bess frissonna.

— Froide. Il fait toujours si froid ! Et de votre côté ?

— Je suis d'origine française. Après une scolarité en Angleterre, je suis venu faire ma médecine à Édimbourg et, par la suite, j'ai un peu voyagé.

— Connaissez-vous l'Inde ?

Bess aurait tant aimé avoir des nouvelles de chez elle !

— Malheureusement non mais j'aimerais m'y rendre un jour.

Bess s'échauffa.

— Je dois impérativement y retourner. Seulement, avec cette maudite guerre !

L'image de Frazer s'imposa, Frazer à des milliers de kilomètres, séparé d'elle par des champs de bataille et des flottes de guerre.

— Pourquoi faut-il toujours que les hommes se battent ?

— C'est sans doute dans notre nature.

— Si seulement cela pouvait très vite se terminer !

— Je crains fort que vous ne deviez patienter un bon moment.

— Combien de temps ?

— Oh, des années !

Bess refusa de le croire.

— Mais non, voyons ! Ce ne sera pas aussi long. C'est impossible !

— Les forces en présence n'avancent pas, vous savez. Les deux armées ne cessent de progresser, puis de reculer sur quelques mètres de boue. Il n'y a ni victoire ni percée, et il n'y en aura pas car les armes modernes parviennent à contrer l'attaque sans lui laisser le temps de prendre de l'ampleur. S'il voyait une issue proche, Kitchener n'entraînerait pas des bataillons de volontaires.

— Après la victoire…, lança Bess.

Martin Jago l'interrompit.

— Si victoire il y a.

Bess leva vers lui un regard ébahi. Jamais elle n'avait envisagé l'éventualité d'une défaite. Elle revit Jack, à la tête de ses troupes de cavalerie dans son superbe uniforme écarlate.

— Nous l'emporterons, comme toujours.

— Nous sommes une île, c'est une force mais aussi une faiblesse. Certes, la mer constitue une défense naturelle mais nous sommes extrêmement dépendants de l'Empire pour nos importations alimentaires. Une victoire est possible mais à un tel coût et au prix de si lourdes pertes qu'elle aurait peut-être un goût de défaite.

Bess émit un sifflement exaspéré et désespéré à la fois.

— Auriez-vous un proche en France ? Un frère ou un cousin...

— Non. Personne.

Jago sortit de sa poche une flasque qu'il tendit à Bess.

— Une goutte de whisky, Mrs Ravenhart ?

Bess but quelques gorgées qui la réchauffèrent.

— Parlez-moi de vos voyages, docteur Jago. Quels pays avez-vous visités ?

— L'Italie, la Grèce, l'Espagne et, dernièrement, l'Égypte. J'ai eu la chance de visiter la vallée des Rois. Il y a deux ans, le comte de Carnarvon, mécène d'Howard Carter, a obtenu l'autorisation d'y mener des fouilles mais, bien sûr, tout s'est arrêté l'été dernier, à la déclaration de guerre. Voyez-vous, je pratique l'art de la médecine mais l'archéologie est ma passion.

— Une double carrière ! s'exclama Bess sans excès d'amabilité. Les hommes ont de la chance d'avoir un tel choix !

Le regard bleu-gris se tourna vers elle.

— On a toujours le choix.

— Pas quand on est une femme, répliqua Bess avec amertume. Pour nous, l'éventail est très restreint.

— Certaines carrières commencent à s'ouvrir aux femmes. Elles ont la possibilité de devenir infirmière, de poursuivre des études de médecine. Voyez Sophia Jex Blake...

Bess l'interrompit.

— Des études coûteuses ?

— Elles exigent des moyens, admit Martin Jago.

— Et combien de temps durent-elles ?

— Six ou sept ans.

— Il est exclu que j'attende aussi longtemps. Non, une seule carrière m'est ouverte.

— Laquelle ?

— Le mariage, bien sûr.

— C'est ainsi que vous l'envisagez ? Comme un métier ?

— Si l'on sait choisir, le mariage vous assure à la fois statut social et revenus, exactement comme une carrière, me semble-t-il.

— Mais c'est… du calcul.

Bess toisa froidement le médecin.

— Je peux vous garantir qu'en ce domaine une jeune et innocente débutante est tout aussi capable de calcul qu'une aventurière chevronnée. Si les hommes nous en croient incapables, ils sont idiots.

Les mots résonnèrent dans le silence qui suivit. Martin finit par ajouter entre haut et bas :

— Sans doute. Il se pourrait, en revanche, que Ralph Fearnley n'ait pas tout à fait le même point de vue.

Comprenant que Jago l'avait observée, Bess piqua un fard.

— C'est son affaire.

— Et de votre côté, Mrs Ravenhart ? Il n'est pas désagréable, ce Ralph Fearnley, mais je parierais que vous vous ennuieriez à mourir avec lui.

Bess voulut répliquer vertement mais Martin Jago leva la main pour lui imposer silence.

— Je tenais simplement à souligner que les hommes et les femmes n'ont pas exactement la même vision des choses, ils ont la fâcheuse manie de tomber amoureux. Cela ne risque-t-il pas de contrarier bon nombre de calculs ?

— Faut-il croire à l'amour ? Je me le demande.

— Est-ce vraiment une question de foi ?

— Et si l'on voulait se convaincre que l'on est amoureux pour se sentir meilleur, histoire de justifier nos petits calculs.

Sans doute semblait-elle très dure, Bess s'en rendait compte.

— Peut-être. Je n'ai guère d'expérience en ce domaine.

— Vous n'êtes pas marié, docteur Jago ?

Le médecin fit signe que non.

— Et de ce côté, je suis sans illusion.

— Pourquoi ? Seriez-vous affligé de tels défauts ?

— J'en suis pétri, je le crains.

Il esquissa le geste d'épousseter son veston.

— Je suis distrait, peu soigneux et incapable de rester longtemps au même endroit. On m'a aussi accusé de maladresse et de manquer de sociabilité. Quand je suis préoccupé, je ne dis plus un mot.

Bess pensa en son for intérieur :

« Et quand vous parlez, vous dites ce qu'il ne faut pas. »

Elle se leva et lui sourit :

— Il y aura bien une femme pour vous prendre en pitié et s'occuper de vous, docteur Jago, je n'ai aucune inquiétude à ce sujet.

Bess se faufilait entre un figuier et des fleurs de la passion quand elle l'entendit murmurer :

— De la pitié. Se marier par pitié, mais ce serait insupportable !

Bess avait trop bu. Elle avait mal à la tête et la bouche un peu amère. Le vin et le whisky étaient-ils responsables ? À moins que ce ne soit les propos de Martin Jago. *Il n'est pas désagréable, ce Ralph Fearnley, mais je parierais que vous vous ennuieriez à mourir avec lui.* Elle venait de faire sa connaissance et il avait déjà l'audace de la juger ! Il ne savait rien de sa vie et, de son propre aveu, était voué au célibat.

Plus tard dans la soirée, on fit un peu de musique. On balbutia une ou deux sonates et de petits duos pour piano et violon très policés. Certains invités s'avancèrent pour pousser la chansonnette et la soirée, qui se traînait, finit par s'animer. Le docteur Jago s'était assis au piano pour accompagner les chanteurs interprétant des extraits d'opérettes et des chansons populaires.

Après les dernières notes d'une aria tirée de *La Veuve joyeuse*, Martin Jago demanda à Bess de chanter. Plus qu'une requête, celle-ci vit là un défi à relever. Elle vint donc se placer au centre de la pièce et se lança dans une ballade que son père lui avait apprise. Sans être virtuose, elle avait toujours chanté juste. L'air choisi parlait d'amour, de mort et de trahison, des thèmes éternels.

« Où étais-tu donc, mon amour perdu, durant ces sept années et plus encore ? »

Bess vit l'image de Frazer et fut prise de frissons.

L'auditoire était fasciné. Incapable de la quitter des yeux, Ralph profita des applaudissements pour lui glisser : « Il faut que je vous parle. »

Bess sentit monter un formidable sentiment de triomphe.

En la raccompagnant à son hôtel, Ralph lui apprit qu'il avait reçu l'ordre de rejoindre son régiment sous quinzaine. Il lui avoua également qu'il l'aimait, qu'il l'adorait, et qu'il ne pouvait vivre sans elle. Ils s'embrassèrent. Le seul contact des lèvres de Bess avait, semblait-il, transformé Ralph en statue de pierre. Peu importe si l'engagement qu'elle venait de prendre ne différait guère des transactions menées dans la rue par les putains. Elle avait fait son choix.

Ils se marièrent deux semaines plus tard. Avouer à Ralph l'existence de Frazer se révéla plus facile que Bess ne l'avait pensé. Il apprit qu'il devenait beau-père d'un petit garçon avec l'expression éberluée qui ne l'avait pas quitté durant leur brève idylle. Le convaincre de payer la traversée afin de ramener Frazer en Angleterre fut une tout autre affaire.

Elle choisit soigneusement son moment. Après la brève et maladroite étreinte de deux corps qui ne semblaient pas faits l'un pour l'autre, Ralph la tenait dans ses bras. Bess n'en avait pas retiré le plaisir éprouvé avec Jack, loin de là.

Ralph, lui, semblait plutôt content, puisqu'il lui flattait le sommet du crâne à petits coups de nez.

— Chéri, dit-elle, il faut que je te parle de Frazer.

Son mari répliqua distraitement :

— Frazer ?

— Mon fils, tu te souviens. Je dois le ramener en Grande-Bretagne. Alors, si tu pouvais me laisser de quoi régler le billet…

— Le billet ?

— Le billet pour la traversée qui m'amènera en Inde.

Ralph lâcha un petit rire.

— Enfin, chérie, il est hors de question que tu te rendes là-bas.

— Mais il le faut.

Bess se dégagea, puis se tourna vers son mari.

— Mon fils m'a oubliée, j'en suis certaine. Plus longue sera la séparation, pire ce sera.

— Je regrette, c'est exclu. Il y a déjà le prix très élevé du billet, auquel viendraient s'ajouter d'autres dépenses, le train jusqu'à Simla, les hôtels et les domestiques qu'il faudrait engager. Sans compter que les prix ont beaucoup augmenté et que, durant mon absence, les bénéfices du cabinet seront en baisse.

— Je voyagerai dans l'entrepont, ça m'est égal...

— Sans parler du coût, l'aventure serait beaucoup trop dangereuse. L'ennemi n'hésitera pas à couler des paquebots, il n'en fait pas mystère.

— Enfin, je dois y aller !

Ralph lui tapota la main.

— Et s'il t'arrivait quelque chose ? Je ne le supporterais pas. Souviens-toi du *Lusitania.* Tous ces pauvres gens noyés. Je regrette mais tu vas devoir attendre la fin de la guerre pour aller chercher ton petit garçon. Et puis...

Il embrassa Bess sur la joue.

— ... je refuse de te laisser partir aussi loin, ma petite chérie. Nous venons à peine de nous marier !

Bess ne s'attendait pas à ce que son mari se montre si inflexible. Elle fit remarquer d'un ton boudeur :

— Tu t'en vas bien, toi.

— Je reviendrai dès que possible. Ne te tourmente pas, je n'abandonnerai pas ma précieuse petite femme plus longtemps que nécessaire.

Le lendemain matin, Ralph quittait l'Écosse pour un camp d'entraînement situé en Angleterre. En septembre, on put lire dans la presse que le paquebot *Hesperian* avait sombré, entraînant la disparition de trente-deux passagers. À son corps défendant, Bess dut reconnaître que Ralph avait raison. Si elle avait été seule concernée, elle aurait toutefois tenté sa chance sans l'ombre d'une hésitation, trop heureuse d'embarquer... Mais comment mettre en danger la vie de Frazer ? Ralph le lui avait bien dit, elle devrait attendre la fin de la guerre. Ce qui ne devrait plus tarder ! Ce conflit avait dépassé en longueur toutes les prévisions. Faire preuve de patience et tirer le meilleur parti de ce qui lui était donné, voilà ce qu'elle devait faire.

Ralph vivait à Hollins Lodge, une immense demeure de pierre grise aussi froide que laide. Il régnait dans ses vastes pièces, assez défraîchies, une atmosphère victorienne absolument sinistre. Il n'y faisait jamais clair et, même en superposant châles et chandails,

Bess y avait toujours froid. La jeune femme eut beau chercher, elle ne trouva rien de beau dans cette maison ; de la décoration jusqu'aux gravures, tout était affreux.

Au début, elle tenta de redonner aux lieux un certain lustre. Aidée de Mrs Brake, la gouvernante, elle se lança dans un grand nettoyage de printemps, reléguant dans une remise les éléments du mobilier les plus horribles. Elle disposa ses châles indiens sur les fauteuils massifs et les divans de cuir, puis acheta dans un marché d'Édimbourg un métrage d'étoffe très colorée afin de remplacer les rideaux les plus minables. Bess finit toutefois par déclarer forfait. Sous le haut plafond du salon sans lumière, les rideaux rouges et bleus confectionnés par ses soins semblaient déplacés, voire de mauvais goût. Jamais elle n'aimerait la maison de Ralph. Elle remerciait le Ciel d'avoir trouvé un toit mais il lui était impossible de s'y attacher.

En dehors de Mrs Brake, une bonne du nom de Pearl travaillait à Hollins Lodge, ainsi qu'un jardinier chenu perclus de rhumatismes. En Inde, Bess avait une douzaine de domestiques à sa disposition pour assurer l'entretien d'une maison et d'un jardin de moindre importance. Au cours de l'automne, quand les femmes commencèrent à combler les vides laissés par les travailleurs partis pour le front, Pearl quitta Hollins Lodge en expliquant que le salaire était plus intéressant à la fabrique de munitions.

Avant de s'en aller, Ralph avait montré à sa femme le livre de comptes où étaient consignées les dépenses de la maison. Du salaire des domestiques au prix de la boîte d'allumettes ou de la bouteille d'encre, chaque montant était répertorié au centime près. Il était entendu que Bess recevrait de la banque une allocation mensuelle couvrant les frais du ménage ainsi qu'une certaine somme pour ses dépenses personnelles et qu'elle devait tout noter dans ce livre. Elle prit son courage à deux mains et se concentra sur les additions et les soustractions. Après avoir étudié le registre, elle comprit néanmoins que son budget ne lui permettait pas d'économiser le moindre penny, encore moins les précieuses livres qui auraient pu convaincre Pearl de rester.

Ralph revint chez lui pour les fêtes de Noël. Quand le train déversa sa horde grouillante de soldats en uniforme kaki, Bess dut s'y reprendre à trois fois avant d'être certaine que cette silhouette s'avançant à grands pas était celle de Ralph. Quelle horreur ! Elle ne se souvenait plus vraiment à quoi ressemblait son mari. Autour d'elle, les soldats embrassaient une épouse ou un béguin, et les femmes qu'ils soulevaient dans leurs bras poussaient des cris de joie. Embrasser Ralph... revenait à embrasser un étranger.

À leur arrivée à Hollins Lodge, Bess guetta avec impatience la réaction de son époux devant les décorations qu'elle avait mis des jours à installer dans l'espoir de rendre la vieille demeure plus accueillante. Gravures et rambardes s'ornaient de couronnes de lierre et de houx. Elle avait même réussi à obtenir du jardinier qu'il mette en pot un sapin du jardin.

Mais Ralph se contenta d'un vague « très joli, chérie » avant d'avaler le dîner préparé par Mrs Brake, puis passa un long moment à vérifier les factures dans son bureau et se coucha de bonne heure. Il regarda Bess se déshabiller d'un air gourmand. À peine avait-elle enfilé sa chemise de nuit pour se glisser dans le lit qu'il se jeta sur elle. Ce ne fut l'affaire que d'une ou deux minutes avant qu'il ne se cale contre les oreillers pour s'endormir.

Elle lui fit présent d'une écharpe en cachemire, d'une paire de gants de cuir, d'un assortiment de brosses et d'un nécessaire à chaussures. Ralph lui offrit des sels de bain et une paire de boucles d'oreilles en argent.

— Chérie, c'est magnifique !

Il ajouta toutefois avec inquiétude :

— Mais affreusement cher !

— J'ai réussi à économiser sur ma pension.

— Tu es adorable, répondit Ralph en l'embrassant. Mais il faut rester prudent. Les temps sont durs.

Bess avait envoyé un petit train à Frazer. Son fils l'avait-il reçu ? Le jouet avait-il survécu au long et périlleux voyage ? Cora Ravenhart le lui avait-elle seulement donné ? Frazer aimait-il les trains ? N'aurait-il pas préféré autre chose ? Bess sentit monter la panique qui s'emparait d'elle de plus en plus souvent. Serait-elle capable de reconnaître son propre fils ?

Ralph ayant rejoint son régiment après le premier de l'an, Bess resta seule à Hollins Lodge. Elle eut tôt fait de comprendre que son allure, le milieu d'où elle était issue et ses loisirs détonnaient dans cette petite communauté d'une vingtaine de foyers. Quoi qu'elle fasse, elle avait l'art de transgresser des règles sociales tacitement établies. Le chapeau qu'elle portait pour se rendre à l'église ne convenait pas, elle riait trop ou trop fort dans les dîners. Si ses plaisanteries faisaient glousser les hommes, les femmes restaient de marbre, et les invitations finirent par se faire rares.

Tous les prétextes étaient bons pour s'évader vers Édimbourg, vers le cercle d'amis dans lequel évoluaient les Williamson, un milieu artiste, charmant et animé. Là, elle se sentait revivre, avait le sentiment d'échapper à sa prison. À peine était-elle de retour au village que son moral s'effondrait.

La famille de Pamela Crawford possédait une exploitation agricole dans les environs et Pamela proposa à Bess d'emprunter un poney si elle voulait monter. Les meilleures bêtes étant utilisées sur le front comme chevaux de trait dans l'artillerie ou pour assurer les transports, sa pauvre monture était vieille et lente, mais ces chevauchées dans les collines lui permirent de surmonter certaines frustrations. Tout au long du printemps et au début de l'été, la jeune femme sortit le plus possible, se promenant à cheval ou travaillant au potager. Le blocus germanique commençait à se faire cruellement sentir. Les navires marchands étant régulièrement envoyés par le fond dans les mers environnantes, la pénurie s'aggravait. Il fallait défendre haricots et laitues contre les escargots et les limaces. Bess épluchait la presse tous les matins en quête d'un signe attestant que le vent avait tourné, que l'on s'acheminait enfin vers une victoire.

En mai, les journaux annoncèrent une « formidable percée » sur le front Ouest. Un mois auparavant, Ralph avait obtenu une permission avant le départ de son régiment pour la France et avait fait allusion à une éventuelle offensive. À en croire la rumeur, un bombardement se préparait, un pilonnage d'une telle intensité qu'il enfoncerait les lignes allemandes. Le front se déplacerait enfin.

Le barrage d'artillerie débuta le 24 juin. Selon les gazettes, le fracas des canons était tel qu'il franchissait la Manche ; on l'entendait dans le sud de l'Angleterre. Ces bombardements préparaient l'offensive de la Somme qui fut lancée le 1er juillet. Sur l'atlas, Bess suivit de l'index le cours du fleuve. L'impatience était palpable ; figée dans l'attente, la nation tout entière reprenait espoir. Après les terribles revers du début de l'année, les gros titres soufflaient un vent d'optimisme et les comptes rendus de victoire étaient exaltés. Au début de l'offensive contre les lignes allemandes, le moral de Bess, sapé par des longs mois d'hiver et de solitude, devint meilleur. Le soir, dans son lit, elle imaginait la fin de la guerre, le retour de Ralph, le départ pour l'Inde. Quand elle aurait récupéré Frazer, elle retrouverait l'intégrité de son être ; quand elle serrerait son fils dans ses bras, son mariage et sa décision de s'enterrer dans cette sinistre campagne écossaise trouveraient leur justification.

Cependant, le ton des éditoriaux ne tarda pas à changer. La sereine assurance d'un succès rapide commença à vaciller et on parlait de lourdes pertes comme d'une lente guerre d'usure. Quand parurent les premières listes de victimes, l'horreur fut générale. Un bataillon de soldats originaires de la région était engagé dans la bataille de la Somme. Le jour où les noms des morts et des disparus furent affichés sur la vitrine de la boutique du village, Bess, effarée par leur nombre, n'eut pas la force de chercher celui de Ralph. Brisant le sort qui l'avait frappée, une femme éclata en sanglots derrière elle et Bess parcourut rapidement la rubrique des « F ». Le nom de son mari n'y figurait pas.

Au fil des jours, l'horreur s'imposa ; on commençait à comprendre quel serait le coût de la Grande Offensive. Les longues listes, les femmes en pleurs… le chagrin et la douleur recouvraient le village comme un linceul. Comment parler de victoire ? L'un des frères de Pamela Crawford figurait parmi les blessés et le fils unique des Williamson avait été fauché dès les premiers combats. Après avoir présenté ses condoléances à ses amis, Bess vit s'afficher une seconde liste dans la vitrine. Elle jeta un bref coup d'œil pour s'assurer que le nom de Ralph n'y était pas. Mais elle eut à peine le temps de se frayer un chemin dans la foule massée devant la boutique qu'elle vomit sur le bas-côté.

Bess sentit une main posée sur son épaule tandis qu'une voix hésitante lui demandait si son homme avait été blessé. Elle se redressa en secouant négativement la tête. La raison de son malaise était tout autre. Aveuglée par les larmes, elle rentra chez elle et eut l'instinct de poser une main sur son ventre pour protéger l'enfant qui s'y développait. Depuis quelques semaines, cette certitude s'était peu à peu imposée.

Elle se portait à merveille en attendant Frazer et, sa grossesse avancée, jouait encore au tennis et montait à cheval sans tenir compte des critiques des matrones de Simla.

Cette fois, elle fut malade comme un chien bien avant que le bébé ne décide de se montrer. Prise de nausées matin et soir, elle passait beaucoup de temps dans la sombre salle de bains où la tuyauterie faisait un bruit de ferraille. Ensuite, elle se remettait, ne sachant pas quand les nausées allaient reprendre. C'était à se demander comment l'enfant parvenait à survivre, elle gardait si peu de nourriture… mais pour grandir, il grandissait, et bien plus vite que Frazer. Fin juillet, elle ne pouvait déjà plus boutonner son corsage et sa jupe ne fermait qu'avec des épingles.

Elle n'était que souffrance, sans compter ces maux affreux qui l'accablaient… mal de dos, jambes gonflées, mauvaise digestion, insomnies, si contraignants qu'elle vivait au jour le jour. Elle ne supportait déjà plus cette vie racornie. Au plus fort de l'été, Bess s'allongea dans le verger, sur une chaise longue à l'abri du soleil. Elle y comptait les jours jusqu'à la naissance… Comment supporter un tel calvaire ?

Toutefois, elle avait hâte de voir cet enfant, hâte de tenir à nouveau un bébé dans ses bras. Il lui tardait d'avoir quelqu'un à aimer mais il était impossible d'aller chercher Frazer, c'est ce qui la tourmentait le plus. Si la guerre s'arrêtait maintenant, elle serait incapable de partir pour l'Inde. Elle avait la légèreté d'un éléphant et son estomac se soulevait à la moindre odeur déplaisante. Comment supporter le long voyage en bateau, la chaleur et la foule de Bombay ? Sans oublier le vertigineux parcours en train pour arriver à Simla.

La guerre ne voulait pas prendre fin. Sur le front Ouest, ainsi que sur les autres théâtres d'hostilités, les hommes tombaient toujours. Vingt mille Britanniques avaient été fauchés le premier jour de la bataille de la Somme. Les troupes alliées avaient avancé, repoussant l'armée allemande de quelques kilomètres mais, en dépit d'énormes pertes humaines, on attendait encore la percée décisive escomptée par les chefs d'état-major.

Quand les nausées cessèrent enfin, Bess se fatiguait vite et les trois kilomètres à parcourir pour se rendre à la ferme Crawford l'épuisaient. La vieillesse devait ressembler à ça, se disait-elle, hors d'haleine, en montant l'escalier ou en désherbant le jardin alors que son ventre ne lui permettait guère de se pencher.

Elle en était au septième mois quand, après avoir examiné la monstrueuse éminence, le médecin émit l'hypothèse qu'il pourrait s'agir de jumeaux. Il ordonna à Bess de se reposer et de modérer sa fringale d'exercice. Sans ces distractions habituelles, les journées, pourtant plus courtes, semblaient interminables.

On finissait par se lasser de broder des smocks sur les petites chemises de nuit ou de tricoter des mitaines et des passe-montagnes kaki.

Recluse dans l'immense demeure parcourue de courants d'air, Bess serait devenue folle sans Pamela Crawford. Celle-ci travaillait dans un hôpital d'Édimbourg et, depuis le départ de ses frères, aidait ses parents à la ferme. Elle sacrifiait encore ses quelques heures de répit pour venir jouer aux cartes ou bavarder avec Bess.

Un jour, Pamela demanda timidement :

— Avez-vous des nouvelles de Ralph ?

— J'ai reçu une lettre ce matin.

— Que devient-il ? Est-ce qu'il va bien ?

Les lettres de Ralph se résumaient à un catalogue de ce que ses hommes et lui avaient mangé, puis décrivaient les engelures et les maux d'estomac dont il souffrait et dressait une liste de mémentos concernant les factures. Bess s'endormait parfois avant d'arriver au point final.

— Il va très bien, répondit-elle distraitement.

Elle tendit deux feuillets à Pamela.

— Lisez, je vous en prie.

— Je n'oserais pas…

— Ça ne m'ennuie pas, je vous assure.

Bess s'était contentée de parcourir la missive. Déchiffrer les pattes de mouche de Ralph était une véritable épreuve et le contenu de ses lettres, qui n'avaient rien de très personnel, ne variait guère.

L'œil brillant, Pamela se lança dans la lecture avec enthousiasme, s'exclamant à l'occasion : « Du lapin en sauce trois jours de suite ! Le pauvre ! Lui qui déteste le lapin ! » Ou encore : « Et il a attrapé un mauvais rhume ! Pauvre Ralph, c'est affreux ce qu'il peut souffrir des rhumes de cerveau ! » Bess sentit poindre un vague malaise. Elle, son épouse, ignorait totalement qu'il n'aimait pas le civet de lapin ou qu'il souffrait le martyre quand il était enrhumé. Elle oublia son mépris à l'égard de Pamela. La générosité et la franchise de la jeune femme auraient fait fondre le plus endurci des cœurs. Pamela était incapable de manipulation et ignorait la duplicité. Jamais il ne lui serait venu à l'idée, par exemple, d'amener sciemment un homme à s'éprendre d'elle.

Fin 1916, Bess passa Noël en compagnie des Crawford. Un des frères de Pamela attela un poney pour venir la chercher. Elle avait expédié des livres d'images en Inde et posté à l'intention de Ralph du chocolat et des cigarettes, ainsi qu'un « coffret du soldat à une demi-guinée » de chez Harrods, contenant du cacao, des noix et du pudding de Noël. Bess passa la commande, enveloppa et posta les cadeaux avec le sentiment de lancer une bouteille à la mer. Elle avait peine à imaginer ce qu'endurait son mari et, pour être honnête, n'arrivait même plus à se représenter ses traits. Noël, comme les anniversaires, exacerbait encore le sentiment de vide. Elle se répéta tout le jour qu'elle passait son troisième Noël loin de Frazer et, cette fois encore, céda à la panique, à l'indicible peur qu'elle n'osait formuler de ne jamais revoir son fils.

L'année à venir serait meilleure, entendait-on, il le fallait absolument ! Seule et emmitouflée dans des couvertures au coin du feu, Bess porta un toast à la nouvelle année avec un verre de porto prélevé sur la cave de Ralph. Le lendemain, au réveil, le travail avait commencé. Il neigeait de gros flocons qui virevoltaient dans un ciel d'acier. Mrs Brake envoya un gars du village chercher le médecin. En attendant son arrivée, assise dans l'embrasure d'une fenêtre, Bess regardait la neige se déposer sur les murs et sur les branches.

Son fils, Michael, vit le jour le premier à 23 h 30. Vingt minutes plus tard, Kate vint au monde. Bess posa son regard sur les deux bébés blottis au creux de ses coudes et, devant ces quatre petits yeux bleu marine, toutes les frustrations et les difficultés des derniers mois s'envolèrent. C'est avec un pur sentiment de joie qu'elle murmura :

— Jamais je ne vous quitterai, ne serait-ce que du regard.

3

1917 fut une année de famine et de deuil. Cette année-là, des fenêtres du premier étage, Bess vit les enfants escalader le mur du potager après la classe. Accroupis, ils arrachaient des navets qu'ils dévoraient crus, sans même prendre la peine d'en ôter la terre. Bess gardait les restes de légumes et les croûtons de pain pour Pamela. Cette dernière les donnait à la soupe populaire, qui servait des petits déjeuners et des repas aux affamés d'Édimbourg. Cette année-là, quand on rationna le charbon par le froid le plus noir, Bess prit le bois des penderies, des armoires et des buffets pour alimenter la cheminée de la nursery.

Cette année-là, les troupes britanniques prirent part à la bataille d'Arras, puis à celle de Passchendaele, dans le désert de boue qu'étaient devenues les Flandres. Le neveu de Mrs Blake et le frère aîné de Pamela, Archie, furent fauchés dans les combats qui emportèrent les époux, les frères et les fils des amies de Bess.

Bess avait néanmoins le sentiment d'être enfin sur la bonne voie. L'univers s'effondrait autour d'elle mais elle connaissait un grand bonheur. Avec une fascination ravie, elle regardait Kate et Michael devenir des enfants qui rampaient d'une pièce à l'autre en ravageant tout sur leur passage.

Telles deux moitiés d'orange, ils étaient unis par un lien très fort. C'étaient de beaux enfants aux grands yeux bleus et aux joues roses, tout le monde s'accordait à le dire, mais la ressemblance s'arrêtait là. Michael était brun et Kate avait des cheveux d'or pâle. Michael était plus grand, plus fort, plus robuste que sa sœur. Kate était sujette aux rhumes, toussait souvent et restait un pas derrière son frère. Quand vint le moment de ramper, de marcher ou de parler, elle semblait attendre que Michael fît un essai. Elle observait le monde d'un œil prudent et avec un petit air réfléchi, hésitant avant de se lancer dans une nouvelle aventure.

Bess devait secrètement admettre une tendresse particulière envers Michael. C'était son fils, bien sûr. S'il ne comblait pas l'absence de Frazer – était-ce possible ? –, elle retrouvait son petit garçon chez cet enfant. C'était un réconfort mais aussi une souffrance. À chaque étape franchie par Michael, Bess était aussi fière qu'au premier sourire de Frazer, à sa première dent, à ses premiers pas, à son premier mot.

Avec les jumeaux, elle avait l'impression qu'on lui offrait une seconde chance et se jurait de ne pas répéter les mêmes erreurs. Elle ne confierait jamais ses enfants à une domestique. Une jeune fille du village était venue l'aider les premiers mois, mais, par la suite, Bess fit face aux tâches quotidiennes. N'était-elle pas ravie de ne plus avoir une minute à elle, d'être incapable de penser ou de broyer du noir ? De l'aube, où les jumeaux la tiraient du sommeil, jusqu'à minuit, où elle s'écroulait d'épuisement, elle s'activait. Entre les tétées, les couches à changer, le bain et les jeux, elle mangeait sur le pouce et parvenait à grappiller quelques heures d'un sommeil haché. Hollins Lodge vivait au rythme des jumeaux et des exigences de leur âge. Mrs Brake les vénérait et Pamela les adorait.

Les petits avaient six semaines quand Ralph fit la connaissance de ses enfants à la faveur d'une permission. Kate dormait, contrairement à son frère qui s'était mis à pleurer. Bess le sortit de son berceau.

— Regarde un peu ton fils, Ralph.

Ce dernier observa le bébé d'un air inquiet.

— Il va bien ? Son visage est si rouge.

— Il a faim, voilà tout. Il est absolument parfait. Veux-tu le prendre dans tes bras ?

Ralph recula d'un pas.

— Oh non ! Je pourrais le laisser tomber.

Un peu plus tard, en rentrant du village, Bess le trouva assis dans un fauteuil, un bébé niché au creux de chaque bras. Pamela était accroupie à ses côtés. Ils ne la virent pas tout de suite et, durant un instant troublant, elle resta sur le seuil de la pièce à les observer comme si c'était elle l'étrangère.

La guerre faisant toujours rage en 1918, Bess dut reconnaître, non sans un soupçon de culpabilité, que Ralph était très loin de ses pensées. Les enfants exigeaient tellement, lui prenaient tant d'énergie. En ces temps de restrictions, le combat incessant pour nourrir sa famille et chauffer la maison épuisait le peu de ressources qu'il lui restait. Lorsque son mari revenait en permission, elle éprouvait d'abord une immense pitié. Les tics faciaux et langagiers qui l'affectaient maintenant trahissaient une détresse profonde et Bess ne pouvait rester insensible à son angoisse quand il criait dans son sommeil hanté de cauchemars. C'était un homme qui n'était pas fait pour la guerre. Il n'avait jamais recherché l'aventure ni prisé le danger et se serait fort bien contenté d'aller à la pêche et de dresser ses listes.

Hélas, à la pitié succéda l'agacement. Bess n'était pas fière de ses réactions ; les permissions étant si rares et si brèves, elle aurait dû supporter son époux, ses économies de bouts de chandelles et l'enquête qu'il menait à chaque hausse de prix, allant jusqu'à vérifier les comptes au demi-penny près. Elle savait tenir une maison, le faisait depuis l'âge de dix ans suite au décès de sa mère, et était furieuse de se voir traiter comme une petite idiote quand on lui demandait de justifier la moindre dépense. Il y avait tout de même plus grave que de vieilles factures, à commencer par les enfants dont il fallait s'occuper, finit-elle par hurler comme une furie devant un Ralph sidéré.

Ils n'avaient jamais été proches et la guerre les éloignait un peu plus. Bess avait peine à comprendre les souffrances endurées dans les tranchées ; Ralph, lui, aurait aimé que rien ne change sous son toit. Désormais l'approvisionnement reposait de plus en plus sur le potager et Ralph était une bouche supplémentaire à nourrir, mais ce dernier considérait encore le jardinage comme un passe-temps et non comme un moyen d'assurer leur survie. Et il aurait voulu retrouver une épouse tendre, enjouée et soumise, prête à l'accueillir à bras ouverts, et non une harpie débordée aux mains usées par les travaux ménagers et le soin des enfants.

Sans doute étaient-ils à bout, l'un et l'autre. Ils vivaient sur les nerfs depuis si longtemps ! Loin de combler leurs attentes, ils se prenaient à rebrousse-poil. Force était de constater que Pamela semblait douée d'un véritable instinct pour apaiser son Ralph à chacune de ses visites. Quand elle était là, il bégayait moins et avait moins de tics. D'un tempérament pacifique, il ne manifestait aucune agressivité mais l'adoration que Bess lisait dans ses yeux à l'époque où il la courtisait avait fait place à un douloureux sentiment de déception. Dans le vain espoir de gommer la réalité, ils faisaient l'amour à la hâte, sans éprouver de vrai plaisir. Quant à la conversation, elle tournait surtout autour des enfants.

Jour après jour, les soupçons de Bess se confirmaient, elle agaçait maintenant son mari. Ce qui fascinait Ralph quand il lui faisait la cour, sa spontanéité, sa personnalité si différente, le laissait perplexe voire déconcerté. Un seul coup d'œil dans le miroir permettait de comprendre pourquoi il était enclin à n'adorer que ses enfants depuis quelque temps. Elle n'avait pas acheté une seule robe depuis leur naissance et elle ne se rappelait même plus en quelle occasion elle avait porté ses pendants d'oreilles en diamant. Elle avait gardé le flacon d'Heure bleue, désormais vide, et il lui arrivait parfois de soulever le bouchon pour en respirer les effluves captifs du verre. C'était navrant, mais elle n'était plus la femme dont Ralph était tombé amoureux, c'était une autre qui vivait à ses côtés.

Au printemps 1918, l'Allemagne lança une grande offensive sur le front Ouest et parvint à enfoncer les lignes britanniques, qui reculèrent par endroits de soixante kilomètres en direction de la Somme. De son côté, l'armée française battit en retraite vers la Marne, à quatre-vingts kilomètres à peine de Paris. Comme en 1914, les canons allemands menaçaient la capitale dont la population était terrorisée. Bess se rappela cet étrange personnage, croisé à la réception des Corstophine. Comment s'appelait-il déjà? Elle ne se souvenait plus. *Si victoire il y a*, avait-il dit. Aujourd'hui, elle n'était pas loin de partager cette opinion.

Elle ne lisait plus les journaux, ne suivait même plus le flux et le reflux des armées sur l'atlas. Depuis le début de l'épidémie de grippe[1], en juin, elle ne se rendait guère à Édimbourg par crainte de la contagion. Les écoles étaient fermées et la fréquentation des églises en chute libre. Dans les trains, dans la rue, on portait des masques de gaze. Espérant freiner la propagation de l'épidémie,

---

1. La grippe espagnole fit plus de 20 millions de morts dans le monde. *(N.d.T.)*

les autorités avaient instauré l'arrosage de la chaussée au désinfectant. Le mal fauchait jeunes et vieux sans distinction ; pour les plus fragiles comme pour les plus robustes, la fin était rapide, survenant parfois au bout de quelques heures.

L'existence de Bess s'organisait autour de ses enfants et d'eux seuls. Dès l'instant où elle ouvrait les yeux, ils occupaient ses pensées et, le soir, c'était leurs visages qu'elle emportait dans le sommeil. La guerre ne dût-elle jamais finir, même si elle ne revoyait pas Frazer, elle n'avait qu'un seul objectif : protéger les jumeaux. L'existence qu'elle menait en Inde et son fils semblaient désormais appartenir au monde du rêve. Ses souvenirs avaient l'éclat des songes et paraissaient dénués de réalité.

Le conflit entrant dans sa cinquième année, Bess n'envisageait même plus qu'il s'arrêtât un jour. Elle voyait la guerre comme une énorme machine aux crocs acérés, une force meurtrière dont les mâchoires d'acier happaient les hommes pour ne rejeter que des mutilés, des aveugles ou des fous. À la fin de l'été, on enrôla les gamins de dix-huit ans et les hommes dans la cinquantaine après seulement six mois d'entraînement. À l'époque des moissons, les champs se mirent à fourmiller de femmes et d'enfants assurant les travaux jusque-là réservés aux frères et aux maris. Toutefois, les premières bonnes nouvelles parvinrent enfin du front. Freinés par les Alliés en France et en Belgique, les Allemands étaient repoussés avec l'aide des Américains et une grande partie des territoires occupés était libérée.

Avec l'automne, l'épidémie de grippe, qui semblait en perte de vitesse, frappa de nouveau avec un regain de violence. À Londres, les morts se comptaient chaque semaine par centaines. Vers la mi-octobre, Bess fut informée du retour de son mari. On avait diagnostiqué un ulcère à l'estomac qui lui valait d'être réformé pour raisons médicales. Sur le quai de la gare, Bess ressentait une certaine appréhension. Elle aurait dû attendre avec impatience un époux qui avait échappé à la guerre… Ne sachant trop ce que réservait l'avenir, elle éprouvait des sentiments contradictoires, à la fois un soulagement que Ralph ait survécu, mais aussi un malaise. Elle avait perdu l'habitude de la vie conjugale, organisait elle-même son emploi du temps, tenait les cordons de la bourse, allait où il lui plaisait et voyait qui elle voulait. Comment partager son existence avec un quasi-inconnu ?

Dans un crissement de freins strident et un sifflement de vapeur, la locomotive arriva à quai. Les portes des compartiments s'ouvrirent et Bess eut beaucoup de mal à repérer Ralph dans la foule. Elle l'aperçut enfin, inspira à fond, afficha son plus beau sourire et s'avança vers lui. Ils finiraient par s'entendre, elle y arriverait. Oui, tout irait bien. Ils avaient simplement besoin de temps pour apprendre à se connaître.

Elle se trompait, bien sûr. Les racines du mal étaient ailleurs. La guerre avait fait tomber les masques et, quand ils firent réellement connaissance, ils détestèrent ce qu'ils découvrirent.

Détester... sans doute le mot était-il un peu fort. Intimidé par la farouche volonté et l'aisance avec laquelle Bess assumait la charge de la vaste demeure et du jardin, Ralph finissait par penser que même les semis n'oseraient pas refuser de pousser.

Franchement, il ne savait plus où était sa place. Hollins Lodge avait beaucoup changé depuis son départ trois ans auparavant. La maison semblait désormais conçue pour les femmes et les enfants et il se sentait de trop. Il trouvait des épingles de nourrice et des épingles à cheveux dans la salle de bains. Les meubles avaient bizarrement changé de place, livres et bibelots étant placés en hauteur hors de portée des petites mains. Ralph trébuchait, faisait tout de travers, perdait ses affaires ; en somme, il était très mal à l'aise.

Le pays avait changé lui aussi, l'atmosphère était tendue et on sentait une certaine violence. Le soir, les femmes conduisaient des tramways ou quittaient leur atelier de mécanique après leur journée de travail. On parlait fort et on s'interpellait d'un ton agressif. Leurs poches mieux garnies, les ouvriers avaient pris de l'assurance et en devenaient arrogants. Auprès de ces gens, Ralph se sentait vieux, meurtri ; des images terribles hantaient sa mémoire et il avait honte d'avoir survécu quand d'autres étaient morts, des hommes qui le valaient largement.

Plus rien n'avait de sens. Il ne voyait que confusion autour de lui, un chaos effrayant semblait s'étendre à l'univers qu'il croyait immuable. Il se disait souvent qu'il s'était trompé sur toute la ligne avant que la guerre n'éclate. Il ne se connaissait pas, ignorait ses attentes, ses limites ; il manquait de caractère, n'avait pas le courage de s'adapter à ce monde nouveau et serait incapable de tout réapprendre. Il se voyait comme un poisson qui se tord sur la berge quand le pêcheur l'a remonté. Mâchoires béantes, il se débattait en vain avant l'ultime coup d'assommoir. L'ulcère n'était que l'expression du mal qui le rongeait : il n'y croyait plus.

Ignorant l'avis du médecin, Ralph reprit le travail. Son bureau de Queen Street lui manquait, avec sa grande table de chêne sombre et le portrait de son père dominant la cheminée. Les chiffres étaient neutres, ils sauraient lui meubler l'esprit et peut-être l'apaiser. Devant son bureau, il fut toutefois incapable de se concentrer, sursautant au moindre claquement de porte ou vrombissement de moteur.

Un matin, il se réveilla avec la tête et les membres douloureux. Il pensa à l'ulcère, à une complication, une torture de plus, et s'abandonna contre les oreillers. Là, il ferma les yeux et imagina des colonnes de chiffres bien nets, alignés de haut en bas.

Pamela passa dans l'après-midi. Pendant que la jeune fille s'asseyait au chevet de Ralph, Bess sortit surveiller les jumeaux qui jouaient dans le jardin où l'air était très vif. À l'avenir, Bess garderait dans sa mémoire l'âpre beauté de cette journée : les collines grises de givre dans le lointain et le liseré de glace bordant chaque feuille. Les jumeaux, à croupetons, cherchaient des marrons d'Inde. Avec un froid pareil, Bess aurait dû enfiler un manteau à la place du cardigan qu'elle portait.

Aveuglée par le soleil, elle tourna la tête et vit Pamela traverser la pelouse pour venir à sa rencontre.

— Je ne voudrais surtout pas t'affoler, lui dit-elle. D'ailleurs, l'avis du médecin sera sans doute plus juste, mais je me demande si ce n'est pas la grippe.

Il y avait encore de l'espoir. D'ailleurs Bess avait toujours été optimiste. Espoir que Pamela se soit trompée, que ce ne soit pas la grippe mais bien l'ulcère, espoir que les enfants ne l'attraperaient pas.

Moins de vingt-quatre heures plus tard, l'espoir s'était envolé. Le médecin confirma que Ralph était bien touché par l'épidémie. Le jour suivant, Kate n'était pas bien. On sépara les jumeaux et leurs petits lits furent installés dans des pièces distinctes.

À minuit, la température de Kate était montée. Sa mère lui humidifia le corps avec une éponge imbibée d'eau tiède, réussit à lui faire boire un peu de lait et la consola quand elle se mit à pleurer. Il suffirait de rester auprès d'elle, de ne pas relâcher son attention un seul instant et l'enfant survivrait, Bess en était fermement convaincue.

Bess perdit la notion du temps. Le quotidien ayant volé en éclats, les heures des repas, du bain et du coucher avaient disparu et les journées se confondaient. Un jour, tard dans la soirée, elle berçait Kate dans ses bras en chantonnant, quand elle vit les paupières de l'enfant s'alourdir, puis se fermer. Pour la première fois, Bess eut l'impression que la petite dormait profondément. Prenant soin de ne pas la réveiller, elle la remit dans son berceau.

Pourtant décidée à veiller sur sa fille, elle sombra dans le sommeil. Elle rêva de l'Inde, s'égarant dans le dédale d'un bazar et se lançant à l'assaut de boyaux étroits sans trouver d'issue au labyrinthe.

Bess s'éveilla avec la sensation de s'arracher à une masse visqueuse qui lui collait au corps. Dans la pâle lumière de l'aube, Kate lui parut un peu bleue. Elle ne put retenir un sanglot et crut défaillir de joie en voyant battre une veine sur la gorge de sa fille.

En se levant, Bess se sentit oppressée et tout son corps lui faisait mal, ses yeux piquaient. Serait-elle touchée à son tour? Elle n'avait pas envisagé cette éventualité. Le sol du couloir tanguait et elle dut se tenir au mur pour atteindre le palier. Avec une prudence infinie, elle posa un pied devant l'autre. Non, c'était impossible! Elle ne serait pas malade, Kate avait besoin d'elle.

Elle entendit du bruit et leva les yeux, c'était Pamela au fond du couloir.

— Bess?

La voix résonna. Elle voulut répondre mais ne put émettre un son et ne distingua qu'une silhouette floue. Incapable de rester debout, Bess s'effondra sur le sol.

Elle se trouvait maintenant dans les Highlands, dans cette demeure toute grise aux tourelles chapeautées, et courait de pièce en pièce en criant. Au réveil, Pamela se trouvait près d'elle. Plus tard, elle murmura à Mrs Brake, assise à son chevet: « Je dois préparer la liste de courses pour l'épicerie. » Elle voulut s'asseoir. On lui humidifia le front avec un linge frais et on porta un verre à ses lèvres, mais elle ne cessait de tousser.

Une autre fois, Bess se trouvait seule dans la maison silencieuse. Plongée dans l'obscurité, il lui sembla qu'on l'appelait et crut entendre un écho. Frissonnant, elle posa un pied par terre et se traîna jusqu'à la chambre de Michael. Là, elle agrippa les barreaux du lit pour observer l'enfant, immobile sous les couvertures. La fente bleu sombre des yeux mi-clos semblait vide d'expression et la peau claire était marbrée de taches sombres, comme s'il était allongé sous un soleil filtrant à travers le feuillage. Elle tendit la main vers lui et perçut son propre gémissement, un son curieux, comme une brusque risée de vent.

— Comment va-t-elle, aujourd'hui? demanda-t-on.

— Un peu mieux, je crois, répondit une seconde voix.

Plus tard, à la nuit tombée, Bess entendit des cloches et chuchota :

— Pourquoi sonne-t-on?

— La guerre est finie, lui apprit Pamela.

Bess chercha à se rappeler ce qui pouvait bien la tracasser à ce point et murmura :

— Kate?

Pamela la rassura, Kate dormait à poings fermés et se remettait parfaitement. Ralph allait mieux, lui aussi. Dans l'après-midi, il avait pu descendre une heure au salon. Il n'y avait pas lieu de s'inquiéter, elle devait se reposer et se rendormir.

Bess ferma les yeux, il manquait encore quelqu'un. Frazer. Non, pas lui, pas cette fois. Elle revit le petit lit et les marbrures sombres sur le visage de Michael, s'entendit répéter son nom, encore et encore, de plus en plus fort.

Alors Pamela lui apprit que Michael, dont les cheveux rebiquaient en petites touffes sombres à la naissance, qui avait été le premier à ramper, à marcher, le premier à parler, qui lui avait fait présent d'une limace glissée dans la poche de son tablier, pour qui les bogues de châtaignes ressemblaient à des hérissons, qui adorait le miel sur une tranche de pain mais détestait les petits pois, son Michael était mort, disparu sous terre, rayé de la surface de la planète comme s'il n'avait jamais eu d'existence.

Trois mois plus tard, le couple se séparait. La colère et la douleur avaient fini par aviver des plaies béantes. La fureur de Bess s'était tout d'abord tournée contre Ralph, qu'elle accusait d'avoir introduit le mal sous leur toit.

— C'est toi qui as fait entrer la grippe dans cette maison ! lui jeta-t-elle au visage. Tu as tué notre enfant !

Effarée de ce qu'elle venait de dire et regrettant aussitôt ses paroles, elle mit sa main devant sa bouche.

Après quoi elle s'en prit à elle-même. Elle s'en voulait d'avoir failli à son serment et d'avoir abandonné son fils. Elle avait juré de garder Michael de tout mal et l'avait trahi comme elle avait trahi Frazer. À la colère vint se mêler un sentiment de culpabilité. C'était un châtiment du Ciel pour l'insouciance qui lui avait fait perdre Frazer et pour son mariage sans amour.

Peu à peu, la colère s'apaisa, la laissant épuisée. Elle ne supportait plus cette maison où tout rappelait Michael : les vagues traces de couleur à l'endroit où il avait griffonné sur le mur avec ses crayons, le joint un peu plus pâle entre les carreaux de l'arrière-cuisine où il avait renversé un sac de farine. Chaque pièce gardait l'empreinte de son passage. Elle trouva son jouet favori, un lapin blanc qu'elle lui avait tricoté, caché sous les coussins du sofa. Ils n'avaient pas compris ce que ce lapin signifiait pour lui. Ils l'avaient laissé seul dans sa tombe ! Quand Bess comprit cela, la souffrance devint intolérable.

Les semaines passèrent, elle ne sortait pas de sa chambre et Pamela prenait soin de la maison. Des sons lui parvenaient : des notes sur le piano, le chant du canari acheté pour le premier anniversaire des jumeaux. Le matin, Pamela lui amenait Kate et la petite jouait dans sa chambre. En la voyant chercher Michael sous le lit ou dans la penderie, Bess avait le sentiment qu'on lui lacérait le cœur. Quand l'enfant renonça à trouver son frère, ce fut encore pire.

Un jour, de sa fenêtre, Bess vit Pamela serrer Ralph dans ses bras et lui apporter le réconfort dont il avait besoin, ce dont elle-même était incapable. La décision fut plus facile à prendre. S'ils restaient ensemble, ils finiraient par se détruire. Pas plus qu'elle n'avait réussi à gommer la laideur de Hollins Lodge, elle n'arriverait à ravauder son mariage. Elle ne supportait plus le contact de Ralph. Ce qu'elle avait enduré un certain temps était maintenant inacceptable. Une réaction instinctive, viscérale, qui existerait toujours.

Quand Bess lui annonça qu'elle le quittait, Ralph pleura mais elle eut l'impression qu'il était aussi soulagé qu'elle. Elle lui fit part de son intention de s'installer à Édimbourg et de prendre Kate avec elle, étant entendu qu'il pourrait venir voir sa fille comme il le voudrait. Il serait libre de divorcer ou non car, en ce qui la concernait, elle ne comptait pas se remarier. Elle s'abstint d'ajouter qu'elle n'était pas faite pour le mariage. Elle avait vécu cette union comme une lente usure, un peu comme une étoffe qui s'effiloche.

Ralph insista pour lui louer un petit appartement et ils se disputèrent une fois de plus. Pour Kate, objecta son mari avec une fermeté inhabituelle, si bien que Bess finit par céder. Il l'informa également de son intention de mettre un peu d'argent de côté tous les mois, ainsi Kate recevrait une certaine somme à sa majorité ou bien le jour de son mariage. En voyant les documents rédigés de la petite écriture soignée, Bess sentit monter les larmes qui lui brouillèrent la vue. Quand vint le moment du départ, il en fut de même. Elle embrassa Ralph, lui souhaita bonne chance et s'éloigna en tenant sa fille par la main.

La guerre finie, elle monterait sur le premier bateau en partance pour l'Inde.

Elle ne prit toutefois ni billet ni réservation. Il était si dur de confier sa fille à une étrangère. S'il lui arrivait de la laisser à une amie pour faire des courses, Bess sentait brusquement monter la panique. Face au comptoir d'un grand magasin, son cœur s'affolait tant elle redoutait qu'il ne soit arrivé malheur à la petite. Elle était bien placée pour savoir quels périls guettaient un jeune enfant dès qu'on le perdait de vue. Il mourait ou disparaissait.

Il était exclu d'emmener Kate en Inde. Désormais, elle voyait le danger partout : risque de tempête et de naufrage lors de la traversée, climat véhiculant toutes sortes de fièvres, catastrophes ferroviaires, glissements de terrain, inondations, émeutes et toutes les violences dont étaient capables les hommes et la nature sous les tropiques.

Elle préféra envoyer un courrier de plus à Cora Ravenhart en précisant que, sans réponse de sa part, elle se rendrait en Inde pour reprendre son fils. « Dans quelques mois, se dit-elle en jetant l'enveloppe dans la boîte, je serai plus forte et saurai que faire de ma fille. »

Dans cet immédiat après-guerre où l'épidémie faisait rage, tout n'était que deuil. Au printemps, Bess vit peu à peu revenir les soldats. Infirmes ou aveugles, ces derniers mendiaient quelques pièces au coin des rues. Elle croisait chez les commerçants des fous et des traumatisés qui marmonnaient. On aurait dit des automates avec leurs bras et leurs jambes secoués de convulsions ; parfois, ils faisaient le geste de chasser une tache invisible. Plus de sept cent mille soldats britanniques avaient trouvé la mort dans le conflit, et la grippe espagnole, enfin résorbée en 1919, avait fait deux cent cinquante mille victimes supplémentaires. Rationnement et pénuries se prolongèrent bien après l'armistice.

Quand Bess reçut la réponse de Cora, fin avril, ses mains tremblaient trop pour lui permettre d'ouvrir le courrier. Elle dut s'asseoir et inspirer lentement avant de déchirer l'enveloppe. Le bref message l'informait qu'ils s'apprêtaient tous trois à se rendre en Écosse. Durant leur séjour à Édimbourg, au début du mois de juin, ils descendraient au North British Hotel. C'était tout, pas un mot concernant Frazer, ses progrès ou l'obligation de rendre l'enfant à sa mère.

Enfin, son fils était en vie, en bonne santé et bientôt en Écosse, pour autant que l'on pût se fier à Cora. Bess ne s'était pas sentie d'humeur aussi légère depuis la mort de Michael. Vers la fin mai, ses pas la menaient souvent jusqu'à l'hôtel. Elle cherchait à apercevoir Frazer derrière les vitres du hall d'entrée, se figurant peut-être que sa hâte de revoir son fils aurait la vertu de le faire apparaître.

Le dernier jour du mois, Bess rentrait chez elle avec Kate quand son regard se tourna une fois de plus vers l'hôtel. Elle reconnut alors la silhouette familière et resta pétrifiée. Sentant son pouls s'affoler, elle prit Kate dans ses bras et se mit à courir à travers la foule sans lâcher du regard le chapeau sur lequel tanguaient des plumes d'autruche.

— Mrs Ravenhart ! Cora ! cria-t-elle.

Cora Ravenhart se retourna et répondit sans manifester aucune émotion :

— Elizabeth.

Vêtue de noir, dans une robe de moire luisant comme une feuille de métal martelé, Cora avait le visage moucheté d'un semis de petits nœuds noirs fixés sur la voilette de son chapeau.

Sous le choc, Bess crut manquer d'air.

— Frazer... où est-il ?

— Avec sa nurse, naturellement.

— Il faut que je le voie.

— Je ne pense pas que ce soit souhaitable, lui rétorqua Cora avec un petit sourire glacé.

— Mais il faut que je voie mon fils !

Derrière la voilette, les yeux bleus étincelèrent.

— Pas ici, Elizabeth. Ne nous conduisons pas comme des lavandières !

Le regard de Cora glissa vers Kate.

— L'enfant est à vous ?

Bess serra sa fille contre elle en un geste protecteur.

— Oui.

— Vous êtes donc remariée ? Cela ne m'étonne pas. Simple question... Combien de temps avez-vous pleuré mon fils avant ce second mariage ? Un an ?

Cora ajouta avec un hochement de tête :

— Je n'ai cure de vos « besoins », d'ailleurs je ne m'en suis jamais souciée.

Suivit un silence. Mrs Ravenhart se détournait, prête à s'éloigner quand elle laissa tomber :

— Enfin, passez me voir cet après-midi, si cela vous dit. À 16 heures.

Il flottait une odeur de lys dans le salon qui n'était que dorures et miroirs. Sans la voilette, le pâle visage de Cora Ravenhart était aussi impénétrable qu'un masque.

— Je ne vous offre pas de tasse de thé, déclara-t-elle. Nous ne souhaitons ni l'une ni l'autre prolonger cette visite plus que nécessaire, je pense ?

— Je ne serai pas longue, je suis venue reprendre mon fils.

— Le reprendre ?

Cora Ravenhart haussa les sourcils.

— Je regrette mais c'est impossible.

— Je ne quitterai pas cette pièce sans lui.

— En ce cas, vous risquez d'attendre un moment, répliqua Cora qui avait esquissé un rictus.

— Vous comptez le garder ?

— Vous ne vous figurez tout de même pas que j'envisage un seul instant de vous le confier ? N'y comptez pas. Frazer est mon petit-fils et l'héritier de Jack.

— C'est mon fils !

Bess contenait difficilement sa fureur, elle aurait volontiers balayé d'un revers de manche la gerbe de lys et la coupe de bonbons en cristal taillé.

Elle lança à mi-voix cette accusation :

— Quand vous avez prétendu vouloir rentrer en Écosse, il y a quatre ans, vous mentiez ? C'était un calcul !

— Je ne formulerais pas les choses ainsi.

Cora eut un geste vif.

— Nous avions le projet de venir mais cela ne s'est pas fait. Avec la guerre…

« Menteuse », pensa Bess en hochant lentement la tête.

— Je ne vous laisserai pas me prendre mon fils.

Le regard clair se tourna enfin vers Bess et Cora, implacable, répliqua froidement :

— Vous m'avez bien volé le mien.

— Je ne vous l'ai pas volé, Jack voulait m'épouser.

— Vous avez très bien su manœuvrer pour l'y amener.

Le masque était tombé, Cora toisa Bess d'un regard venimeux.

— Les femmes comme vous savent s'y prendre.

— Cela ne s'est pas passé ainsi.

— Ah bon ?

Cora Ravenhart lâcha un petit rire narquois.

— Vous voudriez me faire croire que vous avez fait un mariage d'amour ? Puis un second ? Quel tendre petit cœur, Elizabeth ! Quelle sensibilité !

Bess eut conscience de blêmir.

— Jack m'aimait, murmura-t-elle. Il n'y a eu aucune manœuvre de ma part, je n'en ai pas eu besoin. Il m'aimait.

— Il vous désirait.

Cora s'était approchée et Bess sentait maintenant la chaleur de son souffle.

— Il ne s'agissait pas d'amour mais de désir, ce dont est capable le plus vil des animaux.

Elle poursuivit d'un ton méprisant :

— Avant de l'épouser, vous n'étiez rien, la fille d'un escroc sans le sou. Vous n'étiez pas digne de lui... pas digne d'un Ravenhart. Mais voilà, vous l'avez séduit, vous avez su attiser son désir. Il m'était odieux de voir ce que vous aviez fait de mon fils. C'est vous qui avez poussé mon pauvre garçon à toutes ces folies !

— Non...

— C'est votre faute... vous êtes responsable de sa mort. Sans vous, Jack serait encore en vie !

Bess revoyait l'étroit sentier qui s'enfonçait dans la brume entre les déodars et les pins, entendait son mari crier : « Allez, Bess ! Je te mets au défi ! » Alors elle répliqua froidement :

— Si Jack était casse-cou, c'est votre faute. Vous l'avez trop gâté.

Suffoquée, Cora Ravenhart leva la main. L'espace d'un instant, Bess crut qu'elle allait la frapper.

Mais la main retomba et sa belle-mère murmura d'une voix sourde :

— Je l'aimais tant ! Je ne suis plus que l'ombre de moi-même depuis qu'il est mort. Vous êtes incapable d'un tel sentiment. Partez maintenant. Je vous en prie. Je ne veux plus vous revoir, jamais.

Bess refusait de se laisser impressionner.

— Je ne m'en irai pas sans avoir vu mon fils.

Il y eut un silence pesant. Puis, contre toute attente, Cora esquissa un vague sourire.

— En ce cas, vous êtes idiote, fit-elle sèchement.

Elle ouvrit une porte et lança quelques mots à la personne qui se trouvait dans la pièce voisine. L'air semblait figé, Bess sentait battre son cœur quand elle entendit des pas.

Une nurse s'avança dans le salon, tenant un petit garçon par la main, un enfant aux yeux bleus et aux boucles d'or pâle qui avait le nez romain de son père.

Bess murmura :

— Frazer ?

Le petit leva les yeux vers elle.

— Tu ne me reconnais pas, Frazer ? Je suis ta *mama*.

Sans le vouloir, elle avait repris le terme familier de la petite enfance.

Le regard hésitant du petit garçon se tourna rapidement vers la nurse pour revenir vers sa grand-mère, qui reprit avec une lenteur étudiée :

— Frazer, mon chéri, cette femme est venue pour t'emmener loin de moi. Elle voudrait que tu ailles vivre chez elle.

Inquiet, l'enfant glissa son pouce dans sa bouche.

— Tu veux la suivre ? Tu sais que tu ne me reverras plus jamais.

Frazer secoua la tête et Cora se remit à sourire.

— Vous voyez ? Il vous rejette. Vous lui faites peur.

Bess s'agenouilla devant son fils et lui caressa doucement la joue.

— N'aie pas peur, Frazer. Je t'en prie, chéri, n'aie pas peur. Il ne faut pas.

L'enfant s'était mis à pleurer, de grosses larmes ruisselant sur ses joues. Elle voulut le consoler mais il s'écarta et courut blottir son visage dans les jupes de Cora.

— Vous ne croyez pas qu'il est assez perturbé comme ça ?

Le regard triomphant, Cora s'assit sur le sofa.

— Il ne vous connaît plus, il n'a plus l'ombre d'un sentiment pour vous.

— Frazer...

Sans même se retourner, le petit grimpa sur les genoux de sa grand-mère et se cacha dans les plis de sa robe.

À son tour, Bess sentit monter les larmes. Elle s'entendit supplier :

— Je vous en prie, Mrs Ravenhart. Je vous en prie...

— Auriez-vous la cruauté de l'arracher à la seule mère qu'il connaisse ? De le priver du foyer et du pays qu'il aime ? Feriez-vous passer vos désirs personnels avant son bonheur ?

— Je vous en supplie...

— Partez maintenant. C'est la seule solution, vous le savez, et la meilleure pour Frazer.

Le ton s'était radouci, devenant enjôleur.

Incapable d'émettre un son, Bess se contentait de secouer la tête.

— Allons, Elizabeth, laissez-nous en paix.

Bess quitta l'hôtel aussi vite qu'elle le put, se précipita dans la rue et traversa un pont. Des volutes de fumée s'élevaient au-dessus de la gare et les voyageurs, surpris, regardaient passer cette jeune femme hors d'haleine, aveuglée par les larmes.

Au fond d'une étroite allée, elle se trouva devant un jardin dont elle secoua les grilles sans succès. Elle entrevit vaguement les boules de buis et les piques sombres des cyprès ; les allées de gravier bien nettes et les bancs de pierre se fondirent bientôt dans un brouillard. Le front contre les barreaux de fer, Bess éclata en sanglots.

4

— Prêt? demanda Davey Kirkpatrick.

En voyant son ami sur le seuil du salon, Martin Jago promena son regard sur les piles de livres et de documents, puis sur les roches et les tessons de poterie dont l'appartement était rempli, comme autant d'indices susceptibles de l'aider à résoudre une énigme.

— Le concert, lui rappela Davey en lui emboîtant le pas. Tu as oublié?

— Pas du tout.

— Menteur! répliqua affectueusement Davey. Et cet article, où en est-il?

— L'introduction est à revoir.

Martin chaussa ses lunettes et voulut reprendre son stylo.

— Plus le temps! objecta Davey. Tu ne vas tout de même pas sortir comme ça.

Martin troqua vivement le pantalon de velours et le veston de tweed fatigué contre un smoking et, cinq minutes plus tard, les deux amis quittaient l'appartement d'Old Town pour George Street. L'un inscrit en faculté de médecine et l'autre en droit, Martin et Davey avaient fait leurs études ensemble et partageaient le même intérêt pour la musique et l'archéologie. S'il devait sa claudication à une blessure de guerre, Davey était un superbe spécimen humain, séduisant, athlétique, jovial et avenant. Martin était affublé de quelques défauts physiques, n'avait pas bonne vue et se trouvait trop maigre. Il était réservé, parfois morose et prisait la solitude. Sans doute leur parfaite entente reposait-elle sur ces différences.

En ce plein été, les soirées étaient très longues et une luminosité exceptionnelle donnait aux roses et aux lys un éclat particulier.

69

Une grive se mit à chanter dans les branches. Au terme d'un long séjour à l'étranger, Martin était revenu à Édimbourg pour son centre médical de tout premier ordre et parce qu'il aimait cette ville où il avait vécu avant la guerre. Il appréciait ce fécond métissage de culture et de décadence. Sous une façade splendide, les sombres entrailles de la cité affleuraient presque, ce qu'il trouvait fascinant. Les différentes périodes de l'histoire y étaient aussi lisibles que des strates dans la roche.

— Comment va Elspeth ? demanda Martin.

Elspeth était la sœur cadette de Davey.

— En pleine forme mais il faut avouer qu'elle n'en peut plus.

— Le bébé, c'est pour quand ?

— Dans un mois et Primrose était pile à l'heure. Nous autres, les Kirkpatrick, sommes très à cheval sur la ponctualité. J'espère que ce sera un garçon cette fois, ajouta Davey en souriant. J'aimerais bien avoir un neveu.

— Tu devrais te marier et nous faire des fils.

Davey ne put retenir une exclamation de dérision.

— Qui pourrait bien vouloir d'un éclopé comme moi ?

— Où en est ta jambe ?

— Toujours pareil.

— Si ça se trouve, les femmes n'attachent pas tant d'importance à ce genre de détail.

— Elles préfèrent un cavalier capable d'évoluer sur une piste de danse sans trop de ridicule. Et puis, venant de toi, ces conseils matrimoniaux ne manquent pas de sel. Quand je te vois en parfait état, avec tes deux bras et tes deux jambes, et pas l'ombre d'un jupon à l'horizon ! Disons les choses comme elles sont, Jago, tu es un véritable iceberg.

Ils étaient en retard et le concert était sur le point de commencer. Davey profita des applaudissements saluant l'entrée en scène du chef d'orchestre pour marmonner :

— Moi, au moins, je suis fou amoureux.

Il afficha un sourire satisfait et un air béat.

— Elle est... la perfection.

Davey s'éprenait régulièrement de vendeuses, de choristes ou de danseuses, d'ailleurs il s'entichait aussi bien des sœurs, des épouses et des filles des gens de son milieu. Sans doute ne se mariait-il pas car il lui serait trop pénible de ne prodiguer ses attentions qu'à une seule. Il avait un faible pour les blondes aux faux airs de petites filles, tout en boucles, gloussements et zézaiements.

— Tu la connais depuis longtemps?

— Bientôt quinze jours. C'est un ange, l'être le plus magnifique, le plus élégant, le plus ravissant, le plus...

Le chef d'orchestre leva sa baguette et Davey, réduit au silence, dut renoncer à trouver d'autres superlatifs. Le premier morceau était une œuvre de Vaughan Williams, *Fantaisie sur un thème de Thomas Tallis.* « On ne peut plus anglais! », se dit Martin en pensant aux sites préhistoriques de Stonehenge, d'Avebury et de Silbury Hill.

Depuis l'armistice, il n'avait guère voyagé dans son propre pays. Telle une immense barrière rocheuse dont les aiguilles acérées barraient l'horizon de toute une génération, voilà que la guerre se dressait de nouveau devant lui... *Quand je te vois en parfait état, avec tes deux bras et tes deux jambes!* avait dit Davey. À ce détail près qu'en parfait état il ne l'était plus, pas davantage que la jambe broyée de Davey. Ils avaient chacun leurs démons, lui c'était les cauchemars et l'insomnie contre lesquels il luttait depuis des années.

Trois mois auparavant, il était revenu exercer comme généraliste dans le cabinet d'un vieil ami sous les ordres duquel il avait servi dans le RAMC[1]. Charlie Campbell l'avait prévenu : *Tu ne feras pas fortune mais tu auras sûrement de quoi échapper à l'ennui. Et l'Égypte, dis-moi? Tu as vu des momies?*

Après le concert, Davey Kirkpatrick proposa :

— Izzy Lockead donne une soirée pour son anniversaire. On y va?

— Je ne l'ai pas vue depuis des années. Comment va-t-elle?

— Oh, elle est jolie, très jolie!

— J'ai le souvenir d'une adolescente grassouillette.

— Elle ne l'est plus. C'est même un beau brin de fille. Elle se donne maintenant un genre bohème en blouse paysanne et en sandales, et elle élève des poules... à Moray Place, tu imagines!

Davey leva le bras pour héler un taxi. En chemin, il poursuivit :

— Izzy est un amour, quant à Hester...

---

1. Service de santé de l'armée britannique. *(N.d.T.)*

— L'aînée ?

— C'est ça. Si tu te souviens, elles sont trois, Rosemary est la cadette.

Davey se rembrunit.

— Cette pauvre Het a épousé Alex Findlay, un brave type qui ne s'est jamais remis d'un coup sur la tête à la bataille d'Arras.

— Un sérieux traumatisme crânien suffit à modifier une personnalité.

— Leur vie de couple est un enfer. Hester n'est pas commode depuis quelque temps. Alex ne peut plus faire grand-chose, bien sûr, alors Het décore des intérieurs…

Brusquement, les yeux de Davey se mirent à briller dans la pénombre.

— Enfin, j'ose espérer qu'Izzy aura invité une certaine amie ce soir.

— Ah oui ! L'ange !

— Parfaitement, mon ami, l'ange.

— Et Izzy, que devient-elle ? Est-elle mariée ?

Davey fit signe que non.

— Elle ne manque pas d'admirateurs, tu t'en doutes. Elle dirige une agence de placement qui procure des domestiques à de riches oisifs.

Chez Isabel Lockhead, les fenêtres étaient éclairées derrière les rideaux entrebâillés et on entendait la musique depuis la rue. À l'intérieur, on dansait dans un tourbillon de perles et de soie aux accents tonitruants des cuivres et des timbales.

Isabel était assise sur la paillasse de la cuisine auprès de sa sœur Rosemary. Grande et mince, Hester fumait une cigarette. Ses cheveux lisses plaqués sur son crâne étaient très courts. Toutes trois avaient des yeux noirs, expressifs, mais ceux d'Hester, deux longues fentes cernées de khôl, faisaient penser à ceux d'une reine égyptienne. Ce fut du moins l'impression de Martin.

En voyant les deux amis, Isabel se laissa glisser jusqu'au sol et s'écria d'une voix suraiguë :

— Davey ! Comme c'est gentil ! Et Martin ! Chéri ! Il y a vraiment une éternité… je te croyais mort.

Isabel les serra tous deux dans ses bras avec une belle fougue tandis qu'Hester se contentait d'un baiser assez froid. Après avoir souhaité un bon anniversaire à Isabel, qui parvint à lui extorquer la promesse de venir dîner un soir, Martin fit le tour de la maison. Il connaissait la plupart des invités, membres les plus jeunes et les moins conventionnels de la bonne société d'Édimbourg, un cercle étroit et fermé dont il ne faisait pas vraiment partie.

Il aperçut Davey qui se tenait auprès d'une fenêtre dans l'un des salons.

— N'est-elle pas fascinante ? murmura son ami.

— Qui ça ?

— Tu l'as sûrement remarquée !

Martin l'aperçut de dos à l'extrémité du salon. Elle n'avait vraiment rien de la blonde insipide qu'il avait imaginée. Sur sa nuque, son chignon bas était retenu par des peignes d'argent et ses cheveux très sombres faisaient ressortir la pâleur de sa peau. Elle portait une robe noire aux reflets moirés. Curieux, constata Martin, comme la couleur du deuil pouvait revêtir des connotations aussi différentes que celles de l'interdit et de l'érotisme. Elle semblait incapable de rester immobile et tapait du pied sur le rythme de jazz. Droite comme un I, elle paraissait plus grande qu'elle ne l'était réellement. Martin admira son allure et la finesse de sa silhouette.

En l'observant, il sentit renaître un souvenir un peu vague qu'il chercha à retenir, un lointain épisode qui venait titiller sa mémoire. Avec le sentiment confus qu'une suite d'événements précipités devait sans doute effacer ce qui les précédait. Par quel mystère était-il capable de mémoriser, à la virgule près, un article de revue médicale ou d'archéologie quand il oubliait d'enfiler ses chaussettes en s'habillant le matin ? Le poids des souvenirs serait-il limité ? Trop nombreux, ils finissaient par déborder comme un seau trop plein. À moins que...

À ce moment, la jeune femme se retourna. Elle renversa la nuque dans un grand éclat de rire et révéla la longue hampe d'une gorge très blanche. Un mouvement vif comme l'éclair, la pâle courbure d'un bras, le bruissement de la soie... brusquement, Martin sentit monter à ses narines les senteurs de miel du hoya.

— Mrs Ravenhart..., laissa-t-il échapper.

Mais Davey traversait déjà le salon pour aller la rejoindre.

Martin se rappela en quelles circonstances il avait fait sa connaissance au cours de l'été 1915. Le lendemain il quittait l'Écosse et partait pour la France. Pendant trois ans, il avait œuvré au sein du corps médical, dans un centre de triage des blessés situé tout près du front. Après l'armistice, il était resté dans un hôpital de Reims. Cependant, au bout de dix-huit mois, victime d'une sorte de dépression qu'il n'avait pas identifiée comme telle à l'époque, il avait abandonné son service pour s'installer dans sa demeure champenoise.

Ravagée par les armées successives au cours du conflit, la région avait vu ses maisons réquisitionnées, livrées au pillage ou détruites. Les réparations avaient exigé un gros travail qui s'était révélé salutaire. Épuisé physiquement, Martin avait réussi à retrouver le sommeil. Au bout d'un an, il avait quitté le pays pour parcourir la Suisse, l'Italie, Rome. Dans le talon de la botte italienne, il avait fini par s'embarquer pour Le Caire. Là, en Égypte, dans le sable et la pierre, parmi les vestiges d'une race aussi ancienne que mystérieuse, il avait commencé à se reconstruire.

Martin Jago n'avait pas oublié Mrs Ravenhart, certes elle était belle mais elle avait aussi incarné la fin de… l'innocence.

Elle était aussi en noir ce soir-là. Martin se rappela qu'elle avait jeté son dévolu sur Ralph Fearnley et se souvint de la précision quasi militaire avec laquelle elle avait mené campagne : les battements de cils, le sourire charmeur, la caresse de ses petits doigts effilés sur la manche du pauvre Fearnley. Elle lui avait semblé détestable. Mais, un peu plus tard, quand il l'avait retrouvée par hasard dans la serre des Corstophine, où elle avalait gâteaux et canapés comme si elle n'avait pas mangé depuis huit jours, il avait quelque peu oublié l'hostilité qu'elle lui inspirait. Loin des regards, affranchie de l'impératif de faire impression, elle était d'un naturel et d'une spontanéité étonnants. Il la revit se lécher les doigts et renverser la nuque pour boire à sa flasque de whisky. Son formidable appétit avait une séduction très sensuelle. En la suivant du regard, Martin trouva que Bess avait changé. Elle avait acquis une sorte de vernis, une fine couche de laque qui lui donnait plus d'éclat, mais plus de dureté aussi.

Davey lui fit signe d'approcher.

— Mrs Fearnley, je vous présente mon ami, le docteur Martin Jago.

Tiens, donc! Fearnley. Elle était donc parvenue à harponner un mari.

— Nous nous sommes déjà rencontrés. Chez les Corstophine.

Bess fronça les sourcils.

— Je suis navrée, je ne…

— C'était il y a fort longtemps.

La jeune femme se tourna vers Davey.

— Capitaine Kirkpatrick, je ne vous ai pas vu à l'opéra hier soir. Vous n'aimez donc pas les ballets ?

Les sœurs Lockead et leur cohorte de fidèles chevaliers servants vinrent les rejoindre. Martin fut témoin de l'empressement des hommes auprès de Bess ; on lui apportait une boisson, on lui allumait une cigarette, quand on ne riait pas de ses plaisanteries. Il remarqua également l'éclat bleu de ses pupilles et de ses boucles d'oreilles. Aucune trace de Raph Fearnley.

Isabel Lockhead se tourna vers lui.

— J'ai lu votre livre, Martin. Quelle finesse !

Avant de revenir en Écosse, celui-ci avait publié un ouvrage sur les dernières découvertes archéologiques en Égypte. Il n'aurait jamais pensé connaître un tel succès, dû, selon lui, au fol engouement des Britanniques pour tout ce qui concernait ce pays depuis la découverte du tombeau de Toutankhamon.

Rosemary Lockhead frissonna.

— Si je devais pénétrer dans le tombeau d'une momie, je serais terrifiée. Avez-vous connu cette expérience, Martin ?

— Une ou deux fois.

Une jeune femme exhala dans un souffle :

— La malédiction des pharaons…

Rosemary lâcha un petit cri d'effroi.

Martin secoua la tête.

— Il n'y a ni malédiction ni fantômes.

Mrs Fearnley se tourna vers lui.

— Vous ne croyez pas aux fantômes, docteur Jago ?

— Non. Et vous ?

— Oh, moi si, fit Bess le plus posément du monde. Nos fantômes nous suivent partout, il est impossible de leur échapper.

Rosemary avança :

— J'ai séjourné dans un château hanté.

— Dans les vieilles maisons, on entend de drôles de bruit, renchérit Davey. Le vent fait vibrer les tuyaux et le parquet grince.

— Quand ce ne sont pas les souris ! ajouta Martin. J'en abrite une armée chez moi.

— Tu devrais chercher un logis plus sain, Jago. Pourquoi restes-tu dans ce trou à rats ? Tu es une célébrité à présent.

— Ce n'est pas un trou à rats et je m'y plais.

On posa un autre disque sur le gramophone. La piste se libéra et les couples de danseurs se formèrent. Martin vit que Davey observait Mrs Fearnley puis, oubliant son ami, il suivit du regard les évolutions de la jeune femme. L'étoffe perlée de sa robe accompagnait ses mouvements et mettait en valeur la souplesse de son corps. Elle ne faisait pas un faux pas et suivait parfaitement le tempo. Les pommettes légèrement rosées, la peau veloutée, un teint de lait et ses mèches virevoltant à chaque mouvement de tête…

Une voix glacée lui murmura à l'oreille :

— Pas l'ombre d'une chance. Bess Fearnley préfère les hommes de prix, tu es bien trop pauvre.

Martin se retourna et sourit à Hester Findlay.

— Viens danser, Martin.

— Tu n'apprécierais pas, Het. Je t'écraserais les orteils.

— Ça m'est égal, ils ont la peau dure, répliqua Hester en le prenant par la main.

Martin sentait les côtes de sa cavalière sous la mince étoffe de la robe.

— Comment va Alex ? demanda-t-il. Je ne l'ai pas vu.

— Il n'est pas venu. Alex n'aime pas les soirées, ni le bruit ni la foule. À vrai dire, il n'aime pas grand-chose. Ce n'est pas gai, hein ?

— Est-il suivi ?

— Non, pas pour l'instant. Il ne peut plus voir les médecins et préfère essayer le soleil… nous devons passer l'hiver à Menton, il me l'a promis.

Ils dansèrent un petit moment en silence. Martin se concentrait pour ne pas se tromper de pas, mais Hester, rompue à toutes les danses, s'ennuyait.

— Tu connais bien Mrs Fearnley ? finit par demander Martin.

— Pas vraiment. Elle serait plus proche d'Izzy. Elle est un peu…

— Quoi donc ?

— Pas tout à fait comme il faut. Elle travaille dans un night-club.

Hester haussa les épaules.

— Mais tu connais Izzy. Elle se fiche comme d'une guigne de ce que peuvent penser les gens. Et puis Bess est très jolie et vraiment charmante.

— Son mari...

— Lequel ? Tu veux sans doute parler de Ralph Fearnley ?

— Il est revenu de la guerre ?

— Oh oui ! Son premier mari, l'Indien, est décédé, mais Ralph, lui, a divorcé. À moins qu'il ne lui ait accordé le divorce par grandeur d'âme, franchement, je ne me souviens plus. Elle a une petite fille, tu sais. Sans compter une cohorte d'admirateurs.

Hester lança un bref coup d'œil à son cavalier et ne put retenir un petit rire narquois.

— Allons bon ! Aurais-je brisé tes illusions ? Ne me dis pas que tu es amoureux, toi aussi ?

— Non, voyons !

Martin écrasa une fois de plus les pieds d'Hester et celle-ci l'entraîna dans un coin du salon avec un soupir résigné.

— Mon chéri, ton cas est désespéré !

— Je sais, répondit Martin avec beaucoup d'humilité.

Ils regardaient évoluer les danseurs depuis quelques minutes quand il demanda à sa voisine :

— Mrs Fearnley ne manque donc pas de soupirants ?

— Ils se comptent par dizaines ! À commencer par Davey Kirkpatrick.

— Davey tombe amoureux tous les quinze jours.

Hester constata avec une certaine tristesse :

— Dans le temps, il avait un faible pour moi.

Martin coula un regard en direction de Bess Fearnley qui dansait maintenant avec Johnnie Murray. « Où étais-tu, mon amour perdu, durant ces sept années et plus encore ? » C'était incroyable, dix ans après, il entendait encore ce refrain et n'avait pas oublié la douce émotion qu'il avait fait naître.

Les nuages finirent par s'écarter pour laisser place à une lune pleine, nimbant le château d'argent sur son promontoire rocheux. Bess sourit en son for intérieur.

Le château de conte de fées de Kate !

Au pied de l'immeuble, Davey Kirkpatrick se contenta d'un chaste baiser, il était bien trop chevaleresque pour risquer une vulgaire empoignade devant la porte. Il suggéra un éventuel dîner mais Bess murmura une réponse polie et pénétra dans le hall sans s'engager.

En arrivant chez elle, elle se rendit directement dans la chambre de Kate, caressa les cheveux en bataille de sa fille endormie et remercia Annie, la baby-sitter. Veuve, Annie ne disposait que d'une petite retraite et habitait tout près. Kate la connaissait depuis des années et l'aimait beaucoup, la considérant comme une grand-mère pour sa fille qui n'avait pas connu les siens.

Après son départ, Bess se servit un scotch, se laissa choir sur le sofa et lâcha un soupir de pur bonheur. Voilà six ans qu'elle vivait avec Kate dans cet appartement et ne se lassait jamais du plaisir d'avoir un foyer bien à elle. Au fil des ans, elle l'avait décoré selon ses goûts. Ses châles de cachemire étaient disposés sur des fauteuils moelleux, les photographies et les aquarelles suspendues à la cimaise. « Demain dimanche… Quelle merveille de pouvoir se lever tard ! », se dit Bess. Seulement Kate avait l'art de se glisser dans son lit de bon matin. Après d'héroïques tentatives pour rester tranquille et silencieuse, l'ennui la gagnait et elle se mettait à tripoter les flacons de parfum ou le coffret à bijoux jusqu'à ce que sa mère, renonçant à somnoler, se lève pour préparer le petit déjeuner.

Du lundi matin au samedi midi, Bess était employée chez une modiste. Grâce à son goût inné et à son sens de la coupe et des couleurs, la propriétaire, Iona O'Hagan, une grande Irlandaise à l'allure impressionnante, avait fait de sa petite boutique le centre névralgique des élégantes les plus originales d'Édimbourg. Directe et très chaleureuse, Iona était devenue une amie.

Deux ou trois soirées par semaine, Bess travaillait également dans un night-club de Picardy Place, l'Orchidée Noire. Sept ans auparavant, dans la période délicate qui avait suivi sa séparation, elle avait fait la connaissance de Jamie Black, son patron. De retour à Édimbourg sans mari, Bess avait, dans les premiers temps, connu une certaine notoriété. À cette époque, elle n'avait cure de l'opinion. Meurtrie par l'échec de son mariage, pleurant la mort de Michael et contrainte d'admettre qu'elle avait perdu Frazer, elle avait béni cet isolement. Elle n'avait qu'un objectif, celui d'assurer sa survie et celle de sa fille, et y consacrait toute son énergie. Ralph payait le loyer et les frais de scolarité de Kate mais elle assumait tout le reste, nourriture, chauffage, uniformes scolaires. Elle ne supportait plus de dépendre de quelqu'un et devait absolument disposer de son propre argent. D'ailleurs, la leçon avait été chèrement apprise, elle n'aurait jamais perdu Frazer si elle avait eu les moyens de l'élever.

Avec le temps, la compagnie des adultes commença à lui manquer cruellement et elle voulut renouer avec les vieux amis. Si elle pouvait toujours compter sur le soutien des Williamson, Bess ne tarda pas à comprendre qu'on affectait de l'ignorer. Une mère divorcée devait rester en marge de la société. Dans l'esprit des bien-pensants et des plus collet monté, une divorcée qui refusait de vivre comme une nonne, travaillant et s'amusant, dépassait franchement les bornes.

Dans la rue, on chuchotait, la dévisageant ou affectant de ne pas la voir, et on l'avait rayée des listes d'invitations. Les femmes la considéraient avec suspicion, comme une menace, et certains hommes voyaient son nouveau statut comme une aubaine. Avec l'expérience, Bess apprit à traiter avec ce genre d'individu. Séparée de Ralph, sa position devenait ambiguë et ces hommes étaient un vrai danger, les hommes mariés surtout. Ceux qui détenaient un certain pouvoir étaient les plus dangereux. Bouffis d'orgueil, ils étaient convaincus de l'immense faveur qu'ils accordaient en offrant des fleurs aux femmes, en leur rendant visite, quand ils ne les mettaient pas dans leur lit. Si on leur laissait le champ libre, ils faisaient étalage d'une femme désirable comme de leurs autres biens : voitures, yachts ou relais de chasse dans les Highlands. Le jour où ils se lassaient de leur conquête, ils se fichaient totalement de détruire une réputation ou de briser un cœur.

Jamie Black n'était pas de ceux-là. Bess était serveuse dans un salon de thé quand elle avait fait sa connaissance. Courtois, il avait engagé la conversation sans l'ombre de ce badinage équivoque dont certains usaient systématiquement à l'égard d'une jeune et jolie serveuse. Huit jours durant, il se présenta au salon de thé à la même heure. À la fin de la semaine, Bess accepta de prendre un verre. Elle avait besoin de compagnie masculine.

Grand et solidement charpenté, les traits taillés à coups de serpe, à défaut d'être vraiment séduisant, Jamie avait un physique intéressant. La petite quarantaine, il possédait des intérêts dans diverses affaires. Il était également marié et, à son grand regret, sans enfants. N'exigeant rien l'un de l'autre, ils avaient tenu leur liaison secrète. Une profonde affection les unissait, ainsi qu'une forte attirance, ce qui expliquait la durée de leur relation. Par ailleurs, la folle passion et la jalousie n'avaient aucune place dans leur vie, tant ils étaient accaparés par leurs activités.

Leur liaison dura un an, mais la culpabilité lancinante et l'angoisse croissante de Bess avaient fini par les éloigner. À la crainte d'être découverts venait s'ajouter pour Bess la terreur d'être enceinte, si prudents fussent-ils. Elle savait également que leur liaison, si elle venait à se savoir, ferait atrocement souffrir. Quand elle trouva enfin le courage d'y mettre un terme, la solitude lui fut insupportable tant les moments de plaisir partagé lui manquaient. Bess en conclut, non sans amertume, qu'une certaine forme d'amour lui serait interdite à jamais. Les amants s'étaient toutefois quittés dans les meilleurs termes et l'amitié avait survécu ; aussi quand Jamie ouvrit l'Orchidée Noire, deux ans plus tard, il demanda à Bess de travailler pour lui.

À la sortie des théâtres et des restaurants, la jeunesse dorée de la ville, des privilégiés qui refusaient d'aller se coucher à 22 heures après un cacao, se rendait à l'Orchidée Noire. L'établissement fonctionnait comme un club privé où l'on servait de l'alcool au-delà de l'heure officielle mais toujours accompagné de mets consistants. Le travail de Bess consistait à prendre les commandes des clients et à faire circuler des plateaux de sandwichs. Jamie avait pour devise : *Contenter la clientèle quoi qu'il arrive.* Elle devait donc sourire aux clients, rire de leurs plaisanteries, même mauvaises, et veiller à ce qu'ils s'amusent afin de les fidéliser.

Bess adorait le night-club. Emportée par les accents tonitruants du jazz, elle se mettait à taper du pied en franchissant le seuil. Elle aimait la décoration clinquante et le luxe tapageur du cabaret, où un unique projecteur éclairait les artistes sur la scène minuscule, faisant d'un visage banal une jolie fille, voire une créature fascinante.

Hester Findlay, qui avait présenté Bess à Isabel et Rosemary, en avait assuré la décoration. Les sœurs Lockhead étaient toujours escortées d'une cohorte de beaux jeunes gens, très libres d'esprit. Invitée à leurs festivités, Bess s'était facilement intégrée au cercle des Lockead dont elle partageait désormais l'attitude bohème.

Cet après-midi-là, elle s'était rendue chez Isabel avec Kate. Après avoir apporté la touche finale au buffet de la soirée et donné à Izzy son cadeau d'anniversaire, Bess s'assit dans le jardin auprès de celle-ci, tout en regardant tendrement jouer sa fille.

Toute petite pour ses huit ans, Kate était un vrai feu follet. Elle avait de grands yeux bleus et semblait tout en bras et en jambes. Ses cheveux d'un superbe blond vénitien n'avaient de cesse d'échapper à la prison des tresses et ses vêtements semblaient toujours prêts à se désintégrer ; les boutons sautaient, les chaussettes tombaient et le corsage sortait régulièrement de la jupe. Kate ne sachant que faire de ses petits membres maigrichons, Bess s'était résolue à l'inscrire à un cours de danse. Une dépense supplémentaire qui avait pesé dans sa décision d'accepter la proposition de Jamie.

Ralph avait épousé Pamela Crawford en 1923. Thomas, leur aîné, avait vu le jour moins d'un an après leur mariage et Henry était né un an plus tard. Kate adorait ses demi-frères et leur avait tricoté de petits chaussons en sautant une maille sur deux, mais la bonne Pamela veillait à ce que les bébés les portent lors des séjours de Kate dans la ferme du Lanarkshire, achetée, à la surprise générale, peu après leur mariage. Ravie que sa fille ait maintenant des demi-frères, Bess n'était pourtant pas très fière du sentiment d'envie qui l'assaillait à l'annonce de chaque naissance, mais comment ne pas être amère en pensant aux fils qu'elle avait perdus ? Comment ne pas ressasser ? Dieu, qu'elle aurait aimé l'agitation d'un foyer résonnant de cris d'enfants ! Une maison pleine de garçons...

Après la séparation, elle était bien décidée à ne pas se remarier. Hélas, ce rejet du mariage ne l'empêchait pas de désirer des enfants. Sur les trois petits qu'elle avait mis au monde, elle en avait perdu deux et restait hantée par l'angoisse du berceau vide. Bien sûr, la peur de la solitude était toujours présente et elle regrettait ce qu'elle n'avait pas connu, c'est-à-dire la sécurité d'une famille nombreuse et aimante, la certitude réconfortante de ne jamais être seule. Après tout, cela n'avait rien de déraisonnable, la plupart des femmes avaient une famille.

Ni famille ni mari... et ses chances de remariage diminuaient chaque année. Elle avait maintenant trente et un ans. Or la perspective d'épouser une mère divorcée de cet âge était beaucoup moins séduisante que celle d'un mariage avec une fille de vingt ans. Bess avait refusé les quelques partis qui s'étaient présentés. Elle n'aimait aucun de ses soupirants. Elle s'était mariée sans amour et ne ferait pas deux fois la même erreur.

Qui plus est, elle ne prendrait pas le risque de compromettre le bien-être et le bonheur de Kate. L'éventuel candidat devrait être bon père, pourvoir aux besoins de la famille, être toujours d'humeur égale, bon et tolérant, ni trop dépensier ni trop radin, ni casse-cou ni bonnet de nuit. Mais comment une divorcée de trente et un ans à la réputation sulfureuse irait-elle dénicher cette perfection faite homme ? Dans une génération décimée par la guerre et la maladie, où trouver un tel mari ? Bess avait fini par se rendre à la raison, un tel individu n'existait pas.

Bess veillait sur sa fille avec une attention sans défaut et s'était juré de lui procurer ce qui se faisait de mieux. Kate ne connaîtrait pas l'enfance trop brève et l'instabilité qu'elle avait elle-même vécues. Kate n'apprendrait pas à flirter à quinze ans et ne se marie-rait pas à dix-huit. On ne l'expédierait pas chez des tantines ou des amis qu'elle connaissait à peine et elle aurait toujours quelqu'un vers qui se tourner pour la protéger et la conseiller.

Bien avant qu'elle n'entre à l'école, Bess avait appris à sa fille l'alphabet et les chiffres en comptant les arbres du parc et les canards sur l'étang ; elle lisait des histoires à la petite, qui savait écrire son nom, s'habiller seule et tresser ses cheveux. Il faudrait qu'elle soit capable de se prendre en charge sans compter sur les autres pour assurer sa survie.

Si Bess s'acharnait à offrir à Kate tout ce qui était en son pouvoir, c'était également pour une autre raison, celle de combler un vide. Dans la chambre de la petite, une photographie de Michael trônait sur la cheminée et, parmi les nounours rangés au pied du lit, figurait le lapin en tricot. Qu'éprouvait-on après avoir perdu sa moitié d'orange, l'être avec lequel on avait partagé le sein maternel ? C'était une part de vous-même que l'on vous arrachait, comme un enfant peut-être. Bess frémissait à cette pensée, qu'elle s'empressait aussitôt d'évacuer.

Kate avait un autre frère, bien sûr. Sa mère lui avait parlé de Frazer dès qu'elle avait été en âge de le comprendre. Bess avait sorti l'atlas pour indiquer à sa fille où se trouvaient l'Inde et Simla. Elle lui avait montré la photographie de Frazer et la veste en tricot qui avait perdu depuis longtemps son odeur de talc. Savoir que l'enfant connaissait l'existence de Frazer, qu'ils appartenaient tous trois à la même famille, si ténu soit ce lien, était rassurant.

Frazer avait maintenant onze ans. Bess l'imaginait blond et mince, avec les yeux bleus, et aussi turbulent que vif d'esprit, courant dans le bazar à la tête d'une bande de gamins. Sans doute était-il intrépide et courageux, comme ses parents au même âge. Il devait déjà nager et monter à cheval, escalader les rochers et grimper jusqu'au faîte des arbres les plus hauts. Pourvu que Cora lui ait fait la leçon ! Pourvu qu'il sache reconnaître les clairs ruisseaux des mares d'eau saumâtre abritant les larves qui transmettaient le paludisme ! Sa grand-mère avait probablement veillé à lui apprendre à ne pas chevaucher vers les collines dans la brume matinale…

Cora l'enverrait-elle en pension en Angleterre ? Ou bien le garderait-elle auprès d'elle ? *Il ne vous connaît plus et il n'a aucun sentiment pour vous.* Au souvenir de ces mots, Bess tremblait encore. Sa belle-mère ne permettrait jamais que l'enfant s'éloigne de sa vue.

L'heure avançait et elle était fatiguée, puis passa dans sa chambre et observa son reflet dans le miroir, puis détacha ses boucles d'oreilles en diamant qu'elle rangea soigneusement dans leur écrin de velours. Sans l'éclat des pierres reflétant la lumière, Bess crut déceler des traces de cernes sous ses yeux. Elle ne put retenir un sifflement, suivi d'un petit cri contrarié, ouvrit le pot de crème et se frotta frénétiquement le visage.

La double porte à peine franchie, on était assailli par la musique et les lumières colorées de la salle, éclairant le bar et la petite piste de danse surmontée d'une estrade. Les rythmes syncopés s'insinuaient jusqu'au tréfonds de votre être. Ce n'était que coudes se frayant un chemin dans la cohue, scintillement de strass des robes perlées, relents de tabac turc et de parfum français. Les cris fusaient de toutes parts, cherchant en vain à couvrir la musique. On se demandait par quel miracle les plateaux de boissons n'allaient pas se fracasser sur le sol.

Davey fit de grands signes pour attirer l'attention d'Isabel Lockhead qu'il venait de repérer, puis se fraya un chemin dans la foule ; Martin lui emboîta le pas. D'une voix profonde, une créature majestueuse vêtue de velours vert arrêta Martin. Le teint très pâle et les pommettes hautes, elle avait une masse de cheveux cuivrés.

— Nous venons de passer un moment à essayer des toilettes à la boutique, c'était formidable. Vous n'adorez pas ce rose incarnat sur Rosemary ?

Elle tendit la main à Martin.

— Je ne pense pas que nous nous connaissions, je suis Iona O'Hagan.

Dans l'esprit de Martin, cette femme à l'accent irlandais redonnait vie aux héroïnes du passé... la reine Maeve ou Deirdre des Douleurs.

— Martin Jago, fit-il.

— Je serais parfois tentée de plaindre les hommes. C'est une telle libération de passer une robe neuve ! Quelle merveille ! Une couleur différente, un plissé ici ou là, quelques paillettes, et l'on est une autre.

— Aimeriez-vous devenir une autre, Mrs O'Hagan ?

— S'il n'était si facile de changer de peau, on aurait vite fait de se lasser de soi-même. Vous n'êtes pas de mon avis ?

Martin entendit crier à son oreille :

— Martin est comme les chats, il a neuf vies. Seulement, il est très secret. N'est-ce pas, chéri ?

Martin se retourna et découvrit Hester Findlay.

— Pas du tout. Je suis transparent comme le cristal.

Hester l'embrassa et il sentit la fraîcheur de ses lèvres sur sa peau.

— Je suis surprise de te trouver ici, Martin. Je te verrais plutôt attelé à quelque noble tâche... guérir les malades, faire marcher les boiteux.

— Ah, vous êtes dans la médecine ?

— Oui, Mrs O'Hagan.

— Ce n'est là que l'une de ses nombreuses vies, Iona. Il aime aussi déterrer les vieux os. Et il disparaît régulièrement en France. Tu n'y cacherais tout de même pas une femme et des enfants, chéri ?

— Navré de te décevoir, Het, mais ce n'est pas le cas.

Hester parut soudain s'animer.

— Mon cher, que penses-tu de la décoration ?

Murs noirs, éclairages violet et argent, sièges de velours violet et, en fait de décor, des orchidées aux tonalités sombres dans des cadres argentés.

— Formidable, répondit Martin.

— C'est l'œuvre d'Hester, expliqua Mrs O'Hagan. Elle a vraiment le sens des couleurs, non ?

— D'une exquise décadence, c'était l'effet recherché, expliqua Hester.

Elle promena son regard sur la piste.

— Quelqu'un veut danser avec moi ? J'en meurs d'envie !

Martin refusa d'un vif mouvement de tête.

— La dernière fois ne t'a donc pas suffi ?

— Je te suis, proposa Iona.

Puis elle ajouta en se tournant vers les hommes :

— Ça ne vous ennuie pas, mes chéris ?

— Pas le moins du monde, répondit Davey. Allez, filez. Nous allons nous repaître du spectacle.

Martin et son compagnon regardèrent un moment l'estrade, puis Davey s'éloigna pour bavarder avec le mari d'Hester. S'il avait l'air un peu hagard, Alex Findlay avait néanmoins un profil droit et harmonieux, bien que sa joue gauche soit zébrée d'une cicatrice violette laissée par un tir de mortier.

Martin se réfugia dans un coin plus calme où il grilla une cigarette dans l'ombre d'une porte. Telles des rides courant à la surface d'un étang, des bribes de conversation et les menus événements de la journée venaient vaguement troubler le cours de ses pensées. *Qui ne serait tenté d'être quelqu'un d'autre, par moments... Martin est comme les chats, il a neuf vies.*

À multiplier les centres d'intérêt, à vivre trop de vies, ne courait-on pas le risque de ne rien maîtriser ? Ses pensées s'évadèrent vers les patients qu'il avait vus au cabinet. L'enfant auquel il avait rendu visite dans l'après-midi et qui souffrait de rhumatismes infectieux. Son cœur était-il sérieusement atteint ? L'honorable homme d'affaires, pilier de sa communauté, traité depuis quelque temps et chez lequel il suspectait une syphilis. À ce stade, le diagnostic n'était pas aisé... il serait encore moins facile d'annoncer le verdict au patient. Par ailleurs, Martin s'était engagé à garder le chien-loup irlandais d'un ami séjournant à Londres... qu'allait-il faire de cette bête pendant la journée ? Enfermée chez lui, elle allait se morfondre…

C'est à ce moment qu'il l'aperçut. Bess Fearnley, vêtue de rouge cette fois. Un rouge sang très sombre qui donnait à sa peau une blancheur de porcelaine. Un plateau de boissons en équilibre au bout des doigts, elle revenait du bar. Elle s'arrêta pour échanger quelques mots, lança un sourire radieux à un client, sa main libre se posant sur une épaule masculine, et se pencha pour l'écouter. Il voyait danser ses cheveux noirs à chaque mouvement et les glands de la ceinture rouge se balançaient sur ses hanches tandis qu'elle se faufilait adroitement dans la foule. Il palpa son pouls, fasciné par les pulsations rapides et désordonnées, puis inspira longuement. La chaleur et la fumée n'étaient pas pour apaiser l'impression de vertige. Elle traversa la salle, et les mosaïques de verre captèrent son reflet qui se brisa en mille éclats rouges, noirs et blancs.

Une expression française lui vint à l'esprit : *Coup de foudre*, autrement dit, frappé par la foudre. Comme si, là-haut, les cieux s'étaient entrouverts pour darder sur lui leurs fourches de feu, modifiant son équilibre chimique, sa circulation, les battements de son cœur. Une totale métamorphose. On ressassait tranquillement et, l'instant suivant, après le passage de l'éclair, on prenait conscience d'un processus irréversible. Tout prétexte était vain : *Non, pas pour moi, je ne veux pas…* Impossible de se dérober.

Depuis peu, Martin Jago s'intéressait aux affections frappant les ouvriers, blessures aux mains des relieurs, poisons attaquant la peau aussi bien que le système digestif dans l'industrie chimique, lésions pulmonaires dont tant de typographes et d'ouvriers compositeurs étaient victimes. Les imprimeries étaient légion à Édimbourg, aussi la tuberculose et les maladies respiratoires apparentées étaient-elles responsables de nombreux décès prématurés.

La surpopulation était telle dans les immeubles de la ville que la tuberculose y sévissait à l'état endémique, touchant souvent plusieurs membres d'une même famille ainsi que les foyers voisins. Dans une cité qui pouvait s'enorgueillir des splendeurs de Princes Street et de Holyrood Palace, l'habitat était généralement surpeuplé et dans un état déplorable. Une bonne moitié de la population ne disposait que de logements exigus sans confort et n'offrant aucune intimité. On naissait, on copulait et on mourait là où la famille prenait ses repas, travaillait et dormait. L'état sanitaire, celui des femmes et des enfants en particulier, reflétait cette misère. Il était impossible de comparer la courbe de croissance des petits citadins à celle des paysans issus d'un milieu identique. Le rachitisme prospérait également dans les courettes et les venelles obscures où les enfants présentaient des symptômes caractéristiques : ventres gonflés et jambes arquées.

Quand on l'appelait au chevet d'un patient, il était frustrant de reconnaître qu'il arrivait souvent trop tard. Après les traitements inefficaces dispensés par une cohorte de grand-mères et de charlatans, le mal s'était aggravé. Martin voyait des tuberculeux soignés au papier kraft trempé dans du vinaigre, des enfants souffrant de mastoïdites dont les joues enflées et fiévreuses disparaissaient sous des emplâtres de pain. La raison en était évidente, ils étaient si nombreux à ne pouvoir se permettre de donner une demi-couronne au médecin. Il sacrifiait souvent ses honoraires et surveillait son patient sans exiger le paiement de ses multiples visites.

Évidemment, la médecine était impuissante dans bien des cas mais, dans ces meublés, le petit patient mourait trop souvent quand un enfant issu d'un milieu plus aisé aurait pu triompher de la maladie. Il était impossible de prodiguer les soins adéquats dans une pièce unique où vivaient une douzaine de personnes, où l'on prenait l'eau au robinet de l'arrière-cour, où l'air était pollué. Les parents s'efforçaient de protéger leurs enfants, d'ailleurs Martin était parfois ému aux larmes par leurs efforts, mais comment lutter contre un tel environnement ? Ils n'avaient aucune chance.

D'ordinaire absorbé par son travail, Martin éprouva une vive contrariété après cette soirée à l'Orchidée Noire. Distrait, nerveux, mal dans sa peau, il ne parvenait plus à se concentrer et ne trouvait plus le réconfort habituel dans ses deux passions, la musique et l'archéologie. Il se demanda s'il n'était pas souffrant, prit son pouls et vérifia sa température, mais tout était normal. Il en conclut qu'il aurait mieux fait de rester à l'étranger. Peut-être les aspects les moins plaisants d'Édimbourg, un côté puritain, une sorte de sentimentalisme, lui étaient-ils devenus insupportables ?

Cependant, la raison de son malaise ne tarda pas à lui apparaître. Ses pensées le ramenaient sans cesse vers Bess Fearnley et dans les moments les plus inopportuns. Lui qui se contentait de sa propre compagnie depuis fort longtemps cherchait maintenant à la revoir, acceptant des invitations dont il n'aurait fait aucun cas dans le seul espoir de l'apercevoir. Pour se trouver dans la même pièce qu'elle, il supportait des conversations sans intérêt, une musique médiocre, une cuisine et une compagnie qu'il ne recherchait pas. S'il lui arrivait de croiser son chemin, il restait muet et accumulait les maladresses. En sa présence, il renversait son verre de vin, faisait traîner ses poignets dans sa soupe. Pourquoi fallait-il que tout esprit de répartie l'abandonne? Il aurait voulu, à défaut de faire impression, du moins ne pas lasser.

Il avait appris qu'elle habitait à New Town et travaillait chez la modiste Iona O'Hagan, sur Howe Street, ainsi qu'à l'Orchidée Noire. Un après-midi où il passait devant la boutique de mode, il entrevit un reflet derrière la vitrine et devina sa silhouette. Hester Findlay lui apprit que, veuve dans un premier temps, Bess avait ensuite divorcé. Un jour où elle était de très méchante humeur, elle lui révéla même le nom de certains de ses amants. S'il venait à les croiser, Martin éprouvait maintenant envers ces hommes une agressivité teintée de jalousie.

Un soir, au night-club, il surprit Hester à l'observer d'un œil critique.

— Eh bien, tu es mordu! lui lança-t-elle.

Martin accusa le coup.

— Je ne vois pas ce que tu veux dire.

— Oh, si! Bess Fearnley. Je t'ai vu. Tu ne regardes qu'elle.

Martin fit signe que non.

— Je me demande seulement si je l'apprécie.

— Pour aimer, pas besoin d'apprécier.

Hester reprit avec un petit sourire:

— Tu n'as aucun reproche à te faire, tu es en fort bonne compagnie et Davey Kirkpatrick est positivement fou d'elle.

Elle fit taire Martin d'un geste impatient.

— Je sais. Davey s'est entiché d'une bonne moitié d'Édimbourg, tu me l'as dit.

Puis, prenant sa main dans les siennes, Hester murmura:

— Mais tu te trompes. Cette fois, c'est différent, il est sérieux, il s'est même confié à Izzy.

Elle planta ses ongles dans la paume de Martin.

À dater de cet instant, ce dernier se mit à compter le nombre de fois où Davey se tenait auprès de Bess, allait lui chercher une boisson ou la raccompagnait chez elle à l'issue d'une soirée. Il n'aurait su dire si elle avait une préférence marquée pour son ami, chacun ayant droit à son sourire radieux et à son rire communicatif.

Ce soir-là, en rentrant chez lui, il aperçut Davey dans un pub de Grassmarket, assis dans un des box en bois. En voyant Martin, celui-ci appela le garçon et commanda un autre whisky.

Ils se mirent à bavarder. Davey buvait sec et la conversation s'orienta sur le nouveau-né que sa sœur venait de mettre au monde :

— Je ne comprends pas comment Elspeth a pu y arriver et moi pas.

— Y arriver ?

— À fonder une famille. Prends Elspeth, elle a huit ans de moins que moi, déjà deux enfants, et est parfaitement heureuse auprès de ce brave vieux Rory alors que je file tout droit vers ma destinée de vieux garçon solitaire. Je me vois déjà, d'ici dix ou vingt ans, dînant tous les soirs à la même table d'un club sinistre sans avoir changé de col depuis huit jours.

Il contempla son verre en grommelant d'un air sinistre :

— Si seulement je savais ce qu'elle pense de moi.

— Qui ça ? Elspeth ?

— Mais non ! Bess, voyons !

Martin eut un coup au cœur.

— Bon sang, si elle pouvait me donner un vague indice, me faire comprendre que je n'ai pas encore rejoint le rebut où sont relégués les autres ! Mais pourquoi aurais-je droit à un traitement de faveur ? Je ne cesse de lui tourner autour comme ces vautours auxquels elle jette quelques miettes de temps à autre, un sourire ou la permission de lui apporter un verre. Elle les mène tous par le bout du nez. Enfin...

Il ajouta d'un air lugubre :

— ... j'ose l'espérer.

Les questions se bousculaient sur les lèvres de Martin. Qui Bess menait-elle par le bout du nez ? Étaient-ils amants ? Bien sûr, il les garda pour lui. Son expression dut toutefois le trahir car Davey l'observa attentivement et finit par grommeler :

— Oh, Seigneur. Pas toi !

Puis il hocha la tête et ajouta avec un sourire amer :

— J'ai toujours cru que tes veines charriaient des glaçons, Jago. Je te dirais bien « que le meilleur gagne ». Mais ce n'est pas comme ça que ça marche, hein ? Les femmes sont si imprévisibles ! Si ça se trouve, à cette heure, elle est en train de susurrer de tendres petits riens à ce rouquin, ce crétin qui la suit partout de l'aube à la nuit close. Tu imagines un peu ?

L'été revint, puis l'automne. Martin finit par accepter son état comme un mal chronique dont il serait atteint. Il pourrait toujours se traîner clopin-clopant mais sans espoir de guérison. Ses sentiments ne seraient jamais payés de retour, il le savait. Il ne se conduirait pas comme les vautours qu'il voyait se presser autour de Bess Fearnley, la harcelant et mendiant ses faveurs. Il avait compris à quel point cela l'agaçait.

Avec l'acceptation revint un semblant de sérénité. Il ne laissait plus rien tomber aux pieds de Bess, ne lui écrasait plus les orteils. Au fil des mois, il eut l'impression qu'elle avait fini par le considérer comme un ami. Non sans amertume, il en arriva à la conclusion qu'elle ne le comptait plus au nombre de ses soupirants et commençait à l'apprécier un peu.

5

En octobre, les feuilles s'arrachaient des branches comme le linge s'envole du fil. Tresses au vent, Kate filait dans l'herbe boueuse.

— Que fait-elle ? Pourquoi ferme-t-elle les yeux chaque fois qu'elle ramasse une feuille ?

Bess se retourna.

— C'est un vœu. À chaque feuille attrapée, on a le droit de faire un vœu. Ne le saviez-vous pas, docteur Jago ?

Emmitouflé dans un manteau et un cache-nez noirs, Martin Jago venait de surgir de la pénombre, l'eau perlant sur le bord de son chapeau.

— Hélas, non. Ce souhait est-il toujours exaucé ?

— C'est du moins l'avis de Kate.

Bess haussa le ton.

— Kate ! Tes chaussures ! Le gardien ne sera pas content s'il te voit piétiner sa pelouse !

Kate ouvrant la marche, ils se remirent en route en veillant à ne pas emmêler les baleines de leurs parapluies. Bess regarda autour d'elle, tout était noyé dans une masse brumeuse, un dégradé de brun et de gris.

— Un dimanche de pluie à Édimbourg ! s'exclama-t-elle d'un air écœuré.

— Pourquoi sortir si cela est si désagréable ?

— Kate a besoin d'air. Du moins, je le crois, mais je crains qu'elle ne prenne froid. Après tout, mieux vaut sans doute marcher d'un bon pas que rester enfermée avec une mère que l'ennui rend folle. Qu'en pensez-vous ?

— Quelques gouttes de pluie n'ont jamais tué personne.

— S'il n'y avait que la pluie! Qu'y a-t-il à attendre de nouveau, d'excitant ou d'inattendu? On a l'impression que rien ne changera jamais.

— Pourquoi le dimanche serait-il excitant? Ce serait d'un inconvenant! Non, ça n'irait pas du tout. Cela pourrait même nous mener à la révolution.

Bess capta le regard amusé de son compagnon.

— Comment pouvez-vous prétendre qu'il n'y a rien d'intéressant à voir? Tenez, dans ce pommier, la jolie boule de gui. Regardez comme les vers de terre sortent après la pluie. Et là!

Il fouilla du regard les buissons ruisselants de pluie.

— Qu'est-ce que c'est?

— Un merle avec quelques plumes blanches sur les ailes.

Martin se pencha à la hauteur de Bess et posa la main sur ses épaules pour orienter son regard.

— Là, sous le laurier.

— Oh! On dirait un mainate. Il y en avait en Inde.

Prise de frissons, Bess releva le col de son manteau.

— Des jours comme celui-ci, j'ai peine à imaginer que l'Inde existe. J'en arrive à me demander si ce ne serait pas le fruit de mon imagination, si je n'ai pas inventé le soleil, les couleurs, la chaleur. Je devais bien m'ennuyer de temps en temps mais je ne m'en souviens pas.

— Il est possible que l'ennui ne laisse aucune trace dans la mémoire.

— Oh non! Je n'oublie jamais une heure d'ennui. Cela explique sans doute que je le fuie à tout prix, je sais trop à quel point il me rend malheureuse.

— Si nous n'étions dimanche, je me risquerais à vous offrir à toutes deux une glace.

Bess lança un bref coup d'œil à Martin Jago. Elle n'arrivait pas à cerner sa personnalité et il l'intriguait. Le plus souvent, il semblait perdu dans son monde et sa réserve frisait parfois l'hostilité. L'appréciait-il vraiment? Elle ne le savait pas.

— Une glace? Je regrette mais, dimanche ou jour de semaine, je vous répondrais non. Il fait bien trop froid pour une glace, Martin. En revanche, une tasse de thé… là, je ne dis pas.

— Ce serait encore dans mes cordes.

Martin lança à la petite:

— Kate ! Veux-tu voir un couteau de sacrifice mexicain ?

— Où allons-nous ? demanda Bess.

— Chez moi. Je ferai du thé et Kate pourra découvrir les terribles méfaits des sauvages Aztèques. Ça va te plaire, hein Kate ? Vous espériez un peu de changement, disiez-vous. Je ne pense pas que vous ayez eu la chance de voir autant de couteaux de sacrifice.

La pluie tombait dru et l'eau montait dans les caniveaux, entraînant au passage mégots et feuilles mortes. L'appartement de Martin était perdu dans un dédale de hauts bâtiments et d'étroites venelles. Kate gravit quatre à quatre l'escalier aux paliers sombres.

Le seuil à peine franchi, l'éclairage au gaz révéla une collection de formes mal définies, assez sinistres : silex épars sur le manteau de cheminée ; squelette suspendu au-dessus d'une porte par un crochet ; piano droit ; partitions de musique et livres posés sur des étagères accrochées à chaque mur, sur des tables et auprès des fauteuils.

Martin dégagea une pile oubliée sur le divan, épousseta les coussins et invita Bess à s'asseoir. Il ouvrit ensuite un coffret tapissé de velours pour montrer le couteau à Kate.

— Il est en obsidienne noire, lui dit-il. C'est un genre de roche que l'on trouve sur les volcans.

Kate écarquilla les yeux.

— Il a vraiment servi pour des sacrifices ?

— C'est possible.

— Il y a encore du sang dessus ?

— Kate ! s'exclama Bess.

— Peut-être. Tu devrais regarder de très près mais n'y touche pas, la lame est très tranchante et, si tu te coupais, ta mère ne me le pardonnerait pas.

Martin passa dans la pièce voisine et on entendit une bouilloire se remplir. Bess parcourut le salon, tourna une page, effleura de sa paume un bouquet de plumes débordant d'un pot à confitures. Martin Jago ne semblait pas bien riche. Le divan était usé jusqu'à la trame et les rideaux avaient connu des jours meilleurs. C'était sans doute plus difficile pour un célibataire, les hommes ne sachant pas se débrouiller, repriser, rapiécer, retourner, rentrer ou ressortir, toutes ces astuces pour faire durer les objets, de la robe jusqu'à la housse de coussin.

Martin revint avec la théière, une boîte de biscuits et un verre de lait pour Kate. Caressant du bout de l'index la spirale lisse d'une ammonite, la petite examinait une rangée de fossiles occupant entièrement un appui de fenêtre.

— Tout semble vous passionner, fit remarquer Bess.

— Sans doute. Il n'y a pas de meilleur remède à l'ennui, même le dimanche après-midi.

— Si je comprends bien, l'ennui serait la marque d'un esprit léger ? D'un manque de ressources intérieures.

— C'est à redouter, en effet.

— Je devrais peut-être me trouver un passe-temps, élever des poules, comme Izzy, ou me mettre à la broderie.

Bess fit la grimace.

— Qu'est-ce qui vous plairait ?

— Monter. J'adore monter à cheval mais il y a longtemps que j'ai dû y renoncer.

— Pourquoi ?

Bess fut très franche.

— Entretenir un cheval coûte une fortune, je ne pourrais même pas m'offrir une pauvre haridelle de manège à la bouche dure pour une heure ou deux.

— Sinon, qu'aimez-vous faire ?

— Oh, des tas de choses ! J'aime la musique, bien sûr. Et la compagnie, j'ai toujours aimé la compagnie.

Bess, qui baissait rarement sa garde ces derniers temps, fut surprise de se prêter à ce genre de confidences.

— Je n'aurais jamais imaginé qu'une personne comme vous puisse connaître un instant de solitude.

— Ah oui ? Eh bien, vous vous trompez. Je suis très difficile quant au choix de mes fréquentations, répliqua sèchement Bess.

« Ces préjugés ! se dit-elle. Ce que je déteste ces préjugés masculins ! Les hommes sont toujours d'un prévisible ! »

— Allons, vous êtes intéressante, intelligente et vous ne manquez pas de conversation. Vous semblez d'ailleurs avoir de nombreux amis.

— Les amis ne sont pas toujours libres.

— Vous voulez dire le dimanche ?

— Le dimanche est consacré à la famille, non ? Il n'est pas fait pour les amis. Et vous, Martin, que faites-vous le dimanche ? Enfin, quand vous ne vous promenez pas sous la pluie.

— En général, je travaille. Les gens sont malades même ce jour-là et j'ai la société d'archéologie. Si j'ai le temps, je vais voir un site intéressant.

— C'est-à-dire?

— Cercles de pierres, chambres mortuaires... Attention, Kate!

Kate avait tendu la main vers un bocal placé en hauteur que Martin rattrapa à l'instant précis où il échappait des mains de la petite.

— Regarde, c'est une souris à deux têtes. Je l'ai trouvée derrière la plinthe.

— Je peux la sortir du bocal?

— Kate!

— Non, je regrette. Elle est conservée dans le formol et c'est dangereux. Mais tu as dû voir des serpents?

— Une couleuvre à la ferme de papa.

— C'est vrai? De quelle longueur?

Kate écarta les mains de soixante centimètres.

— Aimerais-tu que je te montre une peau de python? lui proposa Martin. Longue comme ça.

Il ouvrit grand les bras.

Quand ils eurent pris le thé, il insista pour les raccompagner chez elles. Il pleuvait moins mais le vent s'était levé et secouait les branches.

Au moment de le quitter, Bess tendit la main à Martin.

— Merci de nous avoir invitées. Merci d'avoir égayé un après-midi mouillé et glacé.

— Si vous n'avez rien de mieux à faire, un dimanche de pluie...

— Bien sûr, Martin. Je penserai à vous.

Postée derrière la grande fenêtre du salon, Bess le regarda remonter la rue. Elle ne comprit pas tout de suite ce qu'il faisait. Il sautait régulièrement en tendant le bras comme pour saisir quelque chose. Elle finit par comprendre qu'il attrapait les feuilles. Il s'arrêtait dès qu'il en tenait une et elle l'imagina, les yeux fermés, en train de faire un vœu.

Les visites d'Hester Findlay n'avaient rien de régulier, il lui arrivait de frapper chez Martin à toute heure du jour ou de la nuit. S'il travaillait, il lui servait à boire et lui allumait une cigarette avant de se remettre à écrire. Frêle fantôme sans repos, elle errait dans le salon en égrenant un chapelet de ragots décousus, quand elle ne critiquait pas l'état de son appartement.

Un soir, il était près de minuit, elle apparut dans une courte robe tube, couleur bronze, fleurant le vin et le parfum Chanel. Sur le seuil du salon, elle pivota sur elle-même.

— Qu'est-ce que tu en penses ?

— Tu es à croquer, répondit Martin avec franchise.

Hester s'avança dans la pièce.

— Vraiment ? On en mangerait ?

— Tu as fini de jouer les allumeuses, Het ? Où est passé Alex ?

— Il avait mal à la tête. Il a préféré rentrer. Tu es occupé ?

— Très.

— Que faisais-tu ?

— Je compulse mes notes et mes carnets.

Il plissa les paupières et précisa :

— J'essaie de déchiffrer mes pattes de mouche.

— Tu ne veux pas savoir où j'étais ?

— Manifestement, tu brûles de tout me raconter.

— Sers-moi quelque chose et je te le dirai.

Martin s'exécuta.

— J'étais invitée chez les Gilchrist.

Martin restant sans réaction, Hester s'impatienta.

— Agnes et Andrew Gilchrist ! Ne me dis pas que tu n'as jamais entendu parler d'eux. Andrew est devenu quelqu'un de très important. Je le trouve assez séduisant mais il a un regard dur et de petits yeux noirs comme des éclats de granit.

Hester tendit son étui à cigarettes.

— Les Gilchrist possèdent une immense demeure à Charlotte Square et l'agence d'Izzy procure à Agnes des dizaines de domestiques. C'est une petite bonne femme au teint blafard et cireux, qui semble avoir à peine la force de retaper les coussins. Au décès de son père, elle a hérité de tout… tu parles d'une veine pour Andrew ! Enfin, ce n'était pas vraiment de la chance, c'est bien pour son argent qu'il l'a épousée, elle, l'unique enfant d'un père riche et malade… Elle est plus âgée que lui et d'un commun, c'est monstrueux ! Naturellement, il doit sa fortune à la guerre.

Hester exhala un mince filet de fumée.

— C'est tout de même drôle la vie. Andrew Gilchrist gagne un argent fou grâce aux munitions et, par la faute de cette même guerre, mon pauvre Alex n'est plus que l'ombre de lui-même.

— Ainsi va le monde, Het, j'en ai bien peur.

— Eh oui !

Hester approcha une chaise pour s'asseoir face au bureau, le menton dans les mains.

— Une telle fortune m'aurait-elle apporté le bonheur ? Je me le demande.

— Tu n'es pas heureuse, Het ?

— Pas vraiment.

— Tu t'inquiètes pour Alex ?

— Constamment, tu le sais.

— Comment va-t-il ?

Lorsqu'elle leva les yeux, la gaieté avait déserté son regard et Martin n'y lut que la peur.

— Crois-tu que son état s'améliorera un jour ?

Martin resta prudent.

— Cela peut encore évoluer…

Hester s'exclama d'un ton rageur :

— Je veux la vérité, Jago !

Martin tendit le bras et lui prit la main.

— Cela fait, voyons… huit ans maintenant ? Huit ans qu'Alex a été blessé. Le corps humain est doué de remarquables facultés de récupération. Face à de telles lésions, les médecins parent à l'urgence, ensuite on ne peut guère qu'observer et apporter à l'organisme de quoi se remettre. On s'assure que le patient ait une bonne alimentation, beaucoup de repos, enfin tu vois… Il y a encore une chance de guérison spontanée mais, à ce stade, on ne peut être très optimiste.

Hester hocha la tête.

— J'apprécie ton honnêteté. Les âneries que les médecins peuvent dire parfois !

Martin vit perler les larmes dans ses yeux et elle blottit sa joue contre sa paume.

Bess dansait au night-club, jouait au mah-jong, se promenait dans les Pentland Hills ou sur la côte en compagnie des sœurs Lockhead et de Iona O'Hagan. Le monde s'offrait à elle.

Davey Kirkpatrick l'emmenait au concert et elle allait au cinéma avec Rob McAulay, le rouquin. Mais jamais un homme ne pénétrait dans l'appartement. C'était plus simple, ainsi ils n'iraient pas se faire des idées. Elle finit cependant par faire une exception pour Martin Jago.

Ce fut tout d'abord l'œuvre du hasard. Ils se promenaient dans le parc et Kate tomba sur le gravier d'une allée en courant derrière un chat roux. Elle s'était entaillé le genou ; le sang se mit à couler et la petite à hurler. Martin porta dans ses bras une Kate qui suçait vigoureusement son pouce, un comportement infantile qu'elle retrouvait en cas de grande tension.

Martin pansa la plaie.

— Ce n'est pas très profond, j'ai bien nettoyé la blessure et elle n'aura pas besoin de points de suture. J'ai prévenu Kate, elle gardera peut-être une légère cicatrice qui aura fière allure, une vraie balafre de pirate. Je crois qu'elle est ravie.

Il tapota l'épaule de Bess.

— Allons, tout va bien. Il n'y a pas lieu de s'inquiéter. Si je faisais un peu de thé ?

Bess apporta un verre de lait et des biscuits à sa fille, qui lisait une histoire à ses animaux en peluche. En sortant de la chambre, elle surprit son reflet dans le miroir. Pâle, tendue, elle était à faire peur. Elle esquissa le geste de regonfler ses cheveux mais dut renoncer, découragée, et retourna dans la cuisine.

— Il faut toujours qu'elle se précipite sans regarder où elle va ! C'est si dangereux. Il faudrait un œil d'aigle pour la surveiller, je ne peux me permettre de la lâcher du regard.

— Kate n'a que huit ans. À cet âge, on ne peut exiger d'un enfant qu'il soit très raisonnable.

Bess, entrechoquant bruyamment fourchettes et couteaux pour trouver une petite cuillère, s'emporta.

— Je vais l'enfermer jusqu'à sa majorité ! Ou alors, nous irons nous isoler sur une île, à l'abri d'une clôture infranchissable pour qu'elle ne tombe pas dans l'eau.

Elle fit claquer sans douceur les tasses sur les soucoupes.

— On ne cesse de me dire qu'il est impossible de protéger les enfants de tout. Comme si je ne le savais pas!

Les doigts crispés sur une tasse, elle se figea brusquement. La pluie faisait ruisseler des filets d'acier sur les vitres et barbouillait l'horizon.

— Kate avait un jumeau, reprit brusquement Bess. Michael était si jeune quand il est mort.

Martin, qui remplissait la théière, suspendit son geste.

— Quel âge avait-il?

— Pas tout à fait deux ans.

— Que s'est-il passé?

— La guerre s'achevait quand il a attrapé la grippe espagnole.

Bess évoquait rarement cette nuit qui ne cesserait de la hanter jusqu'à son dernier souffle mais, à son corps défendant, elle se mit à la raconter:

— Ralph fut touché le premier, puis ce fut le tour de Kate et enfin le mien. Pamela, l'actuelle épouse de Ralph, prenait soin de nous. À l'en croire… Michael… avait l'air très bien quand elle l'a couché ce soir-là. Mais au matin, il s'en était allé… Si brutalement! Pourtant c'était un enfant si robuste. Kate, elle, toussait et prenait froid, je me suis toujours inquiétée pour cette petite.

Bess se mordit la langue avant de poursuivre:

— C'est ma faute. Si je n'étais pas tombée malade, si seulement j'avais veillé sur lui…

Martin lui mit une tasse de thé dans les mains.

— Vous avez froid.

— J'ai toujours froid. Même en été.

— Bess…

— Ce n'est pas grave, fit-elle en se détournant. C'est loin, tout ça.

— Bess, écoutez-moi. J'étais dans le corps de santé pendant la guerre et j'ai exercé ensuite dans un hôpital de Reims. En ce qui concerne la grippe, j'ai vu des centaines de cas. Certains survivaient, d'autres mouraient, y compris parmi le personnel soignant. J'en suis arrivé à la conclusion que tous nos efforts étaient vains, je me suis rarement trouvé aussi désarmé. Les patients les plus sévèrement atteints n'en réchappaient jamais, certains mouraient dans les heures suivant la contamination. Bon nombre d'entre eux étaient jeunes et en parfaite santé, des garçons d'à peine vingt ans, parfois moins. Ce fléau fut d'une incroyable cruauté. Souvent, les plus faibles et les plus âgés étaient épargnés quand les plus jeunes et les plus vigoureux succombaient. Michael n'a pas eu de chance, voilà tout... vous avez dû vivre l'horreur. Pour Kate... je comprends que vous ne vouliez pas la lâcher des yeux.

— Je me demande si elle se souvient de son frère, reprit Bess. J'espère qu'elle l'a oublié, cela lui évitera de souffrir.

À cette époque, elle avait atteint les limites du supportable. Kate, et elle seule, lui avait permis de surmonter l'épreuve et la disparition de Frazer, ainsi que l'intime conviction, chevillée à l'âme, que tout finirait bien, qu'elle retrouverait un jour son fils aîné.

Après le départ de Martin, Bess trouva son cache-nez, négligemment jeté sur le portemanteau. Elle lui écrivit un petit mot et il passa le reprendre tard dans la soirée. Bess, qui se préparait pour se rendre à l'Orchidée Noire, lui servit un verre et il continua à bavarder en la regardant appliquer, devant le miroir, un rouge soutenu.

Ce jour-là, il oublia ses gants. Cet oubli aurait pu être volontaire, un prétexte pour revenir, mais elle avait constaté qu'il laissait derrière lui un sillage de stylos, d'écharpes et de gants.

Bess prit l'habitude de le retrouver régulièrement. Il n'était pas désagréable d'avoir quelqu'un à qui parler avant de se rendre au club. Kate endormie, il régnait certains soirs un tel silence dans l'appartement que Bess croyait entendre l'écho de ses propres pas.

Les week-ends où sa fille partait chez Ralph et Pamela, elle se rendait à Old Town. Martin lui parla un jour de son travail.

— Après les grandes découvertes du siècle dernier, les travaux de Pasteur, ceux de Koch sur la tuberculose et de Lister sur l'antisepsie, la médecine est devenue la branche vers laquelle il fallait se diriger. Cela avait un côté si exaltant, un tel prestige aux yeux d'un tout jeune homme. Mon diplôme en poche, j'ai opté pour la chirurgie. Mais un beau jour, en France, je me suis tout bonnement trouvé dans l'incapacité de continuer.

— De continuer ?

— Je ne pouvais plus opérer. Je me revois encore pénétrer dans la salle d'opération, j'ai regardé mes mains trembler, j'étais pris de nausées. J'ai failli m'évanouir sous le nez des infirmières. Dieu sait ce qu'elles ont pu imaginer! Que j'étais ivre, sans doute, ou devenu fou. C'était d'ailleurs mon impression, je n'arrivais plus à respirer et je n'y comprenais rien.

Bess frissonna au souvenir de ce qu'elle avait éprouvé à la mort de Michael.

— L'impression que rien n'a de sens, je sais parfaitement ce que vous voulez dire.

— Aussi terribles soient-elles, les horreurs de la guerre en avaient un mais quand on ne peut même plus se fier à soi-même...

Martin dut s'interrompre, il poursuivit avec un petit sourire en coin.

— Bref, il est difficile d'opérer quand on ne supporte plus la vue du sang. Vous comprenez pourquoi j'ai exercé comme généraliste à mon retour. Il y a bien un peu de chirurgie, quelques appendices et des amygdales à enlever, ce genre de choses, enfin, tout va bien pour le moment.

Bess voulut le taquiner :

— On vous verra peut-être un jour rouler en Bentley, coiffé d'un haut-de-forme, comme ces médecins chic des belles demeures de Charlotte Square.

Martin fit signe que non.

— Je ne crois pas. Pour commencer, je sèmerais mon haut-de-forme partout et puis je ne serais pas accueilli à bras ouverts dans tous les milieux.

Perplexe, Bess tourna les yeux vers lui.

— Pour quelle raison, mon Dieu?

— Parce que mes parents ne se sont jamais mariés. Je suis un enfant illégitime. Vous comprenez pourquoi je ne serais pas reçu dans certaines maisons. Bah, je m'y ennuierais mortellement.

Martin se tenait aux faits sans manifester plus d'émotion que s'il parlait du temps.

— Seriez-vous un paria, vous aussi?

— Les gens ont vite fait de condamner, n'est-ce pas? Qu'importe! Ils ne méritent pas d'être connus. Ce fut un beau scandale, à l'époque, mais on finit par se lasser de ce genre de ragots.

— Cela ne vous atteint pas?

— Pas le moins du monde. Je n'y pense pas. Quant à ceux qui me jugent, je ne m'en soucie guère. Plus maintenant. Et vous?

Bess songea aux femmes qui faisaient mine de ne pas la voir quand elles la croisaient dans la rue, aux hommes dans l'esprit desquels « divorcée » était synonyme de « facile ».

— Parfois, dit-elle doucement. Cela me fait mal.

Les visites de Martin étaient soigneusement comptées… ne pas passer trop souvent, ne pas rester trop longtemps chez Bess. Ne pas être pesant, surtout. Il en arrivait à se détester. Ce besoin constant de la voir était une vraie drogue, il trouvait humiliante une telle dépendance et devenait bougon. Juste après guerre, des insomnies persistantes l'avaient contraint à recourir au laudanum. Inévitablement, il avait dû augmenter les doses. À force de volonté, Martin avait fini par se défaire de cette habitude mais il en retrouvait les sensations familières. Les nerfs à vif, il était à cran, totalement désorienté.

Pourquoi cette attirance ? Comment la seule vue d'un être avait-elle le pouvoir d'engendrer la joie, le désir ou la douleur ? Soif de perfection ? Quête d'idéal ? Bess n'avait pas un physique parfait pourtant… le visage était un peu trop large, la bouche légèrement trop grande. Elle était trop petite pour incarner la beauté idéale et ses mains… Il avait remarqué qu'elle les cachait quand elle ne portait pas de gants. Sans doute ne pouvait-elle se permettre de se faire aider, or, sans domestiques, on ne pouvait garder de jolies mains.

Auprès d'elle, il lui arrivait d'éprouver une intense allégresse, une sensation unique. Il avait un sentiment de proximité dans ces instants où l'hiver et la nuit se refermaient sur eux, bien qu'il n'ait jamais recherché une telle intimité. Auprès d'elle, il n'était plus le même, il sortait de sa gangue ; Bess révélait des aspects insoupçonnés de sa personnalité. Échangeait-elle autant avec les autres ? Se confiait-elle, riait-elle des mêmes plaisanteries ? Pourvu que non !

Un soir, après avoir raccompagné la jeune femme, il prit un dernier verre chez elle. Bess était allongée sur le sofa, les jambes posées sur les coussins, avec son manteau sur le dos. Elle avait horreur du froid et semblait le guetter derrière les multiples couches d'étoffe : rouge chatoyant de la robe, souples plis bruns du manteau et fourrure sombre, lustrée, à l'éclat animal, qui auréolait son visage.

— Vous n'êtes pas fatigué ? lui demanda-t-elle en bâillant.

— Pas encore.

— Seriez-vous un oiseau de nuit ?

— Je souffre d'insomnies. Il m'arrive très rarement de dormir une nuit entière, c'est assez exceptionnel pour que je me rappelle à quel point c'est bon.

Il ajouta :

— Il est tard. Surtout n'hésitez pas à me mettre dehors.

— Cette conversation n'est pas désagréable et je vous trouve bien moins ennuyeux que d'autres.

— Serait-ce un compliment, Mrs Fearnley ?

— Peut-être. Avec vous, je ne m'ennuie pas.

Bess frissonna.

— Voulez-vous que je vous frotte les pieds ?

— Oui, je vous en prie.

Il se glissa vers elle et lui prit les pieds pour les poser sur ses genoux.

— Vous devriez vous remarier, fit observer Martin d'une voix rauque de fumeur. Vous auriez quelqu'un pour vous faire la conversation.

Bess fit signe que non.

— Pourquoi pas ?

— Mes deux mariages n'ont pas été une réussite.

— Le troisième sera peut-être le bon ?

— Non. Les hommes n'apprécient pas de voir les femmes prendre leur destin en main. Cela leur fait très peur.

— Vous n'avez pas une très haute opinion du sexe masculin.

— Ce n'est pas ça. J'aime bien les hommes, j'apprécie leur compagnie, ils sont parfois plus honnêtes que les femmes.

— Vous voulez dire qu'ils sont moins compliqués ?

Bess sourit.

— Vous êtes tout sauf simple, Martin. Dans le fond, je ne sais jamais ce que vous pensez.

Il aurait aimé lui embrasser les orteils l'un après l'autre, voilà ce à quoi il pensait, à faire courir sa langue sur la cambrure de ses chevilles. Toutefois, il répondit :

— Certains ne voient peut-être pas le mariage sous cet angle, ils ne sont pas possessifs.

— Peut-être, mais c'est valable pour la plupart.

Bess se redressa sur les coussins et se mit à retirer les épingles de son chignon en disant d'un air indifférent :

— Quitte à me remarier, je prendrais quelqu'un de riche.

Martin eut l'impression que quelque chose s'était brisé. Il observa Bess, ses cheveux noirs retombant sur ses épaules, déployés sur la fourrure et le satin rouge, puis il s'éloigna vers la fenêtre et sonda l'obscurité.

— L'argent est-il si important pour vous ?

— Je me suis déjà trouvée sans le sou et c'est une expérience que je n'ai pas l'intention de renouveler. Si j'avais le choix, je n'irais pas me tourner vers la pauvreté.

Déçu par tant de dureté, Martin cacha sa déconvenue et parvint à garder un ton léger :

— Vous attendez donc votre Crésus ?

— Les riches ont le choix, ils ne vont pas épouser une femme comme moi, ils la prennent pour maîtresse.

Bess conclut avec fatalisme :

— C'est ainsi. Il y a belle lurette que je l'ai compris.

Un soir, après le travail, Iona tendit à Bess une robe entièrement brodée de minuscules perles d'argent.

— Essaie-la. Nous l'avons en stock depuis des lustres, personne n'en voudra. Osé, non ? Il faut un certain style. Si elle te plaît, tu peux la garder pour aller au club.

Bess fit glisser sur ses épaules le vêtement alourdi par les broderies de perles et la doublure de soie lui parut froide au contact de la peau.

— Et voilà, constata Iona avec un sourire satisfait. Sur toi, je savais l'effet garanti. Regarde.

Bess jeta un coup d'œil au miroir. Une grecque en perles d'un argent plus soutenu courait le long de l'ourlet, juste au-dessous du genou. La robe sans manches au décolleté profond dévoilait sa gorge et ses bras, et le tissu soyeux accrochait la lumière au moindre mouvement.

Le club affichait complet ce soir-là, il ne restait plus un siège de libre. Un chansonnier interprétait un texte assez osé et tirait des mouchoirs de soie de la poche des clients, numéro salué par des « oh ! » ravis. Quand il fit surgir comme par enchantement un trio de colombes roses, il déclencha une salve d'applaudissements. Des jours comme celui-là, Bess adorait le club. Elle se sentait vraiment vivre, cet endroit exerçait une véritable magie, capable de transformer la nuit la plus maussade.

Après le spectacle, Jamie Black lui glissa en aparté :

— Table cinq.

Bess fouilla la foule du regard.

— Quatre hommes. Des nouveaux ?

— Oui, et très à l'aise. À eux quatre, ils doivent bien posséder la moitié de la ville… et un bout de Glasgow, je n'en serais pas surpris. Mieux vaut veiller à ce qu'ils s'amusent.

— Si je comprends bien, tu veux que je garde un œil sur eux ?

— Ça ne t'ennuie pas ? Tu connais la musique. Assure-toi que les verres soient toujours pleins, ils te laisseront sûrement un gros pourboire. Au fait, le brun costaud s'appelle Gilchrist.

— *Contenter la clientèle quoi qu'il arrive*, répondit Bess en souriant.

— Voilà, c'est ça.

Jamie Black effleura la joue de Bess.

— Ma chérie, tu es éblouissante. Tu ne songerais pas à changer d'avis par hasard… ?

— Non, Jamie.

— Ah bon.

Bess se conforma aux instructions de Jamie et surveilla la table cinq, à peine voyait-elle un verre vide qu'elle venait prendre les commandes des clients dont les regards la suivaient jusqu'au bar.

Il était plus de minuit quand Andrew Gilchrist lui fit signe.

— Venez danser, lui lança-t-il comme elle approchait de la table.

— Navrée, monsieur Gilchrist, c'est impossible. J'ai trop à faire.

— Plus tard, alors. Quand vous serez moins prise.

Bess répliqua d'un ton affable :

— Je ne danse pas avec les clients, je regrette.

— Reste à espérer que nous nous reverrons.

Il leva son verre pour lui porter un toast.

— Je n'ai aucun doute à ce sujet.

— Tout le plaisir sera pour moi, monsieur Gilchrist.

— Andrew, répliqua ce dernier. Il faut m'appeler Andrew.

À dater de ce jour, Gilchrist poursuivit Bess de ses assiduités. Le seuil à peine franchi, il ne la lâchait plus du regard et insistait pour qu'elle vienne s'asseoir auprès de lui pendant les numéros. Bess avait l'habitude, c'était bien là les hommes ! Tôt ou tard, ils finissaient par comprendre qu'elle n'accéderait pas à tous leurs désirs, les serments d'amour éternel faisaient place à l'ennui et ils trouvaient une autre jolie fille à qui susurrer leurs compliments.

Apparemment, Andrew Gilchrist était accompagné d'un groupe différent à chaque visite. Jamie expliqua à Bess qu'il fréquentait les milieux d'affaires d'Édimbourg ; il était également flanqué d'individus originaires de Glasgow, pas très grands et taillés dans la masse, qui descendaient d'un trait leur rasade de scotch sans vraiment l'apprécier. On le voyait aussi en compagnie de notables et de juristes de la ville.

— Regarde-moi ce petit bonhomme, il est connu pour faire pendre son monde, lui chuchota un soir Jamie.

Les cheveux blancs, le gros homme rougeaud qui avait attiré l'attention de Jamie était grimpé sur une table où il dansait la gigue sous les encouragements de Gilchrist et de sa clique.

Secrètement amusé, Jamie ajouta :

— Il a envoyé *ad patres* plus de pauvres diables qu'aucun juge écossais. C'est égal, s'il continue à ce rythme, il ne tardera pas à les suivre dans la tombe !

De belles filles minces montrant leurs genoux se joignaient parfois à la petite bande de Gilchrist. Comme un contrepoint au vacarme ambiant, leur rire en trille ponctuait la soirée, mais il n'y avait aucune gaieté dans leur regard morose.

Bess était curieuse de savoir pourquoi l'épouse de Gilchrist ne se montrait jamais à l'Orchidée Noire.

— Agnes ? s'étonna Jamie. Dans ce lieu de perdition ! Je me suis laissé dire qu'elle s'était usé les genoux à force de prier.

Son regard effleura la blonde, la brune et la rousse assises à la table de Gilchrist devant une coupe de champagne.

— Je me demande bien ce que ferait cette femme avec ces trois créatures. Voilà sans nul doute trois bonnes paroissiennes à la vertu irréprochable !

Bess croisa Andrew Gilchrist lors d'une soirée chez les Kincardine. Quand il l'invita à danser, une soudaine intuition lui souffla de garder ses distances même si cela semblait idiot... Gilchrist était riche et puissant, le genre d'homme qu'il valait mieux éviter de froisser. Autant lui faire plaisir. N'était-elle pas experte à ce jeu ? Elle savait également poser les limites. Les hommes osaient jusqu'à un certain point. On les laissait faire et, ensuite, il suffisait de fermement établir certaines règles. L'expérience lui avait prouvé qu'ils ne se formalisaient pas trop et étaient assez sages pour obtempérer de bonne grâce, cela faisait partie du jeu.

Lorsque Andrew Gilchrist la prit dans ses bras, Bess eut une conscience aiguë de sa taille et de sa force, de la main puissante qui l'entraînait autour du salon. Elle perçut chez lui une certaine tension, il parlait à peine et ses tentatives pour engager la conversation ne furent guère couronnées de succès. Il semblait amusé et répondait par monosyllabes. S'il supportait ses bavardages, c'était par politesse.

Elle aperçut alors Martin Jago, qui se tenait à l'écart des danseurs. Elle captait son regard quand elle passait près de lui, roulant des yeux blancs, faisant mine de bâiller ou lui adressant un clin d'œil. En retour, il esquissait une grimace et Bess devait se retenir d'éclater de rire.

Un peu plus tard, Martin lui demanda en la raccompagnant :

— Cet homme avec qui vous dansiez, qui était-ce ?

— Il s'appelle Gilchrist, Andrew Gilchrist, répondit-elle distraitement. Il lui arrive de passer au club.

Quand il venait à l'Orchidée Noire, Andrew Gilchrist était toujours accompagné du même individu, un certain Simon Voyle, un petit Anglais chétif qui avait l'air d'un rat. Ce dernier ne dansait jamais, buvait peu et avait la manie de se ronger nerveusement les ongles. Il se précipitait régulièrement pour récupérer le vestiaire, passer un coup de fil ou prendre un message. Le jour de son anniversaire, Bess le trouva sur le seuil de sa porte, disparaissant presque derrière un énorme bouquet de lys et d'œillets.

— Mr Gilchrist vous souhaite un bon anniversaire, Mrs Fearnley.

Ce n'était pas la première fois qu'Andrew Gilchrist parvenait à la déstabiliser en lui montrant qu'il connaissait un secret la concernant. Si Bess était aussi troublée, c'est qu'elle avait appris à cloisonner son existence, ne révélant à chacun qu'une part d'elle-même et dans un domaine bien précis. Seule Kate pouvait prétendre à l'amour, l'amitié étant réservée à Iona, Isabel et Annie, et les longues conversations jusqu'au cœur de la nuit à Martin Jago. Ils se perdaient alors dans de plaisants détours qui les menaient vers des domaines inattendus.

Si elle tolérait la compagnie d'Andrew Gilchrist, c'était pour des motifs professionnels. Par ailleurs, sa fortune et son influence lui conféraient une certaine séduction, enfin l'admiration d'un homme tel que lui n'était pas désagréable. Toutefois, il ne l'attirait pas. Il se prenait au sérieux et manquait trop d'humour et de gentillesse pour l'inciter à plus d'intimité. Très consciente des dangers d'une liaison extraconjugale, elle avait d'ailleurs impitoyablement réprimé ses aspirations. Quant au mariage, il n'en était pas question.

6

Gilchrist était hors de lui. Un employé municipal s'obstinait à lui refuser l'indispensable permis de construire qui devait lui permettre de démarrer un nouveau chantier.

Il passa la tête dans le couloir et appela Simon Voyle, son assistant et fidèle factotum depuis dix ans. À 18 heures, un vendredi, le pâle et frêle Voyle, qui avait toujours l'air traqué, avait enfilé son pardessus.

— Dis-moi, Simon, je te retiens? lui lança Gilchrist d'une voix traînante.

Voyle piqua un fard.

— Pas du tout. J'ai un rendez-vous mais je suis à votre service.

— À la bonne heure.

Gilchrist jeta un coup d'œil sur un document.

— Josiah Patterson... tu connais? Quel genre?

Gilchrist tendit le bras vers son manteau et Voyle se précipita pour l'aider à le passer. Son patron reprit en nouant un cache-nez de soie sur sa gorge :

— Je veux tout savoir. Ses petits secrets, la femme qu'il fréquente, à Fountainbridge, l'argent qu'il aura emprunté à des juifs ou à des requins, ses passe-temps favoris. Aime-t-il les cartes? À moins qu'il n'apprécie les garçons.

— Oui, monsieur.

— Et vite. Il me fait perdre de l'argent.

Gilchrist tapota la joue de son employé.

— Allez, file. Il ne faut pas faire attendre la petite dame, hein?

Comme à l'accoutumée, Gilchrist sentit monter une bouffée d'orgueil à l'angle de Charlotte Square, cette même fierté qui l'avait envahi trois ans auparavant lors de l'achat de la maison. Il avait caressé du regard les dalles de marbre noir et blanc, puis les corniches de stuc et le tapis d'escalier avec une telle satisfaction qu'il avait senti une douce chaleur s'emparer de lui.

Il possédait également une demi-douzaine d'immeubles de rapport, une entreprise de maçonnerie et une fonderie à Portobello. Agnes, sa femme, lui avait apporté en dot la fonderie ainsi qu'un premier immeuble ; il avait acquis les suivants par lui-même. Au départ, il n'avait que le petit lopin de terre et l'imprimerie dont son père était si fier. Le lendemain des obsèques, il avait fermé l'imprimerie et vendu le terrain au plus offrant ; le bénéfice lui avait permis d'acquérir une parcelle plus importante. C'était la seule façon de s'enrichir, il l'avait compris tout gamin. Inutile de s'échiner à produire quoi que ce soit, livres, meubles, boutons de nacre ou Dieu sait quelles foutaises. On achetait de la terre située en zone artisanale ou agricole et on la revendait en terrain à bâtir. Les plus-values étaient là, dans le terrain à bâtir.

Il avait l'œil pour ce genre de choses, le don de sentir où il fallait acheter. Au bout d'un certain temps, on arrivait à faire monter les prix d'un secteur. On se faisait un nom, une réputation de fin limier, et la meute s'engouffrait derrière vous, prête à rafler les miettes, se battant pour acheter au même endroit.

Il lui arrivait de revendre dans la foulée ou de construire un immeuble de rapport pour encaisser les loyers, c'était une source de revenus très sûre. Avec le temps, il avait appris les ficelles du métier et s'était fait des relations utiles. Il avait aussi découvert que tout le monde avait un point faible, il fallait être un saint pour garder un cœur pur. Or, dans ce domaine, les saints n'étaient pas légion. Il flairait à des lieues l'hypocrisie, l'avidité, la corruption et le snobisme, sachant tirer profit des vices de chacun. Il tenait les aristocrates dans le plus grand mépris, cette noblesse terrienne, arrogante et oisive, qui n'avait jamais levé le petit doigt.

Son mariage avec Agnes, un coup de génie, lui avait permis de gravir les degrés de l'échelle sociale. Cette femme avait le charme d'un bol de porridge froid et la voix assortie, geignarde et détestable. Seulement, qui dans cette ville se souvenait encore de la petite imprimerie de son père à Canongate ? Si elle cumulait les tares, son épouse avait au moins accompli son devoir en lui donnant trois fils.

La cloche du dîner sonna. Il parcourut la table du regard et son plaisir fut de courte durée. Niall et Sandy, ses aînés, étaient déjà assis mais la cinquième chaise restait vide.

— Et Maxwell ? demanda Andrew. Où est-il ?

Tandis que l'on servait la soupe, Agnes envoya une domestique chercher son plus jeune fils. Le repas se poursuivit en silence. Agnes plongeait sa cuillère dans son bol sans beaucoup de conviction, ne mangeant presque rien et ne cessant de porter la serviette à ses lèvres, ce qui horripilait son mari. Brun et aussi solidement bâti que son père, Niall faisait prestement disparaître le contenu de son bol, redoutant, semblait-il, de se le voir arracher. Le regard filant régulièrement vers la porte, le blond Sandy, au visage anguleux, faisait profil bas.

On s'apprêtait à servir le second plat quand Maxwell apparut. Il avait eu la chance d'hériter des cheveux bruns et des traits réguliers de son père mais il tenait de sa mère sa minceur et ses yeux bleu-vert. À quatorze ans, ce garçon était d'une beauté peu commune. Son père l'apostropha :

— Alors, Maxwell, tu te décides enfin à nous honorer de ta présence ?

Maxwell répliqua avec un sourire joyeux :

— Oui, père. Je suis navré. J'étais…

Manifestement à court d'inspiration, il parcourut la pièce du regard.

— J'avais à faire.

— À faire ? répéta Andrew d'un ton lourd de sarcasme. Tu étudiais, sans doute ?

Les grands yeux de Maxwell croisèrent le regard paternel.

— Oui, père.

Sandy se décida alors à ouvrir la bouche.

— Tu étais avec Dougie Ferrers, je t'ai vu.

Dougie Ferrers, un ancien valet de pied, avait été renvoyé pour avoir volé des cigarettes.

— C'est vrai, Maxwell ? demanda Andrew.

— Oui, père.

— Eh bien, tu te passeras de dîner. Va te coucher.

— Oui, père.

Maxwell tendit le bras et souleva le couvercle du plat que la domestique venait d'apporter.

— Ça m'est égal. C'est du mouton et je déteste ça.

Autant que la répartie de son fils, ce fut l'insolence des yeux verts au regard lumineux qui mit Andrew hors de lui. Il rugit de fureur et voulut flanquer une calotte sur l'oreille de Maxwell mais, plus rapide, celui-ci eut tôt fait de filer.

L'humeur d'Andrew Gilchrist ne s'améliora guère. Maxwell avait l'art de le pousser à bout, il était le seul à refuser de lui témoigner le respect qui lui était dû, voilà ce qu'il trouvait le plus contrariant. Aussi ternes que respectueux, Niall et Sandy étaient très différents. Niall travaillait depuis peu dans l'entreprise, Andrew l'ayant fait démarrer à la fonderie. Autant le plonger tout de suite dans le grand bain, dans la crasse, le bruit et la chaleur, pour lui tremper le caractère. Si ses trois fils étaient aussi mous, c'était la faute de leur mère qui les avait pourris, pensait-il avec agacement.

Son regard glissa jusqu'à sa femme. À force de tourner sa crème à la rhubarbe, Agnes avait fait un beau gâchis.

— Bon Dieu, tu n'es donc pas capable de manger correctement? beugla-t-il.

Il vit Agnes et les garçons tressaillir.

Après le repas, il se fit servir un scotch dans son bureau. Il avala son verre d'alcool, fuma un cigare et parcourut rapidement les derniers chiffres communiqués par son comptable, mais il avait l'esprit ailleurs, se sentait nerveux, ce qui ne lui ressemblait pas. Il savait ce qui n'allait pas… il n'avait pas eu de femme depuis un bon moment. Partager le lit d'Agnes n'avait jamais eu beaucoup d'attrait mais, ces derniers temps, autant faire l'amour à un sac de vieux pois secs. Il devait s'y résoudre en cas de nécessité bien que cela n'ait rien de réjouissant.

Andrew songea à Bess Fearnley. Voilà une femme! Il sentit flamber son désir et ses doigts se crispèrent sur le verre. Il fut lui-même surpris par la violence de l'émotion. Il n'était pas sentimental et n'avait jamais éprouvé que mépris pour ceux qui se pliaient aux diktats de l'affectivité. On n'était plus maître de soi.

Il avait désiré Bess au premier regard mais elle restait si inaccessible qu'il en devenait fou. Elle refusait de danser, partait sans lui laisser le temps de la raccompagner chez elle. Un jour, elle serait à lui, ce n'était qu'une question de temps. Elle lui mettait les nerfs à vif mais ils savaient tous deux comment se terminerait ce petit jeu.

Bah, si elle voulait se faire désirer, si elle n'était sensible qu'aux flatteries, il entrerait dans son jeu pour un temps... Et puis, il avait toujours cette petite modiste de Gorgie qui l'accueillerait sans faire de manières. Il fit disparaître les dernières gouttes d'alcool, passa son manteau et mit son chapeau. Toutefois, en regardant Kitty Green défaire les lacets et les boutons retenant les multiples épaisseurs de satin et de volants, puis en lui faisant l'amour, c'est à Bess qu'il pensa et à elle seule.

L'été fut précoce cette année-là et les gros titres annonçant la grève générale fleurirent dès les beaux jours ; on parlait même de révolution. Un soir, Martin sonna à la porte de Bess.

— Sarah Williamson a un plein placard de boîtes de soupe, lui confia la jeune femme. Croyez-vous que je devrais les prendre par dizaines ?

— Vous en seriez vite lassée.

Martin la regarda évoluer dans la pièce, ranger des livres et débarrasser les tasses. Elle portait une robe vague, bleu pâle, et ses bracelets d'argent glissaient sur ses poignets au plus léger mouvement. Combien de fois était-il resté à discuter soupe ou Dieu sait quelle bêtise sans la quitter des yeux, tant il la désirait ?

— Kate va bien ?

— Elle est aux anges. Ralph et Pamela viennent de mettre au monde un autre petit garçon et Ralph est venu la prendre ce matin pour l'emmener voir son frère.

— Kate est sûrement ravie d'avoir trois petits frères.

— Oui.

Ce fut tout. Sans doute pensait-elle à l'enfant qu'elle avait perdu, le jumeau de Kate. Elle se tenait maintenant devant le miroir et vérifiait sa coiffure.

— Elle vous manque ? demanda Martin.

Bess jeta un rapide coup d'œil autour d'elle, semblant chercher quelque chose.

— C'est bien calme quand elle n'est pas là mais je peux enfin rattraper le temps perdu. Trêve de plaisanteries, Martin, croyez-vous que je doive constituer des réserves ?

— En prévision de la grève ?

— Pensez-vous qu'elle aura lieu ?

— J'en ai l'impression. Le gouvernement semble décidé à ne céder sur aucun point et les mineurs sont aux abois, dos au mur, mais il n'y a pas lieu de s'inquiéter ni de stocker des provisions.

— Je dois penser à Kate.

— Personne n'a intérêt à bloquer l'approvisionnement, ni le TUC[1] ni le gouvernement. Ce serait risquer de s'aliéner l'opinion, or les deux parties tablent sur l'adhésion populaire.

— Seriez-vous du côté des grévistes, Martin ?

Des couples en tenue de soirée remontaient lentement la rue. Derrière les vitres des taxis, on devinait les hauts-de-forme et les cache-col de soie des clients, la révolution ne semblait pas pour demain.

— Les patrons voudraient rallonger le temps de travail des mineurs et diminuer les salaires, répondit Martin. Baldwin clame son horreur des conflits sociaux mais, à l'évidence, il n'en cerne pas les raisons économiques. Ce pays est riche et ils sont pourtant légion à ne pas gagner de quoi nourrir leur famille. Les mineurs exigent une part de cette richesse, ce qui ne me paraît pas déraisonnable. Dans mon métier, je suis quotidiennement confronté aux effets de la misère. Le jour où j'ouvrirai mon cabinet…

— Serait-ce un projet ?

— Oui. J'y pense depuis un certain temps. C'est d'ailleurs pour cette raison que je suis revenu à Édimbourg. Je voudrais ouvrir mon propre dispensaire, accessible à tous et où chacun paierait selon ses moyens.

Il eut un grand sourire.

— Pour financer une telle entreprise, je vais devoir tanner les grands de ce monde et les bien-pensants. Seigneur ! Vous m'imaginez, moi, sur mon trente et un, traînant les salons et déployant tout mon charme pour soutirer quelques shillings à lady Machinchose ?

Bess revint vers le miroir.

— J'ignorais que vous aviez de quoi vous mettre sur votre trente et un. Vous voulez bien m'aider à attacher mon collier ?

Martin s'exécuta. Sous ses doigts, la peau de Bess était fraîche. Il aurait aimé fermer les yeux et poser ses lèvres sur cette peau douce, sur cette nuque penchée.

---

1. Trade Union Congress, principal syndicat britannique. *(N.d.T.)*

Au lieu de quoi il recula et dit :

— Vous êtes toujours aussi jolie, Bess.

— Ce n'est que du strass, rétorqua la jeune femme, non sans mépris. Comme tous mes bijoux ou presque mais, de loin, c'est parfait.

La grève générale démarra le 3 mai. Deux millions de travailleurs cessèrent le travail dans le pays. L'appel à la grève s'adressa tout d'abord aux employés des transports, de l'imprimerie, de la construction, de l'industrie et des services publics. Aux premières heures de l'aube, il régnait un calme étrange dans les rues d'Édimbourg. Fini le fracas de tramways, plus de nuages de vapeur ou de fumée à la gare de Waverley. Les rouleaux et les presses des nombreuses imprimeries s'étaient tus. Alors les hommes d'affaires, les employés et les vendeurs firent l'impossible pour se rendre au travail par tous les moyens ; les plus aisés dans leur voiture personnelle, les autres, à pied ou à vélo, parcoururent des kilomètres pour venir de banlieue. Pare-chocs contre pare-chocs, d'interminables colonnes de véhicules envahirent les rues, puis le silence fit place au vacarme des klaxons et au grondement des moteurs.

Le bulletin d'information du gouvernement, le *Bristih Gazette*, hurlait à la révolution mais, au début, Martin trouva que la ville prenait un air de vacances. Le temps superbe de ce début d'été soulignait à quel point ces moments étaient exceptionnels. Il régnait à Édimbourg une excitation inhabituelle et on sentait dans l'air comme une promesse de changement. Les barrières tombaient ; des directeurs de banque prenaient leurs employés dans leur Bentley et les bus, conduits par des étudiants volontaires, empruntaient des itinéraires fantaisistes afin de déposer les voyageurs devant leur porte.

Les jours passant, l'humeur s'aigrit. Martin dut poser douze points de suture sur le crâne d'un plâtrier, blessé par une brique lors d'une bagarre opposant Jaunes et grévistes. Il se rendait de très bonne heure auprès d'une patiente sur le point d'accoucher, quand il vit des camions bloquer la rue. Les conducteurs devaient abandonner leurs véhicules, aussitôt incendiés. La violence, palpable, fit une irruption fracassante dans l'atmosphère radieuse de ce mois de mai. Elle n'avait rien d'insurrectionnel, mais exprimait un désespoir.

Le travail de Martin n'en souffrit pas. Dans l'après-midi, il fut appelé auprès d'un enfant aux dents abîmées, dont la joue était très enflée. L'infection avait gagné la mâchoire et le petit patient, brûlant de fièvre, tremblait de tous ses membres. Martin fit ce qu'il put, l'enfant fut admis à l'hôpital mais il ne passerait probablement pas la nuit.

Martin rentra chez lui d'un pas vif sans que le long trajet parvienne à apaiser ses frustrations. Il lança son veston sur une chaise, se servit un whisky et remarqua la feuille de papier glissée sous sa porte. C'était un mot d'Hester Findlay. « Très cher Martin, il faut que je te voie. Het. » C'était tout.

Martin regarda sa montre… pas loin de 22 heures. Qu'importe ! Il enfila sa veste et se rendit à Eglinton Crescent où habitaient Hester et Alex.

La bonne le conduisit au salon où se tenait Hester, ses cheveux noirs remontés en un chignon peu flatteur. La pièce était plongée dans la pénombre, mais quand la domestique voulut allumer, Hester eut un petit geste pour l'en empêcher.

— Non, laissez. J'aime autant rester comme ça.

— Avez-vous encore besoin de moi, Mrs Findlay ?

— Non, Miller, nous nous servirons. Allez vous coucher, il est tard.

— Comme c'est gentil, Martin, reprit-elle quand la domestique fut sortie. Tu prendras bien un verre ?

Elle ouvrit un meuble. En la regardant remplir les verres, Martin remarqua à quel point sa main tremblait, il vit également ses paupières rougies. Pâle, les traits tirés, elle avait les yeux cernés.

— Que s'est-il passé, Het ?

Hester émit un son qui tenait à la fois du rire et du cri de stupeur.

— Alex est parti.

— Parti ? Où ça ?

— Je n'en sais rien.

Le regard vide, sans expression, elle ajouta :

— Nous avons eu une terrible dispute.

— Alex t'aurait quittée ?

— Je n'en sais rien, je te dis ! J'ignore où il est !

Martin se voulut rassurant.

— Probablement chez des amis ou dans sa famille.

— Non. J'ai appelé tout le monde. Sa mère devient folle, elle aussi.

Les traits tendus, Hester ajouta :

— Je crains qu'il ne fasse une bêtise. Peut-être est-il déjà trop tard. Et tout ça par ma faute !

— Hester…

— J'ai été une épouse lamentable.

— Ne dis pas de sottises.

— « Pour le meilleur et pour le pire », c'est ainsi qu'on l'entend, non ?

— Tu as été formidable. Qui oserait prétendre que ce fut facile pour toi ?

Hester blottit son visage au creux de ses paumes et murmura :

— S'il ne revenait pas ?

— Mais si, il reviendra. Laisse-lui le temps de se calmer, il sera là dans quelques jours.

Les yeux rivés sur son verre, Hester ne disait rien. Elle reprit tout bas :

— Il voudrait que je le quitte, il cherche à m'y pousser.

— Mais non, pas du tout.

— Tu comprends, je veux des enfants et il le sait.

— Pas lui ?

— Il ne peut pas !

— Voyons, il n'y a sûrement aucune raison physiologique…

— Il ne peut pas, je veux dire… Nous ne… enfin, tu vois.

Hester se rembrunit et parut même fâchée.

— Et ne me dis pas que ce n'est qu'une question de temps ! J'en ai assez d'entendre toujours la même chose !

— Ce n'était pas mon intention, Het.

La jeune femme reprit d'un air pitoyable :

— Je crains parfois qu'il ne veuille plus de moi.

— Tu te trompes, bien sûr.

— J'en arrive presque à le souhaiter.

Le regard de Martin se fit insistant.

Hester haussa les épaules avant d'ajouter :

— Il se figure que, s'il est vraiment odieux, je finirai par le quitter et n'aurai aucun scrupule à demander le divorce. Il pense que je reste par pitié.

Martin étreignit l'épaule de la jeune femme.

— Crois-moi, il va revenir. Je vais me renseigner et tâcher de le retrouver. Allons, cesse de te tourmenter.

En rentrant chez lui, Martin trouva Hester qui l'attendait. Il put lui annoncer :

— Alex va bien, je l'ai vu au volant d'un bus.

— Un *bus*? Alex conduit un *bus*?

— Ce n'est que temporaire, en raison des événements. Alex n'est pas le seul à donner un coup de main. Je crois qu'il s'amuse bien.

Voyant étinceler le regard d'Hester, Martin comprit qu'il venait de dire ce qu'il ne fallait pas et s'empressa d'ajouter :

— Il se sent utile ! Il y a si longtemps que ça ne lui était pas arrivé.

Hester arpentait maintenant la pièce, elle jouait avec les stylos du bureau, les fragments de pierres et de poteries posés sur l'appui de fenêtre.

— A-t-il ajouté autre chose ?

— Il t'embrasse.

— Et puis ? Il va revenir ?

— Ce n'est pas tout à fait ce qu'il m'a dit.

— Martin !

— Il a besoin de temps pour réfléchir.

Hester soupira et lança d'un ton amer :

— Réfléchir à ce qu'il veut faire de *moi*. Il n'est pas certain de vouloir revenir.

— Het ! objecta doucement Martin.

Hester laissa échapper un petit rire triste.

— Je me demande si, sans la guerre, cela aurait marché entre nous ? Je ne sais pas… Comment savoir, d'ailleurs ? Et si je m'étais trompée ? Si je n'avais rien vu venir ? Peut-être a-t-il fini par se lasser de moi ?

— Tu prendras bien quelque chose ?

Martin servit deux verres et tendit le sien à Hester qui, perchée sur le bras du sofa, tapait du pied.

— Quel gâchis, ce mariage ! lâcha-t-elle. Nous nous sommes mariés en 1914 et, six semaines plus tard, on l'expédiait en France.

Pendant plus de trois ans, il s'en est tiré sans une égratignure. Là-bas, c'était l'horreur mais lui était indemne et je me suis prise à espérer que tout finirait bien. Je priais tous les soirs… certaine que Dieu le protégeait. Et il a été blessé. Je suis allée le voir à l'hôpital en France. On ne savait pas s'il survivrait et j'ai encore prié. Je m'imaginais qu'il suffirait de prier suffisamment pour qu'il aille mieux, mais son état ne s'est pas amélioré. C'est sans espoir.

Hester semblait, en effet, avoir perdu espoir. Vaincue, elle n'avait plus rien de conquérant, plus aucun éclat.

Souffrant de la voir ainsi, Martin la serra dans ses bras et elle blottit sa joue contre sa poitrine. Au bout d'un petit moment, elle lui demanda :

— Embrasse-moi, tu veux ?

Martin posa un baiser sur ses cheveux et elle leva les yeux vers lui.

— Pas comme ça. Embrasse-moi vraiment.

Ses lèvres vinrent effleurer celles de Martin et, sans plus réfléchir, il lui rendit son baiser… il y avait si longtemps qu'il n'avait embrassé une femme ! Et puis Hester était belle, d'une beauté qui n'appartenait qu'à elle, mais c'était à Bess qu'il pensait.

Revenant à la raison, il s'écarta.

— Que veux-tu, Hester ?

— Que tu m'aimes. Je ne supporte plus cette solitude.

Un instant tenté, Martin vit défiler les conséquences, aussi détestables les unes que les autres. Il ne résulterait de cette liaison que duperie et trahison.

— Tu es adorable et je suis infiniment flatté mais je ne pense pas que ce soit une bonne idée.

Hester faisait courir ses doigts dans les cheveux de Martin. Sa main s'immobilisa, emprisonnant une mèche.

— Pourquoi ?

— Déjà, je pense à Alex. Tu es mariée, Het.

Hester éclata de rire.

— Il serait sans doute soulagé ! Si je prenais un amant, il pourrait divorcer sans aucune culpabilité.

Hester baissa les yeux.

— Qu'y a-t-il, Martin ? Tu ne m'aimes pas ?

— Je t'aime beaucoup, tu le sais.

Derrière les paupières plissées, le regard de la jeune femme se durcit.

— Mais tu ne m'aimes pas.

— J'ai de l'amitié pour toi.

— Aimer, bien aimer, amis, amants… quelle différence, dis-moi ? J'aime Alex et je suis malheureuse le plus clair du temps. Alors, à quoi bon ?

— Je ne sais pas. Ça n'a peut-être aucun sens mais, quand on aime, on ne choisit pas. Tu ne crois pas ?

— Pourquoi n'es-tu pas marié, Jago ?

Martin préféra plaisanter.

— Je n'ai encore trouvé personne qui accepte de me supporter.

Hester se leva et il entendit claquer son briquet.

— Personne dans le style de Bess Fearnley ? C'est elle, hein ? J'ai compris pourquoi tu ne m'aimais pas.

Elle eut un sourire mauvais.

— Tu veux que je te révèle un secret ? Enfin, ce n'en est plus un, tout le monde en parle.

Martin revit Bess, blottie dans la fourrure et le velours sur le divan. Il croyait entendre Davey : *Elle les mène tous par le bout du nez. Enfin, j'ose l'espérer…* Il eut dans la bouche un goût de fiel.

— Je ne tiens pas à le connaître, répliqua-t-il. Allons, Het, il est temps de rentrer. J'appelle un taxi.

— Enfin, pourquoi les hommes sont-ils fous d'elle, du premier jusqu'au dernier ? Ce n'est qu'une vulgaire traînée !

Sans lâcher Martin du regard, Hester se rongeait un ongle.

— Eh bien, je vais tout de même te le dire, ce secret. Bess Fearnley est la maîtresse d'Andrew Gilchrist. Ne me dis pas que tu l'ignorais ?

Pétrifié, Martin regarda la jeune femme s'éloigner.

— Tu devrais passer plus souvent à l'Orchidée Noire, Jago. Ils ne se quittent plus, à ce qu'on dit.

Bess avait l'impression d'une course sans fin, sans un regard en arrière pour voir où elle allait. Il y avait Kate et son travail, sources de perpétuels tracas.

À l'Orchidée Noire, elle commençait à 22 heures et n'en repartait le plus souvent qu'à 1 heure passée. Arrivée chez elle, impossible de dormir, elle avait encore dans les yeux les violents éclairages et, dans les oreilles, la musique tonitruante. Quand elle finissait par s'assoupir, le réveil la tirait du sommeil au bout de quelques heures. Elle préparait alors le petit déjeuner de Kate, expédiait l'enfant à l'école et s'habillait en hâte avant de se précipiter à la boutique. L'après-midi, elle devait lutter contre l'envie de bâiller, il était exclu de manquer d'entrain ou de perdre sa bonne humeur devant les clientes. Elle profitait des week-ends où Kate partait chez son père pour dormir jusqu'à midi, bénissant le ciel de pouvoir enfin rattraper quelques heures de précieux sommeil.

Elle aurait aimé dire à Jamie qu'il lui était impossible de travailler au club, mais elle avait besoin d'argent pour Kate. La grève générale avait pris fin au bout de dix jours. Selon les journaux, les syndicats avaient essuyé une cuisante défaite. Seuls et isolés, les mineurs se retrouvaient dans la misère, voire menacés de famine. Acquise à leur mouvement, Bess trouvait cependant qu'en ce qui concernait le travail des femmes, politiciens et syndicats se valaient bien. En temps de guerre ou que la révolte gronde, cela ne faisait guère de différence, il fallait s'occuper des enfants, faire le ménage, la cuisine, la lessive... travailler sans relâche et sans être payée. Plus le budget était serré, plus la tâche était écrasante, et, avec si peu de moyens, il était exclu de manger au-dehors ou de s'offrir une aide.

Pour quelqu'un de fier, mais de désargenté, offrir à sa fille unique ce qui se faisait de mieux tenait de l'exploit. Les derniers mois, il devenait très difficile de boucler un budget. Très petite pour son âge, Kate s'était enfin décidée à grandir, autant dire cinq paires de chaussures à remplacer. L'enfant avait changé de classe et elle devait prendre des cours de tennis. Bess eut beau trouver une raquette d'occasion, ces dépenses supplémentaires pesèrent encore sur ses finances. Les élèves étaient maintenant tenues de porter des bas... encore des frais et que de souffrances pour la pauvre Kate ! Elle détestait les jarretelles et le carcan des chemises américaines, qui faisaient transpirer, quant aux bas gris tombant en accordéon sur ses maigres chevilles, ils ressemblaient à une peau d'éléphant.

Bess possédait en tout et pour tout trois robes du soir. Les jupes ayant régulièrement raccourci, les ourlets avaient été maintes fois refaits tandis que cols et garnitures changeaient au gré des modes. Usées aux coutures jusqu'à la trame, ses toilettes commençaient à se déformer et accusaient leur âge. Comment avoir de l'allure dans une vieille robe ? Comment rester séduisante ? Or, à l'Orchidée Noire, il fallait ressembler à une élégante, c'était impératif. Qu'aurait-elle fait si elle n'avait travaillé pour Iona O'Hagan qui aimait lui prêter des vêtements ?

Tu es une formidable publicité pour la maison, se plaisait à répéter son amie. *Quand elles verront mes robes sur toi, les femmes voudront les mêmes.*

Naturellement, elle aurait pu demander à Ralph de l'aider à renouveler les uniformes de Kate mais, Dieu sait pour quelle raison, elle s'y refusait. D'une part, elle avait sa fierté et, d'autre part, une angoisse diffuse ne cessait de la hanter. Elle craignait que Ralph ne désapprouve son mode de vie et ne demande la garde de sa fille, alors elle perdrait Kate comme elle avait perdu Frazer. C'était insensé, il y avait fort à parier que le terne, le gentil Ralph, lui proposerait plutôt de l'aider… ce qui, par ailleurs, serait tout aussi inacceptable.

Elle devait donc rester au club, il n'y avait pas d'autre solution, mais elle ne s'y plaisait plus autant. La fatigue, sans doute, et puis les mains baladeuses d'Andrew Gilchrist… une petite tape sur les fesses pour la faire activer quand elle apportait les consommations. Si elle s'asseyait auprès de lui, c'était son genou qui avait tendance à effleurer le sien sous la table. Elle avait fini par le prendre en grippe. Bon nombre de clients avaient la même attitude, condescendante et possessive, et se montraient vite familiers. Bess en avait l'habitude et savait garder ses distances, mais toujours avec tact. Andrew Gilchrist, lui, n'appréciait que l'apparence, elle le devinait. Peu lui importait qu'une femme ait la tête vide comme une ampoule électrique, si elle avait la poitrine généreuse et les lèvres en bouton de rose, il la désirait. Cet homme finissait par l'écœurer, il ne voyait en elle qu'un corps voluptueux et un joli minois. À ses yeux, elle était dépourvue d'esprit, ne possédait ni âme, ni intelligence, ni personnalité. Il lui déniait toute humanité. Pour lui, elle était une chose, un objet, une caricature, un bien assorti d'une valeur marchande.

Bess Fearnley est la maîtresse d'Andrew Gilchrist. Ne me dis pas que tu l'ignorais ? Telle une phalène captive, les révélations d'Hester se heurtaient confusément dans l'esprit de Martin.

Tout d'abord, il ne voulut pas y croire. Hester avait sorti sa langue de vipère, du moins avait-elle exagéré... Meurtrie par le fiasco de son mariage, piquée de s'être vu repousser, elle avait cherché à le blesser.

Toutefois, il ne parvenait pas à oublier, la phalène ne cessant de bourdonner, de tournoyer, frappant le verre de son corps noir et velu, exigeant d'être libérée. Un soir, au club, il remarqua sa façon de sourire à Gilchrist ; Bess s'arrêtait toujours à sa table pour lui parler et, durant le spectacle, vint s'asseoir auprès de lui. Il vit Gilchrist la toucher au passage... il effleurait du doigt l'intérieur de son bras, posait sa main sur la sienne. Quand elle se leva, il lui toucha la hanche avant qu'elle ne s'éloigne.

Martin alla s'asperger le visage d'eau froide. Dans le miroir des toilettes, son reflet se chargea de lui rappeler pourquoi Bess Fearnley s'obstinerait à lui en préférer un autre. Une fois de plus, il se répéta qu'Hester avait menti mais, en cet instant précis, cela sonnait faux. Il était fort problable qu'Andrew Gilchrist partageât le lit de Bess, elle avait elle-même admis préférer les hommes riches, était capable de cupidité et pouvait se montrer impitoyable. Il avait eu l'occasion de le constater bien des années auparavant chez les Corstophine. Qu'avait-elle dit, déjà ? Une *jeune et innocente débutante est tout aussi capable de calcul qu'une aventurière chevronnée.* Qui était-elle au juste ? Il connaissait la réponse mais il était dur d'admettre qu'elle en ait fait un métier, conclut-il avec amertume.

Telle une onde noire et amère, l'épidémie de rougeole déferla sur Édimbourg, soufflant les petites vies des nourrissons et des enfants. Martin en arrivait presque à se réjouir d'être appelé chaque nuit, puisque, de toute façon, il ne dormait pas. Un beau jour, il retrouva Davey dans un pub de Grassmarket.

— J'ai une nouvelle à t'apprendre. Je ne suis plus dans la course. J'ai demandé la main de Bess, lui annonça son ami.

— Et alors ?

— Elle a dit non.

Le rire de Davey sonnait faux.

— Sûr qu'elle refuserait. Elle n'était pas intéressée, elle ne l'a jamais été. Enfin, on ne peut s'empêcher d'y croire, de penser que l'espoir finira par triompher. Mais bon sang, ça ne se produit jamais !

— Je suis navré pour toi, Davey.

— Ah bon ? J'aurais pensé que tu serais ravi. Le champ est libre, maintenant.

Davey leva son verre.

— Elle m'a dit qu'elle ne te voyait plus et a voulu savoir ce que tu devenais. Elle te croyait même parti.

Martin hocha la tête.

— Toujours fidèle au poste.

Une bagarre éclata près du bar. Tandis que le tenancier, un homme râblé et chauve, jetait dehors deux des belligérants, Davey ajouta :

— Nous n'avons pas l'ombre d'une chance, ni l'un ni l'autre. Je me demande comment elle peut encore nous supporter.

— À moins qu'elle n'ait fait son choix. Je me suis laissé dire qu'elle fréquentait Andrew Gilchrist.

— Gilchrist ? C'est idiot ! répliqua Davey, catégorique. Qui a bien pu te raconter une chose pareille ?

— Peu importe.

— Eh bien, cette personne se trompe. Et puis, il est marié.

— Elle ne pense pas au mariage, elle me l'a dit.

Davey observa longuement son ami.

— Non, elle ne ferait jamais ça. Pas Gilchrist.

— Tu le connais ?

— Vaguement. Disons qu'il nous est arrivé de nous croiser.

— Sur un plan professionnel ou dans un cadre mondain ?

— Les deux. Gilchrist s'est fait tout seul après des débuts très modestes, il est aujourd'hui riche comme Crésus. Fortune bâtie sur le foncier. Il acquiert des terrains à bas prix, puis se débarrasse des locataires en leur offrant de l'argent ou en les menaçant. « Tu as quinze jours pour filer ou je fais flamber ton usine », tu vois le style.

— Un type charmant, dis-moi.

— Tout à fait.

Davey esquissa une moue méprisante.

— Quoi qu'il en soit, une fois que le terrain est à lui, il s'arrange pour que la mairie modifie le permis de construire. Là, il case un maximum de logements dans des constructions minables où il entasse le plus de locataires possible. Après quoi, il revend le terrain avec une plus-value ou bien il le garde en attendant que les prix montent.

Davey se pencha vers Martin et baissa la voix.

— J'ai quelque chose d'intéressant à son sujet. Il y avait au bureau de l'urbanisme un dénommé Patterson. Sachant ce qui se tramait, ce gars a voulu tenir tête à Gilchrist et puis, il y a quelques semaines, le voilà qui démissionne et Gilchrist parvient à ses fins. Tout devient parfaitement clair et le permis lui est accordé.

— Pourquoi Patterson a-t-il démissionné?

— C'est toute la question! Chacun croit connaître la réponse mais personne ne se risquerait à la donner.

— Sous la menace ou soudoyé par Gilchrist?

— Ça, c'est toi qui le dis. En ce qui me concerne, je ne lancerais pas d'accusations à la légère. Gilchrist se sert de ses avocats comme de chiens de garde. On n'a guère envie de tâter leurs crocs.

Davey secoua la tête :

— Tu te trompes. Bess ne s'intéresserait pas à ce genre de type.

Une fois de plus, Martin revécut sa première rencontre avec Bess. Couverte de diamants et de paillettes, elle scintillait littéralement et débordait d'énergie. Il n'avait vu qu'elle.

Il hasarda :

— Si ce type est riche...

Furieux, Davey rétorqua :

— Bess n'est pas une catin! Jamais elle ne se vendrait de cette façon.

Recouvrant son sang-froid, il poursuivit :

— Elle semble avoir gardé une certaine innocence, on a envie de la protéger.

Les chopes de bière se mirent à voler d'une extrémité de la salle à l'autre.

Martin fit observer avec humour :

— Tu as vraiment l'art de choisir ton bar, Davey. Culture, plaisirs raffinés, c'est ce que j'apprécie à Édimbourg.

Un peu plus tard, sur le chemin du retour, Martin comprit que ce qu'il éprouvait pour Bess était bien au-delà du désir. Il comprenait cette femme, éprouvait de l'attachement pour elle, autant de sentiments qui le laissaient déconcerté. Il devait intervenir. Si Bess entretenait une relation avec Andrew Gilchrist et, si Davey ne se trompait pas, il y avait de quoi être inquiet... *Elle semble avoir gardé une certaine innocence...* Martin voyait fort bien ce que son ami entendait par là. Par moments, elle avait l'air blessée, à croire que la vie n'avait pas toujours été tendre. C'était cette blessure qu'il avait devinée dans son regard quand elle avait évoqué le décès du jumeau de Kate. Si Hester disait vrai, peut-être Bess ignorait-elle à qui elle avait affaire. Était-elle bon juge en matière d'hommes? Ses confidences à propos de ses mariages successifs étaient presque un aveu.

Elle était impulsive, un aspect de sa personnalité qui l'avait d'ailleurs séduit. Lui n'avait aucune spontanéité, calculait tout avant de passer à l'action. Il n'avait jamais connu une telle dépendance. Depuis quelques mois, il était esclave de ses émotions et avait l'impression de perdre pied. Peu importe... l'action n'était-elle pas le meilleur remède à la mélancolie? Il était temps d'agir. Dût-il la protéger d'elle-même, il devait sauver Bess.

Bess s'apprêtait pour partir au club quand elle entendit la sonnette. Elle dévala les marches et trouva Martin Jago sur le perron.

— Il faut que je vous parle.

— Mon Dieu, Martin! Quel ton dramatique!

Réconfortée par sa présence, Bess se dit qu'ils prendraient un verre, puis bavarderaient un peu. Après son départ, elle ne se souviendrait plus vraiment de leur conversation mais ils auraient bien ri ou se seraient disputés. Bref, elle ne se serait pas ennuyée une seule seconde.

Elle conduisit Martin jusqu'à l'appartement en bavardant comme une pie.

— Il y a des siècles que je ne vous ai vu. Vous m'avez manqué... je vous croyais parti déterrer quelque vieux pot. Je vous sers quelque chose?

— Non, merci.

— Vous avez l'air fatigué.

Il avait une mine épouvantable, elle ne l'avait jamais vu aussi maigre et ses vêtements avaient besoin d'un bon coup de fer.

— Bess, je suis venu vous mettre en garde.

— Me mettre en garde?

— Contre Andrew Gilchrist.

Sa belle humeur envolée, Bess resta pétrifiée.

Martin s'empressa d'ajouter :

— Je sais. Votre vie privée ne me regarde pas.

Bess attachait ses boucles d'oreilles.

— Je ne vous le fais pas dire.

— Peu importe, j'ai cru comprendre que vous étiez amis, Gilchrist et vous.

Ce n'était pas exactement le terme que Bess aurait employé. Elle rétorqua néanmoins :

— En effet, je l'ai connu au club.

Elle voyait le reflet de Martin dans le miroir. Il passa ses doigts dans des cheveux en bataille qui se dressèrent en petites touffes.

— Savez-vous seulement qui est cet individu ?

— Il est dans les affaires, je crois.

— Davey m'a informé de certains détails le concernant et, de mon côté, j'ai fait ma petite enquête. Gilchrist possède une demi-douzaine d'immeubles de rapport parmi les plus surpeuplés d'Édimbourg. Tant que subsistera ce genre de logements, une bonne partie de mon travail sera perdue. Misère et tuberculose ne vont jamais l'une sans l'autre.

Bess fixa la deuxième boucle d'oreille qui darda ses flèches de lumière.

— Martin...

— Ce sont les spéculateurs fonciers de son espèce qui permettent aux rentiers de financer leurs demeures et leurs belles voitures. Qu'importent les poumons délabrés des enfants d'Édimbourg !

Bess se retourna.

— Pourquoi me racontez-vous tout ça ?

— Je tiens à ce que vous sachiez d'où il tient sa fortune.

Bess fut effleurée d'un doute, l'ombre d'un soupçon très déplaisant. Elle n'aurait jamais cru nourrir un tel sentiment envers Jago.

— En quoi cela est-il censé me concerner ? fit-elle froidement. Pourquoi me soucierais-je de l'origine de sa fortune ?

— Je m'inquiète pour vous.

— Je n'ai que faire de vos angoisses, je suis capable de veiller sur moi, je l'ai toujours fait.

Bess se retourna vers le miroir mais ce fut d'une main tremblante qu'elle serra son tube de rouge. Elle se souvint des ragots qui étaient parvenus jusqu'à l'école de sa fille, aussi répliqua-t-elle sans amabilité superflue :

— Je vous ai posé une question, Jago. Qu'est-ce qui me vaut cette mise en garde ?

Pesant ses mots, Martin répondit :

— Je me suis laissé dire que Gilchrist et vous... eh bien, que vous étiez proches.

Craignant de réveiller Kate, endormie dans la pièce voisine, Bess réussit à garder son calme et à ne pas hausser le ton.

— *Proches.* Vous n'avez pas coutume de tourner autour du pot. Allez, dites-le ! Pourquoi ne dites-vous pas que je suis sa maîtresse ?

Les prunelles de Martin luisaient comme deux éclats d'ardoise après l'averse.

— C'est vrai ? demanda-t-il.

— Comment osez-vous ? lâcha Bess avant de se retourner brusquement. Seigneur ! Moi qui vous prenais pour un ami ! Ah, vous êtes bien comme les autres ! Prêt à me taxer du pire sans raison et sans l'ombre d'une preuve.

Martin resta de glace.

— Je vous ai vus ensemble.

— Où donc ? Au club ? Ne savez-vous pas que je suis payée pour ça ? C'est ainsi que je gagne ma vie... on me demande d'être aimable avec ce genre d'individu.

— Ce que j'ignore, rétorqua Martin avec un parfait manque de tact, c'est jusqu'où vous poussez l'amabilité.

Les mots semblèrent résonner dans le silence, c'est à peine s'il ne les vit pas flotter devant lui. Glaciale, Bess lui jeta :

— Il est temps de partir, Martin, j'aimerais être seule.

En se retournant vers le miroir, elle vit qu'elle était blême et deux taches rouges sur ses pommettes trahissaient la fureur.

— Après tout, il y a eu Ralph Fearnley !

— Ralph ? Que vient-il faire dans cette histoire ?

Bess se dirigea vers la porte qu'elle ouvrit brutalement en lançant à mi-voix :

— De quel droit me jugez-vous ? Ces verdicts bien masculins sont insupportables. Les hommes me désirent mais cherchent toujours à me rabaisser, comme s'ils avaient honte. Cette attirance est à leurs yeux une faiblesse. Vous êtes arrivé à la conclusion que je m'étais vendue à cet homme qui me révulse, vous êtes bien comme les autres, toujours prêt à colporter des ragots. Moi qui vous croyais différent ! Voyez-vous, nous nous sommes tous deux trompés.

Lorsqu'il fut parti, Bess se posta derrière les rideaux entrebâillés et observa la rue plongée dans l'obscurité. Elle regarda Martin Jago sortir de l'immeuble, remonter le trottoir, puis ferma les rideaux d'un coup sec.

Andrew Gilchrist était assis à sa table attitrée. Bess l'aperçut en pénétrant dans la salle, trônant au milieu de sa cour de larbins. Une fille était assise auprès de lui ; des boucles frisottées, des paupières trop fardées, elle empestait le parfum bon marché dès qu'on l'approchait. À chaque éclat de rire, elle cachait ses dents gâtées d'une main et, de l'autre, agrippait Gilchrist par la manche. Flagorneuse, pathétique, facile, dire que Martin Jago l'avait jugée à cette aune ! Pour l'heure, Bess se demandait qui elle détestait le plus, Jago ou Andrew Gilchrist. Au moins ce dernier ne dissimulait-il pas le manque d'élévation de ses sentiments, il exprimait ses désirs sans détour.

Il y avait un spectacle ce soir-là. Court vêtues et juchées sur de hauts talons, des girls dansaient sur scène. Le corps entièrement recouvert de paillettes, une toute petite brune ondulait sur un trapèze sous les hurlements d'un public conquis. Un autre jour, Bess aurait adoré ce numéro, elle aussi. Là, elle ne voyait que la sueur perlant sur les fronts, la chair débordant des bas résille, les visages marqués trahissant l'épuisement, les peaux fatiguées, les veines violacées et les sourires de façade, identiques au sien. Sa lucidité retrouvée déferlait par vagues. Ils avaient parlé d'elle, avec Davey Kirkpatrick ; Martin l'avait espionnée, il avait prêté l'oreille aux ragots, n'avait pas hésité à y ajouter foi.

Quant à Gilchrist, elle ne le supportait plus. Elle le voyait aujourd'hui tel qu'il était, avide, rapace, sourd aux besoins d'autrui. Avec quel mépris il considérait Simon Voyle ! Il traitait la fille qui finirait probablement dans son lit avec un égal mépris. Ce qu'elle aurait aimé ne plus jamais lui adresser la parole ! Mais il n'en était pas question. *Contenter la clientèle, quoi qu'il arrive*, avait dit Jamie. Elle passerait pour une idiote si elle allait se plaindre que Gilchrist avait voulu l'embrasser, l'autre soir, en la raccompagnant. Les hommes étaient ainsi, ils voulaient vous embrasser et une femme digne de ce nom apprenait, dès le plus jeune âge, à se tirer de ce genre de situation. Sinon, elle était idiote.

Gilchrist l'arrêta au moment où elle rapportait un plateau de verres au bar.

— Allons, Bess, venez vous asseoir près de moi.

— Je regrette, je suis très occupée.

— Allons, faites une pause. Personne ne trouvera à redire, j'en suis certain.

Ses petits yeux noirs s'attardèrent sur la jeune femme.

— Vous ne chercheriez pas à m'éviter, par hasard ?

— Mais non, Andrew.

— Alors, asseyez-vous.

Il poussa sa compagne d'un petit coup d'épaule et la fille céda sa place avec une moue vexée.

Bess s'assit à la table de Gilchrist. Une Noire assez forte, au timbre un peu voilé et superbe, interprétait « Saint Louis Blues ». Un frisson lui parcourut l'échine. L'air était imprégné du parfum écœurant de la fille aux yeux cernés de khôl et la main de Gilchrist pesait sur l'épaule de Bess. Elle aurait aimé la repousser d'une chiquenaude, comme on chasse une saleté.

Elle fut submergée par une vague de tristesse et retint ses larmes d'un battement de cils furieux en marmonnant pour elle-même : « Moi qui vous croyais mon ami, Martin ! »

Elle avait le cœur au bord des lèvres. Le parfum, sans doute.

À la fin de la chanson, Gilchrist lança d'une voix traînante :

— Ce genre de femme ferait mieux de rester chez elle, tous rideaux tirés.

À leur table, les hommes se mirent à ricaner.

— Et les lumières éteintes, hein ? renchérit Simon Voyle.

Les éclats de rire redoublèrent mais Andrew rétorqua d'un air furibond :

— Bon Dieu, tu ne te figures tout de même pas que j'irais mettre cette garce de négresse dans mon lit ? Espèce de crétin ! Tu viens de perdre une bonne occasion de te taire !

Bess sentit la bile lui brûler la gorge. Sans plus réfléchir, elle repoussa brusquement la main de Gilchrist et se leva.

On accédait au bureau et à la réserve par un dédale de sombres couloirs. Bess se moucha, fit quelques pas et, sans qu'on la voie, prit une gorgée de gin pour se calmer. Pourquoi l'opinion de Jago l'avait-elle à ce point bouleversée ? Elle en était la première surprise. Elle entendit des pas et vit surgir Andrew Gilchrist devant elle.

— Vous m'avez laissé tomber.

— J'avais du travail.

Elle prit une ou deux bouteilles sur l'étagère.

— Pas de ça avec moi, Bess, je ne tolérerai pas ce petit jeu.

Depuis sa dispute avec Martin, Bess avait les nerfs à fleur de peau ; son sang ne fit qu'un tour.

Elle persifla :

— Ah bon ? Eh bien, il y a un début à tout.

Gilchrist la saisit par les avant-bras.

— Vous me rendez fou, Bess, vous le savez ? C'est ce que vous vouliez entendre... que je suis fou de vous ?

Ses doigts s'enfoncèrent dans la chair.

— Ne vous moquez pas et ne vous avisez surtout pas de jouer les glaçons, je ne le supporterai pas. Voilà des mois que vous me faites marcher !

Glaciale, Bess rétorqua :

— Vous vous trompez, jamais je ne vous ai fait marcher. Je ne faisais que mon travail, un travail dont je commence à me lasser pour tout vous dire. Les hommes de votre espèce m'ennuient.

Andrew Gilchrist laissa retomber ses bras. Sa lèvre s'affaissa en une moue incrédule et il recula d'un pas.

— Je vous ennuie ?

— Oui. Pardon !

Bess écarta Gilchrist de son chemin et se rendit dans le bureau de Jamie à qui elle remit sa démission, puis elle passa son manteau et rentra chez elle en respirant à pleins poumons l'air frais de la nuit. Le ciel d'un bleu profond était constellé d'étoiles. Elle revit soudain les cieux de Simla et les sommets de l'Himalaya que dessinait la lune. Jamais elle n'avait retrouvé cet éclat, ce chatoiement sur la voûte étoilée. Bess revécut les derniers instants, quand elle avait vu disparaître la route et les maisons derrière la fenêtre du compartiment. Elle retrouva la souffrance qui l'avait dévastée quand elle avait dû laisser son enfant. Rien, ni la fuite des ans ni la mort de l'espoir, n'avait atténué sa souffrance.

Dans l'intimité de son appartement, elle se frotta le visage pour retirer son maquillage, se déshabilla et posa ses bijoux. Si seulement elle avait pu chasser avec la même facilité l'image de Jago lui assénant : *Après tout, il y a eu Ralph Fearnley !* Sans quitter des yeux les pendants en diamant bleu au creux de sa paume, Bess se rappela qu'elle les portait le soir où Ralph l'avait demandée en mariage et où elle avait fait la connaissance de Martin Jago. Un scène surgit devant elle, d'une incroyable précision : dans un scintillement de soie et de diamants, elle écartait une mèche de cheveux sur le front de Ralph. Martin avait cru qu'elle pourchassait Andrew Gilchrist comme son mari bien des années auparavant. La honte avait suivi le premier mouvement de colère. Elle devait lui parler, essayer de s'expliquer.

Elle avait la nausée mais ce n'était pas le parfum, ni même Gilchrist. Elle était écœurée d'elle-même.

7

Assise en haut des marches qui menaient à son appartement, Bess l'attendait. Martin l'aperçut avant qu'elle ne le voie. Les genoux blottis au creux de ses bras, elle avait des cernes sombres comme des hématomes.

Elle leva les yeux et lui lança :

— Pour Ralph, il faut que je vous explique.

— Non, je vous en prie.

Martin s'assit auprès d'elle.

— Je n'avais pas le droit de vous faire ce sermon, je ne suis qu'un crétin imbu de lui-même.

— Ce n'est pas grave.

Bess repoussa les cheveux qui tombaient sur ses épaules.

— Vous aviez raison. Pas en ce qui concerne Gilchrist, ajouta-t-elle très vite, mais pour Ralph.

— Vous l'avez fort bien dit, cela ne me regardait pas.

Bess rompit brusquement le long silence qui suivit.

— Je tiens à vous parler de mon fils.

— Oui, Michael, je me souviens.

— Non, c'est de Frazer qu'il s'agit, mon petit garçon resté en Inde.

Martin eut un battement de cils.

— Je ne comprends plus…

— Le fils de Jack.

— Jack…

— J'avais dix-neuf ans quand il est né.

— J'ignorais…

— Seuls Ralph et Pamela sont au courant, et Kate, mais je doute qu'elle comprenne vraiment.

— Ce fils ne vit donc pas avec vous ?

Bess reprit lentement :

— À la mort de Jack, je me suis retrouvée sans le sou. Ma belle-mère m'a alors proposé de veiller sur Frazer, le temps de retourner en Angleterre pour retrouver mon père. Il était très malade et est décédé six mois après mon arrivée à Londres.

Bess se remémora le voyage jusqu'à Ravenhart House, dans son écrin de montagnes, avec ses tourelles, ses pignons et ses innombrables fenêtres. Elle revit l'ombre chasser le soleil et recouvrir la demeure.

En l'aidant à se relever, Martin déclara :

— La journée a été longue. Je crois que je vais boire quelque chose et manger un morceau.

Dans la cuisine, il ouvrit les placards, inspecta le contenu d'un certain nombre de boîtes et finit par dénicher une part de tourte et un morceau de fromage recouvert d'une barbe de moisissure.

Bess s'insurgea.

— Voyons, Martin, il faut prendre un peu soin de vous !

Celui-ci répondit distraitement :

— Il y a une dame qui me fait les courses mais sa fille n'est pas bien en ce moment... Deux fils ! Michael et Frazer.

— Oui, si j'ai épousé Ralph, c'est pour Frazer.

— Un peu de fromage ? proposa Martin en grattant la couche de moisi.

— Non, merci. Mais je veux bien un verre.

Martin servit deux portos et entreprit de dégager les livres et les documents qui encombraient le divan.

— Lors de notre première rencontre, reprit-il, vous m'avez dit en effet que vous aviez l'intention de retourner en Inde.

— Quelle mémoire ! Je devais y aller pour Frazer, pour ramener mon fils, vous comprenez.

— Vous ne l'avez pas fait ?

— Ce fut impossible à cause de la guerre.

Bess plongea son regard dans celui de Martin Jago et affirma d'un air crâne :

— Je n'ai aucun regret et, si c'était à refaire, je n'agirais pas autrement. J'ai épousé Ralph pour son argent, c'est vrai, mais ce n'était pas une pleine penderie de vêtements ou une vaste demeure que j'avais en tête, comme on a pu le penser. Si je me suis mariée avec lui, c'était pour mon fils, j'avais besoin d'argent pour aller le chercher.

— Que s'est-il donc passé ?

Soudain, Bess parut accuser le coup.

— Ma belle-mère devait le ramener en Écosse cet été-là, il était entendu que je viendrais le chercher. Seulement, elle n'a pas tenu sa promesse et j'ai compris que je devrais retourner en Inde pour le récupérer. D'où ce mariage.

Les doigts si noués que ses phalanges avaient blanchi, Bess poursuivit :

— Ces longues années d'attente, ces jours sans fin à me morfondre, je ne les oublierai jamais. Et la solitude ! Ralph refusait de me laisser partir... il redoutait que le bateau soit torpillé. J'aurais bien pris l'argent du ménage pour tenter ma chance, mais je ne pouvais faire courir ce risque à mon fils. Alors, les jumeaux sont arrivés... Comment filer à l'autre bout de la planète avec deux nourrissons ? Quand j'ai enfin revu mon enfant après la guerre, il était trop tard. Frazer aimait sa grand-mère qui s'était employée à conquérir son amour et il m'avait oubliée. Il aurait eu le cœur brisé de se voir arraché à son affection, c'était tout bonnement impossible.

Bess défia Martin du regard.

— Si j'ai fait cela, c'est par amour, je tenais à ce que vous le sachiez. Uniquement par amour.

Martin repoussa son assiette, il n'avait plus faim. Lentement, il reprit :

— Que savons-nous les uns des autres ? Rien ! Pour avoir fréquenté ma mère, mon père a connu la ruine. Quant à elle, d'après certaines rumeurs, elle serait morte de honte quelques années après ma naissance. Moi, je préfère penser qu'elle est morte d'amour. On ne cherche guère à creuser sous la surface et on comprend rarement les motivations profondes de ses semblables.

Bess fouilla dans son sac et en sortit une enveloppe.

— Tenez.

Martin baissa les yeux sur le cliché qu'elle lui tendait et vit un bébé blond, tout potelé, vêtu de velours et de dentelle. Il dit les mots qui s'imposaient, ceux que Bess attendait.

— Il est beau.

— N'est-ce pas ? fit Bess en souriant. Un jour, nous serons réunis, je le sais. Je le sens dans le secret de mon cœur. Là.

Elle avait posé son poing sur sa poitrine.

Début juillet, Andrew Gilchrist reçut un courrier du principal lui demandant, en termes très fermes, de venir retirer son fils du collège.

Exaspéré, il dut écouter le docteur Nicholls lui énumérer une heure durant les méfaits de Maxwell, à savoir ses insolences envers le professeur de français, ses visites au pub du village voisin, sans compter certain badinage avec l'une des jeunes domestiques. Andrew eut beau offrir de l'argent, une donation en faveur de la bibliothèque, de la piscine ou Dieu sait quoi, le docteur Nicholls fut inflexible.

Séance tenante, Maxwell fut embarqué dans la voiture en n'emportant que le strict nécessaire. On lui ferait suivre le reste de ses affaires. Durant le trajet de retour, rien dans son expression ni dans son attitude n'exprima un quelconque remords. Andrew était hors de lui.

Dès l'arrivée, il s'occupa du cas de son fils et lui fit tâter de sa propre discipline avant le dîner. Niall étant à Londres pour affaires et Sandy encore en pension, Agnes et lui se retrouvèrent en tête à tête. Quant à Maxwell, il se passerait de souper tant qu'il ne se serait pas amendé. Hantés par l'horrible journée qu'ils venaient de vivre, ils dînaient en silence, quand, agacé de voir sa femme chipoter dans son assiette, Andrew lui lança :

— Tu ne veux donc pas savoir ce que m'a dit le principal ? Ce qu'il pense de ton fils ?

Il informa Agnes que Maxwell était sournois et manipulateur. La réponse de son épouse le laissa toutefois pantois :

— Avec toi, il a été à bonne école !

Agnes eut ensuite le monstrueux toupet d'éclater de rire et Andrew tendit le bras par-dessus la table pour la gifler. Le rire s'interrompit aussi brutalement qu'il avait fusé.

Alerté par un bruit, Andrew leva les yeux. Son fils se tenait sur le seuil de la pièce. Effaré, le regard de Maxwell se posa sur ses parents. Andrew se leva dans l'intention de le frapper à son tour, mais Maxwell, plus rapide qu'Agnes, prit la fuite. Son père avait eu néanmoins la satisfaction de voir dans ses yeux les larmes qu'il avait réussi jusqu'ici à contenir.

L'humeur d'Andrew ne s'améliora guère. La grève générale terminée, il avait licencié tous ses ouvriers. Ils avaient été prévenus, le premier qui cesserait le travail ne recevrait plus un sou. Il avait tenu parole. On se bouscula pour prendre la place des employés licenciés. En plein marasme depuis des années, le pays peinait à sortir de la récession et le travail était rare. Seulement, on ne formait pas un ouvrier en vingt-quatre heures et, parmi les nouvelles recrues, certains ne faisaient pas l'affaire.

Toutefois, ni le travail ni les ennuis familiaux ne suffisaient à justifier son humeur exécrable. Non, c'était cette garce, cette Bess Fearnley, qui l'avait allumé pour le rejeter ensuite comme un moins que rien. Il savait ce qu'elle voulait, naturellement, mais il ne lui ferait pas le plaisir de céder si facilement. Il suffirait d'un peu de patience pour rafler la mise. Non, ce ne serait pas une femme qui mènerait la danse !

À son corps défendant, il admirait tout de même son cran, peu de femmes osaient lui tenir tête. Bess Fearnley le rendait fou, mais cela le changeait des humbles piaulements de sa femme et de l'avidité, aussi manifeste que flatteuse, de Kitty Green. Ce n'était qu'un jeu, bien sûr, mais Bess jouait de main de maître. Une fois de plus, il dut saluer sa maîtrise. Il n'était pas si fréquent de trouver un adversaire à sa mesure.

Gilchrist sentait mollir sa détermination, il était prêt à lui accorder ce qu'elle voulait. Après tout, il pouvait se le permettre.

Le soir précédant le retour de Kate, Bess fut conviée à une garden-party à Morningside. Pas un souffle de vent dans les feuilles d'un vert sombre et les lourdes corolles des roses ployaient dans la chaleur du plein été. Un quintette à cordes jouait sur la terrasse et les domestiques faisaient circuler les plateaux de champagne parmi les invités. À peine étaient-ils arrivés que le cavalier de Bess disparut dans la foule. Elle pensait voir Iona et les sœurs Lockhead mais ses amies restèrent introuvables. Depuis quelque temps, elle avait l'impression que les regards la suivaient, il lui semblait entendre murmurer : « Cette femme… comportée comme une allumeuse… il paraîtrait que... » Elle se laissa guider par ses pas jusqu'à la terrasse et se trouva nez à nez avec Andrew Gilchrist.

— Bess.

Elle se tenait sur les marches de pierre. Au-dessous d'elle, elle voyait se dresser les fines hampes des roses trémières et des pieds-d'alouette, le quintette jouant *Une petite musique de nuit*.

En un éclair, elle évalua la situation.

On ne se comportait pas en sauvage, elle allait jouer les femmes du monde croisant une relation dans une réception où l'on ne reste que deux ou trois heures.

— Andrew, dit-elle à son tour. Comment allez-vous ?

— Vous me manquez.

Bess arbora son sourire le plus mondain.

— Il y a une éternité que nous ne nous sommes vus, il me semble ? Vous m'excuserez mais... il faut que je file.

— Pourquoi ne vous voit-on plus au club ?

— J'ai démissionné.

— Pour quelle raison ?

— Je n'ai jamais eu l'intention d'y rester très longtemps.

Andrew Gilchrist baissa la voix.

— Bess, il faut que je vous voie. Ce genre de plaisanterie ne prend pas avec moi. Je ne le tolérerai pas !

Main dans la main, des couples les croisaient. Trois filles, bras dessus bras dessous, se lancèrent à l'assaut des marches en gloussant.

— Combien voulez-vous ? reprit Gilchrist.

Bess entendit bourdonner une abeille en quête de pollen. Gilchrist plongea son regard de braise dans le sien et murmura :

— Un appartement plus vaste ? C'est possible. Je possède un joli petit nid où je peux vous installer dès demain. Des robes neuves... ça vous plairait, hein ? Vous n'auriez plus à travailler... plus besoin de flatter ces vieilles carnes qui ne vous arrivent pas à la cheville.

L'odeur des lys devenait suffocante et l'air, trop connu, agaçant.

Bess laissa tomber :

— Me proposeriez-vous de l'argent pour coucher avec vous ?

Le sourire de Gilchrist découvrit une denture parfaite.

— Je ne l'aurais pas exprimé en termes aussi crus mais vous êtes une femme d'affaires accomplie.

Bess le gifla de toutes ses forces, on entendit claquer le coup et tous les regards se tournèrent vers eux. Dans le silence qui suivit, si profond que l'air semblait vibrer, elle découvrit la stupéfaction, puis l'amusement, sur les visages curieux des invités. Bientôt on entendit un éclat de rire, aussitôt étouffé. Les yeux étincelants de rage, Gilchrist porta la main à sa joue en murmurant :

— Espèce de garce. Sale petite garce !

D'abord terrassé par la fureur et l'humiliation, il serra les dents, foudroyant du regard tous ceux qui osaient tourner les yeux vers lui. Il se répétait : « Une de perdue, dix de retrouvées ! » Elles se bousculeraient, trop heureuses d'accéder à ses désirs en échange d'une robe neuve. Dans les toilettes, il s'aperçut qu'il avait renversé son verre de vin sur sa manche. Tout en l'essuyant, il croisa son reflet dans le miroir et froissa son mouchoir entre ses doigts en découvrant, sur sa pommette, la marque rouge laissée par la main de Bess.

Les semaines suivantes, il se surprit à passer et repasser devant la boutique de cette femme, O'Hagan, quand il ne se postait pas au bout de la rue pour guetter le départ de Bess et de sa fille. *Kate.* Simon Voyle lui avait fourni des renseignements sur l'enfant et lui avait également rapporté certains détails du passé assez atypique de Bess Fearnley. Être bien informé, c'était la clé du pouvoir.

Durant les longues soirées d'été si lumineuses, Bess laissait les rideaux ouverts et il lui arrivait d'entrevoir sa silhouette derrière la vitre. Andrew Gilchrist en éprouvait une secrète souffrance, à tel point qu'il finissait par se demander s'il ne serait pas malade, lui qui ne l'était jamais.

Un soir, il vit un homme s'arrêter devant l'immeuble et sonner à sa porte. Il recula dans l'ombre pour observer la scène. Bess vint ouvrir et le visiteur monta à l'appartement après avoir échangé quelques mots avec elle. Dans un accès de rage incontrôlable, Gilchrist aperçut leurs deux silhouettes avant que Bess ne tire les rideaux. *Je n'invite jamais personne chez moi*, lui avait-elle assuré. La menteuse ! Elle avait eu le culot de le ridiculiser ! Ah, elle se figurait qu'on pouvait se moquer de lui et s'en tirer ainsi ?

À la fureur succéda la haine. Il devait trouver un moyen de lui rendre la monnaie de sa pièce. Il ne se laisserait pas ridiculiser en public, elle allait le regretter. Tenaillé par le désir, il rêvait d'elle, de ses membres blancs et fins, de ses cheveux noirs tombant sur ses épaules ; il rêvait de la mettre dans son lit et de jouer de son corps, il ne pouvait plus attendre. Dans ses fantasmes, il se forgeait l'image d'une Bess complaisante, gentille et obéissante, enfin soumise, qui ne soufflerait plus le chaud et le froid au gré de ses caprices.

Il n'avait jamais désiré une femme à ce point et la haïssait de l'avoir réduit à cet état. Elle, une vulgaire traînée qui embobinait les hommes pour de l'argent !

Édimbourg semblait désert, ceux qui n'avaient pas les moyens de partir avaient l'air perdus comme des piécettes dans un porte-monnaie d'enfant. Sous les nuages bas et la pluie fine d'un été trompeur, les cours et les impasses restaient glacées. Par des temps comme celui-là, Bess se rappelait des cieux d'un bleu presque aveuglant et un soleil si torride que l'on cherchait l'ombre dès midi. Elle revoyait les fleurs de lotus, larges comme des assiettes, flottant sur une eau verte et limpide, puis l'or et l'émeraude d'une aile d'oiseau filant dans les hautes branches.

Elle ne sortait pas beaucoup. En août, les invitations étaient rares, puis elle n'avait pas oublié le regard furibond d'Andrew Gilchrist quand elle l'avait giflé. Quel fiel dans sa voix quand il lui avait lancé : *Espèce de garce !* Gilchrist n'était pas le genre à essuyer sereinement une humiliation en public et Bess aimait autant l'éviter. En rentrant chez elle, il lui arrivait même de jeter un coup d'œil par-dessus son épaule.

Elle ne regrettait guère les mondanités et les soirées au night-club dont elle avait fini par se lasser. Avec Kate, elle se promenait jusqu'au château ou jouait au ballon dans le parc. Martin Jago passait de temps à autre pour une partie de cartes un peu tardive. Pour le moment, elle n'en demandait pas davantage. Elle envisageait fort bien l'existence auprès de sa fille et de quelques vrais amis, avait son travail et, si les grands espaces venaient à lui manquer, elle aurait toujours la possibilité d'aller chez Ralph et Pamela. Cette stabilité nouvelle lui convenait très bien, elle était ravie de tirer un trait sur les tribulations et les bouleversements des premières années. Elle éprouvait toujours un peu de mélancolie en pensant à ce qu'elle avait perdu, au portrait d'un bébé vêtu de dentelle et de velours, aux superbes coloris d'un tourbillon de cachemire, mais elle s'empressait de la chasser.

Elle oublia donc Andrew Gilchrist, convaincue que ce troublant épisode appartenait au passé. Un vendredi, après le travail, elle joua au jeu des sept familles et aux petits chevaux avec sa fille en écoutant la TSF, puis Kate alla se coucher. Les nuages noirs qui s'étaient amoncelés au-dessus de la ville finirent par crever, on entendait de temps à autre un roulement de tonnerre. Martin passerait peut-être dans la soirée, aussi Bess ramassa les vêtements qui traînaient depuis le retour de sa fille et débarrassa la table. C'était à se demander pourquoi elle rangeait, Martin étant encore plus désordonné que la petite. Elle avait baissé le son de la radio et ouvert la fenêtre pour faire entrer un peu d'air. Le ronronnement sourd des moteurs et les miaulements aigus de deux chats qui se battaient montèrent de la rue.

Bess suspendait cirés et parapluies au portemanteau quand on frappa. Les bras pleins de vêtements, elle ouvrit la porte et lança :

— Vous êtes en avance. Je croyais…

Andrew Gilchrist ! Bess essaya de pousser le battant mais il parvint à l'écarter, força le passage et se dirigea vers le salon. Elle abandonna parapluie et imperméables pour se précipiter derrière lui… Mon Dieu, qu'elle était bête d'avoir lâché ce parapluie ! songeat-elle par la suite.

— Que faites-vous ?

Choquée et furieuse, elle n'était cependant nullement effrayée.

— De quel droit faites-vous irruption chez moi ? Qui vous a laissé entrer ?

Gilchrist haussa les épaules.

— J'ai attendu qu'un voisin sorte de l'immeuble et je me suis glissé dans l'entrebâillement de la porte. Ce n'est pas sorcier, il suffit de réfléchir.

— Je vous ai déjà dit de ne pas venir ici, je n'ai pas changé d'avis. Partez, maintenant.

— Oh non ! Je ne crois pas. Voyez-vous, Bess, poursuivit-il en souriant, je ne suis pas du genre à me contenter d'un refus.

Il semblait disproportionné, trop grand pour le petit salon où il rôdait comme un fauve, passant tout en revue. Auprès de lui, les meubles paraissaient fragiles. Il fit un pas dans sa direction et Bess ne put s'empêcher de reculer. Alors Gilchrist tourna la clé dans la serrure.

Bess prit peur. Pourquoi était-il là ? Qu'avait-il en tête ?

— Partez. Je vous en prie, murmura-t-elle.

Gilchrist fit signe que non.

— Quand j'aurai pris ce que je suis venu chercher. Vous m'avez trop souvent tourné en ridicule, Bess. On ne le fait pas impunément.

La jeune femme se rappela la garden-party, le bruit de la gifle sur la joue de cet homme.

— Je suis navrée… ce qui s'est passé… je n'aurais pas dû.

La gorge nouée par l'angoisse, elle parvint à articuler :

— Je regrette.

— Il est encore temps de vous faire pardonner, vous en avez l'occasion.

— Je vous ai dit que je regrettais.

Bess entendit sa voix chancelante monter vers les aigus.

— Ça ne suffit pas. Oh non, vraiment pas !

Gilchrist effleura de l'index la joue de la jeune femme et suivit la ligne de sa mâchoire.

Bess avait senti son haleine avinée. Elle murmura :

— Non, je vous en prie.

— Ah, comme on est gentille, maintenant ! Comme on est polie ! Quel changement ! Elle est sage, la petite Bess. Quel dommage que vous sachiez si bien mentir !

— Je ne vous ai jamais menti…

La main de Gilchrist vint s'abattre sur sa bouche. Effarée, Bess s'entendit crier de douleur.

— Menteuse, fit-il, menaçant. Je t'ai vue !

Gilchrist se mit à geindre d'une voix de fausset :

— *Je ne laisse jamais personne monter chez moi.* Je sais tout !

Il frappa encore, comme s'il y prenait plaisir. Bess avait un goût de sang dans la bouche et comprit qu'il lui fallait s'attendre à l'innommable. Après, rien ne serait plus pareil. Elle s'effondra contre la table sur laquelle roulèrent les dés, les petits chevaux s'étant éparpillés.

Elle se retrouva à terre parmi les cartes en désordre. D'une main, il la clouait au sol et, de l'autre, déchirait ses vêtements. Elle ouvrit la bouche pour hurler mais sentit le souffle chaud de Gilchrist qui lui murmurait à l'oreille :

— Tu ne vas tout de même pas réveiller ta fille ? Tu ne voudrais pas qu'elle voie ce que je vais faire à sa mère ?

Le cri mourut sur ses lèvres et elle cessa de lutter.

Alors, il la viola.

Après le départ de Gilchrist, Bess dut ramper jusqu'à la porte d'entrée. Elle voulut tirer le verrou, mais ses mains tremblaient trop. Quand elle y parvint enfin, elle s'adossa à la porte, les genoux sous le menton. « Kate ! », pensa-t-elle brusquement et elle s'accrocha à la poignée pour se relever tant bien que mal.

Incapable de se redresser complètement, elle dut s'appuyer au mur pour avancer. Un instant soulagée de voir que sa fille dormait, elle prit la direction de la salle de bains. Elle avait du sang sur le visage et entre les jambes. Elle s'accroupit devant les toilettes et vomit.

Les nausées s'espacèrent et elle entreprit de se récurer de la tête aux pieds, à en avoir la peau à vif. Elle se frotta pour se débarrasser de Gilchrist. Son visage lui faisait mal. La paupière gauche enflait déjà, comme pour nier la réalité des faits. Elle s'habilla chaudement, elle avait l'impression que le froid avait envahi son corps. Elle tremblait tellement que cela prit un certain temps pour nouer les rubans et attacher les boutons.

Bess ramassa ses vêtements épars dans le salon. On avait souillé son sanctuaire, on l'avait dépossédée de ce refuge où elle ne serait jamais plus en sécurité. D'ailleurs, où se sentirait-elle en sécurité maintenant ?

Elle jeta les vêtements dans la poubelle de la cuisine, remplit la bouilloire et la posa sur le feu. En voulant se faire une bouillotte, elle se brûla. Alors, elle se mit à pleurer, sans pouvoir s'arrêter.

Les nuages qui planaient sur la ville finirent par dégager un ciel d'azur, il faisait doux, vendeuses et employés s'asseyaient sur les pelouses pour manger une glace en offrant leur visage au soleil.

Le lundi, en fin d'après-midi, Martin passa à la boutique où Iona l'embrassa comme du bon pain.

— Quel plaisir de vous voir, chéri ! Mais si vous cherchez Bess, vous ne la trouverez pas.

— Elle est partie de bonne heure ?

— Elle n'est pas venue travailler. Samedi non plus, d'ailleurs.

— Serait-elle malade ?

— Je n'en sais rien.

Iona parut soucieuse.

— Cela ne lui ressemble pas. J'ai pensé que la petite n'était pas bien et je lui ai fait parvenir un message. Pas de réponse. Elle si fiable, d'ordinaire... Vous ne l'auriez pas vue ?

Martin fit signe que non.

— Je suis passée chez elle samedi. À moins que ce ne soit vendredi ? Je n'ai trouvé personne, je vais retenter ma chance.

Non loin de l'appartement, il aperçut Kate qui remontait le trottoir en sautillant et remarqua qu'elle évitait les joints entre les dalles de pierre. Elle portait un panier d'osier dans lequel il vit une bouteille de lait et une miche de pain quand il fut près d'elle.

— Que se passe-t-il quand on marche sur la rainure ? demanda Martin.

— On se fait manger par les ours.

— Des ours ? À Édimbourg ?

Kate répliqua avec beaucoup de gentillesse et de commisération :

— Voyons, Martin, ce n'est qu'une histoire !

— Tout de même... à l'avenir, je serai prudent.

Ils arrivèrent devant l'immeuble.

— Ta maman est là ?

Kate poussa la porte d'entrée restée entrouverte.

— Maman est tombée, elle a un œil au beurre noir, j'ai dû aller chercher un steak chez le boucher. Comment ça se fait que le steak arrive à soigner un œil au beurre noir ?

Martin, qui l'avait suivie dans l'escalier, répondit distraitement :

— Il doit y avoir dans la viande des substances chimiques qui réduisent l'œdème.

La porte s'ouvrit et il vit Bess.

— Sainte mère de Dieu ! murmura-t-il.

Bess foudroya sa fille du regard.

Martin, qui s'était ressaisi, s'empressa d'ajouter :

— Kate m'expliquait comment les ours sortent parfois du trottoir. Puis-je entrer ?

Ne voulant personne chez elle, Bess n'y tenait pas, mais peut-être que Martin Jago pourrait l'aider. Il connaîtrait le moyen d'éviter ce qu'elle redoutait plus que tout.

Martin lui emboîta le pas.

— Kate m'a raconté que vous étiez tombée.

— Oui, dans l'escalier. C'est trop bête.

Il ne la croyait pas, Bess le voyait bien. Il se mit à fourrager dans ses poches dont il sortit une loupe, une vieille montre de gousset et une poignée de caramels pour Kate. Puis il la suivit dans la cuisine et referma la porte derrière eux.

— Que s'est-il passé?

Comme elle ne répondait pas, il ajouta plus doucement:

— Cela ne ressemble pas à une chute dans l'escalier. Que vous est-il arrivé?

Bess restait muette.

— Avez-vous vu un médecin?

La voyant secouer la tête, Martin s'approcha mais elle fit un brusque écart et lança d'un ton menaçant:

— Ne me touchez pas!

Il recula et Bess suivit son regard. Il avait remarqué la vaisselle accumulée dans l'évier, le flacon d'aspirine sur la table et la bouteille de gin sur l'égouttoir.

— On vous a fait du mal, c'est ça?

Bess finit par acquiescer.

— Qui?

— Peu importe.

— Mais si, c'est important!

Bess croisa son regard et répliqua, très calme:

— Quoi que je puisse dire ou faire maintenant, ça ne changera rien.

— Quand bien même. Racontez-moi.

— Pourquoi, Martin? Que comptez-vous faire? Le tuer?

— Pourquoi pas, si vous y tenez.

Au bout de quelques instants, Bess marmonna:

— Non, je n'y tiens pas mais j'ai besoin de vous.

— Tout ce que vous voudrez.

— Ce que je voudrais? Alors, dites-moi ce que je dois faire pour éviter une grossesse.

Bess vit poindre l'horreur dans le regard de Martin et poursuivit d'une voix sourde qui tremblait un peu :

— Je ne veux pas d'un enfant de cet homme, je ne le supporterai pas. Je préférerais mourir mais je ne peux pas abandonner Kate. Vous devez savoir, Martin, vous êtes médecin. Vous saurez me dire que faire pour qu'il n'y ait pas de conséquences. Vous m'aiderez, dites ?

Bess s'effondra sur la table en serrant ses bras autour d'elle. C'est à peine si elle avait fermé l'œil depuis ce fameux soir, elle était épuisée.

— Il faut que je parte, murmura-t-elle. Je déteste cet endroit, je ne m'y sens plus en sécurité. J'ai peur qu'il revienne. Dès que j'entends des pas dans l'escalier, j'imagine que c'est lui. Il faut que je parte, Martin. Il le faut.

Les pensées se bousculaient aisément sous un crâne. On parvenait à s'abstraire, à oublier le premier choc, l'atroce impression, et à faire taire sa rage inutile dans l'immédiat. Alors on passait aux questions pratiques pour lesquelles il y avait toujours une solution.

Martin aida Bess à boucler une valise, il héla un taxi et les emmena toutes deux chez lui, à Old Town. Il emprunta un lit de camp et installa la petite dans sa chambre, lui dormirait sur le divan du salon. Après avoir soigné l'estafilade sur sa paupière, il donna un somnifère à Bess et lui expliqua qu'il était trop tôt pour savoir si elle était enceinte. Elle allait devoir patienter quelques semaines en tâchant de ne pas s'inquiéter.

Les jours suivants, il expliqua la situation à Charlie Campbell et passa quelques coups de fil. Le mercredi soir, il avait un remplaçant. En arrivant chez lui, il serra les mains de Bess entre les siennes et lui annonça qu'ils partaient pour la France.

— J'y possède une maison où vous resterez aussi longtemps qu'il vous plaira. C'est très beau… je vous promets que vous allez toutes deux adorer cet endroit perdu au milieu des prés et des bois, il y aura du soleil et il fera chaud. Nous partons demain matin.

Plusieurs noms ne cessaient de se bousculer dans son esprit mais l'un d'eux revenait avec insistance. En prenant ses dispositions pour le voyage, allongé sur le divan plein de bosses où il n'avait pas fermé l'œil de la nuit, il réfléchissait. Qui avait bien pu faire une chose pareille ? Il imaginait déjà le traitement qu'il lui ferait subir quand il saurait.

8

Avec leurs fenêtres à petits carreaux, leurs volets verts et leur toit mansardé, Les Trois Cheminées se dressaient au cœur d'un paysage vallonné de bois et de prés entre Metz et Reims. Les versants ensoleillés des collines étaient couverts de vignes et, dans le verger situé derrière la maison, les branches torturées des pommiers croulaient sous les fruits. À un kilomètre à peine se trouvait une ferme où Ralph emmena Kate chercher du pain et du lait dès le premier matin. Mrs Lemercier, propriétaire des lieux et gardienne de la maison en l'absence de Martin, les embrassa tous deux, poussant des cris en constatant la maigreur de Kate. Elle servit le café et offrit du lait et des petits pains à l'enfant. De ses petits yeux noirs perçants, elle arriva sans doute à la conclusion que cette petite aux cheveux de feu ne pouvait être la fille biologique de Martin. Non sans une certaine déception, songea ce dernier.

Mrs Lemercier leur indiqua une jeune femme qui se chargerait du ménage et de la cuisine, une Marie-Yvonne au cœur d'or. De son côté, Kate se fit très vite une amie, Émilie. Avec ses chaussettes blanches toujours propres et ses gants soigneusement reprisés, la petite fille de la fermière était une enfant très « comme il faut ». Kate voulut aussitôt copier sa coiffure, un savant arrangement de boucles et de tresses. L'enfant était manifestement en adoration devant sa nouvelle amie. Cela tenait sans doute à l'attirail impressionnant que possédait Émilie : un pupitre avec encrier ainsi qu'un assortiment de porte-plume et une panoplie complète de médailles, livres de prières, crucifix et mantilles, qu'elle devait à sa récente confirmation.

Kate accaparée par son amie, Martin avait tout loisir de rester auprès de Bess. Il lui fit visiter la maison et lui montra les jardins, conscient de ses efforts pour manifester un semblant d'intérêt et pour oublier l'horreur qu'elle venait de subir. Il s'attela à diverses petites réparations après l'avoir confortablement installée dans le verger avec une pile de livres et de magazines. Il faisait beau. Bess roula les manches de son corsage, ferma les yeux sous le chaud soleil et s'abandonna au sommeil.

Quand elle ne dormait pas, Martin lui parlait. Il savait à quel point on broyait du noir après une telle épreuve. La perception du monde et de soi en était radicalement altérée. On devait se distraire et colmater les brèches, si profondes soient-elles. Parlant de tout et de rien, il l'emmena en promenade, lui montra les hirondelles qui nichaient sous les avant-toits et les talus couverts de fleurs de chicorée dont les corolles bleues tiraient sur le violet. Il lui parla des chauves-souris, alignées dans le grenier comme autant de petites bourses de soie chiffonnées, et de ses frayeurs d'enfant à la vue d'un orvet traversant le sentier. Il lui expliqua qu'il tenait cette maison de la grand-mère française qui l'avait élevé, lui raconta les visites dominicales chez des tantes ou des cousines qui le gavaient de gâteaux. Il lui confia aussi qu'à la mort de sa grand-mère on l'avait envoyé dans un collège anglais ; or, s'il possédait de solides bases en latin, il ne savait pas un traître mot d'anglais.

Au bout de huit jours, Bess lui annonça qu'elle n'était pas enceinte. Ils venaient de prendre leur petit déjeuner, Émilie et Kate jouaient dans le jardin. Infiniment soulagé, Martin attendit que Marie-Yvonne ait fini de desservir pour demander :

— C'était Andrew Gilchrist, n'est-ce pas ?

Bess retint son souffle et Martin vit la peur dans son regard.

Quelques jours plus tard, il l'informa qu'il devait retourner à Édimbourg. D'une part, son remplaçant n'avait été pressenti que pour une période de quinze jours et, d'autre part, certaines tâches ne pouvaient attendre. Marie-Yvonne s'occuperait d'elle et Pierre, l'homme à tout faire, veillerait à ce qu'elle ait suffisamment de combustible et de pétrole. Elle trouverait une bonne somme en francs dans le tiroir du bureau et n'avait qu'à se servir en cas de besoin. Il reviendrait dès que possible.

En arrivant à Édimbourg, Martin reprit le travail et attendit son heure, repérant les bars fréquentés par Gilchrist avant de situer le meublé de sa maîtresse. Il guettait le moment où, trop ivre pour se tenir sur ses gardes, Gilchrist manquerait de souplesse ; car celui-ci buvait sec, comme un homme qui n'a pas la conscience tranquille.

Un soir de septembre, Martin le suivit dans les étroites allées de Old Town. Là, dans l'humidité d'une cour plongée dans la pénombre, il l'appela. Gilchrist se retourna pour sonder l'obscurité d'un œil vitreux. Il trébucha et Martin le frappa au plexus. L'adversaire était plus lourd et plus fort mais Martin savait où cogner pour lui ôter le souffle et contrer une riposte. Il se pencha sur son ennemi, hors d'haleine et affalé de tout son long, pour lui dire en cognant de plus belle :

— Ça, c'est pour Bess !

Quand Gilchrist fut en état de comprendre, Martin se baissa à sa hauteur et lui glissa d'un ton menaçant :

— Si vous vous avisez de lever encore la main sur elle, je vous tue. Vous pouvez me faire confiance.

Un bruit de pas se fit entendre et Martin rentra chez lui.

Bess ne cessait de penser qu'elle aurait dû regagner Édimbourg, Kate devait reprendre le chemin de l'école et il y avait aussi Iona et la boutique, mais une sorte de torpeur s'était emparée d'elle. Les coupures et les hématomes s'étaient estompés et elle ne gardait qu'une mince cicatrice au-dessus de l'œil gauche. Pourtant, elle restait en France à déguster les daubes et les ragoûts de Marie-Yvonne, se couchait tôt et se levait tard. Elle ne s'éloignait pas de la maison, ne s'aventurant guère au-delà de la ferme, et se méfiait des étrangers. Le soir, la vérification des fenêtres et le verrouillage des portes tournaient à l'obsession.

Après l'été, arriva l'automne. Kate fréquentait maintenant l'école du village avec Émilie et son anglais était émaillé de français. C'était l'époque des vendanges et l'air était saturé de capiteuses senteurs de vin. Il y avait encore du soleil et, pour la première fois depuis son retour en Europe, Bess trouvait à son goût la douceur de l'atmosphère et l'ardeur des rayons.

Martin fut de retour en octobre. Un beau matin, il sortit de très bonne heure et revint monté sur une bête d'une laideur et d'une maigreur effarantes qui voulut le mordre quand il mit pied à terre.

Bess ne put s'empêcher de rire, un rire un peu rouillé qui manquait de pratique.

— Qu'en pensez-vous ?

— Cet animal est affreux, dit-elle en caressant l'encolure du cheval. Et il n'a aucune éducation.

— Les chevaux ne m'aiment pas du tout, il semblerait que j'aie le don d'éveiller leurs pires instincts. Quant aux chameaux...

— Comment s'appelle-t-il ?

— Pégase. Je ne vois pas ce qu'il y a de drôle !

Ils empruntèrent une selle et une bride à la ferme. Bess n'ayant pas de tenue d'équitation, elle fouilla dans les tiroirs et finit par dénicher un pantalon de velours dont elle coupa et rentra les jambières. Un vieux chandail compléta la panoplie et elle noua un bout de ruban dans ses cheveux.

— Je me sens affreuse, confia-t-elle à Martin.

Mais, en rentrant d'une promenade sur les étroits chemins crayeux qui serpentaient à la lisière des bois, elle fut surprise par son regard.

Martin retourna en Écosse. Le soleil avait disparu et, le soir, on devait allumer le poêle à bois du salon. Bess demanda à Marie-Yvonne de lui apprendre le français, mais, comme elle estropiait chaque syllabe, toutes deux riaient tant qu'elles pouvaient. Marie-Yvonne lui apprit plutôt à cuisiner des plats régionaux : superbes pâtes aériennes, pâtisseries légères et dorées, délicieux sautés au bon goût d'aromates.

Au retour de Martin, il y eut des cadeaux pour chacune. Kate fut la première à déballer les siens et découvrit avec joie un stylo plume et un carnet recouvert de cuir. Emballé dans du papier de soie, le paquet de Bess était aussi léger que volumineux. Il contenait un manteau de drap rouge au col de fourrure.

— J'ai demandé à Iona de choisir, précisa Martin. Ça vous plaît ?

Bess essaya le vêtement et se regarda dans le miroir au-dessus de la cheminée. Sombre et lustrée, la fourrure était de la couleur de ses cheveux et l'étoffe douce, chaude et légère, sûrement du cachemire.

— C'est très beau, absolument superbe, fit Bess en caressant une manche, mais vous n'avez pas à nous gâter de cette façon.

— Je ne le considère pas comme une obligation. J'ai pensé que vous aviez besoin d'un manteau. Vous n'avez pris que des tenues d'été. J'aurais bien rapporté à Kate le pupitre dont elle a très envie depuis qu'elle a vu celui d'Émilie, mais ce n'était pas commode.

— Elle veut une mantille pour aller à la messe. Après cela, nous passerons aux médailles et aux crucifix !

Martin reparti, il manqua à Bess. Il écrivait plusieurs fois par semaine des lettres pleines d'humour, de son écriture de médecin, anguleuse et impossible à déchiffrer. Dès qu'il revenait, Les Trois Cheminées retrouvaient un air de vacances. Un jour où Bess retirait ses bottes dans l'entrée après une longue promenade à cheval, elle entendit Martin jouer du piano et resta sur le seuil du salon à l'écouter et à l'observer penché sur le clavier. Une porte claqua dans la maison et elle s'enfuit sans bruit avant qu'il ne la surprenne.

Il lui raconta sa petite enfance, le temps où il jouait à la ferme des Lemercier et accompagnait sa grand-mère à la messe le dimanche. Il aimait bien les cierges et l'odeur d'encens.

— Comme tant d'autres, c'est la guerre qui m'a éloigné de la religion.

Il était tard, ils étaient assis dans le salon, le poêle nimbant la pièce d'une lumière orange et projetant sur le sol de longues ombres noires. Pelotonnée sur le divan, Bess avait ramené ses pieds sous elle.

— Vous n'en parlez pas beaucoup.

— Je crois que les mots sont impuissants à décrire les expériences les plus extrêmes.

Il rajouta une bûche dans l'âtre et remplit les verres.

— Quand je dis que je me trouvais dans le service de santé, je vois bien la réaction des gens. C'était un carnage mais, au moins, on ne risquait pas grand-chose à l'arrière. Il arrivait toutefois que nous ayons des blessés à secourir sans pouvoir les déplacer. Quant aux blessures, il fallait très vite s'adapter, nous n'avions jamais vu ce genre de cas.

Ses longs doigts fins crispés sur son verre, il s'interrompit.

— Je me suis trouvé un jour face à un blessé gravement atteint à l'abdomen. Je savais qu'il n'avait aucune chance de s'en tirer et qu'il souffrait atrocement. Quand il m'a supplié de l'achever, je l'ai fait. Une balle dans la tête. J'avais juré de protéger la vie et j'ai abattu un homme.

Le visage de Martin s'était fermé, il poursuivit :

— Je n'en ai jamais parlé à personne mais Dieu sait si j'ai rêvé de ce soldat ! Je le vois encore.

— Vous n'aviez pas le choix.

— Bien sûr, mais je me suis senti… perdu. Je ne savais plus où j'en étais et n'avais aucune certitude à laquelle me raccrocher, tout semblait illusoire. J'avais compris qu'il n'y avait plus de limites, on en venait à renier ses principes les plus sacrés. Voilà pourquoi j'ai craqué. J'ai mis du temps à me reconstruire.

Bess avança prudemment :

— Et aujourd'hui… voyez-vous toujours les choses de cette façon ?

Martin croisa son regard.

— Non. Je sais à quoi me raccrocher.

— À quoi donc ?

— L'amour, fit simplement Martin. Seul l'amour permet de tenir.

Bess aurait eu tant de questions à lui poser. Qui aimez-vous ? par exemple. Et à quel point ? Mais elle n'en eut pas le courage et préféra changer de sujet.

Après le départ de Martin, les premières gelées teintèrent de gris les champs et les collines. Dans le verger, l'herbe crissait sous les pas et Bess portait le manteau rouge dont elle remontait le col sur ses joues. Elle remarqua le regard envieux de Marie-Yvonne et lui permit de l'essayer. Sur la petite silhouette trapue à la poitrine généreuse, l'ourlet balayait le sol et les boutons ne fermaient pas, mais la jeune femme afficha un sourire suffisant en s'admirant dans le miroir. Elle fit bouffer ses cheveux et esquissa quelques pas en roulant des hanches. Suivit une réflexion en français. Voyant que Bess n'avait pas compris, elle traduisit :

— M. Jago…

Dans sa bouche, le « J » devenait « Y » et le tout avait des consonances espagnoles un peu sinistres.

— M. Jago…

Marie-Yvonne croisa ses mains sur son cœur avec un air de pure adoration.

Bess répliqua sèchement :

— Ne dites pas de bêtises, nous sommes amis, rien de plus.

Marie-Yvonne hocha la tête et rendit le manteau avec un petit sourire entendu, lourd d'ironie, puis jeta prestement dans une jatte le beurre et la farine pour préparer sa pâte.

Quand elle sortait Pégase, Bess prenait garde à la croûte de glace, nacrée comme la perle, qui comblait les ornières. Kate lisait des livres d'histoires en français et confia à sa mère qu'elle tenait un journal intime ; elle comptait d'ailleurs le rédiger dans cette langue sur le carnet offert par Martin.

Lors du séjour suivant, l'atmosphère devint électrique entre Bess et Martin. Si leurs regards se croisaient, ils détournaient les yeux. Peigne en écaille, gants de cavalière en cuir, une demi-douzaine de paires de bas... Cette fois, les cadeaux avaient été choisis avec le soin d'un amant.

Le premier soir, au dîner, Bess parla de ses parents, de sa mère emportée par le choléra quand elle avait dix ans, et du père qu'elle aimait tant. Victime de sa folle passion pour une femme, un lieu ou un projet neuf, ses lubies et son affection sujette à variations l'avaient cependant déçue.

— Nous ne nous sommes jamais installés, expliqua-t-elle à Martin. Du vivant de ma mère, déjà, nous ne cessions de déménager, ensuite, je ne pense pas que nous soyons restés plus d'un an au même endroit.

Bess raconta la chaleur des plaines centrales et le froid vif du petit matin à Simla. Elle décrivit le bungalow de Fenton et de Cora ainsi que la demeure de Sheldon Ravenhart dans les Highlands.

— Ce manoir d'une beauté magique exerçait sur moi une véritable fascination, mais il s'en dégageait également une impression maléfique. J'enviais les Ravenhart, sans doute était-il merveilleux d'être issu d'un tel endroit. Depuis que j'ai quitté l'Inde, je me sens en exil.

— De si puissantes racines ne sont-elles pas une entrave à la liberté ?

— Je n'avais pas envisagé les choses sous cet angle.

— L'attachement aux lieux vous condamne à rester. Impossible de partir ! Aussi pesant soit le fardeau, il est exclu de le quitter pour aller de l'avant.

— Vous donnez pourtant l'impression d'adorer cette maison.

Martin parcourut le salon du regard.

— Je l'aime beaucoup mais peut-on appeler ça de l'amour ? Il ne m'est guère facile d'aimer. Je suis d'ailleurs resté des années sans venir.

L'apathie qui s'était emparée de Bess depuis son arrivée en France avait fait place à une certaine agitation. Elle montait Pégase dans la matinée et partait ensuite pour de longues promenades avec Martin, qui s'arrêtait régulièrement pour observer une brindille, un insecte ou un nid, tandis qu'elle sautait d'un pied sur l'autre pour se réchauffer.

La neige s'était mise à tomber dans la nuit, recouvrant de givre les branches des arbres et les toits rouges des maisons. Avant la tombée du jour, ils enfilèrent bottes et manteaux. Kate courait en tête, traçant dans la neige des sillons parallèles aux petites pointes de flèche laissées par un lièvre ou un renard. Il tombait maintenant de légers flocons qui voletaient dans l'air glacé. Martin sortit une loupe de sa poche pour expliquer à Kate qu'ils avaient chacun une forme unique et Kate voulut les attraper pour les observer.

La neige s'épaissit et ils suivirent le chemin de la ferme où la petite devait passer la nuit avec Émilie. Au retour, le soleil sombrait derrière l'horizon et le ciel était d'un gris d'acier. Bess ôta ses gants, son écharpe et son manteau en arrivant et Martin lui prit les mains pour les frictionner. Alors, elle vit les yeux bleu-gris, les longs cils noirs, le nez et les pommettes finement ciselés. Comment avait-elle pu le trouver laid ?

— Si vous alliez vous asseoir près du poêle pour vous réchauffer ? lui proposa-t-il.

Sa voix était un peu rauque. Le froid, sans doute.

Dans le salon, Bess retira ses bas et tendit ses pieds nus vers le feu. Sa coiffure s'était effondrée et ses cheveux mouillés pendaient en longs écheveaux autour de son visage. Elle s'empressa d'enlever le peigne d'écaille. Martin revint avec une serviette et une bouteille de cognac, et elle s'assit à ses pieds tandis qu'il lui séchait les cheveux.

— Je dois avoir l'air d'une sorcière, fit-elle.

— Ne bougez pas. Je vais les démêler.

Appuyée contre ses genoux, Bess ferma les yeux. Martin passait le peigne et Bess sentait courir dans ses cheveux les doigts légers qui séparaient les mèches emmêlées.

Ils dînèrent d'une soupe, de pain et de fromage avant de s'asseoir devant l'âtre sur le tapis. Puis ils burent un cognac, fort et corsé, qui brûla la gorge de Bess. Minuit sonna à la pendule.

— Il est tard, vous devriez aller vous coucher, dit Martin.

— Et vous ?

— Je vais travailler un petit moment.

Bess ramassa ses bas, son peigne et drapa son châle sur ses épaules avant d'embrasser Martin.

— Ce fut une délicieuse soirée.

Une fois dans sa chambre, elle se dévêtit. Depuis qu'Andrew Gilchrist l'avait violée, elle ne pouvait plus se regarder dans un miroir. Les derniers mois, elle se cachait sous sa robe de chambre comme une couventine pour se déshabiller. Mais, ce soir-là, elle baissa les yeux et se regarda. Il y avait bien les marques laissées par les maternités, de minuscules vergetures sur ses flancs et une poitrine plus lourde et moins ferme que celle d'une jeune fille. Elle avait néanmoins gardé sa taille fine, ses hanches au galbe voluptueux et sa jolie peau douce et très blanche. Martin la désirait-il ? Elle en avait l'impression. De son côté, ses sens s'étaient éveillés. Elle laissa glisser ses mains sur son corps, de la poitrine jusqu'aux cuisses. Parviendrait-elle à tolérer qu'un homme pose la main sur elle ? Le supporterait-elle un jour ?

Perplexe, elle cacha sa bouche derrière son poing, puis enfila brusquement le manteau rouge et descendit. La porte du bureau était entrouverte, elle resta un petit moment à observer Martin assis à sa table de travail. Il sursauta en l'entendant dire son nom et se retourna.

— Venez vous coucher.

— Bess…

Il demeura quelques secondes pétrifié, puis se leva.

Bess posa la main sur sa joue.

— Cher Martin. Venez.

Marie-Yvonne garnissait les armoires de sachets de lavande et le lit de plume sentait bon l'été. Dans l'âtre, les braises mourantes viraient au rose. Agenouillé sur le lit, Martin écarta les pans du manteau et vit que Bess était nue. Le désir assombrit son regard et il murmura son nom dans un souffle, presque un grognement.

Sa bouche sur son cou, sur ses seins, sur son ventre, revint vers ses lèvres avec plus d'ardeur. Il arracha alors ses propres vêtements, fit sauter les boutons, déchira l'étoffe. Il avait un long corps, fin et fuselé… Pourquoi, devant un corps masculin, avait-on parfois l'impression que le Créateur n'avait pas pris la peine de finir l'ouvrage ? Quand il s'allongea auprès d'elle, Bess lut le doute dans son regard et acquiesça d'un petit signe de tête avant de l'enlacer, de le serrer étroitement contre elle pour qu'il ne voie pas la peur dans ses propres yeux.

La chaleur de son corps s'emboîtait parfaitement au sien… Bess fut infiniment soulagée de constater que tout était parfait, qu'elle ne serait pas éternellement condamnée à revivre ce qu'elle avait vécu, que le plaisir lui était encore permis. Andrew Gilchrist n'avait pas réussi à lui enlever cela.

Martin la réveilla au petit matin. Il ne fut pas facile de s'arracher d'un sommeil sans rêve et elle eut besoin de quelques instants pour se rappeler les événements de la veille. Martin lui expliqua qu'une femme était prématurément entrée en travail dans une ferme voisine. Le mari avait fait appel à lui car le médecin local venait de tomber sur la glace et de se casser la cheville. Il quitta Bess sur un interminable baiser et promit d'être de retour le plus tôt possible. Elle entendit la porte d'entrée se refermer, puis les sabots du poney tirant la carriole qui l'emmenait.

C'était jour de marché et Kate était restée dormir à la ferme, Bess avait la maison pour elle. Après le petit déjeuner, elle parcourut Les Trois Cheminées, risquant un œil dans des pièces où elle n'avait pas mis les pieds depuis son arrivée. Elle pénétra dans la bibliothèque aux rayonnages garnis de reliures de cuir, poussa la porte d'une chambre pleine de vieux meubles bancals. L'armoire était remplie de linge brodé et elle vit un prie-Dieu contre le mur, sans doute s'agissait-il de la chambre de la grand-mère. Dans le grenier, elle découvrit un fatras de caisses, de coffres, de parapluies cassés et même une crinoline abandonnée sur un portemanteau.

Sur le seuil du bureau, elle revit le regard de Martin quand il s'était retourné dans son fauteuil. Elle remarqua les crânes d'animaux sur le rebord de la fenêtre, les plus petits étaient fins comme du papier. Les fragments de poteries épars sur le manteau de cheminée et les diverses pièces étaient, à n'en pas douter, des souvenirs de voyage : un scarabée, un carreau de céramique dans les tons de blanc, de bleu et d'or, un vase orné de silhouettes stylisées, noires sur l'ocre de la terre cuite. Elle feuilleta distraitement le livre ouvert sur la table. Il se dégageait du vieux papier une odeur de moisi et les petits caractères serrés étaient incompréhensibles.

La neige fondait et tombait à grosses gouttes des branches dénudées. Bess s'assit sur l'appui de la fenêtre. Sans grand enthousiasme, elle comprit que l'heure était venue d'affronter certains sujets, même si elle mourait d'envie de les remettre au lendemain. Après la nuit avec Martin, il n'était plus question de tergiverser.

Car il allait lui demander sa main dès qu'il serait de retour. En homme d'honneur, il ne se contenterait pas d'une situation boiteuse où il passerait voir sa maîtresse française au gré de ses humeurs. Non, il allait lui demander de l'épouser. Que répondrait-elle ?

Le mariage avec Martin Jago lui offrirait la position sociale que seule une union légale pouvait lui apporter. Elle n'aurait plus ce sentiment d'impuissance qui l'accablait depuis sa séparation. Sa position ambiguë l'avait empêchée de demander la garde de Frazer. N'importe quel avocat connaissant son métier aurait beau jeu de faire valoir qu'elle était adultère... Pire, une épouse adultère ayant abandonné son enfant.

Sans oublier Andrew Gilchrist. Sachant qu'on ne la croirait pas, elle n'avait pas porté plainte contre lui. Sa réputation et son emploi d'hôtesse dans un night-club auraient suffi à lui ôter toute crédibilité. Ce serait offrir à cet homme une occasion supplémentaire de l'humilier. « C'est elle qui l'a voulu », aurait-il allégué. Quant aux coupures et aux hématomes : « Elle n'a rien contre les jeux un peu brutaux. »

Martin Jago saurait la protéger de ce genre d'individu. Et, en l'épousant, elle trouverait enfin une sécurité financière. Contrairement à ce qu'elle avait cru, il ne manquait pas de moyens. Elle n'aurait plus à s'inquiéter du prix de la miche de pain ou de celui d'une robe. Elle n'aurait plus l'estomac noué en voyant arriver les factures. Surtout, Martin, le généreux et tolérant Martin, serait pour Kate le beau-père idéal.

Pouvait-elle l'épouser ? Bess restait songeuse. Cette maison, ce bureau parlaient d'eux-mêmes. À Édimbourg, il n'avait dévoilé que certains aspects de sa personnalité, dissimulant sous une certaine maladresse, un côté désordonné et misanthrope, une nature complexe. Ici, ce n'était plus le même homme. Maître de lui, il veillait à la bonne marche de la maison avec une grande assurance, passant d'une langue à l'autre aussi facilement qu'elle enfilait son aiguille avec un fil de couleur différente.

De plus en plus consciente de ses propres limites, elle le voyait maintenant sous un autre jour. Intelligent, cultivé, Martin Jago était d'une grande curiosité d'esprit et avait de multiples centres d'intérêt ; il aimait voyager, partir à la découverte du monde, ne pas se sentir en cage. Qu'avait-il dit, déjà ? L'attachement aux lieux vous privait de liberté quand il était trop fort. Aussi pesant soit le fardeau, plus question d'aller de l'avant, de quitter le lieu aimé.

Les gens… les maisons… tout finissait par devenir pesant. Si elle se mariait avec lui, serait-elle un jour une gêne, un devoir que l'on accomplit en silence, guidé par sa conscience tout en le regrettant jusqu'à la fin de ses jours ? Martin n'avait jamais été très attiré par le mariage, n'avait pas cherché à fonder une famille… d'ailleurs, il ne s'estimait pas fait pour cela et avait été très clair à ce sujet le jour de leur rencontre. Sans doute la désirait-il… l'aimait-il pour autant ? La nuit dernière ne prouvait rien… quel homme aurait refusé en la voyant s'offrir à moitié nue ?

Précisément, qu'avait-elle à offrir à quelqu'un comme lui ? Sans doute la passion physique ne serait-elle pas suffisante. Le mariage impliquait une certaine convergence de vues, or ils n'avaient pas les mêmes centres d'intérêt et elle ne comprenait même pas sa langue maternelle. De quoi parleraient-ils devant une succession sans fin de petits déjeuners et de dîners ? C'était cela le mariage. Combien de temps faudrait-il pour que le désir cède devant l'agacement, l'ennui et enfin l'indifférence ? Quand sa présence deviendrait-elle pesante ? Qu'éprouverait-elle, de son côté, quand elle verrait la passion déçue se muer en désillusion ou en haine ?

Bess était furieuse contre elle-même. Elle n'avait donc pas tiré les leçons des erreurs passées ? Elle avait eu besoin de partager une certaine intimité, de se prouver qu'elle était encore capable d'aimer. Allait-elle se lancer, une fois de plus, dans une union bancale ? Faire le mauvais choix ? À bien y réfléchir, sa vie n'était qu'une succession de choix désastreux.

Bess se leva et contempla la campagne recouverte de neige. Elle serra les poings et les posa contre la vitre, sentant encore la fraîcheur du vent d'automne sur son visage quand elle chevauchait dans les bois. Quel bonheur de gonfler ses poumons d'air glacé aux premières heures du jour! En arrivant, elle était meurtrie et brisée, la brutalité du choc l'ayant privée de courage et ayant même réussi à gommer son identité. Cette maison et cet homme lui avaient permis de se reconstruire. Les blessures les plus profondes ne s'effaceraient pas mais les mois passés chez Martin n'avaient pas été perdus ni dépourvus d'intérêt. Bess caressa du regard le doux relief des collines où se dessinaient les chemins, les bois et le vignoble, et fut envahie par le regret comme la souffrance à l'idée de quitter la France. Le dépouillement de cette nature hivernale s'accordait parfaitement au vide de son cœur.

L'image d'un petit garçon en pleurs dans des senteurs de lys ne cessait toutefois de la hanter. Pour Frazer, elle devait retourner à Édimbourg... Elle avait fait bien des mauvais choix mais le plus désastreux était d'avoir laissé son fils à Cora Ravenhart. À supposer que Frazer se lance à sa recherche, il ne manquerait pas de venir à Édimbourg où ils s'étaient vus pour la dernière fois. Peut-être ne s'en souviendrait-il pas, et Cora avait dû s'employer à gommer ce souvenir, mais il était possible que son *ayah* ou une domestique ait évoqué cette fameuse journée devant lui. À sa majorité, peut-être... À moins qu'un notaire, après avoir épluché un testament, ne se charge de lui rappeler, au décès de Fenton ou de son frère, qu'il avait toujours une mère.

Dieu sait si elle redoutait ce retour à Édimbourg mais elle devait rentrer. Elle monta dans la chambre de Kate et commença à plier les corsages, à réunir les paires de chaussettes. Pour éviter à Martin la lancinante souffrance de la désillusion, il fallait se montrer cruelle. En ce qui la concernait, elle devrait faire taire tout désir ou attachement, museler ses sentiments.

Kate était revenue de la ferme et, à son arrivée, Martin trouva leurs bagages dans l'entrée.

— C'était un garçon! lança-t-il. Avec l'aide du Ciel, il devrait survivre. Désolé d'avoir été si long, je...

Voyant les bagages, il s'interrompit brusquement.

— Bess?

— J'ai décidé de rentrer. J'ai déjà trop abusé de votre gentillesse.

— Vous retournez à Édimbourg?

— Oui.

Kate était présente, essayant de faire rentrer ses crayons et ses carnets dans une valise.

— Je vous suis infiniment reconnaissante de tout ce que vous avez fait mais il est temps de partir.

Martin répéta :

— Reconnaissante...

Il était sous le choc, Bess le devinait au ton de sa voix.

— Je ne comprends pas.

— Je ne peux plus rester.

Martin s'approcha.

— La nuit dernière..., fit-il doucement.

Bess dut rassembler tout son courage pour affronter le regard de Martin.

— C'était une erreur.

Bess eut un mouvement de recul en voyant son expression.

Il répliqua d'un ton glacé :

— J'en suis navré.

Son regard se tourna un instant vers Kate, puis vers les valises.

— Si vous y tenez, nous partirons dès demain.

Le voyage de retour fut épouvantable, l'atmosphère était tendue et ils n'échangèrent que quelques mots d'une politesse inhabituelle. Les trains étaient en retard et la traversée de la Manche fut une véritable épreuve, le bateau ne cessant de tanguer sur une mer démontée.

Bess retrouva un appartement à l'abandon, plus petit que dans ses souvenirs. Il y faisait froid, on y était à l'étroit, et les meubles disparaissaient sous la poussière. Dehors, tout était gris et brun. Elle frémit en voyant les tiroirs béants et les tasses empilées dans l'évier, témoins de son départ précipité. Un vent âpre pourchassait les passants jusque dans les jardins, et elle regrettait les chênes noueux et les chemins crayeux serpentant à travers champs et vignes.

Kate était malheureuse, infernale, et, quand elle ne boudait pas, elle fondait en larmes. Émilie lui manquait et elle refusait de retourner à Bryan House, l'école détestée. Cette enfant avait connu trop de bouleversements dans sa courte vie. Bess savait quel effet désastreux aurait sa décision sur l'éducation de sa fille, pourtant elle céda aux larmes et se sentit d'autant plus coupable. La petite ne reprendrait pas le chemin de l'école avant Noël.

Bess s'efforçait de reconstruire son existence mais tout allait de travers. Elle passa voir Iona à la boutique et Isabel Lockhead à Moray Place mais, pendant son absence, le cours du destin s'était accéléré pour ses deux amies. Iona songeait à vendre son commerce pour retourner en Irlande. *Quand je ne suis pas là, mon cher Dara n'est même pas capable de se nourrir, il n'a que la peau sur les os, et puis j'aime tant ma vieille patrie !* À la surprise générale, Izzy et Davey Kirkpatrick, victimes du « coup de foudre », allaient leur bonhomme de chemin, coupés de la réalité et de l'entourage.

Les semaines passèrent. Bess ne se sentait pas bien et la nourriture ne lui disait rien. Elle n'avait pas revu Martin depuis leur retour. Avait-elle fait le choix qui s'imposait ? Elle n'oubliait pas à quel point elle l'avait blessé délibérément. Aux nausées et à l'immense fatigue venait s'ajouter la détresse, elle était perdue dans de sombres nuées.

Un samedi, Ralph vint chercher Kate pour l'emmener à la ferme et Bess vit partir son enfant avec un soulagement doublé d'un sentiment d'abandon. Chaque absence de la petite lui rappelait l'absence définitive qu'elle devrait affronter le jour où Kate se marierait ou partirait. Ce jour-là, elle resterait seule.

Elle se mit à errer dans l'appartement, l'estomac retourné. Sans doute avait-elle mangé un aliment pas frais ? À moins que la perspective d'une semaine sans sa fille ne l'ait perturbée au point de la rendre malade. Ou alors…

Bess dut s'asseoir, elle crut défaillir et blottit son visage derrière ses poings. Il n'y avait donc pas de calendrier dans cette maison ! Elle ne notait pas les jours et n'avait jamais su tenir le compte de ses rythmes biologiques. Serait-ce possible ? Attendrait-elle un enfant de Martin Jago ? Pourquoi n'avait-elle pas envisagé cette éventualité, elle qui était terrifiée par la perspective d'une grossesse après le viol ?

Car cet enfant, s'il devait voir le jour, serait celui de Martin, elle pourrait l'aimer de toute son âme. C'était effrayant… elle s'empressa d'oublier cette pensée et voulut calculer en comptant sur ses doigts, mais elle s'embrouilla dans les chiffres et constata avec soulagement qu'il était 10 h 30. Le samedi précédant Noël étant toujours très chargé, elle avait proposé à Iona d'aller l'aider à la boutique. Elle réfléchirait plus tard, tâcherait de décider de la conduite à tenir.

La journée se traîna. En proie aux émotions les plus contradictoires, Bess agrafait une robe, poussait une cliente indécise à prendre un vêtement. Peur, ravissement, confusion… Comment se concentrer sur son travail dans ces conditions ?

Elle aidait une jolie jeune fille couverte de taches de rousseur à enfiler une robe de soie abricot quand elle entendit la voix de Martin. Elle fit tomber les épingles et se piqua en les ramassant.

Iona choisit ce moment pour passer la tête par la porte de la cabine.

— Bess, tu as de la visite… Martin est là. Allez, file, il est près de 5 heures. Je finirai sans toi.

Bess inspira à fond et s'avança dans la boutique.

— Martin…

— Il faut que nous parlions.

Martin lança un bref coup d'œil autour de lui.

— Pas ici… en face, il y a un café.

Les petites tables étaient recouvertes de toile cirée brune et l'air se faisait étouffant, saturé de vapeur montant des plats chauds, des manteaux mouillés et des cigarettes. La serveuse se léchait les doigts en tournant les pages de son carnet de commandes et sa coiffe tombait sur son front.

Martin demanda du thé et des gâteaux, et attendit qu'elle se soit éloignée.

— Avant notre départ des Trois Cheminées…

Bess avait remarqué les épaules de son imperméable, trempées comme s'il avait longuement marché sous la pluie.

— Cette fameuse nuit…

Les mots peinaient à franchir ses lèvres. Cette fois encore, il parut hésiter et passa ses doigts dans ses cheveux.

— Ça vous dérange, si je fume ?

— Pas du tout.

Bess refusa d'un signe de tête la cigarette qu'il lui proposa et il reprit à mi-voix :

— J'ai cherché à comprendre. J'étais furieux en arrivant ici, à tel point que j'ai failli partir à l'étranger. Puis, je me suis demandé si vous ne cherchiez pas à me convaincre que vous vous fichiez éperdument de ce qui s'était produit.

— Martin…

— Cela ne vous ressemble pas. Peut-être voulez-vous m'en convaincre mais j'ai peine à l'admettre.

Bess contemplait ses mains.

— Vous ne me connaissez pas aussi bien que vous le pensez.

— C'est possible.

Martin semblait de plus en plus perplexe.

— N'auriez-vous pas été imaginer que je me sentais dans l'obligation de vous épouser ?

Bess eut conscience de rougir... elle avait trop chaud et les odeurs de cuisine étaient insupportables.

— C'est ça ? Aurais-je vu juste ?

— Quand bien même ?

— Je tiens en effet à vous épouser mais je ne m'y sens nullement obligé.

Bess répliqua froidement :

— Je ne me marierai pas avec vous, Martin, c'est hors de question.

— Pourquoi ?

— Ce ne serait pas une bonne idée.

— Comment pouvez-vous affirmer une chose pareille ? Y avez-vous réfléchi, au moins ?

— C'est inutile. Ce serait grotesque. Aucun accord n'est possible entre nous, je le sais. Ça ne marcherait pas.

— Pourquoi ?

— Cela me paraît évident.

— Pas à moi.

— Nous sommes trop différents. Nous avons des goûts diamétralement opposés. Je ne possède pas votre intelligence... tous ces livres que je n'ai pas lus, ces langues que je ne parle pas...

— Croyez-vous franchement que je serais attiré par mon alter ego féminin ? Le pensez-vous réellement ?

Martin s'emporta, il avait haussé le ton et tous les regards se tournaient vers eux.

Bess détourna les yeux mais garda son sang-froid.

— Vous vous ennuieriez vite.

— Sûrement pas !

— Comment diable pouvez-vous...

— M'ennuyer ? Mais c'est impossible ! Je ne serais jamais sûr de vraiment vous connaître.

Bess planta ses ongles dans ses paumes. Les larmes lui piquaient les yeux, prêtes à jaillir.

— Vous me proposez cela par gentillesse, je le vois bien, mais je ne peux vous laisser faire une chose pareille.

— Si je vous demande de vous épouser, ce n'est pas par gentillesse.

— Ne rendez pas les choses si difficiles.

— Ah non! Qui les rend difficiles? Ce que vous pouvez être têtue!

Fuyant de nouveau son regard, Bess se mordit la lèvre. Leurs voisins avaient pris des frites et un pâté en croûte baignant dans une sauce qui attira son attention. Sa gorge se serra à la vue du pâle cerne de graisse luisant sur la viande, elle sentit couler la sueur sur sa nuque et déboutonna le col de sa veste.

— Bess? Qu'y a-t-il?

— Rien. Ça va.

Elle s'efforça de garder les idées claires, de trouver les mots qui empêcheraient Martin de faire une terrible bêtise.

— Vous êtes adorable mais je sais que vous ne seriez pas heureux et je n'ai plus droit à l'erreur.

Bess ne put maîtriser le tremblement de sa voix. Les odeurs, les éclats de voix, la sueur perlant sous la coiffe de la serveuse, tout se liguait pour lui mettre les nerfs à vif. Son estomac se soulevait, elle ferma les yeux, essaya de se concentrer… Elle ne devait pas vomir, ni s'évanouir devant ces gens. Pas devant *lui.*

— Bess!

Elle ouvrit les yeux et le vit lancer une poignée de pièces sur la table, puis il l'aida à se lever. À l'extérieur, elle s'appuya contre un mur et inspira l'air frais à pleins poumons.

— Seriez-vous malade?

— Malade, non, mais je crois que je suis enceinte.

Ils poussèrent jusqu'aux jardins de Princes Street. La nuit était là et il tombait une petite pluie fine. Abritée sous le parapluie de Martin, parmi les landaus et les vendeuses pressées de rentrer, Bess l'écouta énumérer toutes les bonnes raisons de l'épouser.

— Cela n'aurait rien à voir avec vos précédents mariages. Je n'ai jamais voulu régenter qui que ce soit et vous partageriez tous mes biens. Je n'attends pas que l'on me rende compte du moindre sou dépensé, ça n'a aucun intérêt pour moi, vous me connaissez suffisamment pour le savoir. Si vous ne voulez pas rester à Édimbourg, nous partirons pour Londres, Paris, où vous voudrez. Nous ne serions pas rivés l'un à l'autre... vous êtes habituée à votre indépendance, je le comprends. Je tiens beaucoup à Kate, vous le savez, et je crois que, de son côté, elle m'aime bien. Je la chérirais comme ma propre fille.

Il observa Bess avec attention.

— Vous ne voulez pas vous asseoir ? Que je vous raccompagne ?

Bess murmura un refus.

— Quant à l'enfant, *notre* enfant, je sais ce que signifie une naissance hors mariage et je ne veux infliger cela à personne, à ce petit être moins qu'un autre. Voyons, Bess, vous ne souhaitez sûrement pas que cette pauvre créature, tout juste tolérée dans le meilleur des cas, n'ait à subir l'opprobre !

Notre enfant. Transportée de joie, Bess retrouva soudain son optimisme. En épousant Martin, elle ne vivrait plus à cinquante pour cent, n'aurait plus à redouter la solitude qui suivrait le départ de Kate. Elle était assez jeune pour avoir une demi-douzaine d'enfants, son plus cher désir se réaliserait enfin.

Une famille, des enfants, bien à elle.

Elle répondit toutefois :

— Pourquoi tenez-vous à assumer cette responsabilité ? Pourquoi faire entrer dans votre vie une femme et un enfant ? Vous êtes seul depuis des années... sans doute n'avez-vous jamais envisagé les changements que le mariage apporterait dans votre existence. Savez-vous à quel point un enfant peut bouleverser une maison ? Vous n'en avez pas idée !

— J'apprendrai.

— Rien ne vous y oblige. Le prix à payer paraît lourd pour une simple nuit de plaisir, dont je suis responsable.

— Bess, allons ! s'exclama Martin en souriant. Vous croyez donc que je n'avais aucun désir pour vous ? Que ces semaines passées ensemble n'étaient pas un supplice ? Seigneur, combien de nuits sans sommeil ai-je endurées, vous sachant tout près, sur le même palier ! Combien de documents arides ai-je dû lire pour ne pas penser à vous ?

— Simple attirance physique, répliqua sèchement Bess.

— N'en faites-vous donc aucun cas ?

— Non, ce n'est pas ce que je veux dire mais… jetés l'un contre l'autre comme nous l'étions, comment le désir ne se serait-il pas éveillé ? Seulement, la passion physique n'est pas tout. Ça ne dure pas.

— Si, ce sera différent, cette fois. Vous m'avez dit vous-même que vous aviez vos raisons d'épouser Ralph et vous étiez si jeune lors de votre premier mariage… Saviez-vous seulement ce que vous vouliez ? Nous ne sommes des enfants ni vous ni moi, nous n'avons plus cette candeur. L'expérience peut être utile, rien ne nous oblige à répéter les mêmes erreurs. Pourquoi ne pas faire de ce mariage ce que nous désirons profondément sans nous soucier des prêtres et des moralistes ?

Ils s'abritèrent sous le toit en zinc d'un kiosque à musique, Martin resta sur le seuil et Bess l'écouta en regardant la pluie dégouliner du toit.

— Je ne vous imposerais aucune limite, vous auriez votre entière liberté. D'ailleurs, pourquoi le ferais-je ? Je me suis laissé séduire par votre cran et votre courage.

Bess prit son souffle mais Martin refusa qu'elle l'interrompe.

— Je ne suis pas le mari idéal, j'en conviens. Vous auriez probablement préféré un compagnon plus à l'aise en société mais je vous promets de faire de mon mieux. Si vous y tenez, nous fréquenterons les salons.

— Voyons, Martin, c'est le cadet de mes soucis !

Martin parut déconcerté.

— Que voulez-vous, alors ? Dites-le-moi.

— J'ai peur.

— De quoi ?

« J'ai peur d'aimer », se dit Bess. En s'abandonnant, elle n'aurait plus à redouter la solitude affective qui l'attendait au cours des semaines, des mois, des années à venir. Elle s'était trop souvent vu ravir l'affection des siens pour prendre la chose à la légère. Là, dans ce parc battu par la pluie, elle comprit que ses sentiments allaient bien au-delà du désir, l'amour qu'elle éprouvait pour Martin était aussi profondément ancré en elle que des motifs imprimés dans une étoffe. Toutefois, elle risquait de tout perdre, d'être rejetée. À une époque, elle se serait emparée d'un tel sentiment sans réfléchir. Aujourd'hui, elle hésitait car elle savait quel serait le prix à payer.

Elle leva les yeux vers Martin.

— Je ne veux pas d'une union sans amour, ma dernière expérience fut une terrible erreur. Je regrette, c'est impossible.

— En ce qui me concerne, elle ne serait pas sans amour.

Bess eut un coup au cœur. Osant un pas dans l'inconnu, elle murmura :

— Pour moi non plus.

— Bess ?

Martin lâcha son parapluie, son chapeau ruisselait quand il lui prit les mains.

— Épousez-moi. Acceptez, je vous en prie.

9

Le mariage eut lieu six semaines plus tard. La robe et le manteau d'un bleu clair soutaché de velours noir, les couleurs préférées de Bess, venaient de la boutique d'Iona. Ils partirent à Largs pour huit jours de lune de miel sur une plage balayée par un vent glacé et des vagues grises qui léchaient leurs souliers. Martin avait décidé qu'ils s'offriraient une lune de miel digne de ce nom après la naissance du bébé. Pourquoi pas l'Inde ?

Au retour, ils s'installèrent dans une maison de Old Town, une bâtisse en pierre de deux étages, comprenant cinq chambres et deux grandes pièces de réception, qui donnait sur un minuscule jardin clos. Le rez-de-chaussée serait consacré au cabinet et à la salle d'attente, et Martin installerait son dispensaire au sous-sol. Bess engagea une bonne faisant office de cuisinière et une femme de ménage pour les gros travaux.

Le bébé devait naître fin août, ce serait un garçon, Bess en était certaine. Elle avait oublié à quel point la grossesse était épuisante. La naissance des jumeaux remontait à dix ans. Elle passa les derniers mois à lire, allongée sur le divan. Mouvement et compagnie lui étant indispensables, elle n'avait jamais été une lectrice acharnée, mais elle jouissait maintenant de la stabilité qu'elle cherchait depuis si longtemps. Et elle ne voulait pas que Martin finisse par se lasser de son manque d'éducation et de culture. C'était l'occasion rêvée de combler certaines lacunes et elle profita du répit de sa grossesse. Rebutée par des ouvrages austères et pompeux qu'elle abandonnait au bout de quelques pages, elle se laissa néanmoins entraîner dans l'univers passionnant que d'autres lui offraient. Elle avait abordé *Jane Eyre* le jour de son entrée en clinique et, quand le travail commença, elle pleurait à chaudes larmes au récit du mariage de Jane.

Eleanor Louise vit le jour le 1ᵉʳ septembre. Épuisée par un long travail, Bess eut un choc en découvrant que le garçon était une fille mais elle l'oublia dès qu'elle serra le bébé dans ses bras. Elle aurait tout le temps de donner le jour à des fils. Long, fin et presque chauve, le nouveau-né ne cessait de gigoter ; cette petite avait une grosse tête et des yeux bleus, grands ouverts et bien éveillés. Clignant des paupières, elle observait tout et esquissait par moments un vague sourire. À entendre l'infirmière, elle faisait son rot mais Bess savait bien qu'il n'en était rien.

La maisonnée fut totalement chamboulée par l'arrivée d'Eleanor. Les nuits étaient rythmées par ses hurlements affamés et, le jour, une chenille de biberons, de couvertures, de jouets et de petits cardigans serpentait comme un jeu de piste dans toute la maison. Cette enfant n'avait rien de calme ; la nurse engagée pour un mois était repartie depuis longtemps et elle ne faisait toujours pas ses nuits. Au bout de quelques mois, ses yeux bleus virèrent au gris ardoise, comme ceux de son père. Elle avait un regard perçant, inquisiteur et fourrait dans sa bouche tout ce qui tombait à portée de ses petites mains. Eleanor avait un heureux caractère, c'était une enfant robuste, très vive d'esprit. Heureusement, Martin l'adorait et sa sœur également, car elle épuisait sa mère plus que les jumeaux n'avaient réussi à le faire. Martin la prenait sur ses genoux avec une patience inépuisable, lui montrant les images de son livre en tissu ou jouant aux trois petits cochons, ce que Bess trouvait infiniment touchant tout en s'effondrant dans un fauteuil avec une tasse de thé.

L'intrépide Eleanor cumula les accidents dès qu'elle sut ramper. Il y avait trois volées de marches dans la maison et, selon les calculs de sa mère, elle avait dégringolé les trois. C'était un miracle qu'elle ne se soit jamais gravement blessée.

Était-ce l'accident qui lui fit perdre son bébé en mars 1929 ? Bess garderait toujours un doute. Il était encore trop tôt pour que sa grossesse se voie et, curieusement, elle se sentait très bien, sans l'ombre d'une nausée. Elle était en pleine forme quand elle attendait Frazer, aussi espérait-elle que, cette fois, ce serait un garçon. Un après-midi, Eleanor, alors âgée de dix-huit mois, fonça à une telle vitesse qu'elle ne put voir l'obstacle. Elle trébucha et heurta un banc de pierre. Elle inspira à fond avant de pousser un hurlement de rage et de douleur. Quand Bess la prit dans ses bras pour la ramener vers la maison, le petit visage était barbouillé de sang et de larmes. Eleanor lui tendit ce qui ressemblait à une petite épluchure de pomme, c'était un morceau de gencive. Martin étant parti en visite, Bess téléphona à Charlie Campbell qui accourut aussitôt pour recoudre la plaie. À son retour, Martin les trouva toutes deux endormies sur le sofa et la mâchoire d'Eleanor était recouverte d'un grand pansement.

Bess fut réveillée par les crampes. Martin lui dit de se recoucher et de ne pas s'inquiéter mais, au matin, elle avait perdu l'enfant. Quelques heures plus tard, Martin la serra contre lui et ils pleurèrent dans les bras l'un de l'autre. Tant d'espoir emporté dans un flot de sang et une douleur déchirante... Ils essaieraient encore, lui promit Martin, mais pas avant six mois, le temps qu'elle se remette. Eleanor se rétablit parfaitement. Elle ne garda qu'une petite cicatrice sur la joue et une incisive un peu grise, la racine ayant souffert de la chute. Bess eut toutefois le sentiment qu'on lui avait arraché une petite part d'elle-même, comme ce morceau de gencive que lui avait tendu sa fille.

C'est à peu près à cette époque que Martin commença à travailler à la Direction de la santé tout en conservant le cabinet et le dispensaire. Après avoir si longtemps fui les complications émotionnelles, il avait été très affecté par la perte de l'enfant, Bess le comprit. D'ailleurs, ne cherchait-il pas dans le travail un exutoire aux ennuis domestiques ? Dans l'administration municipale, les questions sanitaires étaient sous la responsabilité des directeurs de la santé. Martin n'avait jamais brigué le pouvoir mais il était impossible de remédier à l'état sanitaire déplorable des indigents tant que ces derniers vivaient dans des taudis surpeuplés. Le poste était assorti d'une certaine influence, expliqua-t-il à Bess. Il ne voyait que ce moyen pour freiner les abus des promoteurs immobiliers.

Ils ne prononçaient jamais de nom, mais n'avaient ni l'un ni l'autre oublié Andrew Gilchrist. À la fin des années 1920, rien ne semblait devoir ralentir l'ascension de cet individu qui siégeait aux côtés d'autres propriétaires à la Commission municipale, à celle des Finances et des Travaux publics. Bess lisait régulièrement son nom dans la rubrique mondaine où paraissaient de temps à autre des photographies du couple Gilchrist, la silhouette massive d'Andrew à la carrure de taureau flanquée d'une Agnes spectrale, telle une ombre auprès de lui.

Dans une ville comme Édimbourg, il était inévitable que leurs chemins finissent par se croiser. Bess se retrouva un jour à quelques mètres de lui chez Jenner's, le grand magasin. Elle tenta de se faire toute petite et voulut rester de glace. Toutefois, elle sentit dans sa bouche un goût de peur et de haine, et en fut anéantie.

En octobre 1929, le krach de la Bourse de Wall Street fut suivi d'une flambée du chômage. Au petit déjeuner, Martin contenait mal sa colère en découvrant les éditoriaux fustigeant la paresse des classes laborieuses pour dépeindre ensuite l'existence douillette que les allocations de chômage permettaient à certains de mener. Au début de l'automne 1931, furieux de voir le gouvernement fraîchement élu instituer un « Bilan de ressources » dans le seul objectif de réduire ces indemnités, il sentit monter l'indignation. « On considère les pauvres comme une sous-humanité, incapable des mêmes motivations, des mêmes aspirations que nous. Comme il est commode de leur dénier tout sentiment, d'ignorer qu'ils souffrent du froid, de la faim, de la peur ou de la perte d'un être cher ! »

Ils désiraient un enfant mais, deux ans plus tard, Bess n'avait toujours aucun espoir d'être enceinte. Cette année-là, en arrivant aux Trois Cheminées, où ils furent accueillis par Marie-Yvonne et Mrs Lemercier, Bess eut l'impression qu'on lui ôtait un poids. Dans la chaleur et la torpeur de l'été, les inévitables tracas s'estompèrent et elle en oublia jusqu'à ses difficultés à concevoir. Martin regagna Édimbourg, il ne reviendrait en France que pour les quinze derniers jours des vacances.

Les deux premières semaines, Bess savoura l'exquise liberté de ne pas avoir à plaire à un mari, de ne penser qu'à elle et aux enfants. Elles se levaient et se couchaient quand elles voulaient, pataugeaient dans le ruisseau, partaient en pique-nique et se promenaient dans les bois vêtues de vieux vêtements. Les maïs étaient hauts et de petits nuages duveteux flottaient dans un ciel saphir.

À peine arrivée, Kate fila retrouver Émilie à la ferme et Bess ne la vit plus qu'à l'heure des repas. À quatorze ans, cette petite était mince, agile, et presque aussi grande que sa mère. Récemment, elle avait réussi à convaincre celle-ci de lui laisser couper ses beaux cheveux blond vénitien. Bess dut toutefois reconnaître que le carré court était parfait sur son petit visage de lutin en forme de cœur. Elle proposa de lui apprendre à monter mais Kate refusa. « Une ballerine ne fait pas de cheval », expliqua-t-elle à sa mère avec la patience réservée à celle qui ne comprend rien à rien. Si Kate n'avait aucun goût pour le sport – son carnet scolaire faisait état d'un manque d'esprit d'équipe et d'une tendance à la rêverie sur le terrain de hockey –, elle aimait le cours de danse.

Au retour en Écosse, Bess eut la certitude d'être enceinte. Convaincue que ce serait un garçon, elle baignait en pleine euphorie. Les mois passant, elle fut sujette aux évanouissements et perdit également un peu de sang. Terrifiée, elle se conforma aux instructions de Martin et se reposa tous les après-midi. Elle devait garder cet enfant !

Le bébé naquit à huit mois. C'est ainsi que Rebecca Elizabeth vit le jour au Royal Infirmary. Trop mal en point pour voir sa fille, Bess ne la tint dans ses bras qu'au bout de huit jours. À cet instant seulement, elle voulut croire que l'enfant était bien en vie.

Toute petite déjà, Rebecca était d'une exceptionnelle beauté. Comment ne pas l'aimer ? Ses yeux bleus étaient frangés de longs cils en forme d'étoile, elle avait de fins cheveux noirs doux comme la soie. Les passants s'extasiaient sur cette enfant. Très soignée et toujours impeccable, elle gardait ses robes blanches bien repassées, contrairement à Eleanor qui ne passait pas un jour sans avoir sali sa robe ou déchiré son tablier.

Si Rebecca était parfaite, elle n'avait rien du garçon si ardemment désiré. Elle avait six mois quand Bess évoqua la perspective d'une éventuelle grossesse.

Martin lui opposa un refus si définitif qu'elle ne sut que répondre.

— Non, dit-il. Plus d'enfants.

Ils étaient dans leur chambre. Bess, qui déboutonnait son corsage, resta sidérée.

— Quoi… plus jamais ?

— Enfin, Bess, tu vas avoir quarante ans, lui asséna Martin sans ménagement, et la petite dernière a failli te tuer.

— Mais chéri, juste un…

En voyant son regard, Bess comprit qu'il ne fallait pas insister.

— Tu as bien manqué ne pas en réchapper. J'ai cru te perdre. Comprends-tu ce que j'ai vécu ? C'est un miracle si tu es encore de ce monde. Tu te figures que je suis prêt à revivre ce cauchemar ? Non, je ne t'aiderai pas à risquer la mort. Nous avons trois filles superbes, cela ne te suffit donc pas ?

Bess se garda de répondre mais, en effet, cela ne lui suffisait pas. Elle serait patiente, il finirait par changer d'avis. Elle savait très bien mener les hommes où elle entendait les mener. Cependant Martin resta intraitable et Bess d'autant plus frustrée. Il lui fallait un fils. Depuis le temps qu'elle attendait ! Après ce qu'elle avait enduré...

Ce différend les éloigna quelque peu, du moins les premières fissures apparurent-elles dans une union plus heureuse que Bess ne l'avait espéré au départ. Elle en voulait un peu à son mari. Pourquoi Martin était-il si péremptoire ? Pourquoi lui refuser la seule chose qu'elle désirait tant ?

Avec le retour du printemps, son moral remonta. Elle aimait tant le soleil, même ce pâle soleil du Nord. Toutefois l'humeur de Martin s'assombrit. Fin janvier 1933, Hitler fut nommé chancelier en Allemagne. En mai, les actualités montrèrent des images de Munich et de Berlin, où les SA et les étudiants allumaient des feux de joie pour faire brûler les livres. Martin évoquait le danger d'une guerre mais Bess refusait d'y croire. Après la Grande Guerre, il ne pouvait y en avoir d'autre. N'était-ce pas ce qu'on disait à l'époque ? Jamais les politiciens ne seraient assez fous pour risquer de déchaîner un tel déferlement de souffrance et de destruction. Un mauvais moment à passer, rien de plus. À présent qu'ils étaient au pouvoir, les nazis allaient réduire leurs exigences et les nations européennes parviendraient à un compromis.

Et puis, cela semblait si loin... Bess trouvait à peine le temps de lire le journal et de tenir son courrier à jour. Davey et Isabel avaient deux enfants. Ralph et Pamela avaient vendu la ferme du Lanarkshire pour acquérir une exploitation laitière plus importante dans le sud de l'Angleterre. Ces derniers étant partis pour un mariage à Glasgow, Tom, Henry et Archie vinrent passer la nuit chez les Jago vers la fin de l'été. Compte tenu de la facilité avec laquelle Pamela produisait des fils, il n'aurait pas déplu à Bess, un brin mesquine, que ces garçons soient un peu ternes et rustauds. Force était de constater qu'ils étaient bien élevés, beaux et intelligents. L'éventail des âges s'ouvrant d'un an pour Rebecca jusqu'aux dix-sept ans de Kate, Tom, Henry, Archie et Eleanor s'inséraient parfaitement dans l'intervalle. Bess fut infiniment heureuse de voir tous ces enfants réunis à sa table.

Rebecca avait deux ans, lors de l'été 1934, quand ils retournèrent en France. Elle était ravissante. Plus indépendante que ses sœurs, elle était capable d'un entêtement singulier chez une telle beauté. Elle entendait obtenir ce qu'elle voulait et parvenait souvent à ses fins en faisant fondre tous les cœurs. Si on s'avisait de lui tenir tête, elle entrait dans de mémorables colères. Bouche bée, Eleanor regardait sa petite sœur hurler et taper des pieds sur le sol. Cela ne tarderait pas à lui passer, se disait sa mère.

Eleanor allait avoir sept ans ; avec sa folle crinière châtain, elle était grande pour son âge et d'une hardiesse confinant à la témérité, ce dont ses sœurs étaient dépourvues.

Et puis il y avait Kate, dix-sept ans et demi, pas encore une beauté et trop timide, mais elle ne passait pas inaperçue avec son superbe teint d'un rose doré. Bess avait rencontré Jack Ravenhart à dix-sept ans et s'était mariée à dix-huit. Si elle avait trouvé des visiteurs masculins devant sa porte, elle aurait clairement fait comprendre à ces jeunes gens qu'ils n'avaient rien à faire chez elle. Pas de garçons en vue, Dieu merci ; apparemment, Kate n'était pas intéressée. Dans six ou sept ans, elle finirait par épouser un homme charmant pourvu d'un solide bon sens mais, en attendant, elle devait songer à apprendre un métier. Pourquoi ne serait-elle pas infirmière ? À moins qu'elle ne s'inscrive dans une école de secrétariat ? Elle pourrait aussi suivre une formation d'enseignante puisqu'elle parlait couramment le français. Bess se procura les brochures de diverses universités auxquelles sa fille jeta un regard indifférent. Sa mère s'inquiétait de son peu d'enthousiasme à trouver sa voie. On ne pouvait la laisser ainsi à la dérive, il était important de savoir où on allait, d'avoir de l'ambition, d'acquérir des compétences et un métier utile. Bess était bien placée pour savoir quel sort attendait une jeune fille sans formation.

Kate avait encore le temps de prendre sa décision. En septembre, elle retournerait au lycée pour une dernière année d'études. En septembre, Frazer serait majeur et n'aurait plus à obéir à Cora Ravenhart. Dans le calme du bureau de Martin, parmi les livres, les fragments d'ossements et les tessons de poterie, Bess écrivit à son fils. Elle craignait de ne pas trouver les mots mais ceux-ci coulèrent sous sa plume jusqu'à couvrir des pages et des pages. Elle lui adressa ses vœux pour son vingt et unième anniversaire et s'efforça de lui faire comprendre ce qui s'était passé après le décès de Jack Ravenhart. Cora n'était pas à blâmer ; après tout, Frazer était attaché à sa grand-mère. Il devait savoir à quel point Bess l'aimait et combien il lui manquait, c'était le plus important.

Cette fois encore, Martin revint passer la seconde quinzaine d'août en France. À leurs yeux, cette maison dégageait une magie bien particulière. C'était là qu'ils étaient tombés amoureux, là que leurs deux filles avaient été conçues et Bess tenait à y concevoir son fils. Martin n'était pas sérieux quand il avait décrété qu'il ne voulait plus d'enfants. Bess avait mal choisi son moment pour aborder la question, la naissance de Rebecca avait traumatisé Martin et ce souvenir était encore trop frais. Tenaillée par un sentiment d'urgence, Bess avait l'impression que le temps lui était compté, bientôt elle serait trop vieille. Ses dernières chances diminuaient tous les mois. Elle avait récemment fêté son quarantième anniversaire, or, après quarante ans, on disait qu'il était moins facile d'être enceinte.

Le jour de son arrivée, elle expédia les filles à la ferme. Après le souper, ils prirent leurs verres pour aller s'asseoir auprès du poêle. Bess avait mis sa plus jolie robe, portait ses boucles d'oreilles en diamant et une goutte d'Heure bleue. À son regard qui la suivait dans la pièce, Bess avait compris que Martin la désirait. Dans la chambre, un peu plus tard, il lui demanda s'il n'y avait aucun risque, ce à quoi Bess répondit :

— Mais non, chéri. Tout ira bien.

Pieux mensonge qui lui serait pardonné le jour où il tiendrait son fils dans les bras.

Une fois de plus, la magie des Trois Cheminées opéra et, six semaines plus tard, Bess eut la certitude d'être enceinte.

— Je vois, répondit Martin quand elle lui apprit la nouvelle.

Suivirent quelques secondes de lourd silence, Bess se sentit un peu mal à l'aise, puis il ajouta :

— C'est pour quand ?

— Mai.

Elle vit vaciller son regard tandis qu'il se livrait à un rapide calcul.

— Cet enfant a donc été conçu en France ?

Comme elle acquiesçait, Martin s'éloigna jusqu'à la fenêtre.

— Tu savais que c'était risqué?

Lorsqu'elle se retourna, Bess fut bouleversée par la fureur qu'elle découvrit dans son regard. Il quitta la pièce sans un mot. La porte refermée, Bess eut une impression de vide. Il changerait d'avis, se rassura-t-elle. Il avait besoin de temps pour accepter l'idée d'une autre naissance, voilà tout.

Martin s'inquiétait de sa santé, il recommanda d'ailleurs un bon obstétricien. Bess sentait néanmoins une certaine distance entre eux et en vint à douter de sa décision. Souffrant d'atroces nausées, elle perdait connaissance, si bien qu'elle dut se résoudre à s'allonger le plus clair du temps. Elle finissait par se demander si ce n'était pas une bêtise de se lancer dans une sixième grossesse. N'était-elle pas trop âgée? Martin l'avait-il jamais aimée? Et s'il ne l'avait épousée que parce qu'elle était enceinte? À moins que les responsabilités conjugales ne soient devenues trop lourdes pour lui?

Et toujours aucune nouvelle de Frazer! Bess éprouvait un instant d'exaltation en voyant arriver le facteur mais elle retombait dans une noire mélancolie après avoir regardé le courrier. Ces jours interminables lui rappelaient les mois passés au chevet de son père mourant. Elle avait attendu en vain une lettre de Cora. Peut-être Frazer la détestait-il? Refusait-il de lui pardonner? Si les Ravenhart avaient quitté Simla, elle n'avait aucune chance de le retrouver.

À moins qu'il ne soit mort depuis longtemps, victime du paludisme, de la fièvre jaune ou de la typhoïde? Il avait pu se faire désarçonner par son cheval, comme Jack. Cora n'aurait pas pris la peine de la prévenir. Et quand bien même il lui reviendrait, le reconnaîtrait-elle seulement? Après une telle séparation, éprouveraient-ils encore des sentiments l'un pour l'autre? Bess en était intimement convaincue, Frazer était son enfant, le premier à avoir vu le jour, et elle ne cesserait jamais de l'aimer. Avait-elle des droits sur lui? C'était une autre qui l'avait élevé, l'avait soigné quand il était malade, lui avait appris à nouer ses lacets, à écrire son nom et à monter à bicyclette. Aujourd'hui, qui était sa mère? Cora Ravenhart ou elle?

Cette période de son existence était bien morte, elle n'était plus la même et sa patrie était ailleurs. Adieu Bess Cadogan, Bess Ravenhart, ou Bess Fearnley, disparues à jamais. Elle était maintenant

Bess Jago, mère de trois enfants, bientôt quatre, l'épouse d'un homme qu'elle aimait profondément, même si elle avait parfois un peu de mal à le comprendre. La vie lui avait appris que certains rêves se réalisent mais que d'autres se dessèchent sur l'arbre sans espoir de floraison, aussi fort soit votre désir. Il était possible qu'elle n'ait pas d'autre fils. Reverrait-elle jamais l'Inde ? La seconde lune de miel prévue lors du mariage avait été remise. Il y avait toujours un empêchement... les enfants, le travail, le tumulte sans fin de la vie familiale.

Ce fut bientôt Noël, puis le nouvel an. En janvier, Eleanor et Kate reprirent le chemin de l'école. Poussées par un vent mauvais soufflant du nord, les averses de pluie succédaient au grésil. Des tourbillons de brume enroulaient leurs longues écharpes grises autour du château perché sur son rocher. Les filles prirent froid toutes les trois. Un après-midi, Bess confia Rebecca à Kate pour aller chercher Eleanor à l'école. Le grésil s'était transformé en bourrasques de neige qui s'insinuaient sous les cols et les poignets. Serrant la main d'Eleanor dans la sienne, Bess s'inquiétait de savoir Martin sur ces chaussées glissantes.

Elles se trouvaient encore dans le couloir et retiraient gants, bottes de caoutchouc et manteaux, quand on frappa. Bess ouvrit la porte et eut cette réaction en voyant le jeune homme qui se tenait sur le seuil : « S'il veut me vendre une encyclopédie... »

Toutefois, en l'observant de plus près, elle crut que son cœur cessait de battre. Suivirent quelques secondes absolument irréelles. *Jack...*

— Frazer !

10

Quand sa mère lui apprit qui était l'inconnu, la première réaction de Kate fut : « Oh non, pas d'autre frère ! » Cinq, bientôt six, ça commençait à bien faire !

Elle vit ensuite que ce frère avait au moins l'avantage d'être plus âgé. C'était pénible, à la fin, d'être toujours la plus vieille ! *L'archange perdu*, voilà ce qui lui traversa l'esprit, celui du *Paradis perdu* figurant ce trimestre au programme de miss Ratray. Frazer Ravenhart était si beau ! Comme ces créatures mythiques, il semblait coulé dans l'or.

— J'aurais dû écrire, s'excusa-t-il, mais j'ignorais…

Sa mère s'empressa de le rassurer.

— Non, non, pas du tout ! C'est merveilleux de te voir ! Absolument merveilleux !

Bess ne put terminer sa phrase et toussa légèrement afin de se ressaisir.

— Laisse-moi te présenter tes sœurs. Kate…

Kate serra la main de Frazer et se mit à éternuer.

— Désolée, un mauvais rhume.

— Quelle guigne ! J'ai été malade comme un chien pendant le voyage. Moi qui m'attendais à voir des merveilles, je ne suis pas sorti de ma cabine.

Il avait beau sourire, Kate savait que Frazer endurait une véritable épreuve et elle entendait le soutenir.

— À votre place, je ne serais pas si pressée de faire la connaissance d'Eleanor et de Rebecca. Eleanor ne sait parler que chevaux et Rebecca ne dit que des bêtises.

— Kate, voyons ! protesta sa mère.

— Oui, maman, fit Kate en soupirant.

Kate passa la tête dans l'entrebâillement de la porte et appela Eleanor, puis descendit dans la cuisine où Rebecca donnait un concert pour couvercles et casseroles. Elle la prit dans ses bras et, très fière de son initiative, demanda à Mrs Tate de servir le thé et les gâteaux au salon. Apparemment, sa mère n'y avait pas pensé. Prenant sa sœur sur ses épaules, elle se lamenta sur l'absence de Martin. Lui qui ne perdait jamais son calme ! On ne pouvait en dire autant du reste de la famille. Quelqu'un de posé, c'est tout ce dont ils avaient besoin !

Mais Martin faisait ses visites et, à vrai dire, heureusement qu'Eleanor et Rebecca étaient là. Elles furent absolument répugnantes, comme d'habitude. Eleanor avait perdu son mouchoir et reniflait comme un cochon ; quant à Rebecca, après avoir roulé en boule le glaçage de son gâteau, elle piquait une colère parce qu'elle y avait trouvé des miettes. Au moins pouvait-on les gronder, cela comblait les silences. Kate était perplexe… Après une telle séparation, on devait avoir des tas de choses à se dire. Elle serait volontiers rentrée sous terre ! Au bout d'un petit moment, elle finit par profiter d'un blanc dans la conversation.

— C'est votre premier séjour en Écosse, Mr Ravenhart ?

— Oui. Enfin, pour autant que je m'en souvienne mais, je t'en prie, appelle-moi Frazer. Nous sommes frère et sœur.

Il semblait lui-même n'y croire qu'à moitié. Intriguée, Kate lui demanda :

— Tu savais que tu avais trois sœurs ?

— Je l'ai appris en lisant la lettre.

— La lettre ? répéta Bess.

Frazer sourit.

— La lettre que tu m'as écrite pour mes vingt et un ans, c'est ce qui m'a permis de vous retrouver. Elle a dû arriver pendant la maladie de grand-mère, je l'ai trouvée dans son bureau après son décès.

— Cora est morte ?

— En novembre.

Bess avait blêmi, toutefois elle resta raide, comme toujours en société.

— Je suis navrée que tu aies perdu ta grand-mère, Frazer.

— Merci.

— Et ton grand-père ?

— Il est mort il y a cinq ans.

— Ce fut sûrement très dur.

Bess porta son mouchoir à ses lèvres.

Il y eut un court silence, interrompu par Kate.

— J'ai aussi trois frères, Tom, Henry et Archie. Êtes-vous frères également? C'est un peu compliqué. Ils le sont, maman?

Bess ne répondit pas. Elle couvait son fils du regard et semblait si heureuse! Sous le choc, toutefois. Elle avait devant elle un fantôme.

— Quand j'ai reçu cette lettre, je m'apprêtais à partir pour l'Écosse. Après avoir vu Mr Daintree, j'ai pensé…

— Mr Daintree?

— C'est le notaire d'oncle Sheldon.

Kate trouva que sa mère avait l'air un peu perdue, elle aussi d'ailleurs, et fut franchement soulagée quand Eleanor choisit ce moment précis pour se planter une fourchette à gâteau dans la main. Il fallut l'emmener pour la soigner.

Eleanor ayant suivi leur mère, Kate confia à Frazer:

— C'est toujours comme ça, parce qu'elle est gauchère, à en croire Martin. Il y a de quoi être écœuré, tu verras, tu ne vas pas tarder à regretter l'époque où tu étais fils unique.

— Oh non! objecta Frazer avec le plus grand sérieux. Quelle chance d'avoir une vraie famille!

Kate marmonna un vague juron que sa mère aurait sûrement jugé vulgaire si elle s'était trouvée là.

— Elles sont insupportables, je t'assure. Tu ne peux imaginer à quel point!

Frazer tourna vers Kate un regard timide et celle-ci trouva son frère très séduisant. Elle serait bien restée des heures à contempler ce visage mais il était grossier de dévisager les gens.

— Je n'ai aucune famille, lui expliqua Frazer. Du moins le croyais-je jusqu'à aujourd'hui. À la mort de ma grand-mère, j'ai compris que j'étais le dernier des Ravenhart. Vois-tu, le fils d'oncle Sheldon est mort à la guerre, ce qui fait de moi l'héritier de Ravenhart House.

Kate ne put s'empêcher de fixer son frère, ce fut plus fort qu'elle.

— Tu as fait un héritage?

— Oui. Oncle Sheldon m'a tout légué, c'est pour cela que je suis en Écosse.

— Pour prendre possession de ton héritage ? Oh, Frazer, ce que c'est romantique !

Comme s'il était naturel de recevoir tous les jours ce genre de legs, son frère rétorqua :

— C'est un château perdu. J'ignore exactement où, Mr Daintree me l'a pourtant dit mais j'ai oublié.

Cherchant les ressemblances, frère et sœur observèrent leur reflet dans le miroir. Kate trouva la bouche de Frazer plus grande, il avait le nez romain et le sien était retroussé. Ils avaient tous deux la peau très claire mais celle de Kate était tavelée de taches de rousseur, que sa mère lui conseillait d'atténuer avec du jus de citron. Les traits de Frazer étaient réguliers, sculptés d'un seul bloc et elle enviait ses cheveux d'or. Les siens étaient couleur de marmelade.

— Rouquine, marmonna-t-elle avec dégoût. Si seulement j'avais tes cheveux !

S'il y avait un air de famille, c'était au niveau des yeux. Ceux de son frère étaient d'un bleu plus sombre mais la forme était la même et les sourcils identiques, le même arc net et résolu. Qu'aurait été son enfance si elle avait toujours connu Frazer, si ce visage lui était aussi familier que le sien ? Émergeant soudain de l'ombre, il n'était jusque-là qu'un fantôme, comme ces vieilles photographies auxquelles elle n'arrivait pas à s'identifier, celles des deux petits visages grassouillets de Michael et de Frazer, perdus dans la dentelle et la mousseline blanche. Petite, il lui arrivait de confondre le frère disparu avec celui qui était mort.

Elle montra sa ville à Frazer. Il avait trois ans de plus qu'elle et, à côté de lui, elle se trouvait d'un ordinaire ! L'Inde, ce château dont il avait hérité… Toutefois, il ne cherchait pas à en rajouter, comme ces filles à l'école qui ne parlaient que cocktails et descentes à ski. Avec lui, il était facile de se confier. Frazer comblait un vide qu'elle ne soupçonnait même pas. Le jour où il quitterait Édimbourg pour aller vivre dans son château, il lui manquerait ; mais rien n'était fait pour durer, elle le savait. Les parents se remariaient, arrivaient ensuite les frères et sœurs et on déménageait sans qu'on vous demande votre avis.

Elle confia à Frazer qu'elle se sentait mal au lycée, comme dans une vieille robe trop juste. La fin du trimestre et celle des études lui semblaient si loin !

— Que comptes-tu faire ensuite ?

Ils remontaient Grassmarket en mangeant un cornet de frites. Il avait plu et les pavés étaient glissants mais, avec le retour du soleil, les gouttes d'eau accrochées aux branches et aux poutrelles scintillaient comme des diamants.

— Ma mère aimerait me voir institutrice, répondit-elle. Ou secrétaire.

— Ça te plairait ?

Kate fit signe que non.

— Pas du tout.

— Quoi donc, alors ?

— Plus jeune, je voulais être religieuse.

Kate fit mine de lancer une pincée de sel par-dessus son épaule pour faire fuir le diable. Elle n'y croyait plus, mais savait-on jamais ?

— J'ai changé d'avis. J'aurais bien aimé faire de la danse mais je suis trop grande.

— J'ai failli me retrouver dans l'armée, dit Frazer. Mon grand-père voulait que j'entre dans le corps des Lanciers pour suivre les traces de mon père.

Kate observa attentivement son frère.

— Ça ne t'aurait pas convenu.

— Je ne te vois guère en religieuse non plus, répliqua Frazer avec son sourire radieux.

Elle n'avait jamais vu un tel sourire. D'un éclat ! Il tenait absolument à vous être agréable, c'était comme le retour du soleil après la pluie. Le jeune homme sortit de sa poche un étui d'argent.

— Une cigarette ?

Kate lui avait appris à manger des frites dans un cornet de papier journal et Frazer lui avait fait fumer sa première cigarette, l'échange était équitable. Elle s'appliquait à tenir sa cigarette entre le pouce et l'index et secouait régulièrement la cendre dans le caniveau. Elle se sentait autre quand elle soufflait le mince filet de fumée en faisant la moue. Décidément, elle n'était plus la même.

C'était aussi très pratique d'avoir un grand frère. Kate eut l'idée de raconter qu'elle allait le retrouver quand elle sortait se promener seule pour voir le vaste monde. Sa mère avait tellement changé ces derniers temps ! Fatiguée par sa grossesse, épuisée par Eleanor et Rebecca, elle vivait sur un nuage depuis le retour de Frazer. Kate n'était pas très fière de ses petits mensonges et aurait voulu y mettre un terme, mais elle trouvait ces parenthèses bien à elle trop agréables pour y renoncer.

Martin lui donnait dix shillings par semaine pour dactylographier l'ouvrage qu'il avait entrepris sur les *crannogs*, ces îles édifiées au centre des lacs depuis des millénaires. Lui-même était un piètre secrétaire ! Ses pages étaient constellées de ratures, semées comme des miettes sur une nappe blanche après le thé d'Eleanor et de Rebecca. Kate arpentait la ville et courait les bouquinistes, où elle achetait de beaux livres aux pages cornées qui sentaient le moisi mais gardaient des traces de gravure à la feuille sur leurs reliures défraîchies.

Elle appartenait maintenant au monde des adultes et sentait se creuser le fossé qui la séparait des petites. Elle voyait bien ses camarades se pomponner quand son frère venait la chercher en fin d'après-midi. Des filles qui n'avaient jamais recherché sa compagnie n'hésitaient pas à mendier une invitation pour le thé ou voulaient les suivre au cinéma. Kate était assez fière d'avoir fait entrer dans leur vie cet être superbe aux cheveux d'or.

Ce frère disparu qui avait bouleversé son existence exerçait sur elle un véritable sortilège. Sa relation privilégiée avec un personnage aussi merveilleux l'avait littéralement métamorphosée. Frazer Ravenhart en châtelain, administrant son domaine avec la sérénité d'un prince, voilà comment elle l'imaginait parfois. Ce qui la tourmentait, la faisait bafouiller comme une enfant maladroite et désespérer d'elle-même, n'atteignait pas son frère. Il était toujours impeccable, ses boutons de chemise ne sautaient jamais, ses poignets empesés n'avaient pas l'ombre d'une tache d'encre ni même une miette de biscuit.

S'il l'emmenait danser, tous les regards se tournaient dans leur direction ; des regards féminins, pleins d'envie. Il n'avait qu'à entrer dans une boutique pour voir accourir les vendeuses. Au restaurant, Frazer n'hésitait jamais sur le choix du vin et n'avait aucun scrupule à renvoyer un plat qui laissait à désirer. Cela devait tenir à son allure, à sa façon de s'exprimer, en avait déduit sa sœur. On trouvait naturel de le servir et de lui témoigner de la déférence.

Frazer occupait une suite du North British Hotel, un appartement rempli de fauteuils moelleux, de divans et de tables basses en bois exotique, si brillants qu'on pouvait s'y mirer. Les vases chinois étaient garnis d'immenses compositions florales très raides. Kate avait toujours la tentation d'enlever ses bas et d'enfoncer ses orteils dans le tapis de haute laine. S'il désirait quoi que ce soit, un verre de cognac ou une limonade pour Kate, Frazer n'avait qu'à décrocher le récepteur du téléphone et, quelques minutes plus tard, le groom était là. Un jour, Kate cassa un verre et son frère, ne voulant pas qu'elle ramasse les morceaux, appela l'intendance pour qu'on lui envoie quelqu'un. Tandis que la femme de chambre, à genoux sur le tapis, récupérait jusqu'au dernier fragment de verre, il continua à lui décrire un bal masqué auquel il avait assisté à Simla.

Tout le monde l'aimait. Bess n'avait rien à lui refuser et Kate en éprouvait parfois un peu d'envie, elle qui s'entendait souvent rappeler à l'ordre à propos de ses devoirs. Elle s'en voulait un peu car il était difficile d'envier un frère si gentil.

Elle mit bien deux mois à comprendre que la réalité ne correspondait pas exactement aux apparences. Quand il lui arrivait d'évoquer la longue maladie de sa grand-mère ou les paperasses sur lesquelles il se penchait avec Mr Daintree, son notaire, elle lisait dans ses yeux comme du désarroi, presque de la panique, et s'en voyait navrée. Ce devait être très dur pour un garçon. N'étaient-ils pas censés être courageux ? C'était précisément pour cette raison qu'elle l'avait trouvé attachant, elle le comprit bien plus tard. Elle avait percé le défaut de la cuirasse étincelante, Frazer doutait de lui.

La petite dernière vit le jour début mai. Quand on lui mit le bébé dans les bras, Bess ne retrouva pas l'amour et la tendresse éprouvés auparavant. Elle était déçue qu'Aimée ne soit pas un garçon, naturellement, mais surtout… quel drôle de petit être ! Elle était *laide*, il n'y avait pas d'autre mot. Petite, chétive, elle pesait à peine deux kilos sept cents à la naissance, son crâne était couvert d'un duvet blanc et ses paupières gonflées, toutes plissées dans un visage rose et tuméfié.

— Il devenait urgent de la sortir, lui expliqua Martin.

Les hématomes allaient disparaître et elle serait aussi belle que les autres.

Bess avait peine à le croire et observait sa fille avec consternation. Elle regarda Martin la recoucher dans son berceau, puis effleurer le petit minois.

— Tu me pardonnes ?

Le regard de Martin se fit insistant.

— Te pardonner ?

— D'avoir mis cette enfant au monde.

— Bess !

Il se rembrunit.

— Il n'y a rien à pardonner.

— Tu m'en as voulu pour cette petite.

Martin vint s'asseoir auprès d'elle et, durant un court instant, elle lut la tristesse dans son regard.

— Non, tu te trompes. Comment t'en voudrais-je ? Aimée est parfaite. J'étais furieux que tu m'aies caché la vérité, tu savais quels risques tu courais en concevant cette enfant mais tu as préféré me mentir et cela m'a fait mal. Je nous croyais au-dessus de ça.

Bess lui tendit une main qu'il serra.

— Je ne te mentirai jamais plus, Martin, murmura-t-elle. Jamais, c'est promis.

Il lui étreignit les doigts et elle sentit les larmes lui piquer les yeux.

Mr Daintree, le notaire, conviait souvent Frazer à dîner. Le jeune homme fit donc la connaissance de son épouse et de ses filles, Janet et Maisie, deux robustes jeunes personnes aux joues roses qui n'avaient guère plus de vingt ans. Les deux sœurs et leurs amis se passionnant pour le théâtre amateur, Frazer leur avait confié qu'il avait participé à certains spectacles du Gaiety Theatre de Simla et fut aussitôt enrôlé pour interpréter des charades et des saynètes, travesti en cheikh drapé dans des rideaux et des couvre-lits ou déguisé en curé portant le col de travers.

Il fallut que Maisie se jette dans ses bras dans le fouillis d'un débarras où l'on rangeait les costumes pour qu'il comprenne sa méprise. Ses lèvres couvertes de rouge parcouraient tendrement son visage et elle pressait son abondante poitrine contre son torse en haletant qu'elle l'aimait. Dégoûté par cette peau moite, Frazer ne savait que faire. Fallait-il lui rendre ses baisers ou lui rappeler que ses parents se trouvaient derrière la porte ? Il finit par opter pour la seconde solution et Maisie répliqua :

— Ne dis pas de sottises, voyons... tu sais bien qu'ils t'adorent.

Sur ce, elle se remit à l'embrasser. La situation devint intolérable. Frazer s'excusa et prit ses jambes à son cou, trébuchant au passage sur les franges des rideaux qui traînaient à terre. Il regagna le havre du salon et s'enfuit aussi vite que l'autorisait la bienséance, poursuivi par le regard méprisant de Maisie.

En arrivant à l'hôtel, il appela le service d'étage et demanda qu'on lui apporte à boire. Il lui semblait que les murs se refermaient sur lui comme une chambre sourde. Il détestait cette solitude. Il songea à sa grand-mère, à l'horreur de sa fin, et blottit son visage au creux de ses poings pour ne pas pleurer.

Livré à son sort depuis la maladie et le décès de sa grand-mère, il éprouvait un sentiment d'abandon. Nana se dressait comme un rempart face au reste du monde et il devait maintenant assumer des corvées sans fin pour lesquelles il n'était pas fait et nullement préparé. Sa mort avait laissé dans son cœur un vide immense. Au réveil, il n'avait qu'une envie, parfois irrésistible, celle de se cacher sous les couvertures. Comme il aurait aimé pouvoir tenir la main de sa grand-mère quand il se réveillait en plein cauchemar ! D'un murmure, d'une caresse, elle le consolait. Un jour, au cours d'une altercation opposant ses grands-parents, les répliques avaient sifflé et il était resté pantois en entendant ce que son grand-père pensait de lui. *Ce garçon est une poule mouillée... il faut l'envoyer au collège, Cora. On lui fera passer le goût de ces idioties.* À son grand soulagement, sa grand-mère avait engagé un précepteur. Cependant, ce verdict n'avait cessé de le hanter et il en était venu à se demander s'il était vraiment à la hauteur.

Il enfila son manteau, quitta l'hôtel et franchit le pont qui menait à Old Town. Il pensa à Kate mais il était trop tard pour qu'on la laisse sortir, et il ne supportait pas l'idée de s'asseoir dans le salon douillet de cette famille qui n'était pas vraiment la sienne. Avant de la retrouver, il avait imaginé sa mère plus jeune que sa grand-mère, mais à son image, c'est-à-dire à la fois sereine et pleine de dignité. Or, cette femme ne ressemblait en rien à Nana et il n'était pas le centre de son univers. Pour commencer, elle était beaucoup plus jeune qu'il ne l'avait imaginé. Elle s'habillait autrement, ne parlait pas comme sa grand-mère, et même son odeur le déroutait. Depuis la naissance de la petite dernière, elle était encore plus occupée. Il la trouvait souvent avec le bébé dans les bras et les deux petites pendues à ses jupes. Dans un tel vacarme de cris et de pleurs, il n'y avait pas de conversation possible.

Frazer se sentait très seul dans les rues d'Édimbourg, certes il était loin de son pays mais, surtout, se sentait différent, si loin de ses semblables. Il avait besoin d'un verre et entra dans un pub de High Street où le brouhaha était assourdissant près du bar. Après un whisky et une cigarette, à défaut de s'évanouir, la tristesse s'estompa.

Il passa d'un pub à l'autre, observant les clients à chaque étape du parcours. À un moment, voyant s'approcher une fille de joie peinturlurée à la crinière décolorée, il s'enfuit. Dans une petite salle plongée dans la pénombre, il contempla les visages, les gros ventres des hommes tirant sur les bretelles des pantalons et les nez, rouges et boursouflés, trahissant une longue habitude du pub. Les femmes aux lèvres minces avaient un regard glacé et les corps étaient gras, mous, les chairs trop abondantes, ce n'était que plis et bourrelets. Ce manque d'élégance était révélateur, ces gens étaient issus des classes inférieures. Ce qu'ils étaient laids… Frazer, comme sa grand-mère, honnissait la laideur ; il ne voyait vraiment personne avec qui il aurait aimé rester quelques heures.

Dans cette solitude accablante, un jeune homme assis au bar accrocha soudain son regard. Une série de petits verres étaient alignés devant lui et il avançait le long de la rangée. Il renversait la nuque, avalait l'alcool, puis s'asseyait, clignait quelques instants des paupières et s'emparait du verre suivant.

Fasciné par la rapidité du geste et par le petit coup de tête qui secouait les boucles noires quand disparaissait la dernière goutte de whisky, Frazer observa un moment son manège. En bout de course, le jeune homme agita un verre vide en direction du barman et se mit à fourrager dans ses poches en parcourant la salle des yeux, cherchant sans doute de la monnaie. Le pouls de Frazer s'accéléra. Si seulement le regard de cet étranger croisait le sien… Alors, il se leva, un sourire aux lèvres, et traversa la pièce pour rejoindre le bar.

— Puis-je vous inviter ?

— Bien aimable, répondit le jeune homme en fronçant les sourcils. On se connaît ?

— Je ne crois pas. Je m'appelle Frazer Ravenhart.

— Maxwell Gilchrist.

Une main se tendit, Frazer la serra. Comme la mer, les yeux du jeune homme changeaient de couleur, passant du vert au bleu, puis au gris. Il jeta un coup d'œil à la rangée de verres.

— Vous fêtez quelque chose ?

Maxwell fit signe que non.

— Je viens d'enterrer ma mère.

— C'est affreux, je compatis. Je vais vous laisser.

— Non, je vous en prie !

Maxwell repoussa une mèche brune qui lui tombait sur le front.

— Quel est votre nom déjà ?

— Frazer Ravenhart.

— Ravenhart... d'où êtes-vous ?

— De Simla, en Inde.

— Grands dieux ! Que faites-vous ici ?

— Après le décès de ma grand-mère, le bungalow m'a paru très vide. Puis, les choses changent là-bas... trop d'agitateurs qui essaient de semer le désordre.

Frazer observa Maxwell qui devait être sensiblement de son âge.

— Votre mère doit terriblement vous manquer ?

— Je n'en sais rien... voyons, est-ce qu'elle me manque ?

Perplexe, Maxwell parut se pencher sur un épineux problème.

— On doit aimer sa mère, n'est-ce pas ? Moi, il m'arrivait de la détester. Je ne l'ai jamais vue lever le petit doigt pour me défendre contre mon père.

Il haussa les épaules et ajouta, l'air de rien :

— Vous savez, mon père est un vrai porc. Je regrette qu'il ne soit pas sous terre mais ce genre de type est éternel, c'est comme ça. Ma mère a tant prié pour qu'il change ! Mais non, il ne changera jamais. Ah, la famille ! Elle vous étouffe à petit feu. Jamais je ne me marierai.

Son regard se voila, il parut soudain déprimé et Frazer voulut le réconforter.

— J'étais terrorisé par mon grand-père mais il est mort, étranglé par une arête.

Maxwell éclata de rire.

— Seigneur, si seulement mon père pouvait en faire autant ! Je devrais peut-être inviter ce vieux salaud à dîner et lui servir une superbe sole meunière.

Il sortit un paquet de cigarettes cabossé et le tendit à Frazer.

— Oh, je lui souhaite une fin atroce ! Pourquoi pas sur la cuvette des toilettes ? Ou en baisant sa maîtresse…

Frazer vit battre les longs cils.

— Excusez-moi, j'ai pas mal bu.

— Je vous en prie.

— À moins, poursuivit Maxwell, qu'il ne finisse étranglé par un locataire d'un de ses taudis minables. Mon père a fait fortune dans l'immobilier. Aujourd'hui, il essaie d'acheter une respectabilité. Il se voit déjà succéder au maire, j'en suis sûr. Il aimerait fonder une dynastie, nous sommes censés perpétuer le glorieux nom de Gilchrist, Neil, Sandy et moi.

Une lueur s'alluma dans le regard du jeune homme.

— Mon père a été déçu par ses trois fils mais j'espère que la plus grande déception viendra de moi.

— Je ne connais ma mère que depuis deux mois, confia Frazer.

Les yeux verts un peu vagues tentèrent d'accommoder.

— C'est vrai ?

— Je ne l'avais pas revue depuis ma petite enfance.

— Pourquoi ? Où était-elle passée ? Elle ne vous a donc pas élevé ?

— À la mort de mon père, elle m'a abandonné.

Frazer vit que Maxwell était impressionné. Depuis qu'il était en Écosse, il avait compris ce que son histoire avait d'extraordinaire, de romantique même, quand il la racontait. Il fut singulièrement heureux de capter l'attention de Maxwell et son moral remonta.

— Elle est partie, poursuivit-il. Pas une lettre, pas la moindre visite. Je suis resté en Inde, tout seul. J'aurais aussi bien pu être mort.

Il fut très facile de broder, bien que la version maternelle des faits soit légèrement différente. Bess lui avait raconté que, faute de moyens, elle avait été contrainte de le laisser à sa grand-mère, mais il n'en pensait pas moins. Autant appeler les choses par leur nom, il avait été abandonné.

Maxwell demeurait songeur.

— Si seulement on m'avait abandonné ! Il aurait tellement mieux valu rester enfermé dans un orphelinat.

Il observa attentivement Frazer.

— Vous n'aviez jamais vu votre mère ?

Frazer secoua la tête.

— Non. Franchement, je la croyais morte. Ma grand-mère ne parlait jamais d'elle. Pourtant ma mère est mariée et a quatre enfants.

Il parut se rembrunir.

— J'ai hésité à venir la voir. C'est si loin, tout ça…

Maxwell posa la question que personne n'avait osé formuler.

— Lui êtes-vous attaché ? À moins que vous ne la détestiez ?

Il écrasa son mégot dans le cendrier.

— Vous pourriez toujours retourner en Inde et lui envoyer une carte de temps à autre ?

Guettant l'expression de Frazer, il ajouta :

— Vous la détestez ?

— Non, pas du tout. Seulement, je ne…

— Vous ne l'*aimez* pas.

Frazer ne répondit pas, tournant et retournant son briquet sur le comptoir. Il n'en avait jamais aimé qu'une. Pour lui, Nana était tout, le réconfort, le professeur, la compagne, la protectrice. Si elle ne soufflait mot de sa mère, elle parlait souvent de son père, Jack, si parfait à l'en croire que c'en était terrifiant. Il était courageux, intrépide, ce que lui n'était pas, il s'en doutait.

— En résumé, je viens de perdre ma mère et vous de retrouver la vôtre. Pour une coïncidence !

Il porta un toast.

— Aux coïncidences !

Ils firent tinter leurs verres et Maxwell demanda :

— Vous n'avez pas l'intention de retourner en Inde ? C'est sûrement plus drôle.

— Je ne sais pas. Je n'ai rien décidé. Tout dépendra du château, je pense.

Maxwell secoua la tête comme s'il cherchait à s'éclaircir les idées.

— Un château ?

— Je suis propriétaire d'un château… enfin, d'une demeure, Ravenhart House.

Frazer sortit de son portefeuille la vieille photo du manoir que gardait sa grand-mère et la tendit à un Maxwell ébahi.

— Tenez, la voici.

— Bon sang, c'est immense ! Cette maison vous appartient ?

— Eh oui. Il y a aussi une loge de gardien, un pavillon de chasse, des hectares et quelques métairies, me semble-t-il. Sensationnel, hein ?

— Combien avez-vous de chambres ?

— Je n'en sais rien.

— Vous ne les avez pas comptées ? Moi, je m'en serais assuré.

— Je n'y suis encore jamais allé.

Maxwell resta stupéfait.

— Voilà des mois que vous êtes en Écosse et vous n'y avez toujours pas mis les pieds ?

— Je ne suis ici que depuis janvier.

— Janvier... mais nous sommes en mai !

Piqué, Frazer rétorqua de mauvaise grâce :

— J'ai eu beaucoup à faire. Des questions financières...

— Tout de même !

— Mon notaire a toujours d'interminables documents à me lire, fit valoir Frazer d'un ton évasif, des histoires d'actions, de fidéicommis, je n'y comprends absolument rien. C'est d'un ennui !

Maxwell avait deviné où le bât blessait.

— Vous ne souhaitez donc pas voir cette maison ?

Frazer soupira.

— Si, bien sûr. Mais c'est un peu...

— Quoi ?

— Eh bien, ce n'est pas tout près. Et puis, je ne connais personne là-bas.

— Enfin, vous pourriez vous amuser comme un fou. Imaginez un peu !

Frazer baissa les paupières.

— Pas tout seul, murmura-t-il. Ah, si j'avais un ami, de la compagnie...

Une lueur enthousiaste illumina le regard de Maxwell.

— Pensez aux réceptions que vous pourriez donner, à tout ce qu'on peut faire dans un château. Avoir un toit bien à soi sans personne pour vous embêter... ce que ça me plairait, bon Dieu !

— Je ne voyais pas les choses sous cet angle.

— Je me demande s'il y a des fantômes.

Frazer faillit s'étrangler de rire.

— Oncle Sheldon y est mort, peut-être hante-t-il les lieux.

— Quel genre d'homme était-ce?

— Je ne l'ai jamais vu mais ma grand-mère ne l'aimait guère. À ce que j'ai cru comprendre, il était un peu toqué, collectionnait les timbres et les papillons mais ne changeait pas souvent de vêtements.

Maxwell conclut avec humour:

— Un fantôme qui sent mauvais, armé d'un filet à papillons... nous devrions faire mieux.

Nous, se dit Frazer, jubilant brusquement.

Il ajouta:

— Je comptais me rendre là-bas sous peu. Vous ne voudriez pas m'accompagner?

Expliquer à Frazer Ravenhart qu'il n'avait pas de domicile fixe ne fut pas simple et même plus difficile que Maxwell Gilchrist ne l'avait pensé. D'autant que, pour le joindre, il fallait laisser un message aux Deux Pies, un café de Guthrie Street. Sidéré, Frazer ouvrit grand ses yeux bleus.

— Vous avez tout de même un foyer... vous habitez bien quelque part.

Hésitant entre le rire et l'agacement, Maxwell laissa croire qu'il était en plein déménagement.

En fait, il déménageait souvent depuis un certain temps, car il avait beau chercher une solution, ça ne marchait jamais. Il surgissait toujours un imprévu. Sa petite amie du moment se fâchait et le flanquait à la porte, ou alors il terminait la nuit dans le lit d'une fille rencontrée au pub ou au café. Mais il y avait un hic, ses affaires ne suivaient pas toujours. Il avait l'impression de semer dans toute la ville des tas de vêtements et des piles de livres, comme autant d'indices témoignant de son séjour dans un logis ou un autre. Cela ne facilitait pas le succès. Il rêvait parfois d'une mansarde. Un lit, un placard et une table bien à lui. Il avait un farouche désir de réussite et se voyait déjà célèbre. Dans quel domaine? Il ne savait pas trop, succès ou scandale, peu importait. Or, il lui semblait que, dans sa paisible mansarde, il pourrait enfin se concentrer et prendre un bon départ.

Pour l'instant, il parvenait à survivre grâce aux articles qu'il signait sous divers pseudonymes dans des journaux ou des bulletins d'information, de gauche le plus souvent. Il fréquentait donc les arrière-salles enfumées des pubs et les réunions politiques où ses camarades dénonçaient le capitalisme de leurs discours enflammés. Fervent partisan de cet anathème, Maxwell estimait également que les patrons et les profiteurs méritaient d'échouer, son père le premier. Toutefois, il trouvait parfois comique ce déchaînement de fureur et de passion entre les quatre murs d'une petite salle, et il lui arrivait parfois de perdre son sérieux.

Quand l'écriture ne rapportait pas suffisamment, c'était souvent le cas, il servait dans un pub ou faisait la plonge pour gagner quelques sous. Il lui arrivait également de recevoir de l'argent de son père, ce qu'il n'aurait pas dû accepter mais ne refusait jamais.

En ce moment, Maxwell était sans le sou. Il devait au hasard sa rencontre avec Frazer Ravenhart. Après avoir vécu dans les brumes de l'alcool les quelques jours séparant le décès de sa mère des obsèques, il n'avait trouvé que ce moyen pour supporter l'épreuve. Il était passé maître dans l'art de cacher son ébriété et s'en flattait. Cela s'imposait avec son père. Il se rappelait pourtant avoir confié à Frazer qu'il détestait sa mère et devait être encore plus ivre qu'il ne le croyait. Il ne supportait pas de se prêter à ce genre de confidences auprès d'un étranger ou de qui que ce soit.

Avait-il vraiment haï sa mère ? Il lui était arrivé de l'aimer. Il se rappelait parfaitement les rares occasions où elle avait fait preuve d'affection à son égard. Aussi loin qu'il se souvienne, il l'avait toujours vue trop malade pour remarquer sa présence ou celle de ses frères. La mort avait définitivement effacé une trop pâle esquisse. Maxwell gardait encore dans les narines l'atmosphère étouffante qui régnait dans sa chambre, l'air irrespirable et les fioles de médicaments remplies de sirop poisseux sur la cheminée. Un jour, il avait goûté au laudanum, ce qui lui avait valu des rêves fantastiques.

Il la plaignait le plus souvent. Elle vivait un véritable enfer ! Elle était traitée comme un chien, voire plus mal puisque son père aimait les chiens. Il ne la frappait pas beaucoup, mais c'était encore pire que s'il avait lui-même reçu les coups. Maxwell la savait sans défense, incapable de ruser pour échapper à la colère de son mari. Sans doute avait-il compris qu'il était impuissant à la protéger, et à se défendre.

Sa rencontre avec Frazer Ravenhart lui évita de courir les bars en quête d'un ami prêt à lui payer un coup. Il ne manquait pas de copains et se faisait un devoir de cultiver des amitiés qui auraient déplu à son père. Des artistes, des aristocrates désœuvrés et « tapettes », un qualificatif réservé à tout être dépourvu de sa brutalité de taureau. Maxwell fut ravi de constater que Frazer entrait dans ces deux dernières catégories, il était bien né et n'avait aucune dureté. Il avait connu ce genre de garçon au collège. En débarquant, à treize ans, dans la froide et sinistre bâtisse peuplée d'une centaine d'élèves plus grands et plus âgés, Maxwell avait été surpris par l'attitude de certains « grands », qui le gavaient de bonbons et l'invitaient à prendre le thé dans leur bureau. Ne comprenant pas quel intérêt on pouvait lui trouver, ni ce qui l'attendait, Maxwell avait d'abord eu peur. Toutefois, il avait eu vite fait d'apprendre. Comment refuser ? Il était sans défense. Il avait été plus lent à comprendre quel formidable atout représentait un tel physique.

Frazer Ravenhart, lui aussi, avait hérité d'un physique exceptionnel… et il était riche. Vêtements de prix, portefeuille bien garni, on voyait tout de suite qu'il ne manquait pas de moyens. Il lui avait montré la photographie de Ravenhart House, immense, tout en tourelles, créneaux, ailes et pignons. La demeure de Charlotte Square y serait entrée plusieurs fois ! En voyant ce cliché, Maxwell n'avait pas été loin d'éprouver une certaine envie.

Frazer Ravenhart possédait également une voiture de sport, une Lagonda. Sur le siège du passager, Maxwell ressentit réellement la morsure de la jalousie. Il n'avait qu'une bicyclette, qui plus est rouillée, et de troisième main ! Elle avait appartenu à Sandy, puis à Nial.

Même dans la superbe Lagonda, le trajet semblait interminable. Le mugissement du vent et le crissement des pneus n'encourageaient pas la conversation, d'autant que la chaussée se faisait toujours plus étroite et jonchée de nids-de-poule à mesure qu'ils montaient vers le nord. Jamais Maxwell n'était allé aussi loin. D'ailleurs, il n'avait guère voyagé en dehors de Londres. Il entendait rattraper le temps perdu et, sans tarder. Il irait à Paris, en Provence, au Maroc et ailleurs.

Ils s'arrêtèrent à Perth pour déjeuner et Frazer lui annonça au cours du repas :

— Il semblerait que le pavillon de garde soit occupé par un régisseur, un certain Ronald Bains. Mr Daintree, mon notaire, veille sur la propriété depuis le décès d'oncle Sheldon. Les salaires de Bains, de la gouvernante et des autres domestiques sont assurés par les loyers des métairies.

— C'est incroyable de se rendre chez soi sans même savoir à quoi ressemble la maison, fit remarquer Maxwell.

Frazer eut l'air inquiet.

— Chez moi ? Je n'y avais pas pensé.

— À moins que tu ne veuilles rester à l'hôtel jusqu'à la fin de tes jours ? Il n'y a que les vieux richards, patraques et incapables de se débrouiller, pour faire une chose pareille.

Au-delà de Perth, Maxwell trouva le paysage impressionnant et les collines immenses. À moins que ce ne soit des montagnes ? Tels de pâles lambeaux d'étoffe qui éclairaient les vallées noyées d'ombre, des plaques de neige recouvraient leurs sommets.

La voiture filait, laissant derrière elle des corniches rocheuses et des ponts enjambant d'étroites gorges où coulaient des rivières barrées de cascades et de chutes. La campagne était semée de petits hameaux et de fermes isolées, maisons de pierre, trapues sous leurs toits d'ardoise. Maxwell aperçut un menhir, si droit dans ce décor de collines vallonnées.

Fasciné, Maxwell faillit manquer l'embranchement de Ravenhart House. Il vit une petite église en pierre, un pub puis un pont, aperçut enfin la loge et cria à Frazer de tourner.

Laissant Frazer frapper à la porte du pavillon de garde, il resta dans la voiture. C'était un cottage d'une certaine importance, agrémenté de pignons en gradins et, touche de fantaisie qui plut à Maxwell, d'une tourelle ronde.

Frazer revint avec Mr Bains, et Maxwell se glissa sur l'étroite banquette arrière pour laisser le régisseur, un personnage sévère aux traits burinés, s'asseoir à l'avant. Il se tenait très droit sur son siège comme s'il n'avait pas l'habitude des voitures. Frazer chercha à engager la conversation mais sans grand succès. Mr Bains était sans doute plus à son aise à arpenter la lande avec un fusil dans un complet de tweed et des guêtres. C'est du moins ce qui vint à l'esprit de Maxwell. Ils parcoururent un kilomètre et demi, le long d'une gorge peu profonde où coulait une rivière bordée de sorbiers et de bouleaux. Quelle allée! pensa Maxwell, médusé.

Alors, il vit la maison. Au détour d'un virage, les sapins s'éclaircirent et Ravenhart House apparut avec ses toits, ses tours et ses fenêtres trop nombreuses pour être comptées. Maxwell lâcha un petit sifflement en se disant : « Sacré veinard, ce Frazer ! »

La gouvernante leur souhaita la bienvenue et une domestique leur servit le thé, ainsi que des sandwiches et des gâteaux. Ensuite, Frazer ayant dû s'enfermer dans le bureau avec Mr Bains, Maxwell en profita pour partir en exploration.

Ravenhart House était un chef-d'œuvre d'architecture victorienne, tout en boiseries sombres, en pompeuses tentures rouges et cheminées néogothiques, le « Seigneurial Écossais » flamboyant dans toute son audace. Des têtes de cerfs posaient sur le visiteur leur triste regard de verre et une série d'ancêtres en col et ruché de dentelle, la mine avantageuse, étaient alignés dans la galerie de portraits dominant l'escalier. Quels ancêtres ? Cette maison n'avait guère plus de cinquante ou soixante ans… L'œil farouche et le bec menaçant, des oiseaux, sans doute des corbeaux, étaient perchés au faîte des marches. Maxwell effleura de la main une tête de corbeau et trouva les plumes sculptées douces au toucher.

Il remonta des couloirs et risqua un œil derrière des portes. Au détour d'un corridor, il voyait surgir des escaliers vertigineux qui l'emmenaient toujours plus haut. Il se trouva face à une série d'ancêtres encore moins authentiques que les précédents : demoiselles Régence au teint de lys et de rose, hommage de Gainsborough aux dames arborant de vastes jupes de soie. Ce qu'il faisait froid là-dedans ! Pas l'ombre d'un radiateur, mais des cheminées, sans feu pour la plupart. En cette fin d'après-midi, le soleil pénétrait à flots mais les recoins sombres restaient glacés, rien n'avait dû bouger depuis des lustres.

Dans une pièce lambrissée assez sinistre, Maxwell tira une étroite tablette, puis une autre et une autre encore ; des papillons étaient alignés sous les couvercles de verre. Maxwell en vit des centaines, dont les ailes un peu fanées avaient perdu leur éclat.

Un escalier en colimaçon menait au sommet d'une tourelle.

Accoudé sur l'appui de fenêtre, Maxwell observa les montagnes et la vallée. Toute la palette des roux, des mauves, des verts et des gris s'offrait à ses yeux en un fondu de sourdes tonalités. La tourelle sentait l'humidité et des traînées de moisissure prospéraient sous la croisée. Depuis quand n'avait-on franchi cette porte ? Fichtre ! Cette baraque était si vaste que certaines pièces n'étaient jamais ouvertes.

Après de multiples détours, il rejoignit le corps de bâtiment principal. Là, il se trouva face à un escalier en bois qui le conduisit jusqu'au grenier. Tels deux sarcophages, deux malles noires portant sur leur couvercle le nom de « RAVENHART » étaient rangées le long du mur.

Dans le galandage qui divisait les combles, il aperçut une petite porte. Il la poussa et cligna des yeux dans l'obscurité. Une étroite échelle menait encore plus haut. Maxwell se glissa derrière la porte et eut vite fait de grimper. Il y eut quelques instants fort déplaisants durant lesquels il ne parvint pas à pousser la trappe. Dans quel état devaient être les charnières ! Il se crut pris au piège dans la pénombre et la poussière peuplées de toiles d'araignées. S'il se cassait une jambe dans ce recoin, on mettrait des mois à le retrouver… à moins que le temps ne finisse par restituer un tas d'ossements.

La porte s'ouvrit sous une forte poussée et Maxwell découvrit le ciel bleu, uniquement troublé par les légers flocons de guimauve des nuages. Il se trouvait sur le toit, sur une sorte de terrasse bordée d'un parapet assez bas. Il s'adossa au conduit de cheminée pour reprendre son souffle, puis ferma les yeux et respira à pleins poumons l'air froid et parfumé. Il songea à tout ce qui l'attendait. D'abord économiser de quoi quitter Édimbourg et trouver un logement convenable, puis il cessa de calculer. Oubliant pour une fois ses petites manœuvres, il se détendit et observa le paysage, les montagnes, la vallée et, dans une boucle de la rivière, sans doute le pavillon de chasse.

Non sans une certaine frustration, Kate quitta le collège au terme du dernier trimestre. Bon nombre de ses camarades avaient devant elles des vacances bien plus passionnantes que les siennes ! Certaines partaient à Nice ou à Capri avant d'entrer dans une institution pour jeunes filles de bonne famille en Suisse ou à Paris, d'autres passeraient l'été dans leur maison de campagne. Deux d'entre elles étaient déjà fiancées. En comparaison, ses cours de secrétariat qui devaient commencer en septembre lui semblaient bien ennuyeux.

Ils iraient en France dans un premier temps. Kate adorait ces vacances d'été mais, cette année-là, elle fut déçue par Les Trois Cheminées. Nantie d'un petit ami, Émilie ne pensait qu'à celui-ci. Kate eut droit à la description du premier baiser avec un luxe de détails et dut feindre l'intérêt. Comment pouvait-on embrasser Félix Morin avec sa grosse nuque rouge pleine de boutons ? Sans compter qu'il se pavanait sur sa motocyclette, lancée à toute allure sur le chemin boueux reliant la ferme à la maison !

Martin avait compris ce qu'elle ressentait. Ils avaient l'habitude de partir tous deux pour de longues promenades. Réglant ses jumelles pour observer un oiseau, minuscule tache brune qui tournoyait très haut dans le ciel, Martin fit remarquer :

— Émilie se consacre entièrement au petit-fils de Pierre, tu dois te sentir un peu désœuvrée.

— Ça m'est égal, répondit Kate, fataliste.

— Tu n'as pas hâte de te lancer dans le secrétariat ?

Kate fut très franche.

— Pas trop.

— Je me demande si c'est bien ce qui te convient. Tu sais, rien ne t'oblige à suivre ces cours. Il est encore temps de changer d'avis.

— Je ne vois pas ce que je pourrais faire d'autre.

— Entrer à l'université par exemple.

Kate resta interdite.

— À l'université ?

— Pourquoi pas ?

Martin parut contrarié.

— C'est une possibilité que l'on n'envisageait même pas dans ton collège. Tu ne manques pas d'intelligence, pourquoi ne pas t'en servir ? Tu pourrais te présenter aux examens cet automne et tu entrerais à l'université l'année prochaine.

À la perspective de nouveaux examens, Kate fut horrifiée. Elle secoua la tête.

— Ça ira, Martin. Le secrétariat sera très bien.

Sur le point d'ajouter quelque chose, Martin se ravisa et, sans un mot, ils prirent le sentier qui serpentait à travers bois.

— Écoute, pourquoi ne demanderais-tu pas à Marie-Yvonne de t'apprendre la cuisine pendant ton séjour? Comme ça, tu ne t'ennuierais pas et, si le secrétariat ne te convenait pas, tu aurais le choix. Et puis c'est utile de savoir cuisiner.

Kate suivit ce conseil et fut assez surprise d'y prendre un réel plaisir. Au retour, elle était capable de mitonner une daube, de préparer des quiches, des éclairs et des madeleines, ainsi qu'un délicieux dessert appelé « île flottante ». Les cours de secrétariat débutèrent et, quinze jours plus tard, elle comprit que Martin avait vu juste. En refusant de passer des examens, elle n'avait réussi qu'à se fourvoyer dans un apprentissage assommant. Le spleen la reprit mais, cette fois, sa mère s'en rendit compte et suggéra un fortifiant.

Martin ne voulut pas en entendre parler.

— Elle a besoin de changer d'air, voilà tout. Pourquoi ne part-elle pas une semaine?

Bess comptant se rendre chez son fils depuis un bon moment, elle écrivit donc à Frazer pour lui demander si elle pourrait venir passer huit jours à Ravenhart avec Kate et les petites pour les congés de mi-trimestre. Rebecca tombant malade au dernier moment, Kate reçut la permission de partir sans chaperon après un échange de télégrammes et un chapelet de recommandations – on ne parlait pas aux étrangers et on ne restait jamais seule avec un homme.

Quand le train s'éloigna, Kate sentit monter l'excitation.

Frazer l'attendait à la gare de Pitlochry.

— Ma sœur préférée, dit-il avant de l'embrasser.

Il lui fit visiter le jardin et la fabuleuse maison. Ravenhart House était une authentique merveille. Frazer lui montra la chevalière en or, gravée d'un cœur et d'un corbeau, trouvée parmi les objets personnels de Sheldon. Elle était trop grande pour Kate. Son frère lui détailla ses projets pour le manoir. Il comptait refaire la décoration des pièces principales, passer au blanc les sinistres boiseries de chêne et changer les pompeuses tentures de velours. Il ouvrit un grand placard dans le dédale de pièces situées sur l'arrière du manoir et désigna à sa sœur des piles d'assiettes, de coupes et de plats en porcelaine, frappés du blason de la chevalière.

Dans l'une des pièces de réception, des bouteilles traînaient près de la cheminée et les cendriers débordaient de mégots. Ils trouvèrent une écharpe de soie derrière un sofa et des disques sortis de leur pochette, épars autour du gramophone. Perplexe, Frazer se rembrunit en découvrant ce désordre.

— Les amis d'Édimbourg que j'ai reçus sont partis ce matin. J'ai demandé à Mrs McGill de me trouver quelqu'un pour le ménage.

Il ajouta avec une certaine aigreur :

— Va-t-elle enfin se décider !

Kate ouvrit les fenêtres pour chasser l'air vicié, puis aida son frère à ranger les bouteilles dans le placard.

Frazer lui ayant laissé le choix, elle s'installa dans une tour, à l'intérieur d'une immense pièce hexagonale, beaucoup plus grande que sa chambre habituelle, où elle disposait de sa propre salle de bains. Elle mit une demi-heure à remplir la baignoire d'une eau tiède, brune de tourbe. La nuit, plancher et boiseries craquaient sous les assauts du vent qui la réveillait sans cesse. Elle finit par se demander s'il n'y avait pas des fantômes mais n'aurait changé de chambre pour rien au monde. Elle aimait cette pièce perchée à l'angle du manoir comme un bateau aux amarres un peu lâches par gros temps.

Ils remontèrent le vallon jusqu'à l'endroit où la rivière s'engouffrait dans une étroite gorge bordée de fougères. Comme autant de pennies dorés, les feuilles de bouleau jonchaient le sol. Plus loin, dans la vallée, le cours d'eau serpentait paresseusement en terrain marécageux, les « eaux lentes », comme les appelait Ronald Bains, le régisseur. Des touffes d'herbe d'un brun rouge signalaient le marais, criblé de trous assez profonds pour avaler un homme. Ils pataugèrent prudemment pour se frayer un chemin sur ce terrain dangereux.

Cette partie de la vallée ne voyant jamais le soleil, l'atmosphère y semblait plus sombre. Lourde des peines des fermiers contraints d'abandonner leur foyer ?

— C'est le daim rouge qui a chassé les villageois, expliqua Frazer. Il dévorait leurs récoltes.

Kate guetta d'autres voix.

— Il y a peut-être des fantômes, murmura-t-elle.

Son frère éclata de rire.

— Non, je ne crois pas.

Sur la carte, Frazer lui indiqua les limites du domaine et signala les métairies perchées à flanc de montagne. Les bergers qu'ils croisaient mettaient la main au chapeau et les paysannes saluaient d'un petit signe de tête.

Un matin, ils poussèrent jusqu'au pavillon de chasse, enserré dans un méandre de la rivière. Il leur fallut franchir des pierres de gué, piteux vestige du pont emporté par une lointaine crue.

— En été, nous pourrons venir pique-niquer, déclara Frazer, nous prendrons des poissons. Avec Maxwell, nous allons tout refaire.

— Qui est-ce ? demanda Kate.

— Maxwell Gilchrist, un ami.

Kate s'installa dans le bureau et dactylographia quelques lettres pour son frère. Frazer semblait très seul avec ses domestiques pour toute compagnie. Pourquoi ne s'était-il pas installé chez eux comme Bess ne cessait de le lui proposer ? Kate croyait connaître la réponse. Lui aussi aurait probablement éprouvé le besoin d'échapper au regard aimant et protecteur. Elle enrageait et, par moments, se sentait coupable ; mais elle en voulait à sa mère.

Le jour du départ, le froid pinçait et la vallée était grise de gelée. Les carreaux de sa chambre étaient couverts de fleurs de givre et elle sentit la morsure du froid quand elle sortit, sa petite valise à la main. Emmitouflée dans son vieux manteau de collégienne et son cache-nez, elle claquait des dents dans la voiture.

À la gare de Pitlochry, Frazer lui acheta une barre de chocolat qu'elle glissa dans sa poche. Elle dansait d'un pied sur l'autre pour se réchauffer en regardant arriver un train sur le quai opposé.

Quand il s'éloigna, ils virent une silhouette se diriger vers la passerelle au bout des rails. Frazer leva le bras et poussa un cri de joie.

— Qui est-ce ? demanda Kate.

— Maxwell ! J'ignorais qu'il devait venir.

Au loin, Kate vit gonfler le panache de fumée annonçant l'arrivée de son propre train. Son attention fut attirée par Maxwell Gilchrist, elle le vit s'arrêter et se pencher au-dessus du parapet, le vent ébouriffant ses boucles brunes.

— Max ! cria Frazer. Par ici, Max !

Kate n'avait jamais vu son frère aussi heureux.

Maxwell lui fit un signe et dévala les marches pour venir les rejoindre.

— Je te présente Kate, ma sœur, lui lança Frazer. Kate, Maxwell Gilchrist.

— Ah, voici donc la fameuse Kate ! Ce que j'ai pu entendre parler de toi !

Kate leva les yeux et tomba amoureuse, une fois de plus. Troisième coup de foudre cette année-là. Frazer avait été le premier, surgi du néant et s'avançant vers elle dans un sillage de mystère et d'exotisme, celui de sa terre lointaine. Elle avait appris à le connaître et l'avait aimé. Il était bon, fort et séduisant mais elle avait également perçu chez lui un besoin fou d'être aimé.

Puis elle était tombée sous le charme de Ravenhart, s'était laissé emporter par l'obsédante magie de la demeure, très loin de la routine qu'elle avait toujours connue. Ravenhart, ses tourelles de conte de fées, ses vallées désertes et ses montagnes coiffées de neige avaient comblé un vide insoupçonnable.

Toutefois, elle n'avait pas prévu qu'elle irait s'éprendre de Maxwell Gilchrist sur un quai battu par le vent de la gare de Pitlochry. Ce jour-là, elle comprit qu'il suffisait de lever les yeux pour aimer dans l'instant. Prise de vertige, elle croisa un regard vert comme les fonds marins. Elle était perdue.

11

En se rendant chez son fils à Ravenhart House, Bess crut revivre un vieux cauchemar. Après tout ce temps, elle n'aurait jamais pensé que sa sensibilité fût intacte.

— Qu'en dis-tu? lui demanda Frazer.

Ils se tenaient dans la salle lambrissée, face aux trophées de chasse.

— Je connais la maison, tu sais. Je suis venue voir ton oncle pendant la guerre.

Bess se souvint de la façon dont Sheldon l'avait congédiée sans lui témoigner le moindre intérêt, du choc éprouvé en découvrant que Frazer et Cora se trouvaient toujours en Inde. Elle se sentait si petite devant cette énorme masse de pierre! La maison n'avait pas voulu d'elle; la porte, puis la grille, s'étaient refermées, ainsi que le rideau d'arbres entourant le manoir.

Pour ménager son fils, Bess lui cacha à quel point elle détestait cet endroit. Lors de chaque rencontre, la joie qu'elle éprouvait se teintait de tristesse. S'il avait accepté qu'elle fût sa mère, Frazer ne lui accordait pas vraiment les droits revenant à une mère. Elle ne devait pas trop exiger, ni exercer une autorité qui ne lui était pas reconnue ou rechercher une intimité dont Frazer était encore incapable. S'il avait de l'affection pour Kate, il était assez mal à l'aise avec ses petites sœurs. Élevé par ses grands-parents dans l'ambiance stricte et compassée du bungalow de Simla, sans doute n'avait-il guère l'expérience des jeunes enfants. Elle l'avait invité à s'installer chez eux quand il passait à Édimbourg mais, jusque-là, il avait préféré descendre à l'hôtel. Bess ne lui jetait pas la pierre, percevant encore la mécanique bien huilée du silence dans le bungalow des Ravenhart. Certains jours, on aurait entendu une épingle tomber dans la parfaite quiétude d'un nonchalant après-midi de sieste. Pour un homme habitué au calme, quelques jours chez les Jago valaient un séjour au zoo !

Bess trouva la maison aussi mal tenue que lors de sa précédente visite. Elle passa le doigt sur les manteaux de cheminée pour vérifier que le ménage était fait et inspecta les placards de cuisine, ce qui agaça la gouvernante. À l'exception de Mr Bains, les domestiques ne valaient rien. Bess les soupçonnait de profiter du manque d'expérience, de la naïveté et de la gentillesse de Frazer, aussi décida-t-elle de les dresser.

Ne supportant pas l'inactivité, incapable de s'asseoir avec un livre ou de profiter de ces rares journées, loin des petites confiées à Kate et à Martin, Bess avait trouvé à s'occuper. Si elle apprécia l'immense bonheur d'une nuit de sommeil sans interruption, elle ne pouvait chasser une certaine mélancolie. Cela devait tenir à cette maison, à cette succession de pièces où le moindre son résonnait, à ces portraits et ces photographies qui la dévisageaient, et aux souvenirs.

Dans le secret de son cœur, elle savait que le sentiment d'oppression ne tenait pas uniquement à cette demeure. Convaincue que son bonheur serait parfait le jour où elle retrouverait son fils, Bess avait maintenant conscience d'une certaine distance qui finissait par la miner. Le soir des retrouvailles, elle s'était agenouillée dans sa chambre pour remercier le Ciel de lui avoir fait un tel cadeau. Le retour de ce grand et beau garçon, de ce fils dont toute mère aurait été fière, était presque trop. C'était la fin d'une terrible injustice et Bess se libérait des chaînes du passé.

Au fil des jours, ce bonheur n'avait pas été sans nuage. Vingt années d'absence ne s'effaçaient pas en quelques mois. Ils gardaient tous deux les stigmates d'une telle séparation. Auprès de Frazer, Bess éprouvait un certain embarras et une gêne qu'elle n'avait jamais connue avec ses filles. Elle sentait que son garçon ne lui faisait pas entièrement confiance et redoutait qu'il ne lui reproche de l'avoir, en quelque sorte, abandonné. Il ne manifestait aucune hostilité, se montrait même cordial et charmant, comme avec les autres. Quant au sourire radieux, elle n'en avait pas le monopole, chacun y avait droit.

La naissance d'Aimée, si proche de l'arrivée de Frazer, avait encore compliqué les choses. Le retour de ce fils tant désiré, puis la venue du nouveau-né avaient précipité Bess dans un maelström qui avait épuisé ses ressources affectives. Elle avait l'impression d'être happée, broyée en menus morceaux. Elle qui se croyait douée d'une capacité d'amour infinie n'avait pas eu la force de tisser des liens avec la petite dernière. Elle avait probablement fait preuve de maladresse envers Frazer, incapable de trouver les mots prouvant son amour, malgré la séparation et l'absence… Elle n'avait pas su conquérir le cœur de son fils. Elle n'osait pas serrer dans ses bras comme elle l'eût souhaité ce garçon qui n'appréciait guère les contacts physiques. Non sans une certaine amertume, elle voyait la culpabilité gâcher ses sentiments maternels. Trahie au pire moment par la force et l'énergie qu'elle tenait pour acquises, elle ne décolérait pas.

Avec le temps, ses sentiments pour Aimée avaient fini par éclore mais elle trouvait étrange cette enfant au physique curieux. Aimée était différente, comme un bébé que l'on échange au berceau. S'il n'était pas facile de conquérir l'affection de Frazer, celui-ci semblait accepter Kate plus facilement et sa mère en concevait une certaine tristesse. Bess redoutait que le fossé ne soit jamais comblé. Aux heures les plus sombres, elle finissait par se demander si son fils lui était attaché et craignait de le perdre définitivement.

Sur l'insistance de Barbara, Maxwell Gilchrist assista à la réception donnée pour les cinquante ans de son père à Charlotte Square. L'épouse de Niall était la seule qu'il appréciât dans cette famille. Plutôt ronde, Barbara avait de bonnes joues et une poitrine généreuse. Plus d'une fois, Maxwell s'était imaginé dans le lit d'une femme aussi sensée et maternelle et, lors d'un sinistre réveillon, poussé par l'ennui, la curiosité et la malice autant que par le désir, il lui avait fait des propositions. Il s'était contenté de lui poser la main sur le bras avec un regard éloquent et de lui murmurer quelques mots à l'oreille.

— C'est très gentil, Maxwell, avait répondu Barbara, mais je ne pense pas que Niall apprécierait.

Elle l'avait ensuite observé avec plus d'attention.

— Mais tu cherchais peut-être à me choquer ? Je le serai, si tu veux.

Maxwell n'avait pu s'empêcher d'éclater de rire et ils s'étaient tous deux esclaffés, puis elle lui avait ébouriffé les cheveux et l'avait embrassé, ranimant ainsi son désir.

Depuis, ils étaient amis. Aussi, pour elle, avait-il accepté quand elle lui avait confié :

— Ton père aimerait voir ses trois fils réunis pour son anniversaire. Si tu ne viens pas, il sera furieux et la soirée sera gâchée.

La tentation était forte de faire scandale, d'arriver saoul ou au bras d'une putain de Princes Street... Toutefois, pour préserver la paix, il avait renoncé à ce projet et s'était fait accompagner par Virginia Pagett. Ginny, grande brune aux formes généreuses, était modèle. Derrière les paupières mi-closes, son regard nonchalant parlait de passion, pour peu qu'elle veuille s'en donner la peine.

Barbara avait joué les maîtresses de maison. Sous les lustres et le cristal, la salle de réception étincelait de tous ses feux et les domestiques en livrée noire s'affairaient avec leurs plateaux de champagne. Notables et politiciens côtoyaient les hommes d'affaires et les combinards sur lesquels Andrew Gilchrist s'était appuyé pour gravir les marches du succès. Le majordome engagé pour l'occasion annonçait les invités. Père était incapable de se tirer sans dommage d'une réception comme celle-là, s'était dit Maxwell en regardant arriver les invités avec un sourire narquois. On pouvait lui faire confiance pour en rajouter...

Maxwell présenta Virginia à Niall et à Sandy et eut la satisfaction de voir leurs mines envieuses. Niall avait à peine dépassé la trentaine, ses cheveux bruns commençaient à se clairsemer et ses yeux noirs très mobiles, de vrais yeux de furet, respiraient l'avidité. Sandy, le second, était fluet et un peu voûté. Avril, sa femme, s'adressait à Maxwell avec la prudence condescendante que l'on réserve à un parent un peu dérangé. Maxwell en conclut qu'il avait dû commettre un horrible méfait mais n'aurait su dire lequel. Terrorisée par son beau-père, Avril tressaillait au moindre regard, mais Andrew l'ignorait, c'était une proie trop facile. Il fallait se mettre en travers de son chemin pour qu'il déploie sa puissance sans l'ombre d'un scrupule. Jamais Niall, Sandy, ou leurs épouses n'auraient osé le contrarier. Andrew finançait leur ménage, leurs voitures et les études des enfants.

Barbara était radieuse.

— Tout ce monde ! Ce que ton père va être content !

Jamais ses deux belles-filles ne l'auraient appelé Andrew ou, Dieu les en préserve, père... Cette dérobade leur permettait de prendre un peu de champ et de s'éloigner du monstre.

Sandy examina d'un air soupçonneux le canapé qu'il avait dans la main.

— Bon sang, qu'est-ce que c'est?

Avril regarda de plus près.

— Des huîtres et du bacon. Seigneur, mon estomac, ajouta-t-elle, décomposée.

Barbara arracha le canapé des mains de Sandy et le fit disparaître sous une plante en pot.

— Tout va bien, Avril?

Avril s'était approchée d'une fenêtre et respirait à pleins poumons. Barbara vint lui tapoter le bras avec sollicitude. Les joues blêmes et tavelées de taches de rousseur de Sandy avaient rosi.

— Nous attendons un heureux événement, fit-il timidement.

— Oh, mais c'est merveilleux! s'écria Barbara. Quelle bonne nouvelle!

— Une bonne nouvelle? lança-t-on. Laquelle?

« Impressionnant », se dit Maxwell. Leur père avait l'art de refroidir l'atmosphère par sa seule présence. Quand il s'était approché, ils étaient en pleine conversation, du moins ce qui en tenait lieu dans cette famille. Frappés de mutisme, tous semblaient mal à l'aise et serraient leur coupe de champagne. À croire qu'on leur avait jeté un sort!

Grand et solidement charpenté, Andrew Gilchrist avait grossi, ces derniers temps. Son visage était un peu empâté au niveau des paupières et de la mâchoire. Il dardait sur ses fils ses yeux noirs, inquisiteurs, tels deux éclats de basalte.

— Eh bien?

— Avril attend un enfant, répondit Sandy.

— Ce n'est pas trop tôt! Vous êtes mariés depuis combien d'années, déjà?

— Trois, père.

— Vous y avez mis le temps, dites-moi?

Gilchrist observait Avril, qui portait un mouchoir à ses lèvres près de la fenêtre.

— Tu aurais pu prendre une femme un peu plus en chair.

— Oui, père.

Sandy s'était empourpré.

— Si c'est un garçon, nous aimerions l'appeler Andrew, comme toi.

Gilchrist émit un grognement. Un grognement flatté toutefois, constata Maxwell. Ce brave vieux Sandy, toujours aussi lèche-bottes !

— Toi, au moins, tu as réussi à dégoter une épouse. On ne peut en dire autant de certains !

Maxwell répliqua sagement :

— Je suis encore trop jeune pour m'établir.

— Trop jeune ? Tu es incapable de trouver une femme respectable qui veuille de toi !

— Eh bien, il y a Ginny.

Le regard du père parcourut la pièce et vint se poser sur Virginia Pagett qui semblait très entourée dans un angle du salon.

— Elle ? C'est une traînée.

— En effet mais une traînée fort complaisante.

Les yeux étincelants de fureur, Andrew Gilchrist plissa les paupières et saisit son fils par l'épaule pour l'entraîner dans un coin plus discret.

— Tu t'es vu ? Tu as l'air d'un épouvantail.

Maxwell, qui avait perdu son smoking au cours de ses multiples changements de domicile, portait des vêtements empruntés à un ami pour l'occasion. Le pantalon était trop long et tombait en tire-bouchon sur ses chevilles, quant aux manches de la veste, elles étaient élimées.

Son père inspecta sa tenue.

— Tu n'as plus un sou, je suppose ?

— En effet, père.

Plein d'espoir, Maxwell ajouta :

— Si tu pouvais me prêter quelques livres…

Son père accordait ses largesses sans compter mais on ne savait jamais quand, ses cadeaux étant imprévisibles tant par leur quantité que par leur qualité. Andrew, et lui seul, choisissait le moment. Il attendait de la gratitude mais ne ménageait pas son mépris quand on pliait trop facilement devant lui. Il adorait se montrer versatile et la bienveillance était, à ses yeux, une faiblesse envers ses fils comme envers les autres. Il s'assurait la docilité des siens en leur faisant miroiter des perspectives de fortune et de confort mais n'en méprisait que davantage leur servile avidité. S'il venait à deviner ce qu'ils voulaient, il se servait de leurs attentes comme d'une arme appuyée sur la tempe. Ses colères étaient tout aussi imprévisibles.

Maxwell avait compris que son père maintenait ses enfants dans l'incertitude pour mieux asseoir son pouvoir, d'où le penchant de Niall pour la boisson, les ongles rongés jusqu'au sang de Sandy et ses propres migraines.

— « Prêter », reprit négligemment Gilchrist. Voilà qui est intéressant. Tu te proposes donc de me rembourser ?

— Oui, père.

— Quand cela ?

— Dès que possible.

— Tu as donc du travail ?

— Un peu.

Il eut l'honnêteté d'ajouter :

— Pas beaucoup.

— J'ai une proposition à te faire, Maxwell. Viens travailler pour moi comme tes frères, tu gagneras ton pain au lieu de vivre en parasite.

Ce n'était pas la première fois qu'ils avaient ce genre de conversation. « Le jeu n'en vaut pas la chandelle », voilà ce qu'aurait aimé répliquer Maxwell. Il refusait de finir comme Niall et Sandy, plutôt mourir de faim au fond d'une cave, rongé par les rats.

— Non, père.

Andrew Gilchrist eut une moue méprisante.

— Je me suis crevé la peau pour vous offrir à tous trois un foyer. Là, dehors, il y en a des milliers qui seraient prêts à tout pour vivre dans une maison comme celle-ci !

Maxwell se retint d'exploser. Charlotte Square n'avait jamais été un « foyer ». Une succession de pièces et des repas à heure régulière, c'était tout de même mieux que ça, un foyer !

Il fit mine de parcourir du regard le salon dont son père était si fier.

— Ce n'est pas tout à fait mon goût, père. Un peu trop de meubles. Trop de dorures.

— Bon Dieu, vas-tu cesser tes insolences !

Un ange passa, Maxwell entendait le souffle de ce père qui tentait de se maîtriser.

Gilchrist lui fit alors cette proposition :

— Il y a un poste qui pourrait te convenir au bureau… un travail de comptabilité, tu n'aurais pas à te salir les mains. Si tu le veux, il est à toi.

Maxwell refusa d'un signe de tête.

— Non, merci. Je m'en sortirai.

Le regard de Gilchrist se durcit.

— En ce cas, je regrette mais je ne peux rien faire. Reviens me voir quand tu tiendras des raisonnements plus sensés, ce qui ne va pas tarder, tu me supplieras de te tirer d'affaire.

Sur ces mots, il disparut dans la foule des invités.

Maxwell souffrait de migraine, le champagne sans doute. Plein de mépris pour lui-même, il parcourut l'assemblée du regard. Combien étaient-ils à compter sur son père dans cette pièce ? Parmi ces gens, combien avaient quelque chose à lui vendre ? Personnes ou biens, Gilchrist se servait de son argent pour s'en assurer la possession.

Depuis six mois qu'il était installé dans le comté de Perth, Frazer essayait de moderniser un peu Ravenhart. Si elle ne manquait pas d'allure, la vieille demeure sinistre et démodée n'offrait aucun confort. Dès l'hiver, les carences du chauffage et de l'installation électrique devinrent manifestes. La distribution d'eau chaude était assurée par une chaudière à charbon et l'éclairage par un générateur fonctionnant au pétrole. À la première neige qui recouvrit le val et les collines d'un léger manteau blanc, Frazer ne trouva, au réveil, qu'un filet d'eau froide au robinet de la salle de bains et une couche de givre sur les carreaux.

— En hiver, il fait froid, expliqua Mrs McGill.

Comme s'il était normal, au cœur de l'hiver, d'avoir à supporter un bain glacé par une température au-dessous de zéro ! À la réflexion, elle ajouta qu'il faudrait songer au charbon car il n'en restait presque plus.

Il n'y avait pas le téléphone à Ravenhart, pour une commande urgente, il fallait se rendre chez le marchand de charbon. Frazer ne put s'empêcher de songer à l'Inde, où il aurait suffi de dépêcher un boy. Il finit par aller lui-même à Pitlochry. On ne pouvait tout de même demander à Mrs McGill de parcourir quinze kilomètres dans la neige avec sa mauvaise jambe et ses rhumatismes, quant à Phemie, elle n'aurait pas fait dix mètres qu'elle aurait oublié la commission. Ce matin-là, le curieux assortiment de femmes de ménage et d'aides de cuisine, que Frazer voyait parfois astiquer les marches ou étendre du linge dans le jardin, ne s'était pas montré. Elles avaient préféré la tiédeur de leur cottage douillet, se dit-il avec rancœur. Et Ronald Bains n'aurait sûrement pas daigné se charger d'une telle besogne. Frazer se méfiait un peu de son régisseur. Il lui semblait parfois percevoir un certain mépris dans son regard.

Il sortit donc la Lagonda du garage et, dans l'après-midi, se mit en route pour Pitlochry. Il ne rentra qu'à la nuit, épuisé par un trajet de trente kilomètres sans relâcher son attention. Sur ces routes étroites et verglacées, le plus léger dérapage pouvait vous envoyer dans la rivière ou les tourbières. Il retira ses gants et son cache-nez en arrivant. Ce soir-là, l'atmosphère était carrément funèbre. Les lumières étaient éteintes et le hall d'entrée éclairé à la bougie. Frazer se prit les pieds dans le coin du tapis et lâcha un juron. Voyant les chandelles allumées dans la grande salle, il lança un rugissement pour sommer Mrs McGill de venir.

Cette « chose », comme la gouvernante appelait le générateur, s'était arrêtée, lui expliqua-t-elle, pas franchement mécontente car elle ne portait pas dans son cœur la machine redoutée.

— Il n'y a donc pas de lampes à pétrole dans cette maison ? s'enquit Frazer, exaspéré.

La gouvernante fila aussitôt et Phemie finit par se montrer, serrant dans ses mains deux lampes couvertes de poussière.

Frazer se blottit aussi près que possible du feu pour avaler un dîner composé de soupe, de fromage et de pain. Un peu plus tard, Mrs McGill marmonna vaguement qu'elle devait se rendre au chevet d'un parent malade, puis disparut. Frazer ne tarda guère à monter chercher un chandail plus épais. Il entendit des reniflements dans l'escalier et trouva Phemie cachée derrière un rideau, son petit visage ingrat barbouillé de larmes. Frazer dut user de beaucoup de persuasion mais Phemie finit par lui avouer qu'elle ne voulait pas monter dans sa mansarde car elle avait peur des fantômes. Le jeune homme lui tapota l'épaule pour la rassurer puis, à contrecœur, lui donna sa torche et, après réflexion, une poignée de caramels... Phemie avait un faible pour les sucreries.

Frazer retourna dans la grande salle. La maison craquait de toutes parts et le moindre recoin était envahi par des ombres noires. Le vent se mit à siffler, une rafale de neige cingla les fenêtres. Comment ne pas imaginer qu'une âme en peine rôdait dans les couloirs obscurs, prête à pousser la porte de chambres inoccupées ? Le premier être humain se trouvait assez loin et ce qu'il convenait d'appeler « ami » à cent lieues de cette demeure. Il se sentit très seul, infiniment malheureux, et se demanda une fois de plus s'il ne ferait pas mieux de vendre et de regagner la civilisation. Pourquoi pas Londres ? Ou Paris ? À supposer qu'un acheteur veuille de Ravenhart...

Toutefois, il n'en ferait rien. L'idée de recommencer à zéro dans un endroit où il ne connaissait personne le terrifiait. Et puis le domaine lui appartenait, il était l'héritier des Ravenhart.

Il devait d'ailleurs à cette vieille demeure sa rencontre avec Maxwell Gilchrist. Frazer n'oublierait jamais son air ébahi, ni l'admiration teintée d'envie avec laquelle Max avait découvert le manoir. Une part de lui-même, une part non négligeable, se dit Frazer, se serait bien vue en propriétaire terrien.

Pour lui être agréable, Frazer lui avait réservé une grande chambre confortable en façade. Il régnait un tel chaos dans l'existence de son ami ! Comment pouvait-on continuellement passer d'un endroit à un autre ? Quel casse-tête ! Il n'avait jamais vu personne vivre ainsi, dans l'éphémère et sans point d'ancrage. Max avait besoin d'un foyer qu'il puisse considérer comme sien. Depuis que Frazer lui avait offert cette chambre, celui-ci prolongeait ses séjours à Ravenhart. Quand Max était là, Frazer oubliait ses doutes. Il n'avait jamais été aussi heureux depuis son enfance indienne, du temps où sa grand-mère veillait sur lui, lui épargnant tout souci. Maxwell avait l'art de métamorphoser le quotidien ; auprès de lui, Frazer avait conscience de sa valeur, il se voyait dans le miroir de ces yeux rieurs, verts comme la mer.

S'il n'y avait eu Ravenhart, aurait-il conservé l'amitié de Maxwell ? Frazer n'en était pas certain. Au bout de six mois, il avait compris que Max, sujet à de brusques dépressions et victime de sautes d'humeur inquiétantes, manquait de constance. Sans crier gare, il disparaissait régulièrement et Frazer restait des semaines sans le voir. Il ne disait jamais où il allait ni qui il voyait. Probablement une femme.

À chaque absence, la même obsession revenait le tarauder : cette fois, Max ne reviendrait pas. Un mois auparavant, il était allé l'attendre à la gare de Pitlochry. Ils devaient donner une soirée, conçue et organisée par Maxwell, tout était prévu de longue date. Un premier train arriva en gare, puis un second. Pas de Maxwell. Frazer finit par en vouloir aux passagers qui descendaient, randonneurs chargés de sacs à dos, voyageurs rentrant après une journée de courses à Perth ou à Édimbourg. Que venaient-ils faire ici ? Entre deux trains, il avait erré dans Pitlochry, déprimante petite bourgade où l'on ne trouvait que des pensions et des salons de thé. Quand vint l'heure de rentrer à Ravenhart, il ne pouvait plus voir cet endroit.

On ne pouvait compter sur Max ! Frazer enrageait. Après tout, Max lui était redevable. Il n'y avait pas que la chambre mais les repas au restaurant, sans parler du liquide qu'il lui donnait à l'occasion. Frazer n'avait pas profité de la soirée ni des invités, amis de Maxwell pour la plupart, qui affichaient une gaieté un peu forcée.

Un soir de tempête, il se coucha tôt, pelotonné sous une montagne de couvertures pour se protéger du froid. Dans la nuit, le blizzard redoubla et, le lendemain matin, Frazer découvrit en frissonnant un paysage de sucre glace tout en crêtes et en volutes. La Lagonda ne le mènerait même pas à la loge de Mr Bains, encore moins à Pitlochry. Étincelant comme des poignards, des filets de glace pendaient des gouttières et les sommets disparaissaient dans des nuées verdâtres, chargées de neige.

Blotti au coin du feu, Frazer décida de monter dans le premier train pour Édimbourg et, dès que l'état des routes permettrait de se rendre à Pitlochry, il n'en bougerait plus tant que cette maison ne serait pas habitable. Il sursauta en entendant frapper à coups redoublés et renversa un peu de whisky dans l'âtre. Derrière les carreaux, il ne vit que les bourrasques de neige dans un ciel d'encre. Il tira le verrou d'une main tremblante en imaginant les fantômes tant redoutés de Phemie. Une meute de loups aux yeux rouges comme il en rôdait naguère dans ces collines désolées.

Il ouvrit la porte.

— Max ! fit-il avec un soupir de soulagement.

Maxwell s'avança dans le hall en secouant sur les dalles de pierre le givre dont ses épaules et ses boucles brunes étaient couvertes.

Frazer n'en revenait pas.

— Comment as-tu fait pour venir jusqu'ici ?

— Du stop depuis Perth. Plus au sud la neige est moins épaisse et j'ai terminé en carriole. C'était formidable, ce voyage d'un autre siècle !

Le voyant frissonner, Frazer aida son ami à se débarrasser du cache-nez et du manteau mouillé et lui servit un verre devant le feu.

Maxwell parcourut la pièce du regard.

— Dis-moi, quelle atmosphère « ténébreuse » !

Les yeux brillants, il ajouta :

— Quand j'ai su qu'il neigeait, je n'ai pas pu résister. C'est fantastique, non ?

— Fantastique, reprit Frazer en écho.

À la seconde où il glissa le verre entre les mains glacées de son ami, il vit son superbe Ravenhart avec les yeux de Maxwell et fut heureux de constater qu'il était parfaitement sincère.

C'était donc cela, « tomber amoureuse » ? Ce n'était pas ce qu'on racontait dans les livres. Elle s'attendait à autre chose, de plus exceptionnel, comme d'être frappée par la foudre. Évidemment, s'il l'avait sauvée des eaux furieuses d'un torrent ou enlevée sur un cheval au galop... Mais tomber amoureuse à la gare de Pitlochry après avoir échangé trois mots et une poignée de main... *Voici donc la fameuse Kate. Ce que j'ai pu entendre parler de toi !*

Que faire, maintenant ? Elle s'était laissé surprendre comme par la rougeole. Maxwell s'insinuait jusque dans la brèche la plus mince, la fissure la plus étroite, de son emploi du temps. Sa dernière pensée était pour lui avant de s'endormir et, à l'instant où elle ouvrait les yeux, elle le voyait devant elle. Furieuse, elle s'en prenait au destin, cela lui rappelait la lointaine époque où son autre moitié d'orange lui avait été arrachée, cette sensation d'inachevé, joie mais aussi nostalgie de ce qui n'est plus. Elle s'embrasait, se consumait. Comme elle avait rougi ! Affreusement attifée de son vieux manteau de collégienne et d'un cache-nez tricoté par Pamela, elle n'avait pas été fichue d'émettre un son. Totalement bloquée.

Kate se souciait maintenant de son apparence, c'était nouveau. Les gardes d'enfants chez les voisins lui permirent d'acheter des vêtements : des bas de soie, un béret de velours bleu, un corsage en soie artificielle jaune canari qu'elle trouva au marché. Elle fit pousser sa frange et laissa ses cheveux libres. Serait-elle jolie ? se demandait-elle en s'observant dans le miroir.

En février, elle remontait High Street, quand elle aperçut Maxwell Gilchrist, tête nue et vêtu d'un pardessus gris. Des paillettes de neige tourbillonnaient autour d'eux, il faisait très froid, mais ses joues s'embrasèrent et son pouls s'accéléra. Ils se frôlèrent presque mais elle fit comme si elle ne l'avait pas vu. Il ne la reconnaîtrait même pas, elle en était certaine.

Du coin de l'œil, elle le vit s'arrêter, il pivota et revint vers elle.

— Kate. Kate Ravenhart.

— Kate Fearnley, en fait.

— Ah bon ?

Il semblait perplexe.

— Enfin, la Kate de Frazer. Que fais-tu à Édimbourg ?

— J'y habite.

— Voyez-moi ça ! Moi aussi, à l'occasion.

— À l'occasion ?

— Je reviens de Ravenhart, j'ai un peu aidé Frazer, lança-t-il distraitement.

Il frissonna.

— Ce qu'il fait froid ! Que dirais-tu d'un café ?

Kate faillit répondre comme un automate : « Il faut que je rentre, ma mère m'attend. » Elle parvint toutefois à garder cette réplique pour elle et réussit à articuler d'une voix un peu rauque :

— J'en serais ravie.

Ils se retrouvèrent au petit café, Les Deux Pies, dans un décor d'huiles et de pastels, portraits de femmes à la mine boudeuse blotties sur des divans ou jeunes garçons nonchalamment appuyés à leur fenêtre. Certains visages étaient barbouillés d'orange et de violet. Le gramophone jouait « Max le Surineur » et, sur le comptoir, dormait un chat pelotonné contre une assiette de beignets.

Les hommes étaient sans cravate sous leur pardessus usé jusqu'à la trame et les filles portaient des chandails noirs ou des corsages aux couleurs vives. Tout le monde connaissait Maxwell Gilchrist, lui adressant de petits signes ou lui lançant des cris de bienvenue. Il fourragea dans ses poches et n'y trouva que trois pennies.

— Désolé mais je crois que je n'ai pas pris d'argent.

Kate régla donc l'addition.

Une fois assis, Maxwell nicha sa tasse au creux de ses mains pour se réchauffer.

— Kate Fearnley.

— Oui.

— Tu es la sœur de Frazer... ne me dis pas que tu es mariée ? Tu es beaucoup trop jeune.

Kate laissa fuser un petit rire.

— Mais non ! C'est bien simple, le père de Frazer s'appelait Jack Ravenhart et le mien Fearnley. Il est mon demi-frère.

— C'est à n'y rien comprendre !

Le monde n'était qu'une vaste blague pour ce garçon aux yeux rieurs. Redoutant que le silence ne s'éternise et qu'au rire ne succède l'ennui, Kate ajouta :

— J'ai quatre demi-frères et trois demi-sœurs. Tu comprends, mes deux parents se sont remariés.

— Bon sang !

— Ma mère s'appelle Mrs Jago et papa a épousé Pamela, qui est devenue Mrs Fearnley.

De petites rides se creusèrent sous les yeux de Maxwell.

— Je suis complètement perdu. Tu ne fumes sûrement pas ? demanda-t-il en ouvrant un paquet de cigarettes françaises.

— Si, merci.

Maxwell effleura les doigts de Kate en allumant sa cigarette.

— Il paraît qu'Augustus John aurait eu des dizaines d'enfants, alors huit... c'est bien ça ? Ça n'aurait rien d'extraordinaire.

— Augustus John ?

— Le peintre.

— Ah oui. Bien sûr.

— Tu ne t'intéresses pas à l'art ?

— Oh, si !

Kate admit avec franchise :

— Seulement, je n'y connais rien.

— Dans quel domaine t'y connais-tu ?

— La danse, peut-être ? J'aime la danse classique. Et aussi la lecture.

— Qu'est-ce que tu lis en ce moment ?

Kate avait dans la poche de son manteau un recueil de poèmes de Byron.

— Byron.

Maxwell cita de mémoire :

— « Ainsi nous n'irons plus vagabonder, si tard dans la nuit[1]. »
Incapable de garder son sérieux, il plissa les paupières.

— Tu sais qu'il couchait avec sa demi-sœur ?

Cette fois encore, Kate eut conscience de rougir mais, par un heureux hasard, une jeune femme s'arrêta devant leur table.

— Maxwell ! Où étais-tu passé ?

— Oh, à droite, à gauche !

Petite, rondelette, l'inconnue arborait un pantalon maculé de peinture et un tricot très ajouré. Kate eut droit à un regard peu gracieux.

— Dommage !

— Jen, je te présente Kate Fearnley. Kate, Jenny Watts. Ne m'en veux pas, Jenny chérie, je déteste te voir fâchée.

Maxwell lui prit la main et posa un baiser au creux de sa paume.

Revenue à de meilleurs sentiments, Jenny enlaça la nuque de Maxwell.

— Quelle canaille tu fais ! Enfin, je t'invite tout de même à dîner si tu promets d'être sage.

Elle tira une de ses boucles noires avant de s'éloigner.

Kate hésitait entre allégresse et désespoir. Elle se réjouissait que Maxwell ne l'ait pas oubliée, qu'il l'ait invitée à prendre un café… même si c'était elle qui avait payé. Désespoir de ne pas appartenir à la même catégorie que Jenny et ses semblables. Trop jeune pour se marier, trop jeune pour fumer et, pour un peu, trop jeune pour l'amitié. Kate revit Maxwell embrasser la main de la jeune femme, ferma les yeux et posa ses lèvres au creux de sa paume, encore et encore. Ivre de désir, sur le point de sombrer, elle perdait la tête.

Le week-end, elle trouva Maxwell à Ravenhart. Le lendemain matin, ils partirent tous trois le long du ruisseau qui serpentait dans la vallée. Kate observait Maxwell à la dérobée. Après tout, elle avait pu se tromper. Maxwell était-il tel que dans ses souvenirs ? N'avait-elle pas imaginé sa mâchoire bien dessinée ? Était-il

---

1. Traduction de Gérard Martineau, éd. Taillandier. *(N.d.T.)*

réellement incapable de rester tranquille ? Le timbre de sa voix était-il plein d'humour et de mystère ? Hélas, oui ! À la seconde où il lui avait pris la main, sous la bourrasque, dans la cohue d'un quai de gare, elle l'avait vu exactement comme il était.

Le pavillon de chasse était situé à deux kilomètres de la demeure, au confluent de deux rivières dont l'une dévalait la montagne de cascades en bassins. Ils longèrent la ravine creusée à flanc de rocher, gravirent la pente et se frayèrent un chemin entre les sapins et les bouleaux couvrant les rives. Le rapide cours d'eau avait sculpté dans la pierre tendre des cascades et des rigoles brun-rouge, ravinant les rochers dans le lit du torrent. Après les tempêtes d'hiver, l'eau malmenait les branches captives des pierres.

Derrière un chaos de grands rochers, la cascade surplombant la vallée avait creusé un bassin rond. Le soleil filtrait à travers les branches et tombait sur l'eau vive en pépites de lumière qui scintillaient à la surface. Dissimulés par la crevasse et le rideau d'arbres, la cascade et le bassin étaient invisibles de la vallée. Il régnait un profond silence que seuls venaient rompre le bruit de l'eau et le murmure des pins. Kate retint son souffle.

Maxwell fit le tour du bassin en prenant appui sur les rochers.

Le galet qu'il lança dans l'eau disparut presque sans bruit et Kate eut l'impression que la pierre mettait une éternité à atteindre le fond. Un nuage masqua le soleil et la gorge s'obscurcit. Kate frissonna.

Ils traversèrent le bosquet et grimpèrent à flanc de colline. En bas, dans la vallée, on devinait le pavillon de chasse entre les deux rivières. Les hommes marchaient en tête. À les voir ainsi, côte à côte, Kate les trouva superbes, si merveilleusement assortis ! Le soleil et l'ombre : Frazer aux cheveux d'or, plus grand et large d'épaules, et le brun Maxwell, vrai vif-argent. Portées par le vent, des bribes de conversation parvenaient jusqu'à elle.

— On donnait de vrais banquets ici... j'ai trouvé des photographies...

— Nous aussi, nous pourrions en organiser...

— Pourquoi pas ? En été.

— Que sert-on dans un banquet ?

— Aucune idée. Pourquoi ne pas faire rôtir un cochon de lait ?

Le week-end suivant, Ravenhart était éclairé aux chandelles et du feu brûlait dans une douzaine de chambres. De l'autre versant de la vallée, on devait voir rougeoyer les fenêtres. Cuisine et champagne venaient des meilleurs traiteurs d'Édimbourg.

Les hôtes étaient tous plus âgés que Kate. Les femmes se mouvaient avec une élégance nonchalante dans de longs fourreaux, taillés dans le biais du tissu, qui ne cachaient rien de leur silhouette. Mortifiée, Kate portait sa plus belle robe en velours bleu marine, avec un col Claudine et des manches ballon. Elle devait avoir l'air d'une gamine de douze ans !

Quand tous les invités furent arrivés, on passa dans la grande salle où Kate se percha sur le rebord d'une fenêtre pour regarder Frazer déboucher les bouteilles de champagne. Ensuite, on dansa. Kate adorait danser avec son frère, qui ne manquait pas de grâce mais, ce soir-là, elle aurait tant aimé que Maxwell soit son cavalier ! Pourquoi ne l'invitait-il pas ? Il préférait sans doute ces créatures étincelantes de raffinement, se dit-elle avec un pincement de jalousie qui lui vrilla le cœur. Que ferait Maxwell Gilchrist de la petite sœur de Frazer, affublée d'une robe à manches ballon ?

Quelqu'un eut l'idée de lancer des palets sur le trophée de chasse au-dessus de la cheminée ; des cris d'encouragement montèrent de la foule et Kate fut navrée pour ce pauvre cerf, très digne mais si triste. Maxwell avait l'art d'être toujours là où il fallait, dansant, buvant, imitant Ronald Bains et son accent épouvantable, le visage aussi dur que celui du régisseur écossais.

Une voix enjôleuse lança :

— Fais-nous Mrs McGill !

Maxwell prit une voix de mégère, deux octaves plus haut. Il était l'âme de la soirée, filant en tous sens comme un feu follet, monopolisant l'attention et toujours très entouré. Kate, quant à elle, ne le quittait pas des yeux. « Quelle horreur ! », se dit-elle soudain. Ce serait le comble du ridicule si quelqu'un venait à s'en apercevoir.

La soirée se prolongea. Les invités quittaient peu à peu les pièces de réception, les couloirs résonnaient de pas précipités et de rires à peine étouffés. Les braises mouraient dans les cheminées et personne ne songeait à remplacer les chandelles éteintes. La température ayant chuté, Kate monta chercher un cardigan. Au niveau d'un palier, elle tomba sur un couple enlacé qui se dévorait des yeux et des lèvres. Autour d'eux, l'atmosphère vibrait de passion. Elle se lamenta :

« Si seulement j'étais plus vieille ! Si j'avais des cheveux blond platine et une superbe robe en satin ! »

Un grommellement fâché monta de l'obscurité.

— Max, où es-tu ? Ce n'est pas drôle !

Kate aperçut celui-ci à l'angle d'un couloir. La cravate dénouée et le col déboutonné, il était adossé à la boiserie.

— Kate, murmura-t-il en ouvrant un œil.

Il ajouta avec un sourire :

— Petite Kate.

— Hé, Maxwell ! Tout va bien ?

Le jeune homme se frotta les yeux.

— Juste un peu de fatigue. Quelle heure est-il ?

— Bientôt 3 heures.

On entendit un bruit de pas et Maxwell murmura :

— Suis-moi.

Il lui prit la main et l'entraîna à toute allure dans un dédale de couloirs. Un second escalier, plus étroit, menait aux greniers. De sombres formes menaçantes se dressaient dans la pénombre, mais Maxwell était si proche.

Il ouvrit une petite porte pratiquée dans le lambris.

— Viens.

— Là-dedans ?

Derrière la porte, il faisait un noir d'encre et il régnait une odeur de moisi.

— Ça va te plaire, je te le promets.

Kate dut se mettre à quatre pattes pour se glisser dans l'étroite ouverture. Maxwell referma derrière eux et l'obscurité les enveloppa comme une couverture.

Kate entendit :

— Je vais ouvrir la trappe, on verra ce qu'on fait.

Maxwell l'effleura au passage. Quand ses yeux furent habitués à la pénombre, elle distingua l'échelle sur le mur opposé et, au-dessus, un carré de ciel rebrodé d'étoiles.

Parvenue presque au sommet, Kate regarda dans le vide et eut un haut-le-cœur, mais Maxwell lui tendit la main et l'aida à franchir la trappe. Elle sentit la morsure du froid qui lui coupa le souffle.

— Oh!

Elle se trouvait sur le toit. Les lointaines montagnes se profilaient sous la pleine lune. Elle remarqua les motifs de la balustrade ajourée à quelques mètres et, très loin en contrebas, les buissons touffus qui fermaient la cour.

Le sol parut se dresser devant elle, menaçant, et Kate s'éloigna aussitôt du bord.

Elle rejoignit Maxwell qui s'était adossé au conduit de cheminée. Ils restèrent un moment sans parler, leurs épaules et leurs coudes se touchant par moments. Kate sentait sa chaleur ainsi qu'une légère odeur de sueur.

— C'est superbe, non? Si beau, si paisible!

— Je ne savais pas que tu aimais le calme.

— Il ne faut pas se fier aux apparences, miss Fearnley. Au plus secret de mon être sommeille un grand contemplatif.

Maxwell blottit ses paupières au creux de ses paumes et passa les doigts dans ses cheveux fous.

— Tu as froid?

Kate frissonnait.

— Un peu.

— Fichu pays! Et on appelle cela le printemps. Il fait un froid de canard, oui! Tiens.

Il drapa sa veste sur les épaules de Kate, puis souleva quelques cheveux d'une main caressante.

— Quelle chevelure magnifique!

— Je la déteste.

— Mais non, ce n'est pas vrai.

— Qui voudrait de ces cheveux roux?

— C'est peut-être valable pour un homme mais c'est le signe d'une nature passionnée, tu sais. Mon héroïne est rousse.

— Tu écris un livre?

— Un roman policier.

Il alluma deux cigarettes et en fit passer une à Kate.

— Ce n'est pas aussi simple qu'on pourrait le croire. Il y a déjà le meurtre, on ne peut tout de même pas assommer sa victime avec le premier objet venu. Pourtant, la plupart des crimes sont très banals. Comment t'y prendrais-tu, toi? Comment choisirais-tu de liquider ton pire ennemi?

— Je n'y ai pas réfléchi. Je n'ai jamais haï personne.

— Ah bon ? Moi, si. Je déteste des tas de gens. Le nombre de façons de les liquider que j'ai pu imaginer ! Dans mon roman, je me sers de poison administré avec une sarbacane… pas trop mal, hein ?

Sans un mot, il tira sur sa cigarette.

— Non, tu n'es pas rouquine mais couleur de…

— Marmelade d'orange, selon mon père.

— Abricot. Couleur d'abricot.

Très en contrebas, un éclat de rire fendit soudain la nuit. Un couple titubait sur la pelouse.

— Je crois bien qu'ils sont ivres, dit Maxwell. S'ils tombaient dans le ruisseau et se noyaient ? Ce serait commode ! J'aurais enfin l'occasion de voir ce que fait la police en cas de mort subite. Enfin, tu vois… ce serait drôlement pratique de pouvoir observer ça de près. Je connais une foule de gens mais personne dans la police.

— Nous ferions mieux de redescendre.

— Pourquoi ?

— Frazer va se demander où nous sommes.

— Il a des tas d'amis en bas.

Kate tourna la tête vers Maxwell, vers le profil net et le vert glauque des yeux ensommeillés derrière les paupières mi-closes. Savait-il ce que c'était de regarder souffrir un être ? Et, à bien y réfléchir, elle se demandait si Frazer appréciait qui que ce soit ; pas de la façon dont il tenait à Maxwell, en tout cas.

Elle voulut se lever mais son compagnon tendit la main pour l'en empêcher.

— Je descends.

Kate le vit disparaître dans la trappe. C'était encore mieux quand il n'était pas là, elle se souvenait de leur conversation et sentait encore ses doigts dans ses cheveux. Lorsqu'il était à ses côtés, elle avait conscience du danger, comme si elle s'était aventurée trop près de la balustrade au risque de tomber.

Elle entendit des pas sur l'échelle et Maxwell, suivi de près par Frazer, émergea de la trappe. Il avait une bouteille de champagne dans sa poche. Ils s'assirent auprès d'elle. Dans les cheminées, le feu était éteint et, des collines alentour, on ne voyait sûrement qu'un damier rosâtre, un semis d'éclats de quartz rose sur fond de velours noir.

Bess était absolument ravie que Frazer s'entende aussi bien avec sa fille et Kate réprima un vague sentiment de culpabilité. Elle n'avait pas parlé de Maxwell Gilchrist à sa mère. Au début, cela ne s'imposait pas. Max était l'ami de Frazer et il fallait bien tolérer ce troisième larron. Sa culpabilité ne s'expliquait que par ses sentiments pour Maxwell Gilchrist, personne ne devant les soupçonner.

Si rien ne semblait changer, la situation évolua au fil des mois. Frazer et Maxwell attendaient sa visite, venaient la chercher à la gare de Pitlochry et lui posaient un baiser sur la joue. Ils dînaient tous trois à la grande table d'acajou dans le service de porcelaine aux armes des Ravenhart. Quand vinrent les beaux jours, ils débarrassèrent le pavillon de chasse. Maxwell ayant fait descendre une plaque de plâtre qui s'effritait, ils s'enfuirent dans la panique quand une nuée d'abeilles entra en révolution. Sales et éreintés à la fin de la journée, ils s'effondrèrent sur les galets de la rive et mangèrent les sandwichs préparés par Phemie en faisant circuler la bouteille de vin.

Si sa mère était ravie de savoir Kate auprès de son frère, elle l'aurait été beaucoup moins en découvrant que sa fille passait ses week-ends en compagnie d'un célibataire de vingt-quatre ans. Elle donnait à Bess une version très personnelle de ses activités à Ravenhart ; par exemple, celle-ci ignorait l'existence des soirées. Or, les soirées organisées par Frazer ne ressemblaient en rien aux réunions auxquelles elle avait le droit d'assister à Édimbourg. Il suffisait d'évoquer les fêtes de Ravenhart pour voir s'imposer certaines images : Maxwell titubant d'épuisement, le col défait et les cheveux ébouriffés ; Frazer lançant un palet sur les bois du cerf, le fatras de verres et de bouteilles vides traînant dans la grande salle.

Kate soupçonnait par ailleurs que sa mère n'aimerait guère Maxwell. Bess n'appréciait pas ce genre de garçon. Se tiendrait-il correctement s'il était invité à prendre le thé chez eux ? Kate avait quelques doutes à ce sujet. Il était fantasque et imprévisible. Surtout, plairait-il à Martin ? L'opinion de Martin était pour elle une référence, le critère décisif dans sa définition de la vérité et du bien.

Cependant, révéler à sa mère ce qui se passait à Ravenhart reviendrait à confesser de multiples entorses à la vérité, c'était là où le bât blessait. Kate redoutait la colère maternelle. Bess irait-elle jusqu'à lui interdire de retourner à Ravenhart ? Elle ne verrait plus Frazer ni Maxwell, ce serait intolérable.

Un samedi de juillet, les garçons transportèrent des fauteuils et des tapis jusqu'au pavillon de chasse. Kate avait des trésors plein les bras : un vase, un miroir, un candélabre tarabiscoté orné de pampilles de verre. Rouges et ruisselants de sueur, ils s'arrêtaient régulièrement et s'effondraient sur les fauteuils pour reprendre leur souffle. C'était aussi étrange que drôle de s'asseoir dans un fauteuil en pleine nature, un faucon pèlerin tournoyant au-dessus de votre tête.

Ils allumèrent un feu de joie sur les pierres bordant le torrent et fourrèrent le rebut impossible à brûler dans la remise derrière la maison. Kate balaya la poussière, les feuilles mortes et les toiles d'araignées tandis que Frazer traînait au-dehors d'énormes blocs de pierre tombés du conduit de cheminée. Maxwell, lui, évoluait sur le toit pour remettre en place les ardoises. Il faisait bon, aussi enleva-t-il sa chemise pour aller et venir en équilibre.

Quand son ami descendit de l'échelle, Frazer suivit du pouce le réseau de pâles cicatrices dont le dos de Maxwell gardait la trace.

— Qu'est-ce que c'est ? lui demanda-t-il.

— Probablement l'œuvre de mon père.

Maxwell enfila sa chemise d'un coup d'épaule.

Le lendemain, tandis que Frazer discutait du domaine avec Mr Bains, Maxwell retourna au pavillon avec Kate. Il n'y avait pas un souffle d'air et il flottait dans la vallée une odeur de miel mêlée aux suaves effluves des bruyères. Des blocs de nuages commençaient toutefois à bourgeonner sur les sommets.

— L'orage va éclater, lança Maxwell d'un ton allègre. Un bon orage, tout ce que j'aime.

Kate rapporta le panier de pique-nique au pavillon. En ressortant, elle eut un choc, la chaleur lui collait à la peau.

Ils remontèrent le cours du torrent jusqu'au bassin de la cascade. Kate regarda Maxwell rôder autour des rochers, son ombre indigo se projetant sur la pierre.

— Ce qu'il fait chaud !

— Eh bien, viens te baigner.

Kate, qui n'était pas très bonne nageuse, n'avait jamais mis le pied dans le bassin. Aux Trois Cheminées, elle évitait toujours la descente abrupte dans la rivière, à l'endroit où l'on perdait pied et où les herbes aquatiques s'enroulaient autour de vos jambes comme des tentacules de pieuvre. Elle n'aimait pas ce bassin, sa surface argentée était trompeuse même si elle invitait à la baignade.

— Je ne peux pas. Je n'ai pas de maillot.

— Kate, voyons! rétorqua Maxwell d'un air goguenard.

Sans crier gare, il sauta dans l'eau. Sidérée, Kate ne vit remonter sa tête qu'au bout d'interminables secondes.

Maxwell lui tendit la main.

— Allez, viens.

Kate fit signe que non. Son cœur battait la chamade; la chaleur, sans doute, et la façon dont il avait disparu sous l'eau.

Maxwell se hissa sur le bord et laissa sur les pierres l'empreinte de ses pieds. De minces filets d'eau ruisselaient de ses vêtements, il déboutonna sa chemise qui tomba sur le sol. Kate vit les gouttelettes combler les minuscules sillons que Frazer avait remarqués sur son dos.

— Max?

— Oui?

— Ces cicatrices. Tu as dit que ton père...

Le regard de Maxwell se voila, le vert de ses prunelles disparut presque.

Kate s'empressa d'ajouter :

— Pardon. Tu n'as sûrement pas envie d'en parler.

— Ça m'est égal.

— Eh bien... tu as dit que c'était ton père qui t'avait fait ça. Qu'entendais-tu par là? Qu'il t'avait fait du mal? Volontairement?

Petit sourire de Maxwell.

— Ma foi, je ne pense pas que l'on batte ses enfants par accident.

Une brise légère ébouriffait les fougères qui poussaient entre les pierres. Kate aurait voulu s'asseoir auprès de Max, poser sa tête sur son épaule et ses lèvres sur les cicatrices.

Mais elle resta sur son rocher, les pieds dans l'eau, à quelques pas de lui.

— Pourquoi te battait-il?

— Je ne sais plus, reprit distraitement Maxwell.

D'un petit mouvement de tête, il fit tournoyer des gouttes d'eau.

— Je ne me souviens pas. Il lui arrivait de s'emporter, il est très soupe au lait. Je ne me rappelle plus les circonstances exactes.

La chaleur, l'horizon chargé de nuages et la colère noire… Kate eut un vertige. Elle pensa à Eleanor, à Rebecca et à Aimée, souvent horripilantes, mais qu'elle aimait tant. À la seule pensée qu'on pût leur faire du mal, son sang ne fit qu'un tour. *Non, je n'ai jamais haï personne*, avait-elle répondu à Maxwell quelques semaines auparavant. Toutefois, c'était bien de la haine qu'elle éprouvait en ce moment pour un homme qu'elle ne connaissait pas.

— Comment peut-on faire ça à son enfant ? Peut-être une gifle, à condition qu'il l'ait vraiment méritée. Mais ça, non.

— J'avais dû faire un truc abominable.

Kate le fixa du regard.

— Tu n'es pas sérieux ?

Maxwell haussa les épaules.

— Je peux être très agréable, dire ce qu'on attend de moi, mais j'aime aussi agacer, surtout *lui*. Quand mon père est là, l'orage est toujours prêt à éclater, alors on finit par souhaiter que ça se produise. On sait ce qui vous attend, autant en finir.

Il repoussa une mèche de cheveux et poursuivit d'un air songeur :

— Je l'ai toujours détesté. Par moments, j'ai l'impression que cette haine m'épuise, que je n'ai rien d'autre en tête.

Kate pensa à son propre père, sur qui elle pouvait compter quoi qu'il arrive, et à son infinie douceur. À peine l'avait-elle quitté qu'il lui manquait. Elle n'avait jamais douté de son amour et se savait protégée.

— Et ta mère ?

— Elle était sous sa coupe, sous sa « botte » plutôt.

Maxwell avait souri. Il jeta un galet dans le bassin.

— Parle-moi de ta famille, Kate. Raconte-moi ce qui se passe dans une belle famille bien normale.

Kate resta dubitative.

— Peut-on dire que nous sommes « normaux » ? Martin a une pleine réserve de crânes et de tessons de poterie et ma mère en est à son troisième mariage. Ma sœur Eleanor n'aime que les tortues et je ne connais personne qui ait aussi mauvais caractère que Rebecca. Quant à Frazer...

— Frazer n'a rien de normal, je peux te l'assurer.

On entendit un roulement de tonnerre et les premières gouttes de pluie dessinèrent sur la pierre de grosses taches noires.

— Il faut être complètement fou pour continuer à jouer les seigneurs de la lande quand le monde s'écroule autour de vous.

Le regard de Kate se fit inquisiteur.

— Tu l'aimes bien pourtant ?

— Évidemment.

Vaguement mal à l'aise, Kate eut une brusque intuition.

« Pas tant que lui », pensa-t-elle.

La pluie redoubla, fouettant la surface de l'eau où venaient crever des bulles. Secouées par le vent glacé, les branches des pins s'agitaient et, sous leurs pieds, la roche était chaude quand ils se précipitèrent vers le pavillon de chasse. Kate n'entendait que le chant de la cascade, le martèlement de la pluie, le fracas du tonnerre et les battements précipités de son cœur.

En arrivant au pavillon, Maxwell s'adossa à la porte pour regarder tomber l'averse. Les pierres de gué avaient pratiquement disparu dans les remous du courant.

— Nous voilà peut-être fichus, murmura Kate.

— C'est possible.

Leurs doigts étaient toujours enlacés. Maxwell semblait soucieux. Il se rapprocha ; Kate vit le regard vert parcourir son corps et eut soudain conscience de ses cheveux ruisselants et de la robe mouillée qui lui collait à la peau.

— Kate, fit-il tout bas. Chère petite Kate.

À ce moment, une voix fendit le rideau de pluie.

— Max ! Kate !

— Le pauvre, il a survécu à son entretien avec Mr Bains.

Un pli se creusa sur le front de Maxwell. Il cligna des paupières et, du bout de l'index, effleura lentement le visage de Kate du front jusqu'au menton.

— C'est sans doute mieux ainsi, reprit-il à mi-voix. Je serais tenté de dire que tu es belle à croquer, Kate chérie, et j'ai une faim de loup.

De l'eau jusqu'aux chevilles, ils affrontèrent les remous du torrent pour rejoindre Frazer. Kate crut que la force de l'eau allait la
faire tomber.

Frazer leur offrit son sourire radieux.

— Tu devrais revenir en août, Kate. Nous ne serions que nous
trois, sans un seul invité. Ce qu'on s'amuserait!

Le regard de Maxwell revint vers elle.

— Pourquoi pas?

12

Si protégés par les montagnes qu'ils se croyaient seuls au monde, ils discutaient sans jamais se lasser. Ils ne quittaient guère leur vallée et ne s'aventuraient jusqu'à Braemar ou Pitlochry que pour faire des provisions. Ils se baignaient dans le bassin ou partaient en pique-nique au pavillon de chasse. Le soir, après dîner, ils flânaient jusqu'au coucher du soleil sur la terrasse aménagée sur le toit.

Il arrivait à Kate de gravir le Ben Liath, le plus haut sommet de la vallée, aux premières heures du jour. Elle prenait une pomme et un morceau de pain, et laissait Phemie allumer la cuisinière en marmonnant. C'était l'un des meilleurs moments, la nature semblait vierge, le val était plongé dans le silence.

Un jour, dans une clairière, elle se trouva nez à nez avec un daim rouge, immobile au milieu des fougères. Ses bois fièrement dressés, il tremblait. Leurs regards se croisèrent durant une fraction de seconde. L'instant d'après, il avait disparu et seuls le mouvement des feuilles et l'écho d'un bruit de sabots attestaient de son existence.

Maxwell remontait lentement l'allée après un tour au village pour prendre le journal et acheter des cigarettes. Il franchit le petit pont de pierre, s'engagea dans le tournant et aperçut Kate dans le jardin. Lorsqu'ils avaient fait connaissance, elle ressemblait à un paquet mal ficelé, disparaissant sous d'innombrables manteaux et cardigans. Ce jour-là, elle portait un short kaki, un chemisier blanc noué à la taille, des lunettes de soleil et un grand chapeau de paille. Ses longues jambes fines semblaient interminables. Maxwell apprécia le tableau.

Le chapeau de paille ayant légèrement basculé, il vit ses cheveux roux et sourit secrètement. Il avait failli l'embrasser au pavillon de chasse. Il revit la robe mouillée, plaquée sur sa fine silhouette, et ses cheveux cuivrés qui lui mangeaient le visage. Leurs lèvres allaient s'unir, elle attendait son baiser, il le savait. S'il l'avait prise dans ses bras, elle se serait abandonnée. Comment avait-il résisté ? Elle était vraiment superbe, toute rose et dorée, aussi appétissante qu'une coupe de fraises à la chantilly.

Frazer était apparu, et c'était probablement aussi bien. Kate était trop jeune, trop gentille et manquait d'expérience. Sans doute Frazer n'aurait-il pas apprécié. Il était son frère, et l'expérience lui avait appris que certains frères pouvaient se montrer très possessifs. Non, il ne devait pas aller trop loin. Il ne serait pas désagréable d'embrasser Kate ; il l'aimait bien et elle avait fait preuve d'une rare gentillesse à son égard. Cependant, il ne s'était pas attendu à un tel sentiment ni à un tel désir, mais plutôt à de l'agacement ou de la colère...

La journée était chaude, Maxwell s'accroupit au bord du ruisseau et prit un peu d'eau dans ses mains, une eau glacée qui avait encore un goût d'hiver. Le vent souleva les pages du journal et il parcourut les gros titres : *Coup d'État en Grèce...* après l'éclatement de la guerre civile en Espagne le mois précédent, la France avait fermé ses frontières.

Allongé sur l'herbe, Maxwell leva les yeux vers le ciel bleu, puis vers les vertes et paisibles montagnes, et ne put s'empêcher de penser à la guerre, aux bruits de bottes. Tôt ou tard, la tourmente finirait par tous les emporter. Ces derniers mois, il éprouvait souvent un sentiment d'urgence, l'impression que le temps lui était compté. Comment ne le serait-il pas ? Il n'était question que de guerre et, à vingt-quatre ans, on était de la chair à canon.

Août tirait à sa fin. Au pavillon de chasse, Frazer et Maxwell firent un feu de tourbe et de brindilles sur les pierres plates au bord du ruisseau. Ils avaient mis du vin à rafraîchir dans l'eau peu profonde et Kate fit frire des saucisses.

Après le repas, elle prit le sentier qui s'éloignait à flanc de colline. Grisée par la chaleur, le vin et les bruyères à l'odeur de miel, elle voyait l'air miroiter, luire d'un éclat nouveau. En bas, paupières closes, bras et jambes abandonnés, Maxwell était allongé auprès de l'eau sur un rocher plat. Derrière les lunettes de soleil, le regard de Kate fixa la peau brune dans l'échancrure de la chemise ouverte, le torse musclé et les boucles sombres mouillées.

Elle se retourna et poursuivit son ascension. Les roches pointaient dans l'herbe comme des esquilles sous la peau. Plus elle montait, plus l'air était frais ; le vent se renforçait à mesure qu'elle s'éloignait de la vallée. La pente devenant plus raide, elle avait mal aux jambes et respirait très fort. Elle plongea les yeux au fond du val où Frazer et Maxwell ressemblaient à deux fétus de paille près de la boucle argentée du torrent. Frazer était assis sur le rocher auprès de Max et avait abandonné sa canne à pêche. Les deux têtes, l'une brune et l'autre dorée, se touchaient presque. En entendant Kate les appeler, les garçons levèrent les yeux et virent les grands signes qu'elle leur adressait. Kate continua la rude ascension au-delà des *shielings*, ces alpages perchés sur les plus hautes pentes. Les versants éloignés étaient piquetés de moutons, comme de petits nuages de fumée au bout d'un fusil.

Kate croyait avoir atteint le sommet mais il restait toujours une crête à franchir. Elle vit que les deux garçons s'étaient lancés à sa poursuite, leurs longues jambes leur permettant de combler rapidement l'écart. Elle força l'allure, il fallait absolument qu'elle reste en tête et arrive la première au sommet. Le terrain devint plus difficile et il fallut franchir un chaos de blocs. En grimpant sur un amas rocheux, elle chancela sous la poussée du vent.

Elle retint son souffle en parvenant au sommet ; au-delà de la vallée, les collines se succédaient, déferlant comme d'immenses vagues gris-bleu. Kate vacilla, ayant l'impression d'avoir atteint les confins de l'univers. On n'entendait que les gémissements du vent et les garçons gravissant l'ultime pente. L'un d'eux s'approcha derrière elle.

— Je ne te laisserai pas tomber ! lui dit Maxwell.

Les mains sur ses hanches, il effleurait sa taille de ses doigts légers et Kate sentit qu'elle tremblait.

« Je n'en peux plus. Comment me contenter de ces quelques miettes ? Le contact de sa main, les peaux qui s'effleurent, ça ne suffit plus ! »

Elle redoutait ses propres réactions, craignait de laisser Maxwell aller trop loin.

Ils ne retournèrent pas au manoir ce soir-là ; ils n'en trouvèrent tout simplement pas le temps. Leurs discussions étaient trop passionnantes, il y avait encore tant à découvrir et trop de restes dans le panier de pique-nique… De l'eau jusqu'aux hanches, Maxwell pêchait dans le bassin, jurant qu'il finirait par attraper quelque chose. N'ayant pas réussi à prendre un seul poisson, pas même de la friture, il jeta sa canne à pêche et plongea vers le fond. Frazer le suivit et Kate, perchée sur un rocher, regarda évoluer ces deux corps qui s'enroulaient très loin sous la surface.

Après s'être séchés au soleil, ils descendirent jusqu'au pavillon de chasse où Frazer alluma un feu de joie. Ils s'assirent auprès des flammes, mangèrent ce qui restait du déjeuner et burent le vin rafraîchi dans le torrent. Ils fumèrent pour éloigner les insectes tout en jouant au poker. Maxwell perdit et marmonna :

— Comme d'habitude, tu m'as encore plumé.

Frazer lui ébouriffa les cheveux avec un grand sourire.

Il faisait noir et il aurait été idiot d'aller trébucher sur le chemin pour rejoindre la maison quand ils avaient le pavillon. Ils étendirent donc une couverture sur le sol et Kate s'allongea entre Frazer et Maxwell… pour la défendre des bêtes sauvages, prétendit Frazer.

Elle dormit peu avec tous ces bruits nocturnes ; fracas du torrent, cri d'une chouette, trottinement précipité d'une souris ou d'un campagnol courant sur le plancher. Et les deux personnes qu'elle aimait le plus au monde étaient étendues auprès d'elle, si proches qu'elle sentait la chaleur de leur corps et entendait le va-et-vient de leur souffle léger.

À un moment, Maxwell se rapprocha. Elle sentit sa bouche sur sa nuque, sa main caressant son bras nu. Kate se retourna et il effleura sa joue, puis sa bouche, de ses lèvres. Ivre de désir, elle ferma les yeux. Une main vint se poser sur sa nuque pour l'attirer, le baiser se fit plus ardent et Kate eut conscience de gémir. Il plongea ses doigts dans ses cheveux et elle sentit son corps ferme tout contre le sien. Elle aurait aimé l'embrasser jusqu'à la fin des temps mais elle voulait plus.

À ce moment, Frazer s'agita en marmonnant et Maxwell ne tenta plus un geste. Kate dans ses bras, sa tête nichée au creux de son cou, il se rendormit. Incapable de fermer l'œil, sans oser bouger de crainte de le réveiller, elle regarda le soleil levant napper d'argent les lointaines collines.

Elle dut somnoler une heure ou deux car elle était seule quand elle ouvrit les yeux ; on avait remonté la couverture sur ses épaules. Elle aperçut Frazer, accroupi auprès du ruisseau où il s'aspergeait le visage. Maxwell fumait une cigarette quelques mètres plus loin.

Kate se redressa couverte de fétus de paille. Ce qui s'était passé au cœur de la nuit devait se voir sur son visage, ses lèvres en étaient encore meurtries.

Toutefois, Frazer se contenta de sourire.

— Tu n'es pas très fraîche, Katie ! Je crois d'ailleurs que nous avons tous besoin d'un bon bain.

Maxwell bâilla et s'étira comme un chat.

— Bon sang, je meurs de faim !

Frazer passa ses doigts mouillés dans ses cheveux.

— Nous ferions mieux de rentrer. J'attends la visite de certains métayers, ce matin. Ils veulent me parler des moutons ou de Dieu sait quoi.

Ils reprirent le chemin de la maison sans un mot ou presque. Kate avait mal à la tête… sans doute avait-elle un peu trop bu. Elle voyait le monde avec une acuité nouvelle : les gros nuages gris qui filaient dans le ciel et la bruyère violette, ébouriffée par le vent. L'univers ne lui avait jamais paru aussi net, aussi vivant, c'était une sensation nouvelle, grisante mais épuisante.

À peine étaient-ils arrivés qu'elle remarqua la décapotable garée dans la cour. Kate reconnut l'homme appuyé au capot, c'était un habitué des soirées. Une femme coiffée d'un chapeau de paille errait dans la cour et posait sur les jardinières un regard indifférent, ses hauts talons crissant sur le gravier.

— Bon Dieu ! lâcha Frazer. Les Lampton.

Ce fut l'autre femme, assise à l'arrière de la voiture et vêtue de lin crème, qui retint l'attention de Kate. Ses cheveux disparaissaient sous une écharpe de soie grège et ses yeux derrière des lunettes noires. Elle tenait sur ses genoux un petit chien à poils longs, blanc et gris. En la voyant, Kate prit soudain conscience de ses jambes nues et de ses sandales mouillées. Elle passa la main dans ses cheveux en désordre et fit une tentative désespérée pour lisser ses vêtements froissés.

— Charlie ! Fiona ! s'exclama Frazer. Je ne vous attendais pas.

— Nous étions dans le coin et nous nous sommes dit que nous pourrions vous rendre une petite visite, les gars.

Très anglais, l'aristocratique Charlie avait une diction traînante.

— Nous n'avons pas trouvé âme qui vive dans cette maison.

Le pâle regard se fit insistant pour les toiser de la tête aux pieds.

— Rentrez-vous de randonnée ?

— Nous avons campé cette nuit.

Frazer serra la main de Charlie et embrassa la dame au chapeau de paille.

— Je vous présente une amie, Naomi Jennings.

Il ouvrit la portière arrière de la voiture, la jeune femme en descendit et son chien bondit pour s'enfuir à toute allure.

— Ma sœur Kate, reprit Frazer.

Naomi effleura la main de Kate, puis retira ses lunettes, découvrant des yeux noirs très brillants.

— Susie ! Susie, viens ici ! cria-t-elle.

Maxwell courut derrière la chienne qu'il vint ramener à sa maîtresse.

— Je crois que ceci est à vous.

— Comme c'est gentil, murmura Naomi.

Le sombre regard s'attarda sur Maxwell qui posait l'animal dans ses bras.

— Seigneur, qu'est-ce que c'est ?

— Un shih tzu. N'est-ce pas, Susie chérie ? Un chien chrysanthème.

Elle baissa enfin les yeux et piqua un petit baiser sur le crâne de la chienne.

Naturellement, Frazer leur proposa de rester, ils semblaient d'ailleurs attendre son invitation. Il se mit en quête du gamin qui aidait au jardin pour lui demander de porter les valises et dit à Mrs McGill de préparer deux chambres. Puis, Maxwell à ses côtés, il fit visiter la maison à ses hôtes. Charlie et Fiona, qui connaissaient déjà les lieux, s'éloignèrent pour aller s'asseoir sous le cèdre. Il ne resta donc que Frazer, Maxwell et Naomi. Frazer se demanda où sa sœur était passée... Peut-être faisait-elle une sieste ou prenait-elle un bain ?

Naomi s'extasiait et laissait tomber de sa voix de gorge un :

— Absolument superbe... Quelle vue !

Ou encore :

— Ah, ces vieilles demeures… d'un romantisme divin !

Frazer se sentait groggy, sur les nerfs, comme un homme qui n'a pas eu son compte de sommeil. Il se tut au bout d'un petit moment et laissa à Maxwell le soin de montrer à leur invitée les détails intéressants. Ils passaient de pièce en pièce et seules quelques bribes de conversation venaient troubler le silence des couloirs.

Les métayers se présentèrent et Frazer dut les écouter se lamenter sur la dernière hausse des fermages, les droits de pâturage, les chemins d'accès et les chiens lâchés par les randonneurs, le tout servi avec un épouvantable accent du cru, si bien que Frazer dut faire un terrible effort de concentration pour arriver à les comprendre. Après quoi, il se vit infliger, et ses hôtes avec lui, un affreux ragoût et un gâteau de riz qui crissait sous la dent. Petite vengeance de Mrs McGill qui n'avait pas apprécié l'arrivée inopinée des trois visiteurs. Il fut question de promenade mais le projet tourna court car le temps se mit à changer. Une vague torpeur s'était emparée du petit groupe qui s'installa dans un salon donnant sur le jardin pour feuilleter des magazines devant une tasse de café. La conversation roulait sur les amis communs, les mariages, les vacances ; Frazer trouvait ces propos de plus en plus décousus et finit par s'assoupir.

Il dut dormir profondément, car il était seul à son réveil et la pendule de la cheminée indiquait 16 heures. Il jeta un coup d'œil au-dehors et vit que la voiture de Charlie Lampton n'était plus là.

Il erra dans la maison à la recherche des autres et finit par apercevoir, sur fond de bruyères, les petites silhouettes sombres de Maxwell et Naomi dans les collines. Ils avaient dû aller au pavillon de chasse. Frazer en fut déconcerté. Il avait peine à imaginer Naomi dans son élégante toilette claire, affrontant les pierres de gué sur ses talons hauts. Il les regarda s'avancer sur le chemin. La chienne sautillait à leurs côtés et il remarqua, une fois de plus, comme Max agitait les mains en parlant.

Il n'aurait su dire pour quelle raison il se sentait si désemparé. Au dîner, il eut l'impression que le bonheur de l'été s'était enfui. Il se sentait nerveux, fatigué d'avoir dormi si profondément à une heure aussi inhabituelle. D'ailleurs il n'était pas le seul, Kate ne disait rien ; quant à Charlie et Fiona, d'humeur grinçante depuis leur retour de promenade, ils n'avaient pas déposé les armes et s'affrontaient en silence.

Seuls Max et Naomi semblaient insensibles au malaise général. Naomi riait et ronronnait comme une chatte. Max, en grande forme, raconta des histoires drôles et fit une imitation très réussie des métayers. Ils étaient seuls au monde, du moins Frazer le pensa-t-il.

Kate comprit bien plus tard que Maxwell et Naomi Jennings devaient s'éprendre l'un de l'autre, c'était inévitable. Pouvait-on parler d'« amour »? Était-ce bien le mot? Un tel sentiment était nécessairement assorti de tendresse, de considération et de douceur. Le lien qui unissait ces âmes sœurs n'était pas de cette nature. Tel l'œil d'un cyclone, leur sombre passion était née du désir, de la soif et de la certitude d'être faits l'un pour l'autre, comme deux êtres superbes et meurtris par la vie. Naturellement, Kate l'ignorait à cette époque. Elle avait bien trouvé un grain de sable dans les rouages mais cela devait tenir au jour, à l'heure, à une mauvaise synchronisation.

Le lendemain, les Lampton repartirent de bon matin mais Naomi resta à Ravenhart. Sa petite main s'était refermée sur le bras de Frazer et elle avait levé vers lui de grands yeux noirs suppliants.

— C'est vraiment trop beau! Je ne peux pas repartir tout de suite! Je prendrai le train pour rentrer, enfin, je me débrouillerai. Ça ne t'ennuie pas, Frazer chéri?

Le courtois, le généreux, l'obligeant Frazer avait répondu :

— Mais non, vieille branche, absolument pas. Plus on est de fous, plus on rit.

Voilà qu'ils étaient quatre maintenant! Pour le dernier jour des vacances de Kate, ce jour précieux entre tous, la voix brûlée de Naomi Jennings résonnait entre les murs de Ravenhart, les notes florales de son parfum entêtant imprégnaient les couloirs. Il fallait la distraire puisqu'elle était l'invitée, lui proposer des promenades à pied ou en voiture et dîner à la grande table d'acajou au lieu de faire frire des saucisses sur le feu au bord du torrent. Kate dut dénicher une robe impeccable et une paire de bas neufs dans un fatras de vêtements qui avaient perdu un nombre incalculable de boutons et récolté des taches d'herbe pendant le séjour. Ces vingt-quatre heures, Kate les vécut dans une sorte d'hébétude, incapable de retrouver le rythme ordinaire d'un jour comme les autres après avoir été brutalement tirée d'un joli rêve. Elle renversa le sucrier, ses efforts de conversation étaient maladroits. Au bout d'un petit moment, elle s'en remit aux autres.

La nuit au pavillon de chasse n'était pas un commencement, comme elle l'avait cru, mais un terme. Il lui fallut du temps pour l'admettre... Elle avait dormi dans les bras de Maxwell Gilchrist, il l'avait embrassée mais, quelques heures plus tard, elle doutait déjà de la réalité de ses souvenirs. Maxwell n'avait parlé de rien, ne l'avait pas touchée, mais Kate se dit qu'il n'en avait pas eu l'occasion avec l'arrivée des Lampton et de Naomi Jennings.

Le temps était détraqué et la pluie tombait à verse. Après le déjeuner, Kate monta préparer ses bagages et Maxwell emmena Naomi en balade dans la voiture prêtée par Frazer. Ils ne rentrèrent qu'en fin d'après-midi. Frazer s'était d'ailleurs posté derrière la fenêtre pour guetter leur retour.

Au bout d'un petit moment, Kate l'entendit inspirer brusquement. Elle jeta un coup d'œil à l'extérieur et vit la Lagonda zigzaguer d'un bord de l'allée à l'autre.

— Ce n'est pas normal ! lança Frazer en se précipitant dans le jardin.

Kate lui avait emboîté le pas. La voiture fit un tête-à-queue et poursuivit sa course folle sur la pelouse. Naomi conduisait. Maxwell s'empara du volant et le véhicule s'immobilisa à trente centimètres du cèdre. Tremblante, Naomi s'effondra sur le volant. Kate pensa tout d'abord qu'elle pleurait. Ils étaient à quelques pas, son frère et elle, quand ils entendirent un immense éclat de rire.

Le jour suivant, celui du départ, Naomi et Maxwell ne se montrèrent pas au petit déjeuner ; ils étaient déjà partis. Certaine qu'il reviendrait à temps pour lui dire au revoir, Kate refusait de croire que Max ait oublié son départ. Elle ne cessait d'aller à la fenêtre, persuadée de le voir surgir sur le sentier. Frazer avait beau la mettre en garde de ne pas rater son train, Kate patientait, convaincue qu'elle trouverait Maxwell devant la loge de Mr Bains. C'était parfaitement idiot mais elle en était arrivée à imaginer qu'il l'attendrait sur le quai de la gare de Pitlochry.

Non, bien sûr. Le train entra en gare, Kate parvint à trouver une place dans un wagon bondé mais une infime part d'elle-même gardait encore l'espoir de le voir arriver. Comme si elle avait le pouvoir de le faire apparaître par la seule force de sa pensée, elle surveillait le quai. Au moment où le wagon s'ébranla, elle leva les yeux vers le parapet du pont. Pas de Maxwell. Le convoi prit de la vitesse, commerces et maisons disparurent et ce fut la campagne. « Idiote, triple idiote ! », se dit-elle en fermant les paupières et en se mordant la langue jusqu'au sang. Soit, il ne lui avait pas dit au revoir mais cela ne prouvait rien, absolument rien. Il avait eu un empêchement.

Une fois certaine qu'elle ne pleurerait pas, elle ouvrit les yeux. Des tableaux défilaient devant elle comme un film en accéléré : silhouettes floues de Maxwell et de Frazer dans les profondeurs du bassin, Maxwell penché sur elle dans la pénombre du pavillon de chasse, les petites mains de Naomi Jennings caressant le chien… et le regard furieux de son frère quand sa voiture avait dérapé sur la pelouse.

En septembre, Kate fit ses débuts dans le secrétariat. Une activité stable et sensée, selon sa mère, voilà ce qu'il lui fallait ! Le soir et le week-end, elle était curieusement accoutrée de corsages de couleur vive et de colliers de perles dégotés dans des ventes de charité. Ses jupes avaient l'air de sacs à patates, assortis de gilets noirs qu'elle tricotait elle-même. Elle nouait parfois sur ses frêles épaules un châle indien emprunté à sa mère. Elle mettait même des pantalons ! Bess n'en avait jamais porté que pour monter à cheval ou pour jardiner pendant la guerre. Quelle idée de vouloir se transformer en garçon d'écurie. Elle, si jolie maintenant !

En septembre, Eleanor retourna en classe. Depuis l'entrée en maternelle, Rebecca accompagnait sa sœur le matin. À quatre ans et demi, avec ses grands yeux d'un bleu sombre et ses longues tresses brunes nouées d'un ruban, Rebecca était une beauté.

Déjà très femme, elle adorait les jolis vêtements, pleurait et tempêtait pour mettre sa belle robe quand on l'emmenait dans les magasins. Bess comptait sur la maternelle pour l'assagir, voire gommer une petite tendance à la tyrannie. Chacune à sa façon, ses trois aînées ne manquaient ni d'énergie ni de caractère. Quand elles voulaient quelque chose, elles se débrouillaient pour l'obtenir. Sans doute tenaient-elles de leur mère leur volonté et leur obstination.

Aimée était différente. En digne fille de Martin, elle était perdue dans son univers. Comme son père, elle prenait de la distance avec le quotidien et Bess s'agaçait parfois de la voir aussi autonome. À seize mois, Aimée avait des yeux d'agate mais des cheveux si fins et si pâles qu'ils semblaient incolores. C'était un petit être blond, frêle, évanescent comme un duvet de chardon. Bess trouvait que des yeux trop grands pour sa tête, sous la frange argentée, lui donnaient un air un peu étrange. C'était une enfant facile qui n'avait eu aucun mal à s'intégrer à la famille, ravie de se trouver dans les bras de ses sœurs qui jouaient avec elle et de l'attention dont elle était l'objet.

Ces derniers temps, ils recevaient en effet un flot constant de visiteurs, vieux amis ou collègues allemands de Martin, qui arrivaient à toute heure du jour et de la nuit. Il y avait des universitaires et des médecins, juifs, communistes ou syndicalistes, voire des Allemands qui n'avaient tout simplement plus leur place dans leur patrie, chassés par les nouvelles lois édictées par le régime nazi. Seuls ou accompagnés de leur famille, une épouse discrète et des enfants apeurés et désorientés, ils étaient installés dans les mansardes du dernier étage où ils disposaient d'une relative intimité. Certains parlaient anglais et Martin maîtrisait l'allemand. S'ils arrivaient à se détendre un peu, ils évoquaient leurs expéditions archéologiques ou des temps meilleurs à Berlin ou à Francfort. La nuit, Bess entendait toutefois leurs petits pas discrets. Dans cette maison, cette ville étrangère, ils ne pouvaient fermer l'œil. Au bout de quelques jours ou de quelques semaines, ils partaient s'installer dans une autre région ou en Amérique.

En ce moment, les mansardes abritaient un jeune couple d'à peine trente ans, Gregor et Resi Schmidt. Fine, pas très grande, Resi avait une cascade de boucles blondes ramenées sur le côté. Ses minces sourcils très épilés n'étaient pas sans rappeler ceux de Marlene Dietrich et elle ne quittait sa chambre que savamment maquillée. Toujours élégante, ses vêtements bien repassés, Resi ne s'approchait ni d'Aimée ni de Rebecca tant elle redoutait les faux plis ou les traces de doigts sur sa jupe de lin vert pâle.

Brun et solidement charpenté, Gregor était régisseur dans un théâtre de Berlin où Resi avait été danseuse, c'était là qu'ils s'étaient rencontrés. Son nez, sans doute aquilin à l'origine, était tordu, un souvenir de l'année passée en camp de concentration que lui avaient valu ses sympathies communistes. Il était sorti de Dachau avec un tympan détruit et n'entendait pas de l'oreille droite.

Le couple habitait chez les Jago depuis une quinzaine de jours quand Gregor sortit un beau matin pour régler les formalités de passage à l'agence maritime. Ils avaient en effet décidé de se rendre aux États-Unis. Bess conduisit Eleanor à l'école, fit quelques courses et rentra. Aucun signe de Resi qui n'était pas descendue prendre son petit déjeuner. À 10 heures, Mrs Tate faisait toujours du café et Bess monta jusqu'au grenier en proposer une tasse à Resi. Elle eut beau frapper, elle n'obtint aucune réponse. Elle poussa donc la porte de la chambre. Sous le choc, elle mit quelques secondes à comprendre. C'était bien Resi, allongée sur le lit. Il y avait du sang partout... ses boucles élégantes et ses vêtements impeccables en étaient raides, une odeur métallique imprégnait la pièce. Bess courut chercher Martin au rez-de-chaussée.

Dans le chaos des heures traumatisantes qui suivirent, quand l'ambulance vint chercher Resi pour l'emmener à l'hôpital ou quand elle dut aider Mrs Tate à nettoyer la pièce et la literie, Bess revoyait sans cesse le sang couler des fins poignets de la jeune femme. La jolie, l'élégante Resi, qui préférait tenir les enfants à distance tant elle craignait les taches d'humidité et les petits doigts poisseux de confiture...

Il était 19 heures passées quand Martin revint à la maison. Les petites étaient couchées et Mrs Tate rentrée chez elle. Kate et sa mère débarrassaient la table de la cuisine à l'issue d'un dîner auquel elles avaient à peine touché.

Martin enleva son manteau.

— Elle devrait s'en sortir. Bien sûr, elle est encore très faible mais elle a repris connaissance. Gregor est auprès d'elle.

Bess tremblait de soulagement.

— Merci, mon Dieu !

Kate ouvrit le four.

— Tu veux dîner, Martin ?

— Qu'est-ce qu'il y a ?

— Du hachis Parmentier.

— Je me contenterai d'un peu de pain et de fromage dans un moment.

— Je te comprends, dit Kate en faisant la grimace. Il y a des haricots aussi.

— Je prendrai peut-être un cognac.

— Je vais chercher la bouteille.

— Je te demande pardon, fit Martin en s'asseyant auprès de Bess.

— De quoi?

— D'avoir permis que ce foyer soit le théâtre d'une telle tragédie.

— J'ai bien cru qu'elle était morte, murmura Bess.

— Si tu ne l'avais pas trouvée à temps…

Il ne put terminer sa phrase.

Kate rapporta des verres, déboucha la bouteille de cognac et servit une double dose à Martin.

— Pourquoi a-t-elle fait ça?

— Je l'ignore.

Martin retira ses lunettes et se frotta les paupières.

— Comment savoir? Je m'en veux de ne pas avoir compris ce qui se préparait. J'aurais dû deviner, conclut-il avec accablement.

Il semblait épuisé. Les ans et le dur labeur avaient profondément creusé ses traits et il commençait à sérieusement grisonner sur les tempes. Bess avait elle-même quelques fils gris, qui la prenaient toujours au dépourvu quand elle en découvrait un en se brossant les cheveux.

— Nous tentions de l'aider, reprit Kate. Pourquoi a-t-elle voulu se supprimer? Ils avaient réussi à fuir l'Allemagne… sains et saufs.

— Probablement était-elle désespérée.

Martin esquissa un vague sourire.

— C'est ce qu'on dit au moindre ennui, pour un train manqué ou si on veut quelque chose à tout prix. Mais le désespoir, le vrai, ce sentiment qu'il vaut encore mieux renoncer à vivre, n'est heureusement pas si fréquent.

— Serait-ce à cause des sévices que Gregor a subis?

— C'est possible. Il est très dur de voir souffrir ceux qu'on aime, surtout quand on est impuissant et sans espoir de revanche.

— Ni de justice, fit observer Kate.

— Ni de justice, acquiesça Martin. L'Allemagne est une dictature où les lois émanent d'un seul homme. Gregor et Resi en sont victimes.

Kate tournait et retournait dans sa main le bouchon de la bouteille.

— Ils lui voulaient du mal, c'était délibéré, reprit-elle lentement. Comment est-ce possible ?

Bess sortit du four le hachis Parmentier, brûlé sur le dessus, et le jeta dans la poubelle.

— Allons, chérie, il ne faut pas te tourmenter ainsi.

— Je veux savoir, maman. Pourquoi certaines personnes cherchent-elles à faire du mal ?

Martin essuyait ses lunettes avec un mouchoir douteux.

— Pour asseoir leur autorité, parfois. En semant la peur, on s'assure l'obéissance de la population.

— Y a-t-il des gens qui aiment faire souffrir, à ton avis ?

Bess rinçait son plat.

— Ne pense pas à cela, voyons !

— Est-ce vrai, dites-moi ?

— C'est possible.

Martin ajouta en soupirant :

— Hélas, cela arrive.

— Enfin, *pourquoi* ?

— Peut-être ces gens ont-ils, eux aussi, un sentiment d'impuissance ? Ils se défoulent sur les plus faibles. Certains individus tirent une certaine jouissance de la violence gratuite. Ils ne sont pas si nombreux, j'ose l'espérer du moins, mais c'est un fait. Des régimes comme celui de l'Allemagne nazie leur donnent une tribune... un pouvoir en quelque sorte.

— Je ne comprends toujours pas pourquoi.

— Je ne sais pas trop, Kate... Des traumatismes précoces, si ça se trouve. Un enfant confronté à la cruauté reproduit le même schéma, il considère la violence comme normale, voire souhaitable. Si tu veux, je pourrai te conseiller certains ouvrages de psychologie. Selon Freud...

Bess sortit dans la petite cour pavée et respira enfin. Les jarres de terre cuite débordaient de lys et de jasmin et l'air était imprégné de leur parfum. Elle referma derrière elle pour ne plus entendre la conversation et s'assit, dégustant son cognac dans l'espoir de dissiper le terrifiant sentiment de malaise qui lui serrait l'estomac depuis l'instant où elle avait poussé la porte de Resi.

Les souvenirs revinrent en force. Comme Resi, ce matin-là, elle avait à deux reprises cédé au désespoir. La première fois, c'était après sa visite à Sheldon Ravenhart, quand elle avait compris que Cora lui avait enlevé Frazer. La seconde, après qu'Andrew Gilchrist l'eut violée. En ces deux circonstances, elle s'était retrouvée totalement impuissante. C'était une étincelle, une part unique d'elle-même qu'on lui avait ôtée par deux fois. Jamais elle ne voudrait que Kate ait à éprouver un tel sentiment. Jamais elle ne souffrirait qu'un de ses enfants soit victime de ce genre de situation, elle ferait l'impossible pour l'empêcher.

Toutefois, bien des choses échappaient à son contrôle. L'espoir de voir les nazis modérer leurs exigences après avoir conquis le pouvoir s'était évanoui depuis longtemps. Le régime en place avait supprimé les élections et la démocratie était absente de l'horizon politique.

La presse faisait quotidiennement état de conflits, de putschs et de violences perpétrées contre les populations. En juillet, la guerre civile avait éclaté en Espagne. Appuyé par l'armée, le général Franco menait l'insurrection contre le Front populaire issu d'élections démocratiques. Vers la fin août, les nationalistes de Franco avaient bombardé Madrid avec des appareils allemands, faisant des centaines de victimes et des milliers de blessés parmi les civils. Le revirement de l'Italie et de l'Allemagne, qui s'étaient ralliées au parti du général Franco, avait encore accentué le pessimisme de Martin et l'inquiétude de Bess. Les Républicains étaient soutenus par l'Union soviétique ; la France et la Grande-Bretagne s'en tenaient à la neutralité. Au Royaume-Uni, la classe politique avait lancé cette mise en garde : si le pays était entraîné dans un conflit européen, il n'y aurait pas de parade aux bombardements et il faudrait s'attendre à un grand nombre de victimes. Entendant la déclaration officielle enjoignant tous les Britanniques de s'entraîner au maniement des masques à gaz, Bess fut saisie d'effroi.

Nul enthousiasme, cette fois, devant les perspectives de guerre, personne ne croyait en une prompte victoire, comme en 1914. Bess eut la tentation de rejoindre les rangs des pacifistes, comme ceux de la Peace Pledge Union qui comptait déjà des centaines de milliers de partisans, mais fut freinée dans son élan. Si les intentions étaient bonnes, le pacifisme saurait-il barrer la route aux artisans du désespoir ? Elle avait eu beau raisonner et s'avilir, elle n'avait pu se défendre contre Andrew Gilchrist. Ni la négociation ni les tentatives de conciliation ne feraient plier ceux qui cultivaient la haine et semaient la souffrance.

Elle était néanmoins terrifiée par la perspective d'une autre guerre. Les souvenirs qu'elle gardait du dernier conflit, de l'absence et des deuils qu'il avait entraînés, étaient encore trop vifs. Comment envisager sans répugnance de revivre cela ? « Je n'ai que des filles, Dieu merci », lui avait dit Martin, un soir, en éteignant la TSF.

« Frazer ! s'était-elle exclamée. Et les garçons de Ralph et Pamela ! »
Il l'avait serrée dans ses bras.

Il y avait si longtemps qu'elle défendait ses enfants comme une tigresse, avait attendu si longtemps le retour de Frazer ! Elle refusait de le perdre pour une querelle née de la cupidité et de la haine de certains. Elle songea aux soldats, brisés par la Grande Guerre, aux souffrances sans fin d'Alex Findlay, aux ravages opérés sur Ralph et sur Martin. Pas plus que ses deux époux, Frazer n'avait l'étoffe d'un soldat.

La famille de Naomi Jennings habitait Virginia Water dans le Surrey. Son père était froid, accaparé par son travail dans une banque d'affaires et elle avait deux frères beaucoup plus âgés. Cette enfant très désirée avait déçu sa mère. Mrs Jennings aurait aimé une jolie petite fille rose et blanche qui jouerait avec ses poupées et ferait l'admiration de ses amies. Elle avait hérité d'un garçon manqué qui grimpait aux arbres du grand jardin et préférait la compagnie des copains de ses frères à celle des fillettes polies qui évoluaient dans l'entourage de sa mère. Excessive et trop émotive, Naomi détonnait et était même un rien vulgaire.

À l'adolescence, le fossé se creusa. Murée dans son ennui, elle n'était guère présente. Par la suite, certaines expériences parvinrent à dissiper la brume. Elle comprit qu'elle aimait les voitures très rapides et les yachts qui filaient sous le vent. Elle adorait le champagne, les cigarettes et l'intrépide audace des êtres qui lui ressemblaient.

Elle avait découvert les relations sexuelles à seize ans, son premier amant étant le fils d'un collègue de son père, et avait perdu sa virginité dans les écuries d'un manoir du Buckinghamshire. Des mois durant, l'odeur du foin avait ravivé la douleur et le plaisir qui avaient accompagné cette expérience. Elle s'était échappée deux ou trois fois de la pension pour de furtives rencontres mais l'aventure s'était soldée par un renvoi. Ses parents lui trouvèrent un nouvel établissement et Naomi n'entendit plus parler du jeune homme.

Il y en eut d'autres dans le Surrey, puis à Paris et en Suisse, où elle fréquentait une institution pour jeunes filles de bonne famille. Naomi était rentrée de ce séjour à l'étranger parfaitement accomplie, sachant préparer un soufflé aux champignons et descendre de voiture sans trop montrer ses jambes. Pendant deux ans, elle traîna de soirées en week-ends champêtres. Ses vaines tentatives pour combattre l'ennui la menèrent à seconder une amie modiste et elle travailla brièvement comme mannequin pour un grand magasin, activité qui consistait à parader dans de coûteuses toilettes devant quelques clientes fortunées flanquées de jeunes débutantes.

Elle prit aussi quelques amants. Tout d'abord, des garçons de son âge dont elle finit par se lasser ; puis elle les choisit plus âgés et parfois mariés. Profondément instable, jamais satisfaite, elle voyait s'estomper la fascination des premiers instants au bout de quelques semaines ou de quelques mois. Ne demeurait alors qu'un physique imparfait, une nuque semée de boutons ou des sourcils broussailleux. Elle prenait toujours l'initiative de la rupture sans laisser à son partenaire la plus petite chance de mettre fin à la liaison. Naomi avait su tirer les leçons de sa première histoire d'amour.

Seulement, elle avait joué de malchance un an auparavant et s'était fait piéger… Un beau matin, elle avait vomi son petit déjeuner. La mère avait diagnostiqué le mal dont elle se plaignait avant que la fille ne comprenne qu'elle était enceinte. Dans le décor parfait de la salle de bains vert et crème des Jennings, sa mère, défigurée par la colère, s'était mise à hurler :

— Qui est le père ? Qui ?

Naomi ayant confessé qu'elle n'en était pas tout à fait sûre, Mrs Jennings avait recouvré son calme légendaire et froidement asséné :

— Espèce de petite traînée. Faut-il être idiote ! Pas un mot à qui que ce soit, tu m'entends ? Il faudra bien le dire à papa puisque c'est lui qui va payer mais, en dehors de cela, personne ne doit savoir, ni tes frères, ni Tessa, ni Hazel, absolument personne.

Le lendemain, Naomi fut promptement embarquée dans une clinique de Harley Street et, le jour suivant, elle était débarrassée de l'enfant. Elle passa cinq jours à se rétablir dans le silence d'un petit hôtel de Bournemouth avant de rentrer chez elle avec sa mère. Son père, qui ne lui adressait pratiquement plus la parole, lui coupa les vivres. Le regard d'aigle de sa mère ne la lâchait plus. Tout espoir de beau mariage envolé, le premier garçon issu d'une famille convenable ferait l'affaire, pourvu qu'il ait de l'argent. Mrs Jennings surveillait son cercle de relations, banquiers ou courtiers, et spéculait sur le rejeton qui pourrait convenir à sa fille.

De l'enfant, il ne fut plus question, à croire qu'il n'avait jamais existé. Naomi fut la seule à le pleurer. Tôt le matin, elle se réveillait les yeux pleins de larmes. Elle ne s'était jamais intéressée aux bébés, mais elle avait l'impression d'avoir été privée de quelque chose d'essentiel, qui aurait pu vaincre son ennui.

Elle mit des mois à oublier son chagrin. Captive de la sinistre et douillette prison familiale, elle sentait la réprobation manifeste de ses parents. Peut-être la détestaient-ils? Faute d'argent, elle avait dû renoncer à ses distractions habituelles, toilettes neuves et sorties dans les night-clubs, mais se disait parfois que, même avec un portefeuille bien garni, elle n'aurait pas été tentée par les vêtements ou les sorties.

Un jour, elle fondit en larmes durant une partie de bridge organisée par sa mère. Il fut impossible de la calmer. Mrs Jennings l'envoya se coucher avec une paire de claques et le médecin prescrivit un changement d'air. Quelques jours plus tard, on lui annonça qu'elle partait en Suisse avec son frère et sa belle-sœur. Devant les paysages de montagne et les lacs qu'elle avait toujours aimés, elle se sentit mieux. Il y aurait d'autres enfants, des enfants qu'elle garderait. Elle se marierait, aurait une famille et son propre foyer, tous les problèmes seraient résolus! Au retour, Mrs Jennings relâcha sa surveillance… Mais elle redoutait toujours des débordements émotionnels embarrassants car l'émotion n'avait pas sa place chez les Jennings. On s'en méfiait. Les chiffres et les bilans comptables étaient tellement plus fiables!

Au mois d'août, Naomi accompagna les Lampton, de vieux amis de la famille, dans un périple écossais. Comme elle avait adoré la Suisse, Naomi se découvrit une passion pour ce pays. Elle en aimait les paysages sauvages, la rigueur du climat, les tempêtes, les bourrasques de grêle et la douceur du pâle soleil du nord.

Elle se lassa très vite des Lampton qui ne cessaient de se chamailler. Un soir où Fiona étant montée se coucher de bonne heure, elle était restée au salon en compagnie de Charlie et celui-ci lui avait fait des avances. Déstabilisée par son air entendu, elle les avait repoussées. Charlie Lampton aurait-il eu vent de certaines rumeurs ? De la honte qu'elle avait connue ?

Le lendemain, ils se rendirent à Ravenhart. Le château, ses fenêtres en ogive et ses pignons de conte de fées laissèrent Naomi sans voix ; quant à la vallée, dans son écrin de montagnes, elle lui parut d'un romantisme fou.

C'est là qu'elle fit la connaissance de Maxwell Gilchrist. Elle avait toujours aimé ce style de brun au type gitan et, ce matin-là, le sommeil voilait encore les yeux bleu-vert et les vêtements de Maxwell étaient froissés comme s'il les avait gardés pour dormir. Le manoir appartenait à Frazer Ravenhart et sa sœur Kate était en vacances. Tandis que Charlie faisait les présentations, le regard de Naomi passa de l'un à l'autre. Que pouvait-il bien y avoir entre ces trois-là ? Car il y avait anguille sous roche… Elle ignorait quoi mais, dans ce genre de situation, elle développait un sixième sens.

L'eût-elle rencontré loin de Ravenhart et de son écrin de montagnes, Maxwell Gilchrist aurait quand même éveillé son désir. Elle avait enfin trouvé ce qu'elle cherchait depuis si longtemps. Elle ne jeta qu'un bref coup d'œil à Frazer, aussi séduisant dans un tout autre genre. Maxwell, lui, s'accordait parfaitement avec le manoir, sombre et menaçant comme la vieille demeure. Jusqu'où un escalier pouvait-il mener ? Il suffirait de perdre l'équilibre pour tomber dans le vide. Là-haut, sur le toit, seule une balustrade très basse vous empêchait de basculer vers l'abîme.

En voyant Maxwell Gilchrist, Naomi eut l'impression que la lumière renaissait, que se rallumait une flamme longtemps éteinte. Elle retrouva la sensation presque oubliée, ce petit creux à l'estomac quand se posait sur elle le regard d'un homme qu'elle désirait. Car pour la regarder, Maxwell la regardait et avec quelle ardeur !

Mais pour conquérir un Maxwell Gilchrist, il ne fallait surtout pas se jeter à son cou. Elle avait appris à se montrer méfiante, à ne pas céder trop vite. Pas sans être sûre. Elle était comme un vase fêlé qui se brise dès qu'on le touche et restait assez lucide pour avoir conscience de sa fragilité.

13

Kate ne comprit pas tout de suite pourquoi Frazer tolérait la présence de Naomi Jennings mais, à la réflexion, il le faisait pour Maxwell. Refuser d'inviter Naomi, ce serait prendre le risque de ne plus voir son ami aussi souvent. Kate savait que son frère appréciait beaucoup Maxwell ; elle fut néanmoins choquée de constater qu'il l'aimait assez pour tolérer sous son toit un être qu'il détestait cordialement.

Car Frazer détestait positivement Naomi. S'il ne montrait rien, sa sœur n'était pas dupe... ce regard glacé, ces phalanges blêmes, ce petit mouvement de recul quand elle entrait dans une pièce ! Un doute l'effleura. Frazer ne serait-il pas attiré par la jeune femme, lui aussi ? C'était fou comme on pouvait se comporter quand on était amoureux ! Elle venait d'en faire l'expérience. Frazer en voudrait-il à Naomi de lui avoir préféré Maxwell ? Elle s'aperçut néanmoins qu'il fuyait tout contact avec elle. Naomi s'amusait parfois à l'aguicher, osait un geste, un sourire charmeur ou une pression des doigts mais elle n'obtenait qu'une grimace écœurée. Par exemple, elle lui ébouriffait les cheveux de ses petites mains en roucoulant :

— Ce que je m'ennuie ! Tu veux bien nous prêter ta jolie voiture, mon chéri ?

Kate voyait étinceler le regard de son frère.

Elle se demandait si Naomi ne cherchait pas à le dégoûter avec ses caresses, si elle ne s'amusait pas de voir Frazer au supplice. À moins que ce jeu de séduction ne soit destiné à rendre Maxwell jaloux ? Peine perdue... Max continuait à tirer sur sa cigarette, à boire comme si de rien n'était et poursuivait son repas. Tout au plus finissait-il par dire :

— Naomi, veux-tu lâcher ce malheureux ! Si tu tiens absolument à torturer quelqu'un, je vais te chercher ton chien.

Kate fut tout d'abord soulagée. Un amoureux parlerait-il ainsi ? Devant tant d'indifférence, Naomi faisait la tête ou s'énervait ; Maxwell continuait toutefois à l'ignorer. S'il était épris, il ne rirait pas de la voir quitter la pièce furieuse, son chien sous le bras, ou refuser de lui parler.

Ce soulagement fut toutefois de courte durée. Si Naomi n'inspirait que répulsion à Frazer, elle ne manquait pas une occasion de toucher Maxwell. Ils étaient rivés l'un à l'autre comme les dents d'une fermeture Éclair. Dès que Naomi le croisait, elle laissait errer ses doigts sur ses épaules, glissant le long de la manche comme s'il était trop dur de rompre le lien, si ténu soit-il. Lui, effleurait sa cheville du bout de l'orteil, sous la table. Quand, main dans la main, ils prenaient le chemin des collines, ils ne se séparaient que contraints et forcés par les accidents du terrain. Ils se susurraient des mots doux, se trouvaient de tendres petits noms. Ils se baignèrent un jour dans le bassin et Kate vit, dans l'eau profonde, les deux spirales de leurs corps enlacés comme des serpents. Ils s'assirent ensuite sur la berge et Maxwell sécha la jeune femme tremblant de froid, l'enveloppa dans la serviette et l'aida à enfiler son chandail. Ils firent du feu au pavillon et Maxwell démêla l'épaisse chevelure brune. Face à cette scène insupportable, Kate enfonça ses ongles dans ses paumes pour ne pas hurler.

Elle était entrée dans un cabinet d'avocats début septembre et s'était très vite aperçue que cela ne lui allait pas. Elle ne s'impliquait pas vraiment dans un travail qui n'avait, à ses yeux, rien de passionnant. Décidément, c'était une terrible erreur, admettait-elle confusément. Elle aurait mieux fait de suivre le conseil de Martin et de tenter sa chance à l'université. Comme elle s'en voulait terriblement d'avoir choisi la facilité qui l'avait conduite à cette activité de second ordre.

C'était aussi par manque de courage qu'elle allait si souvent à Ravenhart où le bonheur n'était plus au rendez-vous. Rien ne serait plus comme avant. On buvait trop au manoir, on y fumait trop, on n'y dormait pas, on courait à la catastrophe. Cependant, le vendredi soir, elle prenait toujours le train pour Pitlochry où elle se rendait tous les quinze jours.

Les trois protagonistes du drame étant seuls au monde, il n'était pas facile de se voir reléguée au rôle insignifiant de spectatrice. Témoin du lien obsessionnel qui les unissait, elle avait l'impression de racler avec ses ongles une chair à vif mais il fallait qu'elle sache. Et puis, elle n'avait pas encore renoncé à tout espoir.

Un soir, elle monta sur le toit en terrasse. Invisible dans l'ombre, elle émergeait de la trappe quand elle comprit qu'elle n'était pas seule. Naomi se profilait sur un ciel de tempête où le gris virait au violet, se tenant sur la balustrade, à un pas de l'abîme vertigineux qui s'ouvrait au-delà du mur.

Maxwell lui lança sèchement :

— Pour l'amour du Ciel, Mimi, descends de là !

Naomi lui tendit les bras en riant.

— Viens, Max, viens me chercher.

Elle vacilla.

Kate retint son souffle et vit Maxwell s'élancer vers la jeune fille qu'il saisit par la taille.

— Pauvre idiote !

Alors il l'embrassa, un long et profond baiser. Chaque courbe de leurs corps se trouvait étroitement lovée contre l'autre. Maxwell porta sa main à sa bouche. Quand il s'écarta, Kate vit des taches rouges sur ses doigts.

— Tu m'as mordu. Bon sang, Mimi, tu m'as mordu !

Il ne semblait pas s'en offusquer.

Une autre fois, tard dans la soirée, elle entendit des éclats de voix dans un couloir. Elle resta sans bouger, se fondit dans l'obscurité et lissa les plis de sa robe de soie.

Une porte s'ouvrit brutalement :

— Je ne t'appartiens pas, lâcha Maxwell.

— Ah bon ?

C'était Frazer, furieux.

— Et l'argent que je t'ai prêté, Max ? Enfin, « prêté » n'est pas vraiment le terme, n'est-ce pas ?

— Dès que j'aurai du liquide... quand mon roman sera terminé...

— Tu ne le termineras pas, tu le sais. Tu ne finis jamais rien.

Un juron fusa.

— Va te faire voir !

Des pas s'éloignèrent dans le couloir, une porte claqua.

Une fois dans sa chambre, Kate retira sa robe de soie bleu-violet. Elle avait acheté le tissu elle-même et sa mère l'avait aidée à la coudre. Elle tenait à cette robe neuve dans l'espoir que Maxwell remarquerait sa présence, qu'il prendrait encore entre ses doigts une mèche de cheveux... *Quelle chevelure magnifique! Couleur d'abricot.*

Au petit déjeuner, aussi peu gracieux l'un que l'autre, Maxwell et Frazer ne s'adressèrent pas la parole. Seule, Naomi restait sereine et tendait des morceaux de toast à Susie en fredonnant. Les hommes avaient commencé à boire avant le repas. Au déjeuner, la conversation s'orienta vers la guerre civile qui faisait rage en Espagne. Dans l'espoir d'apaiser la tension, Kate meublait les silences de remarques conciliantes.

Soudain Maxwell lança à Naomi :

— Alors ? Tu ne dis rien ?

Naomi fit la moue.

— Tu sais bien que je ne m'intéresse pas à la politique, mon chéri.

Maxwell tourna vers Frazer un regard noir.

— Et toi ? Tu suis l'actualité internationale ? C'est à n'y rien comprendre, je te l'accorde. Toutes ces factions... tu saurais reconnaître un anarchiste ? Et un anarcho-syndicaliste ?

— Aucune idée. C'est important ?

Faussement désinvolte, Maxwell lança :

— Des Rouges, hein, tout ça ? Et puis, c'est si loin ! Seulement, l'Allemagne, l'Autriche et l'Italie sont déjà aux mains des fascistes, si l'Espagne suit, imagine un peu de quel côté la balance va pencher. Ce serait l'horreur. La guerre, inévitablement.

Il poursuivit un ton plus bas :

— Enfin, sans doute les jeux sont-ils faits. Mais si ça se trouve, tu t'en fiches ? Tu n'aurais pas un petit faible pour les bottes qui brillent et les fouets qui claquent, non ? En ce qui me concerne, je déteste les uniformes.

Le visage en feu, Frazer protesta :

— Tu sais parfaitement que c'est faux !

Maxwell se cala sur sa chaise.

— Remarque, je comprendrais que tes sympathies aillent aux nationalistes. Tu dois veiller sur tes biens après tout. Ces derniers temps, les anarchistes espagnols délogent les propriétaires terriens à coups de bombes et de fusils. Que dirais-tu s'ils venaient faire ça chez toi?

— Évidemment, je n'apprécierais pas. C'est inconcevable.

— Évidemment.

Maxwell vida son verre.

— Voyons un peu… il y a cinquante ans, un riche Ravenhart, qui doit sa fortune à ses filatures et à ses mines de charbon, se met en tête de vivre dans un château. Il achète, dans le Perthshire, un bout de terre à bas prix, y plante son horreur victorienne et fait venir une horde de daims rouges pour que ses amis aient de quoi faire un carton le week-end. Seulement, voilà que le daim rouge se met à bouffer les récoltes des pauvres types qui cultivent les terres depuis des siècles et qui ne peuvent plus nourrir les leurs. Au moment de faire les malles, il n'y en aurait pas un qui ait eu envie de planter son couteau dans les tripes de ton aïeul? Je me demande…

Frazer chercha le regard de Maxwell.

— La terre était à lui.

— C'est vrai, mais les maisons étaient à eux.

Un ange passa. Maxwell se redressa tant bien que mal et bredouilla avant de quitter la pièce:

— J'ai besoin d'air.

Naomi se précipita à sa suite.

Frazer renversa la nuque et fit disparaître le fond de son verre en suivant son ami des yeux, puis rugit pour réclamer une bouteille à Phemie. Quand il eut un autre verre dans la main, il marmonna:

— Elle en fait ce qu'elle veut. Je ne l'ai jamais vu comme ça, il ne la lâche pas d'une semelle. Il aime les femmes, je sais, mais je croyais qu'à peine dans son lit elles lui sortaient de l'esprit.

Kate eut un coup au cœur; était-ce vraiment Frazer, son grand frère si poli, si courtois, qui parlait ainsi? Elle réalisa à quel point il était ivre.

Frazer reprit d'un ton un peu traînant:

— Il a cette fille dans la peau.

Il s'esclaffa d'un rire rauque et plissa les paupières.

— À moins qu'il ne l'ait pas encore mise dans son lit? Ce serait donc ça, son petit secret… Elle a l'air idiot mais elle est peut-être plus maligne que je ne croyais. Ce vieux Max aurait enfin trouvé son maître ?

Frazer hocha lentement la tête.

— Non, il l'a mise dans son lit. Ça se voit, hein ? Et il n'en a jamais assez. Ah, il file au doigt et à l'œil, elle le sait bien !

— Tu ne devrais pas dire ça, Frazer, Max est ton ami.

— Et le tien, non ?

Kate détourna les yeux en voyant que son frère avait compris. Il poursuivit d'un ton goguenard :

— Oh, Seigneur ! Je n'y crois pas ! Ne me dis pas que tu t'es entichée de lui, toi aussi ?

— Frazer…

— Faut-il être bête ! Grossière erreur. Toi, si sensée…

— Frazer, ça suffit.

— Eh oui, il faudrait avoir deux sous de cervelle pour te préférer à Naomi mais je ne crois pas que Max en ait beaucoup.

— Arrête !

Au bord des larmes, Kate se boucha les oreilles.

Son frère se dirigea vers le sofa d'un pas chancelant et s'assit en posant le bras sur le dossier. Il marmonna :

— Tu sais ce qui me chiffonne ? Il n'est pas seulement capable de se manifester quand il le dit. Quand je pense à ce que j'ai fait pour lui !

— On ne rend pas service à un ami pour être payé de retour.

— Quel idéalisme !

Le regard de Frazer était froid.

— Tu verras, dès qu'il voudra me soutirer quelque chose, il rappliquera au trot. C'est toujours la même chanson. Il suffit d'être patient, d'attendre qu'il montre un peu d'enthousiasme.

Kate aurait voulu fuir l'amertume de cette voix et la désillusion qu'elle lisait dans le regard de son frère. Elle objecta néanmoins :

— L'amitié n'est pas affaire d'argent, il ne s'agit pas de *posséder*.

Méprisant, Frazer rétorqua :

— Mais si, bien sûr. Il suffit de savoir ce qu'on peut en attendre. De l'argent, un repas correct, un moyen d'oublier ce qu'on refuse de voir.

— Et l'affection, alors ? La camaraderie ?

— Qui viendrait ici si je ne possédais ni demeure ni fortune? S'ils sont là, c'est pour ce que j'ai à leur offrir, voilà tout. Combien seraient-ils à faire ce chemin si je vivais dans un taudis?

— En ce cas, tu ferais peut-être mieux de changer d'amis, répliqua vertement sa sœur.

— À t'entendre, c'est facile! lança Frazer d'un ton mauvais. Aussi simple que de choisir des chemises.

— Non.

Kate secoua la tête.

— Qui a prétendu que l'amitié s'achetait?

Frazer contemplait son verre. Puis il parla si bas que sa sœur dut tendre l'oreille.

— Seulement, c'est de plus en plus cher, hein? Les prix ne cessent de monter.

Kate était écœurée mais elle devinait une immense solitude derrière cette façade méprisante. Elle alla s'asseoir auprès de son frère et lui glissa gentiment:

— Tu as aussi une famille, ne l'oublie pas. Nous sommes là.

— Ah bon?

Glacé et dubitatif, le regard couleur de bleuet revint vers elle.

— Vous vous êtes très longtemps passés de moi. Si je m'en allais, combien de temps vous faudrait-il pour m'oublier?

À l'avenir, Martin devait se souvenir de 1936 comme d'un répit. Auparavant, on pouvait encore croire que l'on réussirait à éviter le pire, que le monde retrouverait la raison avant qu'il ne soit trop tard. À la fin de l'année, qui ne fut qu'une longue suite d'horreurs, plus aucun espoir n'était permis. Convaincu que le pire était encore à venir, il n'éprouvait le plus souvent qu'un profond effroi.

À certains égards, son travail était toujours aussi frustrant. La médecine avait avancé à pas de géant au cours des dix dernières années. Avec la découverte de l'insuline, un diagnostic de diabète n'était plus une condamnation à mort, les sulfamides avaient largement réduit la mortalité par fièvre puerpérale et l'hécatombe opérée par la pneumonie. Mais qu'est-ce que cela changeait pour les familles qui n'avaient pas les moyens d'appeler le médecin? Il n'existait pas de remède contre l'ignorance et la pauvreté. Les conditions de vie des plus pauvres ne s'étaient pas améliorées durant cette période, loin s'en faut. Au dispensaire, les queues s'allongeaient et les heures de travail aussi. Martin avait néanmoins le sentiment de ne gratter que la surface. Trois fois par semaine, il assurait des soins gratuits ; les autres jours, il devait s'occuper de ses patients. Il fallait bien acheter à manger et payer la scolarité des enfants... Seule une révolution, ou une guerre, serait capable d'ébranler le système et de radicalement le transformer.

Comme par le passé, l'archéologie représentait l'évasion. Chaque trimestre, il profitait d'un week-end de liberté pour prendre l'Austin et poursuivre ses recherches sur la préhistoire écossaise. Il ne publierait jamais son ouvrage, l'idée de départ étant largement dépassée. Ses escapades dans les montagnes et vers les lochs lui permettaient néanmoins de se ressourcer, de secouer la poussière de la ville.

Il y avait également une autre raison à ces petites escapades. Il avait fait le serment de respecter le besoin de liberté de Bess et n'avait jamais failli à sa promesse. Il savait à quel point il était dangereux de rester rivés l'un à l'autre. Bess se lasserait, l'enthousiasme et la vivacité qui l'avaient séduit finiraient par se consumer, étouffés par la vie domestique. Il avait veillé à lui laisser du temps pour se retrouver auprès de ses enfants, de ses amis ou dans la solitude. Un remède souvent efficace.

Bientôt dix ans de mariage. Les huit premières années avaient été plus heureuses qu'il ne l'avait espéré. Il ne s'attendait pas à ce bonheur... Il savait depuis longtemps que le bonheur surgissait à l'improviste, au gré d'un changement d'humeur. Il fusait par petites étincelles et la journée échappait brusquement au quotidien soudain transformé. L'arrivée de Frazer et la naissance d'Aimée avaient tout bouleversé. Il avait maintes fois observé ce phénomène dans son métier : Aimée était l'enfant de trop. Supportable jusque-là, la vie de famille ne leur laissait aucun répit. Non qu'Aimée fût exigeante mais cette naissance avait épuisé Bess, plus que celle de ses sœurs.

Et il y avait Frazer... Le retour de ce fils avait obligé sa femme à renouer avec un passé douloureux. Ce garçon présentait bien, Martin le savait charmant, généreux et soucieux de plaire. Au fil des mois, il avait toutefois découvert un enfant gâté, sans doute assez faible. Il osait espérer que Kate, si équilibrée et sensée, saurait lui apporter une relative stabilité.

En ce qui concernait son fils, Bess restait sourde aux critiques ; les failles de Frazer avaient rejoint la liste des sujets tabous, comme celui d'Andrew Gilchrist, et l'angoisse qui tenaillait Martin quand il était épuisé ou déprimé. Bess ne l'aurait-elle épousé que pour avoir d'autres enfants, pour faire taire l'obsession du berceau vide ? Cette crainte était fondée sur un sentiment d'insécurité, la conviction qu'il ne parviendrait jamais à la combler. Il avait toutefois fini par se demander si les sentiments les plus profonds de Bess n'étaient pas réservés aux enfants. Il savait jusqu'où elle était allée pour récupérer Frazer : un mariage sans amour et une existence étouffante pendant des années.

Concernant Gilchrist, Martin avait toujours respecté sa décision de ne pas même prononcer son nom. *Quoi que je puisse dire ou faire maintenant, je n'y pourrai rien changer*, lui avait-elle confié des années auparavant. Et si bannir toute allusion au viol rendait la chose plus supportable, il n'avait pas le droit de l'influencer, mais elle n'était plus la même depuis. Elle n'était plus aussi spontanée, sociable et chaleureuse que lors de leur première rencontre. Martin avait été conquis d'emblée par la générosité des sentiments de Bess mais Gilchrist l'avait contrainte à les brider.

Cet homme avait amputé la personnalité de sa femme. Peut-être aurait-il mieux valu le supprimer quand l'occasion lui en était donnée ? Lui briser la nuque, lui écraser la trachée. Quelque peu troublé par ces réflexions, Martin dut admettre un léger penchant pour la violence, mais n'était-ce pas le seul moyen de mettre un terme à cette histoire, de dissiper une zone d'ombre ?

Par un jour de pluie et de vent, il était parti explorer un souterrain dans le Perthshire, un de ces profonds passages empierrés découverts à la fin du siècle dernier. À quoi servaient-ils ? On l'ignorait. En fin d'après-midi, Martin quitta le sombre ouvrage, froid et humide, et vit qu'il s'était mis à pleuvoir.

Il abordait un tournant très raide au fond d'une étroite vallée, quand un pneu creva. Il perdit le contrôle de l'Austin ; les roues arrière changèrent brusquement de direction, la voiture s'immobilisa et il heurta le volant.

Durant quelques instants, il resta sans bouger, le souffle coupé. Probablement s'était-il froissé quelques côtes. Il descendit de voiture pour juger de l'étendue des dégâts. Il pleuvait maintenant à verse et les deux roues avant étaient plantées dans le cours d'eau peu profond qui longeait la route.

Heureusement, Martin parvint à arrêter un charretier qui l'aida à sortir le véhicule du fossé et à changer la roue. Ce dernier lui indiqua le forgeron du village le plus proche capable de réparer le pare-chocs qui pendait lamentablement.

La voiture ne fut prête que tard dans la soirée et Martin reprit la direction du sud. Il était si las qu'il finit par s'assoupir. Le cri perçant d'une chouette l'ayant brutalement réveillé, il alluma sa lampe torche pour consulter la carte et constata avec soulagement qu'il se trouvait à une quinzaine de kilomètres de Ravenhart. Il n'aspirait qu'à se réfugier dans un endroit où il pourrait se reposer.

On donnait une soirée à Ravenhart. Frazer, à la recherche de Max, finit par trouver son ami à l'arrière de la maison. La bouteille de whisky était restée sur le seuil de la pièce et Max en absorbait le contenu avec méthode et application.

En voyant Frazer, il leva brusquement la tête.

— J'ai quelque chose à te dire.

Il semblait un peu nerveux.

— Eh bien, vas-y.

— Cela concerne Naomi, nous allons nous marier.

Par quel miracle, Frazer parvint-il à rester impassible ? Pourtant il se sentait sur le fil du rasoir, prêt à perdre pied.

— Vous marier, murmura-t-il. Je ne m'attendais pas…

Max passa les doigts dans ses cheveux.

— Moi non plus.

— Quand ?

— Bientôt.

Frazer ravala sa colère et reprit à mi-voix, sur un ton mesuré :

— Tu ne seras pas heureux avec elle.

— Je n'ai aucun espoir à ce sujet, répliqua Max avec légèreté. Mais voilà… je vais l'épouser.

Frazer observa attentivement son ami.

— C'est ce que tu veux vraiment ?

— Pas le moins du monde, je n'ai jamais eu l'intention d'épouser qui que ce soit.

L'ombre d'un sourire flottait sur ses lèvres.

— Quand j'ai entendu ce qu'elle avait à me dire, j'ai tout d'abord pensé filer en Espagne rejoindre les rangs des Républicains. Le mariage, c'est épouvantable, je le sais. J'aurai la sensation d'étouffer.

Suivit un chapelet de petites phrases précipitées. Sa main tremblait quand il saisit son verre.

Puis il éclata de rire.

— Je ne suis pas de l'étoffe des maris, c'est certain. « À jamais », tu imagines ? J'ai toujours préféré, disons, les joies du mariage à un authentique engagement.

— Elle t'a forcé la main ?

Fataliste, Maxwell répliqua :

— Plus ou moins.

— Rien ne t'y oblige.

Frazer ne se maîtrisait plus.

— Tu ne vas pas faire ses quatre volontés !

Maxwell fut catégorique.

— Tu comprends, elle a menacé de se tuer.

« La garce ! », pensa Frazer.

— C'est du chantage. Pourquoi céderais-tu au chantage ?

— Elle est enceinte.

Abasourdi, Frazer ouvrit grand ses yeux.

— Tu en es sûr ?

— Oui.

Le ton était sans appel, le débat était clos.

« Et l'enfant est de toi ? »

Frazer savait que, s'il formulait ces doutes, son ami quitterait la pièce et il ne le reverrait pas. Aussi reprit-il lentement :

— Elle veut le garder ?

— Oui. Tu vois, elle a dû avorter il y a un an. Ce fut très… traumatisant. Elle refuse de passer de nouveau par là.

Il prit une gorgée de whisky.

— Elle bluffe. N'en tiens pas compte, dis-lui de se débrouiller.

Maxwell se rembrunit.

— C'est exactement ce que ferait mon père.

Un ange passa, puis il reprit :

— Très franchement, je la crois prête à faire une terrible bêtise, si je refusais. Ce n'est pas une menace en l'air, elle est capable de mettre fin à ses jours. Je ne me suis sans doute pas très bien comporté par le passé mais je ne pourrais pas supporter sa mort.

Frazer s'avança jusqu'à la fenêtre et jeta un coup d'œil à l'extérieur. Il pleuvait toujours, l'eau débordait d'un chéneau bouché et bouillonnait en flaques jaunâtres sur le gravier.

— Tu l'aimes ?

— L'aimer ? répéta Maxwell.

Il ne semblait pas très bien comprendre le sens de ce terme.

— Je n'en sais rien.

Sa tête retomba sur sa poitrine et il poursuivit entre haut et bas :

— Une chose est sûre, je suis attiré par elle. Je ne saurais dire pourquoi, elle me fascine. Et par moments, par moments seulement, j'ai l'impression... Eh bien, je me dis que je tiens peut-être ma chance.

— Ta chance ?

— De changer.

Maxwell croisa le regard de Frazer, qui plantait ses ongles dans sa chair. Il perçut le petit soupir de son ami.

— J'ai eu beau tourner et retourner la question en tous sens, il n'y a pas d'autre issue. J'ai besoin de ton aide.

Frazer faillit éclater de rire mais parvint à se retenir.

— De mon aide ? Et comment ?

— Comme d'habitude, je le crains. C'est une question d'argent. Demande-moi d'aller me jeter à l'eau si ça te chante, je ne vois vraiment personne vers qui me tourner. La seule idée de solliciter mon père me glace. Je devrais travailler pour lui et je crois que je préfère encore la mort. Quant à Mimi, on ne peut dire qu'elle soit dans les petits papiers de ses parents. Et puis, il faudra bien leur avouer un jour que nous avons, disons, mis la charrue avant les bœufs. Ça n'ira pas sans difficultés à mon avis. Donc, rien à attendre de ce côté, selon elle. À la banque, nous n'avons pas grand-chose, ni l'un ni l'autre... Mimi ignore totalement ce qu'il y a sur son compte mais je ne crois pas qu'elle ait un sou vaillant. J'ai donc pensé que tu pourrais peut-être nous tirer d'affaire. Ce ne serait que temporaire, le temps de me ressaisir. Je sais, il faut un certain toupet après tout ce qui s'est passé mais...

Il n'acheva pas sa phrase.

— Combien ? demanda Frazer.

— Je dois trouver un logement décent. Mimi vit chez ses parents et ma chambre à Édimbourg ne convient vraiment pas. Ni pour elle ni pour un enfant.

Maxwell secoua la tête, il était blême.

— Oh, Seigneur, quel gâchis! Bon Dieu, quel foutu merdier!

Le regard perdu sur le jardin détrempé et sur le rideau de pluie qui isolait la maison du reste du monde, Frazer se demanda pourquoi il s'était installé à Ravenhart. Seul Max rendait cet endroit supportable, drôle même. Enfant unique élevé par des grands-parents, il ne s'était jamais vraiment « amusé » et n'avait aucune expérience en ce domaine. Au cours des dix-huit derniers mois, il avait pris plus de bon temps qu'il n'en avait connu dans sa vie.

Je dois trouver un logement décent. Frazer comprit ce qu'il lui restait à faire. Parviendrait-il à supporter en permanence cette grosse créature brune? Il avait quelques doutes à ce sujet mais, s'il y parvenait, Max resterait à Ravenhart; il ne serait plus seul, tout redeviendrait comme avant.

Un virage après l'autre, Martin s'engagea sur la route étroite qui menait à Glenshee. Il passerait la nuit chez Frazer et reprendrait le chemin d'Édimbourg au matin. Kate étant en week-end chez son frère, ils pourraient donc repartir ensemble.

Il fut réellement soulagé d'apercevoir le pavillon de Mr Bains à travers la pluie mais agacé de trouver des voitures garées dans la cour du manoir et les fenêtres brillamment éclairées… Frazer devait recevoir, or Martin n'aspirait qu'à se plonger dans un bain chaud et à se coucher.

Il dut sonner plusieurs fois avant qu'on lui ouvre. Des flots de musique et de lumière inondaient la cour. Une fille aux cheveux jaunes, vêtue de satin pêche, apparut.

— Dickie chéri, voilà des heures…

Interdite, elle s'interrompit net et esquissa une moue navrée.

— Vous n'êtes pas Dickie.

— Non, Martin Jago, le beau-père de Frazer.

La jeune femme ouvrit de grands yeux, puis émit un petit gloussement.

— Son beau-père? J'ignorais qu'il en avait un.

— Frazer est-il ici?

— Oui, mon cœur, quelque part par là, répondit distraitement l'inconnue.

Martin la suivit dans la maison.

Les accents syncopés d'un swing assourdissant résonnaient sur les boiseries, les couloirs étaient jonchés de verres et de bouteilles. Les joues ruisselantes de mascara, une fille pleurait en haut de l'escalier. Tout était sens dessus dessous et l'air empestait le tabac.

Martin se mit en quête de Frazer et de Kate. Derrière une porte, il trouva un couple enlacé sur un divan ; la robe dégrafée de la femme dévoilait ses seins. Guidé par des cris et de grands éclats de rire, il se retrouva dans une aile de la maison. Des hommes en manches de chemise, roulées au-dessus des coudes, lançaient une balle de cricket sur les bouteilles de champagne alignées au fond du couloir. Il aperçut Frazer aux côtés d'un jeune homme brun. La balle faucha d'un coup une demi-douzaine de bouteilles et Frazer enlaça les épaules du garçon avec un grand « hourra ! ».

Il leva les yeux et parut réfléchir en voyant Martin.

— Bon sang ! Martin.

Le sol étant jonché de verre, celui-ci regardait où il mettait les pieds.

— Frazer.

— Si je m'attendais…

— Tu m'excuseras d'arriver à l'improviste. J'ai eu un accident et j'aurais voulu que tu m'héberges pour la nuit.

Écœuré, il balaya du regard le sol constellé d'éclats de verre.

— Le moment semble mal choisi.

— De nombreux invités s'apprêtent à partir, docteur Jago. Car vous êtes le docteur Jago, n'est-ce pas ? Kate m'a tant parlé de vous.

« Ah bon ? », se dit Martin.

— Je ne pense pas que nous nous connaissions, répondit-il.

— Je m'appelle Maxwell.

Max fit crisser les débris de verre sous ses semelles et tendit la main à Martin.

— Maxwell Gilchrist.

Gilchrist. Martin crut recevoir un coup de poignard.

— Où est Kate ? demanda-t-il.

Une heure plus tôt, Frazer avait annoncé les fiançailles de Naomi et de Maxwell, et porté un toast en l'honneur du jeune couple. Toutefois, ce n'étaient pas ces fiançailles qui la choquaient le plus, ni même les rumeurs de scandale à peine voilées qui circulaient à propos de la grossesse de Naomi.

Non, il y avait plus grave. Frazer s'était mis en tête de donner le pavillon de garde en cadeau de noces aux jeunes époux. Après le champagne, quand les invités s'étaient égaillés dans la maison, Kate était allée trouver son frère.

— Tout va bien?

Frazer acquiesça.

— Mais oui.

Le regard absent et le geste un peu vague prouvaient qu'il était complètement saoul.

— Tu ne vas tout de même pas leur donner le pavillon de garde? reprit Kate.

— Si.

— Frazer, tu ne peux pas!

— Oh, mais si!

Son frère alluma maladroitement une cigarette.

— Ce pavillon m'appartient, j'en dispose à ma guise.

— Enfin, il y a des décennies que Mr Bains y habite. C'est sa maison!

Comprenant qu'il ne reviendrait pas sur sa décision, elle le laissa. Alors, ne supportant plus de rester enfermée entre ces murs, elle sortit dans la cour et ferma les yeux, le visage levé vers le ciel.

Kate finit par regagner sa chambre dans la tourelle. Au bout d'un petit moment, elle entendit frapper mais ne répondit pas.

— Kate? Tu es là? cria-t-on.

Martin! C'était incroyable. L'inquiétude le disputait au soulagement.

— Bonsoir, Kate, fit Martin quand elle ouvrit.

Il avait vu ses cheveux et ses vêtements mouillés.

— Ça va?

— Très bien.

Mais non, elle n'allait pas bien. Incapable de feindre, elle lâcha brusquement d'une voix qui tremblait :

— En fait, j'ai une sacrée migraine.

— Tu frissonnes.

— Je me suis fait tremper en sortant dans le jardin.

— Il faut te changer, tu vas prendre froid. Je vais voir si je peux te faire chauffer quelque chose. Tu n'as qu'à me rejoindre à la cuisine quand tu seras prête.

Kate passa un pull-over et un pantalon. Quel bonheur d'avoir quelqu'un pour la guider ! Depuis l'annonce des fiançailles de Maxwell et de Naomi Jennings, sa boussole interne s'était affolée. Elle ne cessait de revivre les baisers de Maxwell au pavillon de chasse. *Ainsi, nous n'irons plus vagabonder, si tard dans la nuit...*

Tandis qu'elle prenait une aspirine avec le lait chaud préparé par Martin, ce dernier lui raconta l'accident.

— Nous partirons demain matin, décida-t-il. Il vaut mieux que tu rentres à la maison avec moi.

La maison. Elle ne demandait que ça, retrouver la maison !

— Si on s'en allait tout de suite ?

Martin fit signe que non.

— Avec cette pluie, les routes sont traîtresses. Le forgeron n'a pu faire qu'une réparation de fortune.

Martin observa attentivement la jeune fille.

— Dis-moi, Kate, il ne s'est rien passé ?

Kate murmura :

— Non, je n'aime plus cette maison, c'est tout.

— Quelqu'un t'aurait-il fait du mal ?

— Non.

Kate plongea sa cuillère dans sa tasse et retira la peau du lait. Ça, au moins, c'était vrai. Le mal, elle se l'était infligé seule, ayant eu la sottise de s'éprendre d'un homme qui n'était pas pour elle.

Elle parvint à répondre posément :

— Ces gens ne me plaisent pas. Je préférais Ravenhart quand nous n'étions que nous deux, Frazer et moi. Je n'aime pas beaucoup les réceptions.

Un léger sourire effleura les lèvres de Martin.

— Là, je te suis.

Il ajouta d'un air un peu sévère :

— Frazer reçoit-il beaucoup ?

— Ça lui arrive.

— C'est toujours comme ça ?

Honteuse, Kate détourna les yeux.

— Son ami, Maxwell Gilchrist…

Kate eut conscience de se pétrifier.

— Oui?

— Tu le connais bien?

Elle sentit le danger.

— Pas vraiment.

C'était un peu vrai. En cette minute, elle avait l'impression de ne pas du tout le connaître.

— Sais-tu où il habite?

— Je crois que sa famille est d'Édimbourg, répondit Kate avec une fausse indifférence.

— Édimbourg… tu ne saurais pas le prénom de son père, par hasard?

Kate réfléchit un instant.

— Andrew. Le père de Max s'appelle Andrew.

Elle tourna les yeux vers Martin :

— Pourquoi?

— Pure curiosité de ma part. J'ai entendu parler de cette famille.

Il ajouta :

— Tu devrais dormir un peu. Je compte me mettre en route à la première heure.

Bess envoya Eleanor chercher Kate dans sa chambre mais l'enfant revint lui annoncer que sa sœur ne voulait pas déjeuner.

— Je vais lui parler.

Martin leva la main pour l'en empêcher.

— Laisse-la.

Bess se laissa convaincre par le ton de son mari. Elle s'assit et continua à servir, mais une vague inquiétude la tenailla jusqu'à la fin du repas.

Martin attendit qu'ils aient fini de déjeuner.

— Bess, il faut que je te parle de Frazer.

— Frazer? Il va bien, dis-moi?

— Très bien.

Ils se trouvaient dans la salle à manger et Bess servait le café quand Martin ajouta :

— Selon moi, Kate ne devrait plus voir son frère aussi souvent.

Bess resta interdite.

— Pourquoi diable ?

— Je crains qu'il n'ait pas une très bonne influence sur elle.

Bess posa la cafetière.

— C'est affreux ce que tu dis.

— Je ne le ferais pas sans raison.

Martin soupira.

— Quand je me suis présenté chez lui hier soir, Frazer donnait une réception, pas le genre de soirée où l'on sert du sherry et des canapés et où tu aimerais voir ta fille. L'alcool coulait à flots et c'était un sacré bazar.

Bess sentit monter le malaise. Il n'était pas juste de condamner Frazer parce qu'il aimait s'amuser alors que Martin détestait ça. Quel mal y avait-il à prendre un peu de bon temps, après tout ?

— Il n'est pas interdit aux jeunes de faire les fous, répliqua-t-elle, sur la défensive. Dans son genre, Jack était une tête brûlée. Tu ne veux tout de même pas que j'interdise à Kate de voir son frère parce qu'une fête a un peu dégénéré ?

— Cela ne m'avait pas traversé l'esprit. Il serait bien qu'elle le voie moins, c'est tout.

— Franchement, Martin, je trouve ta réaction un peu excessive.

Dans le silence qui suivit, elle entendit les cris aigus des petites dans le jardin.

— Tu savais qu'il fréquentait Maxwell Gilchrist ? reprit Martin.

Bess, qui tenait le sucrier, suspendit son geste.

— Qui ça ? murmura-t-elle.

— J'ai fait sa connaissance hier soir.

Martin s'était rembruni.

— Il était invité. Ce matin, j'ai eu une petite conversation avec Frazer. Je suis resté prudent, bien sûr, mais Maxwell est bien le fils d'Andrew Gilchrist.

— Son *fils*, répéta Bess dont le cœur battait à se rompre.

— Le cadet, Maxwell a deux frères aînés. Frazer et lui se connaissent depuis plus d'un an.

— Kate ! s'exclama Bess.

Cette pensée s'était imposée à elle. Martin vint la rejoindre.

— Ce ne sont que de simples relations, rien ne permet de supposer le contraire. Ne voyons pas le mal partout.

Bess plaqua ses mains sur sa bouche.

— Je ne veux pas que son fils s'approche de ma fille!

C'était presque un cri.

— En ce cas, il ne faut plus que Frazer l'invite à Ravenhart, sinon sa sœur ne viendra plus aussi souvent. C'est la seule solution, je te l'ai dit. Je n'ai pas aimé l'ambiance que j'ai trouvée dans cette maison et Kate m'a paru perturbée, ce n'est pas ce qui convient à une jeune fille de cet âge.

— Enfin, Frazer n'y est pour rien...

— Il est l'aîné, répliqua froidement Martin. Sa sœur était sous sa responsabilité, il aurait dû en être conscient.

Bess avait l'impression de se débattre avec un cauchemar qu'elle croyait fini et définitivement oublié. La pièce familière lui sembla brusquement hostile, peuplée d'ombres noires, elle n'avait plus rien d'un havre.

— De quoi a-t-il l'air? Est-ce qu'il lui ressemble?

— Physiquement, non. Il a l'air absolument charmant. La situation était un peu délicate, la fête battait son plein quand j'ai débarqué à l'improviste.

Le front barré d'un pli soucieux, Martin ajouta :

— Un coquin fort bien de sa personne, voilà ce que j'en dirais. Je l'ai trouvé fascinant.

— Fascinant?

— Le genre de garçon pour lequel on éprouve une sympathie spontanée, à son corps défendant.

Martin reprit au bout de quelques instants :

— Maxwell Gilchrist n'est pas son père, ne l'oublions pas. Il ne vit pas sous son toit, ne travaille même pas pour lui à la différence de ses frères. Rien ne prouve qu'il constitue un danger pour Kate ou pour Frazer. Doit-on faire payer le fils pour les fautes du père?

« Oui », pensa Bess.

Elle se leva et rétorqua sèchement :

— Tant de noirceur ternit tout ce qu'elle touche.

— Où vas-tu?

— Parler à Kate, évidemment.

Quelque chose s'était brisé en elle.

Elle lança sur un ton menaçant :

— Je refuse que mes enfants aient le moindre contact avec cet individu ! Frazer doit savoir de quel genre de famille il est issu. Il ne faut pas qu'ils le revoient, ni l'un ni l'autre !

Avant qu'elle ne quitte la pièce, Martin lui adressa cette mise en garde :

— Frazer est un homme, Bess. Je me demande s'il appréciera qu'on lui dise comment choisir ses amis.

— Ce sont mes enfants ! cria Bess en claquant la porte.

La seule pensée que Frazer et Kate aient pu côtoyer Maxwell Gilchrist lui glaçait le sang. Bess se sentait responsable de cette situation. Accaparée par les plus jeunes, elle ne s'était pas trop souciée de Kate. En ce qui concernait Frazer, elle éprouvait une telle réticence envers sa demeure si chargée de mauvais souvenirs qu'elle avait préféré le voir à Édimbourg. Elle devait retourner plus souvent à Ravenhart, s'assurer que le fils d'Andrew Gilchrist ne lui ferait pas de mal, qu'il ne l'exploiterait pas.

En fin de compte, il ne fut pas difficile d'éloigner sa fille de Maxwell Gilchrist ; pour cela, Bess n'eut besoin de personne. Kate annonça à sa mère qu'elle avait décidé de faire un séjour chez son père pour prendre un peu de vacances et descendrait dans le Hampshire dès que possible.

Pour Frazer, en revanche, les choses se présentèrent très mal dès le début. Bess avait préparé ses arguments dans le train qui l'amenait à Pitlochry. Cependant, ses « bienveillants » conseils de mère contre des habitudes et des fréquentations déplorables tournèrent au harcèlement. Cela sonnait purement et simplement comme du snobisme, elle s'en rendit compte tout de suite. Naturellement, il n'était pas question de révéler à son fils la raison pour laquelle elle refusait qu'il voie Maxwell. Or, sans la vérité, toute allusion à l'avidité et à la corruption des Gilchrist sonnait comme une dérobade ou, pire, comme du mépris.

De toute évidence, Frazer ne l'écoutait pas. Il se contenta de réfuter ses arguments un par un. Bess s'enferrait ; à peine son discours était-il achevé qu'elle voulait retirer ses paroles, mais c'était trop tard. Elle annonça qu'elle préférait ne plus venir si elle devait se retrouver sous le même toit que Maxwell Gilchrist. Frazer tourna vers elle un regard bleu, aussi peiné que stupéfait, et répondit qu'il en serait absolument navré car il appréciait beaucoup ses visites.

Bess mit quelques secondes à comprendre toute l'horreur de cette réponse. Si elle obligeait son fils à faire un choix, il choisirait son ami. Elle dut faire semblant d'avoir avalé une arête et quitter la salle à manger précipitamment.

Elle s'arrêta en haut des marches, les doigts crispés sur le pommeau représentant une tête de corbeau. De la fenêtre lancéolée au-dessus de la porte d'entrée, elle aperçut la vallée et la rivière d'argent que dominaient les collines. Quand Frazer avait fait irruption dans sa vie, dix-huit mois auparavant, elle avait cru qu'il serait possible de corriger les erreurs du passé. Tout allait rentrer dans l'ordre comme si Cora ne lui avait jamais volé son fils. Elle s'était trompée, elle le comprenait aujourd'hui.

14

Kate suivait des cours de danse dans une maison de Bedford Gardens à Kensington. Près du chat tigré lové sur les marches de pierre, des chrysanthèmes noirs de suie baissaient la tête dans le petit bout de jardin.

Mrs Barnova, le professeur, était toujours vêtue d'une robe de soirée en mousseline de soie, à l'ancienne mode, et portait des pantoufles de satin fanées. Son chignon gris était retenu sur la nuque par un peigne de jais et ses joues creuses marquées d'une touche de rouge. Elle pointait des doigts osseux et rectifiait, d'un petit coup sec, la position d'une hanche, d'une épaule, d'un coude. Quand elle n'était pas satisfaite d'un élève, elle se mettait à hurler et à frapper le sol de son petit pied couvert de satin. Elle esquissait néanmoins avec une grâce aérienne de souples adagios et d'élégants enchaînements.

Kate n'avait pas pratiqué depuis plus d'un an et ses muscles comme ses articulations étaient douloureux. Un coup d'œil au miroir lui renvoya l'image d'un corps raide, léger comme le plomb. Dépitée, elle sentit monter la colère.

Au bout d'un petit moment, elle retrouva une certaine aisance. Après des semaines d'un entraînement épuisant, son corps consentait à lui obéir. Elle eut le sentiment exaltant de reprendre possession d'elle-même, de retrouver le sens de l'orientation.

Il lui était lentement apparu qu'elle ne devait pas revenir à Édimbourg.

Dans sa fuite, elle avait trouvé refuge auprès de son père. Le monde avait connu des événements décisifs ; un roi avait abdiqué par amour, un autre était monté sur le trône et Kate ne bougeait pas de la ferme.

Au bout de quelques mois, elle avait appris à connaître ses frères, à les distinguer dans cette masse confuse de mâles turbulents, mieux que lors de ses précédents séjours d'une ou deux semaines. À treize ans, Tom était un athlète intrépide ; Henry, son cadet d'un an, plus posé et réfléchi. Le plus jeune, Archie, un petit rouquin, lui montra sa collection de plantes carnivores. En observant les attrape-mouches et les sarracénies dans leur bocal, Kate vit surgir sous ses yeux les bouquets de rossolis dans la tourbe des marais, sur le chemin menant au pavillon de chasse, et les minuscules mouches noires captives de leurs feuilles lustrées.

Elle se demandait parfois si son départ ne ressemblait pas à une fuite. Sans doute, puisqu'elle avait fui les affres et les contraintes de l'amour. À la seule pensée de Frazer, elle se sentait coupable et malheureuse, quant à Maxwell, évoquer son souvenir lui brisait le cœur. Elle était en droit d'attendre autre chose de la vie mais son parcours était chaotique. Il aurait été facile de rester à la ferme où elle se plaisait beaucoup, mais elle avait déjà choisi la facilité et cela n'avait pas été un franc succès. De ses séjours à Ravenhart House, elle gardait une impression de liberté ; là, elle avait appris à se connaître et il lui était désormais impossible de se lover dans le cocon douillet du foyer familial, ni d'accepter la dépendance que cela supposait.

Les lettres de Frazer lui apportaient des nouvelles de Ravenhart. Le chemin était resté impraticable pendant trois jours après de fortes chutes de neige et les ouvriers s'étaient enfin attaqués à la plomberie.

Maxwell et Naomi étaient mariés et attendaient un enfant. Le jour où elle apprit que Frazer avait expulsé Ronald Bains du pavillon de garde, Kate marcha pendant des heures dans la campagne du Hampshire. Certes Frazer n'avait pas employé ces termes, il n'avait pas été question d'« expulsion » mais cela revenait au même. Kate songea à Ronald Bains. Ravenhart était son fief depuis si longtemps, bien avant que Frazer ne pose les yeux sur la demeure ! Une angoisse diffuse l'envahit.

Annoncer à sa mère qu'elle ne reviendrait pas à la maison fut une des pires épreuves qu'elle ait eu à affronter. Ce fut une avalanche de lettres et de coups de téléphone, suivis de menaces. Bess allait prendre le premier train pour la ramener elle-même en Écosse.

Kate fit une seconde tentative. Un soir, assise dans le couloir, elle ne cessait d'enrouler le fil du téléphone autour de ses doigts.

— Il est exclu que tu t'installes à Londres, lui répondit sa mère. Pas question de vivre seule.

— Mais maman, tu l'as bien fait, toi ! À mon âge, tu étais mariée et tu avais un enfant. Tu parcourais seule la moitié de la planète.

— Ce n'était pas pareil, je n'avais pas le choix.

— C'est *mon* choix, maman.

— Vraiment, Kate, je ne te comprends pas.

Les yeux noyés de larmes, Kate inspira à fond.

— Il le faut. Je ne peux pas t'expliquer.

Kate prit son nouveau poste en février 1937. Peggy Fisher dirigeait une petite compagnie de danse qui présentait des créations et quelques tableaux classiques bien choisis. Kate avait été embauchée comme assistante. Les locaux de la compagnie se trouvaient à Pimlico et Kate prit une chambre dans une pension située à quelques pâtés de maisons.

Si Peggy Fisher se montrait très perfectionniste avec ses danseurs, sa vie était un vrai chaos, jusque dans sa façon de s'habiller brouillonne et désordonnée. Dans ses déplacements du studio au théâtre, les écharpes de soie glissaient de son cou et les barrettes qui retenaient ses cheveux se perdaient. Son bureau était jonché de lettres et de factures en souffrance. Pour elle, le classement se bornait à entasser les papiers dans des boîtes à chaussures et des sacs de chez Harrods. Kate passa la première semaine à trier des monceaux de paperasses et à empêcher Peggy de tout déranger.

Celle-ci n'ayant aucun sens de la ponctualité, Kate s'occupait des infortunées victimes de son insouciance. Elle les réconfortait quand elles se présentaient au bureau pour un déjeuner avec la chorégraphe ou un dîner avant le spectacle. Elle allait jusqu'à servir un biscuit et une tasse de thé à ces malheureux pour qu'ils ne retournent pas vers leur banque, leur université ou leur conservatoire le ventre vide.

Kate adorait son petit bureau frisquet du dernier étage, comme elle adorait sa chambre à la pension. Elle avait suspendu à la cimaise sa collection de chapeaux, qui avaient des allures de coquelicots géants. Les autres pensionnaires, enseignantes, chefs de rayon ou secrétaires, comme elle, étaient toutes célibataires. Il régnait dans ce foyer un calme feutré, seulement troublé par le murmure poli de la conversation lors du dîner ou les gammes de Miss Barclay, le professeur de musique qui égrenait ses arpèges à l'arrière de la maison.

Bill Marshall, un danseur de la troupe, était sensiblement de l'âge de Kate. Il avait des cheveux blond filasse et des yeux d'un éclat singulier. Originaire de Manchester, Billy s'était enfui de chez lui à l'âge de treize ans et avait réussi à survivre grâce aux comédies musicales et aux secondes parties de spectacle, allant jusqu'à faire la plonge quand il n'avait pas d'engagement. Son air godiche, son nez crochu et ses vêtements minables avaient attiré l'attention de Kate, également sensible à son prodigieux talent en herbe.

Ils allaient au théâtre et assistaient aux ballets depuis le poulailler. Billy n'était jamais à court de ragots, souvent obscènes, toujours ponctués d'un bref coup d'œil et d'un : « Tu ne savais pas ? Enfin, tu devrais savoir ça ! »

Tu ne savais pas ? suivi d'un haussement de sourcils et d'un regard bleu incrédule, ce leitmotiv rythmait l'amitié des deux jeunes gens. Il y avait tant de choses qu'elle ne savait pas ! Kate finissait par se demander comment elle avait réussi à atteindre l'âge de vingt ans dans une telle ignorance.

— Enfin, ils sont amants. Tu ne savais pas ? fit Billy, l'œil rieur.

Kate venait de faire observer que Roman et Freddy, deux danseurs de la compagnie de Miss Fisher, semblaient au mieux. *Tu ne savais vraiment pas ?*

Ils attendaient le lever de rideau au bar du foyer de Sadler's Well.

— Mais, fit Kate. Mais…

— Tu dis ?

Kate finit par lâcher :

— Un homme amoureux d'un autre homme ? C'est impossible ! Billy s'esclaffa.

— Mais si, bien sûr. Pourquoi pas ? Ça arrive tout le temps. Moi, je ne fais que ça. Tous les quinze jours au moins !

Bill ajouta avec moins d'enthousiasme :

— Enfin, jusqu'à ce que je rencontre Alan.

— Alan ?

La bouche en cul de poule, Billy exhala un mince filet de fumée.

— Notre superbe colonial.

Kate se représenta Alan McKenna, qui venait d'arriver d'Australie pour intégrer la troupe. Il avait des yeux bruns comme la mélasse et ses cheveux auburn lui tombaient sur le front à chaque entrechat.

Billy l'observa avec curiosité.

— Ne me dis pas que tu n'as pas succombé à son charme ? Je pensais que la compagnie tout entière était folle de lui.

Son regard se voila et il écrasa sa cigarette en marmonnant :

— Il y a des années que Freddie et Roman sont ensemble, on dirait un vieux couple. En tournée, ils partagent le même lit pour faire des économies, à ce qu'ils racontent... Il faut faire attention, tu sais, c'est interdit par la loi.

Kate devait avoir l'air si ahurie que Billy expliqua :

— L'homosexualité est punie de prison. Songe à ce pauvre Oscar Wilde.

Le regard de Billy revint vers Kate et le jeune danseur lui prit la main pour lui embrasser le bout des doigts.

— Chère vieille Kate. Si adorable et si naïve ! La dernière vierge de Pimlico.

Un beau jour, en descendant déjeuner, Kate aperçut un homme qui attendait devant le bureau de Peggy.

— Oliver ? C'est bien ça ? lui lança-t-elle. Vous attendez Peggy ?

Oliver Colefax était un ami de la chorégraphe. Écharpe rouge, pardessus noir, il était adossé au mur et lisait *Moi, Claude, empereur*. Il referma son livre d'un coup sec, le glissa dans sa poche et se redressa avant de consulter sa montre.

— Nous devions nous retrouver à une heure.

— Je regrette mais Peggy vient d'appeler pour dire qu'elle serait en retard.

— Beaucoup ?

— Au moins deux heures, je suis vraiment navrée.

Le visiteur descendit quelques marches et se retourna.

— Avez-vous déjeuné ? J'ai retenu une table chez Stefano et la réservation sera perdue.

Kate ne put résister à la séduisante perspective d'une invitation au restaurant.

— Formidable ! Merci.

Chez Stefano, les murs étaient bleu pâle et les rideaux crème. Les portes-fenêtres donnaient sur un petit jardin où des jarres de terre cuite côtoyaient une fontaine. Ils commandèrent des crevettes au beurre fondu et une sole meunière.

Oliver Colefax parut ravi en voyant arriver la sole.

— Quand je fais du poisson, ça ne ressemble pas du tout à ça, mais plutôt à du carton.

— Il faut beaucoup de beurre, du sel, du poivre et une poêle très chaude. Pas plus d'une ou deux minutes de cuisson.

— Seriez-vous également cuisinière ?

— J'ai appris la cuisine en France. Mon beau-père y possède une maison.

— Dans quelle région ?

La réponse de Kate fit sourire Oliver.

— Ah, la Champagne... si verte, si dorée, si jolie !

C'était ainsi que Kate voyait la région.

— Vous connaissez bien la France ?

— Oui, j'ai pas mal sillonné le pays. Voyez-vous, je suis antiquaire et je vais m'y procurer certaines pièces.

— Vous avez un commerce ?

— Sur Portobello Road. Nous habitons au-dessus de la boutique.

— J'aime beaucoup visiter les antiquaires. Je n'ai pas les moyens d'acheter mais j'adore chiner.

Quelques jours plus tard, Oliver lui envoya un message pour l'inviter à prendre le thé le samedi suivant. Le nom de Colefax était inscrit en lettres vert et or au-dessus de la vitrine en rotonde. Oliver lui fit traverser le magasin et ils montèrent au premier. Une méridienne recouverte d'une cretonne rose fanée, ainsi qu'une immense armoire identique à celle de la cuisine des Lemercier, attirèrent l'attention de Kate.

À l'étage, un garçonnet de deux ou trois ans était assis sur le sol et jouait avec ses petites voitures. Brun, les cheveux raides, il avait des yeux ronds aussi foncés que ceux de son père.

— Voici Stephen, mon fils, précisa Oliver. Dis bonjour à miss Fearnley, Stephen.

Stephen montra sa voiture préférée à Kate, qui bavarda ensuite avec Oliver. Ils parlèrent de la boutique, de la France et du marché de Portobello. Tandis qu'il préparait le thé, ils s'installèrent dans la vaste et spacieuse cuisine. De grandes portes-fenêtres donnaient sur un balcon où un escalier de fer forgé ouvragé descendait au jardin, foisonnant d'arbres et de buissons. Sur sa chaise haute, Stephen mâchonnait ses sandwiches aux œufs après les avoir soigneusement examinés et transformait son bol de gelée en bouillie.

Oliver s'excusa.

— On ne peut dire qu'il mange proprement et rien ne saurait lui faire accélérer le rythme. À coup sûr, ce sera un scientifique. Il adore tout démonter, tout observer.

Aucune trace d'une Mrs Colefax et pas d'explication de la part d'Oliver.

Il préparait une seconde tasse de thé quand on l'appela de la boutique.

— Oliver ? Oliver, où es-tu ?

Il leva les yeux et cria :

— En haut, Margot !

Stephen frappa dans ses mains et fit exploser de petites boules de gelée.

Une grande et mince femme brune, vêtue d'un tailleur gris tourterelle, s'avança dans la pièce.

— Oliver chéri, tu ne devrais pas laisser la porte ouverte. N'importe qui pourrait entrer.

L'inconnue s'interrompit en voyant Kate. Si ses sourcils avaient pu se hausser un peu plus haut, ils seraient sortis de son front.

— Tu ne fais pas les présentations, Oliver ?

— Si, bien sûr. Je te présente Kate Fearnley. Kate, ma belle-sœur, Margot Stockton.

Une main gantée de pécari se tendit vivement vers Kate et Margot s'exclama aussitôt :

— Oh, Seigneur ! Stephen s'est mis dans un état ! Comment as-tu pu le laisser faire ? Il a de la gelée plein sa chemise. Je vais le ramener à la maison, Clarisse s'occupera de ses vêtements.

— Non, Margot, ce ne sera pas nécessaire. Je suis parfaitement capable de laver une chemise.

Le ton était aimable mais Kate vit que le visage d'Oliver s'était fermé.

— Je l'emmène dans la salle de bains pour le nettoyer.

— Margot, je t'en prie…

Prenant l'enfant dans ses bras, sa belle-sœur quittait déjà la pièce. Un ange passa mais Oliver finit par s'expliquer :

— Ma femme est morte il y a trois ans, six semaines après avoir donné le jour à Stephen.

Kate tourna vers lui un regard horrifié.

— Oh, je suis désolée ! C'est affreux.

— J'aurais dû vous le dire plus tôt mais ce n'est pas si simple. Vous comprenez, on a toujours l'air de mendier de la pitié.

Il ajouta d'un air plus sombre :

— Margot va revenir. Ne croyez pas que ça me contrarie mais, si j'avais su, je lui aurais dit que vous étiez là.

Sa belle-sœur reparut avec un Stephen propre comme un sou neuf.

— Il est exténué… trop d'excitation. Je crois qu'il est temps de le coucher.

Kate saisit l'allusion.

— Le temps passe, je ferais mieux de m'en aller. Merci infiniment pour ce charmant repas, Oliver. Je peux vous aider à faire la vaisselle ?

— Non, ça ira, répliqua fermement Margot. Nous nous débrouillons très bien.

Oliver tint à raccompagner Kate pour s'excuser.

— Je suis désolé que Margot se soit montrée aussi glaciale avec vous. Jane lui manque terriblement, elle nous manque tous beaucoup. Mais vous reviendrez, j'espère ?

Bess avait identifié l'ennemi, il s'appelait Maxwell Gilchrist. Les Gilchrist s'étant installés dans la loge du gardien au bout de l'allée, elle éprouvait une impression de dégoût chaque fois qu'elle passait devant. Quand Frazer les avait présentés, elle avait, malgré elle, comparé Maxwell à son père : paupières lourdes, commissures des lèvres légèrement relevées. Elle n'avait pu réprimer un frisson de répulsion. Comment Maxwell ne s'en était-il pas rendu compte ?

Au cours des mois suivants, Bess essaya de se rendre utile. Elle exigea les factures des fournisseurs et Mrs McGill, un brin réticente, finit par exhiber quelques bouts de papier froissés. À première vue, la liste des achats figurant sur les factures ne correspondait pas au contenu des placards et Bess en vint à se demander quelle part de ces provisions finissait au village chez les nombreuses relations de Mrs McGill.

Un matin, au petit déjeuner, elle demanda à son fils de lui montrer ses comptes.

— Mes comptes ?

— Le relevé des dépenses de la maison. Le registre de Mrs McGill est très incomplet. Certaines factures, de vin en particulier, m'ont paru énormes. Le peu que j'ai vu au cellier ne saurait justifier de telles sommes.

— J'ai donné une réception, répondit distraitement Frazer.

Il ouvrit un tiroir du bureau et Bess aperçut un fatras de papiers, note de garagiste, reçu du tailleur, une carte postale griffonnée au dos.

La vérification des reçus et des factures lui prit la matinée. Il restait de nombreux impayés... Frazer n'avait pas beaucoup de méthode, cela avait dû lui échapper. Elle trouva des courriers de son comptable, des mises en garde. Si Frazer maintenait ce rythme de dépenses, il devrait vendre des actions et des titres. Le malaise s'accentua et Bess en vint à s'interroger. Le domaine, qui tirait ses revenus des fermages des métairies, était-il vraiment rentable ? L'argent semblait filer entre les doigts de son fils, partant en achats importants et en travaux d'aménagement.

En cadeaux à Maxwell Gilchrist, aussi. Bess trouva une facture d'un garage d'Édimbourg.

— Une voiture neuve, Frazer ? demanda-t-elle, perplexe. Tu en as déjà une.

— Ce n'était pas pour moi mais pour Maxwell.

Bess dut se retenir de répliquer vertement : « Quel cadeau somptueux ! »

— Max a besoin d'une voiture !

Glacée à l'idée que Maxwell rôde dans les parages, Bess comprit de quelle façon il ponctionnait son fils, profitant de sa générosité naturelle pour se faire offrir ce qu'il voulait. Profiteur, avide et sans scrupules ! Décidément, il ne valait rien. Elle perçut à quel point il était séduisant et, pour la première fois, fut infiniment soulagée de savoir Kate à Londres. Maigre consolation, c'était un tel chagrin qu'elle soit si loin !

Le mariage eut lieu à l'église du village en très petit comité. Naomi, dans un deux-pièces lilas, portait une capeline. En pénétrant dans sa chambre, sa mère lui lança sur un ton courroucé :

— Encore heureux, ça ne se voit pas ! Mais tu n'es pas en blanc, les gens ne seront pas dupes.

Maxwell était déjà très éméché avant la cérémonie. S'il parvenait encore à répondre clairement au curé, Naomi avait remarqué son regard brillant et la façon dont il s'inclinait lentement vers l'autel pour retrouver ensuite la verticale. Il s'enivra encore durant le lunch offert par les parents de Naomi et se montra légèrement sarcastique envers son beau-père et ses beaux-frères, qui soupçonnèrent vaguement qu'on se moquait d'eux. Les jeunes mariés finirent par se disputer et Naomi passa la nuit de noces à pleurer dans l'oreiller mais, le lendemain matin, Maxwell était charmant. Il s'excusa et ils firent l'amour. Elle était incapable de résister à ses caresses. Comblée, les yeux clos, elle se dit ensuite : « Je suis mariée et je vais avoir un enfant, un joli petit bébé. »

Ils passèrent leur lune de miel à Brighton, huit jours durant lesquels ils émergeaient de temps à autre pour errer dans la ville jusqu'à la plage. On entendait le bruit des vagues vertes et grises sur les galets, et Naomi tenait à peine sur ses talons hauts.

Puis ils regagnèrent l'Écosse. Édimbourg dans un premier temps, où Maxwell la présenta à sa famille. Il n'avait rien dit à son père, Naomi ne le comprit qu'en franchissant le seuil de la demeure familiale.

— Père, voici Naomi, ma femme.

Comme Naomi put le constater, ce fut un choc pour Andrew Gilchrist et Maxwell fut ravi de sa réaction.

— Ta femme ? répéta Andrew.

Maxwell répliqua avec beaucoup de désinvolture :

— Ce n'était pas un grand mariage. J'ai pensé que tu ne souhaiterais pas assister à la cérémonie.

— Naomi, vous voulez bien attendre quelques instants dans le salon ? fit Andrew. Nous avons à parler, Maxwell et moi.

Les murs étaient solides, aussi n'entendit-elle pas un mot de la conversation dans le salon où elle prenait le thé. Elle savait que Max détestait son père et, en revoyant le regard d'Andrew parcourir son corps de la tête aux pieds, elle frémit de dégoût.

Quand son mari vint la rejoindre, il était livide et manifestement furieux. Ils ne s'attardèrent pas. Le lendemain, ils rentrèrent à Ravenhart. Naomi adora le pavillon de garde, pas très vaste mais ravissant avec ses deux pièces de réception, sa cuisine et ses trois chambres à l'étage. Il y avait aussi deux tourelles, deux pièces rondes, impossibles à meubler mais absolument adorables.

Maxwell lui fit visiter la maison qui abriterait ses premiers pas dans la vie conjugale et elle s'exclama :

— Mais c'est la chaumière de Blanche-Neige !

Naomi était certaine d'y être très heureuse.

Les premiers mois, elle les passa au lit, à faire l'amour ou à dormir, dans cette voluptueuse torpeur où les rêves se confondaient avec les caresses de Maxwell, ses lèvres au creux de son cou, ses doigts sur sa cuisse. Elle avait imaginé qu'il serait drôle de s'aimer dans toutes les pièces, ce qu'ils firent sur les petits lits, sur le tapis devant l'âtre et dans la cuisine, les reins contre le plateau de la table. Et dans le pavillon de chasse, naturellement, là où ils avaient compris quelle fièvre les emportait l'un vers l'autre dès le jour de leur rencontre.

Une neige abondante avait recouvert champs et collines d'un blanc manteau, on aurait dit un superbe dessert de sucre glace. Naomi en aurait mangé pour en goûter la douceur !

Elle s'en lassa très vite, les quinze cents mètres de marche jusqu'au manoir l'épuisaient. À cette latitude, le soleil se levait plus tard et se couchait plus tôt que dans le Surrey. Naomi, ne se levant elle-même guère avant 10 heures et le soleil disparaissant à 15 heures, avait l'impression de ne voir que la nuit.

Tenir un intérieur sans domestique était pour elle une gageure. Elle était d'une telle ignorance ! Par exemple, elle ne savait ni allumer une cuisinière à charbon ni bricoler un souper avec les restes dénichés dans le placard. Ils n'étaient que deux mais, la femme de ménage étant bloquée par la neige, ce fut très vite la pagaille.

Maxwell s'étant attelé à son roman, Naomi parcourait un magazine. Elle voulut confectionner une chemise de nuit pour le bébé, mais elle ne voyait pas comment assembler les petites pièces de pilou.

Pour son anniversaire, Frazer convia cinquante personnes. Quand il n'y eut plus de place dans les chambres, on installa les invités sur des sofas, des lits d'appoint ou chez l'habitant. Les Lampton et un couple d'Édimbourg, Alan et Catriona, des relations de Maxwell, logeaient au pavillon de garde. Maigre comme un clou, Catriona aux yeux verts avait, à l'évidence, un faible pour Maxwell. Elle riait de ses plaisanteries avec un coquet mouvement de tête et croisait ses longues jambes fines, qu'elle exhibait avantageusement dès qu'il apparaissait. La voyant tapoter le canapé pour qu'il vienne s'asseoir à ses côtés, Naomi, qui n'en était pas à sa première coupe de champagne depuis le déjeuner, s'exclama :

— Non ! Max va s'asseoir près de moi, n'est-ce pas, chéri ?

Maxwell s'exécuta mais elle vit étinceler son regard.

Au moment de partir pour Ravenhart House, entassés tous les six dans la Bentley de Charlie, Naomi s'assit sur les genoux de son mari. Quand ils se mirent en route, Maxwell lui glissa :

— Tu ne crois pas qu'il serait temps de freiner sur l'alcool ?

Quel toupet ! Lui qui n'avait cessé de boire depuis le déjeuner ! Naomi était furieuse.

Frazer présidait la longue table d'acajou où furent servis cinq plats, chacun accompagné d'un vin différent. Après le repas, les femmes ayant laissé les messieurs boire leur porto et fumer leur cigare, Naomi en profita pour aller se recoiffer et remettre du rouge à lèvres. L'alcool avait réchauffé son teint pâle et, grossesse ou pas, elle n'avait rien à envier aux autres femmes, ce soir-là.

Les hommes vinrent les rejoindre et on se mit à danser. Naomi surveillait son mari de près. Aussi, quand elle vit Catriona lui parler, elle s'empressa d'intervenir, prit Maxwell par la main et l'entraîna sur la piste.

— Oh non ! protesta celui-ci. Je n'ai pas envie de danser.

— Moi, si.

Naomi se lova contre lui et se mit à rouler des hanches.

— Allons, danse !

— Il va être minuit, je dois aider Frazer à servir le champagne.

— Je veux que tu danses avec moi !

— Seigneur !

Le sourire de Maxwell exaspéra Naomi.

— Quel caractère !

Sur ce, il tourna les talons.

Elle courut derrière lui et l'agrippa par la manche.

— Je suis sûre que tu aurais dansé avec elle, si elle te l'avait demandé !

Maxwell cligna des paupières.

— Avec qui ?

— Avec qui ? Comme si tu ne le savais pas !

— Non, mais tu vas m'éclairer.

— Cette garce qui t'a fait de l'œil toute la soirée, répliqua Naomi, furieuse.

Plusieurs personnes se retournèrent pour la dévisager.

— Vas-tu te taire, pour l'amour du Ciel !

Maxwell semblait las.

— Tu es en train de te ridiculiser.

— Je me ridiculise !

Naomi se mit à hurler d'une voix perçante :

— Et toi alors ? Va te faire fiche, Max !

L'orchestre s'était tu et Frazer s'apprêtait à déboucher la première bouteille de champagne. Le compte à rebours ayant commencé, Maxwell entraîna sa femme hors de la pièce. Sous un déluge de champagne, dans le tintamarre de la grosse cloche saluant l'avène-ment de 1937, Maxwell murmura :

— Qui irait me reprocher de regarder ailleurs, coincé comme je suis avec une harpie verte de jalousie ?

Ils se tenaient dans l'entrée devant la porte ouverte. Glacée par sa froideur et le courant d'air, Naomi bredouilla :

— Max ! Tu ne penses pas ce que tu dis.

— Tu crois ?

— Je t'en prie, Max !

Les yeux brûlants de larmes, toute velléité de rébellion oubliée, Naomi murmura :

— Pardon, je ne voulais pas jouer les enquiquineuses.

Maxwell la toisa avec indifférence.

— Tu ne devrais pas boire autant. Ce n'est sûrement pas bon pour l'enfant.

— Je ne le ferai plus, c'est promis.

Naomi posa sa main sur la joue de son mari.

— Embrasse-moi, tu veux ? Pour la nouvelle année ?

Durant un long, un terrible instant, elle crut qu'il allait refuser mais il la prit dans ses bras et elle sentit son corps puissant contre le sien, et son désir en écho à son propre désir. Seul Frazer parvint à les séparer quand il lança derrière eux :

— Viens, Max ! On a voulu chanter *Ce n'est qu'un au revoir* mais personne ne connaît ces fichues paroles.

Naomi exigeait un amour absolu, Max ne devait regarder qu'elle, ne penser qu'à elle. C'était ainsi qu'on devait l'aimer, elle gardait, au plus secret de son être, un vide douloureux qui exigeait d'être comblé. Le jour de leur rencontre, c'est à peine s'ils avaient pu attendre d'être seuls, il fallait qu'ils se touchent, qu'ils s'embrassent, et Naomi fut certaine d'avoir trouvé l'amour absolu auquel elle aspirait.

Les mois passant, elle ne l'aima que davantage. Quand Maxwell était absent, elle avait l'impression d'être diminuée et sentait revenir les vieux démons de l'instabilité. Maxwell était toujours aussi passionné mais elle commençait à se demander s'il ne s'éloignait pas, si son intérêt ne se portait pas ailleurs, si l'ardeur de sa flamme ne faiblissait pas, et elle avait peur. Pourquoi n'occupait-elle pas ses pensées en permanence ? Comment tolérait-il la séparation quand elle détestait s'éloigner de lui ?

Elle en voulait à tous ceux qui osaient lui disputer l'attention de son mari. Si une femme avait l'audace de flirter, elle ne tardait pas à l'évincer. Mais il existait un être qui exigeait une bonne part de son temps et, là, c'était une tout autre histoire. Frazer estimait apparemment qu'il avait des droits sur Max ; les deux hommes passaient des heures à bricoler la Lagonda ou la Lincoln et, quand Max partait pêcher ou chasser avec son ami, il ne rentrait pas de la journée. Si Frazer passait leur demander s'ils avaient envie d'une petite balade à Braemar ou Pitlochry, Naomi le sentait froid à son égard ; il ne l'invitait que par politesse. Elle avait compris depuis longtemps qu'il ne l'aimait pas… Max ne l'avait peut-être pas remarqué mais il y avait beaucoup de choses qu'il ne voyait pas ou préférait ignorer.

Sur la table de l'entrée, se trouvait une photographie de Frazer et Maxwell devant le pavillon de chasse en compagnie de cette fille, Kate Machinchose. Auprès d'eux, elle avait le sentiment de faire figure d'intruse, tenue à distance par leur camaraderie, leur humour potache et leur énergie inépuisable. Si Frazer avait été plus gentil, peut-être se serait-elle montrée plus chaleureuse. Surprise, dans un premier temps, de le trouver si distant, elle était maintenant piquée au vif. Elle avait l'habitude d'être admirée. Si on ne l'appréciait pas toujours, elle pouvait au moins compter sur l'admiration des hommes. Au début, elle avait mis ce désintérêt sur le compte du snobisme. Le châtelain, le propriétaire terrien, devait mépriser une fille de nouveaux riches.

Peu après leur mariage, Max et Naomi s'étaient rendus à Ravenhart House. La mère de Frazer était présente et elle bavarda avec Naomi tandis que les hommes sortaient dans le jardin. Mrs Jago s'étant éclipsée pour houspiller Mrs McGill qui devait servir le thé, Naomi partit à la recherche des garçons. Pétrifiée, elle s'immobilisa sur le seuil de la maison. Frazer et Max se trouvaient à l'autre bout de la cour près des voitures. Ses cheveux d'or touchant presque ceux de son ami, Frazer avait la main sur l'épaule de Max ; quand celui-ci se retourna pour regagner le manoir, cette main s'attarda une ou deux secondes. Alors, Naomi pensa à la maison, à la voiture, et ce fut une révélation. Toutes les pièces du puzzle avaient fini par s'emboîter. *Voilà donc le fin mot de l'histoire...*

Désormais, quand elle s'ennuyait, elle ne résistait pas au plaisir d'asticoter Frazer. Quel bonheur de le regarder se tortiller ! Si quelqu'un avait des droits sur Max, c'était elle, l'épouse, et elle tenait à ce qu'il comprenne. Et il était si collet monté par moments, si susceptible, si facile à torturer ! Quand Maxwell et Frazer faisaient un aparté, elle se sentait perdue, petite, insignifiante. Dans le secret de son âme, elle savait que toutes les maisons, toutes les voitures du monde n'étaient rien, comparées à ce qu'elle avait à offrir. Oh non ! Elle n'en détestait pas moins l'emprise que Frazer détenait sur son mari et elle gardait précieusement son secret, un secret redoutable et une arme également.

Le nouvel an apporta le mauvais temps, la neige, la glace et un vent âpre qui dévalait les montagnes en hurlant pour se lancer à l'assaut des maisons de la vallée.

Devant voir un éditeur, Maxwell était parti à Édimbourg pour la journée. Dans la soirée, Naomi prépara des toasts et des œufs à la coque, se servit un verre et dîna au coin du feu, puis tourna le bouton de la radio. N'obtenant qu'un grésillement de parasites, elle posa un disque sur le gramophone. Pas le moindre lampadaire pour percer l'obscurité, la nuit s'était refermée sur les fenêtres et ne laissait entrer aucune lumière dans la petite maison.

Elle emmena sa chienne Susie pour lui tenir compagnie et finit par se coucher. Allongée dans le noir, elle posa sa paume sur son ventre. En restant parfaitement immobile, elle sentait sous ses doigts les petits mouvements furtifs de l'enfant et s'émerveillait qu'une telle perfection pût grandir en elle après la violence exercée contre le premier occupant. Elle se voyait offrir une seconde chance de réparer ses erreurs et de repartir de zéro.

Elle glissait dans le sommeil quand elle entendit le parquet craquer.

— Max? cria-t-elle.

Pas de réponse. Naomi se rendit compte qu'elle n'avait pas entendu la voiture. Elle s'assit sur le lit. Pelotonnée sur l'édredon, Susie dormait. Voilà que ça recommençait! On marchait, il y avait quelqu'un dans la maison. Elle sortit du lit et s'avança à pas de loup jusqu'à la fenêtre, écarta le rideau. Pas de voiture.

Avant de venir à Ravenhart, elle croyait la campagne paisible mais, à présent, elle avait conscience du plus léger battement d'ailes d'un oiseau nocturne. Si seulement Max pouvait rentrer! Il fallait absolument qu'il revienne. Frissonnante, elle resta sans bouger et tendit l'oreille.

Au bout de quelques instants, elle ouvrit brusquement la porte et descendit, le cœur battant à tout rompre. Au moment précis où elle appuyait sur l'interrupteur, elle perçut une lueur vive, l'ombre d'un mouvement, et étouffa un cri. Le rocking-chair se balançait légèrement devant les braises mourantes, comme si l'occupant venait brusquement de se lever pour s'éloigner sans bruit.

Entendant du bruit dans son dos, Naomi se mit à hurler. En voyant Maxwell, elle se précipita vers lui.

— Mais qu'est-ce que tu fais, Mimi? Je pensais que tu dormais depuis des heures.

— J'ai entendu du bruit... j'ai cru qu'il y avait quelqu'un.

Maxwell dénouait son cache-nez, il répondit d'un ton rassurant:

— Il semble bien que non.

— J'ai entendu des pas. Et le rocking-chair bougeait!

— À mon avis, c'est le vent.

Naomi regarda Maxwell faire le tour de la maison pour vérifier la fermeture des portes et des fenêtres.

— Tout est fermé.

« J'ai tout de même entendu quelqu'un, je le sais ! », faillit-elle protester mais Maxwell, fatigué, débouchait déjà la bouteille de scotch et Naomi tint sa langue. Sans doute le vent et les battements de son cœur qu'elle avait pris pour des pas. À force de se le répéter, peut-être finirait-elle par y croire.

Elle enlaça Maxwell et posa sa tête entre ses épaules.

— Je suis si heureuse que tu sois rentré ! Je ne veux plus que tu t'en ailles, plus jamais.

Naomi finit par penser que la maison était hantée. Elle chercha le mot *poltergeist* dans le dictionnaire : « esprit bruyant », lut-elle, parfaite définition des grattements et des légers coups qui la réveillaient la nuit, sans compter ces petites choses qui semblaient bouger et se déplacer toutes seules… un peu de cendre sur le tapis devant l'âtre, le vase de porcelaine trouvé, un beau matin, en miettes sur le sol de la cuisine. Et le rocking-chair, encore et toujours lui, qui se balançait.

Quand Maxwell était là, on n'entendait jamais rien. Elle lui montra le vase brisé mais il objecta :

— Tu as un peu bu hier soir, tu ne te rappelles plus l'avoir cassé. De toute façon, il était affreux.

Naomi se demanda si Max avait raison, si elle avait fait tomber ce vase elle-même. Mais, un soir, alors que Max se trouvait chez Frazer, elle entendit les petits coups et les pas légers. Dans la salle à manger, elle trouva les chatons qu'elle avait cueillis éparpillés, le pot à confiture où elle les avait placés était retourné et l'eau coulait par terre.

Elle s'entendit hurler :

— Allez-vous enfin me laisser tranquille ?

Alors, elle se mit à pleurer. Elle pleurait encore en se servant à boire, assise devant la cheminée, serrant son verre dans ses doigts, le regard perdu dans la nuit.

Le jour où elle fit la connaissance de Naomi Gilchrist, Bess sentit renaître l'espoir. Cette jeune femme ne supporterait pas longtemps l'isolement de Ravenhart. Jeune mariée très éprise, alanguie par la grossesse, elle semblait encore satisfaite de son sort mais ça ne durerait pas. Quand l'enfant serait né, elle comprendrait que s'occuper d'un bébé, c'était autre chose qu'élever un malheureux chien de manchon ! Alors Naomi Gilchrist repartirait à coup sûr avec mari et enfant.

D'ailleurs, elle avait, semblait-il, perdu certaines illusions. Lors du déjeuner à Ravenhart House, elle avait beaucoup bu et fumé. On serait bientôt au cœur de l'hiver, un hiver froid et épuisant, or Naomi lui avait paru nerveuse et fatiguée. En temps normal, Bess aurait été navrée de la savoir enceinte et dans cette petite maison isolée mais elle pressentait que le départ de Maxwell Gilchrist serait conditionné par le malheur de Naomi. Elle savait également que lorsqu'ils s'en iraient, car ils s'en iraient, Frazer aurait besoin de réconfort. Il y aurait un manque à combler.

En la voyant partir pour la gare un matin, Martin lui demanda :

— Est-ce l'amour de ton fils ou la haine de Maxwell Gilchrist qui t'amène si souvent à Ravenhart ?

Gênée, Bess ressentit la distance qui s'était installée entre eux depuis quelque temps.

Oubliant son embarras, elle répliqua sèchement :

— Quand bien même ?

Quand Margot était là, il soufflait sur la maison une bise glacée. Serrant dans ses bras Stephen, qu'elle gardait ce soir-là, Kate répondit au coup de sonnette impérieux.

Au retour d'Oliver, Margot était partie ; Kate fit part à son ami de la visite de sa belle-sœur.

— Devant elle, j'avais le sentiment de n'être qu'une domestique incompétente. Ce n'est pas grave. Mais elle a demandé au docteur de passer demain matin, j'aime autant vous prévenir.

— Oh, mon Dieu !

Oliver abandonna manteau et chapeau sur un fauteuil.

— Je vais jeter un coup d'œil dans sa chambre.

Il dit en revenant :

— Je l'ai trouvé très bien, il dort à poings fermés. Dites-moi, Kate, vous n'êtes pas trop pressée ?

Kate fit signe que non.

— Un petit cognac ?

— Merci.

Elle aimait savourer l'infinie palette d'arômes du cognac qu'Oliver rapportait de France.

Il les servit tous deux.

— Vous savez, Margot a voulu adopter Stephen.

Sous le choc, Kate écarquilla les yeux.

— L'adopter ?

— Oui. Après le décès de Jane. Ils n'ont pas eu d'enfants, Nigel et elle. Margot n'avait qu'une sœur, alors quand elle est morte… Seulement, j'étais déjà très attaché à Stephen.

Oliver posa un verre auprès de Kate.

— Il était tout ce qu'il me restait de Jane, mais Margot partageait ce sentiment.

Il passa les doigts dans ses cheveux en soupirant.

— C'est sûrement inconscient mais je crains qu'elle ne me tienne pour responsable. Si Jane ne m'avait pas épousé… J'y ai d'ailleurs pensé, à l'époque. Margot ne manquait jamais une occasion d'insinuer qu'un homme seul était incapable de s'occuper d'un jeune enfant. Par la suite, je me suis souvent demandé si elle n'avait pas raison.

— Comment pouvez-vous croire une chose pareille ?

— Cela m'arrive, pourtant, répliqua Oliver.

Il avait l'air soucieux et fatigué.

— À la moindre anicroche, je me sens coupable, comme ce soir. Chaque fois que je sors, en fait.

Il eut un sourire narquois.

— Je devenais vraiment sinistre, aussi ai-je décidé de rechercher la compagnie d'adultes.

— Ce qui ne plaît pas à Margot ?

— Je crois.

Oliver s'assit sur le sofa.

— Quand Stephen est né, je ne savais pas trop m'y prendre. Puis il y a eu les nounous. Avec mon travail, il fallait bien embaucher une garde d'enfant. Margot m'a proposé de s'occuper du petit pendant la semaine mais cela m'a paru dangereux. Les frontières devenaient trop floues. Nous avons eu des nounous très compétentes mais, pour une raison ou pour une autre, elles finissaient toujours par s'en aller. En revanche, certaines n'étaient pas très rigoureuses et l'une d'elles franchement méchante, cruelle même. Gifler un petit garçon de deux ans parce qu'il ne sait pas se tenir à table, vous imaginez un peu ? Quand je m'en suis aperçu, j'ai eu l'impression d'avoir trahi mon fils. À bien y repenser, j'ai toujours cette impression. Enfin, je m'arrange maintenant avec Mrs Richards, qui habite au coin de la rue et vient deux jours par semaine. J'ai Leo pour m'aider à la boutique et j'ai ralenti le rythme des voyages en France. Sans oublier Margot, si précieuse, naturellement. Comment ferais-je sans elle ? Il m'arrive toutefois de me demander si Stephen n'aurait pas eu une enfance plus normale auprès d'eux. Ne me suis-je pas montré trop égoïste ?

— Voyons, Oliver, vous êtes son père !

— Les liens du sang sont-ils si importants ?

Kate pensa à son frère.

— Si vous l'aviez confié à quelqu'un, il se serait peut-être posé des questions. Il aurait pu s'imaginer que vous ne l'aimiez pas.

Oliver fit disparaître les dernières gouttes de son cognac.

— Pauvre Margot, elle l'adore. C'est fou ! On ne peut lui en vouloir de se mêler de tout.

Kate reprit lentement :

— Croyez-vous qu'il soit possible de trop aimer ?

— Je ne me suis jamais posé la question. Et vous ?

— Voyez ces ballets, *Le Lac des cygnes*, *Giselle*, les sentiments y sont d'une telle intensité, si passionnés que l'on n'hésite pas à mourir d'amour.

— Vous n'êtes pas d'accord ?

— Autrefois, je trouvais tout ça d'un romantique ! Aujourd'hui, je ne sais plus. Lors de la dernière représentation de *Giselle*, je me suis dit : « Oh, bon sang, tu ne vas tout de même pas te tuer ! Trouve-toi un boulot ou alors va-t'en, prends-en un autre. »

Oliver éclata de rire avant d'objecter doucement :

— L'amour est capable de métamorphoser un être, de transcender la réalité.

— Et de vous rendre aveugle aux défauts de l'autre.

Kate revit Frazer, son regard vide lorsqu'il lui avait annoncé qu'il donnait la maison de Mr Bains à Maxwell. Sans se soucier du tort causé. *Cette maison est à moi. J'en dispose à ma guise.*

Elle ajouta :

— C'est absurde ce que l'on peut faire par amour, on n'est plus maître de ses pensées, on ne voit que l'être aimé. Qu'est-ce que ça peut donner de bon ?

— Mais si vos sentiments sont partagés, cela ne conduit-il pas à ce qu'il convient d'appeler la « transcendance » ? S'oublier soi-même, se soucier uniquement de l'autre ?

— Et s'ils ne sont pas partagés ?

15

Au sixième mois, le ventre de Naomi était dur et gonflé et, telle une créature des eaux, l'enfant ondulait lentement en son sein. Sa poitrine était voluptueuse et elle ne rentrait plus dans ses vêtements. Elle craignait que le désir de Maxwell ne s'éteigne, redoutait qu'il ne trouve quelqu'un d'autre ; mais il effleurait ses seins du bout des doigts et suivait la courbe de son ventre avec beaucoup de sérieux et de concentration. Il laissait enfin tomber le masque. Lorsqu'il partait à Édimbourg pour ses affaires, il lui écrivait des lettres pleines d'humour dans lesquelles il se moquait des militants qu'il croisait dans ses cercles et réunions politiques. Les marges étaient remplies de caricatures de journalistes travaillant pour les publications auxquelles il collaborait ponctuellement.

Dans l'existence de Naomi, le jour et la nuit ne se ressemblaient pas. L'angoisse rendait trop souvent ses nuits sinistres. Ce n'était pas qu'elle fût peureuse, elle aimait l'excitation du danger qui lui donnait l'impression d'exister mais, à tendre ainsi l'oreille dans le noir et à guetter les craquements du rocking-chair, elle cédait à la panique, terrifiée par un inconnu maléfique, sans visage.

Était-ce la grossesse qui la rendait ainsi ? Vulnérable, pusillanime, à la merci de ces atroces pensées qui s'insinuaient sous son crâne… Elle confia ses angoisses au médecin qui recommanda la marche et l'association féminine paroissiale. « De la compagnie, Mrs Gilchrist, un peu de compagnie, voilà ce qu'il vous faut pour chasser ces idées morbides. Elle est très isolée, cette petite maison, dans votre état, ce n'est pas bon. » En voyant la tête du docteur, Naomi préféra ne plus faire allusion aux fantômes. Toutefois, elle n'avait pas oublié sa réflexion : *Elle est très isolée, cette petite maison, dans votre état, ce n'est pas bon.*

Quand, pour la première fois, elle parla de quitter la loge, ils étaient au lit et elle avait posé sa tête sur la poitrine de Maxwell.

— Quitter cette maison ? répliqua ce dernier. Pourquoi, mon Dieu ?

— Cet endroit est mortel ! Je ne vois jamais personne.

— Mais tu me vois, moi. Et Frazer.

— Le temps est affreux. Ce qu'on peut s'ennuyer !

— Essaie de t'occuper. Prends un livre, va te promener, tu pourrais aussi mettre un peu d'ordre.

La chambre était envahie par les vieux magazines, les romans, les feuillets. La coiffeuse croulait sous les traînées de poudre, les serviettes à démaquiller froissées, les assiettes pleines de miettes et les tasses où séchait un fond de café figé en une pâte brune.

— Nous voyons des tas de gens, des dizaines rien que le week-end dernier.

— J'ai horreur de rester seule la nuit.

Naomi perçut la lueur d'impatience dans le regard de Maxwell.

— Cette maison n'est pas hantée, Mimi, je t'assure. D'ailleurs, elle n'est pas si ancienne et personne n'y est mort. C'est joli et nous sommes logés gratuitement, ce serait idiot de vouloir s'en aller. D'ailleurs, nous ne pouvons nous le permettre.

— L'argent, répliqua Naomi d'un air renfrogné. Tu ne sais parler que de ça !

— Il faut bien que quelqu'un le fasse ! Toi, tu te contentes de le dépenser, ce maudit argent.

Naomi eut une idée.

— Et si tu demandais à ton père de nous en prêter ?

— Jamais, rétorqua sèchement Maxwell.

— Pourquoi pas ? C'est fou ce qu'il est riche. Pourquoi ne nous en donnerait-il pas un peu ?

— Il voudrait que je travaille pour lui !

Naomi lui caressait le ventre.

— Un ou deux ans, pas davantage. Ce serait drôle, on habiterait à Édimbourg. Chéri, fais-le pour moi !

— N'y compte pas.

Maxwell posa sa main sur celle de Naomi.

— Je ne plaisante pas, il n'en est pas question.

Furieuse, Naomi s'écarta et éteignit la lampe avant de lui tourner le dos et de se recroqueviller à l'autre bout du lit.

En offrant la loge de gardien à Maxwell, Frazer avait cru trouver la solution idéale. Annoncer à Mr Bains qu'il devait quitter sa maison s'était révélé délicat. L'intéressé n'avait pas caché sa rage ; il était même devenu menaçant, quand Frazer lui avait proposé de garder ses fonctions de régisseur. La tentative de conciliation n'avait essuyé que mépris.

Il s'était consolé en se disant que Maxwell serait à quinze cents mètres de Ravenhart House, que rien ne changerait. Seulement, ses espoirs avaient été déçus. Il restait parfois des semaines sans le voir et Max avait d'autres centres d'intérêt... Ce garçon avait l'art de brûler la chandelle par les deux bouts. Depuis quelque temps, il avait une mine de papier mâché et des cernes sombres marquaient ses yeux.

Vers la fin février, Frazer reçut un courrier de son comptable et fut choqué par le ton de la lettre. Mr Whipple le sommait presque de passer à son bureau d'Édimbourg.

Sans chercher à le ménager, Mr Whipple lui fourra sous le nez une feuille couverte de chiffres et de graphiques avant de le mettre en garde.

— Mr Ravenhart, si vos rentrées et vos dépenses devaient se maintenir à ce rythme, ce serait la faillite dans trois ou quatre ans, dirais-je, en fonction des taux d'intérêt.

La faillite.

Frazer était atterré.

— Mais enfin les fermages, les placements de mes grands-parents...

— ... ont perdu une bonne partie de leur valeur du fait de la Dépression. Rappelez-vous que vous m'avez donné l'ordre de liquider un certain nombre de biens, ces six derniers mois. Voilà plus d'un an que vous puisez dans le capital. Quant aux fermages, ils couvrent à peine les travaux urgents.

Mr Whipple frappa le papier de son gros doigt.

— Navré mais la preuve est ici.

Ce soir-là, Frazer se rendit chez sa mère et ne put cacher à quel point il était secoué. Martin ayant été appelé chez un patient, Frazer se mit à arpenter le salon.

— Je risque de le perdre, lança-t-il à Bess. Je pourrais perdre Ravenhart, ne cessait-il de répéter comme pour se convaincre de l'énormité de la chose.

Contre toute attente, sa mère lui demanda :

— Serait-ce vraiment si grave ?

— Grave ? répéta Frazer. Bien sûr.

— C'est que…

Bess hésita.

— Je me suis demandé si tu étais très heureux là-bas.

Frazer répondit sans détour.

— Il m'arrive de détester cet endroit mais ce n'est pas la question. C'est mon héritage. Que serais-je sans Ravenhart ? Rien.

Son poing vint frapper sa paume.

— Absolument rien !

— Voyons, protesta gentiment Bess. Tu serais toi. Tu serais Frazer, mon fils, le frère de mes filles.

Frazer se massa le front en un geste d'impuissance.

— Mais je ne… je n'aurais plus aucune importance.

— Pour moi, tu en aurais.

Bess posa la main sur la manche de son fils.

— Tu en auras toujours, peu importe ce que tu serais, instituteur, employé de banque, éboueur ou vagabond. Si tu devais perdre Ravenhart, tu repartirais de zéro, voilà tout. Je l'ai fait plus d'une fois.

Frazer fixa intensément sa mère avant de baisser les paupières.

— Je ne pourrais pas, j'en suis incapable.

Perdre Ravenhart était inconcevable. Quelles que fussent ses réticences en découvrant le domaine, Ravenhart faisait maintenant partie de lui. C'était sa maison, il appartenait à cette terre, à son histoire, et il ne laisserait personne s'en emparer. Soudain, avec une conviction inébranlable, il comprit enfin le sens qu'il devait donner à son existence.

— Je vais le garder, s'exclama-t-il, gagné par l'excitation. Ravenhart est à moi !

Avec sa mère, il dressa la liste des économies incontournables. Il faudrait remettre à plus tard l'aménagement du parc paysager et les projets de rénovation des salles de bains. Il devrait aussi réduire ses notes d'épicerie et de cave ainsi que le nombre des domestiques.

La semaine suivante, il se rendit au pavillon de chasse avec Maxwell et lui fit part des mises en garde du comptable.

— Et voilà, je regrette, dit-il d'un air contrit. Plus de vin, ni de roses, ni de champagne, ni de cigares.

— Bon Dieu !

Maxwell embrassa du geste le vaste cirque de montagnes.

— Enfin, tout est à toi ici. Il y a sûrement moyen d'en tirer quelque chose.

Oui, mais s'il savait comment ! Une nouvelle hausse des fermages ferait gémir encore plus fort les métayers. Une demi-douzaine de métairies étaient à l'abandon depuis des années. Personne ne voulait de cette terre ingrate ; tout ce que le pays comptait de jeune, de fort et d'ambitieux était parti pour la ville depuis belle lurette.

Bon nombre de grandes familles qui possédaient autrefois de vastes domaines en Écosse avaient vendu ou connu la faillite. Des empires fonciers étaient tombés sous le marteau du commissaire-priseur. Certains avaient vu leur puissance anéantie, leurs bataillons d'employés au chômage, réduits à se débrouiller seuls. Comment Ravenhart échapperait-il à ce sort ?

Cela n'entamait pas la détermination de Frazer, il ferait l'impossible pour garder le domaine. Son regard s'évada vers la fenêtre d'où l'on apercevait la vallée et cette petite tache grise, au loin, le pavillon de chasse. Sur l'écran plus sombre des bois, il devina le mouvement flou d'une harde de daims traversant à découvert.

Les daims ! Ils foisonnaient dans cette vallée, où l'on trouvait également des saumons et des truites dans la rivière. Un projet commença à prendre forme. Frazer songea aux amis qui venaient séjourner au château. Ils aimaient pêcher, chasser ou partir en randonnée dans les collines. De nombreuses pièces restaient inoccupées, sans oublier le pavillon de chasse qui devrait être habitable d'ici un ou deux mois, si Max lui donnait un coup de main.

Il y a sûrement moyen d'en tirer quelque chose, avait dit son ami. Il commençait à entrevoir comment.

Il pourrait monnayer les droits de pêche, évaluer le coût de la réserve de chasse au coq de bruyère qu'il faudrait rétablir. Les hôtes auraient le choix entre le manoir et le pavillon de chasse. Des hôtes payants à Ravenhart… le supporterait-il ? Des étrangers sous son toit. Enfin, plus pour très longtemps s'il ne se faisait pas violence pour introduire certains changements.

Maxwell s'était toujours tenu en dehors de la vie familiale, n'avait jamais manqué de refuges où se terrer : placard sous l'escalier, bosquet au fond du jardin et, plus tard, le lit d'une étrangère ou cette mansarde dont il rêvait avec un bureau, un fauteuil et des rangées de livres bien nettes.

Au pavillon, il n'y avait aucun ordre. S'il rangeait, Naomi n'avait qu'à traverser la pièce pour y semer de la vaisselle sale ; tables et étagères étaient garnies de pots de vernis à ongles et de cold cream, de peignes, de lingettes, de magazines et de modèles de tricot. S'il osait une seule remarque sur l'état de la maison, elle se plaignait de l'absence de domestique. Quand bien même ils parviendraient à trouver cette perle rare dans un tel désert, ils n'avaient pas les moyens de la payer. Sa tête le faisait toujours souffrir. La boisson, sans doute… Ils devraient tous deux arrêter, il le savait. Mais l'attention exclusive que réclamait Naomi, ses exigences en vêtements ou en mets délicats et l'état de cette maison à l'abandon requerraient les vapeurs de l'alcool, seules capables de gommer tout cela.

Qui plus est, il n'arrivait pas à terminer son livre. Parvenu aux trois quarts du récit, il ne voyait aucun lien entre les fils de l'intrigue et trouvait ses personnages peu convaincants. S'il parvenait à produire quelques pages, celles-ci étaient sans relief ni consistance, ne résistant pas à la lecture. Ces derniers temps, il en était arrivé à fuir son manuscrit et rédigeait une flopée d'articles, car il avait besoin d'argent pour Naomi et pour l'enfant. Il entendait toutefois la petite phrase de Frazer en écho au jugement paternel : *Tu ne le termineras pas, tu le sais. Tu ne finis jamais rien.* Parasite, bon à rien… Il avait toujours pensé que cela ne l'atteignait pas, allant jusqu'à provoquer la colère de son père, une arme pour lui, mais, dernièrement, cela lui restait sur le cœur.

Si seulement il avait disposé d'un peu de temps et de calme, il aurait réussi à surmonter l'obstacle ! Ce n'était jamais le cas. Naomi voulait passer le week-end à Édimbourg ou alors ils descendaient à Londres, chez de riches amis assez peu recommandables, et il fallait sortir.

Depuis son mariage, il avait dû renoncer au havre de paix de Ravenhart. Quand les amis de sa femme arrivaient, la tourelle, son sanctuaire, était envahie par les bagages et les manteaux. De plus, on exigeait sa présence.

S'il n'y avait eu l'enfant, il aurait pu quitter Naomi, tâchant de lui faire admettre que cela ne marcherait pas. Ils en seraient restés là. La seule perspective de cette naissance suffisait à le terrifier. Quel genre de père ferait-il avec pour seul modèle son propre géniteur ? Néanmoins il se sentait parfois gagné par une curieuse exaltation. Mettre au monde un être neuf, quelle aventure ! L'occasion lui était offerte de se rapprocher de la perfection, d'oublier le simulacre de famille qu'il avait fui. C'était une chance de prendre un nouveau départ, de faire ses preuves.

Récemment, il avait partagé une ou deux fois le lit de Jenny Watts, sa vieille flamme du café des Deux Pies. Conscient de ne pas avoir respecté ses engagements matrimoniaux, il ne pouvait rester sourd à la petite voix de sa conscience. Toutefois, dans le calme de l'atelier saturé de fumée et de vapeurs de peinture où Jenny travaillait en silence devant son chevalet, un mécanisme avait fini par s'enclencher. Le roman prit son essor et Maxwell parvint de nouveau à écrire, pelotonné dans un angle du divan élimé avec une cigarette et une tasse de café noir. Sans lâcher son pinceau, Jenny l'écoutait parler du futur bébé et confier la confusion affective qui était la sienne ; à la terreur venaient s'ajouter l'optimisme et une joie profonde.

Il y avait aussi Frazer. Frazer que Maxwell savait déçu et dont la patience commençait à s'épuiser. En lui offrant la loge, Frazer avait déséquilibré les plateaux d'une invisible balance. Il avait beaucoup trop reçu, bien plus qu'il ne pourrait rembourser. L'équilibre rompu, Frazer était moralement parvenu au sommet, et lui n'était que son obligé. Le poids de la dette plombait à présent la spontanéité de leur amitié. Frazer avait toujours fait preuve d'un peu d'arrogance mais sa condescendance se teintait maintenant de ressentiment. Estimant que Maxwell lui était redevable, il en attendait certaines compensations : temps, attention et talents d'amuseur. Or ces capacités avaient tendance à s'épuiser, il fallait le stimulant de l'alcool pour les ranimer.

Coincé entre sa femme et son ami, Maxwell se sentait écartelé. Lui qui s'était toujours méfié des sentiments… Ce puissant désir que lui inspirait Naomi, teinté d'exaspération et parfois de tendresse, était-ce vraiment l'amour ? Le matin, il la regardait dormir, observait le va-et-vient régulier de sa poitrine. Elle semblait plus jeune et plus vulnérable dans le sommeil. Au fil des heures, il sentait sa tendresse s'épuiser. En société, il sentait dardé sur lui son regard brûlant de jalousie. S'il avait le malheur de s'adresser à une femme, de lui lancer ne serait-ce qu'un regard, il voyait se dresser devant lui une harpie hystérique, prête à faire une scène, capable de tout pour accaparer son attention. Les situations conflictuelles n'étaient pas pour déplaire à Naomi ; elle les provoquait, s'y complaisait et s'en servait. Dieu, qu'il était difficile de cerner un être !

Le week-end, Kate se rendait au Hammersmith Palais en compagnie de Pearl, sa voisine couturière. Elles dansaient avec des garçons aux cheveux raides et gominés, vêtus de complets à quatre sous. Les lumières scintillaient, il flottait une odeur de fumée et de parfum bon marché. Les murs et le plancher réverbéraient les pulsations de la musique qui s'insinuaient jusque dans les battements cardiaques.

Kate revint chez elle pour un long week-end et trouva sa mère débordée et nerveuse.

Déstabilisée par ces séjours qui la ramenaient vers un quotidien dont elle avait passé l'âge, Kate ne restait jamais longtemps. Le bonheur de revoir sa mère, Martin et ses sœurs, de retrouver sa chambre et son lit, était très vite suivi d'une impression de régression. Finalement, elle était soulagée de remonter dans le train, de leur adresser de grands signes d'adieu, le nez contre la vitre, et de les voir s'éloigner pour lentement disparaître. À chaque séparation, la joie de retourner à Londres était néanmoins gâchée par un sentiment de vide et de culpabilité et elle se débattait dans un insoluble imbroglio affectif.

À Londres, où elle jouait les baby-sitters, elle serrait Stephen dans ses bras dès qu'il se mettait à pleurer, respirant l'odeur tiède d'un petit. Une odeur de lait, de talc et de sommeil. Sa petite joue avait la douceur du velours. Elle revoyait alors les demi-lunes des cils noirs de Rebecca et les minuscules gouttes de lait qui se formaient à la commissure des lèvres quand Aimée, nouveau-né, prenait son biberon.

Un soir, hors d'elle, Kate confia à Oliver :

— Ils me manquent quand ils sont loin, mais, auprès d'eux, je suis le plus souvent exaspérée.

— Ah, Kate, la vie de famille! répliqua Oliver, pince-sans-rire.

Jane, son épouse, était pianiste de concert. Le jour de leur rencontre, elle jouait du Chopin au Wigmore Hall. Le portrait, sur le piano à queue du salon, était celui d'une femme au long visage serein et aux beaux cheveux raides, retenus par une barrette de diamant. Vêtue d'une robe de grossesse sur un autre cliché pris dans le jardin, elle tenait dans les mains un grand bouquet de fleurs. Elle semblait mélancolique, un peu inquiète, comme si elle savait déjà ce qu'il lui en coûterait d'avoir aimé.

Si tendre et si naïve, la dernière vierge de Pimlico. La réflexion de Billy lui était restée sur le cœur. Tendre et naïve? Jamais plus! Tendre et naïve, elle était tombée amoureuse de Maxwell Gilchrist et cela l'avait entraînée très loin, si loin qu'elle n'avait rien compris. Il l'avait embrassée comme il aurait embrassé la première fille un peu présentable qui l'aurait laissé faire. *Tu ne savais pas?* Mais non, elle ne savait pas, elle ne comprenait rien à rien. C'était humiliant et désarmant.

Des garçons l'emmenaient dîner au café après le cinéma. Aucun n'avait trouvé le chemin de son cœur mais il y en avait deux ou trois qu'elle n'avait pas trouvés désagréables; ils s'étaient embrassés et tenu la main. Elle perdit sa virginité dans une mansarde de l'Embankment. Inquiète de ne pas être à la hauteur et de décevoir son amant, elle se laissa dévêtir. Le brouillard voilait les vitres nues et le garçon lui embrassa les seins, le nombril, puis le ventre.

Ensuite, il alluma deux cigarettes, lui en tendit une et ils fumèrent comme deux complices dans un beau méli-mélo de draps et de couvertures. Pour Kate, blottie contre cet autre corps dans les mugissements des cornes de brume montant du fleuve noyé dans le brouillard, ce fut le meilleur moment. Après avoir franchi le pas qui faisait d'elle une femme, elle éprouvait un sentiment de triomphe. Enfin, elle n'était plus une petite fille!

Elle découvrit dans les journaux les photographies de Guernica, la ville basque du nord de l'Espagne bombardée par la légion allemande Condor. Elle parcourait les sinistres clichés de bâtiments en ruine quand un enchevêtrement de briques, d'étoffes et de décombres attira son attention. Était-ce un bout de bois que l'on voyait pointer? Ou bien un membre humain?

— Pensez-vous que ce sont toujours les méchants qui triomphent? Le mal serait-il plus fort que le bien?

Cette question s'adressait à Oliver. Kate ayant préparé le repas du dimanche, Stephen se vit servir de la crème de banane après le gigot. Oliver et Kate, eux, goûtèrent une tarte aux noix qui venait de France.

— Plus fort? Que voulez-vous dire? fit Oliver en découpant le gâteau.

— Quand on est mauvais, on ne recule devant rien, on n'en fait qu'à sa guise. Les gens bien réfléchissent aux conséquences de leurs actes, terribles ou pas.

— Vient toujours un moment où ils sentent qu'ils n'ont plus rien à perdre, alors ils raisonnent différemment.

Kate leva les yeux.

— Si la guerre éclate, que ferez-vous?

Oliver présentait une cuillerée de banane à Stephen.

— Je ne sais pas. Sans doute n'aurais-je pas trop le choix, moi non plus. Une chose est sûre, j'enverrai Stephen à la campagne. Si Londres devait être bombardé...

Le soleil filtrait derrière la glycine entourant les portes-fenêtres, mouchetant le sol de motifs changeants. Cela semblait incongru, abominable même, de déguster une tarte aux noix dans la cuisine d'Oliver en évoquant la guerre. Les fleurs embaumaient et ils savouraient les noix, conscients toutefois que, d'ici quelques mois, ce ciel si pur ferait peut-être pleuvoir la mort.

— Et vous, Kate? demanda Oliver. Que ferez-vous?

— Je serai auxiliaire féminine.

Surprise de sa réponse, Kate réalisa qu'elle n'avait jamais clairement formulé ce profond besoin de rallier les rangs des opposants à la tyrannie.

— Bravo!

Oliver posa le bol de Stephen dans l'évier avant d'ajouter:

— Vous me manqueriez.

— Vous aussi, Oliver. Ainsi que Stephen.

Adossé à l'évier, les mains dans les poches de sa veste, Oliver ne l'avait pas quittée des yeux.

— Tous mes amis me manqueraient, naturellement, mais c'est vous que je regretterais le plus.

Kate s'avança jusqu'à l'escalier de fer forgé et s'entendit proposer d'une voix à peine audible :

— Quel temps superbe ! Si nous prenions le café dehors ?

Ils étaient installés dans le jardin, quand Margot, coiffée d'un chapeau hérissé de plumes bleu-vert, fit irruption dans un tourbillon de tweed de chez Lentheric.

— En rentrant, je me suis dit : « Pourquoi ne pas faire un saut ? »

Elle se pencha vers Stephen, assis sur la pelouse, et le souleva pour l'embrasser.

— Alors, jeune homme, et ta sieste ? Ce n'est pas l'heure de sa sieste, Oliver ?

— J'estime qu'il peut s'en passer maintenant. Il reste assis dans son lit et parle tout seul, il peut aussi bien le faire ici.

— Je le trouve un peu fatigué.

— Il a trois ans, objecta fermement Oliver. Ce n'est plus un bébé, Margot, c'est un petit garçon.

— Bien sûr.

Brusquement, Margot parut accuser le coup.

— Quand je pense que Jane n'a jamais…

Elle se détourna pour se moucher.

Tandis qu'Oliver la serrait dans ses bras, Kate remonta à l'appartement et rassembla ses affaires. Le visage congestionné, Margot la rattrapa sur le seuil de la boutique.

— Je peux vous déposer, miss Fearnley ? De quel côté allez-vous ?

— Pimlico. C'est très gentil, Mrs Stockton, mais ne vous donnez pas cette peine.

— Ça ne me dérange vraiment pas, c'est sur mon chemin.

Margot coula un regard derrière le pare-brise de la voiture où dormait un terrier, pelotonné sur un manteau plié.

— Vous ne voyez pas d'inconvénient à vous asseoir derrière ? Tommy est d'une humeur quand on le réveille !

Margot conduisait à coups d'accélérateur, elle faisait crisser le levier de vitesse, démarrait en trombe à chaque croisement et prenait les virages sur les chapeaux de roues. De temps en temps, elle élevait la voix pour couvrir le bruit du moteur et lancer une réflexion.

Elle donna un coup de klaxon si brutal qu'un cycliste fit un brusque écart et manqua perdre l'équilibre.

— Personne ne prendra la place de Jane, bien sûr. Ils étaient tellement épris l'un de l'autre. Oliver adorait positivement ma sœur, il en est tombé amoureux au premier regard. Jane était unique. Belle, douce et si douée. On ne croise pas un tel être tous les jours.

Kate observait les passants qui couraient vers le trottoir.

Une fois de plus, Margot haussa le ton.

— Quand Stephen était tout petit, je pensais qu'Oliver finirait par rencontrer quelqu'un.

— Quelqu'un ? répéta Kate.

— Une veuve, naturellement. Oliver aurait fait un mariage de raison, puisqu'il n'en aimera jamais qu'une. Je pense toutefois que l'idée de voir une étrangère dans la maison de Jane, s'occupant de son enfant, lui était intolérable. C'eût été trop pénible.

Kate comprit soudain, c'était une mise en garde. Margot cherchait à l'éloigner d'Oliver. Elle dut se mordre la lèvre pour ne pas glousser. Margot redoutait qu'elle ne soit éprise d'un homme de dix ans son aîné et dont la vie était un charmant chaos ! Elle avait beaucoup d'affection pour son ami mais de là à tomber amoureuse, c'était parfaitement grotesque.

« Aucun risque, faillit-elle répliquer. Il n'est pas mon type. » Riant sous cape jusqu'à ce que Margot la dépose devant la maison, Kate s'assit sur son lit et promena son regard autour d'elle. Tout d'abord sur les livres, les photos de famille, puis sa collection de chapeaux et la plante posée sur l'appui de fenêtre. Elle songea au jour où Naomi Jennings était arrivée à Ravenhart. Au réveil, elle exultait, les lèvres meurtries, la peau frémissant des caresses de Maxwell. Elle avait encore dans les yeux les couleurs d'un éclat particulier. Sur la lande et la rivière, l'air semblait vibrer comme si la nuit en avait modifié la composition. Comme elle s'était leurrée, après que la foudre avait frappé. Elle s'était bercée d'espoir quand il n'y en avait plus, se consumant pour un homme qui ne l'avait pas aimée et ne l'aimerait jamais.

Elle se cacha le visage dans les mains et sentit couler les larmes sur ses doigts. La belle romance, en vérité, ressemblait à une poignée de main à la gare, un pas dans la nuit sur un toit en terrasse à la lueur des étoiles et à deux ou trois baisers. Autant dire rien.

Alors, pourquoi cela faisait-il si mal ? Comment en était-elle arrivée là, elle qui s'y refusait ?

Elle ne tomberait pas amoureuse d'Oliver Colefax, aucun risque. Pas plus que des garçons croisés au théâtre ou au Hammersmith Palais. Étrangère à la passion, elle ne savait plus aimer et doutait de savoir un jour.

Un mois avant la naissance de l'enfant, Maxwell emmena Naomi à Édimbourg où ils achetèrent un moïse, un landau, des draps et des vêtements. Quand vint le moment de choisir les petits vêtements blancs, il trouva touchante la joie de Naomi, c'était un aspect de sa personnalité qu'il découvrait.

Tout était parfait, ils devaient passer la nuit chez Barbara et Niall. En arrivant chez eux, ce soir-là, Maxwell aperçut son père devant la cheminée du salon. Barbara vit sans doute son mouvement de recul car elle l'entraîna dans une autre pièce et lui fourra dans les mains un grand verre de whisky en l'observant attentivement.

— Je ne savais pas qu'il devait venir, crois-moi. Je suis vraiment navrée, Max. Ce ne sera pas trop dur ?

Maxwell, qui aimait beaucoup Barbara, parvint à sourire.

— J'ai passé dix-huit ans avec ce vieux salaud, je le supporterai bien quelques heures de plus.

Contre toute attente, son père se montra curieusement conciliant. Il fit des compliments sur la cuisine sans critiquer le choix des vins. Quand Naomi, assise à ses côtés, énuméra fièrement les journaux et publications auprès desquels Maxwell avait réussi à placer ses articles, il n'eut que ce commentaire :

— Je suis ravi d'apprendre que tu gagnes correctement ta vie.

Guettant le sarcasme, Maxwell avait beau tourner et retourner cette réponse en tous sens, il n'en voyait pas. Quand Naomi fit remarquer avec un soupir de regret :

— Nous nous en sortons mais nous aimerions bien nous installer à Édimbourg.

Maxwell sentit monter la tension.

— Édimbourg ?

Le corps massif changea de position et Andrew Gilchrist reprit aussitôt du gâteau.

— Pourquoi pas ? Il se trouve que j'ai un appartement libre. Si vous voulez, il est à vous.

Le visage de Naomi s'illumina mais Maxwell s'empressa de répliquer :

— C'est inutile, père, ça va très bien.

— Mais enfin, Max…

— Ça suffit, Mimi.

Naomi ouvrit la bouche pour la refermer aussitôt. Barbara se mit à parler de ses filles mais Maxwell croisa le regard furibond de sa femme.

— Comment as-tu pu dire une chose pareille ? C'est à peine croyable !

Ils étaient dans leur chambre et Naomi arrachait les fleurs de soie piquées dans ses cheveux. Allongé sur le lit, Maxwell avait gardé ses vêtements.

— Ah, pour l'appartement ?

– Ton père était prêt à nous l'offrir ?

Maxwell se leva et ouvrit la fermeture du collier qu'elle tentait de défaire.

— Mon père ne donne jamais rien. Il y a toujours un prix à payer. On voit que tu ne le connais pas, sinon tu comprendrais.

Naomi se retourna brusquement et le foudroya du regard.

— Je m'en fiche ! Tout plutôt que de rester dans cet horrible trou ! Est-il possible d'être aussi cruel ? M'obliger à vivre dans une maison hantée !

Maxwell reprit d'un ton las :

— Seigneur, tu ne vas pas recommencer.

Il dut prendre sur lui pour ajouter :

— Si tu veux absolument quitter Ravenhart, je trouverai un moyen mais sans rien lui demander, je t'en supplie.

Il se pencha pour embrasser sa femme dans le cou mais elle le repoussa. La moutarde lui monta au nez et il se dirigea vers la porte.

— Où vas-tu ?

— Je sors, lança-t-il sèchement. Je ne suis pas d'humeur.

— Ne t'avise pas de me laisser !

En refermant la porte, Maxwell entendit un hurlement suivi d'un choc, celui d'une chaussure ou d'un pot de cold cream.

Le lendemain, ils reprirent le chemin du nord. Tendue comme un arc, Naomi ne pipait mot. Maxwell n'avait pas fini de décharger les bagages qu'elle se versait déjà à boire.

Il fit remarquer :

— Ce pauvre petit va venir au monde avec une jolie gueule de bois.

— La ferme, siffla Naomi. La ferme, la ferme, la ferme !

Max monta dans sa tourelle pour essayer d'écrire, autant vouloir tirer de l'huile d'un mur. La tête entre les bras, il s'endormit sans même s'en rendre compte.

Il fut réveillé par le bruit d'un moteur. De la fenêtre, il aperçut Naomi derrière le volant. Elle reculait dans l'allée. Il se précipita et cria son nom mais la Lincoln franchit les grilles sans ralentir.

La nuit tombait, il avait beaucoup plu et les chaussées boueuses étaient glissantes. En retournant vers la maison, Maxwell vit la bouteille de gin sur la table. Glacé, pressentant la catastrophe, il eut un temps d'hésitation, puis saisit une torche, son manteau, et sortit. Il s'était mis à bruiner et il tentait de sonder la bouillasse en trottant sur le bas-côté. Naomi conduisait très mal, c'était un vrai danger. Elle aimait trop la vitesse et il ne se rappelait pas si elle avait allumé les phares. Il la voyait déjà heurter un véhicule de plein fouet ou déraper sur les routes étroites et sinueuses, imaginait la voiture en accordéon contre un rocher.

Au détour d'un virage, il aperçut la Lincoln en travers de la route, l'avant fiché dans un talus herbeux, et se mit à courir.

Il faillit arracher la portière et Naomi s'effondra presque contre lui.

— Max…

Hébétée, elle tremblait.

Maxwell la hissa hors de l'habitacle. Elle n'avait même pas pris de manteau. Cela le mit en rage. Il hurla :

— Idiote ! Triple idiote ! Bon sang, qu'est-ce qui t'a pris ?

— Je voulais te quitter, Max ! Je te déteste !

Elle se mit à marteler son torse de ses poings.

— Tu aurais pu te tuer !

— Je m'en fiche, autant disparaître puisque tu ne m'aimes pas…

Elle bafouillait et se mit à pleurer, de longs sanglots hachés ponctués de hurlements déchirants. Atterré, Maxwell se contentait de la regarder ; il finit par la prendre dans ses bras et caressa ses cheveux mouillés. Au bout d'un moment interminable, lui semblat-il, il la sentit se détendre. Elle s'appuya contre lui, le bébé entre eux. Les sanglots s'espacèrent, elle ne tremblait plus. Enfin, il put l'aider à se redresser et drapa son manteau sur les épaules de sa femme. Il poussa sur le bas-côté le véhicule au capot enfoncé et ils regagnèrent le pavillon.

Dans l'esprit de Frazer, tout était facile, d'une merveilleuse simplicité. Mettre son plan à exécution se révéla beaucoup moins simple. Il fallut trouver des maçons, des peintres et des décorateurs dignes de confiance, tâche ingrate et de longue haleine. Au village, tous les artisans pressentis étaient retenus par de mystérieux engagements. Il dut aller chercher un ramoneur à Pitlochry et se rendre jusqu'à Braemar pour ramener une couturière capable d'aider sa mère à ravauder les rideaux mangés par les mites.

Maxwell était censé l'aider à achever la rénovation du pavillon de chasse mais il ne se montra guère plus fiable que les autres. C'était exaspérant. À une certaine époque, Frazer trouvait touchant ce manque de ponctualité. Était-ce trop lui demander que de rendre service pendant quelques heures ? Avec ce qu'il avait fait pour lui ! L'ennui, avec Max, c'est qu'il aimait recevoir sans rien donner en retour. Frazer se sentit blessé et humilié quand il comprit cela.

Le pavillon de chasse était presque habitable et Maxwell lui avait promis de l'aider à remplacer les lames du parquet à l'étage. Sans aucune aide, ce serait infernal. Le jour où ils devaient se mettre en chantier, Frazer partit de bon matin. Maxwell n'étant pas encore arrivé, il se mit au travail. Il eut beau guetter le chemin et les collines, aucun signe de Max. À midi, son ami n'était toujours pas là. Saisi d'une rage impuissante, Frazer traîna les planches dans l'étroit escalier en colimaçon.

Sans doute la fatigue s'était-elle accumulée au fil des heures, toujours est-il que, par inattention, il se tapa sur le pouce avec le marteau. Assommé par la douleur, il ferma les yeux. Quand il les ouvrit, il vit que l'ongle commençait à noircir.

Comme il dévalait les marches, resurgit le merveilleux souvenir de l'époque où ils étaient ensemble, Kate, Maxwell et lui ; un tableau d'une telle intensité qu'il sombra dans la nostalgie avec une infinie tristesse. Kate lui manquait, elle, si gentille et si facile à vivre. Dire qu'elle avait été remplacée par Naomi, ses gémissements et ses exigences! Cette femme avait une telle façon de le regarder, avec son air suggestif et déplaisant!

Frazer regagna la maison. Phemie lui banda le pouce, ses yeux bruns pleins de sympathie. Il avala deux aspirines et se rendit au village après s'être aperçu qu'il n'avait plus de cigarettes.

En sortant de la boutique, il aperçut Maxwell sur le trottoir d'en face. « C'est qu'il semble très content de lui! », se dit Frazer, furieux. Max l'avait vu, avait levé la main et allongeait le pas pour venir vers lui.

— Qu'est-ce qui s'est passé, bon Dieu? demanda Frazer.

Méfiant, Max avait changé de visage.

— Qu'y a-t-il? Aurais-je oublié quelque chose?

— Tu étais censé m'aider au pavillon de chasse.

— Oh!

Maxwell lui servit son sourire charmeur.

— Désolé. Ça m'est sorti de l'esprit.

Il se rembrunit.

— Frazer...

— Quoi?

— Pourrais-tu me ramener? La voiture est au garage et avec ce temps pourri...

Frazer lui lança d'un air menaçant:

— Il me prend par moments des envies de te tuer!

Effaré, Max recula d'un pas.

— Ça ne fait rien, je vais rentrer à pied.

Frazer lâcha un juron en regardant Maxwell s'éloigner sous la pluie et vit, à quelques pas de là, Ronald Bains qui les observait.

— Le spectacle vous a plu? lui lança-t-il d'un ton hargneux avant de regagner sa voiture.

— Quel sale temps, bon Dieu! lança Maxwell.

Naomi se retourna quand il pénétra dans la cuisine.

— C'est encore ma faute, je parie.

Maxwell inspira à fond en retirant son pardessus mouillé. Frazer, pour commencer, et maintenant Naomi. Mais, ce matin-là, il jubilait en mettant le point final à son roman. Quel soulagement!

Il répliqua d'un ton léger :

— Pas du tout. À moins que tu n'aies le pouvoir d'influencer les dieux ?

Naomi épluchait des pommes de terre devant l'évier.

— Je pensais à la voiture. Où étais-tu ?

— Je suis allé jusqu'au village d'où j'ai appelé le garage.

— Elle est prête ?

— Pas encore. Il a fallu commander une pièce à Glasgow.

— Tu as vu quelqu'un au village ? demanda Naomi, l'air morose.

Maxwell remarqua la bouteille de whisky sur la table et s'en versa une dose.

— Seulement Frazer.

Le couteau à la main, Naomi suspendit son geste et une épluchure tomba dans l'eau.

— Tu ne me sers pas, Max ?

Maxwell vit le verre vide sur l'appui de la fenêtre et le ventre de sa femme, si rond qu'elle ne pouvait trop s'approcher de l'évier. Elle renversa un peu d'eau en portant la casserole jusqu'à la cuisinière.

— Tu avais dis que tu essaierais de freiner un peu.

— C'est ce que j'ai fait. Je n'ai rien pris de la semaine mais j'étais si mal, cet après-midi, seule dans cette horrible maison avec ce temps pourri.

Naomi tendit un verre à Maxwell et se fit toute douce, elle se mit à roucouler :

— Allons, Max, donne-moi à boire. Tu ne vas pas dire non, tout de même ? Toi qui ne refuses jamais rien… alcool, cigarettes, sexe.

Maxwell lui obéit et elle porta un toast.

— Cul sec !

Elle vida son verre et s'adossa à l'évier en fermant les yeux.

— Ça va mieux.

Elle tendit à nouveau son verre.

— Un autre, chéri.

— Je ne crois pas…

— J'en veux un autre !

Naomi s'empara de la bouteille et la pencha sur le verre à la verticale. Maxwell s'apprêtait à quitter la pièce ; il avait atteint le seuil quand elle murmura :

— Ne pars pas.

Il s'immobilisa devant la porte.

— Max, je t'en prie !

Maxwell se retourna. Des cernes assombrissaient les yeux de sa femme et le sang semblait s'être retiré de son visage.

Il haussa les épaules avec fatalisme.

— Tu veux vraiment que je reste ? Je ne fais que t'embêter.

— Je te demande pardon.

Les yeux noyés de larmes, Naomi se mordait la lèvre. Elle se mit à gémir.

— Je voulais te faire un bon repas, Max, mais je n'arrive jamais à rien !

Elle tendit les bras.

— S'il te plaît, chéri, serre-moi très fort.

Dans ses bras, Max se rappela pourquoi il avait éprouvé une telle attirance lors de leur première rencontre dans la cour de Ravenhart. Sa peau veloutée, ses superbes cheveux noirs, sa façon de bouger, tout en elle respirait la sexualité. Aujourd'hui encore, à huit mois de grossesse et l'haleine parfumée au whisky, il la trouvait désirable dans son tablier crasseux.

Ils échangèrent un long baiser et, tout excitée, Naomi s'écarta.

— Max, si on filait à Londres ? Chez Julian et Tessa. Il y a des lustres que nous n'y sommes allés. On pourrait partir demain.

Max fit signe que non.

— Non, pas demain… dans huit jours environ. J'ai encore à taper la fin de mon livre et j'ai promis à Frazer de l'aider au pavillon de chasse.

— Frazer !

Fâchée comme un petit enfant à qui l'on refuse de céder, Naomi esquissa une moue dépitée.

— Il faut que je parte, Max, pas dans huit jours, tout de suite. Je ne vois pas pourquoi j'attendrais le bon plaisir de Frazer.

Max sentit monter la colère. Il répliqua froidement :

— Ah bon ? N'oublie pas que sans lui nous n'aurions pas de toit. Quelques jours de patience, je ne te demande pas grand-chose, bon sang !

Naomi sortit une jatte d'œufs du placard, il la regarda casser les coquilles, jaunes et blancs mêlés coulant dans la terrine avec les esquilles. Ses gestes maladroits manquaient de précision et elle

313

semblait mal en point. Il fit taire son impatience et tenta une autre approche.

— Si tu arrêtais un peu ? Tu ne veux pas t'asseoir ? Tu as l'air fatiguée, je vais te faire du thé.

Sans crier gare, Naomi lui lança la terrine au visage. Maxwell eut le réflexe de se baisser et le récipient vint s'écraser près de lui dans une flaque jaune et visqueuse en forme d'étoile.

— Fatiguée ? Tu veux dire affreuse, oui ? Pauvre vieille Naomi, si laide et si grosse ! Guère étonnant que tu ne me supportes plus !

— Ce n'est pas vrai.

Maxwell savait qu'il n'aurait rien dû répondre mais il ne put s'en empêcher.

— Ce n'est pas ton apparence qui me donne envie de fuir, ce sont tes façons de faire.

— Moi ? Tu oses critiquer ma conduite ?

Sans se soucier des éclats de poterie, des coquilles ou des traînées gluantes, elle s'approcha d'un pas hésitant, plissa les yeux et reprit d'un air finaud, un ton plus bas :

— Tu ne manques vraiment pas de toupet ! Et toi, alors ? Dismoi, tu ne te conduis pas toujours comme le voudrait le manuel du parfait petit scout. Prenons ton ami Frazer, par exemple. Parlons un peu de ce cher vieux Frazer !

— Ferme-la, Naomi.

— Oh, pauvre chéri !

Ruisselant de fausse sympathie, Naomi distillait son venin avec une moue narquoise.

— Qu'y a-t-il, Max ? Tu refuses d'en parler ? Tu crois que je n'ai pas compris ? Que j'ignore pourquoi il me déteste ? Tu veux que je te dise pourquoi ? C'est que je t'ai arraché à lui. Pauvre vieux Frazer, il est jaloux, hein ? C'est pour ça que tu ne veux pas quitter cette affreuse baraque, c'est pour ça...

— Je t'ai dit de la fermer !

— Pourquoi ? Tu ne savais pas, Max ?

Naomi eut un sourire de triomphe.

— Tu ne savais pas que ton meilleur ami en pinçait pour toi ?

Maxwell serra les poings et l'écarta pour pousser violemment la porte. Dehors, il pleuvait toujours. Il prit une grande bouffée d'air frais et fourragea dans sa poche pour trouver des cigarettes.

Infiniment soulagé d'échapper aux provocations de cette voix, Maxwell l'entendit brusquement crier son nom. Il choisit de l'ignorer mais le timbre n'était plus le même. Il jeta un coup d'œil derrière lui et vit Naomi assise à la table, une main protectrice sur son ventre.

Elle leva les yeux vers lui.

— Max, j'ai mal !

Maxwell se demanda si elle ne frimait pas. N'était-ce pas encore un truc pour attirer l'attention ?

— Mal ?

— Et si c'était le bébé ? murmura-t-elle. Si quelque chose n'allait pas ?

Elle avait perdu le peu de couleurs qu'il lui restait et semblait effrayée. La colère oubliée, Maxwell s'affola. Il retourna dans la cuisine.

— C'est probablement la fatigue. Tu ne devrais pas te mettre dans des états pareils. Si tu te reposais ?

— Oui.

Naomi se cramponna à ces mots comme on s'accroche à la planche de salut.

— Oui, oui. Il faut que je me repose.

Elle s'allongea dans leur chambre, parfaitement immobile sous l'édredon que Maxwell remonta sur ses épaules. Son regard affolé ne le quittait pas.

— S'il devait arriver quelque chose au bébé, je ne le supporterais pas.

— Par sécurité, je vais chercher le docteur Macbean.

— Ne pars pas !

Maxwell prit machinalement la main qui se tendait vers lui.

— Ce que je t'ai dit, tout à l'heure... je te demande pardon. Je n'aurais pas dû, fit-elle d'une voix à peine audible.

Elle semblait trop épuisée pour parler.

— Je ne sais pas pourquoi je dis des choses pareilles. Dieu sait ce qui m'y pousse, je ne devrais pas. J'ai si peur de te perdre, ce doit être ça.

— Chut !

Maxwell repoussa ses cheveux fous et dégagea son visage.

— Ce n'est rien.

Naomi ferma les yeux et ne dit plus un mot. Maxwell la croyait endormie quand elle murmura :

— C'est cet endroit, Max. Il faut que je parte, il le faut.

La tempête fit rage pendant deux jours. Au matin du troisième, les éléments s'étant un peu calmés, Frazer rappela à Phemie que sa mère devait arriver dans l'après-midi. Puis il sortit.

Sur le chemin du pavillon de chasse, il vit défiler des nuages d'acier au niveau des sommets. La rivière était haute et l'eau battait les pierres de gué ; Frazer crut les sentir légèrement vaciller quand il y posa le pied.

En arrivant sur l'autre rive, il remarqua la vitre brisée près de la porte du pavillon et pensa tout d'abord à une branche cassée, projetée par le vent, mais, en levant les yeux vers les fenêtres du premier, il s'aperçut qu'elles avaient également volé en éclats. Il fit le tour du bâtiment et constata qu'il ne restait plus un carreau intact. Quelqu'un était venu en son absence pour saccager les vitres.

Il trouva un carton et entreprit de ramasser les éclats de verre dont les lames de parquet, mouillées par la pluie, étaient constellées. En effet, il n'en avait encore posé que quelques-unes. Il longea la rivière et remonta jusqu'au bassin sous la cascade. Perché sur un rocher, il vida son carton à l'endroit le plus profond, là où les morceaux de verre ne risqueraient de blesser personne. Ils tournoyèrent dans le bassin, les facettes du verre scintillant sous les rayons d'un pâle soleil avant d'être aspirés par l'eau.

Deux jours auparavant, après avoir examiné Naomi, le docteur Macbean avait confié en aparté à Maxwell, infiniment soulagé :

— J'ai vérifié les battements de cœur du fœtus et tout m'a paru normal.

Il avait ajouté :

— Votre femme m'a néanmoins paru très tendue, Mr Gilchrist. J'ai bien peur qu'elle ne soit épuisée nerveusement. La grossesse s'accompagne parfois de curieux fantasmes et elle se portera comme un charme quand l'enfant sera là, j'en suis certain, mais vous devriez la surveiller. Sa mère ne pourrait-elle venir lui tenir compagnie ? Avec ce tempérament, il vaut mieux qu'elle ne reste pas seule.

Au moment de raccompagner le médecin, Maxwell s'était entendu répondre :

— Elles ne s'entendent pas mais je trouverai une solution.

Il n'en voyait que deux. Fuir ou rester avec Naomi et tâcher de faire de son mariage une réussite. Seulement, quand on voulait fuir, il fallait avoir un endroit où aller. Quant aux autres soucis, difficultés relationnelles, argent et choix de carrière, ils ne s'envoleraient pas par enchantement. Sans oublier le bébé. Certains problèmes étaient impossibles à gommer.

Rester avec Naomi exigerait toutefois nombre de compromis. Il faudrait trouver de quoi nourrir femme et enfant, plus question de vivre au jour le jour, plus de pensions miteuses, ni de lits de fortune. Il ne pourrait pas compter sur la générosité des amis. Il devrait se couler dans un moule et respecter les conventions. Il n'était pas vraiment certain d'y arriver.

Il faudrait également quitter Ravenhart. S'il s'entêtait à rester, leur mariage serait voué à l'échec. Ils se disputaient parce que Naomi buvait et si elle buvait c'est qu'elle était malheureuse. Or cette maison honnie était en partie responsable de son mal-être.

D'ailleurs, ce départ était inévitable depuis son dernier éclat. Comment rester après ce qu'elle venait de lui dire ? Il avait toujours vaguement pressenti que l'affection de Frazer allait au-delà de la simple amitié. Il avait connu ce genre d'homme au collège, des garçons qui avaient un faible pour leur propre sexe. L'indignation outrée qu'inspiraient couramment ce genre de choses l'avait toujours étonné. En général, ses critères de moralité n'étaient pas ceux des autres. Il était friand d'expériences inédites, voire effrayantes, or, s'il appréciait les relations sexuelles, il n'avait jamais pensé que cela ait grand sens. Quant à l'amour, il était si rare ! Inutile de s'interroger sur sa nature profonde.

Cependant, la plupart de ses semblables ne partageaient pas son opinion. Si Naomi avait percé Frazer à jour, cette histoire remonterait à la surface à la première colère ou scène de jalousie. Un verre dans le nez, elle ne savait plus ce qu'elle disait, n'hésitant pas à s'emparer de la première arme à sa portée et à l'enfoncer aussi profondément que possible devant n'importe qui. Il ne tenait pas à se trouver à sa merci, redoutant sans cesse un éventuel éclat. Il était piégé.

Quand il annonça à sa femme qu'ils quittaient le pavillon de garde, elle l'enlaça avec fougue et se mit à pleurer. Le lendemain, il loua une voiture au garage et appela la belle-sœur de Naomi, Tessa, qui ne demandait pas mieux que d'héberger Naomi à Londres.

— Je veillerai à ce qu'elle n'en fasse pas trop, je l'obligerai à se reposer, le rassura Tessa.

Le jour suivant, Maxwell prit ses dispositions pour conduire sa femme à Édimbourg et la fit monter dans le train de nuit. Il lui expliqua que Tessa viendrait la chercher à Euston et qu'il la rejoindrait dans une semaine, quand il aurait fini de taper son manuscrit et mis les choses au point avec Frazer.

— Une petite semaine, répéta-t-il en lui disant au revoir. Pas plus. Ensuite, je viendrai te chercher, je te le promets.

Le lendemain matin, il se rendit au pavillon de chasse. Sur le chemin qui coupait à travers la lande, il embrassa du regard la vaste barrière de collines qui se dressait devant lui et la vallée, piquetée du bleu, du jaune et du blanc des fleurs sauvages. La rivière était haute et l'eau tourbillonnait sur les pierres de gué. Il s'arrêta au beau milieu et goûta la sensation de se trouver en équilibre au-dessus du torrent. C'était curieux, toutes les vitres du pavillon étaient brisées. Frazer avait fait un sacré boulot depuis son dernier séjour. Seuls un imperméable jeté sur la rambarde, le sac de toile contenant un Thermos et une flasque signalaient sa présence. Quand il appela son ami, son cri résonna dans le vide.

Maxwell s'engagea sur le sentier qui longeait la rivière. Les hautes herbes et les fougères l'aspergeaient au passage, il entendait la cascade éclaboussant les roches, ainsi que le carillon des gouttes tombant dans les bassins. Il écarta un dernier rideau de branches et aperçut Frazer assis au bord de l'eau.

Il avait fallu cinq ou six allers-retours entre le pavillon de chasse et le bassin pour se débarrasser des morceaux de verre. Après avoir vidé son dernier carton, Frazer s'assit sur un rocher et contempla l'onde d'un air absent. L'hostilité, qu'il avait sentie dès son arrivée à Ravenhart, s'était exprimée sans détour. Il était haï de tous dans cette vallée perdue. Il sentait qu'on le détestait et lui voulait du mal.

Il entrevit un vague mouvement et leva les yeux. En voyant Maxwell, il se leva avec aigreur :

— Ah, tu viens me donner un coup de main? Mieux vaut tard que jamais!

— Frazer, il faut que je te parle.

— Eh bien, parle.

— Nous avons décidé de partir, Naomi et moi.

— Partir? répéta Frazer.

Il ne comprenait pas ce que Maxwell entendait par là.

— Que veux-tu dire?

— Nous quittons Ravenhart, nous rentrons à Édimbourg.

Le choc fut tel que Frazer eut l'impression d'encaisser un coup bien réel.

— Tu ne peux pas.

Maxwell cligna des paupières.

— Pardon?

— J'ai dit que tu ne pouvais pas, après ce que j'ai fait pour toi.

Maxwell parut éberlué. À son ton légèrement sarcastique, Frazer comprit qu'il était furieux.

— Voyons, ce n'est qu'un départ!

Seul le ruissellement de l'eau venait troubler le silence. Maxwell baissa les yeux, inspira à fond et reprit sur un ton plus conciliant:

— Écoute, je ne peux pas faire autrement. Naomi ne se plaît pas ici. Elle se rend malade et ce n'est pas bon pour l'enfant. L'autre jour, elle a cru que ça n'allait pas. Heureusement, ce n'était rien. Tout est rentré dans l'ordre mais j'ai compris...

Il s'interrompit et parut surpris.

— Aimer ce qui n'a pas encore d'existence, ça paraît impossible, hein?

Entre fureur et détresse, Frazer chercha les mots qui sauraient convaincre Maxwell de rester mais celui-ci s'empressa d'ajouter:

— Mon livre est enfin terminé. Tu vois, toi qui disais que je n'y arriverais jamais, il ne me reste plus qu'à faire le tour des éditeurs. Si personne n'en veut, je me mettrai à chercher du travail.

Frazer laissa tomber avec mépris:

— Travailler? Toi?

— Il y aurait peut-être quelque chose pour moi au *Scotsman*, je connais quelqu'un au journal. Je commencerais au bas de l'échelle, sans doute au carnet mondain ou à la chronique nécrologique, mais ce serait un début.

— Enfin Max, tu ne peux pas partir comme ça…

Frazer s'en voulut de ce ton suppliant dont il avait horreur.

— L'été arrive. Naomi sera moins malheureuse quand il fera meilleur. L'été dernier, elle a adoré Ravenhart.

Il prit Max par l'épaule.

— Toi aussi, d'ailleurs.

— Je sais.

Max laissa errer son regard sur le bassin, un sourire aux lèvres. Il semblait plongé dans ses souvenirs.

— Je vais regretter tout ça.

— Eh bien, reste.

— C'est impossible, Frazer. Je ne peux vraiment pas.

Max s'écarta et la main de Frazer retomba.

— Notre décision est prise.

Nous, notre. Frazer les imagina tous deux, goguenards, complotant, planifiant dans son dos. Ils l'avaient bien eu, l'un et l'autre, il le comprenait enfin. Ils s'apprêtaient à filer sans un regard en arrière, à l'abandonner seul dans ce désert.

Furieux, il lança :

— Alors, la maison, la voiture, l'argent que je t'ai donné… tout ça ne compte pas ?

Le visage dur, Maxwell rétorqua :

— Je te rembourserai intégralement.

— Tu parles. Comme si tu m'avais jamais rendu un sou !

Maxwell répliqua d'un ton suave :

— Je ne savais pas que tu comptais.

Frazer était ivre de rage. Sans un regard pour lui, Max suivit le bord du bassin.

— Bon sang, Frazer, je ne suis pas venu me quereller avec toi. Nous devons partir, comprends-le.

— Maintenant qu'il ne reste plus un sou, il est temps de filer, c'est ça ?

Maxwell ne put retenir un sifflement exaspéré.

— Si c'est ainsi que tu vois les choses.

— Eh bien, fiche le camp ! lança Frazer d'un ton amer. Tu auras vite fait de trouver une autre proie qui aura quelques sous à dépenser, je ne me fais pas de souci. Tu te sers des gens, hein ? Et quand tu es parvenu à tes fins, tu te volatilises.

— Et toi, Frazer ?

Maxwell s'était rembruni.

— Si tu me disais ce que tu attends de moi ?

Quelque peu déconcerté par l'expression de Max, Frazer desserra les poings. Ses bras retombèrent le long de son corps et, comprenant soudain qu'une époque de sa vie traversée d'intenses bonheurs s'achevait, il fut envahi par une immense tristesse.

Il rétorqua avec raideur :

— Rien. Plus rien.

— Parfait ! Alors, nous sommes quittes.

Un ange passa, puis Frazer reprit lentement :

— J'ai l'impression que tu as tout combiné dès notre première rencontre.

— Que veux-tu dire ?

— J'ai bien vu ta tête quand je t'ai montré la photo du manoir au pub.

Si le ton manquait d'assurance, les mots déferlaient.

— Tu voudrais faire croire que tu te fiches de l'argent, hein ? C'est parfaitement faux ! Tu aurais bien voulu avoir une maison à toi, des voitures, des domestiques… Je me trompe ? Tu apprécies le bien-être autant que les autres et, quand il s'agit de parvenir à tes fins, ce ne sont pas les scrupules qui t'étouffent. Enfin, tant que tu n'es pas obligé de travailler.

— C'est faux !

— Ah oui ? En es-tu bien certain ?

Frazer choisissait ses mots comme on choisit une arme, pour infliger la blessure la plus profonde.

— Sois donc un peu lucide. Cette avidité, cette corruption que tu prétends mépriser chez ton père, sont en toi. Tu le sais, Max.

Maxwell avait blêmi.

— C'est grotesque.

Frazer secoua la tête.

— Tu es exactement comme lui. Sinon, pourquoi serais-tu venu à Ravenhart ? Je le sais, moi. Tu voulais ta part de ce que je possédais.

Glacés, les yeux de Max étaient tels deux lacs d'un vert glauque.

— J'ai trouvé ça amusant. Au début.

Sur ces mots, il tourna les talons.

Amusant, au début.

Un ressort s'était brisé. Avec un hurlement d'angoisse dont la montagne renvoya l'écho, Frazer s'élança vers Maxwell.

16

En cette fin d'après-midi du mois d'août, la chaleur recouvrait les rues de Londres comme une chape de plomb. Kate traînait sa valise depuis la gare de Victoria et ses épaules étaient douloureuses. Elle allait prendre un thé accompagné de quelques toasts avant de se plonger dans un bon bain.

Elle glissait la clé dans la serrure quand, du coin de l'œil, elle vit une femme sortir du parc.

« Kate Fearnley ! », entendit-elle crier. Elle eut la surprise de voir Naomi Gilchrist s'élancer dans le flot de voitures et de bicyclettes.

— Auriez-vous un instant ? Voilà des semaines que j'essaie de vous joindre.

— Nous étions en tournée.

— Votre logeuse me l'a dit.

— Comment allez-vous, Naomi ? Et Maxwell ?

— C'est de lui que j'aimerais vous parler.

Déconcertée, Kate se ressaisit.

— Entrez, je vous en prie.

La maison lui sembla peu familière et minable, Kate avait l'impression de s'être absentée bien plus que six semaines. Elle s'assit auprès de Naomi, puis apporta le plateau du thé et les biscuits au salon. Sous un soleil éclatant, la porte-fenêtre était ouverte sur le jardin. La pergola blanche à la peinture écaillée disparaissait sous les plantes grimpantes et un chat roux traversait la pelouse à petits pas prudents.

— Je suis absolument navrée de débarquer à l'improviste, reprit Naomi. Cela ne vous ennuie pas si je fume ? Je suis passée il y a quinze jours mais vous étiez absente. Du sucre, s'il vous plaît, sans lait. Il fallait que je vous parle.

Ses grands yeux bruns, qui filaient d'un bout de la pièce à l'autre, finirent par s'arrêter sur Kate.

— Je pensais que vous sauriez peut-être où se trouvait Maxwell.

Kate posa la théière.

— Il n'est pas avec vous?

— Non, c'est bien le problème. Je sais que vous étiez liés, j'ai contacté tous ses amis mais personne ne l'a vu. Vous n'auriez pas idée de l'endroit où il aurait pu aller?

— Non, je regrette. Je ne l'ai pas revu depuis le soir de vos fiançailles.

— Ah.

Naomi soupira.

— Pas de lettre? Ni de coup de téléphone?

Kate secoua la tête.

On entendit tourner une page du livre que lisait Miss Logan; une abeille franchit lentement la porte et retourna vers le jardin de son vol erratique.

— Depuis quand êtes-vous sans nouvelles de lui?

— Trois mois.

Trois mois! Kate ne voulut rien laisser paraître de son effarement.

— Et vous n'avez aucune idée de l'endroit...

— Non.

Naomi laissa échapper un petit rire.

— En mai, je me trouvais à Londres chez ma belle-sœur. Max devait m'y rejoindre. Il était resté au pavillon pour achever son roman et nous devions rentrer à Édimbourg ensemble. C'était embêtant de ne pas le voir arriver mais, au début, je ne me suis pas trop inquiétée. Max ignore la ponctualité. J'ai patienté mais comme il ne se montrait toujours pas, j'ai fini par penser...

Elle s'interrompit pour écraser son mégot dans une soucoupe.

— Nous n'avons pas le téléphone au pavillon et j'ai cru qu'il ne voulait pas répondre. Ses lettres sont formidables, drôles, avec de petits dessins dans la marge, mais il lui arrive aussi de rester sans écrire. J'ai voulu retourner le chercher à Ravenhart mais, avec l'enfant, on ne m'y a pas autorisée. Je n'étais pas bien, l'angoisse me rendait malade et j'ai dû entrer en clinique pour me reposer. Enfin, grâce au Ciel, Morven s'en est bien sortie mais cette période fut atroce.

— Morven ?

— Ma fille. C'est Max qui a choisi ce prénom. Joli, non ?

Elle ajouta avec une douceur nouvelle :

— Elle est auprès de ma belle-sœur. Il ne faut pas que je m'attarde, je lui manque quand je ne suis pas là.

Naomi rajouta du sucre dans son thé avant de reprendre :

— Si Max avait réellement l'intention de me quitter, sauriez-vous où il aurait pu aller ?

Il devait fameusement en coûter à Naomi de poser cette question. C'était affreux ! Kate fut tentée de balayer ses doutes de quelques mots rassurants mais elle lut un tel désespoir dans le regard de la jeune femme qu'elle répondit :

— Non, je regrette. Je suis vraiment navrée.

— Ses amis… il en a tant. J'ai essayé de tous les contacter mais il est possible que j'en aie oublié certains.

— Il y avait les invités qui venaient aux soirées, bien sûr. Et cette fille, à Édimbourg, une artiste… je ne sais plus son nom.

— Jenny Watts ? Je lui ai parlé. Elle a prétendu ne pas l'avoir vu depuis des mois mais comment savoir si les gens sont sincères ?

Kate reprit lentement :

— Je me demande si Max ne serait pas en Espagne.

— En Espagne ?

— Il admirait ceux qui partaient combattre dans les Brigades internationales. Je me souviens qu'il avait consacré un article à ce sujet.

Naomi se mit à fourrager dans un grand sac. Après avoir étalé sur ses genoux un poudrier, une paire de gants et une tétine, elle se moucha dans son mouchoir brodé et ouvrit un étui à cigarettes qu'elle tendit à Kate.

— Non, merci.

On entendit claquer le briquet.

— S'il m'a fait ça, je le tuerai ! Aller se battre pour une cause qui n'est pas la sienne au moment précis où j'ai besoin de lui !

Naomi tira sur sa cigarette.

— Je crois toujours qu'il va rentrer, que la porte va s'ouvrir, que je lèverai les yeux et qu'il sera là avec une excuse grotesque. Je me mettrai à hurler, nous nous disputerons, puis nous ferons la paix et tout rentrera dans l'ordre.

325

Les yeux brillants de larmes, Naomi baissa la voix jusqu'au murmure.

— Juste avant mon départ, nous nous sommes affreusement querellés. Je lui ai dit des choses… méchantes. Je crains qu'il n'en ait eu assez. Peut-être n'avait-il aucune intention de venir me retrouver.

Kate chercha à meubler le silence.

— Frazer et lui étaient plus proches que nous ne l'étions. Mon frère n'aurait pas une petite idée de l'endroit où il aurait pu aller?

Naomi fit signe que non.

— Pas la moindre. Nous n'avons jamais eu beaucoup d'atomes crochus, Frazer et moi, mais, depuis que Max a disparu, il est parfait. Enfin, il n'a rien pu faire. Je crois que Max lui manque, à lui aussi.

— Vous arrivez à vous débrouiller? demanda Kate non sans une certaine hésitation. Avec un bébé, ce n'est sûrement pas facile.

— Oh, nous nous en sortons très bien! Mon beau-père m'aide financièrement et Frazer me permet de rester au pavillon. Je ne peux pas partir, vous comprenez, je dois attendre le retour de Max.

Naomi ne s'attarda pas. Un peu plus tard, flottant dans l'eau d'un bain parfumé, Kate pensa à Frazer et à Maxwell. Elle revit les pique-niques au pavillon de chasse et le toit en terrasse, d'où elle avait contemplé les étoiles. Comme tout cela semblait loin! Dans un autre univers.

Maxwell lui manquait-il? C'était un peu comme une coupure au doigt sur laquelle on appuie, mais la douleur avait pratiquement disparu. Elle s'était remise. Somme toute, le départ de Max n'avait rien de surprenant. Ce garçon n'était pas très stable, il se dégageait de lui une impression d'éphémère.

Elle plongea la tête sous l'eau. Quand elle émergea du bain, ses cheveux lui collaient au visage comme une laisse de mer. Ses pensées la ramenèrent vers les six dernières semaines durant lesquelles séjours au bord de mer et voyages en train s'étaient succédé sur fond de théâtres aux ors écaillés et de fauteuils en peluche fanée. Elle sentait encore couler entre ses doigts le sable doré, retrouvait le flux et le reflux de l'eau tandis qu'elle pataugeait sur les hauts-fonds, le soleil dessinant sur les vagues ses arabesques mouvantes.

En janvier 1938, pour son vingt et unième anniversaire, Kate s'offrit un appartement à South Kensington grâce au pécule que son père avait placé à son nom. Elle l'aménagea elle-même, repeignit les boiseries et tapissa les murs, auxquels elle accrocha des clichés de danseurs pris avec son appareil d'occasion.

En mars, elle trouva sa mère fatiguée et anxieuse quand Bess vint passer le week-end chez elle.

— Eleanor fait partie d'une équipe de hockey, lui apprit-elle. C'est fou ce qu'elle est fière, un immense honneur, paraît-il. Becky participe au spectacle de fin d'année de l'école, je suis en train de lui coudre un costume de mendiante. Veux-tu que je pèle les oignons ?

— Oui, merci. Et Aimée ?

— J'ai beau lui donner du jus d'orange et de l'huile de foie de morue, elle ne grandit pas ! À trois ans, elle devrait entrer à la maternelle. Mais il me paraît plus sage de la garder à la maison.

— Maman ?

Les joues ruisselantes de larmes, Bess s'essuya les yeux avec son mouchoir.

— Fichus oignons…

— Je vais le faire, ils ne me font pas pleurer. Tu te fais du souci pour Aimée ?

— Non, pas pour elle mais au sujet de Frazer.

— Comment va-t-il ?

— Je n'en sais rien.

Désemparée, Bess posa son couteau.

— Il semblerait qu'il soit parti.

Kate, qui avait débouché une bouteille pour préparer le coq au vin, remplit un verre qu'elle poussa vers sa mère.

— Désolée, c'est du tord-boyaux ! Frazer serait donc retourné à Paris ? Il m'a envoyé une carte postale lors de son dernier séjour.

— Il n'est pas en vacances.

Bess inspira à fond avant de se moucher.

— J'ai bien peur qu'il n'ait définitivement quitté Ravenhart.

Kate resta interdite.

— Maman ?

Le regard de sa mère était infiniment triste.

— Où est-il allé ?

— Je ne sais pas.

— Enfin, il ne t'a rien dit?

— Rien. Absolument rien.

Bess prit un siège. Elle avait l'air exténué.

— Je lui écris tous les jours mais, depuis quelques semaines, mes lettres restent sans réponse. Il est toujours en voyage, ces derniers temps. J'ai tout d'abord pensé qu'il se trouvait sur le continent. C'est alors que j'ai reçu un courrier de son notaire.

— Quel genre de courrier?

— Frazer m'a confié la gestion du domaine par acte notarié, répondit Bess, effondrée.

Elle inspira lentement.

— S'il ne s'est pas manifesté dans un délai de cinq ans, Ravenhart me reviendra.

Kate parut effarée.

— Mais pourquoi ferait-il une chose pareille?

— Je l'ignore.

— Il a sûrement dit quelque chose.

— Rien du tout. Il est... parti.

Kate se rappela le jour où Frazer était entré dans leur vie. On avait frappé à la porte et elle l'avait eu devant elle, ce frère qu'elle n'avait jamais vu. Tel un enchanteur, il avait fait entrer une part de magie dans leur quotidien. Depuis son arrivée, rien n'était plus pareil. Était-il possible qu'il ait disparu aussi brutalement qu'il avait fait irruption dans leur existence? Non, c'était impensable.

Bess poursuivit:

— Nous sommes allés à Ravenhart, Martin et moi. Tout était fermé, les domestiques congédiés. Seule, Phemie vient faire le ménage toutes les semaines.

— Naomi sait peut-être quelque chose. Tu lui as demandé?

— J'ai parlé à Mrs Gilchrist mais elle ne sait rien de plus. Elle ne s'était même pas rendu compte que Frazer était parti.

Bess jouait avec son alliance.

— Elle m'a tout de même appris que Frazer lui avait fait don du pavillon. Elle peut le vendre, le louer, en faire ce qu'il lui plaira.

— Aurait-elle des nouvelles de Maxwell?

Bess laissa tomber son couteau d'un air sinistre:

— Non, naturellement.

328

— Ils étaient très proches, maman, objecta doucement Kate.

Bess s'emporta.

— Où qu'il se trouve, Frazer n'est pas avec Maxwell Gilchrist, je le sais !

Kate préféra changer de sujet.

— Frazer n'avait-il pas des soucis d'argent ?

— Les dépenses de Ravenhart ont un temps excédé les rentrées. Pensant qu'il aurait peut-être une idée, je suis allée voir le notaire, Mr Daintree. Il n'en savait pas davantage. Il a demandé à Frazer ce qu'il comptait faire mais ton frère n'a rien voulu dire.

— Sans doute s'est-il assuré que la propriété serait en bonnes mains pendant son séjour à l'étranger. C'était faire preuve de bon sens.

— Oui.

Bess prit sur elle et parvint à sourire.

— Tu as raison, Kate.

— Il sera là dans quelques mois. Frazer sait se débrouiller, tout va s'arranger.

— Oui. Bien sûr.

Elles s'activaient en silence quand Bess lança brusquement :

— Oh, Kate, je me ronge ! Je ne peux pas m'en empêcher ! Et si je ne devais jamais le revoir ? Comment a-t-il pu faire une chose pareille ? Comment a-t-il pu m'abandonner de nouveau ?

S'il était possible de dire quand la politique prit le pas sur le domaine privé, ce fut sans doute au cours de l'automne 1938. Kate le comprit par la suite. Entrée d'Hitler en Autriche, saluée par des foules enthousiastes qui couvraient l'armée de fleurs et de baisers, retraite des Républicains dans une Espagne ravagée par la guerre, l'année avait été marquée par des événements absolument terri-fiants. Par un effort de volonté, Kate parvenait néanmoins à oublier quand elle dansait sur l'air de « I Got You Under My Skin » ou par-tageait, dans les coulisses, la magie d'une entrée en scène. Soir après soir, la troupe de Peggy était capable de métamorphoser la réalité.

Et ce fut septembre 1938. Hitler menaçait d'envahir la Tchéco-slovaquie si on ne le laissait pas s'emparer du territoire germano-phone des Sudètes. La Grande-Bretagne et l'Allemagne semblaient vaciller, prêtes à entrer dans le conflit. À Londres, on creusait des tranchées dans les parcs et on expérimentait des sirènes anti-aériennes. Dans le métro ou les magasins, Kate lisait sa propre angoisse dans le regard des autres. Elle sursautait au moindre son violent et tout avion survolant la ville n'était plus symbole d'évasion et de liberté mais sombre menace. Londres semblait figé dans l'attente du lendemain et personne ne savait de quoi il serait fait.

À la fin du mois, le Premier ministre britannique, Neville Chamberlain, et le Français Édouard Daladier revinrent de Munich avec un accord autorisant Hitler à pénétrer en territoire sudète s'il ne touchait pas au reste de la Tchécoslovaquie. Au soulagement d'avoir évité la guerre succéda la honte d'avoir laissé une petite démocratie se faire tailler en pièces par le grand voisin qui avait imposé sa tyrannie. Suivit l'horreur de la Nuit de Cristal qui vit l'assassinat de juifs allemands par les nazis, la destruction de leurs synagogues et de leurs écoles. Après cela, il était impossible de se voiler la face et d'ignorer les ténèbres. Il suffirait d'appuyer sur un bouton et ce serait la nuit. Kate verrait disparaître tout ce qui était important pour elle.

En mars 1939, Hitler dénonça les accords de Munich et la dictature nazie s'étendit à toute la Tchécoslovaquie, impossible à défendre. À la fin du mois, les Républicains espagnols cessèrent le combat et le fasciste Franco fit main basse sur l'Espagne. Les hommes et les femmes qui avaient combattu dans les Brigades internationales étaient rentrés dans leur pays. Maxwell Gilchrist était-il parmi eux ?

Arrivait un moment où même la musique et la danse ne permettaient plus de s'évader. Dans le cadre du *Kindertransporte*, des milliers de petits réfugiés juifs venus d'Allemagne et d'Autriche gagnaient le havre sûr de la Grande-Bretagne. Kate rejoignit les rangs de l'organisation, préparant des gâteaux pour les enfants qui arrivaient à Londres, épuisés et traumatisés, après avoir traversé l'Europe. S'il manquait un hébergement, il lui arrivait d'emmener des réfugiés chez elle et Kate prenait soin d'eux en attendant qu'on leur trouve une famille d'accueil. Ces bois flottants, jetés sur des rivages étrangers loin des leurs, lui furent bientôt familiers. Elle les consolait en plein cauchemar, leur lisait des histoires, leur brossait les cheveux et les prenait dans ses bras quand ils pleuraient. À la faveur de ce court répit, elle essayait d'apporter un semblant de sécurité dans leurs existences brisées. Kate prenait chaque jour conscience de la fragilité des choses, c'est ce qui donnait à la vie un tel éclat, si intense qu'il en devenait aveuglant. Il fallait craindre de tout perdre pour aimer à ce point.

Lors de la déclaration de guerre en septembre, à la colère vint s'ajouter la douleur. Et pourtant... jamais Kate ne s'était sentie aussi vivante en parcourant les rues de Londres. Elle savait maintenant ce qui était le plus précieux.

Le mois suivant, elle donna sa démission à Peggy Fisher et s'engagea dans la WAAF[1].

Au début, l'entrée en guerre ne changea pas grand-chose. L'hiver 1939-1940 ne vit pas les raids aériens tant redoutés. Un corps expéditionnaire britannique s'était embarqué pour le continent mais la France et la Belgique étaient encore épargnées. Bess s'autorisa un peu de détente. Peut-être, cette fois, ne revivrait-on pas l'horreur de la dernière guerre ? Les hommes ne mourraient pas par millions, foulés aux pieds dans la boue des Flandres.

Elle déterra néanmoins les roses du jardin pour y planter des légumes. Certaines leçons ne s'oubliaient pas si vite et elle refusait que les siens aient faim. Aimée l'aidait en laissant tomber les graines dans les trous d'un air solennel. Bess trouvait sa fille trop fragile pour entrer à la maternelle mais il y avait autre chose. Elle avait besoin de compagnie, d'une maison pleine de rires et de bavardages car elle détestait le silence. Quand elle n'entendait plus rien, elle commençait à réfléchir et les souvenirs revenaient en force.

En avril 1940, l'invasion de la Norvège après l'occupation du Danemark mit fin au calme angoissé qui régnait jusque-là. Le 10 mai, les troupes allemandes attaquèrent la Hollande, la Belgique et le Luxembourg, précisément le jour où Winston Churchill remplaça Neville Chamberlain à la tête du gouvernement. La bataille de France commençait ; elle s'acheva quinze jours plus tard par la cuisante défaite des troupes françaises et britanniques, suivie de l'humiliante, et néanmoins glorieuse, évacuation de Dunkerque. Le 14 juin, l'armée allemande entra dans Paris.

---

1. Service des auxiliaires féminines de l'armée de l'air. (N.d.T.)

Atterrée, Bess écoutait la radio. Aussi absurde et destructrice fût-elle, la Grande Guerre avait au moins épargné Paris qui n'avait jamais connu l'occupation.

Aux premiers jours de l'été, Kate fut affectée au commandement aérien dans la base de Tangmere. En guerre comme en temps de paix, les tâches ne variaient guère : frappe, classement et téléphone. Mais, au moins, elles semblaient utiles.

Tangmere se trouvait dans le Sussex, au pied des South Downs, dans un cadre rural idyllique.

Ce fut au Old Ship qu'elle fit la connaissance de Hugh Willoughby. Quelques jours après son arrivée, une camarade de la WAAF, Sally Vincent, l'emmena au pub. Le bar était pris d'assaut et tous les hommes présents portaient l'uniforme bleu de l'armée de l'air. Sally aperçut son petit ami et disparut dans une foule bruyante. Après avoir hésité un instant, Kate préféra rester sur le balcon d'où l'on voyait le soleil se coucher sur la Manche.

— On s'écrase, là-dedans ! entendit-elle lancer derrière elle.

Elle se retourna et vit un jeune aviateur en uniforme qui fumait une cigarette, adossé au mur.

— Oh oui !

— Je déteste la foule.

L'inconnu offrit une cigarette à Kate.

— C'est ce que j'aime là-haut. C'est si beau, si paisible.

Son regard s'évada vers la mer.

— Enfin, plus pour très longtemps, sans doute. Au fait, je m'appelle Hugh Willoughby.

Kate observa le jeune homme de plus près et remarqua le profil grec au nez droit, les boucles châtain, les yeux noisette ainsi qu'un chaleureux sourire.

— Kate Fearnley, dit-elle en serrant la main qu'il lui tendait.

— Je ne vous ai jamais vue.

— Je viens d'être affectée à Tangmere.

Elle se tourna vers la mer qui scintillait sous les derniers feux du couchant.

— C'est superbe, vous ne trouvez pas ?

— Pas mal.

Le jeune homme frissonna.

— Mais je n'aimerais vraiment pas plonger dans le bouillon. Je connais un type à qui c'est arrivé, à la base où j'étais affecté. Son Spitfire a piqué vers l'eau et il n'a pas réussi à en sortir à temps.

— Oh, c'est horrible !

— D'où êtes-vous, Kate ?

— D'Édimbourg.

— Une Écossaise !

— Mon père est écossais mais ma mère un mélange d'Anglo-Indien et d'Irlandais. Je parle aussi français.

— Allez-y !

Kate sortit les premiers mots qui lui passèrent par l'esprit, la rime d'un chant traditionnel.

— « Le fils du Roi s'en va chassant avec son beau fusil d'argent. »

Hugh semblait très concentré, il finit par admettre :

— J'ai toujours été nul en langues. Qu'est-ce que ça veut dire ?

— Cela parle d'un beau prince qui part à la chasse.

Kate bénit le crépuscule car elle se sentit rougir.

— Et vous ? demanda-t-elle. D'où venez-vous ?

— De là.

Le jeune homme agita la main en direction de l'est.

— Je suis anglais de la racine des cheveux à la pointe des pieds. Ma famille habite près de Chichester et, chez les Willoughby, on est dans la Marine. Ce fut une terrible déception de me voir entrer dans la RAF. Mon père est décédé l'année dernière et ma mère vit toujours dans notre vieille maison. Je passe voir M'man chaque fois que je peux. Vous devriez venir déjeuner un de ces jours... le repas du dimanche est une vraie merveille.

Kate parla de son père et de Pamela, dans le Hampshire, puis mentionna l'existence de Martin, de sa mère et de ses frères et sœurs. Hugh évoqua ses études et sa décision de rejoindre la RAF.

— J'ai toujours eu la certitude de vouloir devenir pilote. Pour moi, il n'y a rien de mieux. J'étais si heureux d'être admis à dix-huit ans ! Il a fallu que je fête ça. Quand j'ai dû retourner au collège, j'étais complètement saoul.

Il sourit avant d'ajouter :

— Ces dernières années ont été formidables.

Il jeta un coup d'œil à l'intérieur du pub :

— Tiens, on dirait qu'il y a un peu moins de monde. Je peux vous offrir quelque chose?

Leur verre à la main, ils se serrèrent dans un coin mal éclairé de la salle. Cette fois, Kate ne rougit pas sous le regard de Hugh.

— Ce truc français que vous m'avez dit tout à l'heure, reprit-il. Vous voulez bien me l'apprendre?

Les sentiments de Kate envers Hugh Willoughby ne ressemblaient pas à ceux qu'elle avait éprouvés pour Maxwell Gilchrist. Comprendre Maxwell, c'était vouloir déchiffrer un ouvrage d'une infinie complexité. Avec Hugh, tout était simple. Kate avait pratiquement l'impression de l'avoir toujours connu. Ils avaient tant en commun! Ils détestaient la foule, appréciaient les promenades en campagne et n'aimaient pas trop nager. Hugh préférant l'air, il promit d'emmener Kate en avion dès qu'il le pourrait. En matière de lectures, de films et de chansons, leurs goûts étaient les mêmes. À bicyclette sur les routes sinueuses du Sussex, ils chantaient à tue-tête leur rengaine préférée « These Foolish Things »; le bleu était leur couleur favorite et ils raffolaient des œufs et des saucisses servis avec des frites.

Le sentiment d'urgence était toujours là. À Ravenhart, les jours semblaient sans fin, éternellement disponibles dans leur nonchalante torpeur. Mais, depuis la défaite française, Kate savait que chaque instant était précieux. Elle aurait voulu les saisir au vol, les serrer dans sa main pour ne rien perdre des meilleurs moments. Comme le jour où elle avait fait la connaissance de Dorothée, la mère de Hugh, dans la maison familiale; ou la soirée pendant laquelle ils avaient dansé jusqu'à l'aube pour fêter les vingt et un ans d'un pilote; ou encore leur premier baiser dans un champ de maïs sous un ciel de saphir sillonné d'alouettes, les haies étant piquetées de rose et de blanc en ce mois de mai.

Les forces ennemies massées en France se préparaient néanmoins à envahir l'Angleterre et l'ouragan ne tarda pas à se déchaîner. Le 12 août, toutes les stations radar de la côte furent bombardées par la Luftwaffe. Peu après, l'attaque fut ciblée sur les pistes. Telle une nuée d'insectes bourdonnant dont l'ombre s'étendait sur la Manche, plus de deux cents appareils envahirent le ciel au-dessus de l'île de Wight.

Quelques jours plus tard, ce fut le tour de Tangmere. La paix qui régnait sur le champ d'aviation vola en éclats quand les Stukas fondirent sur la base, anéantissant le mess des officiers, les ateliers, les entrepôts et les hangars. Kate émergea du chaos, terrorisée. Puis elle fit taire sa peur, chassa la poussière de son uniforme et se mit à l'œuvre avec les autres afin de rendre au plus vite la base opérationnelle. L'attaque avait fait dix victimes parmi le personnel au sol et deux batteries Hurricanes défendant la piste étaient détruites. Kate attendait Hugh sous le couvert des arbres quand il posa son appareil. Il la prit dans ses bras et la couvrit de baisers en la serrant contre lui à l'étouffer.

En s'éveillant, chaque matin, elle se demandait si elle ne l'aurait pas perdu avant la tombée du jour. Parcourant la campagne à vélo, elle levait les yeux vers le ciel. Les balles traçantes dessinaient des courbes et des volutes blanches sur l'azur, remplaçant les alouettes. Elle dut plisser les yeux. Ce minuscule point noir, n'était-ce pas l'avion de Hugh? Était-ce lui qui tournoyait dans le ciel, pris dans une boule de feu qui allait s'abîmer dans la mer?

Martin se trouvait à Londres, dans un hôpital militaire où il opérait les blessés. Il avait exigé que Bess et les enfants restent à Édimbourg, loin de la capitale pilonnée chaque nuit par les bombardements. Lorsqu'elle vint le voir, cet hiver-là, Bess portait le manteau de cachemire rouge qu'il lui avait offert quatorze ans auparavant. La maison de Picardie se retrouvait une fois de plus en zone occupée. Non sans un frisson d'angoisse, Bess se demandait ce que devenaient les Lemercier et tous leurs voisins et amis français.

Quant à Martin, à le voir aussi exténué et taciturne, elle comprenait ce qu'il lui en coûtait de reprendre une activité qu'il avait exercée jusqu'à l'écœurement lors de la dernière guerre. Elle ne cessait de penser à ses enfants; à Kate, dans le Sussex, à Eleanor, Aimée et Rebecca, confiées à Davey et Izzy les week-ends où elle parvenait à rejoindre Martin. Et à Frazer, en pleine errance, perdu une fois de plus.

La guerre éloignait les êtres, les arrachait aux leurs. À une époque, elle avait cru qu'elle serait capable de défendre ses enfants par la seule force de sa volonté. Ces derniers temps, elle avait révisé sa position. La guerre était un ennemi encore plus redoutable que Cora Ravenhart ou Andrew Gilchrist.

En octobre, Hugh eut enfin droit à un week-end de liberté, ce qui n'était pas arrivé depuis des mois. Ils prirent la voiture pour aller dîner à Londres et danser dans un night-club. Aux environs de 3 heures, ils regagnèrent leur hôtel à pied dans la nuit d'encre où le black-out avait plongé la ville. Les bâtiments bombardés aux lignes acérées se dressaient comme de sombres icebergs.

Quand la sirène d'alerte se mit à hurler, ils se réfugièrent dans une station de métro en compagnie de centaines d'autres. Assis sur le quai dans la chaleur et la poussière, la main dans la sienne, Hugh demanda à Kate de l'épouser et elle fut submergée par un tel bonheur qu'elle en perdit le souffle. Elle sentit l'étoffe rêche de l'uniforme, ses lèvres qui écrasaient les siennes et la pression de ses doigts sur sa nuque quand il l'embrassa. Il semblait vouloir qu'elle se fonde en lui, qu'ils ne fassent plus qu'un.

1941. Désormais, les fantômes n'avaient plus rien d'imaginaire. Aux premiers jours de l'été, Bess descendit du bus devant le pavillon de garde. Le cœur lui manqua en remontant l'allée lorsqu'elle vit le rideau d'arbres s'ouvrir sur Ravenhart House.

Une barrière de barbelés fermait le jardin. En pénétrant dans la maison, elle crut deviner un mouvement dans l'obscurité… une silhouette dévalant l'escalier. À moins qu'une main invisible n'ait tiré un rideau pour faire entrer la lumière? Non, il n'y avait personne, rien que les tourbillons de feuilles cuivrées poussées par le vent. Bess attendit quelques secondes avant de parcourir les pièces vides et silencieuses, le temps d'oublier sa déconvenue.

Mais ses fantômes restèrent auprès d'elle tandis qu'elle ouvrait les tiroirs et inventoriait meubles et tableaux afin de dresser l'inventaire des objets de valeur à retirer avant que l'armée ne réquisitionne le domaine le mois suivant. Comme au temps de Sheldon, la vieille demeure avait gardé son odeur de cire et de toiles d'araignées. Phemie venait tous les quinze jours, enlevait la poussière et aérait les pièces principales mais ses fidèles services ne suffisaient pas à préserver la maison des ravages du temps et de l'abandon. Depuis le départ de Frazer, Bess était régulièrement venue s'assurer de l'état du manoir mais, depuis les rationnements d'essence, ces visites tenaient de l'expédition.

Bess avait gardé son manteau et relevé son col de fourrure. Depuis son arrivée en Angleterre, il y avait bien longtemps, elle avait toujours froid. Ses pensées la ramenèrent à l'époque de la disparition de Frazer. Préférant Londres ou Paris, son fils avait renoncé à ses projets d'aménagement et se tenait aussi loin que possible de Ravenhart. Elle ne le voyait qu'à l'occasion d'un passage à Édimbourg mais il s'était rapproché d'elle. Lorsqu'ils se trouvaient en tête à tête, le lien était renoué.

Allons, elle devait l'oublier ! Ne jamais regarder en arrière, comme elle se l'était promis, et ne penser qu'au présent. À Kate, aujourd'hui mariée, qui habitait chez sa belle-mère et attendait un enfant pour la fin de l'année. Il fallait maintenant se soucier de ce bébé dont elle serait bientôt grand-mère et de ses filles, Eleanor, Aimée et Rebecca, ces petites merveilles qu'elle aimait tant.

En ouvrant les rideaux dans une tourelle, Bess vit les pentes couvertes d'un léger voile blanc et son regard s'évada vers le pavillon de chasse au confluent des deux rivières. Bess entendait encore Kate… *Où qu'il soit, Frazer a peut-être suivi Maxwell.*

Encore des couloirs, toujours des escaliers. Elle dut prendre sur elle pour pénétrer dans la chambre de son fils. Il n'y avait pas un grain de poussière sur les meubles sans housse, Phemie ayant veillé à garder la chambre dans un ordre et une propreté impeccables. Bess se mit à l'ouvrage avec méthode, inventoria le contenu des tiroirs et des placards au cas où Frazer aurait laissé quelque objet de prix. Au bout d'un petit moment, elle dut s'asseoir sur le bord du lit, épuisée. Alors, comme la petite veste en tricot ramenée dans ses bagages qu'elle avait précieusement gardée, elle blottit un chandail contre sa joue.

Nouveau-né dormant dans les bras de sa mère épuisée par de longues heures de travail, petit garçon aux cheveux d'or riant sous le soleil moucheté filtrant à travers les feuilles dans un jardin de Simla, le souvenir de son bébé était presque intolérable… Quand elle l'avait revu, en 1935, Frazer n'était plus le même ; Cora avait fait de lui un autre homme et Ravenhart avait opéré une transformation encore plus radicale. Elle en arrivait à haïr cette maison et à écumer de rage. Qu'elle soit donc pillée par l'armée ! Qu'elle finisse étranglée, étouffée par le lierre. Bess fourra prestement ses souvenirs dans un sac et quitta la pièce, n'aspirant qu'à rentrer chez elle.

Elle s'arrêta toutefois devant le pavillon de garde. Chaudement emmitouflée dans ses gants et son manteau, une petite fille jouait dans le jardin, dessinant des cercles dans la neige. Des boucles noires s'échappaient de son bonnet bleu. Bess l'observa un petit moment et reprit son chemin.

Le fils de Kate naquit trois jours après le bombardement de Pearl Harbor par les Japonais. On l'appela Sam comme le père de Hugh. Ce gros bébé, éclatant de santé, vit le jour dans la chambre où Hugh était venu au monde vingt-quatre ans auparavant. Kate observait dans le berceau les minuscules petites mains couvertes de fossettes qui s'agitaient dans le vide. Le regard vagabond du bébé ne se posait apparemment que sur sa mère. Si Kate glissait l'index dans sa paume, les petits doigts se refermaient.

Dorothy habitait une vaste demeure dominant un paysage vallonné non loin de Chichester. Kate veillait sur Sam ainsi que sur trois petits réfugiés londoniens hébergés par sa belle-mère et aidait également au jardin. Le soir, elle écoutait la radio et écrivait aux siens, à Oliver et à Billy. Oliver travaillait à l'Amirauté et saisissait toutes les occasions d'aller retrouver Stephen, parti pour le Wiltshire avec Margot et son époux. Billy faisait la tournée des bases militaires dans le cadre du Théâtre aux Armées.

« Si tu voyais comme nous sommes logés, Kate ! C'est minable, pire que du temps des tournées de Peggy, et les ballets ne sont pas toujours appréciés du public… »

Le spectre d'une invasion immédiate écarté, l'escadrille de Hugh effectuait des patrouilles au-dessus de la Manche et escortait les bombardiers vers la France occupée. Kate se rendit compte que son mari manquait d'attention. Il était devenu désinvolte, la disparition de si nombreux camarades et la tension permanente ayant émoussé ses ressources affectives. Épuisé nerveusement, exténué par le rythme imposé depuis plus de dix-huit mois, Hugh n'était plus le garçon qui chantait à tue-tête sur son vélo dans les collines du Sussex, ni celui qui avait appris par cœur la rime d'un air français dans le vacarme d'un pub. Il n'arrivait plus à se concentrer, s'endormait sur les mots croisés du *Times* ou en tournant la page d'un roman. Au lit, sa main se figeait parfois sur la poitrine de Kate et sa tête retombait, son souffle se faisant plus régulier. Kate ne bougeait pas de peur de le réveiller. Elle savait qu'il dormait mal.

Une nuit, elle l'appela en voyant sa silhouette se profiler devant la fenêtre.

— Pardon, chérie. Je ne voulais pas te réveiller.

— Quelle heure est-il ?

— Bientôt 4 heures.

Kate tapota l'oreiller.

— Viens te recoucher.

Hugh hocha la tête.

— Je ne peux pas dormir.

— Je vais faire du thé.

Elle revint avec deux tasses.

— J'y ai ajouté une goutte de whisky, dit-elle en lui tendant la sienne. Ça t'aidera à dormir. J'en ai pris aussi. Si Sam se réveille pour téter, il sera saoul.

— Merci.

— Qu'y a-t-il ? fit-elle doucement. Qu'est-ce qui se passe ?

— Rien.

— Hugh !

— Retourne te coucher, chérie, tu as froid.

Kate se glissa sous les couvertures.

Au bout d'un petit moment, Hugh ajouta :

— Je finis par me demander à quoi ça rime. Toutes ces sorties pour balancer quelques bombes sur les pauvres types qui sont au-dessous ! Il doit se trouver une bonne moitié de Français parmi ces gens qu'on bousille.

Il posa sa tasse sur le rebord de la fenêtre.

— Quand nous n'étions qu'avec eux, là-haut, ça semblait plus propre. Le combat était plus loyal.

Il conclut avec un petit sourire :

— Oh, et puis qu'est-ce que ça fiche ? Il faut les bombarder pour qu'ils cessent de nous canarder. Drôle de petit jeu, hein ?

Deux jours plus tard, Kate revenait de la boutique du village sous l'âpre vent de février qui couchait les perce-neige sur les talus.

Elle poussait le landau et Sam avait faim, se mettant à geindre d'impatience. En arrivant devant chez Dorothy, Kate reconnut la voiture garée dans la cour, la Morgan du supérieur de Hugh.

Elle s'immobilisa et ses poignets tournèrent sur la barre du landau. Sam était rouge comme un coq, hurlant et tendant son petit corps. Elle le sortit du landau et le serra contre elle en lui tapotant le dos.

— Pauvre Sam. Mon pauvre vieux !

Elle ne voulait pas entrer, ne voulait pas savoir et cherchait à retarder l'instant où elle pénétrerait dans la maison. Tant qu'elle ne saurait pas, elle n'aurait pas à se demander comment vivre sans Hugh.

Mais Sam avait froid et faim. Il viendrait un moment, la minute suivante ou celle d'après, où il faudrait repartir à zéro. Elle entrevit le pâle visage de Dorothy derrière les carreaux du salon et poussa le landau sous le porche.

En mai 1942, Martin se vit accorder quinze jours de congé et rentra à Édimbourg. Il était épuisé. La première semaine, il dormit le plus clair du temps, n'émergeant qu'à l'heure du repas ou pour jouer avec ses filles.

— Rebecca est vraiment impossible. Je ne sais plus que faire, je finis par me demander si on ne devrait pas l'envoyer en pension, dit Bess.

— Ne dis pas de bêtises !

Martin lui tendit un verre de cognac.

— Du cognac de cuisine. Apparemment, c'est tout ce qu'il nous reste. Quand je pense aux bouteilles de scotch que m'offraient certains patients reconnaissants !

— Pauvre Martin ! Je me demande souvent si tes poteries et tes vieux ossements ne t'auraient pas rendu plus heureux.

— Plus heureux ? J'en doute. Cela aurait été certainement moins drôle.

Bess osa timidement :

— Tu ne regrettes jamais l'époque où tu n'avais aucune entrave ?

— Moi ? Non.

Le regard de Martin revint vers Bess.

— Et de ton côté ?

Bess entreprit de ramasser les jouets et les vêtements épars.

— Pas du tout.

— Je m'étonne parfois que l'on parle de la vie domestique en termes si peu flatteurs. Pourtant, c'est un défi ! Mettre un enfant au monde, n'est-ce pas la plus grande aventure dont on puisse rêver ? Non, pour rien au monde, je ne changerais quoi que ce soit.

Martin s'interrompit en entendant rire ses filles à l'étage.

— Mais toi, Bess…, reprit-il. Je me pose des questions depuis quelque temps.

Bess, qui tenait une pleine brassée de sandales et de cardigans, demanda :

— À quel sujet, Martin ?

— Je ne sais pas si tu es heureuse.

— Si, bien sûr.

La voix était cassée, comme un éclat de verre.

— Je n'ai jamais été sûr de suffire à ton bonheur.

Bess resta interdite.

— Mais si, voyons !

— Vois-tu, je me suis souvent demandé si les enfants ne comblaient pas le vide d'une union peu désirée.

Bess lut dans ses yeux toute sa tristesse.

— Tu es belle, passionnée, sensible. Quel homme ne rêverait d'une femme comme toi ? Tes sentiments les plus forts ne sont-ils pas pour tes enfants ? Tu ne tenais pas à te remarier, je le sais, mais tu n'avais pas le choix… tu désirais un autre fils. Cela n'a-t-il pas pesé dans ta décision ?

— Comment peux-tu imaginer une chose pareille ?

— Est-ce donc impensable ? Pour avoir un fils, tu n'as pas hésité à risquer ta vie.

Bess songea à Michael et à Frazer et baissa les yeux. Ses fils ne lui avaient apporté que souffrance.

— Non, Martin, tu te trompes.

La pile de vêtements sur les genoux, elle s'assit et reprit lentement :

— Oui, je voulais un fils, mais le temps a passé. J'aime mes filles et cela me suffit. Si je n'ai pas l'air très gaie, c'est à cause de la guerre. Je m'inquiète pour mes enfants. Pour Kate, bien sûr. Depuis la mort de ce pauvre Hugh, je me fais du souci pour elle.

— Elle a Dorothy, lui rappela Martin. Et Sam. Sans oublier Ralph et Pamela, qui ne manquent jamais une occasion de passer la voir.

Bess soupira.

— Si seulement elle était plus près !

Martin vint s'asseoir auprès d'elle.

— C'est pour Frazer que tu es inquiète ?

Bess détourna les yeux.

— J'essaie de ne pas l'être.

Martin lui prit la main.

— Il est peu probable qu'il ait échappé à la guerre puisqu'il est en âge de combattre, à moins qu'il n'ait été interné comme ennemi s'il se trouvait en zone occupée. De toute façon, les archives auront gardé une trace de lui. Quand la guerre sera finie, je t'aiderai à le rechercher. Et la Croix-Rouge pourra être utile.

— Non.

Bess parvint à affronter le regard de Martin.

— Pas cette fois. C'est lui qui a décidé de partir, je ne chercherai pas à le retrouver.

Les larmes lui brouillaient la vue, elle répéta d'une voix faible, tremblante :

— Je ne chercherai pas à le retrouver, il avait ses raisons. Mais je veillerai sur Ravenhart et il aura toujours un toit à son retour. S'il revient...

Incapable de poursuivre, elle se mordit les lèvres.

— Tu as fait de ton mieux, fit doucement Martin.

— Je l'ai abandonné, Martin ! Ses défauts, ses faiblesses, j'en suis responsable !

— Non.

Le ton était ferme.

— Frazer est adulte et maître de son destin.

— Mais je suis sa mère !

Martin commença à ramasser les papiers qui couvraient la table.

— Tu te souviens de ce premier séjour en France où tu m'as accompagné ?

Bess releva brusquement la tête.

— Martin, je t'en prie...

— Dès mon arrivée en Écosse, j'ai voulu retrouver Andrew Gilchrist.

Bess tressaillit en entendant ce nom.

— Un soir qu'il était seul, je me suis arrangé pour le prendre par surprise. Il était fameusement ivre et je l'ai frappé deux fois. Pour être franc, je voulais le tuer.

— Tu ne m'as jamais rien dit.

— Non.

Martin se rembrunit.

— Sans doute n'étais-je pas très fier de moi mais je ne regrette rien. Avec le recul, je ne vois pas d'autre solution.

— Pourquoi me racontes-tu ça? murmura Bess.

Martin rangeait ses papiers dans un tiroir et Bess ne voyait pas son visage.

— Nous avons, toi et moi, une part de mystère que nous ne dévoilons jamais... y compris à nous-mêmes. Il faut avoir connu l'épreuve pour se connaître vraiment.

Un ange passa.

— Je t'aime, Bess. Surtout, n'en doute jamais.

— Jamais?

La voix un peu tremblante, Bess tapota ses cheveux.

— Même si je vieillis?

— Ah bon? Je n'avais pas remarqué.

Bess perçut le léger soupir.

— Je t'aime plus que ma propre vie.

Bess blottit sa tête contre la poitrine de Martin.

— Et tu m'aimeras toujours?

— Toujours.

— Quoi que je fasse? Qui que je sois?

— Je ne pourrais faire autrement.

Bess s'écarta et observa son mari, étudiant ses traits pour ne pas les oublier quand il serait au loin.

— Si je devais te perdre, je survivrais, je poursuivrais ma route mais je ne connaîtrais plus le bonheur. Mes enfants sont une part de moi-même et il en sera toujours ainsi. Cependant, ils ne m'ont pas apporté que du bonheur. Alors que toi...

Kate resta chez Dorothy après le décès de son mari. Ce fut une curieuse période, elle était partagée entre le désespoir d'avoir perdu son époux et le bonheur d'élever un fils qui faisait sa joie. La nuit,

343

elle rêvait de chute... se voyait tomber d'une falaise, d'un immeuble ou de la terrasse de Ravenhart. Elle se réveillait et pleurait sur le destin de Hugh, mort en mer, cette mer qu'il redoutait infiniment.

Elle parvint toutefois à se reconstruire et à prendre un nouveau départ. Il le fallait pour Sam. La guerre finie et Sam en âge d'entrer à l'école, elle suivit une formation d'institutrice. Elle touchait bien sa pension de veuve de guerre mais, tenant à préserver son indépendance, entendait se débrouiller seule. Elle emmenait Sam en vacances chez son père, à la ferme, ou retournait à Édimbourg.

Sam était grand pour son âge, il ressemblait à Hugh et c'était pour elle un vrai bonheur. Ses boucles avaient la couleur des châtaignes et ses yeux la chaude blondeur du miel. Elle retrouvait chez son fils le caractère enjoué de son mari, sa vivacité d'esprit et ses trésors d'affectivité. Elle fit de son mieux pour combler le vide immense d'une enfance sans père et s'efforça de remplacer Hugh. Elle jouait au cricket dans le parc et, durant un séjour aux Trois Cheminées, parvint même à surmonter sa peur de l'eau pour lui apprendre à nager. Réquisitionnée par des officiers allemands, la vieille demeure gardait les stigmates de l'occupation et du manque d'entretien ; les pommiers du verger avaient été abattus, probablement pour faire du bois de chauffe.

Martin avait pris la décision de vendre les Trois Cheminées.

— À nous deux, nous sommes propriétaires de trois grandes maisons, avait-il confié à Kate lors d'une promenade dans les bois, c'est idiot. Bess ne vendra jamais Ravenhart qu'elle ne considère pas vraiment comme sien... elle croit encore au retour de Frazer.

— Et toi, Martin ?

Martin secoua la tête.

— Il est tout de même étonnant qu'il ne nous ait pas contactés. À supposer qu'il soit en vie, il a manifestement trouvé la cachette idéale.

Martin écarta ronces et orties avec son bâton.

— Quoi qu'il en soit, je compte vendre et pourrais peut-être acheter un petit appartement au Touquet. Ce serait tellement plus pratique pour venir en France. Naturellement, vous y passeriez vos vacances, Sam et toi.

Les années s'écoulant, Kate aida son fils à faire ses devoirs, soigna des oreillons et une varicelle, un bras cassé et une appendicite. Elle s'efforçait de s'intéresser aux marottes de son fils, comme le kart, le patin à roulettes et le modélisme. Sam aimait reproduire les appareils pilotés par son père. Au cours de l'été 1951, la famille au grand complet assista au mariage de Rebecca avec Stuart Renfrew, un riche homme d'affaires qui possédait une chaîne d'agences immobilières à Londres et à Édimbourg. À vingt-neuf ans, Stuart en comptait dix de plus que Rebecca et Bess, comme Martin, essaya de la convaincre d'attendre sa majorité. Mais Rebecca tint bon ; avec ou sans leur consentement, elle épouserait Stuart. Après bien des disputes, elle parvint à ses fins.

Ce fut un grand mariage. Ravissante dans une robe de dentelle et de soie sauvage, Rebecca était triomphante. « Je veux ça, c'est à moi ! », avait-elle hurlé tout au long de son enfance. En épousant Stuart, elle obtenait en effet tout ce qu'il était possible de désirer : résidences à Belgravia et à Édimbourg, appartement dans le sud de la France, petite voiture de sport bien à elle. Cependant, à la voir sillonner Londres à toute allure ou rentrer d'un séjour en France, dorée par le soleil de la Méditerranée, Kate avait le sentiment qu'elle n'était pas réellement comblée. Eleanor, en revanche, s'était lancée dans des études de médecine à la fin de la guerre et semblait dans son élément.

Dorothy disparue, Kate revint à Londres. Sam avait quatorze ans. Elle fit l'acquisition d'une maison à Chelsea et, après avoir abandonné l'enseignement, se mit à étudier Freud, Jung et Melanie Klein pour se consacrer à la psychothérapie infantile. Elle inscrivit son fils dans un établissement réputé et, bien qu'elle ait perdu tout contact, fut ravie de retrouver Oliver dans le magasin de Portobello Road où il était revenu vivre avec Stephen. Ce retour en ville, ce nouveau départ, lui offrit le bonheur de renouer avec les vieilles relations.

À l'arrêt des hostilités, l'armée avait évacué Ravenhart. Vers la fin des années 1940, les grandes demeures, laissées à l'abandon par des propriétaires qui n'avaient plus les moyens de les entretenir, changeaient de main ou passaient sous la tutelle de la Caisse des monuments historiques. Bess vendit des dizaines d'hectares mais refusait toujours de se défaire de la maison et du vaste terrain menant au pavillon de chasse et à la cascade. Il restait encore un espoir de voir Frazer revenir et elle ne parvenait pas à y renoncer.

Au début des années 1950, elle loua le manoir à une entreprise de déménagement qui y entreposa du mobilier. Deux fois par an, elle se rendait dans le Perthshire pour s'assurer de l'état du domaine et y restait un ou deux jours. Elle ne fermait pas l'œil et, durant ces nuits d'insomnie, revoyait Frazer présider la longue table d'acajou ou s'asseoir devant la cheminée de la grande salle.

Au milieu des années 1950, Aimée, la dernière, quitta la maison à son tour. Au grand étonnement de sa mère, elle avait subi une véritable métamorphose ; son physique restait curieux mais elle était devenue une vraie beauté. Mannequin à dix-huit ans, elle fut célèbre du jour au lendemain. Elle allait à Paris, à Rome ; on organisait des réceptions en son honneur, on la prenait en photo. Sous la vaporeuse crinière blond platine, le petit visage en cœur aux pommettes hautes et aux immenses yeux gris vous dévisageait en couverture de *Vogue* et de *Vanity Fair*. Eleanor avait enfin trouvé un exutoire à ses nombreuses passions. Nantie de son diplôme de médecine, elle partit pour l'Inde en 1955, tomba sous le charme et resta exercer dans un hôpital de Calcutta.

Bess acceptait difficilement qu'une période de sa vie aussi importante soit terminée et ses filles lui manquaient affreusement. Avec Martin, elle appréciait néanmoins la solitude retrouvée. Ils n'avaient jamais eu la maison pour eux seuls. Dès le tout premier jour, les enfants étaient là.

Martin prit sa retraite en 1956. L'été suivant, ils visitèrent l'Écosse six semaines durant. Outre les châteaux et les sites préhistoriques, ils découvrirent les plages et les montagnes, descendirent à l'hôtel et logèrent chez l'habitant. Il faisait beau, le jour où ils quittèrent Ullapool pour l'île de Lewis, sur la côte ouest. La mer était calme et luisait comme de la moire sous le soleil. Côte à côte, sur le pont du bateau, ils regardèrent l'île se profiler à l'horizon. Ils prirent une chambre dans un petit hôtel de Stornoway et partirent à la découverte de la ville. Le lendemain matin, ils se rendirent à Callanish, où les pierres levées se dressaient sur la lande comme une sombre forêt d'arbres silicifiés. Perché au-dessus de l'Atlantique, ce lieu sauvage et isolé avait résisté à toutes les tempêtes. Main dans la main, ils regardèrent le soleil se coucher derrière les pierres levées.

La santé de Martin commença à se dégrader l'année suivante. Il fut d'abord victime d'une succession de petits maux, tels que toux, refroidissements, légère fièvre, et perdit du poids. Bess était inquiète de voir lentement décliner l'enthousiasme et l'énergie qui avaient toujours été les siens. Elle tenait à ce qu'il fasse un bilan de santé mais il refusa. Balayant ses angoisses, il prétendit avoir besoin de soleil et de rien d'autre. En juin, ils passèrent quinze jours au Touquet où il parut reprendre des forces sur le balcon d'où il voyait la plage et la mer.

Puis, en octobre, il se rendit sur le site d'Edin's Hall dans le sud-est. Trempé par l'orage, il rentra à Édimbourg épuisé et fiévreux. Le médecin passa le lendemain matin et prescrivit de la pénicilline.

Il parut se rétablir mais, deux jours plus tard, aux premières lueurs de l'aube, il fut emporté par une sévère crise cardiaque. Il n'y a pas de mots pour décrire l'attente avant l'arrivée du médecin. Bess resta auprès du corps de son mari qui n'avait pas lâché sa main. Quelques jours plus tard, Charlie Campbell, l'ancien confrère de Martin, vint lui présenter ses condoléances et lui apprit que son mari était passé le consulter quelques mois auparavant pour un second avis. Il avait lui-même diagnostiqué un cancer des poumons et Charlie n'avait pu que confirmer ce diagnostic.

— Si cela peut vous réconforter, avait-il ajouté, il vaut bien mieux qu'il soit parti d'une pneumonie, une fin plus rapide et plus douce.

Si je devais te perdre, je survivrais, je poursuivrais ma route mais je ne connaîtrais plus le bonheur, avait-elle dit un jour à son mari. Après le départ de Martin, Bess vit ce pressentiment se réaliser au quotidien ; on ne se consolait pas de la perte d'un mari très aimé. Restait l'espoir de s'habituer, d'accepter enfin que l'absence soit définitive, que le vide n'ait rien de transitoire, comme voulait le faire croire une intuition trompeuse. Rien ne saurait y mettre un terme, ni porte qui s'ouvre brusquement, ni voix familière. L'ombre de Martin était dans chaque pièce, du salon au sous-sol, où était installé son dispensaire et, bien sûr, jusque dans la chambre. En s'éveillant, la nuit, Bess tendait le bras et ses doigts se refermaient sur le drap et l'oreiller vides. Il lui semblait parfois entendre la voix de Martin. Croyant saisir la fin d'une phrase, un vague écho, elle se retournait brusquement mais ne rencontrait que l'obscurité.

Pour autant, elle ne fuyait pas cette demeure pleine de souvenirs, comme elle l'avait fait à la mort de Michael. Les souvenirs pouvaient blesser, et comme les objets quotidiens faisaient mal ! La tasse dans laquelle elle lui apportait son café du matin, sa montre et ses lunettes, qu'elle était incapable de regarder mais ne parvenait pas à jeter. Ils avaient aussi un côté réconfortant. Bess entendait encore Martin parler d'archéologie, sa grande passion.

« Certains trouvent morbide cette fascination pour les sites funéraires, lui avait-il dit. Ils ne comprennent pas à quel point je trouve touchants ces témoins d'existences passées. Je ne parle pas de trésors de prix, d'or ou de bijoux, mais des objets ordinaires, de colliers de perles, de couteaux, de marmites, de poêlons, et de toutes choses aimées et précieuses. »

Bess découvrait à son tour le pouvoir des petites choses. Sans vouloir transformer la maison en musée, elle chérissait les affaires de son mari, époussetait ses livres et faisait accorder son piano. Kate vint l'aider à trier sa garde-robe et le contenu de son bureau, à jeter les vieux vêtements et les papiers sans intérêt. Le plus difficile était de trouver une destination idéale à tout objet pouvant encore servir. Elle s'attela ensuite à mettre un peu d'ordre dans ses notes sur la préhistoire écossaise qu'elle voulait faire publier, fût-ce à compte d'auteur. La tâche était herculéenne, il y avait bien une demi-douzaine de cartons accumulés depuis des décennies. Bess apprit à se servir de la machine à écrire de Martin. À déchiffrer ses notes et ses diagrammes ; assise à son bureau, elle se sentait plus proche de lui.

Ses filles voulaient la convaincre de vendre la vaste maison vide mais elle s'y refusait.

— C'est trop tôt, avait-elle murmuré pour ne plus les entendre. Et puis, il y a tant à faire. Plus tard, peut-être.

Elle préférait désormais éviter les affrontements et trouvait les discussions épuisantes. Quand elle se rendait chez l'une ou l'autre de ses filles, elle avait hâte de retrouver le silence de son intérieur. Jusqu'aux lettres d'Eleanor, la sommant de bien se nourrir et de ne pas lésiner sur le chauffage dans cette maison pleine de courants d'air, qu'elle rangeait avec un sourire plein de tendresse après les avoir lues. Son chagrin mis à part, elle n'éprouvait plus d'émotion. Seule l'affection maladroite d'un adolescent dégingandé comme son petit-fils parvenait encore à la surprendre et, devant lui, elle devait parfois contenir ses larmes.

Naturellement, Bess ne montrait rien, pas même le sentiment que sa vie était désormais parfaitement inutile. Elle qui avait su cultiver le secret pendant des années faisait toujours preuve de la même réserve. Ayant perdu tant d'êtres chers et enduré tant de peines, elle ne manquait pas d'entraînement.

Dans la demeure de Old Town, le fantôme de Martin lui tenait compagnie. Afin de ne pas inquiéter ses filles, elle s'obligeait à faire la cuisine, à manger et à repriser ses vêtements ; elle rejoignit un cercle musical pour tromper la solitude et garda le contact avec ses amis, Izzy et Davey, Charlie Campbell et Iona, en Irlande.

Les seules percées dans le brouillard étaient les soucis que lui donnaient ses filles et le souvenir de l'immense bonheur d'avoir vécu auprès de Martin, ainsi que l'annonce du décès d'Andrew Gilchrist parue dans le *Scotsman* en avril 1961.

17

Si le défunt n'avait jamais inspiré beaucoup d'affection, l'enterrement fut triste, comme tous les enterrements. Il pleuvait. Parcourant des yeux le cimetière, Morven trouva qu'ils avaient tous l'air d'une assemblée de corbeaux trempés.

Après la cérémonie, on se réunit dans la demeure de Charlotte Square, où oncle Niall et tante Barbara avaient passé les huit derniers mois à veiller le grand-père après son attaque, car celui-ci avait refusé d'aller en maison de repos. Morven lui avait rendu visite avec sa mère. Son visage pendait d'un côté, comme de la cire molle, et il l'avait appelée Maxwell, ce qui avait de quoi déconcerter... Il s'était trompé de personne, de sexe et d'époque ! Aujourd'hui, la maison, qui avait déjà changé du vivant de grand-père, appartenait à oncle Niall et était méconnaissable ; raies et motifs floraux avaient remplacé les lourdes tentures de velours frappé et d'élégants plans de travail en formica équipaient la cuisine.

— Quelle femme de ménage digne de ce nom voudrait travailler avec une machine à laver et une cuisinière datant de Mathusalem ? avait fait observer tante Barbara. Et puis, comme ça, j'oublie un peu... vous voyez ce que je veux dire.

Elle avait levé les yeux vers la pièce où grand-père s'éteignait lentement.

Sous les hauts plafonds, une ambiance plus légère, presque festive, avait suivi la tension des obsèques. Le whisky coulait à flots et un buffet était dressé dans la salle à manger. Il fallait reconnaître qu'oncle Niall ne s'était pas moqué de ses hôtes. Il y avait des œufs de lump, luisants comme du caviar, du saumon froid, du jambon et plusieurs salades.

À 16 heures, on servit des sandwiches et des cakes aux fruits. Barbara fourra un plateau de petites saucisses en croûte dans les mains de Morven et envoya la jeune fille les présenter aux convives.

— Des saucisses en croûte! s'exclama Avril en voyant sa nièce. Oh non, c'est trop gras!

Elle toisa Morven de la tête aux pieds.

— Ce que tu es mince! Comment vas-tu, ma petite?

— Très bien, tante Avril. Merci.

— Et ta mère? Elle m'a l'air très en forme.

Qui n'aurait remarqué la mère de Morven auprès du piano? Elle était entourée d'une demi-douzaine de relations d'affaires du grand-père et arborait comme un étendard une immense fleur de soie rouge sur son chapeau noir. Elle lança un grand éclat de rire, riche et puissant comme un pur malt de vingt-cinq ans d'âge, qui résonna dans toute la pièce.

— Maman va très bien, elle aussi.

— Est-elle toujours à... je n'arrive jamais à me rappeler le nom de cet endroit.

— Ravenhart. Elle y est retournée il y a un an.

Tante Avril alluma une cigarette.

— Ça doit manquer d'animation pour une jeune fille de ton âge.

— J'habite Londres à présent.

— Londres?

Les fins sourcils se levèrent.

— Si loin, mon Dieu! Tu ne peux donc te contenter d'Édimbourg?

— Je voulais changer un peu.

— Que fais-tu maintenant? demanda la cousine Pat.

— Je travaille chez Selfridges, au stand Elizabeth Arden. Alors, si jamais tu passes par Londres et que tu as envie d'un rouge à lèvres...

— Quel âge as-tu? demanda Avril. Voyons... Naomi et Maxwell se sont mariés en novembre 1936, et tu es née...

— ... en juin. J'ai vingt-trois ans.

« Comme si tu ne le savais pas, vieille sorcière », se dit Morven.

— Vingt-trois ans! À vingt-quatre ans, j'attendais June et regarde Pat... trois beaux garçons, déjà.

Contente d'avoir eu le dernier mot, Avril se cala dans son fauteuil.

Réfugiée dans le havre de fraîcheur d'un couloir, Morven mangea une petite saucisse en croûte en pensant aux événements de la dernière semaine, au coup de fil lui annonçant le décès de son grand-père, à la pension de Bayswater où elle logeait, au voyage en train jusqu'à Édimbourg deux jours auparavant. Même en cette minute, difficile de croire que grand-père n'était plus là. Cet homme massif, solide comme un roc avant sa maladie, était aussi imposant et résistant aux intempéries qu'un bloc des Grampians.

« Nous étions tous terrorisés », avait-on dit. Faux, pensa Morven, elle n'avait pas peur de lui, et sa mère non plus. Naomi n'avait d'ailleurs jamais caché le mépris que lui inspirait le personnage. Morven n'aurait pas été étonnée qu'elle refuse d'assister aux obsèques ; si elle avait tenu à venir, c'était plus par amitié pour Barbara que par considération pour le grand-père. Et puis, il y avait une réception, ce qui ne la laissait jamais indifférente.

Et ta mère ? Morven se demanda si tante Avril avait posé la question par provocation ou juste histoire de dire quelque chose. Un peu des deux, sans doute. Quoi qu'il en soit, sa tante n'avait pas tort. Comment allait sa mère ? Fragile, vulnérable, affichant une gaieté qui n'augurait rien de bon. Ce n'était guère rassurant !

Morven considérait comme un cercle vicieux le penchant de sa mère pour la boisson. Il y avait d'abord la crise, puis, des larmes dans les yeux, la ferme résolution de ne plus toucher à l'alcool, enfin une terrible honte et d'infinis regrets. Mais l'abstinence allait toujours de pair avec l'ennui et la solitude. Finalement, après quelques semaines ou quelques mois de colère durant lesquels Naomi rongeait son frein, elle se rendait compte qu'il suffisait d'un seul petit verre pour gommer cet ennui et cette solitude. Lentement, mais parfois à une vitesse affolante, cela finissait par une énorme cuite et c'était la catastrophe... Sa mère tombait dans l'escalier ou alors un type affreux lui brisait le cœur. Alors, tantine Tessa ou Raymond, le propriétaire du pub, l'appelait. Morven rentrait en Écosse à bride abattue pour trouver sa mère prostrée sur le divan avec une entorse ou plongée dans la léthargie larmoyante de la dépression. Morven faisait le ménage, sa mère pleurait, se traitait de tous les noms, s'excusait de gâcher la vie de sa fille et le calme finissait par revenir. Naomi promettait de ne plus jamais toucher un verre d'alcool et Morven repartait, une fois de plus, chercher un autre emploi.

Cela expliquait peut-être qu'elle ne soit pas mariée et nantie d'une tripotée d'enfants comme ses cousines. Arrivait le moment de raconter toute l'histoire à un petit ami et c'était à ce moment précis qu'elle devait se précipiter à Ravenhart. Elle essayait bien d'éluder mais les garçons s'imaginaient qu'elle cherchait des faux-fuyants pour les décourager.

Si elle n'avait ni soupirant, ni fiancé, ni petit ami, Morven était trop honnête pour en faire porter la responsabilité à sa mère. Certains garçons étaient aussi trompeurs que les giboulées de mars, impossible de leur faire confiance. D'autres étaient si contents d'eux... Quand ils ne comptaient pas sur une femme pour les prendre en charge ! Morven savait récurer une cuisine et faire du thé depuis le berceau, ou presque, et en avait sa claque. En dehors du foyer familial, ses ambitions culinaires se limitaient aux haricots sur canapé et aux sandwichs cornichons-fromage.

Attendrait-elle l'homme capable de la propulser sur un petit nuage, l'amour au premier regard ? *J'ai aimé ton père dès que j'ai posé les yeux sur lui*, ne cessait de répéter sa mère. Ses soupirants étaient-ils capables de soutenir la comparaison avec un père qu'elle n'avait pas connu ? Voilà qui serait inquiétant, pourtant, elle n'avait jamais accordé grand crédit à la version maternelle de l'idylle et du mariage. S'il avait filé le parfait amour, son père n'aurait pas disparu Dieu sait où. Jamais Morven n'aurait affiché un tel cynisme devant Naomi ! Elle se doutait bien que seule une vision idéale du passé lui permettait de tenir, comme les mailles d'un filet. Sans cela, Naomi pourrait bien s'effondrer pour de bon.

En passant devant le bureau de son grand-père, elle entendit la voix de ses deux oncles.

— Il faut vendre Harvards, disait Niall.

Il s'agissait d'un restaurant dont les Gilchrist étaient propriétaires sur Princes Street.

— À condition de trouver preneur. Ce truc nous fait perdre de l'argent tous les jours, c'est le tonneau des Danaïdes.

C'était la voix un peu pâteuse d'oncle Sandy.

— Il y a belle lurette que nous aurions dû nous en débarrasser, répliqua Niall avec un soupçon d'aigreur. Enfin, Dieu merci, nous n'avons plus père sur le dos. Depuis deux ans, il n'était vraiment plus dans le coup.

— Oh, bien avant ! Il se laissait aller depuis la disparition de Maxwell.

— Maxwell ? Tu veux plutôt dire à cause de son maudit bras droit, ce Voyle, oui !

— Quand on pense à la façon dont il traitait Maxwell, qui aurait cru qu'il soit affecté à ce point ?

Du seuil du bureau, Morven lança à son oncle :

— Que veux-tu dire, oncle Niall ?

Les deux frères levèrent les yeux. S'ils ne se ressemblaient pas, ils avaient les mêmes attitudes, la même façon de s'exprimer.

— Je parle du jour où Maxwell est parti.

Morven s'avança dans la pièce.

— Non, j'aimerais savoir comment grand-père se comportait avec mon père.

D'un trait, Sandy fit disparaître le fond de son verre et ses petits yeux pâles revinrent vers Morven.

— Il le battait comme plâtre ! lâcha-t-il d'un air mauvais.

— Sandy !

Morven prit garde de ne pas montrer qu'elle était bouleversée.

— Grand-père battait papa ?

Niall ne put retenir un petit rire.

— C'est du passé, tout ça. Il était violent, notre père, et Maxwell avait le chic pour faire ressortir ses aspects les moins plaisants.

— En général, c'était mérité. À entendre ta mère, Max était un saint, évidemment, mais il en était très loin, tu sais. Il était capable de tout.

Ses traits sans relief et dépourvus de caractère déformés par un affreux rictus, il ajouta :

— Maxwell avait l'art de chercher des ennuis… Je crois que ça lui plaisait, il aimait attirer l'attention. Il s'est fait virer plus d'une fois du collège et il fallait toujours qu'il fiche la pagaille à la maison.

Niall prit son frère par l'épaule.

— Tais-toi, Sandy, ce n'est qu'une gosse.

Sandy repoussa la main de Niall, parvint à s'extraire maladroitement de son fauteuil et s'éloigna vers la fenêtre.

— Bon Dieu de pluie !

Il tira sur son cigare et ajouta :

— Pourtant, c'était lui le préféré.

— Ne dis pas d'âneries.

— Si, c'est vrai. Je n'en ai jamais douté.

Barbara frappa à la porte de Naomi.

— Je fais du thé, mon petit. Tu en veux une tasse ?

Pas de réponse. Barbara poussa la porte entrouverte. Sa fine silhouette se dessinant dans la pâle clarté de ce début de soirée, Naomi se tenait devant la fenêtre et observait la rue.

Le chapeau qui lui avait valu la réprobation des hôtes les plus collet monté gisait sur le lit, la fleur écarlate pendant lamentablement. Barbara savait très bien pourquoi Naomi avait arboré ce chapeau, pour elle la mort d'Andrew Gilchrist était matière à réjouissances. Sa belle-sœur était sans artifice, incapable de déguiser ses sentiments ou de dissimuler ses états d'âme.

Barbara toussota.

— Naomi ?

Naomi se retourna. Les larmes avaient tracé leur sillon sur le maquillage, le mascara et l'eye-liner avaient coulé et elle avait l'air d'un clown.

— Je croyais qu'il serait là ! murmura-t-elle.

Interdite, Barbara lui demanda :

— Qui ça ? Qui aurait dû venir, selon toi ?

— Max, fit Naomi. Je pensais qu'il reviendrait peut-être chez lui maintenant que son père est mort !

Elle se remit à pleurer et Barbara la prit dans ses bras. Sa belle-sœur était anéantie et n'avait vraiment plus rien d'enviable.

Depuis quelque temps, la maison de Old Town était bien silencieuse. Dans la cuisine, le raclement de la cuillère dans la casserole et le grattement du couteau sur les légumes semblaient assourdissants.

Tout en pesant le beurre et la farine, Bess était agacée à cause de ses filles. Finiraient-elles par se stabiliser un jour ! Quand elles étaient plus jeunes, elle était certaine qu'elles mèneraient plus tard le genre de vie, rangée et raisonnable, à laquelle elle-même n'avait cessé d'aspirer. Eleanor, Aimée et Rebecca auraient un métier intéressant, seraient heureuses en ménage, auraient des enfants. Comment en serait-il autrement ? Était-ce vraiment trop demander ?

Mais non, ses filles avaient l'art de compliquer les choses et même un petit penchant pour l'ascétisme. Enfin, il régnait dans leur vie un chaos exaspérant ! Dieu sait, pourtant, si elle avait tout fait pour leur donner une éducation sécurisante et leur inculquer le respect des conventions.

Elles étaient jolies mais ne se voyaient guère et se disputaient dès qu'elles étaient ensemble. Elles devaient s'aimer, tout de même, le contraire aurait été inconcevable ! Sinon, vers qui se tourneraient-elles quand elle ne serait plus là ? Pour couronner le tout, à elles quatre, elles n'avaient réussi à produire qu'un petit-fils. Bess adorait Sam et n'aurait pu rêver mieux que ce garçon mais c'était bien maigre. Six enfants et un seul petit-fils ! Or ce n'était plus des jeunes filles, pas question de sourire tendrement en se disant : « Bah, elles ont bien le temps ! » À quarante-quatre ans, Kate était plus âgée qu'elle à l'époque où elle avait donné le jour à Aimée. Après la tragique disparition de Hugh, elle avait cultivé l'espoir que sa fille aimerait encore, qu'elle trouverait à nouveau le bonheur. Mais non… Sam entrerait à Oxford au mois d'octobre et Kate resterait seule.

Que dire d'Eleanor ? Sa passion pour l'Inde n'allait pas jusqu'à s'étendre à ses confrères médecins de l'hôpital de Calcutta et, si elle œuvrait chez les petits va-nu-pieds du sous-continent, elle ne désirait pas d'enfants bien à elle. C'était plutôt l'inverse. À sa mère qui avait abordé le sujet des années auparavant, elle avait objecté :

— Cette planète n'arrive pas à nourrir ses enfants, maman. Pourquoi en faire d'autres ?

Quant à Aimée, elle préférait les ânes ! L'année précédente, à vingt-cinq ans, elle avait brusquement renoncé au mannequinat sans l'ombre d'un regret et tiré un trait sur le glamour, les soirées et l'argent, pour mettre ses économies dans l'achat d'une ferme en Cornouailles. Ferme où elle avait installé un troupeau d'ânes, venus de tout le pays, qu'elle arrachait à une existence affreuse. Eleanor s'était récriée de dégoût : « Des ânes ! Quand des milliers d'enfants meurent de faim chaque jour ! » En visite chez sa fille, Bess avait dû reconnaître qu'Aimée adorait ses animaux. Le flot de visiteurs masculins, venus de Londres ou d'Édimbourg, contemplaient sa fille avec la fascination qu'Aimée réservait à ses bêtes. Bess n'avait rien dit mais elle trouvait ce gâchis consternant. Car c'était un vrai gâchis.

Rebecca était bien sa fille, aucun doute n'était permis. Elle possédait un tel appétit de vivre ! Têtue, manipulatrice, elle ne tenait vraiment pas de Martin. Cheveux noirs, yeux bleus, elle ressemblait à sa mère tant par le physique que par le caractère. Sans doute cela expliquait-il que Bess ne lui jetât pas la pierre comme elle l'aurait dû. Elle était incapable de fermer son cœur à cette petite.

Brillante, égocentrique, indolente et insatisfaite, Rebecca avait d'incroyables talents de séductrice, aucun homme ne lui résistait. Elle était tombée enceinte après deux ans de mariage mais avait perdu l'enfant vers la fin du quatrième mois. Bess la sentait meurtrie par cette fausse couche, plus qu'elle ne voulait l'admettre. Elle menait une vie de patachon et s'était embarquée dans une succession d'aventures jusqu'au point d'orgue, un certain Jared Cooper, pour lequel elle avait divorcé de Stuart.

Les traits fins, des cheveux de soie, Jared était très brun et avait un regard de braise. Il était également poète et Rebecca avait renoncé aux palaces pour un trois pièces à Ladbroke Grove, et à ses robes Chanel pour des jeans et des ras-du-cou noirs. Bess espérait que ce mariage d'amour finirait par apaiser cette âme toujours en quête d'ailleurs. Leur union n'en était pas moins orageuse pour autant, ce n'était qu'une succession de tragiques ruptures, suivies de réconciliations tout aussi dramatiques.

Tout en étalant sa pâte, Bess en vint à évoquer un autre sujet de préoccupation, Ravenhart. Deux mois auparavant, l'entreprise de déménagement à laquelle elle louait depuis plus de dix ans s'était retrouvée en liquidation. Aucune de ses filles ne s'intéressait à la propriété ou n'y avait seulement mis les pieds. Le manoir était trop lourd à entretenir, on ne pouvait se permettre de le laisser inoccupé. Elle ne voulait pas imposer à ses enfants un tel fardeau après sa mort, il fallait donc prendre une décision.

Ne sachant trop que faire, elle avait temporisé et se reprochait ses tergiversations. Amour, haine, souffrance... trop de souvenirs restaient attachés à cette maison pour qu'elle s'en débarrasse aussi facilement. Et elle gardait encore une ultime lueur d'espoir. Si Frazer revenait ?

Bess décida de se rendre à Ravenhart la semaine suivante. Il lui fallait s'assurer que tout le mobilier de l'entreprise avait bien été enlevé. Une fois sur place, peut-être finirait-elle par prendre une décision.

Le téléphone se mit à sonner et Bess essuya ses mains pleines de farine sur son tablier.

C'était la voix de Kate.

— Il faut que tu viennes, maman ! Rebecca a quitté Jared.

Quand Morven et Naomi arrivèrent au pavillon, en début de soirée, la maison était sale. Naomi accabla son chien d'attentions et finit par annoncer :

— Je crois que je vais m'allonger un peu.

Puis elle disparut dans l'escalier.

Après avoir inspecté les placards dégarnis, Morven partit faire des achats au village. Au retour, elle gara la petite Hillman de sa mère devant la maison. Au moment d'ouvrir le coffre, elle suspendit son geste et son regard s'évada vers la vallée, jusqu'au rideau d'arbres qui dissimulait Ravenhart House.

Elle retrouvait l'impression familière, ce petit pincement au plexus à l'idée de revoir le manoir après une longue absence. Enfant, déjà, elle considérait Ravenhart comme sa propriété. Avec ses pignons et ses épis de faîtage, la vieille demeure lui semblait tout droit sortie d'un conte de fées. « J'irai demain », se dit-elle en sortant les sacs du coffre.

Au même moment, elle entendit un bruit. Un homme apparut au détour de l'allée, se dirigeant vers les grilles. Tête nue, des cheveux châtains, il était en tenue de randonnée et Morven vit qu'il boitait. Elle lui lança un « Salut ! » quand il arriva à sa hauteur, mais l'inconnu se contenta d'un bref coup d'œil, esquissa un vague signe de tête et poursuivit son chemin.

« Sympathique ! », pensa Morven, pince-sans-rire. Sans doute un de ces gars de la ville qui attendait des présentations officielles pour vous saluer. En pénétrant dans la maison, elle trouva un mot sur la table de la cuisine : « Suis chez Moira, reviens bientôt. Maman. »

Après avoir passé deux heures à la mercerie de Moira, Naomi fit un saut au Half Moon, un pub d'une certaine importance où l'on trouvait même quelques chambres. Raymond Erskine, le patron, était une vieille connaissance.

Il n'était pas derrière son comptoir ce soir-là. Naomi le regretta, car elle l'aimait beaucoup et aurait bien bavardé un peu. C'était le petit nouveau qui servait, un beau type nommé Fergus. Après tout, ce n'était pas plus mal, estima Naomi en s'asseyant au bar pour commander un Bloody Mary. Raymond aurait peut-être fait des histoires.

Après l'enterrement, elle avait bien besoin de se remonter le moral et de prendre un peu de bon temps. Ragaillardie par le cocktail, elle en commanda un autre et parcourut la salle du regard. Elle portait sa jupe en poil de chameau et un petit pull de cachemire sous son manteau à col de vison. Bon, ce n'était qu'un coin paumé des Highlands mais cela ne dispensait pas de faire un effort. Naomi pensa demander à Fergus de lui préparer un sandwich à la viande froide mais se ravisa. Deux verres, quelques cigarettes et quelqu'un à qui parler, elle n'en demandait pas davantage. Quelqu'un de drôle pour se changer les idées, surtout pas un Gilchrist.

Naomi observa d'un œil expert les clients assis dans la salle. Il y avait là une poignée de fermiers et des employés des principales entreprises du coin mais aussi des randonneurs, des pêcheurs et des voyageurs de commerce qui faisaient halte pour la nuit avant de poursuivre leur route vers le nord. Un homme seul, qui lisait en buvant une bière, retint son attention. Blond, large d'épaules sous le chandail kaki, et jolie bouche, calcula-t-elle avant de croiser et de décroiser ses jambes gainées de bas nylon. L'inconnu leva un instant les yeux et retourna à sa lecture. « As-tu fini de mendier, ma pauvre ! », se dit-elle. Son regard finit par croiser celui d'un représentant de commerce qui se leva pour lui offrir un verre.

Il était 21 heures quand Raymond franchit le seuil de l'établissement.

— Ray chéri ! s'exclama Naomi avant de le serrer dans ses bras.

Pour ne pas faire de jaloux, elle embrassa également Kevin. Elle était heureuse et se sentait belle. Ce soir, le mot, le geste le plus anodin, sonnaient parfaitement juste, elle avait presque oublié à quel point elle se sentait bien après quelques verres.

Elle fourragea dans son sac pour trouver son porte-monnaie.

— Qu'est-ce que vous prenez, les gars ?

— Un scotch, fit Kevin.

Ray avait toutefois tendu la main. Il referma le porte-monnaie d'un coup sec et le remit dans le sac.

— Je fais du café, du Blue Mountain.

Naomi fit la moue.

— C'est un verre que je veux.

— Café, répéta son ami d'un ton ferme. J'aimerais te parler du restaurant.

— La dame vous a dit qu'elle voulait de l'alcool, protesta Kevin.

Ray, un ancien militaire aussi costaud que les tanks qu'il avait manœuvrés, se tourna vers lui.

— À ta place, mon gars, je mettrais les voiles.

Kevin parut hésiter, puis il s'éloigna en faisant la tête.

— Ray ! protesta Naomi.

Le patron répliqua en souriant :

— Mon café est délicieux.

Il disparut dans la cuisine et Naomi en profita pour extorquer au barman une double vodka qu'elle fit prestement disparaître avant de se faire gronder. Mais Ray ne grondait jamais, il avait l'air déçu et malheureux, ce qui était bien pire. Ayant lui-même connu quelques problèmes d'alcool à une époque, il avait pris un bistrot. « Pour affronter le diable en face », lui avait-il expliqué. Il ne viendrait pas le prendre en traître, au moins. « Bah, ce genre de problème ne me concerne pas », se dit Naomi en récupérant la dernière goutte de vodka avec son doigt avant de faire disparaître le verre. Elle était capable d'arrêter quand elle voulait ; d'ailleurs, elle l'avait maintes fois prouvé.

Ray revint avec le café et lui montra les plans que l'architecte avait conçus pour le restaurant. Béate, Naomi songeait à quel point elle aimait Ray mais elle ne comprenait rien à ses histoires de murs porteurs et de cloisons percées par accident. Après deux demandes en mariage, il avait eu la gentillesse de ne pas se formaliser d'un refus. Ray disposait d'une bonne aisance, projetait de développer son affaire et était très bien au lit. Naomi avait été tentée d'accepter mais son mariage éclair avec un salaud déloyal, indigne de confiance et adultère l'avait sans doute définitivement dégoûtée de cette institution.

Ray s'étant éclipsé un instant pour remplacer le fût de bière, Naomi sortit une flasque de son sac et versa un trait de cognac dans son café. Rien de tel pour se détendre et se réchauffer. Ray revint s'asseoir et elle se débarrassa de sa chaussure pour faire courir ses orteils le long de son mollet. Ce soir, elle partagerait son lit, elle en avait assez de dormir seule. Sa fille n'y verrait pas d'inconvénient, elle lui avait clairement fait comprendre qu'elle aimait autant la solitude. Morven…

La porte s'ouvrit, Naomi leva les yeux et la vit sur le seuil. Aurait-elle le don de la faire apparaître par la seule puissance de sa pensée ? Elle lança un bref coup d'œil de reproche à Ray, qui eut un petit geste d'excuse.

— Chérie ! s'exclama-t-elle.

Elle fit signe à Morven, se laissa glisser au bas du tabouret et traversa la salle d'une démarche hésitante. Sans se soucier de la tasse de café qu'elle avait à la main, Naomi répandit un peu de liquide brun sur le sol. Elle se faufilait entre les tables d'un pas chaloupé quand, trébuchant sur un sac à dos, elle tomba dans les bras du randonneur blond et arrosa son livre de café.

Elle essuya les pages avec sa manche en ronronnant :

— Pardon, chéri !

— Allons, viens, maman. On rentre, dit Morven.

Ray lui tendit sac et manteau, et elle entraîna sa mère vers la voiture.

Quelques jours plus tard, Morven laissa sa mère endormie sur le sofa et partit pour Ravenhart House. Comme elle remontait l'allée, les senteurs d'herbe, de pin et le bruit de la rivière toute proche, derrière le rideau de bouleaux argentés, l'aidèrent à oublier quelque peu ses frustrations. Le cœur soudain plus léger face aux sommets dressés vers le ciel, elle s'accouda au parapet du pont en dos d'âne pour contempler les montagnes.

Les arbres se clairsemèrent et Morven découvrit la maison qui la dévisageait de ses fenêtres aveugles. Le lichen avait envahi le porche à l'antique et tout semblait figé. Difficile d'imaginer que cette demeure ait été habitée.

À l'angle du bâtiment, Morven se dirigea vers la petite porte qui disparaissait sous le lierre ; le jour où elle l'avait découverte, elle avait onze ans et pénétrait pour la première fois dans le manoir. Ayant trouvé la porte ouverte, elle s'était risquée à franchir le seuil et avait découvert de gigantesques tables à l'ancienne, des penderies, des commodes... Au fil des ans, la vieille demeure, devenue familière, avait exercé sur elle une véritable fascination. Il lui arrivait parfois de fermer les yeux et, en se concentrant très fort, elle parvenait presque à se convaincre qu'il suffirait de les ouvrir pour voir ces pièces retrouver leur éclairage et leurs occupants.

Tout au long de l'enfance, cette maison avait été son réconfort. Naomi décrétait régulièrement qu'elle ne supportait plus la campagne mais c'était Ravenhart que Morven regrettait quand elles partaient pour Londres ou Édimbourg. La propriété était un des seuls éléments de stabilité dans une existence où foyer, écoles et compagnons de sa mère changeaient au fil des saisons. Dans ce chaos, Ravenhart demeurait son havre. Elle faisait des découvertes à chaque exploration, trouvait une pièce au bout d'un long couloir sombre, une porte dans la boiserie. Dans une armoire du premier, elle avait déniché des piles de chemises bien nettes, enveloppées dans du papier de soie. Le coton était fin, soyeux et sentait la lavande.

Morven écarta les tentacules de lierre qui recouvraient la porte, souleva le loquet et s'avança à l'intérieur.

D'étroits boyaux en larges corridors, elle finit par se retrouver au cœur de la maison. Au premier coup d'œil, elle eut la surprise de constater qu'une grande partie des meubles entreposés depuis des années avait disparu. Il ne restait probablement que le mobilier d'origine.

Cela avait ses avantages, elle découvrait des commodes et des placards jusque-là inaccessibles. Dans un espace de rangement ménagé dans la boiserie, elle trouva des cartons remplis de photographies. Sur les clichés sépia datant de l'époque victorienne, des enfants boudeurs étaient vêtus de costumes marins ou de robes blanches. Elle découvrit aussi des portraits de groupes compassés, famille et domestiques prenant la pose sur des pelouses veloutées.

Morven prit une autre photographie et se trouva face au portrait souriant de son père. La pellicule avait saisi l'humour de son regard. Vêtu d'une chemise blanche et d'un pantalon clair, il se tenait devant une petite maison de pierre sur un arrière-plan de montagnes. Il devait avoir environ son âge.

Des phrases entendues après l'enterrement surgirent à sa mémoire. *Il le battait comme plâtre... Il a fait tout ce qu'il est possible de faire... ton grand-père n'était pas toujours très régulier en affaires...* Un homme et une jeune fille se tenaient aux côtés de son père. L'inconnu était blond et la jeune fille n'avait vraiment rien de Naomi. Mince, les cheveux clairs, elle était en short et portait une chemise nouée à la taille. Elle aussi arborait un joyeux sourire.

La nuit venant, Morven se hâta de remettre les photographies dans leurs cartons, à l'exception du cliché où figuraient son père et ses amis, qu'elle glissa dans sa poche avant de quitter la pièce.

Elle ne vit pas la Hillman devant le pavillon de garde. La maison n'était pas fermée et la porte de la cuisine battait. Aucune trace de sa mère mais, sur la table, une bouteille de gin vide.

Morven appela Moira à la mercerie, puis la boutique du village, tenue par Pamela et, enfin, Raymond, au pub ; mais Fergus, le nouveau barman, l'informa que son patron était parti pour Perth et rentrerait tard. Non, Mrs Gilchrist n'était pas venue au pub. Morven contacta tous les amis et connaissances auxquels elle pensa et faillit prévenir la police avant de se raviser. Elle fit du thé mais, trop mal pour avaler quoi que ce soit, en jeta la moitié dans l'évier. Elle alla jusqu'à la grille et partit en petites foulées le long de la route. Elle dut rebrousser chemin, ne voyant que le crépuscule tombant sur la campagne, les virages à la corde, les rochers, si proches du bas-côté, les marais et le fossé. Sobre, sa mère n'avait rien d'une excellente conductrice, il fallait un certain courage pour monter avec elle. Ivre, Naomi devenait un danger public.

Guettant le moindre son, Morven regagna la maison et se mit à récurer les placards. Elle se reprocha d'être allée au manoir au lieu de prendre garde à certains signes trop familiers : l'état déplorable de la maison, les sautes d'humeur et les débordements émotionnels.

Il était près de 22 heures quand elle entendit un crissement de pneus, aussitôt suivi d'un bruit de ferraille, si puissant que la maison en fut ébranlée. Son cœur s'emballa, elle crut manquer d'air, voulut se précipiter mais il lui semblait patauger en plein marécage ; ses jambes étaient en plomb. Dans la clarté tombant de la fenêtre, elle vit la voiture en travers de l'allée à l'entrée de la propriété, son capot fiché dans les grilles de Ravenhart. Un peu plus loin se trouvait une Land Rover, dans une curieuse position. Le conducteur, descendu de voiture, se précipita vers l'autre véhicule. À sa façon de marcher, Morven reconnut le randonneur blond du pub.

Paupières closes, sa mère était effondrée sur le volant de la Hillman.

— Maman, murmura Morven. Maman !

Elle entendit derrière elle :

— Elle a pris le tournant trop vite, elle a failli me rentrer dedans.

Morven tendit la main pour secouer l'épaule de sa mère mais l'inconnu la mit en garde :

— Il ne faut pas la déplacer. Elle a peut-être une fracture. Sentez-vous un pouls ?

Du bout des doigts, Morven appuya sur le cou de Naomi.

— Oui.

Elle crut défaillir de soulagement.

Naomi ne portait qu'une jupe et un chandail à manches courtes. L'inconnu retira sa parka qu'il drapa sur ses épaules.

— Avez-vous le téléphone ? Il vaut mieux appeler une ambulance.

Morven courut jusque chez elle pour téléphoner.

Elle fut autorisée à monter dans l'ambulance qui les conduisit jusqu'au petit hôpital de Pitlochry. Entre-temps, sa mère avait lentement repris connaissance, murmuré quelques mots et s'était mise à pleurer. Morven lui tenait la main et s'efforçait de la calmer. À Pitlochry, Naomi fut emmenée sur un chariot et Morven, hantée par la vision de sa mère effondrée sur le volant, attendit des heures dans un couloir, assise sur une chaise métallique. Raymond finit par arriver, il la serra dans ses bras et voulut la rassurer mais il était inquiet. Enfin, les traits marqués par la fatigue, un médecin vint leur annoncer que Naomi avait plusieurs côtes cassées et souffrait d'une légère commotion mais dormait profondément. Il valait mieux qu'elle rentre chez elle.

Raymond la ramena au pavillon de garde où elle trouva la bouteille de gin sur la table de la cuisine. Il était minuit passé.

Bess parlait à Rebecca et Kate en profita pour s'échapper. Le temps était radieux et il y avait du printemps dans l'air. Elle commença par se rendre dans une excellente petite épicerie fine de Greek Street à Soho. Sur le comptoir, son attention fut attirée par une grande tarte. Elle emplit ses narines de l'odeur de noix, de crème et de caramel, qui la ramenèrent vers un lointain passé. Un jour, il y avait bien longtemps, elle avait dégusté une tarte aux noix rapportée de France après un gigot qu'elle avait fait rôtir dans la cuisine d'Oliver.

Kate prit une grande part de tarte avant de quitter la boutique. Peut-être trouverait-elle à Portobello un cadeau d'anniversaire pour son amie Ursula, qui avait de l'argent et un goût très sûr. Il n'était pas facile de lui faire un cadeau mais, en la circonstance, la boutique d'Oliver semblait tout indiquée.

Elle hâta le pas et croisa son reflet dans une vitrine, celui d'une femme entre deux âges, vêtue d'un imperméable et ployant sous les sacs, les cheveux rebelles à toute coiffure, si tant est qu'elle ait voulu les coiffer ce matin-là.

Elle fouilla la vitrine du regard, chercha la silhouette masculine dans le fond du magasin, derrière les méridiennes et les secrétaires, puis se mit à gesticuler pour attirer l'attention d'Oliver.

Celui-ci vint lui ouvrir.

— Kate. Quelle bonne surprise ! s'exclama-t-il avant de l'embrasser.

— Je viens de vivre des instants très proustiens, lui expliqua Kate en montant à l'appartement. J'ai retrouvé ma petite madeleine, ou plutôt ma tarte aux noix, et j'ai pensé à toi.

Elle choisit l'un de ses sacs en papier.

— Tiens, je t'en prie, je n'en ai grignoté qu'un tout petit morceau.

Elle ajouta en souriant :

— Tu ne te souviens sûrement pas.

Oliver fit du café, posa la tarte sur une assiette et la coupa en deux.

— Si je me souviens ! Je l'avais rapportée de France et nous avons tout dévoré.

Kate baissa les yeux sur sa silhouette.

— Aujourd'hui, je ne prendrais pas ce risque. Mes hanches...

— Ne dis pas de sottises, tu es toujours aussi belle.

— Flatteur !

Ce n'était pas désagréable, pourtant.

— Comment vas-tu ?

— Très bien.

— Et Stephen ?

— Il est dans le nord pour assister à une vente chez des particuliers.

Très fier de son fils, Oliver ajouta :

— Il a l'œil, beaucoup de flair. Je ne sais pas ce que je ferais sans lui. Dis-moi, que devient Sam ?

Non moins fière, Kate répondit :

— Il va très bien et est ravi d'être admis à Oxford.

Oliver posa devant elle une minuscule tasse à moka turquoise.

— Et Margot ? demanda-t-elle timidement. Où en est-elle ?

On avait diagnostiqué un cancer l'année précédente.

Oliver parut très affecté.

— Il y a deux heures, j'ai reçu un coup de fil de Nigel. Elle vient d'être réhospitalisée. Il semble que son état ait empiré.

— Je suis navrée, Oliver. La pauvre ! Et pauvre Nigel !

Kate prit la main de son ami.

— Elle a toujours été si présente, si solide. Et elle adore Stephen, c'est si important pour un enfant.

« Pas seulement pour eux ! », pensa Kate.

— Et toi ?

Kate se mit à bougonner.

— Ma sœur finira par me rendre folle.

— Rebecca.

— Évidemment. Qui d'autre ? Elle a quitté Jared, son second mari, à vingt-neuf ans ! Elle habite chez moi. Si elle ne s'en va pas, je vais plus avoir besoin d'une psychothérapie que mes patients. Ma mère est là qui essaie de la convaincre de retourner chez son Jared, sans grand succès jusque-là.

Kate retomba dans un silence morose et aboutit à cette conclusion :

— Le seul point positif dans cette histoire, c'est que maman a l'occasion de se rendre utile. Si tu savais comme Martin lui manque !

— Combien de temps sont-ils restés mariés ?

— Près de trente-trois ans. Ce doit être affreux après tout ce temps.

Était-il tellement plus difficile de se retrouver veuve après trente-trois ans de mariage ou après dix-huit mois ? Le poids des souvenirs rendait-il les choses plus pénibles ou était-ce l'inverse ?

Une demi-heure plus tard, après avoir promis de venir dîner, Kate quittait la boutique avec, dans son sac, un petit sujet en Meissen bleu et or pour Ursula.

En attendant sa rame de métro, elle ne put s'empêcher de songer à la nuit d'encre lors de laquelle Hugh l'avait demandée en mariage. Son bonheur était tel que tout s'était effacé, les gens, le combat aérien qui faisait rage au-dessus d'eux. Ces derniers temps, elle se demandait si elle arriverait maintenant à retrouver des émotions d'une telle intensité, si ce n'était son amour pour Sam. Autrement, elle n'éprouvait désormais qu'une vague insatisfaction. Elle attendait… mais quoi?

Il ne fallait pas y penser! C'était l'âge, les hormones, voilà tout. Pourquoi le passé semblait-il toujours si romantique?

Arrivée à Mulberry Park, elle rangea ses achats dans la cuisine. Sa mère lavait du linge et Rebecca appliquait du vernis sur ses ongles de pied. Quant à Sam, son mètre quatre-vingt-six appuyé au réfrigérateur, il engouffrait le gâteau préparé un peu plus tôt et parlait, la bouche pleine. Elle le prit dans ses bras et le serra sur son cœur.

— Oh, maman!

Il regimba, mais répondit à son étreinte et Kate retrouva sa belle humeur.

Après une nuit blanche peuplée de cauchemars, Morven se leva à 6 h 30 pour se faire une tasse de thé. À 8 heures, elle appela l'hôpital et s'entendit répondre que l'état de sa mère était satisfaisant et que les visites étaient autorisées entre 15 et 16 heures. Elle téléphona au garage pour faire remorquer la voiture et pensa qu'elle devrait informer Mrs Jago des dégâts subis par la grille. En attendant, autant finir de récurer la cuisine. Cependant, se trouvant à court de produits ménagers, elle poussa jusqu'au village et tendit vers le ciel ses tempes douloureuses, que vint rafraîchir la petite pluie fine. À l'épicerie, Pamela l'aperçut dans la queue et lui demanda des nouvelles de sa mère. Morven, qui sentait les oreilles tendues derrière elle, présenta une version édulcorée de l'accident. Bouleversée, Pamela lui glissa quelques mots de sympathie et se hâta d'aller chercher ce qu'elle demandait. Au moment de payer, Morven lui montra les deux inconnus sur le cliché trouvé à Ravenhart House.

— Tu ne saurais pas qui sont cet homme et cette jeune fille ?

Pamela chaussa ses lunettes et observa attentivement la photographie.

— Elle ne date pas d'hier, précisa Morven. Du milieu des années 1930.

— Je peux demander à ma mère, si tu veux…

À ce moment précis, quelqu'un lança par-dessus l'épaule de Morven :

— C'est Frazer Ravenhart et la fille est sa sœur.

Morven se retourna vers le vieil homme en complet de tweed. Il portait une casquette de laine et son visage était rouge brique, tanné comme du vieux cuir.

— Des allumettes ! lança-t-il sèchement.

Il fit claquer quelques pièces sur le comptoir et lança à Morven un regard si venimeux qu'elle en fut glacée.

— Un belle paire de tapettes, ces deux-là ! Je connais bien ce genre de types, Ravenhart n'a pas perdu grand-chose.

Pamela resta bouche bée. Elle parvint néanmoins à articuler quand il sortit :

— Quel vieux grincheux, ce Ronald Bains ! Ne fais pas attention, mon cœur, il devient un peu gâteux.

Morven remit le cliché dans sa poche et quitta la boutique. Sur le chemin du pavillon, en passant devant Caterhaugh Farm où les Nairns louaient aux randonneurs et aux vacanciers un petit cottage de plain-pied, elle remarqua la Land Rover.

18

Naomi se remettait doucement dans la salle de chirurgie réservée aux femmes. Elle avait un pansement sur le front et se déplaçait difficilement tant elle redoutait de réveiller la douleur.

En se rendant à l'hôpital, Morven frappa à la porte du cottage de Caterhaugh. La Land Rover était toujours garée devant la porte et le jeune homme blond vint lui ouvrir.

— Excusez-moi de vous déranger mais ceci est à vous.

Elle sortit la parka de son sac à dos.

— Vous l'avez laissée dans la voiture de ma mère l'autre soir, j'ai pensé qu'elle pourrait vous manquer.

— Merci. Comment va votre mère ?

— Beaucoup mieux. Elle doit sortir demain.

— Bien, c'est parfait. Au fait, je m'appelle Patrick Roper, ajouta-t-il en tendant la main.

— Morven Gilchrist.

Morven fut surprise de l'entendre proposer :

— Que diriez-vous d'un café ?

— Un café ?

— Oui, vous savez, ce truc qui se boit ou que l'on vous jette dessus au pub. Je viens juste d'en préparer.

— Ma mère ne l'a pas fait exprès.

— Je m'en doute ! Je ne pense pas non plus qu'elle ait eu l'intention de me faire quitter la route.

Morven répliqua d'un ton crispé :

— Si votre voiture est abîmée, nous vous dédommagerons, naturellement.

— Je ne vais pas faire des histoires pour quelques éraflures. Ma fierté en a pris un coup, c'était ça le plus dur, mais je ne suis pas rancunier.

— Je ne comprends pas…

— L'autre jour, au pub, votre mère s'est payé ma tête.

Morven parut sans doute interloquée car le jeune homme crut bon de préciser :

— Ma jambe ! Votre mère boitait, alors j'ai pensé… ma foi, je me suis dit qu'elle se moquait de moi.

Morven eut la vision très nette de Naomi traversant la salle du Half Moon en titubant et rougit.

— Jamais maman ne… elle avait perdu sa chaussure, voilà le fin mot de l'histoire. Franchement, je suis certaine qu'elle…

Elle préféra regarder ailleurs.

— Oh, Seigneur !

— Oublions ça. Sans doute me suis-je montré un peu suscep-tible mais cette maudite jambe me pourrit la vie.

Le sourire éclairait son visage.

— Ayez pitié d'un pauvre infirme, venez boire une tasse de café et nous serons quittes.

Morven acquiesça.

— Comment vous êtes-vous fait ça ? demanda-t-elle.

— On m'a tiré dessus, se contenta de répondre le jeune homme.

Morven s'attendait à un accident de voiture ou à une chute en montagne.

— Mon Dieu !

Patrick Roper disparut dans la cuisine pour aller chercher une tasse.

— Et ? demanda Morven quand il revint.

— Et quoi ?

— Vous allez tout de même m'en dire un peu plus ! *Tiré dessus…* comment est-ce arrivé ?

— Je suis détective privé, expliqua le jeune homme en servant le café. Il y a deux ans, j'étais dans l'armée, enfin dans la police mili-taire. J'ai beaucoup voyagé, en Extrême-Orient surtout. Après cela, la perspective d'un emploi de bureau m'a paru au-dessus de mes forces, je me suis dit qu'il valait mieux être son propre maître. Bref, j'ai été engagé pour enquêter sur la disparition de plusieurs caisses de cigarettes dans un entrepôt de Glasgow. Pas de gros butin mais une lente hémorragie, plus facile à dissimuler, vous comprenez. Bref, les cigarettes m'ont permis de remonter une filière conduisant jusqu'à Marseille. Quelqu'un m'a surpris à fourrer le nez là où il ne fallait pas et n'a pas du tout apprécié.

Il tendit à Morven sa tasse.

— Que faites-vous ici ?

— Je suis en convalescence. Je pensais faire un peu de marche et d'escalade. Je suis persuadé que, si je parviens à gravir le Ben Liath, j'irai mieux, assez en tout cas pour reprendre le travail. Seulement, je cale toujours à mi-pente, cette maudite jambe finit par me lâcher et je redescends clopin-clopant.

Morven s'interrogea. Cette mine sévère ne serait-elle pas l'expression de la souffrance et non d'un esprit trop critique, comme elle l'avait cru ? Patrick Roper ouvrit un paquet de biscuits et elle en profita pour l'observer. De taille moyenne, il devait approcher la trentaine. Il avait l'accent de Glasgow et ses beaux cheveux châtain doré s'accordaient parfaitement avec ses yeux gris-bleu. Morven apprécia la carrure et le côté robuste.

— Dites-moi, la grande maison est à vous ?

— Ravenhart House ? Non. Elle appartient à une dame d'Édimbourg, Mrs Jago. Il m'arrive de m'y promener quand je reviens chez moi.

— Si je comprends bien, vous ne vivez pas au pavillon de garde ?

— Non, ma mère y habite, moi, je vis à Londres. Enfin, j'y vivais, ajouta Morven avec un pincement au cœur.

— Vous ne comptez pas y retourner ?

— Ma mère va avoir besoin de moi dans les semaines qui viennent, déclara Morven d'un ton catégorique. Mes employeurs ne me garderont pas la place, ne rêvons pas.

— Je suis navré. Votre père ne pourrait-il vous aider ?

— Mon père est mort… enfin, je crois.

Patrick Roper resta perplexe.

— Vous croyez ?

— Je n'en suis pas certaine. Il a disparu avant ma naissance mais cela fait si longtemps, pas loin de vingt-quatre ans, donc il est sûrement mort.

Le jeune randonneur parut surpris par tant de désinvolture.

— Vous n'avez pas envie de savoir ?

— Je ne l'ai jamais connu et il ne m'a jamais vue, difficile de s'attacher dans ces conditions.

Morven tourna sa cuillère dans sa tasse.

— Pour tout vous dire, il m'est arrivé de le détester. Il est parti depuis un quart de siècle mais il régit toujours nos vies. Ma mère l'aime encore, après tout ce temps ! Moi, je refuse de sombrer dans cette obsession. Si nous n'arrivons pas à quitter cet endroit, c'est sa faute. Sa faute si…

Morven s'interrompit mais poursuivit résolument :

— … si ma mère boit.

— Que s'est-il donc passé ?

— J'ignore les détails, je ne connais que les grandes lignes.

— Mais votre mère…

— Il vaut mieux éviter le sujet, elle serait bouleversée.

— Ce qui ne résout pas le problème.

Croisant le regard furieux de Morven, Patrick Roper leva les mains en signe de reddition.

— C'est bon, c'est bon. Je ne dis plus rien.

À son corps défendant, Morven sortit toutefois la photographie trouvée à Ravenhart et la montra au jeune homme.

— Voici mon père, dit-elle en pointant la silhouette brune. Un mois avant ma naissance, ma mère est partie pour Londres, chez ma tante, où il devait la rejoindre un peu plus tard mais il ne s'est jamais montré. C'est facile à comprendre, ma mère était enceinte et mon père, contraint de l'épouser contre sa volonté, ne désirait pas d'enfant. Il a voulu fuir cette situation abominable. Quoi de plus évident ?

Morven leva les yeux.

— Je suis tout de même responsable de son départ.

Patrick étudiait le cliché.

— Qui sont les deux autres ?

— Voici Frazer Ravenhart, le précédent propriétaire, le fils de Mrs Jago. Et là, c'est sa sœur.

— N'auraient-ils pas une petite idée ?

— Je l'ignore, Frazer a disparu à son tour.

— Vous voulez rire ?

— Non, c'est vrai. Il s'est littéralement évaporé.

— Au même moment ?

— Un peu plus tard. Je ne sais plus exactement… au bout de six mois, un an peut-être. C'est d'ailleurs un des scandales du cru, une véritable énigme qui fait encore jaser. Ils ne doivent pas avoir grand-chose à se dire par ici. C'est drôle, quand même, ces deux hommes qui disparaissent...

— Drôle ? C'est ainsi que vous voyez les choses ?

Patrick Roper semblait songeur.

— Où a été prise cette photo ?

— Je ne sais pas trop mais j'ai ma petite idée. Il y a un bâtiment en ruine à quinze cents mètres de Ravenhart, je crois que c'est là.

Morven glissa le cliché dans sa poche.

— Je ferais mieux de partir, j'ai tout à préparer pour le retour de maman. Merci pour le café, Patrick.

Sur le point de s'en aller, elle demanda :

— Quelle voie avez-vous choisie pour l'ascension du Ben Liath ?

En entendant sa réponse, Morven hocha la tête.

— Je connais un chemin plus facile. Je vous le montrerai, si vous voulez.

— Attention, je pourrais vous prendre au mot !

Elle se mit en route mais se retourna en entendant l'étranger lui lancer :

— Vous savez, Morven, on ne disparaît pas comme ça ! On ne se volatilise pas dans l'atmosphère !

Sur le chemin du retour, les derniers mots du jeune homme lui trottaient dans la tête. La journée était belle, elle posa ses emplettes puis remonta l'allée mais, laissant le manoir derrière elle, prit le sentier qui descendait dans la vallée. Devant les prairies semées de fleurs printanières, elle retrouva sa bonne humeur et s'enivra d'air pur.

Elle aperçut enfin le petit bâtiment de pierre enlacé par les deux rivières. Elle sortit le cliché de sa poche et comprit que son intuition était juste, c'était bien la maison devant laquelle se tenaient les trois personnages souriants, son père, Frazer Ravenhart et la sœur de ce dernier.

Le soleil sombrait derrière l'horizon quand Morven remonta le sentier. Devant Ravenhart House, elle entrevit un léger mouvement et s'abrita les yeux pour observer la cour.

Quelqu'un se tenait au bas des marches menant au porche à l'antique et elle vit une Ford Zephyr garée sur le gravier. Son propriétaire était grand, jeune, et ses cheveux dorés avaient l'éclat du soleil filtrant à travers les branches de pin.

— Que puis-je pour vous ? lança Morven.

L'inconnu se retourna.

— Je ne sais pas. Je me demande…

Il avait une pointe d'accent colonial. Australien, se dit Morven, ou néo-zélandais.

Comme il s'approchait, elle lui demanda :

— Vous êtes perdu ?

— Je ne crois pas.

Le sourire s'épanouit.

Morven se trouva face à des yeux d'azur et à un visage d'une incroyable séduction. Captive de ce regard, elle entendit l'inconnu ajouter :

— Je crois en fait que je suis enfin chez moi.

— Chez vous ?

— Je m'appelle Adam Ravenhart. Et vous ?

Rebecca étant sortie avec une amie et Sam au cinéma avec Jill, sa petite amie, Kate avait invité Ursula pour son anniversaire. Celle-ci s'exclama en voyant le gâteau :

— Quelle merveille, de la tarte Tatin ! C'est ce que je préfère. Tu me gâtes, Kate.

— J'aime bien faire la cuisine, tu le sais, et je n'aurai bientôt personne pour qui cuisiner…

Kate n'avait pu retenir cette remarque un rien larmoyante.

— Il faut que tu te trouves un homme, je te l'ai dit.

Ursula arrosa sa tarte de crème.

— Enfin, comment fais-tu ?

— Quoi donc, chérie ?

— Comment peux-tu manger toute cette crème et rester aussi mince ?

Ursula lissa sur ses hanches la robe de fine laine grise.

— En dehors d'une tasse de thé et d'un cocktail à 18 heures, je n'ai rien avalé de la journée. C'est ce que je fais quand je dois dîner en ville.

Ursula et Kate se connaissaient depuis des années. Elles avaient su au premier regard qu'elles seraient de grandes amies. Ursula essayait régulièrement de régenter l'existence de Kate, sans trop de succès. C'est d'ailleurs ce qu'elle faisait présentement.

— Il faut que tu te trouves quelqu'un. Sam va s'en aller, tu n'as plus d'excuses.

D'un geste, Ursula fit taire les objections de son amie.

— Pas le Grand Amour, non, mais un homme qui t'emmènerait dîner, qui porterait les sacs quand tu fais les magasins, qu'il serait excitant d'attendre.

Kate protesta faiblement.

— À mon âge, ce n'est pas si facile.

— Ne dis pas de bêtises. Tu devrais t'acheter une ou deux robes et je vais te prendre rendez-vous chez Antoine qui te coupera convenablement les cheveux.

Ursula sortit un petit agenda de son sac.

— Je t'arrange ça pour demain, je veux te remercier de ce merveilleux repas.

— Ursula…

— J'y tiens. Voyons, Kate, il y a forcément un homme qui t'attend.

Ursula plissa les yeux.

— Paul. Que dirais-tu de Paul ? Voilà des années qu'il est seul.

Paul Kendall était le frère d'une amie commune.

— Il a une brosse à dents en guise de moustache, rappela Kate à son amie, et il fait collection de timbres.

— Oh, Seigneur ! Bon, à rayer de la liste.

Ursula parut subitement jubiler.

— Et ce type formidable, comment s'appelle-t-il déjà ?

— Qui ?

— Le magasin d'antiquités.

Un brin méprisante, Kate répliqua :

— Ah, Oliver ! Non, Ursula.

— Pourquoi pas ? Tu le vois toujours ?

— Très souvent.

— Il est fou de toi, j'en suis sûre.

Kate fut catégorique :

— Ne dis pas d'âneries. C'est un ami, rien d'autre.

— Écoute, je n'ai jamais vu un homme tourner autour d'une femme pendant des années sans en être amoureux. S'il te consacre du temps, c'est qu'il tient à ta compagnie.

Kate n'eut pas à répondre car le téléphone se mit à sonner. Ursula leva les yeux en l'entendant revenir.

— Mon Dieu, Kate, tout va bien ? Ce ne sont pas de mauvaises nouvelles au moins ? On dirait que tu as vu un fantôme.

Kate se sentait, en effet, un peu secouée.

— Tu ne crois pas si bien dire, ma mère vient d'en voir un.

Elle dut prendre une gorgée de vin avant de s'expliquer.

— Je t'ai parlé de ce frère disparu, Frazer, tu te souviens ?

Ursula resta stupéfaite.

— Ne me dis pas qu'il a refait surface. C'est d'un romantique !

— Non, pas lui. Quelqu'un qui prétend être son fils. Adam.

Ce fut Naomi Gilchrist qui appela Bess pour lui parler d'Adam Ravenhart. Très sereine, Bess avait répondu qu'elle se rendrait dans le nord le matin même et passerait au pavillon l'après-midi. Si le train était à l'heure, elle devrait arriver vers 15 h 30.

Au moment de partir, elle était toujours aussi calme. Naomi buvait trop, les ivrognes avaient des hallucinations, c'était bien connu. À moins que Bess n'ait imaginé ce coup de téléphone, comme il lui arrivait d'entendre la voix de Martin. Ne serait-ce qu'un fantasme né de la solitude et du chagrin ?

Dans le train, elle pensa à Rebecca. Elle n'avait pas réussi à la convaincre de retourner auprès de son mari. Sa fille ayant refusé de l'accompagner à Édimbourg, Bess avait profité de son séjour pour aller trouver Jared.

— Il faut lui tenir tête, avait-elle essayé de lui faire comprendre. Si les choses sont trop faciles, elle n'en veut plus. Vous devriez la laisser mariner un peu, lui faire croire que vous ne pensez plus à elle et elle reviendra au galop.

Horrifié, le poing sur le cœur, Jared s'était exclamé avec des accents tragiques :

— Je ne pourrais jamais ! Je l'adore, vous savez.

Retenant un grognement d'impatience, Bess avait répliqué fermement :

— Faites-moi confiance.

Elle l'avait embrassé avant de monter dans le train pour Édimbourg.

Un taxi l'attendait à la gare de Pitlochry. En voyant les collines, elle sentit vaciller sa sérénité. Ravenhart avait toujours eu le secret des coups de théâtre, c'était un endroit où les rêves se réalisaient, quand ils n'étaient pas anéantis.

Elle descendit au pavillon de garde et le taxi emporta ses bagages jusqu'au manoir où l'attendait Phemie. Elle fut accueillie par Morven Gilchrist qui lui proposa une tasse de thé. Assise sur le divan, Naomi paraissait assez mal en point, avec son grand pansement sur le front. Bess s'inquiétait de sa santé quand on entendit un crissement de pneus strident, suivi d'un coup frappé à la porte.

Elle observa le jeune homme qu'on lui présenta comme Adam Ravenhart avec avidité, cherchant à retrouver Frazer, à faire coïncider ses souvenirs avec le personnage qui se tenait devant elle. Il avait la taille, le teint et les traits réguliers de son fils. Comme lui, il semblait soucieux d'être agréable ; sa voix forte, aux accents très australiens, résonnait dans la petite pièce. Par ailleurs, cet homme semblait posséder un petit quelque chose dont Frazer était dépourvu mais Bess n'aurait su le définir. Elle lui posa des questions et apprit ce qui lui semblait essentiel dans un premier temps. Toutefois, elle ne tarda pas à se lever. Compte tenu de ce qu'elle savait, il lui était impossible de garder les idées claires auprès de ce fantôme, de ce parfait sosie de son fils. Sans parler de Morven, qui était la réplique de son père... Infiniment troublée, Bess ne tenait plus en place. Elle ne pouvait se permettre d'y croire, il était encore trop tôt.

Elle prétexta vouloir marcher et refusa qu'Adam la dépose à Ravenhart House. Épuisée par la marche et par le long voyage, elle fut néanmoins soulagée d'arriver au manoir.

Phemie avait allumé le feu dans la grande salle. Toujours sur ses talons, la pauvre Phemie lui lança tout de go, tandis qu'elle enlevait chapeau et manteau :

— C'est vrai, Mrs Jago ? Le fils de Mr Frazer serait donc à Ravenhart ?

Bess murmura :

— C'est possible...

— Et Mr Frazer ?

Phemie se tordait les mains.

Bess expliqua d'une voix qui tremblait un peu :

— Si ce garçon dit vrai, j'ai bien peur que Frazer ne soit mort. Il aurait été emporté par la tuberculose il y a un an environ.

Les mêmes larmes qui lui brûlaient les yeux firent briller les prunelles de Phemie. Bess prit la main de la domestique et ajouta doucement :

— Si Adam est bien ce qu'il prétend être, mon fils s'est marié et a eu cet enfant, une belle vie en somme, ce dont il faut remercier le Ciel.

« Une vie plus belle que je ne l'aurais pensé », ajouta Bess pour elle-même.

Phemie acquiesça sans un mot et, en traînant les pieds, s'éloigna vers la cuisine pour aller chercher le dîner de Bess. Installée devant l'âtre, celle-ci fut incapable d'avaler quoi que ce soit. Avant de la poser, elle vit que la cuillère tremblait dans sa main ; elle avait atteint les limites de l'épuisement. Ses pensées revinrent vers Frazer, mort si loin de chez lui, si loin des siens ; elle eut l'impression que son cœur se fendait en deux. Il fallait appeler Kate, elle avait besoin d'entendre sa voix. Parler à sa fille donnerait peut-être à tout cela plus de réalité.

Adam se présenta à Ravenhart à 10 heures. Il avança timidement en sortant un objet de sa poche :

— Je ne sais pas si vous vous rappelez ceci.

Bess posa les yeux sur la bague posée au creux de sa main.

Une chevalière en or gravée du corbeau et du cœur, la bague de Frazer. Elle serra le poing contre ses lèvres.

— Pardon, fit-il tout bas. Je ne voulais surtout pas vous faire peur. Ça va ? Voulez-vous quelque chose ? Un verre d'eau ?

Bess fit signe que non. Elle n'avait plus aucun doute. Le soleil coulait à flots par les fenêtres à meneaux de la grande salle et ce garçon, fort et séduisant, était bien Frazer, surgi du néant. Bess frémit de joie, une émotion oubliée depuis le décès de Martin.

Elle tendit la main pour effleurer la joue du jeune homme, laissa errer ses doigts sur sa peau. Pour faire taire son angoisse, il fallait qu'elle le touche tant elle redoutait de le voir disparaître et s'évanouir une fois de plus.

— Adam, murmura-t-elle. Oh, mon cher Adam ! Si tu savais ce que cela signifie pour moi.

Le jeune homme avait apporté d'autres témoins du passé, fragments de l'existence de Frazer : sa montre en or Patek Philippe que le temps avait couverte d'éraflures, ainsi qu'une photographie de Ravenhart House, cornée et abîmée d'être restée pliée si longtemps. Bess se souvint du jour où elle avait vu ce cliché dans le bungalow des Ravenhart à Simla.

Elle pria Adam de tout lui raconter depuis le début, la vie qu'il avait menée avec son père, leurs pérégrinations au cœur de l'immense Australie rouge, l'errance de ville en ville pour trouver du travail. Ils avaient, semblait-il, mené une existence misérable mais n'avait-elle pas vécu d'expédients, elle aussi ? Elle fut étonnée et soulagée de constater que Frazer avait été capable de s'adapter à un mode de vie si différent.

— Nous formions une équipe très soudée, lui révéla Adam. Nous n'avons jamais eu beaucoup d'argent mais l'argent fait-il le bonheur ? Nous prenions l'ouvrage comme il se présentait. Deux mois dans une ferme pour la saison de tonte, une ou deux semaines dans un garage ou un atelier. À condition de le vouloir vraiment, on trouve toujours du travail mais il ne faut pas rechigner à se salir les mains. Je ne prétendrai pas n'avoir jamais eu le ventre vide. Quand les temps étaient durs, il n'y en avait pas toujours pour deux mais papa a toujours veillé à ce que j'aie de quoi manger, quitte à s'ôter le pain de la bouche.

Adam leva les yeux et Bess se perdit dans son ferme regard.

— Je m'en suis parfois voulu, il m'arrive même de me demander, eh bien… il me laissait sa part. N'est-ce pas cela qui l'aurait rendu malade ?

— Non, Adam, il ne faut pas. Frazer le voulait.

Bess saisit sa main, dure et calleuse, une main qui avait dû travailler pour gagner son pain.

— Tu n'as plus à craindre la faim maintenant, nous sommes ensemble.

Adam n'avait que quelques jours quand il avait perdu sa mère, qui s'appelait Emily. Un joli nom. S'il avait une fille, il l'appellerait Emily.

Bess finit par demander :

— Si ce n'est pas trop pénible, pourrais-tu me dire comment Frazer est mort ?

Adam inspira à fond.

— Papa toussait. Une toux très moche… il y avait des mois que cela durait. Il n'a voulu voir personne, à l'entendre, ce n'était rien. Une nuit, nous étions sur la route, il s'est senti très mal et s'est mis à tousser du sang. Je suis allé chercher le médecin et lui ai rapporté des médicaments, mais trop tard.

Son regard s'évada vers les hautes fenêtres qui donnaient sur la cour.

— Je l'ai soigné pendant trois jours. Il est mort en tenant ma main et je l'ai enterré dans un joli petit cimetière dans l'Outback. Avant de s'en aller, il m'a dit que je devais venir ici, en Écosse, que j'y avais de la famille et qu'un héritage m'y attendait.

Son regard revint vers Bess et elle vit son visage baigné de larmes.

— C'est vrai ? Je serais donc son héritier ?

— En partant, Frazer m'a laissé cette propriété.

Bess se mordit la joue pour ne pas pleurer à son tour.

— Je pensais vendre. Je ne peux plus rien faire maintenant, et mes filles ne s'intéressent absolument pas à Ravenhart.

— Vendre ? répéta Adam.

— Vois-tu, je dois mettre mes affaires en ordre. À mon âge, sait-on le temps qu'il vous reste ?

— Ne dites pas des choses pareilles, je viens juste de vous retrouver.

Bess objecta doucement :

— Je vais sur mes soixante-sept ans, mon cher petit.

Il restait une question à tirer au clair, un point essentiel. Bess dut rassembler son courage pour demander :

— Ton père ne t'a jamais dit pourquoi il avait quitté Ravenhart ?

Un ange passa mais Adam finit par répondre. Bess sentait peser sur elle le regard du jeune homme et son cœur s'affola.

— Non, pas vraiment. Je crois qu'il avait des ennuis d'argent.

Bess relâcha lentement son souffle, ce fut presque un soupir.

Elle fit visiter la maison à Adam et lui montra les pièces que préférait son père. Elle ouvrit son bureau, en sortit le stylo Mont Blanc de Frazer et regarda le jeune homme dévisser le capuchon, puis observer la plume en or.

— C'est drôle de penser qu'il s'en est servi.

Il posa le stylo mais Bess le lui mit dans la main.

— Garde-le. Il est à toi maintenant.

Adam lui dit qu'il était descendu au Half Moon avant d'ajouter :

— Je n'y passerai que deux nuits, mes finances n'ont pas supporté la note.

— Que comptes-tu faire ensuite ?

— Je dormirai dans la voiture, lança-t-il d'un ton léger. Pas de souci, j'ai été habitué à la dure. Je pourrais aussi visiter la région.

Bess ne supportait pas l'idée de le perdre si vite.

— Il faut que tu t'installes ici, avec moi, reprit-elle fermement. Je vais demander à Phemie d'aérer la chambre de Frazer.

Le voyant prêt à protester, Bess l'arrêta.

— Tu es un Ravenhart, Adam.

Comme c'était bon de prononcer ces mots ! Bess exultait à l'idée qu'Adam fût de son sang et sentit la fierté l'envahir.

— Naturellement, tu vas t'installer ici. Enfin, si cela te convient.

Le sourire du jeune homme s'épanouit.

— Rien ne me ferait plus plaisir.

Bess remarqua le col élimé de sa chemise ; quant à ses chaussures, impeccablement cirées, elles montraient des signes d'usure. Elle ouvrit son sac et sortit vingt livres de son portefeuille.

— Tiens, prends ça pour te dépanner.

— Oh, grand-mère !

Bouleversée de s'entendre appeler ainsi, Bess resta sans voix, se contentant de refermer les doigts du jeune homme sur les billets.

Il allait partir quand il se retourna pour lui faire un petit signe d'adieu et Bess fut émerveillée de voir cet être si jeune, si beau, si neuf, entrer aussi tardivement dans sa vie. Un deuxième petit-fils... Elle s'était presque résignée à n'avoir que Sam. L'espoir renaissait et, avec lui, l'optimisme et les projets d'avenir.

Au restaurant italien de Dean Street où ils dînaient, Kate apprit à Oliver l'existence d'Adam.

— Je suis folle d'inquiétude ! Ma mère ne se pose aucune question, certaine qu'il est bien celui qu'il prétend être. Bon sang, elle l'a laissé s'installer chez elle ! Elle est seule avec cet étranger.

Oliver remplit son verre.

— Je comprends, reprit-elle en soupirant. Pauvre maman, elle a perdu tant d'êtres chers. Cet Adam...

Elle avait lâché ce nom avec mépris.

— ... est un vrai cadeau du Ciel. Frazer ressuscité d'entre les morts, ayant miraculeusement retrouvé la prime jeunesse. Elle paraît totalement sous son emprise et je crains fort qu'elle ne fasse une bêtise. À moins qu'il ne lui brise le cœur, quand elle comprendra qu'il mentait.

— Et si ce n'était pas un imposteur ? objecta Oliver. S'il était bien le fils de ton frère ?

— Non.

— Pourquoi pas ? Depuis combien de temps Frazer a-t-il quitté l'Écosse ?

— Vingt-trois ans. Cet homme prétend en avoir vingt et un, presque vingt-deux. J'ai tout vérifié.

— En théorie, il pourrait être ton neveu.

— C'est impossible. J'en suis certaine.

— Enfin, Kate, comment ?

Kate lâcha brutalement :

— Frazer était incapable de se marier ou même d'avoir un fils. Il n'a jamais manifesté aucun intérêt pour les femmes. Depuis le jour où je l'ai connu, je ne l'ai jamais vu embrasser une fille, ni lui lancer ne fût-ce qu'un regard.

— Ta mère le sait-elle ?

— Non.

Nouveau soupir.

— Quand il était à Ravenhart, maman croyait qu'il se marierait et fonderait une famille. Le jour où j'ai compris que Frazer en était incapable, je n'ai pu me résoudre à lui dire la vérité.

Kate chercha le regard d'Oliver.

— Bon sang, maman est née sous le règne de Victoria ! Comment aurait-elle pu concevoir que son fils soit homosexuel ? Elle ne m'aurait pas crue.

Oliver fit observer posément :

— Il aurait pu changer.

Kate resta songeuse.

— Certaines personnes ressentent une attirance pour l'un et l'autre sexe, c'était probablement le cas de Maxwell, mais Frazer jamais.

— Maxwell ?

— Maxwell Gilchrist était un de ses amis.

Kate attendit que le garçon ait desservi avant d'ajouter :

— Il fut aussi mon premier amour.

— Ah. J'ai toujours su qu'il devait y avoir quelqu'un.

— Si je suis partie à Londres, c'est à cause de lui, fit Kate en souriant. C'est donc grâce à lui que nous nous sommes rencontrés.

Oliver posa sa main sur celle de Kate.

— En ce cas, je suis ravi que tu l'aies connu.

Il se cala confortablement sur son siège.

— Tu sembles différente ce soir.

Un peu gênée, Kate effleura du bout des doigts les boucles courtes, légères comme des plumes, auxquelles elle n'était pas habituée.

— Ursula tenait absolument à ce que je prenne rendez-vous chez son coiffeur. Il se prétend français mais il est de Bermondsey et je me suis retrouvée tondue comme un mouton.

— Ça te va très bien. En te voyant, j'ai pensé au premier déjeuner que nous avons partagé. Tu portais un manteau vert et tu étais tout ébouriffée par le vent.

Elle croisa le regard d'Oliver, ce regard d'un brun superbe, couleur de caramel noir. C'était drôle, l'air s'était brusquement chargé d'électricité. Les événements s'étaient bousculés et elle avait l'épiderme un peu à vif. La réflexion d'Ursula lui revint en mémoire. *Il est fou de toi, j'en suis sûre.* Kate ne savait plus que penser. Et si, par un incroyable tour du destin, Ursula avait vu juste ? Dans le domaine des sentiments, ils étaient tous deux assez méfiants, rigides même. Ils avaient, l'un et l'autre, prématurément perdu un être cher. D'où une certaine prudence ? Peut-être avaient-ils peur de s'engager ?

Au village, il n'était question que d'Adam Ravenhart. À la poste, au pub, à l'épicerie, il était le centre des conversations. Morven en saisissait quelques bribes. On murmurait le nom de Frazer et celui de son père, mais les ragots cessaient dès qu'elle se montrait.

Elle se rendit un jour à Ravenhart House pour informer Mrs Jago des dommages subis par la grille.

Ce fut Adam Ravenhart qui lui ouvrit.

— Hé, salut ! lui lança-t-il, souriant.

— Mrs Jago est-elle là ?

Adam expliqua qu'il avait emmené Bess à Pitlochry ce matin-là et qu'il devait la reprendre un peu plus tard dans la journée. Il fit entrer Morven dans la grande salle inondée de soleil grâce à ses hautes fenêtres. La maison semblait revivre depuis l'arrivée d'Adam Ravenhart, on avait retiré les housses des meubles, balayé le sol, ciré les manteaux de cheminée.

— Pas mal, hein ? dit ce dernier. J'ai commencé à explorer les lieux. Tu veux voir ce que j'ai découvert ?

— Je ne voudrais pas te déranger.

— Tu ne me déranges pas. Allez viens, Morven, tu ne vas pas en croire tes yeux, je t'assure.

Morven le suivit dans l'escalier.

— Tu connais l'Australie ? demanda Adam.

— Hélas, non. Je n'ai jamais été plus loin que Londres. Ce dut être un choc pour toi. Ce pays est si différent. Et tous ces parents que tu ne connais pas !

— J'ai hâte de faire leur connaissance.

Morven le vit s'arrêter en haut des marches, la main sur le pommeau en tête de corbeau de la rampe.

— Tu imagines un peu cette flopée de tantes ! Elles vont probablement se précipiter pour me voir. Tu sais, nous sommes les deux faces d'une même pièce, toi et moi. Tu n'y avais pas pensé ?

— Que veux-tu dire ?

— Moi, de retour après tant d'années, et toi qui, pendant ce temps, attendais ton père.

De retour. À l'entendre, c'était lui, Adam Ravenhart, qui était parti et non Frazer. Il semblait prêt à se glisser dans la peau du personnage.

Morven répliqua froidement :

— Je n'attends pas mon père. Il est mort, je le sais.

Ils s'engagèrent dans un couloir obscur et la lumière disparut complètement. Morven entendit Adam éclater de rire, il se retourna pour lui lancer :

— Tu n'aimes pas cette maison, Morven ? C'est formidable, non ?

Un autre escalier et elle se retrouva dans les combles au milieu d'un bric-à-brac d'objets victoriens couverts de toiles d'araignées.

— Je me demande pourquoi on a gardé toutes ces cochonneries.

Adam repoussa du bout du pied une pile de vieux rideaux.

— Quand Ravenhart sera à moi, je commencerai par m'en débarrasser.

Il ouvrit alors une petite porte dans la boiserie et se baissa pour s'y glisser.

Quand Ravenhart sera à moi... Les murs de bois nus renvoyèrent l'écho de ses derniers mots.

Morven se retrouva dans une pièce aveugle qu'elle n'avait jamais explorée, cela sentait le moisi et elle ne voyait plus Adam. Frissonnant de froid, elle chuchota :

— Où es-tu ?

Sa voix blanche se perdit dans le vide. Pas de réponse.

— Adam, ne fais pas l'idiot ! cria-t-elle. Où es-tu ?

Elle entendit un grattement et vit un carré lumineux s'ouvrir au-dessus d'elle ; le visage hilare d'Adam se dessinait dans l'ouverture et elle comprit qu'ils avaient atteint les combles les plus hauts. Adam devait donc se tenir sur le toit.

Une échelle aux barreaux vermoulus conduisait à la trappe. Adam tendit la main et hissa Morven jusqu'en haut. Elle émergea sur une terrasse bordée d'une balustrade basse. Le ciel était sans un nuage. Vertes, grises et violettes, les montagnes se dressaient autour d'eux, sillonnées par les ruisseaux dont les fils argentés dévalaient les pentes.

— Qu'en dis-tu ? demanda Adam.

— C'est beau.

Le regard de Morven balaya le cirque de montagnes.

— Mon père m'a parlé de cet endroit, précisa Adam. Voilà des jours et des jours que je le cherche, ces greniers sont un vrai labyrinthe.

Les cheveux de Morven frémirent sous la brise fraîche, le soleil projetait des ombres noires.

— Mon papa et le tien montaient jusqu'ici pour boire du champagne.

Morven imagina les deux jeunes hommes de la photographie se passant la bouteille de champagne.

Adam s'avança jusqu'au bord du toit.

— C'est ce que je compte faire, le jour où j'hériterai de Ravenhart. Je monterai une bouteille et je la boirai jusqu'à la dernière goutte.

Il se tourna vers Morven qui vit briller son regard de jubilation.

— La vieille me laisse tout. C'est pour ça qu'elle est à Pitlochry, elle est allée modifier son testament chez son notaire. À sa mort, tout ça me reviendra.

Il ajouta en tendant le bras vers Morven :

— Viens.

Comme elle ne bougeait pas, il insista.

— Qu'est-ce qui se passe ? Tu as le vertige ?

— Pas du tout.

Morven le rejoignit. Elle jeta un coup d'œil au-delà de la balustrade, vit le sol tanguer et en fut étourdie.

Adam repoussa une mèche de cheveux qui lui balayait le visage et murmura :

— Vous vous ressemblez, Ravenhart et toi, c'est ce que je me suis dit à la seconde où je t'ai vue, aussi belle et farouche que ce paysage.

Morven étudia le visage qu'elle voyait parfaitement en plein soleil. Le fils de Frazer Ravenhart devait avoir environ deux ans de moins qu'elle, or un soupçon de barbe dorait sa mâchoire et sa peau hâlée était tannée par le soleil.

— Qu'y a-t-il ?

Les yeux du jeune homme n'étaient plus que deux fentes de saphir.

— Tu as de petites rides autour des yeux.

— C'est le soleil. En Australie, on peut frire littéralement.

Alors, sans crier gare, il enlaça Morven, glissa ses mains sous son corsage en coton et lui écrasa les lèvres. Désorientée, la jeune fille sentait l'abîme à quelques centimètres, ne sachant plus où se trouvait le parapet et redoutant, en s'écartant, de tomber dans le vide.

— Adam… arrête…

La sensation de vertige passée, elle repoussa Adam et lança sèchement :

— Je t'ai demandé d'arrêter !

On entendit une voiture dans la cour en contrebas. Morven le vit plonger les yeux vers l'abîme. Il relâcha brusquement son souffle et desserra son étreinte. Puis il essuya d'un revers de main la sueur qui perlait au-dessus de sa lèvre et marmonna :

— La vieille a dû prendre un taxi. Je ferais mieux de descendre l'accueillir.

Le train s'éloigna et Kate resta pétrifiée devant le pont. C'était là qu'elle avait aperçu Maxwell lorsqu'il s'était penché au-dessus du parapet pour leur faire signe. Ce fut comme un coup de poignard, la grande tape dans le dos que l'on vous donne quand on s'étouffe, il lui fallut quelques instants pour saisir ses bagages et s'éloigner.

Une heure plus tard, c'était l'imposteur qui l'inquiétait, ce coucou arborant les vêtements de Frazer. Il y avait une éternité qu'elle n'avait vu ces vestons de tweed et ces chandails en cachemire que Phemie avait sans doute conservés avec amour dans le papier de soie et l'antimite. Voilà qu'ils tombaient parfaitement sur les larges épaules d'Adam Ravenhart !

Sa mère, elle, exultait. Bess, qui avait perdu tout entrain après le décès de Martin, avait retrouvé son éclat et en était physiquement transformée.

Kate profita du dîner pour observer Adam. Il y avait indéniablement une certaine ressemblance avec Frazer mais cela restait superficiel. Ce garçon avait la stature de son frère, la même couleur de cheveux. Il lui fut facile de répondre aux questions concernant son enfance et le milieu dont il était issu. Pris au dépourvu, il se contentait d'un « papa n'en a jamais parlé » ; évidemment, l'argument était imparable... Chaleureux, il affichait une grande décontraction mais Kate avait surpris un ou deux regards circonspects. « Il a compris que je ne crois pas à son histoire », se dit-elle. Ignorant ce qui se tramait à la table du souper, Bess continuait à pérorer gaiement. Mais la mère de Kate avait toujours chaussé des lunettes roses pour regarder ses enfants et, quand ils ne se conduisaient pas comme elle l'aurait voulu, elle tombait de très haut.

Au réveil, Kate s'étira avec volupté, elle avait dormi dans la tourelle, sa pièce favorite, et le soleil se glissait entre les rideaux. Elle resta au lit et sombra plusieurs fois dans un sommeil peuplé de rêves.

Elle comptait parler à sa mère au petit déjeuner mais Adam vint lui proposer une excursion à Balmoral, la résidence d'été des souverains britanniques, et Bess s'empressa d'aller chercher son manteau.

Jouant négligemment avec son trousseau de clés, le jeune homme lança :

— Tu ne veux pas venir, Kate ?

Kate déclina l'invitation, elle avait du courrier à faire.

Il lui suffit toutefois d'un coup d'œil à l'extérieur pour comprendre qu'il faisait trop beau pour rester au manoir. Elle donna un coup de main à Phemie, puis se laissa guider par ses pas et retrouva tout naturellement le sentier qui longeait le torrent et menait au pavillon de chasse. Elle finit par quitter le chemin pour grimper à flanc de montagne en inspirant à pleins poumons de grandes bouffées d'air qui avaient un goût de printemps et de soleil.

La pente devenant plus raide, Kate sentit ses jambes, qui manquaient totalement d'entraînement. À une époque, elle aurait gravi cette pente au pas de course. Un peu plus haut, elle s'affala dans l'herbe et, les genoux sous le menton, aperçut le pavillon de chasse. Le vers de Byron lui trottait dans la tête depuis l'instant où elle avait ouvert les yeux. « Ainsi, nous n'irons plus vagabonder, si tard dans la nuit. » Quelle était la suite, déjà ? « Bien que le cœur aime encore et que la lune brille toujours. » Son cœur était-il capable d'aimer comme il avait aimé à dix-neuf ans, quand elle s'était entichée de Maxwell Gilchrist ? Noyé sous la couche de laque censée le protéger, se serait-il endurci ?

Sam et son travail ne lui laissaient pas beaucoup de loisirs mais elle s'était efforcée d'être une bonne voisine, une amie loyale, une fille et une sœur aimantes. Seulement, avait-elle permis à un homme de l'approcher depuis la disparition de Hugh ?

Elle n'était plus cette jeune fille capable de s'éprendre au premier regard. Elle avait appris à se protéger, à ne pas s'exposer de peur d'être blessée, mais à quel prix ! Une bonne dose de solitude et le regret de la folle allégresse connue à Ravenhart. Un baiser, un sourire, une main effleurant la sienne, avaient fait d'elle une autre femme.

Kate se releva. Elle avait beaucoup à faire. Rentrer à la maison avant le retour d'Adam, dans un premier temps, puis passer voir Morven et Naomi ; elle devait bien cela à la mémoire de Maxwell. Elle dirait à Morven ce qu'elle avait mis des années à comprendre : Max ne faisait confiance à personne, un comportement qui remontait à l'enfance et aux violences subies. Frazer et Maxwell avaient cela en commun, Frazer gardait les stigmates de la séparation et le père de Max était violent. Max avait appris à s'adapter en toutes circonstances. Avec lui, pas de demi-mesures, il éveillait l'amour ou la haine à part égale.

Elle dirait aussi à Morven que son père était drôle, affectueux, beau, gentil et généreux, qu'elle l'aurait aimé si elle l'avait connu.

Elle baissa les yeux sur ses vêtements couverts de brins d'herbe et de pétales de fleurs. Le soleil tapait dur et elle eut l'impression d'un étau qui se desserre. Si seulement elle portait autre chose que ce ras-du-cou, un corsage aux couleurs vives. Si elle avait eu un ruban à nouer dans ses cheveux…

La veille de son départ pour Londres, Kate alla trouver sa mère dans sa chambre.

— Tu veux déjà rentrer, chérie ? Comme c'est dommage !

— Si seulement je pouvais rester !

Kate s'assit sur le lit.

— L'idée de te savoir seule avec lui dans cette maison ne me plaît pas du tout.

— Adam est mon petit-fils, expliqua patiemment Bess. C'est un Ravenhart, sa place est ici.

Kate objecta d'un air inquiet :

— S'il n'était pas celui qu'il prétend, maman ? Si cette histoire n'était qu'une fable ? S'il avait flairé la bonne affaire et risqué le tout pour le tout ?

— Il avait la bague de Frazer.

Bess retira ses pendants d'oreilles en diamant.

— Sa montre, également, et la photographie de la maison. Sans compter ce qu'il sait sur Ravenhart et sur Frazer.

— Cela ne signifie pas grand-chose.

Bess remit ses boucles d'oreilles dans leur écrin de velours.

— Pourquoi ne dirait-il pas la vérité ?

Kate fut d'une franchise brutale.

— Le motif est toujours le même, l'argent.

L'écrin fut refermé d'un coup sec et Bess se tourna vers sa fille.

— À t'entendre, je me conduirais comme une idiote ?

— Tu veux absolument que cet homme soit le fils de Frazer, maman. Tu ne crois pas que ton jugement ait pu être faussé ?

Bess objecta doucement :

— Quand bien même ? J'ai tout essayé pour ne plus penser à Frazer, pour ne pas ressasser. Crois-tu que je ne sache pas combien les sentiments et les regrets sont trompeurs ? À quel point ils peuvent déformer notre vision des choses? Ne me demande pas d'oublier Frazer, il était mon fils.

— Maman!

Kate étreignit la main de sa mère.

— Il n'en est pas question. Souviens-toi, je l'aimais moi aussi. S'il s'agissait de Sam…

Kate dut s'interrompre mais elle finit par ajouter:

— Je ne te demande qu'une chose: sois prudente.

— Bien sûr, chérie. Je sais que tu t'inquiètes pour moi et j'apprécie.

— Ce que je ne comprends pas, c'est cette certitude sans faille. Comment peux-tu être sûre qu'Adam est bien le fils de Frazer?

Bess répondit d'un air serein:

— Je crois que les certitudes sont un luxe peut-être illusoire. Il y a longtemps que je l'ai compris.

— Mais…

— Si on exige des certitudes, on ne fait rien.

Bess retira les épingles qui tenaient sa coiffure.

— Tu sais, Kate, je me suis mariée trois fois et sans être sûre de ma décision.

Kate voulut répliquer mais Bess l'arrêta.

— C'est tout ce qu'il y a de plus vrai. Jack était adorable, bien sûr… quelle jeune femme ne serait tombée amoureuse de lui? Cependant, je me suis mariée sans le connaître. Quant à ton père, je n'aurais jamais dû l'épouser. Ralph est quelqu'un de bien, trop bien pour moi peut-être, mais nous n'étions vraiment pas faits l'un pour l'autre et je l'ai su très vite.

— Mais pour Martin, objecta Kate. Tu étais sûre, non?

— Pas quand je l'ai épousé.

Bess se souvint du moment où Martin l'avait demandée en mariage, un soir de pluie sur Princes Street.

— Je n'avais aucune certitude. Pour être franche, j'avais très peur que nous ne soyons mal assortis. Nous étions ensemble depuis un bon moment quand j'ai réalisé qu'il était l'amour de ma vie.

Bess caressa les cheveux de sa fille.

— Toutefois, je ne regrette rien. Les deux ans que j'ai vécus auprès de Jack furent merveilleux et, grâce à Ralph, je vous ai eus, ton frère et toi. Tu sais, la vie serait bien triste si elle n'était faite que de certitudes.

Le lendemain matin, Kate rassemblait des paires de chaussettes avant de boucler ses bagages quand elle tourna les yeux vers la fenêtre. Elle aperçut Adam et, à le voir parcourir les jardins, eut l'impression qu'il surveillait son domaine et marquait son territoire.

Elle mit son appareil photo dans son sac et descendit déjeuner. Adam s'étant offert de l'emmener à Pitlochry, Kate descendit sa valise jusqu'à la voiture et attendit le jeune homme aux côtés de sa mère.

— Souriez! s'écria-t-elle.

Tous deux levèrent les yeux au même instant et elle appuya sur le déclic. Le regard d'Adam étincelait de colère et celui de sa mère rayonnait.

Adam conduisait très vite. Sans un mot, il abordait les épingles à cheveux en faisant ronfler le moteur de la Zephyr. Kate serrait son sac et l'appareil sur ses genoux.

Il ne desserra les dents que devant la gare de Pitlochry.

— Vous ne m'aimez pas beaucoup, dites-moi?

Kate reprit la valise qu'il venait de sortir du coffre.

— Je ne vous aime ni ne vous déteste.

Kate se décida enfin à affronter le regard légèrement narquois.

— Mais rappelez-vous ceci... j'aime ma mère et je ferai l'impossible pour la protéger.

Elle entendit son train entrer en gare et monta sur le quai.

Le temps se gâta. La pluie avait noyé le sol de ses traits d'acier, transformé la campagne en marécage et les chemins en bouillasse. Morven sortait de la boutique du village quand elle entendit crier son nom.

Elle aperçut Patrick Roper sur le trottoir opposé et traversa la rue pour le rejoindre.

— Je peux te déposer quelque part?

Quand il lui ouvrit la portière, Morven bénit sa proposition.

— J'en ai pour deux minutes, ajouta-t-il.

Elle monta dans la Land Rover et dut se pencher au-dessus du caniveau pour tordre les manches de son anorak.

Patrick revint avec une miche de pain et un journal qu'il lança sur la banquette arrière.

— Je songeais justement à tenter l'ascension du Ben Liath, dit-il en démarrant.

— Avec cette pluie, ce ne sera pas pour aujourd'hui. Dans quelques jours, peut-être, quand le sol aura séché.

Ils sortirent du village. C'était un plaisir de regarder conduire Patrick, Morven aimait les muscles de ses avant-bras luisant sous le duvet blond, appréciait sa maîtrise du véhicule sur une route pleine d'ornières et de nids-de-poule. « Allons, Morven, pas d'emballement! Tu ne sais rien de lui. Il a peut-être une petite amie, voire une femme et un enfant, un tas d'affreuses marottes. À moins qu'il ne soit bourré de manies ou ennuyeux à mourir? »

Non, elle n'avait pas cette impression.

— L'autre jour, vous m'avez dit qu'on ne disparaissait pas comme ça. Qu'entendiez-vous par là?

Roper parut se concentrer.

— Je me suis vu confier de nombreuses affaires de disparition ; dans la plupart des cas, les intéressés refont surface au bout d'une ou deux semaines. Parfois un peu plus mais, en général, ils reviennent. Ils ne s'évaporent pas comme l'ont fait votre père et Frazer Ravenhart.

Morven voulut essuyer la buée sur le pare-brise.

— Kate Willoughby, la sœur de Frazer, la jeune fille sur la photographie, est passée il y a quelques jours.

Morven vit une lueur d'intérêt dans le regard du détective.

— Kate connaissait très bien mon père, elle m'a parlé de lui.

Elle s'interrompit pour revivre ces instants.

— Après cette conversation, je l'ai vu d'un autre œil. Jusque-là, il ne me paraissait pas très réel mais c'était apparemment... enfin, un joyeux drille... chaleureux... et ce ne fut pas toujours drôle pour lui. J'avais déjà ma petite idée là-dessus. Je savais par mes oncles à quel point grand-père était odieux à son égard mais, à l'exception de tante Barbara, personne n'en disait beaucoup de bien.

— Ta mère, il me semble?

Morven se rembrunit.

— Elle l'aime, elle le déteste... ça dépend des jours. Elle pense qu'il l'a laissée tomber.

Morven reprit avec fatalisme :

— Ou alors elle est persuadée qu'il a été victime d'un accident, qu'il est tombé dans une crevasse ou s'est noyé dans un loch, tu vois...

— En cas d'accident, on retrouve un corps.

Patrick Roper lança un bref coup d'œil à sa passagère.

— Simple réflexion, voilà tout.

— Dans l'hypothèse où il n'aurait pas pris la fuite, ni succombé à un accident, que lui est-il arrivé ?

Roper ralentit l'allure car ils approchaient du pavillon de garde.

— Je te l'ai dit, la grande majorité des disparus finit par refaire surface. Sinon, il s'agit en général de suicides. Serait-il possible que ton père ait mis fin à ses jours ?

Morven contempla la grille enfoncée derrière le rideau de pluie et, dans le lointain, les arbres qui cachaient la demeure. Elle croyait encore entendre oncle Sandy le jour des obsèques : *Maxwell était capable de tout.* Kate Willoughby lui avait néanmoins assuré que Max était de la race des courageux. Sans doute avait-il souvent tenté le sort mais il avait l'étoffe d'un survivant.

— C'était une personnalité difficile à cerner. Il suscitait, semble-t-il, les sentiments les plus extrêmes, on l'aimait ou on le détestait.

Kate entrait manifestement dans la première catégorie, oncle Sandy sans doute dans la seconde.

— Toutefois, rien ne laisse penser qu'il se soit donné la mort. Personne n'a rien suggéré de tel.

Patrick descendit de voiture et fit le tour du véhicule pour ouvrir la portière à sa passagère.

— Je vais t'aider à porter ça, lui dit-il en balançant le sac à dos sur son épaule.

— Si ce n'est ni un suicide ni un accident, s'il n'a pas mis les voiles, alors que s'est-il passé ?

Le jeune homme s'immobilisa et regarda Morven.

— Ma foi, il reste une hypothèse.

— Laquelle ?

— Le meurtre.

19

Bess crut s'être trompée en s'imaginant qu'il manquait de l'argent dans son portefeuille. Ce devait être l'âge, on perdait le fil, on oubliait les petites choses, on ne savait plus. C'était effrayant!

Cependant cela se renouvela, une seconde puis une troisième fois, et le doute ne fut plus permis. Il y avait de cela très longtemps, Ralph lui avait appris la prudence en matière d'argent; elle gardait les reçus et notait les sommes retirées au guichet. Cela exigeait un effort de concentration mais Bess fit ses additions et ses soustractions...

On prenait de l'argent dans son portefeuille. Seules deux personnes étaient à même de le faire: Phemie et Adam. Elle avait une entière confiance en Phemie, il ne restait donc qu'Adam. Devait-elle lui parler? L'assurer de nouveau qu'il n'avait qu'à demander s'il avait besoin de quoi que ce soit. Cependant, elle ne parvenait pas à s'y résoudre. Peut-être commençait-elle à entrevoir qu'elle était entièrement à sa merci? Jamais le poids des ans ne lui avait paru si lourd, elle se sentait vulnérable. Si seulement Kate était là! Si seulement Martin, son amour et son protecteur, était encore en vie! Elle souffrait atrocement de son départ.

Était-ce par crainte de la pauvreté qu'Adam la volait? Pauvreté qui avait marqué sa jeunesse et dont on gardait les cicatrices, elle le savait d'expérience. Ou bien la volait-il parce qu'il la méprisait?

Il n'était plus le même. Il arpentait la maison et la propriété d'un air bravache, portait les vêtements de Frazer et utilisait son stylo. Il se servait en boissons et en cigarettes sans rien demander. Quand il exigeait que Phemie aille chercher son manteau ou lui apporte à manger, le hall résonnait de ses éclats de voix. On lisait la convoitise dans son regard conquérant et avide.

Bess se prit à l'observer et s'interrogea. Qui es-tu donc ? Le fils de Frazer ? À moins que je n'aie commis une terrible erreur ?

En arrivant à Londres, Kate reprit ses rendez-vous et s'activa chez elle, il fallut rapidement remettre la maison en état et remplacer les provisions que Sam et Rebecca avaient englouties. Si seulement Ravenhart était équipé du téléphone ! Elle écrivait chaque jour à sa mère.

Absente à son arrivée, Rebecca revint un soir.

— Un petit verre, Becky ? lui proposa Kate en brandissant une bouteille.

Rebecca fit signe que non.

— Je meurs de faim en revanche. J'aimerais tant un sandwich !

Kate inspecta le contenu du frigo.

— Il y a un peu de jambon et des cornichons.

— Oh oui ! Des tonnes de cornichons.

Rebecca avait une tête épouvantable, pâle, épuisée et peu soignée. Elle avait tiré ses cheveux noirs en queue-de-cheval et mordillait un ongle cassé.

— Comment va maman ? demanda-t-elle. Et ce type, c'est quel genre ?

— Maman va bien.

Kate trancha le pain.

— Quant à Adam, il est tout bonnement épouvantable.

— Il ressemble à Frazer ?

— Sans doute, à sa façon, mais ce n'est pas lui. Comment te dire ? Oliver m'a montré un jour un authentique Turner et un faux. Je ne saurais expliquer à quoi ça tenait mais on voyait lequel était une contrefaçon.

Kate soupira.

— Je comprends que l'on puisse se laisser convaincre pour peu qu'on le veuille, c'est malheureusement le cas de maman. Je crains fort qu'elle ne lui ait donné de l'argent. Elle ne m'a rien dit mais…

— Tu ne lui as pas demandé ?

— Impossible, il était toujours là et cela aurait été cruel.

Le couteau à la main, Kate suspendit son geste.

— Je n'ai jamais vu maman aussi heureuse depuis le décès de Martin. Je ne sais vraiment que faire… je me ronge les sangs.

Kate posa le sandwich devant sa sœur.

— Eleanor aura sûrement une idée, dit Rebecca.

— Eleanor ?

— Elle arrive.

— De Calcutta ?

— Mais oui ! répliqua Rebecca, agacée par la réaction de sa sœur. Aimée lui a envoyé un télégramme. Tu n'es pas la seule à te faire du souci pour maman, tu sais. Aimée a appelé pendant ton absence. Un de ses soupirants va s'occuper des ânes et elle sera à Londres dès demain. Au passage, elle prendra Eleanor à l'aéroport. Quand je pense qu'elle vient en avion, la veinarde !

Kate fut infiniment soulagée d'apprendre qu'Eleanor, la plus sensée des trois, serait bientôt à Londres. Elle s'assit auprès de Rebecca pour lui confier :

— En fait, j'ai bien essayé quelque chose. J'ai fouillé sa chambre.

Rebecca ouvrit de grands yeux.

— La chambre d'Adam ? Quel courage, Kate ! S'il t'avait vue ?

— Je me suis montrée très prudente. Pour tout t'avouer, j'étais terrifiée. Je croyais entendre des pas dans le couloir mais tenais à trouver un indice susceptible de nous renseigner sur son identité.

— Son passeport ?

— Je ne l'ai pas vu. Ni permis ni carnet de chèques. Mais, le jour du départ, je l'ai pris en photo et il n'a pas du tout apprécié.

— Tu crois qu'on devrait aller trouver la police ?

— Pour leur dire quoi ?

Kate sentit monter l'angoisse.

— Il n'a rien fait de mal, si ce n'est séjourner chez maman et manger à ses frais. Et je ne tiens pas à la voir bouleversée et humiliée.

Kate leva son verre.

— Tu n'en veux pas, tu es sûre ?

— Non, merci. Ça ne me dit rien en ce moment.

Intriguée par le ton de sa sœur, Kate l'observa de plus près.

— Becky ?

Rebecca se mordit la lèvre.

— Eh bien, oui, je suis enceinte. J'ai vu le médecin cet après-midi.

Kate mit quelques secondes à se ressaisir.

— Mais c'est formidable !

— Sans doute. Je n'ai rien dit à personne.

— Jared doit être heureux ?

Rebecca répondit d'une toute petite voix :

— Je ne sais pas. Je ne lui ai encore rien dit.

— Enfin, pourquoi ?

— J'ai eu si peur quand j'ai appris la nouvelle ! J'ai pensé qu'il suffirait d'en parler pour tenter le sort.

— Oh, Becky !

Rebecca rongeait de nouveau son ongle cassé.

— C'est que… nous n'avons jamais abordé la question avec Jared.

En effet, Kate voyait mal Rebecca et Jared aborder un sujet un peu sensé.

— Cela ne signifie pas qu'il ne veuille pas d'enfants, objecta sa sœur. Tu y tiens, toi, à ce bébé ?

— Oh oui ! Si tu savais ! Mais si ça se passait mal cette fois encore ? Je ne pourrai le supporter.

Rebecca semblait effrayée et Kate, dans un élan de sympathie, tapota la main de sa sœur.

— Tu n'as pas eu de chance, voilà tout. Il n'y a aucune raison que cela se reproduise mais il faut que tu parles à Jared.

Rebecca piquait dans son assiette où elle avait édifié de petits tas de cornichons.

— Je ne tenais pas vraiment à Stuart. Je le croyais, à l'époque, mais j'ai très vite compris. Jared, lui, je l'aime.

— Enfin, Becky, pourquoi l'as-tu quitté ?

Rebecca fixa intensément sa sœur.

— Je ne sais pas ce qui me prend mais je suis épouvantable par moments. J'ai été si malheureuse à la mort de papa, et si longtemps ! Quand je suis malheureuse, je… il m'arrive d'être un peu garce.

Pour ne pas pleurer, elle inspira à fond.

— Quand j'ai compris que j'étais peut-être enceinte… j'ai voulu voir s'il me supporterait, être sûre qu'il m'aimait. Là, tout a dérapé, il n'a pas dit ce que j'attendais. Un poète devrait savoir ce qu'il faut dire, non ? En toutes circonstances ! Je lui ai sorti des horreurs, nous avons eu une horrible dispute et…

Rebecca pleurait maintenant à chaudes larmes. Elle s'essuya le nez d'un revers de main.

— Il y a toujours un tas de gars pour me jurer qu'ils m'aiment…
Elle renifla.

— … mais ils ne disent ça que pour me mettre dans leur lit. Ce n'est pas vrai ?

Kate ne partageait pas tout à fait ce point de vue. Elle répondit néanmoins avec fermeté :

— Tu dois lui parler.

— Je ne peux pas.

— Mais si, bien sûr. Tu vas lui dire ce que tu ressens comme tu viens de le faire. Ce n'est tout de même pas sorcier.

Kate secoua un peu sa sœur.

— Tu vas me manger ce sandwich. Tu es beaucoup trop maigre et tu as besoin de force.

Adam avait, semblait-il, envahi la demeure comme une nappe de brouillard. Il était entré partout, avait ouvert les pièces les moins utilisées. Bess le surprenait par moments à arracher les housses des meubles, à ouvrir les rideaux et à fouiller les placards. Elle l'avait observé, il laissait son empreinte dans chaque pièce. Il avait pris possession de Ravenhart avec une évidente jubilation, se pavanant et contemplant les montagnes d'un air pénétré.

Le vieux dicton s'imposa à son esprit. *Il n'est pire fou qu'un vieux fou.* Adam était-il tombé sur ces reliques ayant appartenu à Frazer, la bague, la montre et la photo ? S'était-il demandé quel profit il pourrait en tirer ? En arrivant en Grande-Bretagne, il s'était trouvé devant une vieille dame fragile qui en était propriétaire. Avait-il mesuré l'opportunité qui se présentait ? S'était-il secrètement réjoui de voir à quel point il était facile de jouer de sa naïveté, de sa crédulité, de son amour aveugle et douloureux pour un fils depuis longtemps disparu ?

Bess parvenait le plus souvent à faire taire ses doutes. Frazer avait également ses défauts ; il était arrogant, parfois vaniteux. Comme un filon trompeur, une veine de vanité et d'arrogance courait dans la lignée des Ravenhart. Et comment exiger d'un jeune homme qui avait passé sa vie à vagabonder dans le bush australien qu'il fasse preuve de raffinement ? Elle avait perdu une poignée de livres… il n'y avait pas de quoi fouetter un chat !

Un soir, en s'habillant pour le dîner, elle s'aperçut que ses boucles d'oreilles en diamant avaient disparu. Ces diamants bleus que Jack lui avait offerts il y avait près de cinquante ans. Le cœur battant la chamade, elle ouvrit tous les tiroirs pour retrouver le petit écrin de velours rouge. En descendant souper, Bess sentit le poids des ans. Elle avait l'impression de ne plus tenir sur ses jambes et eut peur. Quand vint le moment d'embrasser Adam, elle frémit secrètement.

Elle attendit que Phemie ait apporté le premier plat pour se jeter à l'eau.

— Je ne retrouve plus mes boucles d'oreilles.

Adam leva les yeux.

— Tes boucles d'oreilles?

— Mes diamants bleus. Ils ont une certaine valeur, je les ai cherchés partout.

— Tu en es sûre?

— Parfaitement.

Le jeune homme fronça les sourcils.

— Phemie...

— Phemie n'y aurait jamais touché. Elle travaille dans cette famille depuis des décennies et je lui fais entièrement confiance.

— Tu n'as pas dû les ranger au bon endroit.

— Je ne crois pas, murmura Bess.

— Ah bon? Tu devrais réfléchir.

Il tendit le bras et la main de Bess disparut sous la sienne, large et puissante.

— Ils ne sont pas à la bonne place, dit-il doucement. À moins que tu ne les aies laissés à Édimbourg? Tu n'aurais pas tendance à oublier certains détails? C'est ce qui a dû se passer.

Bess s'entendit murmurer :

— Oui, tu as sûrement raison.

— Alors, l'Écosse? demanda Oliver au bout du fil.

— Je n'ai pas pu faire grand-chose à vrai dire.

Kate résuma rapidement la situation mais Oliver ne réagit pas immédiatement.

— Que se passe-t-il, Oliver?

— Margot est morte hier.

— Oh! Je suis navrée!

— J'ai passé la journée à aider ce pauvre Nigel dans ses démarches. Mon Dieu, ce que c'est déprimant!

— J'arrive. Je fais aussi vite que je peux.

Kate raccrocha, chercha la bouteille de whisky qu'elle avait achetée en Écosse, la fourra vivement dans un sac et laissa, sur la table de la cuisine, un mot à l'intention de Sam et de Rebecca.

Voyant l'écriteau « Fermé » sur la porte de la boutique, elle s'engouffra dans l'escalier qui menait à l'appartement. Là, elle embrassa Oliver et lui tendit son paquet.

— Je me suis dit que ça pourrait être utile.

Il déballa la bouteille et les servit tous deux.

— Merci, Kate. À Margot!

Ils levèrent leur verre pour porter un toast.

— Ce ne fut pas trop dur?

— Si, plutôt, mais la fin fut rapide, Dieu merci. Et Stephen est arrivé à temps pour qu'elle le reconnaisse. Une vraie grâce.

— Elle va lui manquer?

— Infiniment. Pauvre Magot, ce qu'elle désirait plus que tout, un enfant, lui a été refusé. Quelle déveine!

— Elle était très proche de Stephen.

— Bien sûr mais ce n'est pas la même chose.

— Ils avaient leurs chiens et tous les organismes de bienfaisance dont elle faisait partie. Elle n'était pas malheureuse, non, je ne crois pas.

Kate poursuivit en souriant :

— Elle était si directe et d'une telle honnêteté, une vraie tornade! Elle ne risquait pas de passer inaperçue.

— Mon Dieu, non! Margot était un roc. Elle ne reculait devant rien pour vous défendre. Et toujours cet air revêche! Hélas, on n'en fait plus comme elle.

Kate évoqua le passé en sirotant son whisky.

— Quand j'étais jeune, elle me terrorisait.

Oliver parut amusé.

— C'est vrai? Pourquoi donc?

— Elle était un peu plus âgée que moi et d'un tel raffinement, d'une telle assurance, me semblait-il.

Elle se souvint du trajet en voiture sur la banquette arrière, Margot faisait grincer le levier de vitesse et les passants se sauvaient sur le trottoir.

— Je ne t'ai jamais dit qu'elle avait cherché à me dissuader de te fréquenter.

— De me fréquenter?

Oliver n'en revenait pas.

— Elle pensait que j'avais des vues sur toi, je crois.

— Grands dieux! Si je m'étais douté...

— Remarque, dans son esprit, il suffisait de t'adresser la parole pour avoir des vues sur toi.

— Quelle ironie du sort! Ça ne m'est jamais arrivé. Quand je m'intéressais à une femme du moins.

Kate lança d'un ton badin:

— Mazette! À t'entendre, il y en aurait eu des dizaines.

Oliver secoua la tête.

— Il n'y en a jamais eu qu'une.

Seul le grondement de la circulation vint troubler le silence. Kate se dit qu'il était temps de rentrer, Aimée et Eleanor devaient être arrivées.

Elle demanda néanmoins:

— Cette femme... lui as-tu parlé?

— J'ai essayé une ou deux fois mais elle n'était pas intéressée, je le voyais bien.

Oliver jouait avec le bouchon de la bouteille de whisky.

— Par la suite, il m'est arrivé de penser que j'avais peut-être... raté ma chance. Avec un enfant à élever, on perd l'habitude de tout ça. On lui consacre toute son énergie, il faut le protéger, lui apprendre à survivre. Un beau jour, on ouvre les yeux et on se rend compte qu'il a grandi, que... eh bien, on a cinquante ans et les cheveux gris.

Lentement, son regard revint effleurer Kate.

— Cela ne vaut pas pour toi, bien sûr. Tu es toujours la même, aussi belle qu'au premier jour.

« La famille au grand complet et Sam! », se dit Kate. Qu'allait-elle faire à dîner? Elle sentit monter la panique, se leva et s'entendit répondre:

— Je ferais mieux d'y aller... Ce soir, j'héberge toute la famille ou presque.

Elle récupéra son sac et embrassa Oliver, puis se dirigea vers la station de métro en ayant peine à rassembler ses pensées. C'était un vrai kaléidoscope qui tournait sous ses yeux : Oliver, sa mère, Adam Ravenhart, Rebecca enceinte, ses sœurs. C'était vraiment trop. Pourquoi tout était-il bouleversé ?

Elle se souvint de ce que lui avait dit son père des années auparavant. Michael était le jumeau dominant, elle se contentait de suivre prudemment ce frère intrépide, parfait reflet d'elle-même. Ils formaient les deux moitiés d'un tout.

Devant la station de métro, elle regarda la gueule sombre qui engouffrait les passants pour les déverser dans les entrailles de la terre. Brusquement, elle fit volte-face et se faufila dans la cohue de l'heure de pointe pour remonter Portobello Road au pas de course. À bout de souffle, elle tambourina sur la porte qui menait à l'appartement jusqu'à ce qu'Oliver vienne lui ouvrir.

Deux heures plus tard, Kate se trompa de direction et se retrouva dans la rame filant vers la City. Elle dut jouer des coudes pour s'extraire du wagon et se retrouva sur un quai bondé, coincée entre des hommes d'affaires en chapeau melon. Ses vêtements ne seraient-ils pas boutonnés de travers ? Ses lèvres barbouillées de rouge ? Elle baissa les yeux pour vérifier sa tenue. Elle venait de vivre des instants merveilleux, excitants. Ils avaient fait l'amour et c'était agréable, elle avait enfin l'impression de rentrer chez elle. Quand elle avait pensé à regarder sa montre, elle s'était précipitée sur ses vêtements avec un cri de surprise, avait permis à Oliver de l'embrasser une dernière fois avant de filer en toute hâte. Et si elle se retrouvait enceinte, comme Rebecca ? Comme les autres, elle forçait le passage pour entrer dans la rame quand cette idée lui traversa l'esprit. Il y avait peu de chance, à son âge, mais ce n'était pas entièrement exclu. Eh bien, soit. Ce serait le plus beau bébé du monde. Kate éprouva un tel bonheur en évoquant les deux dernières heures qu'elle ne put retenir un petit rire et ses voisins, gênés, s'écartèrent légèrement.

C'est le cœur en fête qu'elle descendit à Sloane Square, prête à tout affronter, sa mère, ses sœurs, et même Adam Ravenhart.

Quand elle apparut sur le seuil de l'entrée, Aimée s'exclama en la serrant dans ses bras :

— Ma chérie ! Ce que tu es en forme !

Elle se tourna vers ses sœurs.

— N'est-ce pas qu'elle a l'air en forme ?

Eleanor acquiesça avant d'embrasser Kate.

— Radieuse.

— Et vous, je vous trouve superbes.

Grande, mince et bronzée, Eleanor, en pantalon crème et chemisier blanc, avait noué un foulard de soie turquoise dans ses longs cheveux bruns. Très élégante, Aimée portait un petit haut de soie rose sur un corsaire de lin gris.

— Il nous faut partir sans tarder. Qu'en penses-tu ? lui demanda Aimée.

Kate ne répondit pas. Oliver l'avait embrassée, lui avait dit qu'il l'aimait, puis avait défait les boutons de son corsage. Dans leur hâte, ils n'avaient même pas pris le temps de se glisser sous les draps. Comment avaient-ils pu attendre aussi longtemps ? C'était incroyable !

Aimée insista.

— Kate ?

— Oui, oui. Très bien.

Elle ouvrit le réfrigérateur et en inspecta le contenu sans rien voir.

Perchée sur la table, Aimée balançait ses longues jambes.

— Ne t'inquiète pas, on va sortir. Je connais des petits trucs épatants.

Kate prit sur elle et parvint à se concentrer. Elle sortit une enveloppe d'un tiroir et montra à ses sœurs la photographie qu'elle venait de faire tirer.

— C'est lui, Adam Ravenhart.

— Pas mal, le gars, fit Aimée dans un battement de cils.

— Pauvre maman !

— Tu trouves qu'il ressemble à Frazer, Eleanor ?

Eleanor se concentra.

— Je me demande… Si seulement on savait qui il est.

— Il est australien, non ?

Rebecca mit le cliché dans son sac à main.

— Je vais passer au Kangaroo Valley à Earls Court. Je trouverai bien quelqu'un qui l'aura vu.

Bess ne quittait guère sa chambre. Assise à son bureau, elle voulait écrire mais une tache noire finissait par fleurir sous la plume figée sur le papier.

En observant Adam depuis la galerie du premier étage, elle le vit un jour tourmenter Phemie et l'entendit claironner :

— J'adore ton chapeau, Phemie ! Il te va très bien. Tu crois qu'il m'irait, moi aussi ?

Adam s'était emparé du béret vert de Phemie et le tenait hors de portée de la domestique, qui tendait les bras pour l'attraper en sautillant sur ses petites jambes grassouillettes.

— Allez, va le chercher, lui lança-t-il brusquement en jetant le béret à l'autre bout du hall. Je n'en veux pas. Il pue !

Phemie s'empara de son béret et détala dans la cour. Ses pas résonnèrent sur le gravier.

Le soir, Bess l'entendait arpenter les couloirs. Elle écoutait et le guettait dans le noir. Dès le lendemain, elle irait jusqu'au pavillon de garde pour appeler ses filles et leur demander de venir la chercher. Mais, quand les premières lueurs de l'aube se glissaient derrière les carreaux de sa fenêtre, elle se ravisait. Les filles avaient leur vie, leurs problèmes, elle ne devait pas les ennuyer avec les siens. Et, si danger il y avait, ce qu'elle pressentait, elle ne voulait pas d'elles dans cette maison. Certains maléfices n'avaient-ils pas entaché l'histoire de Ravenhart ? Leur vie lui était plus précieuse que la sienne.

Peut-être devrait-elle partir, oublier cette demeure qui ne lui avait apporté que du malheur. Pourquoi pas, après tout ? Fils de Frazer ou non, il suffirait d'abandonner le manoir à cet homme et le problème serait réglé.

C'était là où le bât blessait, elle devait savoir. Si Adam était le fils de Frazer, peu importaient ses défauts, elle devait l'aimer. Dans le cas contraire, elle voulait des réponses. S'il s'agissait d'un imposteur, comment les objets personnels de Frazer s'étaient-ils retrouvés en sa possession ? Connaissait-il son fils ? Étaient-ils amis ou compagnons comme peuvent l'être un homme mûr et un jeune et joli garçon ? Frazer serait-il encore en vie ?

Que voulait cet homme ? Pourquoi était-il ici ? Pour s'emparer de Ravenhart naturellement, c'est ce qui l'avait attiré, ce qui avait séduit

Frazer et, un temps, envoûté Maxwell Gilchrist. Cette demeure faisait éclore des rêves de fortune et de puissance ; Kate, elle-même, avait été victime du sortilège, mais était la seule à y avoir échappé.

Au cœur de la nuit, il lui vint une idée. Elle allait se servir de cette avidité pour découvrir la vérité. Quel était vraiment l'objectif de ce garçon ? La propriété ou la famille à laquelle il prétendait appartenir ? Le clair de lune baignait la chambre de son éclat glacé et Bess attendait.

Le temps s'améliora et Naomi se remit peu à peu. L'estafilade qu'elle avait au front n'était plus qu'une mince ligne rosâtre et ses fractures costales se consolidaient. Il lui devenait plus facile de se déplacer.

Raymond l'avait invitée à déjeuner au Half Moon, quant à Morven, elle était allée voir si Patrick serait tenté par l'ascension du Ben Liath. Ce dernier étant sorti, Morven glissa dans la boîte quelques mots griffonnés sur un morceau de papier pour lui proposer de passer le lendemain au pavillon.

En arrivant, elle trouva une grande enveloppe sur la table de l'entrée. C'était un courrier de Barbara Gilchrist auquel étaient jointes ces quelques lignes :

« J'ai trouvé ceci dans les affaires de ton grand-père. Il m'a semblé qu'il valait mieux te communiquer ce document avant de le jeter et j'ai préféré te l'adresser pour ne pas perturber Naomi. À toi de décider ce qu'il convient d'en faire. »

Il s'agissait de la copie d'un rapport d'une vingtaine de pages, rédigé par un certain Bellamy, un détective privé qu'Andrew Gilchrist avait chargé d'enquêter sur la disparition de son fils. Morven feuilletait rapidement le document daté de janvier 1938 quand une phrase attira son attention.

« Conformément à vos instructions, j'ai veillé à mener mon enquête sans faire mention de l'hostilité réciproque opposant Mrs Jago et mon client. »

Morven ne parvenait pas à détacher son regard du feuillet. N'en croyant pas ses yeux, elle relut encore la petite phrase. Puis, sa mère l'ayant appelée, elle fourra l'enveloppe dans le tiroir des couverts.

Toutefois, elle ne cessa d'y penser tout le jour. Deux familles, la sienne et celle de Frazer, les Ravenhart et les Gilchrist. Son père et Frazer Ravenhart étaient très amis ; elle ne voyait que ce lien mais il ressortait du rapport de Mr Bellamy que son grand-père et la mère de Frazer, Bess Jago, se connaissaient bien auparavant. Or ils ne s'aimaient vraiment pas.

Il reste encore une hypothèse, le meurtre.

Qui aurait pu détester son père au point de le tuer ? Ronald Bains ? Il avait un mobile, Mr Bellamy l'avait souligné, la rancœur de s'être vu déposséder du pavillon de garde. Le régisseur avait un fusil et connaissait le domaine comme sa poche.

Qui d'autre ? La famille Gilchrist, bien sûr. Oncle Sandy était jaloux de son cadet, quant à Niall, il ne l'aimait guère. Selon Kate, Maxwell gardait la marque du fouet paternel, avait le dos zébré de cicatrices. Maxwell redoutait cet homme qui avait fait de lui ce qu'il était. Morven songea au manque d'affectivité de son grand-père, à sa froideur à l'égard de ses fils qui avaient toujours cherché à lui plaire. Et ce penchant pour la cruauté dont Andrew Gilchrist ne se défendait même pas !

Restait Frazer. Plusieurs pages du rapport étaient un compte rendu des questions posées à Frazer Ravenhart. Frazer, l'ami de son père, Frazer qui avait offert la maison de Bains à Maxwell et Naomi, Frazer, disparu à son tour, quelques mois après que Bellamy l'avait interrogé.

En arrivant à Earls Court, Rebecca se rendit tout d'abord à l'Overseas Visitors Club, une pension réservée aux résidents d'Outre-Mer. Un petit ami australien, un certain Jim, qui mesurait trente bons centimètres de plus qu'elle sous sa tignasse rousse, lui avait fait connaître ce club où descendaient les ressortissants du Commonwealth à leur arrivée en Grande-Bretagne. Rebecca fit voir la photo prise par Kate aux membres du personnel et aux pensionnaires ; personne ne connaissait cet homme. Elle poursuivit donc son chemin sur Earls Court Road.

À midi, les pubs étaient ouverts ; des bars sombres, vaguement sinistres, où elle fut assaillie par les accents les plus divers. D'immenses Rhodésiens et des Sud-Africains lui montrèrent des clichés de la ferme paternelle. Rebecca finit par se demander si elle n'aurait pas aussi bien fait d'épouser un fermier et se vit chevaucher en chemise blanche et short kaki dans le… comment disait-on déjà ?… le Veld, voilà !

Les rambardes étaient couvertes de roses rouges et Rebecca en respira le parfum. Le jour où ils avaient emménagé à Ladbroke Grove, Jared lui en avait apporté des douzaines ; elles embaumaient l'appartement et le lino était jonché de pétales couleur de rubis. Elle soupçonnait Jared de les avoir volées dans les jardins, imaginait son souple Jared sautant les murs et filant entre les buissons pour faucher les boutons de roses de ses longues mains fines.

Au bureau de tabac, l'employée observa attentivement la photographie.

— Non, je ne l'ai jamais vu. Désolée, mon cœur.

Rebecca était lasse, avait faim et commençait à se décourager. Et si Adam Ravenhart n'avait jamais mis les pieds à Londres ? Ce serait idiot d'essayer de trouver dans cette foule quelqu'un qui l'ait connu. À moins qu'il ne soit réellement le fils de Frazer ? Non, Kate n'y croyait pas et elle avait toujours fait grand cas de l'opinion de sa sœur.

Rebecca se retrouva dans un petit café de Melbury Road où elle commanda des œufs au plat et des saucisses avec une garniture de frites et de haricots. Le matin, elle se sentait écœurée et, plus tard dans la journée, mourait littéralement de faim. Tandis que sifflait le percolateur, elle montra le cliché à la serveuse, c'était devenu un réflexe car elle n'y croyait plus. C'est à peine si la fille daigna jeter un coup d'œil.

Rebecca s'installa dans un angle de la salle. Elle n'avait pas vu Jared depuis des semaines. Il n'avait pas appelé et n'était pas venu. Elle n'était pas tranquille. L'aurait-il oubliée ? Après tout, peut-être se fichait-il d'elle comme d'une guigne ?

Pourtant, un ami croisé la veille lui avait appris qu'il travaillait maintenant dans une maison d'édition de Golden Square. Ne serait-ce pas pour elle qu'il avait accepté ? Cette idée lui avait traversé l'esprit. Au début, il était merveilleux de vivre avec un poète, elle avait adoré sa vie de beatnik, mais s'était lassée des pull-overs noirs qui grattent ; elle aurait aimé pouvoir s'offrir de temps en temps un bon petit restaurant. Ne parlons pas des enfants qui coûtaient une fortune. Plus question de vivre de l'air du temps...

Kate avait raison, elle devait annoncer la nouvelle à Jared, mais elle avait peur. Pâle et prise de nausées tous les matins, l'aimerait-il encore ? Et, dans six mois, quand elle serait grosse et épuisée ? Terrifiée par la perspective d'affronter le désert d'une vie sans amour, elle craignait de le perdre.

Elle entendait encore Eleanor. *Oh, Rebecca, vas-tu enfin devenir adulte !* Rebecca prit la décision d'aller trouver Jared le soir même ; elle lui demanderait pardon pour ses sautes d'humeur et lui annoncerait pour le bébé.

La serveuse lui apporta son repas et son estomac se mit à protester quand elle vit les saucisses luisantes.

— Cette photo, pourrais-je la revoir ? s'enquit la serveuse.

Elle se concentra sur le cliché que lui tendit Rebecca.

— Je n'en suis pas certaine, il n'était pas aussi chic mais je crois bien que c'est lui.

Ce matin-là, Phemie ne se montra pas au manoir. Bess était mal à l'aise car Adam se tenait à quelques pas tandis qu'elle coupait le pain. Sa main dérapa.

Voyant le sang perler sur la miche, elle porta son doigt à sa bouche.

— Ce que tu peux être maladroite ! lui lança Adam.

Bess monta chercher un pansement. Avec la certitude de quitter cette maison pour ne jamais y revenir, elle avait fait ses bagages aux premières lueurs du jour. Depuis la galerie surplombant le hall, elle observa Adam. Il se tenait sur le seuil de la maison. Le soleil auréolait d'un halo sa silhouette et ses cheveux blonds. Bess éprouva toute la souffrance du regret mais elle lança d'un ton clair :

— Vous n'êtes pas le fils de Frazer.

Adam fit volte-face et leva les yeux vers elle.

— Je le sais, poursuivit Bess. Voyez-vous, Frazer n'était jamais méchant et son père non plus. On ne peut en dire autant de vous.

Les mains dans les poches, Adam s'avança dans le hall. Il avait perdu son air bravache et semblait méfiant.

Il laissa échapper un petit rire contrit.

— Je ne suis pas dans mon assiette ce matin. J'ai dû manger quelque chose qui ne m'a pas réussi et je suis un peu grognon. Grand-mère, que dirais-tu d'une balade pour repartir d'un bon pied ?

— Ne m'appelez plus comme ça ! Quand je vous regarde, je me demande comment j'ai pu me faire avoir de cette façon.

Le rire était maintenant un peu gêné.

— Bon sang, Frazer n'était pas parfait, tu sais !

— C'est vrai, j'ai dû m'y faire, mais il était capable d'aimer, je doute que ce soit votre cas.

Adam serra le poing et s'en frappa la paume.

— Ce ne sont pas des choses à dire. On réfléchit avant de lancer des trucs pareils !

L'ombre de sa longue silhouette s'étendit sur les dalles du hall.

— Vous n'êtes pas son fils mais vous l'avez connu, n'est-ce pas ?

Le jeune homme hésita quelques instants, le temps d'évaluer la situation, puis parut se détendre et retrouva son sourire.

— Si je l'ai connu !

— Étiez-vous… amis ?

— Il le croyait.

— Où cela ? fit Bess dans un souffle. Quand ?

— Il y a environ huit mois. C'était dans un trou perdu du Nord australien.

— Il vous a donc parlé de Ravenhart ?

— Oh, il en avait plein la bouche, le Frazer ! Surtout après un ou deux verres. Ah, il aimait bien ça… il allait parfois jusqu'à neuf ou dix, s'il avait de quoi, et il avait un faible pour les jolies petites gueules. Tout d'abord, je ne l'ai pas cru, je le prenais pour un de ces vieux poivrots qui débitent des bobards mais, n'ayant rien de mieux à faire, je l'ai écouté. Au pub, on l'appelait le Duc avec toutes ces idioties qu'il débitait sur les châteaux.

Adam avait gravi les marches. La main sur la rambarde de la galerie, Bess n'avait pas bougé.

— Dites-moi, comment était-il ?

— Comme tous les vieux soûlots qui ont forcé sur le soleil et la bibine.

Sans lâcher Bess du regard, Adam s'appuya au pommeau de la rampe en haut de l'escalier.

— Pour être franc, il était ennuyeux à mourir. Il ne cessait de déblatérer sur ce bout d'Écosse dont il était propriétaire. Comme je vous l'ai dit, je n'y croyais pas jusqu'à ce qu'il me montre la chevalière et la photo.

Bess dut s'humecter les lèvres, elle avait la bouche sèche.

— Vous l'avez donc volée ?

Adam fit signe que non.

— Pas tout de suite. Il fallait que j'en sache un peu plus. Qu'aurais-je fait de cette saloperie d'un autre âge ? J'en aurais à peine tiré quelques dollars. Non, je visais bien mieux et, si j'étais gentil, je savais que ce vieil idiot me donnerait ce que je voudrais.

Glacée, Bess murmura :

— Qu'avez-vous fait ?

— C'est qu'il le prenait de haut, il vous faisait comprendre qu'il valait mieux que vous. Il me racontait qu'il avait fait ci et ça. Ce qu'il pouvait se vanter ! Les boulots qu'il avait décrochés, les gens qu'il avait fréquentés ! Il n'y avait pas un pays, pas une expérience, qu'il n'ait pas connus. Il avait parcouru l'Afrique et le Moyen-Orient avant d'atterrir en Australie. Bon Dieu, ce qu'il en rajoutait !

Le rire fusa de nouveau mais le regard bleu restait aussi insondable que la glace la plus épaisse.

— Il croyait que je l'admirais, il le croyait vraiment ! J'ai joué le jeu, bien sûr, mais il me tapait sur les nerfs. Quel baratin ! Et cette toux… il n'arrêtait pas de tousser du soir au matin. J'ai tiré ce que j'ai pu de ce vieux crétin mais il racontait toujours les mêmes histoires. Je n'en pouvais plus.

Bess réprima un frisson.

— Que lui avez-vous fait ?

— Je l'ai tué.

Bess serra les paupières pour faire disparaître ce sourire, ne plus voir les flots de lumière qui inondaient la galerie. Adam continuait à persifler.

— Oh, ne faites pas cette tête ! C'est à peine si je l'ai touché, le pauvre vieux. Je n'ai eu qu'à lui plaquer la main sur le visage pendant qu'il dormait. Il avait tellement de trous dans les poumons que l'air se sauvait. Prenez-le comme un geste de compassion, si vous y tenez !

« Frazer ! Mon pauvre enfant », pensa Bess. Quand elle eut recouvré l'usage de la parole, elle lui ordonna :

— J'exige que vous partiez. Je vais prendre mes bagages, mais quand je reviendrai, vous aurez quitté Ravenhart. Naturellement, je vais modifier mon testament, vous n'aurez pas la maison de mon fils. Jamais vous ne vous emparerez de cette propriété !

Sur ces mots, Bess s'éloigna.

Conformément à vos instructions, j'ai veillé à mener mon enquête sans faire mention de l'hostilité réciproque opposant Mrs Jago et mon client.

Lancinant, ce refrain tint Morven éveillée toute la nuit. Andrew Gilchrist avait interdit à Mr Bellamy d'interroger Mrs Jago. Pourquoi ? Quelle relation y avait-il entre son grand-père et elle ?

Le lendemain, il faisait bon, l'air n'avait jamais été aussi doux et, au fil des heures, la chaleur monta dans les petites pièces du pavillon. Morven emporta sa veste et une bouteille Thermos dans son sac à dos, puis annonça à sa mère qu'elle allait au manoir. Si Patrick passait avant qu'elle ne rentre, il n'aurait qu'à remonter l'allée pour venir la rejoindre.

Elle embrassa sa mère et se mit en route.

— Amusez-vous bien, Raymond et toi.

Bess enfila son manteau. N'arrivant pas à fermer les boutons, elle croisa dans le miroir son regard hanté par l'horreur. Tremblant de tous ses membres, elle dut s'asseoir sur le lit. Frazer était parti et pour de bon. Il était mort loin de chez lui, loin des siens, à la merci d'un homme qui l'avait méprisé et exploité.

N'ayant plus la force de soulever sa valise, elle dut la traîner. Au détour du couloir, elle vit Adam en haut des marches ; il n'avait pas bougé.

— Je vous ai dit de partir ! cria-t-elle.

— Mais oui.

Il avait recouvré son arrogance et sa suffisance.

— Nous avons encore des choses à nous dire, vous et moi.

— Non, Adam. Plus rien

Bess le toisa avec mépris.

— À supposer que ce soit votre nom.

— Adam Ravenhart me plaît bien.

Bess répliqua froidement :

— Jamais !

Il s'avança de quelques pas et elle eut un mouvement de recul. Il faudrait abandonner la valise, elle demanderait à Phemie de la lui expédier.

— Vous devriez réfléchir, Mrs Jago, lança-t-il à mi-voix, d'un ton menaçant. Nous avons passé de longs moments ensemble, votre fils et moi. Il m'a tout raconté, je dis bien tout.

Bess resta pétrifiée. Voilà qui n'était pas prévu. Elle parvint cependant à rétorquer :

— Je vous ai demandé de partir. Estimez-vous heureux que je vous en laisse la chance. Si vous ne le faites pas, j'appelle la police.

— Si j'étais vous, je n'en ferais rien !

Bess fut accablée.

« Frazer... Oh, Frazer ! Jusqu'où as-tu poussé les confidences devant cet être superbe et vénéneux ? »

Elle dut rassembler son courage pour passer devant lui et tressaillit quand l'ourlet de son manteau l'effleura.

— Frazer m'a dit quelle mère formidable était la sienne. Vous auriez tout fait pour lui. Absolument n'importe quoi.

Bess n'était plus qu'à quelques pas. C'était sans équivoque, Adam jubilait secrètement.

Elle réussit toutefois à ne pas perdre son calme.

— Que voulez-vous ?

— Vous le savez. Vous n'irez pas me dénoncer à la police car je leur dirais ce que vous avez fait, vous et votre précieux fils, pas plus que vous ne changerez votre testament. Vous me léguerez Ravenhart, comme promis.

— Non, vous pouvez me croire. Jamais !

Qu'avait-elle à perdre, après tout ? Bess se retourna et lui fit face.

— Vous n'aurez pas la maison. Qu'on découvre la vérité au sujet de Maxwell Gilchrist ! J'ai perdu les deux êtres que je voulais protéger, mon mari est mort et Frazer n'est plus. Révélez donc ce que vous voudrez, j'en arrive à le souhaiter, ce serait presque un soulagement.

Bess posa le pied sur la première marche et se tourna un instant vers Adam.

— Moi, je l'ai fait pour le fils que j'aimais. Je ne pense pas que vous puissiez comprendre.

Bess s'engagea dans l'escalier. Il y eut quelques secondes de silence, puis elle l'entendit bouger. Un pas, une main au creux des reins, une brusque poussée et la certitude d'avoir perdu sur toute la ligne. Ce monstre, le meurtrier de Frazer, allait faire main basse sur Ravenhart.

Elle fit une ultime tentative désespérée pour agripper la rambarde, peine perdue. Elle n'en finissait plus de tomber... Au moment où elle sombrait dans le néant, elle crut les entendre, les singes du sanctuaire d'Hanuman, qui couraient entre les pins et les déodars pour l'éternité.

Morven vit la Ford Zephyr d'Adam Ravenhart garée dans la cour, la porte d'entrée était ouverte. Elle s'avança jusqu'au seuil du manoir et appela Phemie et Mrs Jago.

Pas de réponse. Elle pénétra dans le hall et aperçut une masse sombre au pied de l'escalier. Elle pensa tout d'abord à un manteau tombé sur les dalles mais elle s'approcha et se précipita vers la forme prostrée.

— Laisse-la, entendit-elle derrière elle.

La jeune fille fit volte face.

— Adam !

— Je t'ai dit de la laisser, lui ordonna celui-ci en lui saisissant le bras.

À la vue du visage couvert de sang, Morven demanda :

— Elle est morte ?

Adam repoussa l'étoffe du manteau du bout du pied.

— De toute façon, tu ne peux plus rien pour elle.

— Oh, mon Dieu ! murmura Morven en voyant étinceler son regard.

— Je ne pouvais tout de même pas la laisser faire, elle voulait me prendre la maison. Comprends-le !

Le regard de Morven glissa sur la longue volée de marches.

— Lâche-moi. Laisse-moi appeler les secours.

D'un brusque coup de tête, Adam refusa.

Il était devenu fou ! Complètement fou.

— Je t'en prie ! Il faut appeler une ambulance.

Adam lança un bref coup d'œil au corps gisant à ses pieds avant de marmonner :

— Je n'ai pas voulu ça, ce n'était pas prévu.

Morven se fit persuasive.

— Je veux bien te croire. Libère-moi, nous allons tout arranger.

— Elle ne compte pas.

Adam parut réfléchir et entraîna brusquement Morven vers la porte.

— J'ai quelque chose à te montrer.

— Adam, je t'en prie !

— Il faut que tu viennes.

Ils se retrouvèrent dans la cour. Adam serrait le bras de Morven dans un étau.

— Où veux-tu aller ?

— Au pavillon de chasse.

Le pavillon de chasse… Morven revit la photographie où son père, Frazer Ravenhart et Kate étaient réunis.

Elle pensa également à Patrick qui, voyant qu'elle n'était pas chez elle, pousserait jusqu'au manoir. Elle devait éloigner cet homme, alors Patrick serait à même de secourir Mrs Jago.

— Pourquoi pas ?

Adam fermant la marche, ils s'étaient engagés sur le sentier longeant le torrent.

— Je sais ce qui est arrivé à ton père, fit le jeune homme.

Le front et la nuque en sueur, Morven crut recevoir un uppercut en plein ventre.

— Ce n'est pas vrai.

— Mais si, je vais te raconter toute l'histoire.

— Menteur ! lui rétorqua Morven, cinglante. Tu ne sais que mentir. Ton nom, ton âge, tout ce que tu prétends tenir de Frazer Ravenhart… tu as tout inventé.

Du plat de la main, il lui asséna un grand coup entre les omoplates. Morven trébucha.

— Je ne supporte pas qu'on me traite de menteur. Frazer a tué ton père et sa mère l'a aidé à dissimuler le corps.

Le dos meurtri, les yeux blessés par le soleil, Morven ne voulut rien entendre.

— Je ne te crois pas.

— C'est dans ton intérêt, pourtant, car je le tiens de Frazer. Tu veux une preuve ? Je vais te la donner.

Devant les pierres de gué qui permettaient de franchir le torrent pour atteindre le pavillon de chasse, Adam changea d'avis.

— Non, pas par là. J'ai une autre idée.

Il empoigna Morven par le bras et la traîna sur le sentier à peine visible qui serpentait à flanc de colline. Des éclats de quartz pris dans la roche scintillaient comme des diamants, les blocs de pierre semblaient jetés les uns contre les autres par la main d'un géant. Le sentier semé de genêts, d'orties et de fougères, devenant plus étroit, Adam sortit de sa poche un couteau dont la lame étincela au soleil. Il écarta Morven et passa devant elle pour couper les broussailles.

On entendit bientôt le bruit d'une chute d'eau qui gonfla jusqu'à couvrir tout autre son.

Morven avait le front en sueur. Ils poursuivirent leur ascension en direction de la cascade. *Je sais ce qui est arrivé à ton père. C'est Frazer qui l'a tué.* Adam se retournait de temps à autre avec un grand sourire ; la transpiration mouillait sa chemise.

Morven s'arrêta pour reprendre son souffle et lui demanda :

— Qui es-tu ?

— Peu importe. Aujourd'hui, je suis Adam Ravenhart.

La jeune fille crut étouffer tant son cœur cognait dans sa poitrine. Elle entrevit enfin une brèche étroite dans les rochers. Aveuglée par le soleil, elle ferma les yeux et garda sur la rétine l'image de deux hautes sentinelles de pierre. Une poussée brutale la propulsa en avant, elle chancela, franchit le passage et vit un vaste bassin circulaire bordé de rochers ronds ou en forme d'ovales, dont le courant avait adouci les formes. L'eau tombait de la falaise dans le bassin en contrebas puis, contrainte par la roche, dévalait la pente jusqu'au fond de la gorge en une série de cascades.

Morven s'avança jusqu'au bord et plongea son regard dans l'or sombre des profondeurs, vers les formes vagues, mouvantes, variant à l'infini, que dissimulait la surface. Elle s'agenouilla pour s'asperger les bras et le visage, et entendit la voix masculine derrière elle.

— C'était là, quelque part, j'ai essayé de retrouver l'endroit précis.

Frissonnant malgré la chaleur, Morven se releva.

— Dis-moi ce qui s'est passé.

— Ils se sont battus au bord du bassin, Maxwell est tombé à l'eau et sa tête a heurté la roche.

Les embruns retombant sur les rochers dessinaient des cercles gris.

— C'était donc un accident?

— Frazer le prétendait.

Adam arpentait les pierres de long en large.

— Mais s'il s'agissait d'un accident, pourquoi avoir dissimulé le corps?

Morven blottit son visage au creux de ses mains mouillées. Elle les imaginait, les deux garçons de la vieille photographie, le brun Maxwell et Frazer aux cheveux d'or. L'eau scintillait sous le soleil et elle avait mal à la tête après la nuit d'insomnie et la longue ascension.

— Pourquoi? Pourquoi se battaient-ils?

— Aucune idée.

Adam tourna la tête et lui sourit.

— Je l'ai cherché, Morven. Je voulais le retrouver, pour toi.

Morven avait le cœur au bord des lèvres, son estomac se serrait.

— Le retrouver?

Adam s'accroupit au bord de l'eau et y plongea le bras.

— Je n'ai pas connu mon père et cette part de moi-même m'a beaucoup manqué. La vie ne m'a pas épargné, j'ai grandi dans un orphelinat dont je me suis sauvé à douze ans… je ne le supportais plus.

La force du courant avait profondément creusé un rocher en surplomb, Adam passa la main dessous et ramena du gravier et des cailloux.

— J'ai fait des tas de boulots, travaillé dans des élevages, voyagé. On se contente de peu quand on sait se débrouiller. Mais voilà, je visais toujours plus haut… un beau petit coin à moi, des poches bien remplies. Je voulais être quelqu'un, compter aux yeux des autres.

Il chercha le regard de Morven.

— Frazer m'a raconté qu'il l'avait enseveli sous un éperon rocheux. Le vieil imbécile… il s'en est vanté avant de se mettre à larmoyer et à chialer comme un veau. Je détestais cette façon qu'il avait de gémir et de pleurnicher!

— C'est ici que mon père est enseveli? murmura Morven.

Adam promena son regard sur le cirque de rochers, puis claqua dans ses mains.

— Il y a plus moche pour finir ses jours. Frazer a prétendu avoir lesté le corps avant de le flanquer au fond du bassin. Je te l'ai dit, j'ai cherché.

Morven eut un haut-le-cœur et dut s'asseoir sur une pierre. Fascinée, elle regarda le jeune homme retirer des gravats, arracher aux eaux des pierres larges comme des soucoupes.

Il finit par se débarrasser de ses chaussures pour glisser dans le bassin et plonger sous l'éperon. Une brusque torsion du corps, un coup de rein et il disparut sous la surface, derrière la corniche de grès.

— C'est froid, cria-t-il en remontant pour respirer. Et profond, bon sang!

Il repoussa une mèche de cheveux et plongea de nouveau.

Morven aurait dû saisir sa chance et s'enfuir mais elle resta clouée au sol, ne faisant qu'un avec le rocher sur lequel elle était assise. Elle regarda la tête blonde s'enfoncer. Quelles horreurs ce bassin s'apprêtait-il à restituer? Un crâne aux orbites vides? Un os, blanchi et poli par le temps?

Un oiseau piqua au-dessus de l'onde, Adam disparut encore et Morven serra très fort les paupières. Son père avait plongé à cet endroit précis, son corps avait fendu la surface en un plongeon parfait. Son fantôme était-il attaché à ce lieu? Restait-il un atome de ce père, aimant et protecteur, pour veiller sur sa fille?

Adam refit surface dans une gerbe d'eau et secoua la tête en éclaboussant les pierres.

— Rien!

Morven se releva et pensa au couteau. Comme il lui serait facile de la blesser! Toutefois, elle lui lança:

— Je rentre.

— Tu ne lui dois rien! lui cria Adam. Nous n'avons qu'à dire qu'il s'agissait d'un accident. Si tu ne me lâches pas, tout le monde n'y verra que du feu.

Tu ne lui dois rien. Évidemment, il n'avait pas tort, elle ne devait absolument rien à Mrs Jago. Ces années à attendre avec sa mère un homme qui ne reviendrait pas! Elle avait vécu tout ce temps avec la certitude que son père n'avait jamais voulu la voir. C'était faux ! Il n'avait pas pris la fuite ; s'il l'avait trahie, il n'y était pour rien.

Adam émergeait de l'eau.

— Tu sais bien que j'ai raison.

Ruisselant et souriant, il laissa l'empreinte de ses pieds nus sur la pierre.

— Je te propose un marché. Tu ne dis rien pour la vieille et nous nous partageons la maison.

— Partageons ?

— Ça te plairait, hein ? Tu aimes Ravenhart, je le sais… Je l'ai lu dans tes yeux. Si tu m'épouses, le domaine est à toi.

Morven ne put s'empêcher d'éclater d'un rire un peu rauque.

Furieux, Adam se rembrunit.

— Ne te moque pas de moi ! Je déteste ça.

Il la retenait captive et elle vacilla à quelques pas du bord.

Elle parvint néanmoins à répliquer à mi-voix :

— Crois-tu que je pourrais vivre dans ce mensonge ? Que Ravenhart en vaille la peine ? Que je resterais auprès d'un homme que je n'aimerais pas dans une maison qui ne serait jamais la mienne ? J'en arriverais à vous détester, ce manoir et toi.

Son regard revint vers les eaux sombres qui scintillaient au soleil.

— Tu ne sais pas que la haine finit par ronger ? Je finirais par disparaître, aussi sûrement que mon père.

À ce moment, le timbre d'une lointaine cloche résonna avec insistance contre les rochers, surprenant les corbeaux qui se mirent à tournoyer au-dessus des arbres, tels de sombres lambeaux d'étoffe sur le bleu du ciel.

Adam desserra son étreinte.

— Ce bruit…

— C'est la cloche de Ravenhart, murmura Morven. Patrick a trouvé Mrs Jago.

Adam parut perplexe.

— Patrick ?

— Il savait que je devais aller au manoir. Il va se lancer à ma recherche, il me trouvera et je lui dirai tout.

Le regard d'Adam fila vers le bassin et Morven frémit mais parvint à rester calme.

— Ça ne marchera jamais, Adam. Cette série de morts, ces disparitions, personne n'y croira et Patrick moins qu'un autre. Il se mettra à fouiner, posera des questions et ne lâchera pas avant d'avoir découvert ta véritable identité.

Un ange passa, puis les bras retombèrent. Adam esquissa brusquement un sourire charmeur.

— Tu es vraiment très futée, dis-moi?

Il leva les yeux vers la falaise en surplomb et laissa lentement tomber :

— Tu as probablement raison. Il est temps de sauver les meubles.

Dans la vallée, la cloche sonnait à toute volée et les montagnes en renvoyaient l'écho.

Morven reprit doucement :

— À ta place, je prendrais mes jambes à mon cou. C'est ce que tu as de mieux à faire. File ! Ce ne serait tout de même pas la première fois. Va, sauve-toi avant qu'on ne vienne t'arrêter.

Morven retenait sa respiration. Elle relâcha lentement son souffle en voyant Adam se détourner. Il s'éloignait vers le chaos rocheux quand il lui lança avec un sourire en biais :

— Dommage ! C'était très drôle. Seigneur de la vallée… ça me plaisait bien. Bah, je trouverai quelqu'un d'autre ! Les gens ne croient que ce qu'ils veulent croire et ce n'est pas moi qui irai m'en plaindre.

Vif comme l'éclair, il s'élança à l'assaut des rochers, atteignit la corniche sur la falaise et disparut dans l'ombre des sapins.

20

C'était rassurant d'être enfermée à l'hôpital, des étrangers efficaces et pleins d'attention s'occupaient de vous, aucune décision à prendre, on n'avait rien à faire si ce n'est manger, dormir et supporter que l'on vous tâte et vous tourne en tous sens. Bess s'était cassé la clavicule ainsi qu'une cheville et son corps n'était qu'une vaste ecchymose qui, au fil des jours, avait viré au violet puis au vert. Sa tête lui faisait atrocement mal, au début. Elle n'avait d'ailleurs pas le droit de s'asseoir. De sédatif en calmant, elle dormait le plus clair du temps mais il lui arrivait de rêver et de plonger dans ses souvenirs.

À Simla, elle se voyait danser au bal du vice-roi. Un hôtel de Londres où elle dînait avec Dempster Harris. Édimbourg où elle remontait Princes Street sous les tourbillons d'une neige ambrée par la clarté des becs de gaz.

Elle se trouvait à Callanish et Martin l'embrassait tandis que le soleil se couchait derrière les mégalithes. Elle entendait le murmure des vagues, revoyait les œillets de mer, le soleil était chaud et l'air avait un goût de sel. Blottie dans les bras de Martin, elle sentait les battements de son cœur et la chaleur de sa peau. Toute peine oubliée, son propre cœur prenait son envol avec la légèreté d'une plume.

Eleanor et Aimée furent les premières à venir la voir. Eleanor lui conta l'enchaînement des récents événements. Patrick Rupert, parti à la recherche de Morven, avait poussé jusqu'à la maison et l'avait trouvée au pied de l'escalier où elle gisait inconsciente. Il avait sonné la grosse cloche de Ravenhart pour appeler les secours.

— Raymond, tu sais, le propriétaire du Half Moon, était déjà en route. Rebecca ayant découvert la véritable identité d'Adam, Kate avait appelé Naomi pour lui demander de te mettre en garde. Celle-ci s'est rendue au manoir après avoir prévenu Raymond.

Eleanor lança à sa mère un bref coup d'œil professionnel.

— Heureusement ! Tu avais un mauvais coup sur le crâne, c'est une chance que l'on t'ait trouvée si vite.

— Je me sens si bête.

Aimée serra la main de sa mère.

— Il ne faut pas. C'était un escroc patenté et un voleur.

— Il m'a volé mes diamants.

— Tu as eu de la chance, maman. Il aurait pu prendre bien davantage.

Bess avait la bouche sèche et but un peu d'eau.

— Qui était-ce ?

— Il s'appelle Adam Collins. Du moins est-ce le nom qu'il a donné à Londres, où il a travaillé un temps dans un café de Melbury Road. Ses employeurs ont eu droit à une touchante histoire de vol durant le voyage et il a réussi à se faire héberger dans une arrière-salle. Mais il est ensuite parti avec la caisse et divers objets de valeur. Il conduisait également une voiture volée.

— L'a-t-on arrêté ? demanda Bess en frissonnant.

Eleanor fit signe que non.

— Pas encore. Il a réussi à filer dans la montagne.

Bess imagina la cavale de ce garçon, fuyant jusqu'au prochain refuge, vers une nouvelle victime assez bête pour succomber à son charme. Il aurait vite fait de changer d'existence et d'identité.

— Morven est la dernière à l'avoir vu, ajouta Eleanor.

— Morven ?

Eleanor semblait perplexe.

— Il l'a forcée à le suivre dans la vallée jusqu'à une sorte de bassin au-dessous d'une chute d'eau. Tu connais cet endroit, maman ?

— Oui, je le connais, murmura Bess.

Elle avait une dernière requête à formuler avant que ses filles ne repartent.

— Eleanor, pourrais-tu demander à Naomi Gilchrist de passer me voir ? Il faut que je lui parle.

— Je tenais à ce que vous sachiez ce qui s'est passé le jour du décès de Maxwell, fit Bess en guise de préambule.

Pâle, sur la défensive, Naomi était adossée à l'appui de fenêtre et secouait la cendre de sa cigarette à l'extérieur.

— Il était convenu que je passe voir Frazer ce matin-là. Il était d'une telle ponctualité que je fus surprise de ne pas le voir à Pitlochry où il devait venir me chercher. J'ai donc pris un taxi pour Ravenhart. Là, j'ai su par Phemie qu'il était parti au pavillon de chasse. Comme il faisait beau, j'ai décidé de m'y rendre et je l'ai trouvé assis sur la marche de seuil. Comme il ne répondait pas à mes appels, je me suis approchée et j'ai vu que ses vêtements étaient trempés. Ce doit être à ce moment qu'une vague sensation de malaise s'est emparée de moi. Ses lacets étaient défaits. Le voyant frissonner, je lui ai demandé s'il était tombé dans la rivière et il m'a répondu... il m'a répondu qu'il avait tué Maxwell.

Bess se rappelait le moindre mot de leur conversation. Comment oublier ces instants où l'existence bascule ?

« Je l'ai tué », avait-il répété tandis que sa mère s'efforçait de le rassurer comme on sermonne un enfant turbulent.

« Voyons, ne dis pas de sottises... de quoi est-ce que tu parles ? »

Mais, du même ton monocorde, le regard tout aussi vide, il avait répété : « J'ai tué Maxwell. »

Bess s'était tournée vers le pavillon de chasse et la prairie alentour, avait cherché des yeux Maxwell Gilchrist.

— J'ai tout d'abord pensé qu'il était malade, qu'il avait de la fièvre et j'ai voulu le faire rentrer. Il m'a alors tout raconté et j'ai fini par le croire. Il s'était battu avec Maxwell, qui avait glissé. Sa tête avait heurté les rochers et il était tombé dans le bassin.

Bess n'avait jamais évoqué ce jour avec personne. Elle sentit monter les vagues de nausée qui l'avaient terrassée quand elle avait entrevu les effroyables conséquences d'un tel acte. Une fois de plus, les ténèbres venaient assombrir son destin.

— J'avais encore l'espoir que mon fils se soit trompé, que Maxwell ne soit qu'inconscient. J'ai suivi Frazer jusqu'au bassin où son ami gisait sur les pierres. Espoir sans doute partagé par Frazer qui avait couvert Maxwell de son manteau, pour lui tenir chaud, m'a-t-il dit. Il avait essayé de lui faire avaler quelques gouttes de whisky mais, en soulevant le manteau, j'ai compris que tout était perdu.

Les boucles noires collaient à la peau très blanche et le sang avait séché sur la roche. En un éclair, Bess avait revu les collines au-dessus de Simla, entendu les sabots du cheval, l'éclat de rire et son propre cri : « Non, Jack ! »

— Vous comprenez, il s'était brisé la nuque. Je suis navrée, Naomi, vous ne pouvez imaginer à quel point.

On entendit le grattement de l'allumette quand Naomi alluma une autre cigarette.

— Pourquoi ?

Sa voix tremblait.

— Pourquoi se sont-ils battus ?

— Maxwell venait d'annoncer son départ à Frazer qui a voulu l'en dissuader mais Maxwell refusait de revenir sur sa décision. Je ne sais ce qu'il lui a dit mais mon fils a perdu son sang-froid et l'a frappé.

Naomi s'était tournée vers la fenêtre. Au bout d'un petit moment, elle rompit le silence.

— Max était parfois blessant. Il maniait très bien les mots et pouvait faire mal quand il voulait.

Elle pivota. Les larmes brillaient dans ses grands yeux noirs.

— Enfin, ce fut un accident ?

— Oui. Maxwell a glissé sur les pierres mouillées, a perdu l'équilibre et est tombé à l'eau. Ne le voyant pas remonter, Frazer a tout d'abord pensé qu'il cherchait à lui faire peur, puis il a plongé. Maxwell se trouvait dans la partie la plus profonde, Frazer l'a hissé hors de l'eau, a tenté de le ranimer, mais ce fut un accident, un terrible accident. Frazer n'a jamais eu l'intention de tuer son ami. Il l'a sans doute regretté jusqu'à la fin de ses jours.

Naomi semblait angoissée.

— Enfin, pourquoi l'avoir caché s'il s'agissait d'un accident ? Pourquoi ne pas avoir prévenu la police ? J'aurais su, au moins !

— J'ai essayé de l'en convaincre mais il m'a suppliée de ne rien faire.

Bess se souvint. Elle avait pris son fils dans ses bras et caressé ses cheveux mouillés. Elle sentait encore le poids de sa tête sur son épaule, la chaleur de sa joue contre la sienne ; il s'était abandonné sans résistance. Un mois, une semaine, un jour auparavant, quelle joie cela aurait été de le tenir ainsi !

— Voyez-vous, il avait peur. Quelques jours plus tôt, Mr Bains, son régisseur, l'avait entendu menacer Maxwell. Frazer savait que Bains le haïssait. Il redoutait le témoignage de cet homme devant un tribunal. Il m'a donc fait promettre de ne rien dire, puis a dissimulé le corps sous un promontoire rocheux avant de le recouvrir de pierres.

Le plus atroce était l'image de Frazer tenant dans ses bras ce corps sans vie, la vision cauchemardesque de cette tête et le visage torturé de son fils quand il avait fait basculer dans l'eau le cadavre de son ami.

Naomi parvint à chuchoter d'une voix torturée :

— Était-il permis de faire une chose pareille ? De me laisser dans le noir, sans le moindre espoir de découvrir ce qui s'était passé ?

— Je comprends.

Ce n'était qu'un murmure. Mieux qu'une autre, Bess comprenait à quel néant ils avaient condamné Naomi Gilchrist. Celui de l'attente, l'interminable attente d'un être qui ne reviendrait pas.

Elle parvint à affronter son regard.

— Connaissiez-vous vraiment votre beau-père ?

Naomi battit des cils.

— Andrew ? Suffisamment à mon goût.

— Vous l'aimiez bien ?

— Pas du tout, il était abominable mais je ne vois pas ce qu'il vient faire dans cette histoire.

Bess se rappelait avec la même précision un autre événement. C'était curieux comme certains souvenirs semblaient imprimés à jamais sur la rétine, aussi nets que les plans d'un film.

— Après la Grande Guerre, j'ai quitté mon second mari, le père de Kate, pour aller vivre à Édimbourg… Seule, ce n'était pas facile mais j'ai réussi à me débrouiller. Je travaillais dans un night-club pour gagner un peu plus, c'est là que j'ai fait la connaissance d'Andrew Gilchrist. Il avait décidé que je serais sa maîtresse et mon refus ne lui a pas plu, il a donc pris de force ce qu'il convoitait.

La cigarette n'atteignit pas les lèvres de Naomi.

— Vous voulez dire qu'il vous a violée ?

— Oui. Chez moi. Kate dormait dans la pièce voisine.

Naomi finit par rompre le silence qui s'était installé.

— Je détestais aller chez cet homme. Il me déshabillait du regard, moi, sa belle-fille. Qu'avez-vous fait ?

— Rien. Que pouvais-je faire ? Je me suis confiée à Martin, le seul qui ait été au courant. Je savais qu'on ne me croirait pas et j'avais honte. Pourquoi faut-il toujours que l'on se torture ainsi ? Que l'on se croie responsable ? Pourquoi les femmes croient-elles que si elles n'avaient pas mis cette robe, prononcé ces mots ou souri de cette façon… ?

Bess mit quelques secondes à se ressaisir.

— Frazer a fait la connaissance de Maxwell bien des années plus tard. J'ignore en quelles circonstances ils se sont rencontrés. J'ai mis longtemps à découvrir cette amitié. Nous n'étions pas très proches, mon fils et moi… Frazer a été élevé par sa grand-mère et a passé toute son enfance loin de moi en Inde. Nous ne nous sommes retrouvés qu'à la mort de Cora Ravenhart, Frazer avait vingt et un ans. J'ai été horrifiée de découvrir qu'il avait Maxwell Gilchrist pour ami. J'ai tout fait pour les séparer mais Frazer ne voulait rien entendre et je ne pouvais rien dire, naturellement. À la mort de Maxwell, j'éprouvais une véritable haine pour Andrew Gilchrist et il en était très conscient. Aurait-il admis que cette mort était accidentelle ? Je ne pense pas. Il aurait cherché à se venger, c'était dans sa nature. Cet homme ignorait le pardon, j'étais bien placée pour le savoir. Il aurait persécuté Frazer, ou pire encore. J'en étais convaincue et cette certitude ne m'a pas quittée. Vous comprenez pourquoi j'ai fait ce que Frazer m'a demandé, c'était le seul moyen de lui sauver la vie.

Naomi s'écarta de la fenêtre et vint prendre un mouchoir dans son sac pour sécher ses larmes.

— Je ne me suis pas inquiétée de ne pas voir revenir Max, reprit-elle lentement. C'était bien lui, il n'avait aucune conscience du temps. Le jour de mon mariage, je me rongeais les sangs car j'ignorais s'il réussirait à être à l'heure. Au bout de quinze jours, je me suis sérieusement inquiétée, j'avais peur qu'il n'ait rencontré quelqu'un. Max n'avait rien d'un époux fidèle, vous savez. Seulement, en arrivant au pavillon, j'ai trouvé la maison comme s'il venait de la quitter. Les tasses à café étaient encore dans l'évier et il y avait un feuillet sur le rouleau de la machine à écrire. J'ai mené ma petite enquête mais personne ne l'avait vu. Je suis donc allée au poste de police où on m'a posé un tas de questions. Max avait-il beaucoup d'amis ? Je savais parfaitement qu'ils entendaient par là des « amies ». Étions-nous heureux en ménage ? Avait-il des soucis d'argent ? Malheureusement, je n'ai pas su garder mon sang-froid. On m'a promis d'enquêter mais, de toute évidence, mon histoire n'intéressait personne. Je me suis donc tournée vers Andrew. Avais-je le choix ? Je savais qu'il agirait. Max était sa chose, vous comprenez. Il ne supporterait pas qu'il lui échappe. C'était hors de question !

Après le départ de Naomi, Bess s'abandonna contre les oreillers et ferma les yeux. Elle pensa au retour en train vers Édimbourg après la mort de Maxwell Gilchrist. Au paysage qu'elle contemplait sans le voir et dont elle ne gardait qu'une image : le bassin, la cascade et le torrent sous les corniches rocheuses. Elle ne cessait de revivre la tragédie qui venait de s'abattre sur les deux amis. Que serait l'avenir ? Andrew Gilchrist attendrait son fils comme elle avait attendu le sien. Il devrait endurer ce qu'elle avait souffert mais, pour lui, l'attente serait sans fin.

Bess, enfin vengée, n'éprouvait aucun sentiment de triomphe mais une immense lassitude, de la peur et de la désillusion. L'image du fils qu'elle gardait précieusement dans son cœur durant les années d'absence ne correspondait pas à la réalité. Physiquement, Frazer ressemblait à son père mais n'avait ni sa fougue ni son courage. Jack était un meneur d'hommes, Frazer restait en arrière. Jack était très franc, Frazer fuyant, sujet aux variations d'humeur, guère lucide. Il n'était pas sans faiblesses, sinon il n'aurait pas subi la désastreuse influence de Maxwell.

Incapable de haïr ce garçon, seul et pitoyable, qui gisait sous les pierres, Bess n'avait éprouvé que l'immense regret de voir un être si jeune perdre la vie de cette façon.

Elle savait bien qui était à blâmer... En gardant cet enfant auprès d'elle, Cora Ravenhart l'avait coupé du monde et pourri comme elle avait pourri Jack. Personne ne s'était jamais opposé à cet unique petit-fils, dorloté et ayant tous les droits. Comment aurait-il acquis la force de mener ses propres combats ? Au lieu de développer son sens de l'initiative, on l'avait encouragé à se surestimer.

Cependant, dans ce compartiment, Bess avait admis que la plus lourde part de responsabilité lui revenait. Elle avait pleuré l'enfant que Frazer serait devenu, aurait dû devenir, si les événements avaient suivi un autre cours, si elle n'avait pas eu la sottise de faire confiance à Cora. Elle ne cessait d'analyser ses propres décisions et responsabilités.

Elle avait alors pensé à Naomi Gilchrist, dont l'insouciance et l'appétit de vivre la ramenaient vers sa propre jeunesse. Par sa faute, et celle de Frazer, une enfant ne verrait jamais son père, une épouse attendrait le retour de son mari sans savoir s'il était mort ou vif. À ce moment, elle avait souhaité inverser la marche du temps. Son imagination s'était emballée. Peut-être était-il encore possible de se rendre à la police, de trouver un moyen d'apaiser la fureur d'Andrew Gilchrist...

Quelques secondes plus tard, elle avait compris que rien ne saurait changer le cours du destin. Le seul fait de cacher le décès de Maxwell Gilchrist signait la culpabilité de Frazer, elle ne pouvait revenir sur une décision irréversible.

Frazer l'avait suppliée de ne rien dire, pas même à Martin. En arrivant chez elle, elle s'était demandé quel sombre fardeau elle ramenait dans cette maison, son havre et son sanctuaire depuis dix ans. Comment sourire et faire comme s'il ne s'était rien passé? Comment donner le change le lendemain, le jour suivant et celui d'après?

C'était pourtant ce qu'elle avait fait. Elle n'avait pas cédé à la tentation de tout avouer à Martin. La seule personne en qui elle avait une absolue confiance devait-elle partager son angoisse et ses regrets? La seule qui jamais ne la trahirait?

Le fardeau était trop lourd pour qu'elle le lui impose. Dieu sait si la tentation était grande mais elle ne devait pas. Martin était foncièrement bon, on ne pouvait lui demander d'aider à dissimuler une mort, lui qui avait fait le serment de défendre la vie.

Bess était donc restée seule avec son secret bien gardé. Était-il possible d'aimer avec un tel secret? Cela paraissait difficile à comprendre mais elle avait ardemment aimé, d'autant plus, peut-être. Elle avait compris à quel point l'amour était fragile. Il était si facile de le perdre! S'il avait su, Martin aurait-il pardonné? Ce n'était pas la question. Conscience ou sentiment? Protéger son fils l'avait contrainte à faire un choix qu'elle n'imposerait pas à Martin, cela l'aurait détruit.

— Je serais en droit de la détester.

Naomi et Raymond étaient installés dans le salon du Half Moon devant une tasse de café et une assiette de biscuits ; le brouhaha des conversations leur parvenait assourdi.

— Mais tu ne la détestes pas ?

Naomi parut perplexe.

— C'est tout de même drôle, ce serait le moment ou jamais de faire une scène, parfaitement légitime, et je n'en ai aucune envie.

Elle trempa un biscuit dans son café.

— Frazer et Max... à l'évidence, cette histoire devait mal finir. Max prenait ce que Frazer avait à offrir et je crois qu'il n'a rien donné en échange. Ce dut être terrible pour Frazer, il aurait tout fait pour Max. N'importe quoi ! Ce fut sûrement affreux de prendre ça en plein visage.

Naomi eut un petit sourire triste.

— Il me prenait parfois des envies de le tuer. J'ai toujours su qu'il ne m'aimait pas autant que je l'aimais, c'est dur.

— Oh oui ! acquiesça Raymond.

Naomi leva les yeux vers lui.

— J'ai beaucoup réfléchi après cette conversation avec Mrs Jago. Fallait-il que je sois idiote pour m'accrocher comme je l'ai fait au passé ! J'ai prétendu que nous filions le parfait amour mais nous nous disputions souvent comme des chiffonniers. Je n'ai pas été une bonne mère, c'est ça le plus grave.

— C'est idiot ! Ne dis pas de sottises.

— Mais si, je le sais. Comme si les choses n'étaient pas assez difficiles pour Morven ! Elle n'avait déjà pas de père, il a encore fallu qu'elle joue les infirmières avec moi.

— Ça n'a pas toujours été aussi moche, objecta Raymond.

— Oh non !

Plongée dans ses souvenirs, Naomi souriait.

— C'est fou ce que nous nous sommes amusées quand elle était petite.

Elle fouilla dans son sac pour trouver un mouchoir en papier mais seuls un peigne et un foulard de mousseline vinrent rejoindre le poudrier sur ses genoux. Raymond lui tendit son mouchoir et la prit par les épaules.

— Mrs Jago s'attend sûrement à ce que je la dénonce à la police. Pauvre vieille… c'est épouvantable d'avoir gardé aussi longtemps cette épée de Damoclès au-dessus de la tête.

— Tu comptes le faire ?

Naomi soupira.

— J'en avais l'intention en entendant ses aveux et puis j'ai réfléchi… à quoi bon ? Quand elle m'a dit que c'était un accident, je l'ai crue. Frazer aimait Max, je ne pense pas qu'il ait voulu lui faire de mal.

Le mouchoir n'était plus qu'une boule humide.

— Tu crois que ce ne serait pas bien de le laisser dans ce bassin ? De… ne rien faire, de ne toucher à rien ? Nous en avons parlé avec Morven et elle estime que la décision m'appartient. Max n'était pas croyant et, franchement, que reste-t-il de lui à cette heure ? Il adorait le bassin. Ce qu'on était heureux, là-bas, je me souviens… L'idée de voir piétiner cet endroit ne me plaît vraiment pas. On va creuser dans tous les sens pour retrouver le corps et tout massacrer.

Naomi renifla une dernière fois, puis esquissa une moue décidée.

— J'aime autant l'imaginer jeune et heureux dans cet endroit superbe et si paisible. Cela vaut mieux que de ramener un tas d'ossements dans Dieu sait quelle église dont il se fichait comme d'une guigne.

— Morven a sans doute raison.

Raymond embrassa Naomi.

— C'est à toi de décider.

— Je me suis dit qu'on pourrait déposer un bouquet de fleurs.

— Bonne idée. Je viendrais avec toi, si tu veux.

— Tu es un amour. Je me demande comment tu arrives encore à me supporter.

Raymond répondit avec le plus grand sérieux :

— Mais tu es belle, tu es drôle et tu me fais rire. Et puis je t'aime depuis des années.

Naomi lui prit la main et y posa sa joue en souriant.

— Que vas-tu faire, maintenant ?

— Quitter le pavillon, je pense. Il est temps de prendre un nouveau départ.

— Où comptes-tu aller ?

— Je ne sais pas, je n'y ai pas réfléchi.

— Que dirais-tu de t'installer ici ?

— Ray…

— J'ai pensé à tout. Tu dirigerais le restaurant, tu accueillerais les clients dès leur arrivée, tu les mettrais à l'aise, ce que tu fais très bien.

— Mais enfin, Ray !

Le regard de Naomi fila vers le bar.

— C'est une merveilleuse idée mais tu sais bien… si près ! J'ai un sérieux problème.

— Je t'aiderais à le surmonter, objecta Raymond avec fermeté. Ce sera plus facile à deux et s'il y a quelqu'un qui s'y connaît… Pour un verre, tu n'hésiterais pas à traverser le désert, si tu en avais vraiment besoin, nous le savons. Peu importe que le bar soit à deux pas !

— Et si je n'y arrivais pas ? murmura Naomi. Si je replongeais ?

— On essaierait encore. Pas d'histoires, pas de reproche, c'est juré.

Naomi caressa la joue de son ami.

— Cher, très cher Ray.

Sa voix tremblait un peu.

— M'occuper du restaurant… je ne sais pas…

— Et m'épouser, bien sûr.

L'imposant Raymond avait mis un genou à terre.

Hésitant entre le rire et les larmes, Naomi acquiesça.

— Bon, si tu veux.

Avait-il compris ? Martin avait-il plus ou moins deviné ce qui s'était passé ? Avait-il interprété comme un aveu son refus de rechercher Frazer après la guerre ? Du moins savait-elle pourquoi son fils était parti.

Bess n'aurait jamais de certitude. Martin avait juré de l'aimer envers et contre tout et elle gardait précieusement ce souvenir. Après le décès de Maxwell, comment son fils avait-il vécu ? Au cours des mois qui avaient suivi sa disparition, elle avait redouté qu'il ne se tue, qu'il n'ait plus la force de vivre après un tel acte. Elle savait maintenant que Frazer avait survécu pas loin d'un quart de siècle, Adam lui ayant fait ce cadeau bien involontaire. Son fils avait voyagé, découvert le monde. *Les boulots qu'il avait décrochés, les gens qu'il avait fréquentés ! Il n'y avait pas de pays, pas d'expérience qu'il n'ait connus.* Frazer avait apprécié son errance et cette révélation était tout aussi précieuse. Peut-être était-il parvenu à avoir un peu de paix, une forme de bonheur ?

Bess retrouvait lentement une certaine indulgence envers elle-même. Elle était si jeune quand la mère de Jack l'avait trompée au point de lui faire quitter l'Inde sans son fils ! Elle n'avait qu'un an de plus que Sam. Si jeune et si vulnérable, incapable de protéger ce qu'elle aimait le plus…

Eleanor revint s'asseoir à son chevet.

— J'ai des tas de nouvelles, maman. Rebecca est revenue avec Jared et elle attend un enfant ; Kate se marie avec ce gars, l'antiquaire, Oliver.

Elle ajouta timidement :

— En ce qui me concerne, j'ai bien peur que tu n'attendes très longtemps. Le mariage et les enfants, ce n'est pas pour moi.

— Ça ne fait rien, chérie.

Kate prit la main de sa fille.

— Naturellement, je suis ravie de ce que tu viens de m'apprendre mais si tu savais comme je suis fière de toi. Ton père l'aurait été, lui aussi.

— Quand tu iras mieux, reprit Eleanor en souriant, il faut que tu viennes me voir à Calcutta.

— Non, Eleanor, j'en serais incapable.

Bess souffrait de partout et aller jusqu'à la salle de bains l'épuisait.

— Pourquoi, voyons ? Tu as toujours voulu y retourner, il me semble ?

— Oui, mais, chérie…

— Allons, viens. En avion, ce n'est pas long.

— Je suis beaucoup trop vieille, ma chérie.

— Alors il faut te dépêcher, insista fermement Eleanor. Je veux que tu voies ce que je fais.

Bess effleura d'une caresse la joue de sa fille.

— Chère Eleanor. C'est impossible, j'ai trop peur. Non, il n'en est pas question.

Morven et Patrick s'étaient lancés dans l'ascension du Ben Liath. Morven plongea les yeux dans la vallée, vers les pentes de velours brodées de fil d'argent par les torrents.

Quand ils firent halte pour reprendre leur souffle, le vent s'engouffra sous leurs vêtements.

— Tu as lu le rapport ? demanda Morven.

— Celui de notre cher Bellamy ? Oui.

— Il soupçonnait Frazer dès le départ.

— Il n'avait pas tort. Cela n'a sûrement pas facilité l'enquête de ne pouvoir interroger Mrs Jago. Gilchrist lui a servi son histoire de vieille querelle. Manifestement, il ne tenait pas à ce que Bellamy découvre le viol.

Morven se rappela la conversation de ses oncles, le jour des obsèques.

— Bellamy a dû commencer son enquête au moment où Simon Voyle, le bras droit de grand-père, s'est mis à répandre des rumeurs sur son compte. Peut-être craignait-il que son passé ne le rattrape. Ces squelettes dans ses placards auraient eu un effet désastreux sur son image publique.

Morven s'abrita le regard pour sonder le fond de la vallée.

— Mrs Jago ne risquait pas de lui avouer quoi que ce soit. Avant de se confier à ma mère, elle n'avait jamais révélé son secret. Seul son mari était au courant mais grand-père n'en était pas certain.

Ils hissèrent leurs sacs à dos sur leurs épaules et reprirent leur ascension.

— Bellamy a manqué de rigueur, fit observer Patrick. Il aurait dû consacrer plus de temps aux domestiques. Il a suffi que Bains lui brandisse son fusil sous le nez pour le faire décamper... Il en était néanmoins arrivé à la conclusion que le régisseur cherchait à effrayer ta mère pour qu'elle quitte le pavillon. Il avait dû garder une clé qui lui permettait d'entrer en douce et de faire des bruits bizarres la nuit. Mais Bellamy n'a même pas pris la peine de parler à Phemie qu'il trouvait trop limitée et l'a éliminée sous prétexte qu'il n'y avait rien à en attendre. Phemie savait, pourtant... Elle avait vu Frazer et Maxwell partir pour le pavillon de chasse et seul Frazer en était revenu.

— Pourquoi n'a-t-elle rien dit ?

— En servante loyale, elle a cherché à protéger son maître mais je crois surtout qu'elle aimait Frazer. Rappelle-toi avec quelle tendresse elle a pris soin de sa chambre et de ses vêtements après son départ.

Patrick regarda devant lui.

— Est-ce enfin le sommet ou vais-je encore tomber sur une côte qui va me saper le moral ?

— Nous y sommes cette fois.

La dernière pente était assez raide. « Patrick ne boite pas tant que ça », pensa Morven.

— Le roman de ton père…, reprit ce dernier. Il en est souvent fait mention dans le rapport. Sais-tu ce qu'il est devenu ?

— J'ai demandé à maman, qui me l'a montré hier soir. Elle l'avait gardé durant tout ce temps. Il est un peu roussi sur les bords car elle a voulu le brûler avant de se raviser.

— Tu vas le lire ?

Morven acquiesça.

— J'ai commencé, il me semble entendre sa voix.

Elle parut hésiter puis ajouta timidement :

— Mr Bellamy a interrogé une certaine Jenny Watts, une amie de mon père. À l'en croire, il attendait avec impatience l'arrivée du bébé… il m'attendait, moi.

Patrick lui sourit.

— Évidemment ! Peut-on imaginer qu'il en soit autrement ?

Patrick prit la main de Morven pour gravir les derniers mètres. Elle eut un grand sourire en atteignant le sommet.

— Félicitations ! Tu as réussi.

Ils contemplèrent les montagnes qui déferlaient sous leurs yeux comme une série de vagues vertes, bleues et gris-bleu…

— Rien ne te retient ici, maintenant. Tu vas sans doute retourner à Glasgow ?

— Je ne vais pas tarder.

— Ta famille et tes amis doivent te manquer.

Morven ajouta avec un petit regard en coin :

— Ta petite amie…

— En ce moment, je n'en ai pas. Et toi ? Tu rentres à Londres ?

— Possible. Je n'en sais rien.

— Et ton travail?

Morven secoua la tête.

— Ils ont pris quelqu'un d'autre. Tu sais, vendre du parfum à de vieilles dames riches n'était pas exactement mon idéal.

— Qu'est-ce qui te plairait, alors?

— Je ne sais pas. Je n'ai pas eu le temps d'y penser. J'aimerais bien quelque chose de drôle et de passionnant.

— Faut-il absolument vivre à Londres pour ça?

— Pas nécessairement. Je suis partie pour prendre un peu de distance, goûter à la liberté, mais si maman épouse Raymond, me voilà libre comme l'air.

« Me voilà libre comme l'air », en disant cela, Morven fut parcourue d'un frisson délicieux.

— Hier, j'ai reçu une lettre de Mrs Jago me proposant de me léguer Ravenhart, confia-t-elle à Patrick. J'y ai réfléchi mais en définitive je préfère refuser. Ce serait trop lourd. Tu parles d'un fil à la patte! C'est fini, je ne veux plus entendre parler de cette maison. Tous ces secrets…

Elle leva les yeux vers son compagnon.

— Navrée, nous ne t'avons épargné aucun secret de famille. Mon père…

Patrick croisa son regard.

— Ne t'inquiète pas, je sais très bien garder les secrets.

— Nous en avons discuté avec maman. Si la vérité venait à éclater, nous dirions que Frazer a agi seul. En dehors de Mrs Jago, il n'y a qu'une personne susceptible de contredire cette thèse, c'est Adam. Mais il est peu probable qu'il aille trouver les policiers. Quand on pense à ce que grand-père a fait subir à Mrs Jago…

Les mots s'éteignirent sur ses lèvres, puis elle inspira à fond.

— Elle va vendre la propriété.

— Et maintenant?

— Maintenant, je crains qu'il ne faille redescendre, répondit Morven en souriant.

Patrick avait posé ses mains sur sa taille.

— Un instant. J'aurais encore une ou deux petites choses à te demander.

Morven sentit monter l'excitation, l'air semblait chanter.

— Tu aimes Glasgow?

437

Souriant toujours, Morven répliqua :

— Ce n'est pas mal mais que veux-tu que j'y fasse ?

— Tu travaillerais pour moi. Mon affaire prend de l'importance... je pourrais t'enseigner les ficelles du métier. Qu'en dis-tu ?

— Ça paraît formidable.

Du bout du doigt, Patrick lui caressa doucement la joue.

— À condition que tu n'y voies aucun conflit d'intérêts.

Il y eut un cliquetis de fermetures Éclair et un froissement de nylon quand il prit Morven dans ses bras et lui effleura les lèvres d'un baiser.

— Ce point est à vérifier dès le départ.

Post-scriptum – trois mois plus tard

En attendant son vol à l'aéroport d'Heathrow, Bess se souvint d'un autre voyage qui lui avait fait traverser l'océan Indien, la mer Rouge et le canal de Suez jusqu'à la Méditerranée. Elle se rappela la chaleur intense de Port-Saïd et l'air plus frais, le long des côtes espagnoles, passé le détroit de Gibraltar ; l'arrivée à Southampton, le train, puis le taxi qui l'avait conduite à l'hôtel de son père. Avec quelle avidité elle sondait le brouillard pour observer la ville ! Comme elle était impatiente de découvrir le pays qui allait devenir le sien pendant près de cinquante ans !

Le voyage avait duré des semaines. Cette fois, elle atteindrait Calcutta dès le lendemain après une escale au Caire et une autre à Karachi. Eleanor l'attendrait à l'aéroport, elle passerait quelques jours chez elle pour se remettre du voyage et visiterait le pays en compagnie de sa fille, qui avait prévu trois semaines de vacances.

À l'appel des passagers, Bess reprit sa valise et, devant le comptoir d'enregistrement, sentit monter l'excitation.

En sortant de la salle d'embarquement, elle savourait déjà la douceur de l'air, la chaleur de l'Inde et ses senteurs d'épices. Elle rentrait chez elle.

Elle traversa la piste pour rejoindre l'avion.

Cet ouvrage a été composé
par Atlant'Communication
aux Sables d'Olonne (Vendée)

Impression réalisée par

La Flèche (Sarthe)
en mai 2009
pour le compte des Éditions de l'Archipel
département éditorial
de la S.A.S. Écriture-Communication

Imprimé en France
N° d'impression : 53024
Dépôt légal : juin 2009